ハヤカワ・ミステリ

STUART MACBRIDE

花崗岩の街

COLD GRANITE

スチュアート・マクブライド

北野寿美枝訳

TOKYO HAYAKAWA BOOKS

A HAYAKAWA

POCKET MYSTERY BOOK

COLD GRANITE
by
STUART MACBRIDE

Translated by
SUMIE KITANO
Originally published in English by
HARPERCOLLINS PUBLISHERS LTD.
First published 2006 in Japan by
HAYAKAWA PUBLISHING, INC.
This book is published in Japan by
arrangement with
HARPERCOLLINS PUBLISHERS LTD.
through TUTTLE-MORI AGENCY, INC., TOKYO.

フィオナに

謝辞

この作品に描かれているのはフィクションである。いくつかの事実については、作者の数々の愚問に答えてくださった方たちから得たものだ。次の方々に謝意を表したい。グランピアン警察本部のジャッキー・デイヴィッドスン巡査部長とマット・マッケイ巡査部長には、アバディーンにおける警察業務の手続きについて教えていただいた。アバディーン・ロイヤル病院・病理学部門の解剖病理学上級研究者であるドクタ・イシュベル・ハンターには、検死解剖について図解にて助言をちょうだいした。プレス・アンド・ジャーナル社の警備部長ブライアン・ディクスンには、同社のガイド付きツアーでお世話になった。

本書を出版するようハーパー・コリンズのジェイン・ジョンスンとセアラ・ホジスンに売り込んでくれたエージェントのフィリップ・パタースンには、特に感謝している。また、海外諸国への版権のために骨を砕いてくれた〝敏腕〟ルーシー・ヴァンダービルトとアンドレア・ジョイスを始めとするチームに、そしてその提案を受け入れてくれたアンドレア・ベスト、ケリー・ラグランド、サスキア・ヴァン・イペレンにも深く感謝する。

ジェイムズ・オズワルドには、最初にアイデアを与えてくれたことに対してお礼を言いたい。税務調査官になるべく退職する前にマージャック社で最初に私のエージェントを務めてくれたマーク・ヘイワードは、くだらないＳＦ作品を書くのをやめて連続殺人鬼の話を書いてみてはどうかと勧めてくれた。

とりわけ、〝悪妻〟フィオナに感謝したい。紅茶を淹れたり、文法やスペリングの誤りを指摘してくれた。もしも気に入らなければいやだからと言って私の作品を読むことを拒み、本書を書き上げるまでの数年間、私に耐えてくれた。

最後に一言申し上げる。アバディーンは、この話に出てくるほど危険な街ではない。どうか、信じていただきたい

……

花崗岩の街

装幀　勝呂　忠

登場人物

ローガン・マクレイ……………グランピアン警察本部の部長刑事
ジャッキー・ワトスン…………同婦警
インスク
スティール　　　　……………………同警部
ネイピアー…………………………同倫理委員会の警部
イソベル・マカリスター………検死医
ブライアン…………………………解剖助手
デイヴィッド・リード…………死体で発見された幼児
リチャード・アースキン
ピーター・ラムリー
ローナ・ヘンダースン
ジェイミー・マクリース　……失踪した幼児
エリザベス…………………………リチャード・アースキンの母親
ダレン・カルドウェル…………同父親
シーラ………………………………ピーター・ラムリーの母親
ジム…………………………………同継父
ミシェル……………………………ローナ・ヘンダースンの母親
ケヴィン……………………………ミシェルの夫
ダンカン・ニコルスン…………死体発見者
ノーマン・チャーマーズ………レシートを捨てた男
カメロン・アンダースン………ノーマンの隣人
ジョーディー
　　　・スティーヴンスン……ギャングの用心棒
ジェラルド・クリーヴァー……裁判の被告
マーティン・ストリケン………同証人
マクラウド兄弟……………………賭け屋
ダギー・マクダフ…………………マクラウド兄弟の用心棒
ロードキル…………………………市の職員
サンディ・モア
　　　・ファカースン…………弁護士
コリン・ミラー……………………《プレス・アンド・ジャーナル》の
　　　　　　　　　　　　　　の記者

1

彼にとって、死体はつねに特別なものだった。その上品な冷ややかさ。表面の手触り。朽ちゆくとき、神のみもとへ帰るときの、熟した甘いにおい。

いま彼が手にしている死体は、まだ死後まもないものだ。ほんの数時間前には生命にあふれていた。

生を謳歌していた。

汚《けが》れ、損なわれ、堕落し……

でも、いまは清らかだ。

彼はそれを、両手でそっと、うやうやしく、山と積んだ他の死体の上に置いた。ここにいるものたちはすべて、かつては生きていた。生を営み、声をあげ、汚《けが》れ、損なわれ、堕落していた。しかし、いま、彼らはみな、神のみもとにいる。彼らはやすらぎを手に入れたのだ。

彼は目を閉じ、深々と息を吸い込んで、さまざまなにおいを胸に満たした。真新しい死体のにおい、膨れた死体のにおい。どれもいいにおいだ。にこやかなまなざしで自分のコレクションを見下ろし、これは神になるときのにおいにちがいない、と考えた。天国のにおいにちがいない。死せるものたちに囲まれた天国のにおいだ。

建物を焼く炎のように、笑みが口もとへと広がる。ほんとうに薬を飲まなければ。でも、いまはだめだ。まだ、だめだ。

こんなにもたくさんの死体を堪能できるのだから。

2

外はどしゃ降りの雨だった。現場捜査班《SOC》の青いビニール・テントの側面と屋根に打ちつける雨の音は、狭いテントのなかで、携帯用発電機の立てる不断の低音に負けないくらい大きく響き、会話を不可能にしていた。もっとも、月曜日の午前零時十五分にことさらおしゃべりをしたがる人間がいるわけではない。まして、ディヴィッド・リードの死体が目の前に、凍てつくような地面に横たわっているとあってはなおさらだ。

斜面に立つ傾いたテントの一方の端では、水路が四フィートほどにわたって警察の青いテープで封鎖されていた。油の浮いた黒い水面が、投光器に照らされ光っている。テントは川の土手に設けられ、足もとでは冬枯れの草が押しつぶされ泥にまみれていた。

テントのなかは込みあっていた。白い紙製の作業衣を着ているのは、アバディーンの鑑識局に所属する四人の警察官だ。うち二人は、指紋検出用の粉と粘着テープを使って、あらゆるものから指紋を採取していた。ひとりは写真を撮り、もうひとりは記録のため犯罪現場をビデオに収めている。彼らの他には、明らかに青い顔をした巡査、当番の警察医、前日までもっとましな時間を過ごしていた部長刑事がいる。そして、主役は幼いディヴィッド・ブルックライン・リード——あと三カ月で四歳の誕生日を迎えるはずだった幼児だ。

この子を、冷たい雨で増水した水路から引っぱり出さないことには、死亡宣告を行なえなかった。生きている望みがあったわけではない。かわいそうに、この子は死後ずいぶん経っていた。いまは四角の青いビニールの上にあお向けにされ、裸体をさらしている。XメンのTシャツは肩のあたりまでめくり上げられ、他にはなにも身につけていなかった。

またカメラのフラッシュが光ると、細部も色もすべて飛んでしまい、まぶしい光が網膜に焼きついてしばらく消えなかった。

片隅に立つローガン・マクレイ部長刑事は、目を閉じて、ディヴィッド・リードの母親になんと伝えたものかと考えていた。わが子が行方不明になって三ヵ月。その間ずっと安否がわからぬままだった。母親は、息子が無事に戻ってくると希望を持ちつづけていた。しかし、幼い息子はとうに死体となり、ずっと水路に横たわっていたのだ。

ローガンは疲労の色の浮かんだ顔を片手でなでた。生えかけたひげが指の腹にちくちくする。くそ、煙草が吸いたくてたまらない。そもそも、なんだっておれがこんなところにいなくちゃいけないんだ！

腕時計を引っぱり出して見て、うめいた。息が白い筋を描く。昨日の朝、出勤してから十四時間が過ぎていた。これでは、〝ならし復帰〟とは言えない。

冷たい風がテントに吹き込んだので、ローガンは顔を上げ、雨のなかからテントに飛び込んできたずぶ濡れの人間を見た。検死医の到着だ。

ドクタ・イソベル・マカリスター。三十三歳、ボブ・スタイルのブルネットの髪、身長五フィート四インチ。腿の内側がすれるたびに、かすかにキュッと音を立てている。ぴったりしたグレイのパンツ・スーツに黒のオーバーという一分の隙もない服装。唯一それを損なっているのが、ひざの上あたりでひらひらと揺れているぶかぶかのゴム長靴だった。

込みあったテント内をプロらしい目で見まわしていたイソベルは、ローガンに目を留めると、一瞬その場に凍りついた。かすかに見せたためらいがちな笑みもすぐに消えた。彼女の目に自分がどう映るかを考えれば驚くことでもない、とローガンは思った。ひげが生えはじめ、目の下にはくま、手に負えないこげ茶色の髪は雨に濡れて縮れ、ぐしゃぐしゃに乱れている。

イソベルは口を開きかけたものの、すぐに閉じた。

雨がテントの屋根をたたき、フラッシュの光とともにシャッターを切る音とフィルムが巻かれる音が響き、発電機がうなっている。しかし、二人のあいだの沈黙はそれらすべての音をかき消していた。

その魔法を解いたのは警察医だった。「ああ、くそ！」彼は片足を上げて、濡れそぼった靴を振った。

イソベルは仕事用の表情をまとった。

「死亡宣告はもうすんだの？」騒音のなかでも聞こえるよう、大声でたずねた。

ローガンは吐息を漏らした。奇跡の瞬間が過ぎ去ってしまったのだ。

警察医はあくびをかみ殺し、テント中央に置かれた、子どもの膨れた死体を指さした。「ああ、あの子はまちがいなく死んでるよ」彼は両手をポケットに深く突っ込み、大きな音で鼻を鳴らした。「私の見解を聞きたいかね。死後ずいぶん経っている。少なくとも死後二カ月だな」

イソベルはうなずき、自分の医療かばんを防水シートの死体の横に置いた。「たぶん、あなたの言うとおりね」彼女はしゃがんで、子どもの死体を見た。

警察医はしばらく体を揺らして、ぬかるみで音を立てていた。イソベルはラテックスの手袋をはめ、必要な器具を出しはじめた。「それじゃあ」警察医が言った。「用があれば大声で呼んでくれ。いいな？」

イソベルがわかったと言うと、警察医は軽く会釈してローガンの前をすり抜けるように通り、雨の降りしきる夜の闇へと出ていった。

ローガンはイソベルの頭頂部を見下ろしながら、再会して最初に言うつもりだった言葉をすべて思い浮かべていた。〝仲直りしよう〟〝アンガス・ロバートソンが三十年以上の無期刑をくらった日に壊れてしまった関係を修復しよう〟しかし、ローガンが再会の場面を思い描くとき、二人のあいだに殺された三歳児の死体が横たわっていることは一度もなかった。幼児の死体が、この再会をいくぶん損なっていた。

やむなくローガンは、用意していた言葉の代わりに、「死亡時期はわかるか？」と口にした。

朽ちかけた死体から顔を上げたイソベルは、かすかに頬を赤らめている。「ドク・ウィルスンの見立てはそんなにはずれていなかったわ」ローガンと目を合わせずに言った。

「死後二カ月、あるいは三カ月かも。検死解剖をすれば、もっとはっきりすると思う。身元はわかってるの？」

「デイヴィッド・リード。三歳だ」ローガンはため息をついた。「八月に失踪人届が出ている」

「気の毒に」イソベルは医療かばんから薄型のマイク付きヘッドホンを取り出し、頭につけると、マイクが生きているか確かめた。ディクタフォンに新しいテープを入れ、幼いデイヴィッド・リードの予備検案にとりかかった。

午前一時半になっても、雨がやむ気配はなかった。ローガン・マクレイ部長刑事はねじれたオークの風下側に立ち、その木を風よけにしながら、写真係のフラッシュがスタッカートの稲妻のように現場捜査班のテント内を満たすのを眺めていた。フラッシュが光るたび、テントにいる者たちの姿が、影絵さながら灰色のシルエットで青いビニールに映し出される。

四つの強力な投光器がどしゃ降りの雨に打たれて湯気を立てながら、テントの周囲にまばゆい白色光を投げかけ、発電機は青みを帯びたディーゼル排気煙を吐いている。冷たい雨が、熱を帯びた金属に当たってシューシューと音を立てている。光の輪の外は漆黒の闇だ。

投光器のうち二つは水路に向けられているので、闇のなかから突然、テントの下方に水路が現われたように見える。十一月下旬の雨で水路は満水になっており、ダークブルーのネオプレン製のウェットスーツを身につけていかめしい顔をした警察所属のダイバーたちが、腰までの深さの水のなかを手探りしていた。鑑識局の二人が、ダイバーたちの頭上にもうひとつテントを張ろうと、悪態をつきながら、雨と風を相手に勝ち目のない戦いを挑んでいた。法医学的証拠を、この嵐から守ろうというのだ。

八フィートと離れていないところを、水かさの増したドン川が濁った水を静かに運んでいく。川面には無数の小さな光の輪が揺れている。黒い水面に反射する投光器の光が、激しい雨に打たれて形が崩れては戻るのを繰り返しているのだ。ここアバディーンで、手加減しないものがあるとすれば、それは雨だ。

ドン川上流ではすでに十数カ所で土手が決壊し、周辺の田園地方を襲った洪水は、野原を池へと変えていた。下流のここは北海まで一マイルもなく、川の流れも速い。

対岸では、葉を落とした木々の向こうに、ヘイトンの高層ビル群がそびえている。温かみのない黄色の明かりが点々と灯った、なんの特徴もない五つの長方形の建物が、滝のような雨にかすんで見えつ隠れつしていた。激しい雨の夜だった。

急遽召集された捜索チームが、懐中電灯を手に、土手を二方向へと分かれて入念に捜索していた。この闇のなかでなにか発見できると期待してのことではない。捜索する姿をアピールしておけば、朝のニュースで、警察が努力していると見えるからだ。

ローガンは鼻をすすり、ポケットに入れた両手をさらに奥へと突っ込むと、向き直って土手の斜面の上、増える一方のテレビカメラが放っている白い光を見上げた。彼らはローガンが到着してまもなく集まりはじめ、ちらりとでも死体をとらえたがっているのだ。最初に駆けつけたのは地元の新聞社で、警察の制服と見るや、だれかれなしに大声で質問をぶつけていた。その後、大手テレビ局が到着した。カメラと、深刻そうな顔をしたアナウンサーを伴ったＢＢＣとＩＴＶだ。

グランピアン警察本部はすでに、〝捜査中〟というお決まりの発表をしていた。いかなる詳細情報も完全に伏せた発表だった。したがって、土手の上方にいるマスコミ連中がどんなネタを見つけて報道するつもりなのかは、だれにもわからなかった。

ローガンは彼らに背を向け、苦労して闇のなかを進むたびに上下に揺れる捜索チームの懐中電灯の光を見つめた。

だいたい、なんだっておれがこの事件を担当しなくちゃならないんだ。まだ復帰初日だというのに。しかし、アバディーンの犯罪捜査課《CID》の他の連中は、訓練コース受講のために不在か、だれかの退職パーティに出かけて酔っ払っているかのどちらかだった。この現場には、警部すら来ていない。ローガンをならし復帰させてくれるはずだったマクファースン警部はいま、犯人に包丁で切り落とされかけた頭部の縫合手術を受けている最中なのだ。そんなこんなで、ローガン・マクレイ部長刑事にお鉢がまわってきた。そして、重要殺人事件の捜査の指揮をまかされたローガンは、無事にだれかに引き継ぐまで失敗をしませんようにと祈っているというわけだ。ありがたくない復帰祝いだった。

　青い顔をした巡査が、危なっかしい足取りでテントから出ると、ぬかるみで足音を立てながら、ねじれた木の下にいるローガンのそばへとやって来た。ローガンの気分をそのまま映したような顔色だ。いや、もっと悪い。

「ひどいですね」巡査は身を震わせ、頭がおかしくなりそうなのを抑えてくれる頼みの綱だというように、煙草をくわえた。一瞬迷ったのち、隣に立つ部長刑事に一本勧めたが、ローガンは断わった。

　巡査は肩をすくめると、かじかんだ手で制服の胸ポケットからライターを取り出し、煙草に火をつけた。闇のなかの石炭のような赤い火が灯った。「復帰第一日目に、むごいものを見たもんですね」

　渦巻く紫煙が夜の闇に花を開いた。ローガンは大きく息を吸い込んで、風に吹き払われてしまわないうちにその煙を傷ついた肺に満たした。

「で、イソ……」ローガンははっとして言い直した。「ドクタ・マカリスターはなんと言ってる？」

　テント内でまたフラッシュが光り、影絵の人形たちの動きの一瞬をとらえて映し出した。

「警察医と大して変わらない内容です。かわいそうにあの子はなにかを使って絞殺された、もうひとつの行為はたぶん死後に行なわれたのだろう、と」

　ローガンは目を閉じ、子どもの膨れた死体を思い出すまいとした。

「わかりますよ」巡査が心得たようにうなずくと、煙草の赤い火が闇のなかで上下した。「少なくとも、あれが行なわれたとき、あの子は息がなかったんです。それがせめてもの慰めですよ」

　コンクレイグ・サークル十五番地は、キングズウェルスでも新しい一画にある。アバディーン市内から車でわずか五分ほどの近郊住宅地キングズウェルスは、市内へと向かって年々じわじわと広がっている。この地区の家は、宣伝によれば〝注文建築の高級住宅〟ということだが、見たところ、大量注文の黄色い煉瓦を使って突貫工事で建てられた、想像力のかけらもない住宅街だった。

曲がりくねった袋小路の入口近くにあたる十五番地は、まだ新築らしく、庭といっても、一部に四角く芝を敷いてその周囲にずんぐりした低木を植えただけの代物だった。庭木の大半はまだガーデン・センターの値札をぶら下げたままだ。午前二時近いというのに一階の明かりがついていて、閉ざしたヴェネチアン・ブラインドのすきまからまばゆい光を放っていた。

ローガン・マクレイ部長刑事は、犯罪捜査課の共同利用車の助手席に座ったまま、ため息をついた。好むと好まざるとにかかわらず、いまはローガンが捜査責任者だ。それは、とりもなおさず、ディヴィッド・リードの死を母親に伝える義務を負うということだ。しかし彼は、その重荷を分担してもらおうと、犯罪被害者家族支援員と、念のために婦人警官をひとり、連れてきていた。これで、少なくとも、自分ひとりで重責を負う必要はなくなるはずだ。

「じゃあ、行こうか」ローガンはようやく言った。「これ以上、先延ばしにしても意味がない」

玄関ドアを開けたのは、煉瓦色の顔に口ひげをたくわえ、赤くなった目に敵意をたたえた、五十代半ばのがっしりした男だった。ワトスン婦警の制服を一瞥すると「遅いお出ましだな」と言った。男は腕組みをしたまま動かなかった。

ローガンはすぐには口を開かなかった。予想していた展開ではなかった。「ミス・リードにお話があります」

「おや、そうかい。だが、いまごろ来ても遅い。新聞社が十五分も前に、話を聞かせろと電話をかけてきたんだ」一語ごとに声が大きくなり、ついにはローガンの鼻先で怒鳴っていた。「警察はまず私たちに連絡するべきだろうが！」男はこぶしを作って自分の胸をたたいた。「私たちはあの子の肉親なんだぞ！」

ローガンは顔をしかめた。マスコミが、いったいどうして、ディヴィッド・リードの死体が発見されたことを知ったのだろう？　肉親はすでに充分すぎるほどつらい思いをしてきたというのに。

「申し訳ありません、ミスタ……？」

「リードだ。チャールズ・リード」ミスタ・リードはふたたび腕組みをし、ますます尊大になった。「アリスの父親だ」

「ミスタ・リード。この件をマスコミがどうして嗅ぎつけたのか、私にはわかりません。しかし、お約束します。こんな事態を招いた張本人はかならず尻を蹴りつけてストーンヘイヴンまで飛ばしてやります」ローガンは間を置いて続けた。「そんなことくらいで万事解決となるはずがないことは承知しています。しかし、いまはとにかく、ディヴィッドのお母さんと話をさせてください」

　ミスタ・リードはドアステップの最上段からローガンを睨みつけた。彼がようやく脇へどいたので、ローガンの目に、ドアのガラスを通して、明るい黄色のペンキを塗った小さな居間が見えた。まっ赤なソファの中央に女性が二人、座っている。ひとりは花柄プリントの戦艦のようで、もうひとりはゾンビのようだった。

　警察官たちが居間へ入っていっても、若いほうの女性は顔を上げなかった。座ったままぼんやりとテレビを見ている。画面は、ピエロたちにいじめられるダンボを映していた。ローガンは期待を込めた目で家族支援員を見たが、いまいましいことに彼女は、なんとしてもローガンと目を合わそうとしなかった。

　ローガンは深呼吸をひとつした。「ミス・リードですね？」

　まったく反応がない。

　ローガンはソファの正面にしゃがみ、彼女の視線からテレビを遮断した。彼女は、ローガンがいないかのように、焦点を結ばない目を前方に向けたままだった。

「ミス・リード？　アリス？」

　ミス・リードはぴくりとも動かなかったが、年上のほうの女性がローガンを睨みつけ、歯をむき出した。目は腫れて赤く、ふくよかな頬をつたう涙が光っている。「よくもここに来れたものね！」激しい口調だった。「この役立たずの――」

「シーラ！」ミスタ・リードが一歩前に出ると、シーラは汚い言葉を呑み込んだ。

　ローガンは改めて、ソファに腰かけたショック状態の女性に意識を集中した。「アリス、デイヴィッドを見つけましたよ」

　息子の名前を聞いて、彼女の目にかすかに生気が戻った。

「デイヴィッド？」唇はほとんど動かず、話すというより息を吐くようにして言った。

「お気の毒です、アリス。デイヴィッドは亡くなりました」

「デイヴィッド……」

「殺されたんです」

　一瞬の沈黙のあと、ミスタ・リードが怒りを爆発させた。

「くそ！　ちくしょう！　あの子はまだ三つだったんだぞ！」

「お気の毒です」ローガンには他に言うべき言葉が思い浮かばなかった。

「気の毒だと？　ほんとうにそう思ってるのか？」ミスタ・リードは顔をまっ赤にしてローガンに食ってかかった。「おまえら役立たずがさっさと重い腰を上げて、あの子がいなくなったときにすぐに見つけてくれてれば、あの子は死なずにすんだんだ！　三カ月前にな！」

　家族支援員が手を振ってなだめるようなしぐさをしたが、ミスタ・リードはそれを無視した。怒りに身を震わせる彼の目の奥に涙が光っている。「いいか、三カ月だ！」

　ローガンは両手を上げた。

「ミスタ・リード、どうか落ち着いてください。いいですね？　気が動転してらっしゃるのはわかって――」

　不意打ちのパンチを食らってはいけないのに、ローガンは不意をつかれた。腹に食い込んだコンクリートブロックのようなこぶしは、瘢痕組織を引き裂き、激痛が内臓を襲った。苦痛の叫びをあげようにも、肺に空気が残っていなかった。

　ひざから力が抜けた。荒々しい手が上着の胸ぐらをつかんで引き寄せた。リードはローガンを立たせておいて、こぶしを引き、こてんぱんに打ちのめそうとしていた。

ワトスン婦警がなにか叫んだが、ローガンの耳には入っていなかった。すさまじい音とともに、彼をつかんでいた手が離れた。ローガンはカーペットの上に倒れ、ボールのように丸まって、火のように熱い腹を押さえていた。怒声が飛び、続いて、頭を冷やさなければ腕をへし折るというワトスン婦警のわめき声が聞こえた。

ミスタ・リードが苦痛の叫びをもらした。

花柄の戦艦が金切り声をあげた。「やめて！　お願いだから腕を折らないで！」

ワトスン婦警がきわめて警察官らしからぬことを言うと、それきり全員が黙り込んだ。

パトカーがサイレンの音を響かせてアバディーン・ドライヴを猛スピードで横切った。助手席に座ったローガンの顔は土気色であぶら汗が浮かび、両手はしっかりと腹を押さえ、路面の凹凸で車が揺れるたびに歯を食いしばっていた。

ミスタ・チャールズ・リードは後部座席で、手錠をかけた両手首をシートベルトで縛られていた。怯えている様子だ。

「なんてこった。すまなかった。ほんとうに申し訳ない」

ワトスン婦警は、救急病棟の入口の前でタイヤをきしらせてパトカーを停めた。〝救急車専用〟と書かれた駐車スペースのひとつだ。彼女は、ローガンが車を降りるのにガラス細工を扱うような手つきで手を貸し、ミスタ・リードに向かって「わたしが戻るまで車のなかでじっとしてなさい。さもないと、とっちめてやるからね」と言った。念のため警報装置のスイッチを入れ、ロックしたパトカーに彼を閉じ込めた。

ワトスンに支えられてなんとか受付までたどりついたとたん、ローガンは意識を失った。

3

グランピアン警察本部は、灰色のコンクリートとガラスでできた七階建ての高層ビルだ。邪魔にならないようクイーン・ストリートの端に押し込まれたこのビルは、屋上に緊急放送システムとラジオのアンテナを備えている。すぐ隣に州裁判所、通りをはさんだ向かいに灰色の花崗岩造りで凝った建築様式のマーシャル・カレッジがあり、アーツ・センターの角を曲がれば、ヴィクトリア時代にローマ様式を模して造られた寺院がある。警察本部ビルは、開発業者たる者は醜悪な建物を好むということの証《あかし》だった。ただ、目と鼻の先にタウン・ハウスや市議会議事堂、十あまりのパブがある。

　パブ、教会、雨——三つとも、アバディーンにはやたら多い。

　雲の垂れ込めた暗い空の下、街灯のナトリウム灯に照らされた早朝のストリートは、黄疸にでもかかったかのように黄色っぽく見える。昨夜の滝のような雨は一向に降りやまず、大粒の雨がすべりやすい歩道に跳ね返っている。すでに排水溝から水があふれていた。

　低い音をとどろかせて通りを行き交うバスが、こんな雨の日に外出する愚か者どもに水しぶきをお見舞いした。

　ローガンは悪態をつきながら片手でオーバーの前を合わせ、バスの運転手どもがみな燃えさかる炎に包まれて死ねばいい、と思った。ゆうべは散々な目にあった。腹を殴られたあと、救急病棟の医師たちから三時間にわたってあれこれ検査を受けた。病院は午前五時十五分になってようやく、腹に伸縮性の包帯を巻き、鎮痛剤を一瓶与えて、降りしきる冷たい雨のなかへと彼を放り出した。

　ローガンはなんとか一時間の睡眠をとった。

　彼は濡れた靴音を響かせて警察本部の一階ロビーに入り、しずくを垂らしながら、湾曲した受付デスクの前に立った。自宅フラットは警察本部から歩いて二分足らずの距離だが、それでもローガンはずぶ濡れだった。

「おはようございます」見覚えのない、顎のとがった受付の巡査部長がガラスの仕切りの奥から挨拶した。「どのようなご用でしょうか？」儀礼的な笑みを浮かべるので、ローガンはため息をついた。

「おはよう、巡査部長。私はマクファースン警部の下で働くことになっていたんだが――」

　ローガンが一般人ではないと気づいた瞬間、巡査部長の顔から愛想笑いが消えた。

「そりゃ無理だ。頭にナイフを食らったから」巡査部長が突き刺すようなしぐさをするので、ローガンは身をすくめないようこらえた。「あなたは、ええっと……」巡査部長はデスクのメモ帳を取ってページを繰ったり戻ったりしていたが、ようやく探しているページを見つけた。「マクレイ部長刑事だね？」

　ローガンはそうだと言い、念のために身分証を見せた。

「ご愁傷さま」受付の巡査部長は、顔の筋肉ひとつ動かさずに言った。「気の毒に、あなたはインスク警部に直属することになってるよ。警部は捜査会議を予定していて……」壁の掛け時計を見上げた。「五分前に始まってる」巡査部長はふたたび愛想笑いを浮かべた。「警部は部下が遅刻するのを嫌うんだ」

　ローガンは、七時三十分からの捜査会議に十二分の遅刻をした。会議室は、深刻な顔をした男女の警察官でいっぱいだった。ローガンがドアを開けると、その全員がさっと振り向き、そっと入って音を立てないようにドアを閉めるローガンを見つめた。前方ではインスク警部――真新しいスーツを着た、大柄で頭の禿げた男だ――が話の途中で言葉を切り、苦い顔をして、ローガンが足を引きずりながら最前列の空いた席に着くのを待った。

「話を続けるぞ」警部はローガンを睨みつけた。「検死医からの予備検死報告書によると、死後約三カ月だ。こんなに経っているのでは、犯罪現場にまだ法医学的証拠が残っているとは考えにくい。特にあの豪雨ではな。だからと言って、捜索をあきらめるという意味じゃないぞ。徹底的な捜索を行なう。死体発見現場から半径半マイル四方を捜索するんだ」

一同から不満のうめきが漏れた。広い捜索範囲だし、なにかが見つかる可能性もない。三カ月も経っているのだから。それに、外はあいかわらずのどしゃ降りだ。長時間、ずぶ濡れになっての、うんざりする作業になるだろう。

「いやな作業だということは承知している」インスク警部は言い、ポケットを探ってゼリーベイビーを取り出した。人形の形をしたゼリーを調べるように見て表面についた毛羽を吹き払ってから、口に放り込んだ。「だが、それがどうした。被害者は三歳の男の子なんだぞ。犯人はかならず捕まえる。失敗は許さん。わかったな？」

インスクは間を置いて、反対意見があれば言ってみろといわんばかりに部屋を見渡した。

「よろしい。失敗という言葉が出たついでに言っておく。昨夜、デイヴィッド・リードの死体が発見されたことを《プレス・アンド・ジャーナル》にリークした人間がいる」彼は朝刊を持ち上げた。〝幼児の遺体発見！〟という見出しがでかでかと載っている。第一面を占めているのは、デイヴィッド・リードの笑い顔の写真と、警察の写真班のたいたフラッシュで内側から照らされた現場捜査班のテントの写真だった。テント内の人間の姿が、ビニールの壁に影となって映っている。

「記者は電話で母親にコメントを求めた——」声が大きくなり、表情が怒りを帯びた。「——われわれが子どもの死を伝える前にだ！」

インスクは叩きつけるように新聞をデスクに置いた。会議室を埋めつくした警察官たちから怒りのざわめきが起きた。

「向こう二、三日、警察倫理委員会による調査が入るのを覚悟しておきたまえ。ただし、断わっておく」インスク警部は、本気であることを一同に呑み込ませるかのようにゆっくりと続けた。「連中の魔女狩りなど、私のやり方に比べれば、子どものお遊びのようなもんだ。私は、リークした犯人を見つけたら、飛び上がって天井を突き破るほど金玉を締めあげてやるからな！」

インスクは間を取ってひとりひとりを睨みつけた。

「では、今日の割当てを発表する」警部はデスクの端に尻をあずけ、担当業務ごとに名前を読みあげた。戸別の聞き込みにあたる者、土手の捜索にあたる者、本部に残って電話番にあたる者。インスクが名前を呼ばなかったのはローガン・マクレイ部長刑事だけだった。

「最後にもうひとつ」インスクが言い、会衆に祝福を与える牧師のように両腕を上げた。「前にも言ったが、今年のおとぎ芝居のチケットを受付で販売中だ。忘れずに買ってくれ」

みなが重い足取りでドアへ向かった。電話番を仰せつかった連中は、今日一日、雨のなかを歩きまわらなければならない惨めな連中よりも大きな顔をしていた。ローガンは、見知った顔がいるのではないかと期待して、列の後尾をうろうろした。入院して一年も休職したせいか、名前を知った顔はひとつもなかった。

彼がうろうろしているのに気づいたインスク警部は、こっちへ来いと呼んだ。

「昨夜、なにがあったんだ？」最後の巡査が出ていき、会議室に二人きりになると、インスクがたずねた。

ローガンは手帳を取り出して読みはじめた。「死体発見は午後十時十五分。発見者はダンカン・ニコルスンという名で――」

「そんなことは訊いてない」インスク警部はデスクの端に腰をかけ、腕組みをした。がらが大きく、禿げ頭で真新しいスーツを着た彼は、立派な服を着せられた仏像のように見える。ただ、仏像ほど親しみやすい印象はなかった。

「ワトスン婦警が午前二時すぎにきみを救急病棟で降ろした。きみは、復帰して二十四時間も経たないうちに、さっそく病院で一晩過ごした。ディヴィッド・リードの祖父が暴行容疑で留置場にいる。とどめに、きみは私の捜査会議に足を引きずって入ってきた。しかも遅刻して」

ローガンはもじもじと姿勢を変えた。「実は、ミスタ・リードは動揺していたんです。彼は悪くありません。《ジャーナル》が電話さえしなければ――」

インスク警部は彼の説明を遮った。「きみはマクファースン警部の下で働くことになっていた」

「あ、はい……そうです」

　インスクはもっともらしい顔でうなずくと、ポケットからまたゼリーベイビーを引っぱり出して毛羽ごと口に放り込み、噛みながら話した。「いまはちがう。マクファースンが頭を縫いあわせてもらってるあいだ、きみは私の下で働くんだ」

　ローガンは失望を顔に出すまいと努めた。アンガス・ロバートスンに刃渡り六インチのハンティング・ナイフで内臓をめった突きにされるまでの二年間、直属の上司はマクファースンだった。ローガンはマクファースンが好きなのだ。知った顔はみな、マクファースンの下で働いている。

　インスク警部について知っていることといえば、彼が愚かな人間を歓迎しないということだけだ。しかも警部は、だれもかれもみな愚か者だと考えているという。

　インスクはデスクに座ったまま反り返り、ローガンを頭のてっぺんからつま先まで眺めた。「きみは殉職するつもりかね、巡査部長？」

「避けられるのであれば、そのつもりはありません」

　インスクがうなずくと、大きな頭が近づき、離れていくようだった。二人のあいだに気づまりな沈黙が広がった。これぞインスク警部が得意とする手法のひとつだ。取り調べに際して、会話が途切れたまま沈黙していれば、被疑者は沈黙を埋めようとして、早晩なにか――なんであれ――口にする。驚くことに、人間だれしも、あせると思いもよらない言葉を口にする。まったく話すつもりのなかったこと、インスク警部にだけは決して知られたくなかったことを、つい口にしてしまうのだ。

　しかし、このとき、ローガンは沈黙を守った。

　ようやく警部がうなずいた。「きみのファイルは読ませてもらった。マクファースンはきみを愚かだと考えていないようだし、今回は大目に見よう。だが、また救急病棟に運び込まれることになったら、きみはお払い箱だ。わかったな？」

「はい。ありがとうございます、警部」

「よろしい。これにより、復帰のためのリハビリ期間は終わりだ。私は態度の煮えきらん能なしに用はない。要は、仕事ができるかできないかだ。あと十五分で検死解剖が始まる。そこへ行きたまえ」

　インスクはてこの要領でデスクを下りると、服の上からポケットを押さえてゼリーベイビーが残っていないか確かめた。

「私は八時十五分から十一時半まで幹部会議なんだ。解剖の結果は、会議から戻ったときに詳しく聞かせてくれ」

　ローガンはドアに目をやり、すぐにインスクに視線を戻した。

「なにか言いたいことでも、部長刑事？」

　ローガンは、ないと嘘をついた。

「それなら結構。昨夜、救急病棟に運ばれたことを考慮して、ワトスン婦警をきみの護衛につけてやろう。彼女は十時に出勤予定だ。行動はつねに彼女と一緒にすること。この件について交渉に応じるつもりはない」

「わかりました」なんてこった、お目付け役をつけられるとは。

「さあ、行きたまえ」

　ローガンが部屋を出かけたとき、インスクが言い足した。

「そうそう、ワトスンを怒らせないほうがいいぞ。だてに〝玉つぶし《ボール・ブレイカー》〟と呼ばれてるわけじゃないからな」

　グランピアン警察本部の建物は大きいため、地下にモルグがある。みながスープを飲む気が失せないよう、食堂から離れたところに、それは設けられている。しみひとつない大きな白い部屋は、一方の壁際に死体を収容する冷蔵キャビネットが並び、タイル張りの床は、二枚扉を開けて入ったローガンの靴の下でキュッキュッと音を立てた。ひんやりしたモルグには防腐剤のきついにおいが立ちこめ、死臭はかすかににおう程度だ。独特な組み合わせのにおいだ。このにおいを嗅ぐと、ローガンは、いまひとりで解剖台の脇に立っている女性を連想するようになっていた。

　ドクタ・イソベル・マカリスターは解剖衣に身を包んでいた。パステル・グリーンの手術衣の上から赤いゴム製のエプロンをつけ、短い髪は手術用のキャップに収めていた。

死体を汚染しないよう化粧はまったくしていない。自分の清潔なモルグに入ってきたのはだれだとばかりに顔を上げたイソベルの目が大きく見開かれたのに、ローガンは気づいた。

彼は足を止め、笑みを浮かべようとした。「やあ」

イソベルは片手を上げて振りかけた。「おはよう……」視線はすぐに、解剖台にのせられた小さな裸体に戻った。三歳のデイヴィッド・リードの死体だ。「まだ始めてないわ。見ていくの？」

ローガンはうなずき、咳払いをした。「ゆうべ訊こうと思ってたんだ」彼は言った。「ずっとどうしてた？」

イソベルは彼と目を合わせず、トレイに並んだきらめく解剖用具を並べ替えた。天井照明の光を受けて、ステンレスがきらりと光った。「もう……」イソベルはため息をつき、肩をすくめた。「わかってるくせに」メスにかけた両手が止まると、きらめく金属と光沢のないラテックスの手袋が対照的だった。「そっちはどうなのよ？」

ローガンも肩をすくめた。「似たようなものかな」

沈黙が耐えがたくなってきた。

「イソベル、おれは……」

二枚扉が開いて、イソベルの解剖助手をしているブライアンが駆け込んできた。続いて副検死医と地方検察官が入ってきた。「遅れてすみません。死亡事故の審理がどんなに大変か、知ってるでしょう。書類手続が山ほどあるんだから」ブライアンが言い、垂れた前髪を目から払いのけた。ローガンに向かって、ふと愛想笑いを見せた。「こんにちは、部長刑事。ひさしぶりですね」足を止めてローガンと握手を交わしてから、自分もゴム製のエプロンをつけるために急いで出ていった。副検死医と地方検察官は挨拶代わりにローガンにうなずくと、イソベルに遅れた詫びを言い、腰を下ろして彼女の作業を見守った。解剖はすべてイソベルが行なう。副検死医——五十代初めで頭は禿げ、耳に毛の生えた太りぎみの男——が来たのは、スコットランド法の定めにしたがい、イソベルの所見が正しいかどうかを確認するためだ。本人の前で異議を唱えることはしない。どのみち、イソベルは常に正しいのだ。

「では、始めましょうか」イソベルはヘッドセットをつけ、マイクの確認をしてから、解剖前の手続を手早くすませた。

　ローガンが見守るなか、イソベルはゆっくりと慎重にデイヴィッド・リードの亡き骸を検分していった。古い樹脂合板をかぶせて三カ月も水路に放置されていたため、死体の皮膚は黒く変色している。腐敗過程の膨満作用により、からだ全体が風船のように膨らんでいた。膨れた皮膚にそばかすのように見える小さな白い斑点は、かびが根づいて生長した箇所だ。においはひどいが、解剖が進めばますますひどくなることをローガンは知っていた。

　ステンレスの小ぶりのトレイが小さな死体の脇に置かれ、イソベルは見つけた異物をすべてそこに放り込んでいた。ガラス片、苔、紙片——死後、遺体についたものすべてを。そのなかのどれかが、デイヴィッド・リードを殺した犯人を突き止める手がかりになるかもしれない。

「いやだ……」イソベルが漏らし、悲鳴をあげる形のまま硬直した死体の口をのぞき込んだ。「招かれざる客——虫がいるみたいよ」デイヴィッドの歯のあいだをピンセットでそっと探っているので、ローガンは一瞬、彼女が頭蓋骨に似た模様をもつスズメガを引っぱり出す気ではないかと恐怖を覚えた。しかしピンセットがつまんでいたのは、生きたワラジムシだった。

　イソベルは灰褐色の虫を明かりにかざし、足がうごめくさまを観察した。

「たぶん、餌を求めて入り込んだのね」彼女は言った。「この虫からなにかわかるとは思えないけれど、念のために保存するわ」保存液の入った小さな薬瓶に虫を入れた。

　ローガンは無言で立ったまま、ワラジムシがゆっくりと液体に沈むのを見ていた。

　一時間半後、髪を垂らした解剖助手がデイヴィッド・リードの死体を縫合しているあいだ、二人は一階の自動販売機の前で立ち話をしていた。

　ローガンは目に見えて気分が悪かった。別れた恋人が解剖台の上で三歳児の体を切り刻む光景を見るのは初めてだった。あの両手が、冷静に手際よく死体を切り開き、内臓を引き出し、計量する……角切りや薄切りにした各臓器を入れた小さなプラスティック瓶を、ラベルをつけて保存するためにブライアンに渡す……思わず身震いすると、イソベルが話をやめて、大丈夫かとたずねた。

「寒けがしただけだ」彼は無理に笑みを浮かべた。「話を続けてくれ」

「死因は、索状物による絞頸。細くてなめらかな紐——たとえば電気コードよ。背面、肩甲骨のあいだに、広範におよぶ打撲痕。額と鼻、両頬に裂傷。犯人は、あの子を地面にうつぶせにし、ひざで背中を押さえて首を絞めたと考えていいわね」事務的な口調で、まるで子どもの解剖など日常茶飯事だというようだ。おそらくそのとおりなのだと、ローガンは初めて気づいた。イソベルは「精液の痕跡は認められなかったけれど、まあ、これだけ時間が経ってるから……」と言い、肩をすくめた。「でも、肛門の裂傷は、挿入があったことを示している」

ローガンは顔をしかめ、熱い茶色の液体が入ったプラスティック・カップをゴミ箱に捨てた。

イソベルが眉を寄せて彼を見た。「損傷は死後のものだと言えば、少しは気休めになるかしら。あれが行なわれたとき、あの子は息がなかったの」

「DNA鑑定はできそうか？」

「まず無理ね。肛門内の損傷は、柔軟性のあるものが挿入された場合とは異なっているわ。挿入されたのは、犯人のペニスではなく、なんらかの異物だと考えられるの。たとえば、ほうきの柄とか」

ローガンは目を閉じて悪態をついた。イソベルは肩をすくめただけだった。

「それだけじゃないの」彼女は言った。「デイヴィッドの性器は、死後しばらく経ってから、刃の湾曲した植木ばさみ状のもので切除されているわ。血が凝固するだけの時間が経ってからよ。おそらく、死後硬直が始まってからだと思う」

二人はしばし無言で、相手に目を向けずに突っ立っていた。

イソベルが空《から》になったプラスティック・カップを両手でひねった。「わたし……気の毒で……」言葉を切り、カップを逆向きにひねった。

ローガンはうなずいた。「同感だ」そう言うと、彼はその場を立ち去った。

4

ワトスン婦警が受付デスクの前でローガンを待っていた。警察支給の重たい黒のジャケットの襟を立てて耳を隠している。防水素材のジャケットは雨をはじくので、水の玉がいくつもできて光っていた。髪はだんごにまとめて警帽に押し込み、鼻は横断標識灯のようにまっ赤だ。

ローガンが両手をポケットに突っ込み、検死解剖の結果について考えながら近づいていくと、ワトスンは笑顔で迎えた。

「おはようございます。お腹の調子はどうですか？」

ローガンは無理に笑みを浮かべた。まだ死体のにおいが鼻孔に残っている。「まずまずだ。きみは？」

ワトスンは肩をすくめた。「日勤に戻れてうれしいです」だれもいない受付周辺を見まわした。「ところで、行動予定は？」

　ローガンは腕時計で時刻を確かめた。十時前だ。インスクが会議から戻るまで一時間半ある。

「ちょっと出ようか？」

　サインをして犯罪捜査課の共同利用車を借りた。ブルーの錆びたボクスホールのハンドルをワトスン婦警が握り、ローガンは助手席に座ってどしゃ降りの街を見ていた。時間がたっぷりあるので、市街を抜けてブリッジ・オブ・ドン地区へ行くことにした。捜索チームが雨とぬかるみのなかを歩きまわって、ありもしないだろう証拠を捜しているはずだ。

　連結《ベンディ》バスが二人の前で道路を横切るときに水をはね上げ、〝クリスマスの買い物はウェスト・エンドで〟と車体に書いた広告が全面にその水を浴びた。

　ワトスンがワイパーを高速にしているので、フロントグラスに擦れるゴムの音が、車内の暖房の音よりも大きいほどだ。警察本部を出てから、二人とも一言も口をきいていなかった。

「受付の巡査部長に、警告を与えてチャールズ・リードを釈放するようにと申しつけたよ」ようやくローガンが口を開いた。

　ワトスン婦警はうなずいた。「そうなさるだろうと思っていました」車は、高価そうな四輪駆動車のうしろについて交差点へと進入した。

「彼のせいじゃなかった」

　ワトスンは肩をすくめた。「わたしの決めることではありません。殺されかけたのはあなたですから」

　四輪駆動のオフロード・カーが――〝オフロード〟といっても、おそらくホルバーン・ストリートの穴くらいしか対処する必要もないだろうと思われるが――突然、右のウインカーをつけ、交差点のまんなかで急停車した。ワトスンは悪態をつき、走行車線の車の流れにすきまを見つけて入ろうとした。

「男のくせに下手くそ」小声で言ったあと、ローガンが助手席に乗っているのを思い出した。「失礼しました」

「気にしなくていい……」ローガンはふたたび沈黙の世界

へと戻り、チャールズ・リードについて、昨夜アバディーン・ロイヤル病院へ運び込まれたことについて、考えた。ほんとうに、チャールズ・リードのせいではなかった。何者かが彼の娘に電話をかけてきて、三歳の息子が殺され水路に放置されていたことをどう思うかとたずねたのだ。そこへのこのこ現われた最初の標的を殴ったとしても、なんら不思議ではない。《プレス・アンド・ジャーナル》に情報を売ったのがだれであれ、その人間の責任だ。

「予定変更だ」彼は言った。「卑劣な記者を見つけ出せないものか、試してみよう」

〝ザ・プレス・アンド・ジャーナル――一七四八年より地元のニュースをお伝えしています〟《プレス・アンド・ジャーナル》では、どの号にも、最上段にそう明記している。しかし、同社が姉妹紙《イヴニング・エクスプレス》と同居している社屋は、謳い文句ほどの由緒を欠いているように見えた。コンクリートとガラスでできた低い二階建ての醜悪な社屋は、ラング・ストレイトから少し奥まったところにあり、高い金網フェンスの奥でうずくまっているむっつりしたロットワイラー犬のようだった。幹線道路から直接入ることができないため、ワトスン婦警は、客で込みあう車のショールームが並び二重駐車ができているみすぼらしい工業団地を抜けて入ることにした。警備員はワトスンの制服を見るとゲートを上げ、手を振って車を通す際に、歯間のすきまを見せてほほ笑んだ。

受付ロビーへ入るための回転ドアの横の壁面に、研磨加工を施して金文字で〝アバディーン・ジャーナルズ有限責任会社〟と書いた花崗岩が埋め込まれている。その下方の真鍮板に同社の歴史が記してあった。〝一七四八年、ジェイムズ・チャーマーズにより創設され……云々〟ローガンは続きを読みもしなかった。

受付ロビーの薄紫色の壁にはなにも飾っていない。唯一その単調さを破っているのが、第二次世界大戦で亡くなった同社の従業員を追悼する木彫りの銘板だった。ローガンは、もっと〝新聞社らしさ〟のようなもの――額に入れた第一面とか、各種の賞、記者たちの写真など――があると思っていた。ところが実際は、新聞社がこのビルに引っ越してきたばかりで、まだなにも飾る時間がなかったというようだ。

雑草のような鉢植え植物が置かれた床はけばけばしい色使いだった。金とピンクの格子模様の床の一部に、大理石を模した明るいブルーのリノリウムをはめ込んであるのだ。

受付係も床と同じくピンクと金――充血した目にブロンドの長い髪をしていた。ハッカ入りの咳止めドロップのにおいがした。彼女は赤い目で二人を見上げ、しみだらけのハンカチで鼻を拭いた。

「いらっしゃいませ」熱意がまったく感じられない口調だ。「ご用件を承ります」

ローガンは身分証を引っぱり出し、鼻水を垂らした受付係の鼻先に突きつけた。「マクレイ部長刑事だ。昨夜アリス・リードの自宅に電話をかけた人物と話をしたい」

受付係はその身分証を見たあと彼の顔を、さらにワトスン婦警の顔を見て、ため息をついた。「見当もつきません」言葉を切って鼻をすすった。「わたしは月曜と水曜だけの勤務なので」

「では、だれに訊けばわかる?」

受付係は肩をすくめ、また鼻をすすった。

ワトスン婦警が陳列棚から朝刊紙を一部取り、たたきつけるようにして受付デスクに置いた。〝幼児の遺体発見!〟ワトスンは記事の署名を指さした。〝コリン・ミラー〟「こいつじゃないの?」ワトスンはたずねた。

受付係は新聞を手に取り、腫れた目を細めて署名を見た。突然、不愉快そうに顔をゆがめた。「ああ……あいつね」

彼女は苦りきった表情で内線ボタンを押した。スピーカーフォンから「もしもし?」と女性の声が聞こえると、受付係は受話器をつかんだ。とたんに、鼻づまりのよそ行き口調から鼻づまりのアバディーンなまりに変わった。「レスリー? 受付のシャロンよ……ねえ、〝天才記者〟はいる?」しばし間があった。「そう、警察がね……知らない。ちょっと待って」

彼女は送話口を手でふさぎ、期待を込めた目でローガンを見上げた。「彼を逮捕するのでしょうか?」すっかりよそ行き口調に戻ってたずねた。

　ローガンは口を開きかけてすぐに閉じた。ようやく「二、三訊きたいことがあるんだ」と言った。

「そうですか」シャロンはがっかりしたようだった。「ちがうって」また内線で話しはじめた。「あいつ、ぶちこまれないわ」二、三度うなずき、やがて満面に笑みを浮かべた。「言ってみる」彼女はまつ毛をぱちぱちさせながら口をすぼめ、ローガンに向かって精一杯しなを作ってみせた。かさついた赤鼻ではそうとう無理があるが、健闘している。「逮捕しないなら、ちょっとばかり痛めつけてやってくれません？」

　ワトスン婦警は共謀者のようにウインクした。「考えてみるわ。で、彼はどこにいるの？」

　受付係は、左手奥のセキュリティ・ドアを指さした。「遠慮なく手足の二、三本も折ってやってください」彼女はにっこりとほほ笑み、ブザーを押して二人を通した。

　編集室はカーペットを敷いた倉庫のようだった。間仕切りのない設計で、吊り天井はタイル張りだ。デスクは二百ほどあるにちがいないが、それらを何カ所かに集めて、小さな島を作っている。ニュースデスク、特集記事班、社説班、ページ・レイアウト班……壁は受付ロビーと同じ薄紫色で、やはり受付と同じくなにも掛かっていない。デスクの仕切りもまったくなく、積んだものがたがいに隣へはみ出している。書類の山、黄色のポストイットを貼ったメモなどが、だれかのデスクから隣のデスクへとはみ出し、まるでスローモーションで見る雪崩の一場面のようだ。

　コンピュータ画面が天井照明の下でちらつき、記者たちは背中を丸めてキーボードに向かい、明日の記事を書いている。止まることのないコンピュータのハム雑音と、コピー機の音を別にすれば、編集室は不気味なほど静かだった。

　ローガンは、目についた最初の人間をつかまえた。ずり落ちそうな茶色のコーデュロイのズボンに、しみのついたクリーム色のシャツを着た年配の男性記者だ。ネクタイは、彼が朝食で口にしたうち少なくとも三つの食品を宣伝している。頭頂部はとうの昔に髪に別れを告げたのに、薄くなった側頭部の髪を無理やり引っぱり上げて禿げた部分を隠している。だれの目もだませないが、本人は現実を直視したくないのだろう。

「コリン・ミラーを探しているんだが」ローガンが言い、さっと身分証を示した。

記者は片眉を上げた。「なるほど。彼を逮捕するのか？」

ローガンは身分証をポケットに戻した。「そのつもりはなかったが、だんだん逮捕したくなってきたよ。なぜ、そんな質問を？」

年配の記者はズボンを引き上げ、とぼけた様子でローガンに向かってほほ笑んだ。「理由はないよ」

一、二、三、四……

「なるほど」ローガンは言った。「で、彼はどこにいる？」

年配の記者はウインクし、トイレのほうに頭を振った。「見当もつかないよ、刑事さん」彼は、含みを込めて一語ずつゆっくりと答えた。最後に男性用トイレに向かって二度ほど意味ありげな視線を向け、にっこりとほほ笑んだ。

ローガンはうなずいた。「ありがとう。大いに役に立ったよ」

「とんでもない」記者は言った。「私は〝もうろく爺さん〟らしく〝あいまいで、とりとめのないおしゃべり〟をしただけさ」

記者がのんびりした足取りでデスクに戻ると、ローガンとワトスン婦警はまっすぐトイレへ向かった。驚くローガンを尻目に、ワトスンは男性トイレにずかずか入っていった。ローガンは首を振り振り、彼女に続いて、白と黒のタイル張りのトイレへ入った。

「コリン・ミラー？」と呼ぶワトソンの大声に、新聞記者たちは多種多様な悲鳴をあげた。大の男どもが、あわててズボンのチャックを閉め、そそくさとトイレから出ていった。最後にひとり残った記者は、背が低く、がっしりした体格で、高価そうなダーク・グレイのスーツを着ていた。肩幅が広く、整った髪形で、小便器の前で調子はずれの口笛を吹きながら体を揺すっている。

ワトスンが上から下まで見て「コリン・ミラーね？」と

たずねた。

肩越しにこっちを見た男は、口もとにふてぶてしい笑みを浮かべていた。「息子を振るのを手伝ってくれるのかい？」ウインクをしながら言った。グラスゴーなまりが大きく尊大に響いた。「医者から重いものは持たないように言われてるもんでね……」

ワトスンはミラーを睨みつけ、そんなことを頼んで後悔するわよ、と告げた。

〝ボール・ブレイカー〟と呼ばれる所以をワトスンが実証してみせる前に、ローガンが二人のあいだに割って入った。

記者はウインクし、一物を軽く振ったのち小便器から向き直り、ほぼすべての指にはめた金のシグネット・リングをきらめかせながらズボンのチャックを閉めた。首に下げた金の鎖がシルクのシャツとネクタイの上にのっている。

「ミスタ・ミラーだね？」ローガンはたずねた。

「そうだよ。サインでも欲しいのか？」きどった歩き方で洗面台へ向かいながらシャツの袖を少し引き上げると、右の手首にずっしりした金製品と、左の手首に四人の人間が横になれそうなほど大きな腕時計が見えた。この男ががっしりしているのも当然だ。これだけの貴金属を身につけて動きまわらなければならないのだから。

「デイヴィッド・リードについて話をききたいんだ。例の三歳の――」

「だれのことかわかってる」ミラーが蛇口をひねりながら言った。「第一面で気の毒なあの子の件を報じたのはぼくだからね」にっこりほほ笑むと、ポンプ容器を押して液体石鹸を両手で受けた。「あの三千語はジャーナリストとしてはおいしかったよ。いいか、幼児殺しは、いわゆる〝おいしいネタ〟なんだ。どこかの人でなしが子どもを殺すと、突然、だれもかれもが、コーンフレークを食べながら幼児の死体に関する記事を読みたがる。まったく信じがたいね」

ローガンは、ミラーの襟首をつかんで小便器に頭を押しつけてやりたい衝動を抑えた。「昨夜、遺族に電話しただろ」固めたこぶしをポケットの奥深くに押し込んでたずねた。「死体が発見されたことを、だれから聞いたんだ？」

ミラーは、洗面台の上方の鏡に映ったローガンに向かってほほ笑んだ。「天才なみの頭脳は必要なかったよ。ええっと、警部さん……？」

「部長刑事だ」ローガンは言った。「マクレイ部長刑事」

記者は肩をすくめ、ハンド・ドライヤーの下で手をこすり合わせた。「ただの部長刑事か」温風が吹き出される音に負けないよう、大きな声を出さなければならなかった。「でも、心配するな。ぼくがこの人でなしを捕まえるのに手を貸してくれれば、あんたを警部にしてやるよ」

「きみが捕まえるだと……」固く目を閉じると、ミラーの折れた鼻から小便器に血が流れる光景を見たい気持ちに襲われた。「警察がデイヴィッド・リードの死体を発見したことを、だれから聞いたんだ？」歯を食いしばり、たずねた。

カチッ。ハンド・ドライヤーが止まった。

「言ったろ。天才じゃなくともわかるって。子どもの死体が見つかったとなれば、デイヴィッド・リード以外に考えられないじゃないか」

「見つかった死体が子どものものだと、警察は発表しなかった」

「おや、そうかい？　なるほど、それじゃあ、たんなる偶然の一致だな」

ローガンはミラーを睨みつけた。「だれから聞いた？」

ミラーは笑みを浮かべると、シャツの袖口を引き出し、上着の袖から糊のきいた白いシャツがおしゃれな感じで一インチほど見えるように整えた。

「ジャーナリストの免責特権という言葉を聞いたことないのか？　ぼくには情報源を明かす義務はない。警察も無理に聞き出すことは認められていない」彼はしばし間を置いてから続けた。「そうだな、魅力的な婦警さんがマタ・ハリのように体を張ってスパイしたいってんなら、ぼくだって落ちてやってもいい……制服を着た婦人警官との情事だ！」

ワトスンが怒りの声をあげ、折り畳み式の警棒を取り出した。

男性トイレのドアがぱっと開き、ワトスンは気勢をそがれた。こげ茶色の豊かな巻き毛の大柄な女性が憤然と入ってきて、燃えるような目で両手を腰にあてた。「いったいここでなにが起きてるわけ？」彼女はローガンとワトスンを睨みつけた。「ニュースデスクの半数近くがズボンにお漏らししたようだけど」だれにも答える間を与えず、ミラーに噛みついた。「あんたも、なんだってまだこんなところで油を売ってるの？　あの幼児の件で警察の会見が三十分後に始まるのよ。タブロイド各紙がでかでかと書きたてるわ。でも、これはうちのネタなんだし、絶対に負けたくないんだからね！」

「ミスタ・ミラーは捜査に協力中なんです」ローガンが言った。「彼の情報源を知りたいと――」

「彼を逮捕するつもり？」

ローガンが答えに詰まったのはほんの一瞬だが、女にはそれで充分だった。

「ちがうと思った」女はミラーに指を突きつけた。「さあ、さっさと準備しなさい。トイレで婦人警官といちゃついてもらうために給料を払ってるわけじゃないのよ！」

ミラーは笑みを浮かべて、憤怒をたぎらせている女性に向かって敬礼した。「了解しました、編集長！」続いてローガンにウインクした。「ではまた。職務やなんかに追われてるものでね」

彼はドアへ向かって足を踏み出したが、ワトスン婦警がその行く手をはばんだ。「部長刑事？」ミラーの頭に一発お見舞いする口実が欲しくてたまらない様子で警棒に手をかけた。

ローガンはしたり顔の記者からワトスンへと視線を移し、また記者を見た。「行かせてやれ」ようやく言った。「話はいずれまた、ミスタ・ミラー」

記者はにっこりとほほ笑んだ。「楽しみにしてるよ」右手で銃の形を作り、ワトスン婦警に向かって発射するまねをした。「じゃあ、またね、取調官どの」

ありがたいことに、ワトスンは返事をしなかった。

駐車場に出ると、ワトスンは雨のなかを荒々しい足取りでボクスホールへ行き、乱暴にドアを開けて警帽を後部座席に投げつけ、運転席にどさりと腰を下ろし、大きな音を立ててドアを閉めてから、毒づいた。

彼女の言い分にも一理あるとローガンは思った。ミラーが自分から情報源を明かす可能性はない。また、あの編集長——巻き毛の意地悪ばばあ——も、ミラーに情報源を明かすよう命じることはありえないと、あの十分間の演説で明確に示した。つまり、ミラーが情報源を明かすことなど、ドンズの愛称で知られるアバディーン・フットボール・クラブがスコティッシュ・プレミアリーグで優勝するのと同じくらい、見込みがないというわけだ。

助手席の窓をノックされ、ローガンは飛び上がった。見ると、雨のなかから大きな顔がローガンに向かってほほ笑みかけている。頭頂部にバーコードを描いている髪が濡れないよう、《イヴニング・エクスプレス》をかぶっていた。あのむかつくミラーのやつが男性トイレに隠れていると〝教えなかった〟記者だ。

「あんた、ローガン・マクレイだね！」記者が言った。「やっぱり。顔に見覚えがあったんだ」

「そうですか」ローガンは助手席で身を縮めた。

ずり落ちかけた、色あせた茶色のコーデュロイの男はうれしそうにうなずいた。「私が書いたんだよ。あれはええっと、一年前かな？　〝ポリス・ヒーロー、マストリック・モンスターとの対決で刺される！〟」彼はにっこりとほほ笑んだ。「あれはいい記事だった。見出しも最高だった。〝ポリス・ヒーロー〟が頭韻を踏んでないのは残念だったが……」肩をすくめた。ややあって記者は、開いている窓から片手を差し入れた。「特集記事班のマーティン・レスリーだ」

ローガンはその手と握手を交わした。刻々と落ち着かない気分が深まっていた。

「うれしいな、ローガン・マクレイ……」記者が言った。「もう警部に昇進したかね？」

ローガンがまだ部長刑事だと答えると、年配の記者は憤慨した様子だった。「冗談だろ！　警察はなにを考えてるんだ。あんたは警部になってしかるべきなのに！　アンガス・ロバートスンは人でなしだ……あいつがピーターヘッド刑務所で盲腸炎の手術を自分でやったって話は聞いたかね？」記者は声を低めた。「ドライバーを研いで、腹に突き立てたそうだ。いまごろきっと、大便用の袋をぶら下げる羽目に……」

　ローガンが黙っていると、記者は、雨を避けようと、開いている窓から頭を突っ込んだ。

「で、いまはどんな事件を担当してるんだね？」記者がたずねた。

　ローガンはまっすぐ前方を向いたまま、長々と伸びる陰気な灰色のラング・ストレイトをフロントグラス越しに見つめていた。「ええっと……いまは……」

「もしも、女の腐ったようなコリンのやつに興味があるんなら」年配の記者がささやくような小声で話しだした。言葉を切り、片手を口にあてて低い声でワトスン婦警に詫びた。「失礼。悪気はなかったんだ」

　ワトスンは肩をすくめた。なにしろ、ついさっきまで、彼女自身、もっとひどい言葉でミラーをののしっていたのだ。

　レスリーはワトスンにばつの悪そうな笑みを見せた。

「とにかく、あいつは《スコティッシュ・サン》から派遣されてて、自分は〝天才記者〟だと思ってる……噂によると《スコティッシュ・サン》を馘になったってことだ」表情がかげった。「われわれ記者にだって、いまなお報道規則を信奉してる者がいるよ。〝同僚をだますなかれ〟〝警察が知らせるまで、死んだ子どもの親に電話をするなかれ〟だが、あの卑劣な男は、最終的にネタをものにできるかぎり、なにをやっても許されると考えてるんだ」苦々しげに間を置き、言い足した。「おまけに、スペリングはでたらめだし」

　ローガンは物思いに沈んだ顔を記者に向けた。「警察がデイヴィッド・リードの死体を見つけたことを彼に教えた人間に心当たりは？」

　年配の記者は首を振った。「見当もつかない。だが、なにかわかったら、まっさきにあんたに知らせるよ。たまにはやつに一泡吹かせてやることができればうれしいからね」

　ローガンはうなずいた。「まったくだ。そうなればいい気味だ……」無理に笑みを浮かべた。「さて、私たちはもう行かなければ……」

ワトスン婦警が車を出し、あとに残された年配の記者は雨のなかで立ちつくしていた。

「警察はあんたを警部にすべきだ！」記者が車に向かって叫んだ。「警部に！」

防犯ゲートを出る際、ローガンは顔がほてるのを意識した。

「同感です」彼がビートの根のようにまっ赤になるのを見ながらワトスン婦警が言った。「あなたはわたしたちみんなの励みになっているんですよ」

5

警察本部へ戻るべく、苦労してアンダースン・ドライヴを横断しようかというころには、ローガンはきまり悪さを克服しつつあった。アンダースン・ドライヴはもともとバイパスとして造られたのだが、アバディーンの街が中年太りに苦しみ、それを解消しようとこの通りの外にまで冷たい花崗岩のビルが次々と建てられたため、結局は市街地を走る環状道路として溢れんばかりの車が行き交うようになった。ラッシュアワーにはドライバー泣かせだ。

雨はなおも激しく降りつづいており、アバディーン市民はいつもと変わらぬ対応を見せていた。防水加工を施したジャケットに身をくるんでフードをかぶり、身を切るほどの冷たい風に負けないようしっかりと傘を握りしめて、足もとに気をつけながら歩いている人はごくわずかで、大多数はずぶ濡れになりながら普通に歩いているのだ。

だれもが殺意を秘め、近親相姦の関係にあるかに見える。陽の射す季節には、だれもみな分厚いセーターを脱ぎ捨て、頬をゆるめて笑顔を見せる。しかし、冬には、アバディーンの街全体が、まるで映画《脱出》の集団オーディションを受けているかのような病んだ雰囲気に包まれるのである。

ローガンはむっつりと助手席の窓の外に目を向けて、重い足取りで行き交う人びとを眺めていた。主婦、子らの手を引く主婦、ダッフルコートを着てまぬけな帽子をかぶった男。シャベルを片手に、市当局から支給された手押しカートに動物の死骸を満載して押しているロードキル。ビニール袋を持った子ども、乳母車を押す主婦、ミニ丈のキルトをはいた男……

「朝のうち、彼の頭にはいったいどんな考えが浮かぶんだろうね？」ローガンは、ギアを入れて車を数インチ進めるワトスンに向かってたずねた。

「え、ロードキルですか？　起きて、道路に転がっている死体をシャベルですくい取り、昼食をとり、また死体をすくって――」

「いや、ロードキルじゃない」ローガンは助手席の窓に指を突きつけた。「彼だ。あの男が起きて、〝よし、そよ風が吹いただけで尻が見えるようにキルトをはこう〟なんて考えると思うか？」

そのとたん、魔法でも使ったように、風がミニのキルトをとらえてまくり上げたので、白い綿《めん》の下着が見えた。

ワトスンが眉をつり上げた。「ああ、なるほど」輝くようなブルーのボルボの横を過ぎた。「少なくとも下着は清潔です。彼のお母さんは、息子がバスにはねられた場合のことを心配する必要はありませんね」

「そうだな」

ローガンは身をのりだしてカー・ラジオのスイッチを入れ、つまみをいじった。そのうち、アバディーンの民放ラジオ局ノースサウンドの放送がスピーカーから鳴り響いた。

二重ガラスの宣伝が品のないアバディーンなまりでまくし立てられると、ワトスン婦警は顔をしかめた。どうしたものか、わずか六十秒足らずのコマーシャルに、約七千語とくだらない歌が詰め込んであった。「驚いた」ワトスンは、信じられないとばかりに眉間にしわを寄せた。「よくこんなくだらないコマーシャルを聴いてられますね」

ローガンは肩をすくめた。「地元局だからね。好きなんだ」

「ゲール語を使う連中はばかです」ワトスンはアクセルを踏み込み、赤信号に変わる前に交差点を走り抜けた。「ラジオ・ワンを聴くべきです。ノースサウンドなんてだめですよ。どのみち、ラジオをつけてはいけない決まりでしょう。無線が入ったらどうするんですか？」

ローガンは指で腕時計をたたいてみせた。「十一時、ニュースの時間だ。地元の人間向けの地元のニュース放送だ。自分の担当地区でなにが起きているのか知っておいても、決して害にはならないよ」

二重ガラスの宣伝に続いて、インヴァルリーにある自動車工場の宣伝が、アバディーンでももっとも聞き取りにくいなまりであるドリックで流れた。さらにユーゴスラヴィア・バレエの宣伝、そしてインヴァバーヴィーに開店したばかりのフィッシュ・アンド・チップス店の宣伝が続く。そのあと、ようやくニュースが始まった。例によってくだらないニュースが中心だったが、あるニュースがローガンの注意を引いた。彼は身をのりだし、ボリュームを上げた。

〝……今日の午前中にありました。ジェラルド・クリーヴァー被告の裁判がアバディーン州裁判所で続いています。マンチェスター出身で五十六歳のクリーヴァーは、アバディーン小児病院で看護士として勤務中、二十人以上の児童に対し性的虐待を行なったとして起訴されました。怒れる人びとが裁判所前の通りにまであふれ、警官による厳重な警戒のもと護送されてきた被告に、罵声を浴びせました……〟

「厳しい判決が出ればいいのに」ワトスンが言い、ボックス交差点を横切ってスピードを落とし、細い脇道へ入った。

〝……殺害されたデイヴィッド・リードの家族のもとに支援のメッセージが数多く寄せられています。これは、三歳のデイヴィッドの遺体が昨夜遅くドン川近くで発見されたことを受けて……〟

ローガンは指を伸ばし、ニュースの途中でラジオを消した。「ジェラルド・クリーヴァーは卑劣な犯罪者だ」見ていると、ふらふらと道路中央に出てきた自転車の男が、タクシーの運転手に向かって指を二本突き立てて罵っていた。「マストリックで起きたレイプ殺人事件で、やつを取り調べたんだ。容疑者というわけではなかったが、〝不審者〟リストにのってたから、とりあえず引っぱったんだよ。冷たくてべとべとして、ヒキガエルのような手をしていた。取り調べのあいだじゅう自分の性器をいじってて……」そのときのことを思い出し、ローガンは身震いした。「だが、今回は逃げられんだろう。十四年以上の無期刑でピーターヘッド刑務所行きだよ」

「当然の報いです」

ピーターヘッド刑務所は、性犯罪者が放り込まれる刑務所だ。レイプ犯、小児性愛者、加虐性愛者、連続殺人犯……アンガス・ロバートスンのような連中だ。彼らは、性的に正常でまともな犯罪者たち——性犯罪者に、ナイフではなく一物を突き立てたがる連中——から守ってやる必要があるのだ。ところが、なんと、あのアンガス・ロバートスンがいまでは人工肛門の袋をつけているという。なぜかローガンは、ロバートスンにあまり同情できなかった。

ワトスン婦警がなにか言っているが、マストリック・モンスターに思いを馳せていたローガンの耳には入っていなかった。彼女の表情を見て、なにか訊かれたのだと察した。

「ふうむ……」時間稼ぎをする。「どういう点で？」切り返しの常套句だ。

ワトスン婦警は怪訝な顔をした。「いえ、つまり、昨夜、医者はなんと言ったのかと思って。救急病棟でなんと言われたんですか？」

ローガンはうなり声をあげ、上着のポケットからプラスティック瓶を取り出して振った。「四時間おきに一錠、食後の服用が望ましい。アルコールと一緒に摂らないこと」朝すでに三錠飲んでいた。

彼女は片眉を上げたものの、なにも言わなかった。

二分後、警察本部の裏手にある立体駐車場に入り、警邏課と犯罪捜査課の共同利用車用の駐車区画へと進んだ。この立体駐車場の利用を認められているのは幹部と上級警察官だけだ。それ以外の者は、どこかに場所を見つけて路上駐車するほかない。本部から歩いて五分のビーチ・ブルバードに車を置いてくるのが普通だった。どしゃ降りの日には、賄賂を払って警察次長になりすます輩《やから》が現われる。

　インスク警部は特別捜査本部室でデスクの端に腰かけ、太い脚を片方だけぶらぶらと振りながら、クリップボードを持った巡査の報告を聞いていた。捜索チームからの報告はかんばしくなかった。死体が遺棄されてから時間が経ちすぎているのだ。天候もマイナスに作用した。たとえ、奇跡的に法医学的証拠がこの三カ月間残っていたとしても、この六時間のあいだに流されてしまったにちがいない。巡査が否定的な結果を次々と報告するあいだ、インスク警部は一言も口をはさまなかった。デスクに座ったまま、〈コーラ・ボトルズ〉の袋からコーラ味のグミを取っては食べていた。

　報告を終えた巡査は、インスク警部がコーラ・グミを噛むのを中断してなにか言うのを期待して待った。

「あと一時間、捜索を続けるようチームに伝えてくれ。それでもなにも見つからなければ、今日の捜索は終了する」彼がほぼ空《から》になったコーラ・グミの袋を差し出すと、巡査がひとつ取り、うれしそうな顔で口に放り込んだ。「本気で捜索しなかったなどと、だれにも言わせん」

「はい」巡査は口にコーラ・グミが入ったまま答えた。

　インスク警部はまだ口を動かしている巡査を放免すると、ローガンとワトスン婦警を手招きし、前置きもなく「検死結果の報告を」と求めた。彼は、デイヴィッド・リードの死体に加えられた冒瀆的行為についてのローガンの説明に、捜索チームの中間報告を聞いていたのとまったく同じ態度で——口をはさまず、顔色も変えず、コーラ・グミを食べながら——耳を傾けていた。コーラ・グミがなくなると〈ワイン・グミ〉の袋を取り出した。

「驚いたな」ローガンの説明が終わると、インスクが口を開いた。「つまり、小児性愛の連続殺人鬼がアバディーン市内を闊歩しているというわけだな」

「そうとはかぎりません」ワトスンが、表面に〝シェリー〟という文字が浮き彫りされたオレンジ色の菱形のグミを受け取りながら言った。「死体はひとつしかあがっていないので〝連続殺人〟ではありませんし、犯人も地元の人間ではないかも……」

インスクはただ首を振っただけだった。

ローガンは〝ポートワイン〟を取った。「死体は三カ月も同じ場所に放置されていた。さらに犯人は、死後硬直が始まってずいぶん経ってから遺棄現場へ行き、記念品を持ち帰っている。隠し場所が安全だと知っていたにちがいない。つまり、明らかに〝地元の人間〟だ。また、わざわざ現場へ戻って死体の一部を持ち帰るということは、その行為が犯人にとって特別な意味を持つということだ。思いつきでやったことではなく、長いあいだ頭に思い描いていたんだろう。犯人はなんらかの儀式的な空想を実行に移している。またやるはずだ。すでにやっていなければの話だが」

インスクも同意見だった。「ここ一年間に行方不明になった子どもたちについて資料をそろえてくれ。リストは向こうの壁に貼ること。そのうちの何人かがこの人でなしに出くわした可能性があるからな」

「わかりました」

「それから、ローガン」〈ワイン・グミ〉の袋の口を丁寧に折ってポケットへ戻しながら警部が言った。「《ジャーナル》から電話があった。きみがやって来て、新入りの敏腕記者を脅したと言ってるぞ」

ローガンはうなずいた。「コリン・ミラーです。以前は《スコティッシュ・サン》にいたそうです。彼があの記事を――」

「あの新聞社を敵にまわせと私が言ったかね、部長刑事？」

ローガンはぴたりと口を閉じた。躊躇したのち「いいえ」と答える。「あの近くへ行ったものですから、考えて――」

「部長刑事」インスク警部は噛んで含めるようにゆっくりと言った。「考えてくれるのは喜ばしい。いい傾向だ。それこそ、私が部下たちに奨励していることだからな」〝だが〟と続くのだと、ローガンにもわかった。「だが、許可なく地元新聞社へ押しかけ、怒らせてほしくない。いまは、市民にアピールする記事を書いてもらう必要がある時期だ。捜査でだれかがなにかを失敗したら、被害を最小限に抑えなければならない時期だ。新聞社を味方につけておく必要があるんだ」

「今朝の警部の口ぶりでは――」

「私が今朝言ったのは、新聞社にリークした人間をかならず罰するということだ。むろん、絶対にとっちめてやる。リークは警察の問題であって、新聞社には関係ない。わかったな?」

ローガンの行動は問題だったわけだ。ワトスン婦警が急に自分の靴に強い関心を示しはじめ、ローガンは「はい。申し訳ありませんでした」と言った。

「よろしい」インスクはデスクから一枚の紙を取り、相応の叱責を受けたマクレイ部長刑事に渡した。「捜索チームはまだなにも発見できない。ま、当然だな。潜水捜索隊が川をさらう予定だが、この雨ではまず不可能だろう。すでに、いたるところで土手が決壊している。そもそも、死体が発見されたこと自体、運がよかったんだ。あと二日遅ければ、川の水が水路にどっと流れ込んで、ザザーッ……」彼が片手で流れるような動きを見せると、コーラ・グミにまぶしてあった砂糖の粒がいくつか指先で光った。「ディヴィッド・リードの死体は北海へ流されていただろう。そのままノルウェーまでノンストップだ。こっちで死体が見つかることは決してなかったはずだ」

ローガンは検死報告書でこつこつと歯を打ちながら、インスク警部の禿げ頭の上方を見つめていた。「偶然が多すぎるのではありませんか?」眉間にしわを刻んで言った。「デイヴィッド・リードの死体はあそこに三カ月も放置されていたのに、川の増水で土手が決壊する前に発見する人間がいなければ、決して見つかることはなかった」視線が警部の顔へ戻った。「死体は海へ流され、新聞に記事は載らない。マスコミ報道されない。犯人は自分の犯行の成果を読むことができない。フィードバックなしです」

インスクがうなずいた。「一理あるな。だれかやって、死体発見者を引っぱってこさせろ……」自分の手帳を確認した。「ミスタ・ダンカン・ニコルスン。この男をしょっぴいて、正式な事情聴取をしたまえ。昨夜のような、なまぬるい聴取ではだめだ。他人に知られたくない秘密をこの男が持っているなら、私はそれを知りたい」

「では覆面パトをやって――」ローガンがそこまで言ったとき、突然、特別捜査本部室のドアが勢いよく開いて、息せききって駆け込んできた巡査が急ブレーキをかけるようにして止まった。

「警部」巡査が言った。「また子どもが行方不明になりました」

6

リチャード・アースキンの母親は太りぎみで、興奮しており、彼女自身がまだ子どもだった。トリーにあるテラスハウスのまんなかの家の居間には、小さな木製の額に入れた写真がたくさん飾ってあった。どの写真も同じ――リチャード・アースキンの笑顔が写っている。五歳のリチャードは、ブロンドの髪で、歯並びが悪く、頬にえくぼがあり、大きな眼鏡をかけている。生まれてから現在までのリチャードの人生は、この手狭な居間でたどることができる。ローガンは最悪の結果を考える前に物思いを断ち切った。

母親の名前はエリザベス。二十一歳の彼女は、泣きはらした目と流れ落ちたマスカラ、まっ赤な鼻に目をつぶれば、美人に属する。長い黒髪をなで上げて、丸い顔があらわだ。半狂乱で室内を歩きまわり、爪を嚙んで、とうとう生皮から血が出はじめた。

「あの子、あいつにさらわれたんだわ、そうでしょ？」パニックに駆られた甲高い声で、そう何度も繰り返していた。「あいつがリッチーを連れ去った。あの子をさらって殺したのよ！」

　ローガンは首を振った。「現時点では断言できません。息子さんは、時間を忘れて遊んでいるだけかもしれません」写真の並んだ壁をもう一度見まわし、ほんとうに幸せそうに見える写真を見つけようとした。「息子さんがいなくなってどのくらい経ちますか？」

　母親は足を止め、ローガンをねめつけた。「三時間よ！　さっき、その人に話したわ」嚙んでいた手を振り、ワトスン婦警を指し示した。「あの子、わたしが心配するのを知ってるの。遅くなるはずがない。そんなことしないわ」下唇が震え、みるみる目がうるみはじめた。「あんたも外へ出て捜したらどうなの？」

「目下、パトカーと警官を出して息子さんを捜させています、ミセス・アースキン。さあ、今朝のことを聞かせてください。息子さんがいなくなったのは何時ごろですか？」

　ミセス・アースキンは袖口で涙と鼻をぬぐった。「あの子……買い物からまっすぐ帰ってくるはずだったの。牛乳とチョコレート・ビスケットを買って……まっすぐ帰ってくるはずだったのに！」

　彼女はまた狭い居間を行ったり来たりしはじめた。

「息子さんが買い物に行った店はどこですか？」

「学校の向かいにある店。遠くないわ。いつもはひとりで行かせないんだけど、今朝はわたし、家にいなくちゃいけなくて」彼女は鼻をすすった。「洗濯機の修理が来ることになってたから。時間はわからないって言うんだもの。午前中ってだけで。でなきゃ、あの子をひとりで行かせたりしなかった！」下唇を嚙み、嗚咽が激しくなった。「わたしのせいだわ！」

「一緒にいてもらえる友人か近所のかたがいれば……」

　ワトスンがキッチンを指さした。勝手知ったる様子の年配の女性が紅茶の道具――といっても、二個のマグカップだけだ――をのせたトレイを運んできた。警察官は家のなかでのんびり紅茶を飲んでいる場合ではない。さっさと外へ出て、行方のわからない五歳児を捜すことを期待されているのだ。

「警察は恥を知るんだね」年配の女性が言い、コーヒーテーブルに積まれた《コスモポリタン》の上にトレイを置いた。「あんな変質者を野放しにして！　あんな連中は刑務所にぶち込んでおけばよかったんだよ。刑務所なんてすぐそこにだってあるだろうに！」この家から目と鼻の先にある、塀で囲まれたクレイギンチズ刑務所のことを言っているのだ。

エリザベス・アースキンは友人からミルクティーの入ったマグカップを受け取った。手が震えているため、カップの縁から熱い紅茶がこぼれた。彼女は、紅茶のしずくが淡いブルーのカーペットにしみ込むのを見ていた。

「あんた……」彼女は言葉を切り、鼻をすすった。「煙草、持ってない？　わたし……リッチーを身ごもったときに禁煙したから……」

「申し訳ない」ローガンは言った。「私も禁煙する羽目になったもので」彼は向き直って、マントルピースから、いちばん最近のものらしい写真を手に取った。リチャードはまじめそうな顔で、まっすぐカメラを見つめている。「この写真を借りてもいいですか？」

母親がうなずいたので、ローガンは写真をワトスン婦警に渡した。

五分後、二人は狭い裏庭に出て、雨に打たれないよう、裏口のドアの上方にボルトで固定された形ばかりの小さなベランダの下に立っていた。小さな水たまりがつながってしだいに大きくなり、芝生を敷いた狭い裏庭は完全に没しかけていた。点々ところがる十あまりの子どものおもちゃは、どしゃ降りの雨に洗われて、どれもプラスティックの形状がくっきり見えている。柵の向こうから、濡れそぼった灰色の家並みがローガンを見返しているようだった。

トリーはこの街でもっとも貧しい地区ではないが、ワースト・テンには入るだろう。ここにはアバディーンの水産加工場が集まっている。毎週、何トンものホワイトフィッシュが水揚げされ、手作業で内臓を取りのぞき、切り身に加工されているのだ。寒さと魚臭さに我慢できれば、大金を得られる仕事だ。廃棄する魚の内臓や骨がいっぱい入ったプラスティック製の青い大型ゴミ容器がいくつも道端に置いてあるので、雨が降ったぐらいでは、さっと舞い降りて魚の頭や内臓をくちばしですくい取るのを、太ったカモメがあきらめるはずもなかった。

「なにを考えているんですか？」ワトスンがたずねた。かじかまないよう、両手をポケットの奥に突っ込んでいる。

ローガンは、鮮やかな黄色の掘削機の座席を飲み込みかけている水たまりを見つめたまま肩をすくめた。「家のなかは捜したのか？」

ワトスンは手帳を取り出した。「通報があったのが十一時〇五分。母親は半狂乱でした。指令係は、地元トリー署から巡査二名を派遣。二人はまず、家じゅうを入念に捜索。子どもはリネン類収納室に隠れていなかったし、死体となって冷凍冷蔵庫に隠されてもいませんでした」

「そうか」あの掘削機は五歳の子には小さすぎる。実際、ほとんどのおもちゃが、対象年齢〝三歳以上〟のもののようだ。ミセス・アースキンは、息子の成長を望んでいなかったのだろうか？

「母親が息子を殺したと考えているのですか？」ワトスンがたずね、水びたしの裏庭を見つめているローガンの顔を見た。

「いや、そういうわけではない。だが、仮にそうだとわかった場合、警察が家のなかを捜さなかったとなると……マスコミにたたかれるからね。で、父親については？」

「近所の人の話では、あの子が生まれる前に亡くなったそうです」

ローガンはうなずいた。それなら、母親があれほど過剰反応を示しているのも説明がつく。夫を亡くしたうえ、息子まで失いたくないのだ。「それで、捜索の状況は？」ローガンはたずねた。

「子どもの友だちに電話をかけました。日曜の午後以降、だれもあの子を見かけていません」

「洋服や、お気に入りのテディ・ベアなどについては？」

「すべてあると確認されました。ですから、おそらく家出ではないでしょう」

ローガンは放置されたおもちゃを最後にもう一度見てから家のなかへ入った。最新情報を求めて警部がまもなくここへ来ることになっている。「ひとつ訊きたいんだが……」キッチンを抜け、玄関へ向かって廊下を歩きながら、彼は横目でワトスンを見た。「きみは前にもインスク警部の下で仕事をしたことがあるんだろ？」

ワトスン婦警は、そうだと答えた。

「あれはどういうことだろう——」ローガンはコーラ・グミをがっつくまねをした。「警部は禁煙中なのか？」

ワトスンは肩をすくめた。「知りません。一種の強迫神経症じゃないんですか？」そう言うと、しばし眉根を寄せて考えた。「あるいは、たんに食い意地が張っているだけかも」

ローガンは、笑ったものか、ショックを受けた顔をしたものか、判断がつかなかった。

「でも、ひとつ言うなら、警部はおそろしく優秀な警察官ですよ。二度と怒らせないことです」

どういうわけか、ローガン自身、すでに同じ結論を導き出していた。

「そうだな」彼は玄関ドアの前で足を止めた。居間と同じく、廊下も写真で飾られている。「さっきの写真を持って、最寄りの新聞販売店へ行ってくれ。コピーが百枚ほど必要になるだろうし——」

「それなら地元署の連中がすでにすませています。四人の警官が、買い物に行くのにリチャードが通ったと思われるルートを一軒ずつあたって、写真のコピーを配っています」

ローガンは感心した。「時間を無駄にしないんだな」

「そうです」

「よろしい。制服警官を五、六人呼んで手伝わせよう」携帯電話を取り出し、番号を押しはじめたものの、最後の数字を押す前に指を止めた。「なんてこった……」

「どうしました？」

値段の高そうな車が道端に寄って停まり、見覚えのある背の低い男が急いで降りてきた。黒いオーバーに身を包んだ男は、黒い傘を広げようと苦労している。

「早くもハゲタカどもが嗅ぎつけたようだな」

ローガンは廊下にあった傘をつかみ、雨のなかへと出ていった。ドアステップに立ってコリン・ミラーが上がってくるのを待つあいだ、冷たい雨が傘をたたいた。

「部長刑事じゃないか！」ミラーが言い、笑みを浮かべた。「ひさしぶりだね。まだ連れまわってるのかな、さっきの美人……」戸口で睨みつけているワトスン婦警を見ると、ミラーの笑みが広がった。「婦警さん！　あなたのうわさをしてたところですよ」

「用件は？」ワトスンの口調は、この陰鬱な午後よりも冷ややかだった。

「お楽しみよりも仕事ってわけかい？」ミラーはポケットから上等そうなディクタフォンを取り出し、二人に示した。「また子どもが行方不明になった。警察は――」

ローガンは顔をしかめた。「また子どもが行方不明になったことを、どうやって知ったんだ？」

ミラーは雨にけむる道路を指さした。「子どもの特徴を警察無線で流してたじゃないか！　どうやって知ったと思ってるんだ？」

ローガンはとまどいを顔に出さないように努めた。

ミラーがウインクした。「気にするな。ま、ぼくは年がら年中ばかなまねをしてるけどね」またディクタフォンを持ち上げてみせた。「では、関連性についてうかがおうか。今回の失踪は、昨日発見された――」

「いまの段階で話せることはなにもない」

「おいおい、冗談じゃないぞ」

ミラーの背後で車が停まった。車体の側面にBBCスコットランドのロゴが描かれている。マスコミは大々的に報じることだろう。昨日、幼い男児の死体が発見されたばかりなのに、今日また別の男児が行方不明になっているのだ。マスコミは例外なく、ミラーと同じ結論に飛びつきたがるはずだ。ローガンの頭に見出しの言葉が浮かんだ。〝小児性愛の殺人鬼、また子どもを襲う？〟警察本部長は激怒するだろう。

ミラーが向き直り、ローガンの見つめているものを見て、その場に凍りついた。「ものは相談だが――」

「申し訳ない、ミスタ・ミラー。現時点でこれ以上くわしい話はできない。あとは公式発表を待ってくれ」

長く待つ必要はなかった。五分後、インスク警部の泥はねのついたレンジローバーが家の前に停まった。そのころにはすでに、新聞やテレビの取材班がちょっとした〝非常線〟を張っていた。ドアステップの下にマイクとカメラレンズの壁を作り、それぞれが大きな黒い傘の下で縮こまっていたのだ。まるで葬式のような光景だった。

インスクはわざわざ車を降りることもせず、窓を下ろしてローガンを手招きした。テレビカメラがローガンの動きを追った。彼は通りを横切り、借り物の傘をさして雨のなかに立ったまま、車内から漂ってくる濡れたスパニエル犬のようなにおいに顔をしかめまいとしながら、窓越しにインスク警部に状況を説明した。

「よし、わかった」警部はカメラの輪に向かってうなずきながら言った。「さて、どうやら今夜はテレビに出演することになるようだ」禿げ頭をかき上げるしぐさをみせた。「髪を洗うのを忘れなくて正解だったよ」

ローガンは無理してほほ笑んでみせた。腹を縦横に走る傷跡がしくしくしはじめていた。昨夜、腹部を殴られたために傷の存在を思い出したせいだ。

「よろしい」インスクが言った。「私はマスコミへの発表を許可されたんだ。その前に訊くが、まぬけ面をさらさなくてすむよう、あらかじめ知っておくべきことがあるかね？」

ローガンは肩をすくめた。「普通に判断するかぎり、母親は正直に話してくれたと思います」

「なにか引っかかることが？」

「わかりません。母親は、息子をガラス細工のように扱っています。ひとりで外出させないし、おもちゃはどれも二つほど下の子向けのものです。あれでは、子どもも息が詰まったのではないかという気がするんです」

インスクが片眉を上げたので、髪のないピンク色の頭皮にしわが寄った。彼はなにも言わなかった。

「子どもは誘拐されたのではないという意味ではありませ

ん」ローガンは肩をすくめた。「ただ……」

「言いたいことはわかった」インスクが言い、なめらかな動きで車を降りた。不潔で悪臭を放つレンジローバーに乗っていたのに、本人はちりひとつない一張羅のスーツとネクタイを身につけていた。「だが、もしも、この件を軽視し、子どもが絞殺されペニスを切り落とされて発見されるという結果になれば、警察の大失態ということになる」

突然、ローガンの携帯電話が鳴った。本部からだった。ダンカン・ニコルスンの身柄を拘束したのだ。

「なんだって……？ いや、だめだ」ローガンは電話を耳に押し当て、笑みを浮かべた。「いや、留置場に放り込め。おれが行くまで、冷や汗をかかせておくんだ」

ローガンとワトスン婦警が警察本部へ戻るころには、本格的な捜索が始まっていた。インスク警部は、当初ローガンが応援に呼んだ六人から三倍以上に巡査を増員したので、いまでは四十人以上の男女の警察官と、四人の警察犬係に連れられた四頭のシェパードが、この凍えるような雨のなか、リチャード・アースキンの自宅からヴィクトリア・ロードの商店までのあいだにある、公園、公共のビル、小屋、茂みや水路を残らず捜索していた。

受付の巡査部長が、ダンカン・ニコルスンを本部でいちばん汚い留置房に放り込んだ、もう一時間近くそこにいる、と二人に告げた。

念のため、ローガンとワトスン婦警は食堂に寄り、紅茶とスープを摂ることにした。ニコルスンにはひとり留置房でやきもきさせておき、二人は時間をかけてエンドウ豆とハムのスープを食した。

「さてと」腹ごしらえがすむとローガンは言った。「ミスタ・ニコルスンを取調室に連れてきてくれないか？ 例によって無言で睨みつけておきたまえ。私は捜査状況を確認してから、十五分か二十分後に顔を出す。そのころには、彼も震えあがってるはずだ」

ワトスンが立ち上がり、厚切りのスポンジ・プディングと湯気を立てている黄色いカスタード・クリームを食べたそうな目で最後にちらりと見たあと、ダンカン・ニコルスンの一日をいっそう惨めなものにしてやるべく出ていった。

ローガンは特別捜査本部室へ行き、事務担当者から最新の情報を聞いた。捜索チームはいまだなにも発見できず、戸別の聞き込みでもめぼしい情報は得られていない。そこでローガンは廊下の自動販売機で紅茶を買い、ゆっくりと飲んで時間をつぶした。そのあと、また鎮痛剤を飲んだ。二十分経つと、第二取調室へ向かった。

狭く実用的で、薄汚れたようなベージュに塗られた部屋だ。ダンカン・ニコルスンはテーブルに向かって座り、その向かいに押し黙って睨みつけているワトスン婦警がいた。ニコルスンは明らかにそわそわしていた。

取調室は禁煙だ。ニコルスンにはどうやらそれがつらいらしい。テーブルには、引きちぎられた紙が彼の前で山になっていた。ローガンが入っていくとニコルスンが飛び上がったので、白い紙片がすり切れたブルーのカーペットに舞い落ちた。

「ミスタ・ニコルスン」ローガンは言い、ワトスンの隣の茶色いプラスティックの椅子に腰を下ろした。「待たせて申し訳ない」

ニコルスンは椅子の上で姿勢を変えた。鼻の下に玉のような汗が光っている。まだ三十二歳のはずだが、四十五歳前後に見える。髪を剃ってスキンヘッドにしているが、ピンク色に光る頭皮に青みを帯びた灰色の髪が生えかけている。耳は、左右それぞれ、少なくとも三カ所にピアスをしている。それ以外は、月曜の朝、まだ工場が本格的に稼働する前に寄せ集めの材料で作った製品のようだ。

「おれは何時間もここにいる！」ニコルスンはあらんかぎりの怒りを込めて言った。「何時間もだ！　便所にも行かせてくれねえ。漏らすかと思ったぜ」

ローガンは顔をしかめた。「おやおや。なにか勘ちがいしているようだね、ミスタ・ニコルスン。きみはみずからの自由意志でここへ来た、そうだろう？　トイレに行かせなかったって？　当直の巡査部長によく言っておこう。二度とそんなことが起きないようにするよ」怒りを静めるような、親しげな笑顔を向けた。「だが、こうして全員そろったんだし、事情聴取を始めようか？」

ニコルスンがうなずき、安心したらしく、かすかに笑みを浮かべた。気分を和らげたのだ。

「巡査、準備をたのむよ」ローガンが二本の真新しい録音用テープを渡すと、ワトスンは封を切り、壁にボルトで固定されたレコーダーに二本とも入れ、続いて二本のビデオテープも同様に準備した。彼女が〝レコード〟ボタンを押すとテープがまわり始めた。

「ミスタ・ダンカン・ニコルスンの事情聴取です」彼女は言い、規定どおり名前、日付、時刻を述べた。

ローガンはまた笑みを浮かべた。「では始めようか、ミスタ・ニコルスン。ダンカンと呼んでいいかな？」

テーブルの向こう側に座っている男は、ローガンの肩越しに、部屋の隅にあるビデオカメラに不安げな視線を向けた。ようやく、スキンヘッドを縦に振った。

「さて、ダンカン、きみは昨夜、デイヴィッド・リードの死体を見つけたね？」

これにもニコルスンはうなずいた。

「声に出して答えてくれないか、ダンカン」ローガンの笑みは刻々と大きくなっていた。「うなずいても録音できないからね」

ニコルスンの目が、また、自分をとらえているビデオカメラのガラスの目にさっと向いた。「あ……悪い。そう、そうなんだ。おれはゆうべ死体を見つけた」

「あんな夜更けにあんなところでなにをしていたんだ、ダンカン？」

彼は肩をすくめた。「おれは……散歩だ。ほら、女房と喧嘩して、散歩に出たんだよ」

「川の土手へ？　あんな時間に？」

ローガンの笑みが消えはじめた。「ああ、そうさ。ときどき行くんだよ、ほら、考えごとをしに」

ローガンは、隣の巡査のまねをして腕を組んだ。「すると、きみは考えごとをしに土手へ行ったわけだ。で、殺された三歳の男児の死体に、たまたまつまずいた？」

「ああ、そうさ……おれはただ……いいか、おれは……」

「殺された三歳の男児の死体に、たまたまつまずいただけだ。満水状態の水路のなかで。樹脂合板の下に隠してあった死体に。暗闇で。どしゃ降りの雨のなかで」

　ニコルスンは一度、二度と口を開いたものの、言葉はなにも出てこなかった。

　ローガンはたっぷり二分間、座っている彼を沈黙のなかに放置した。ニコルスンはしだいに落ち着きを失い、スキンヘッドにも鼻の下と同じく汗が浮かびはじめた。あぶら汗からかすかにニンニクのにおいが漂ってきた。

「おれ……酔ってたんだよ、わかるだろ？　転げ落ちたんだ。あの土手を転がり落ちて、危うくこっちまで死ぬところさ」

「きみはどしゃ降りのなかで土手を転がり落ちた。それなのに、警察が到着したとき、きみには泥はねひとつついていなかった。きみの洋服はきれいだったんだよ、ダンカン。とても、ぬかるんだ土手を転がって水路に落ちたばかりの人間の様子とは思えないだろ。ちがうか？」

　ニコルスンが片手で頭をなでると、重苦しい取調室に、生えかけた髪がこすれるかすかな音がした。わきの下に紺色のしみができていた。

「おれ……通報するために家へ帰ったんだ。着替えたんだよ」

「なるほど」ローガンはふたたび笑顔のスイッチを入れた。「今年の八月十三日、午後二時半から三時のあいだ、きみはどこにいた？」

「おれ……わかんねえよ」

「では、今朝十時から十一時まで、どこにいた？」

　ニコルスンが大きく目を見開いた。「今朝だって？　どうなってんだ？　おれはだれも殺しちゃいねえぜ！」

「きみが殺したなんて、だれが言った？」ローガンは座ったまま体の向きを変えた。「ワトスン巡査、きみは、私がミスタ・ニコルスンに対して殺人の容疑をかけていると言うのを聞いたかね？」

「いいえ、聞いていません」

　ニコルスンは落ち着かなげに身動きした。

　ローガンは、この三年間に失踪届が出された子ども全員のリストを取り出し、テーブルに置いた。

「今朝はどこにいたんだ、ダンカン？」

「テレビを観てたよ」

「では、他の日にはなにをしていた？」ローガンは身をのりだし、リストを読みあげた。「三月十五日の六時から七時のあいだは？　覚えてないのか？　では、五月二十七日の四時半から八時のあいだは？」

　リストの日付をひとつずつたずねた。ニコルスンは汗をかきながら、つぶやくような声で答えた。どこにも行ってない、家にいた、テレビを観てたんだ。おれのアリバイを証明してくれるのは、ジェリー・スプリンガーとオプラ・ウィンフリーだけだ。番組はどれも再放送だった。

「なあ、ダンカン」リストが終わるとローガンは言った。「状況はどうもかんばしくないな」

「おれはその子らに手を出してないぜ！」

　ローガンは椅子の背にもたれ、またもインスク警部ばりの沈黙の技を使おうとした。

「おれはやってねえって！　あの子の死体を見つけたとき、ちゃんと通報しただろ？　おれが殺したんなら、通報するはずないだろうが？　子どもを殺すもんか。おれは子どもが好きなんだからよ」

　ワトスン婦警が片眉を上げると、ニコルスンが睨んだ。

「あんたが考えてるような意味じゃねえよ！　おれには甥っ子や姪っ子がいるんだ。わかったか？　あんなむごいこと、絶対にするもんか」

「では、話を最初に戻そう」ローガンは椅子を揺すってテーブルに近づいた。「あのどしゃ降りの雨のなか、夜更けに、なんのためにドン川の土手をうろついていたんだ？」

「さっき言ったろ、むかついてたから……」

「どうして信じられないんだろうね、ダンカン。鑑識の報告書が出れば、きみと殺された子どもを結びつける証拠が出るような気がするのは、どうしてだろう？」

「おれはなんもやっちゃいねえ！」ニコルスンが片手でテーブルをたたくと、ちぎった紙の山が舞い上がり、雪のように床へ落ちていった。

「きみを勾留する、ミスタ・ニコルスン。うまいこと言って切り抜けられると考えているのなら、甘いな。しばらく留置場にいれば、きみも考え直すだろう。きみがほんとうのことを言う気になったら話をきこう。十三時二十六分、事情聴取終了」

　ワトスン婦警にニコルスンを留置場へ連れていかせると、ローガンは取調室に残り、彼女が戻るのを待った。

「どう思う？」ローガンはたずねた。

「あの男は殺していないと思います。人を殺せるタイプじゃありません。もっともらしい嘘をつけるほど利口でもありませんし」

「そのとおりだな」ローガンはうなずいた。「だが、それでも、彼が嘘をついていることに変わりはない。夜遅くに酔っ払ってあんなところへ行ったなんて考えられない。泥酔した人間は、たとえ冗談でも、どしゃ降りの雨のなかで土手を歩きまわったりしない。彼が土手へ行ったのには理由がある。それがどんな理由なのか、まだわからないだけだ」

　車窓を流れ過ぎるアバディーン港は灰色でみすぼらしかった。埠頭に係留された四、五隻の海底油田用補給船の船体を彩る明るい黄色やオレンジ色のペンキも、どしゃ降りの雨にくすんで見える。午後の薄暗いなかで、巻き上げ機を使って大型トラックから荷を待つ船へとコンテナを下ろす作業のためにつけられた照明が、目にまぶしかった。

　ローガンとワトスン婦警は、またもトリーにあるリチャード・アースキンの家へ向かっていた。行方不明の少年を見かけたのを思い出したという人が、ほんとうに見つかったのだ。ミセス・ブレイディという女性が、赤いアノラックを着てブルー・ジーンズをはいた小柄なブロンドの少年が自宅の裏にあるゴミ捨て場を横切るのを目撃していた。これまでに得られた唯一の手がかりだった。

　まもなく二時半のニュースが始まるので、ローガンがカー・ラジオのスイッチを入れると、なつかしいビートルズの曲の最後の部分が流れてきた。当然ながら、リチャード・アースキンの失踪がトップ・ニュースだった。子どもの行方に関してなにか知っている人はぜひ情報を提供してほしい、と市民に訴えるインスク警部の太い声が、スピーカーからとどろいた。毎年恒例のクリスマスのおとぎ芝居を見たことのある人ならみな知っていることだが、インスクは生まれながらにして劇的効果を発揮する才に恵まれている。しかし彼は、だれもが頭に浮かべる疑問をアナウンサーからぶつけられた際、その才能を抑えていた。

〝警部は、デイヴィッド・リードを殺害したのと同じ小児性愛者がリチャードを連れ去ったとお考えですか？〟

〝いまは、リチャードを無事な姿で発見したいと考えています。なにか情報をお持ちの方は緊急直通電話《ホットライン》にお電話ください。番号は〇八〇〇－五五五九九九です〟

〝ありがとうございました、警部。次のニュースです。マンチェスター出身で五十六歳の元看護士、ジェラルド・クリーヴァー被告の裁判は、被告側弁護人サンディ・モア・ファカースンに対して殺害の脅迫があったことを受けて、厳重な警備のもとで続いています。ミスタ・モア・ファカースンはノースサウンド・ニュースに次のように語って……〟

「ただの脅しじゃないことを願うよ」ローガンは手を伸ばし、弁護士の声がスピーカーから聞こえる前にラジオを切った。サンディ・モア・ファカースンは殺害の脅迫を受けて当然だ。アンガス・ロバートスンに情状酌量をと訴えた、イタチのような顔をした根性の腐った男だ。犯行はマストリック・モンスターだけの責任ではない、彼に言い寄られた女性たちは激しく抵抗したために殺されたのだ、彼女たちは挑発的な服装をしていた、要は自業自得だ、と主張したのだ。

リチャード・アースキンの家に着くと、玄関前に集まっているマスコミの数は昼間のほぼ倍に増えていた。道路は駐車車輛でふさがっており、中継車まで二台停まっていた。やむなく二人は離れた場所に車を停め、ワトスン婦警の傘に入って雨のなかを歩いて家へ向かった。

BBCスコットランドに、グランピアン、ITN、スカイ・ニュースが加わっていた。どぎついテレビ用照明のなかでは、灰色の花崗岩の家並みも色を失っていた。凍えるほど冷たい雨が滝のように降っているにもかかわらず、マスコミ連中のだれひとり、気にもならないらしい。

《チャネル・フォー・ニュース》の巨乳のブロンド女性が、

家全体とマスコミ陣が背景に入る位置に立ち、カメラに向かってしゃべっていた。

「……考える必要があるでしょう。いまの段階でマスコミがご家族の苦しみを大々的に報じることが、ほんとうに公共の利益に貢献することになるのでしょうか？　いつ――」

ワトスンがカメラの前を堂々と横切ったので、青と白の模様の傘が、女性アナウンサーの姿を完全にカメラから遮断した。

だれかの「カット！」という声が響いた。

テレビ・ジャーナリストから罵声が飛ぶと、ローガンは小声で「わざとやったな」と言った。ワトスン婦警はにやりと笑っただけで、ドアステップの下に集まっているマスコミ陣を押し分けて進んだ。ローガンは、不満の声に混じって大声で投げつけられる質問やコメントを求める声に耳を貸さないよう、あわてて彼女のあとに続いた。

家族支援員が、リチャード・アースキンの母親と、隣家の辛辣な老婦人とともに居間にいた。インスク警部の姿はなかった。

ローガンはワトスンを居間に残してキッチンへ行き、調理台のやかんの横に置いてある封の開いたジャッファ・ケーキの袋から勝手に一個取って食べた。裏庭に通じる勝手口のドアを見ると、上半分に入っているガラスから射し込む光を、外に立つ大柄な人影が遮っている。

しかし、それはインスクではなかった。しょぼくれた様子の太りぎみの刑事が、小さなベランダの下で、背中を丸めてたて続けに煙草を吸っていたのだ。

「やあ」刑事は、背筋を伸ばそうとも、煙草を消そうともしなかった。「いやな天気だな」地元の人間ではない。純然たるニューカッスルなまりだ。

「じきに慣れるさ」ローガンは踏み段へ出て刑事の横に立ち、できるだけたくさん副流煙を吸い込んだ。

刑事はくわえていた煙草を出すと、口に指を突っ込み、爪で奥歯をほじった。「それはどうかな。おれだって雨には慣れっこだが、ここの雨は世界一ひどいよ」なにかは知らないが目当てのものをほじくり出したらしく、指先をどしゃ降りの雨で洗い流した。「週末まで降りつづくと思うか？」

ローガンは低く垂れ込めた鈍色《にびいろ》の雲を見た。「週末？」首を振り、また副流煙を傷ついた肺いっぱいに吸い込んだ。「アバディーンをなめないでもらいたいね。三月まで降りやむものか」

「でたらめを言うな！」太い高圧的な声が二人のまうしろから聞こえた。

ローガンがはっと振り向くと、両手をポケットに突っ込んだインスク警部が戸口に立っていた。

「マクレイ部長刑事の言うことを信じちゃいかん。彼はきみをかついでいるんだ」インスクがただでさえ窮屈な踏み段に出てきたので、ローガンと刑事は落っこちそうになりながら脇へ詰めた。

「三月まで降りやまないだと？」インスクはフルーツ・キャンディを口に放り込んだ。「三月ねえ。なにも知らない刑事に嘘を言うんじゃない。アバディーンをなめないでもらいたいね」ため息をつき、また両手をポケットに突っ込んだ。「雨は永遠に降りやまないんだ」

三人は黙ってその場に立ったまま、ただ降る雨を眺めていた。

「そうそう、ちょっとした朗報があるんですよ、警部」ようやくローガンが口を開いた。「ミスタ・モア・ファカースンが殺しの脅迫を受けているそうです」

インスクはにんまりした。「そりゃいい。私自身、あの男には山ほど脅迫状を書いたんだ」

「彼はいま、ジェラルド・クリーヴァーの弁護を担当しているんです」

インスクはまたもため息をついた。「別に驚きはせんね。どのみち、それはスティール警部の問題だ。私の問題は〝リチャード・アースキンはどこにいるのか？〟ということだよ」

7

死体は、アバディーン市南部、ニグにある市営のゴミ集積場で発見された。リチャード・アースキンの家から車で二分の距離だ。ここに、小学生の団体が〝リサイクルと緑化について〟というテーマで社会見学にやって来た。子どもたちはマイクロバスで三時二十六分に到着し、ゴム付きの小さな白い防塵マスクと丈夫そうなゴム手袋を着けさせられた。全員、防水加工を施したジャケットとゴム長靴を着用した。三時三十七分、大きなゴミ容器の並んだ横にあるプレハブのオフィスで入場記録に記入したあと、ゴミ集積場に入った。使用済みの紙おむつや割れた瓶類、台所ゴミ、その他、二十数万ものアバディーン市民の日々の生活ゴミのなかを、彼らは歩いた。

見つけたのは八歳のレベッカ・ジョンストンだった。引き裂けた黒いビニール袋の山から、左足が突き出ていたのだ。上空にカモメがたくさんいた。大きく丸々と太ったカモメたちがさっと舞い降りて、甲高い声をあげながら、ぎこちないバレエを踊るように威嚇しあっていた。そのなかの一羽がつついていたのが、血まみれの足指だった。それが最初にレベッカの目を引いたのだ。

こうして、四時ちょうどに警察に通報が入ったのである。

雨風の強い日にもかかわらず、においは信じられないほどひどかった。ここドゥーニーズ・ヒルの雨はとても冷たい。錆びたボクスホールを、その冷たい雨がたたき、突風が揺らした。暖房をフル稼働しているにもかかわらず、ローガンは震えていた。

彼もワトスン婦警もびしょ濡れだった。雨は、二人の警察支給のジャケットの〝防水加工〟などものともせず、ズボンを濡らし、靴のなかにまでしみ込んだ。その他は言うまでもない。車の窓はくもり、暖房はほとんど効いていなかった。

鑑識局がまだ到着していなかったため、ローガンとワトスンは、さらのゴミ袋と車輪付きの大型ゴミ容器《ホイーリー・ビン》をいくつも使って死体の上方に間に合わせのテントを作ったのだった。テントは、うなるような風のなか、いまにも吹き飛ばされ、ずたずたに引き裂かれそうに見えたが、いちばんの困りものである雨を防いでいた。

「いったい、鑑識局はなにをしてるんだ?」ローガンはくもったフロントグラスを手で拭いて外を見た。はためく黒いビニール袋や言うことをきかないゴミ容器と格闘するうち、ローガンはみるみる不機嫌になっていった。昼食時に飲んだ鎮痛剤の効き目が切れはじめ、身動きするたびに痛みが走った。うなりながら鎮痛剤の瓶を引っぱり出し、受けた手に一錠振り出すと、水なしで飲み込んだ。

ついに、白く見える覆面ヴァンが、煌々とヘッドライトをつけて、ゴミだらけの道をゆっくりとやって来た。鑑識局が到着したのだ。

「やっと来た!」ワトスン婦警が言った。

二人は車を降り、激しい雨のなかで待った。

近づいてくるヴァンの後方に広がる鉛色の北海は荒れ狂っていた。ノルウェーのフィヨルドからあの海を渡ってきた冷たい風が、あそこで初めて陸地にぶつかるのだ。

ヴァンが濡れた地面ですべるように停車し、不安そうな顔をした男が、フロントグラスの奥から、しのつく雨と腐敗したゴミをじっと見た。

「溶けやしないぞ!」ローガンが叫んだ。腹が痛み、寒く、びしょ濡れで、歩きまわる気分ではなかった。

鑑識局の男女四人がしぶしぶヴァンから雨のなかへと出てきて、ローガンの作った間に合わせのテントの上方に現場捜査班のテントを立てた。車輪付きのゴミ容器と黒いビニール袋は雨のなかに放り捨てられ、携帯用発電機のスイッチが入れられた。大きな音を立てて発電機が作動しはじめると、湯気のように白い光が一帯に満ちた。

犯罪現場の雨よけ対策がすむや、警察医の〝ドク〟ウィルスンが姿を見せた。

彼は「ご苦労さん」と言い、片手でコートの襟を立て、もう一方の手で医療かばんをつかんだ。ぬかるんだ道から青いビニール・テントまでのあいだに広がるゴミの〝地雷原〟をちらりと見て、ため息を漏らした。「この靴は買ったばかりなのに。まいったな……」

　彼がテントへ向かって歩きだすと、ローガンとワトスン婦警があとに続いた。

　クリップボードを持った、にきび面の鑑識局の警察官がテントの入口で三人を止め、降りしきる雨のなかで名前を記入させた。ようやくテントに入れてもらった三人が白い紙製の作業衣を着るあいだも、彼は疑わしげな目で見ていた。

　テントのなかでは、大量のゴミ袋のなかに人間の脚が一本、突き立っていた。ひざから下だけが、湖の乙女の腕のように——むろん、名剣エクスカリバーを捧げ持ってはいないが——突き出しているのだ。鑑識局のビデオ係がその脚の周囲をゆっくりと動きながら、チームの他のメンバーが脚の入った袋のまわりにある袋のなかから慎重にゴミを回収して透明なビニールの証拠品袋に収める様子を、撮影していた。

「ちょっと持ってくれるか」警察医が言い、医療かばんをワトスンに渡した。

　彼がかばんを開けてラテックスの手袋を取り出し、外科医のように両手にはめるあいだ、ワトスンは黙って立っていた。

「さて、少し場所を空けてくれ」ウィルスンは、せわしく動きまわっている鑑識局の連中に向かって言った。

　警察医が死体に近づけるよう、彼らはうしろに下がった。ドク・ウィルスンは指先で足首の関節のすぐ下を押さえた。「脈はない。この脚は文字どおり切断されたものか、あるいは被害者は死んでるか」彼が試しに脚を引っぱると袋のなかのゴミが動き、鑑識局の連中が舌打ちした。犯罪現場を乱されると我慢ならないのだ。「だめだ。この脚は体につながってるようだ。よって、死亡宣告とする」

「ありがとう、ドク」ローガンが言うと、老医師は背筋を伸ばし、ラテックスの手袋をズボンでぬぐった。

「どういたしまして。検死医と地方検察官が来るまでここにいたほうがいいかね？」

ローガンは首を振った。「みんなが尻まで凍えても意味がありませんよ。とにかく、ありがとう」

十分後、鑑識局の写真係がテントの入口から顔をのぞかせた。「遅れてすまん。どこかの馬鹿が港で泳ぎに出て、膝蓋骨を忘れてきちまったもんでね。まったく、外は凍えそうなほど寒いな」

テントのなかもさして暖かくはないのだが、少なくとも雨を防ぐことはできる。

「やあ、ビリー」ローガンは、ジャケットを脱ぎはじめたひげ面の写真係に声をかけた。

ビリーは赤と白の縞模様の長いスカーフをジャケットのポケットに押し込み、続いて〝がんばれ、ドンズ〟と編み込んだ、ぽんぽん付きの赤い毛糸の帽子を脱いだ。帽子の下は禿げ頭だ。

ローガンは啞然とした。「髪はどうしたんだ？」

ビリーはしかめ面で紙製の白い作業衣を着た。「聞かないでくれ。それより、あんたは死んだと思ってたよ」

ローガンは笑みを浮かべた。「そうさ。でも生き返ったんだ」

ビリーはグレイのハンカチで眼鏡を拭き、同じハンカチでカメラのレンズも磨いた。「だれか、なにかに触ったか？」さらのフィルムを入れながらたずねた。

「ドク・ウィルスンが脚を引っぱったが、それ以外は手つかずだ」

ビリーはカメラのてっぺんに大きなフラッシュガンをはめ、甲高い音を発するまで手根で押した。「よし、みんな下がってくれ……」

狭いテント内に目を刺すような青みがかった白い光が走り、シャッターを切る音とフラッシュの音が続く。そして、二枚、三枚……

ビリーが写真を撮り終えようかというころ、ローガンの携帯電話が鳴りはじめた。ローガンはぶつくさ言いながら、ポケットから電話を引っぱり出した。インスクが最新情報を得ようとかけてきたのだ。

「申し訳ありません」テントの屋根をたたく雨音に負けないよう、ローガンは大声を出さなければならなかった。

「検死医がまだ来ないんです。死体を動かさないことには、正式な身元確認ができません」

インスクは毒づいていたが、ローガンにはほとんど聞き取れなかった。

「いましがた匿名の電話があった。今朝、リチャード・アースキンの特徴に一致する子どもがえんじ色のハッチバックに乗り込むのを目撃したそうだ」

ローガンはゴミのなかから突き出した、青白い裸足の脚を見やった。いまごろそんな情報を提供してもらっても手遅れだ。あの五歳の男の子は死んだ。

「検死医が着きしだい連絡をくれ」

「了解」

イソベル・マカリスターは、いままでファッション・ショーの舞台に立っていたかのような服装で現われた。バーバリーのロングのレインコート、ダークグリーンのパンツ・スーツ、クリーム色のハイネックのブラウス、優美な真珠のイヤリング、わざとくしゃくしゃに乱したようなショート・ヘア。スリーサイズほど大きすぎるゴム長靴……これは、他が完璧なだけに致命的だった。

イソベルはテントに入るなり、ぴたりと足を止め、隅でしずくを垂らしているローガンを見つめた。笑みらしいものを漏らした。医療かばんをゴミ袋の上に置くと、すぐに仕事にとりかかった。「死亡宣告はすんだの？」

ローガンはうなずき、彼女の姿を見て動揺している気持ちを声に出すまいと努めた。「ドク・ウィルスンが三十分ほど前にすませた」

イソベルが口をへの字に結んだ。「これでも精一杯、急いで来たのよ。わたしには他にも仕事があるんだから」

ローガンは気圧されていた。「皮肉のつもりはなかったんだ」両手を上げて言った。「いつ死亡宣告が行なわれたか、知らせようと思って。それだけだよ」鼓動が耳に響き、たたきつけるような雨の音をかき消していた。

彼女はすぐには納得せず、冷たい顔、なにを考えているのかわからない目でローガンを見つめた。「わかったわ……」ようやく言った。

ローガンに背中を向け、一分の隙もないスーツの上に規定どおり白い紙の作業衣を着ると、小さなマイクをつけて、決められた手順にしたがい名前・日時・場所を述べてから、仕事にとりかかった。

「人間の脚。左脚のひざより下がゴミ袋から突き出している。親指には裂傷らしき跡。おそらく死後にできたものと――」

「カモメがついばんでたそうです」ワトスンが言った。口出しした報いに、検死医の冷ややかな笑みが返ってきた。

「ありがとう、巡査」イソベルは硬直した脚に注意を戻した。「親指には大型の海鳥に食われたあと」手を伸ばし、指先で青白い脚に触れた。口を引き結ぶと、片手でつま先を持って、もう片方の手の親指で母指球を押しはじめた。

「死体を袋から出さないことには、死亡推定時刻をはっきり言えないわ」彼女は鑑識局のひとりを手招きし、足もとの不安定なゴミの上に新しいビニール・シートを敷かせた。二人で、脚の突き出ている袋をゴミの山からシートの上へと引き出す。その作業過程を、ビリーがフラッシュをたいてカメラに収めた。

イソベルはゴミ袋の前にしゃがみ、メスをすっと引いて袋を切り開けた。こぼれ出たゴミがビニール・シートに広がった。全裸死体はボールのように丸められ、茶色のガムテープで胎児姿勢に固定されていた。ローガンは淡いブロンドの髪をちらりと見て身震いした。死んだ子たちの体は、彼が頭に描いているよりも小さく見える。

巻きつけられた茶色のガムテープのすきまから見える皮膚は、牛乳瓶のようなやわらかい色あいの白さだった。両肩に何カ所か紫青色に変色した部分がある。かわいそうに、この子は、逆さに袋に入れられたため、下になっていた部分に血がたまったのだ。

「身元はわかってるの？」イソベルがたずね、小さな死体を見つめた。

「リチャード・アースキン」ローガンは答えた。「五歳だ」

イソベルは、片手にメスを、もう片方の手に証拠品袋を持ったまま、顔を上げて彼を見た。「〝リチャード〟じゃないわ」と言うと、背筋を伸ばした。「この死体は女の子よ。三歳から四歳」

　ローガンはガムテープを巻かれた死体を見下ろした。

「まちがいないのか？」

　イソベルはメスをケースにしまうと、ふたたび上体をゆっくりと起こし、頭の足りない人間を見るかのような目でローガンを見た。「エジンバラ大学の医学部は評判ほど優秀じゃないかもしれないけど、少しはものを教えてくれるわ。そのひとつが、男児と女児のちがいよ。〝ペニスがない〟という一点が、いわば証拠になるってわけ」

　ローガンはだれの頭にもまず浮かぶ質問を発しかけたが、イソベルが機先を制した。

「もちろん、デイヴィッド・リードのように切り取られているという意味じゃないわ。もともとなかったのよ」イソベルはゴミ袋の床から医療かばんを取った。「死亡推定時刻やその他の詳細については、検死解剖がすむまで待ってちょうだい」さっきビニール・シートでカーペットを敷いてくれた鑑識局の係官に手を振って合図した。「ちょっと、あんた。死体をこのままの状態で収容してモルグへ運んで。あとはモルグでやるから」

　無言のうちに「かしこまりました」という返事が伝わると、イソベルは立ち去った。医療かばんは持ち帰ったが、ひえびえした空気を残していった。

　彼女の耳に届かなくなるのを待って、鑑識局の係官は「冷血女め」とつぶやいた。

　ローガンは急いであとを追い、足を踏みしめながら歩いていた彼女に、車の前で追いついた。「イソベル。ちょっと待ってくれ」

　イソベルはキーを車に向けた。ウインカーがつき、トランクが開いた。「死体をモルグへ運ばないことには、他に話せることはないわよ」片足で飛びはねながらゴム長靴を引っぱって脱ぎ、ビニール張りの箱に放り込むと、スエードのブーツにはき替えた。

「さっきのはいったいなんなんだ？」

「さっきのなにが？」彼女は、上等の新しいブーツにあまりゴミがつかないように気をつけながら、もう片方のゴム長靴を脱いでいた。

「おれたちはこの先、いやでも仕事で顔を合わせることになる。そうだろう？」

「そんなこと、わかってるわ」作業衣を破って脱ぐと、ゴム長靴を入れた箱に投げ捨て、トランクの扉をばたんと閉めた。「問題を抱えているのはわたしじゃないでしょ！」

「イソベル――」

イソベルの口調はいっそう冷ややかになった。「さっきは、わざとわたしを侮辱しようとしたの？ そのくせ、わたしのプロ意識に意見するとはね！」運転席のドアをぐいと開けて乗り込むと、ローガンの鼻先で乱暴にドアを閉めた。

「イソベル――」

イソベルは窓を下ろし、激しい雨のなかに立ちつくす彼の顔を見上げた。「なに？」

しかしローガンは、言うべき言葉を思いつかなかった。

イソベルは彼を睨みつけ、エンジンをかけると、ぬかるんだ道で車を何度か切り返して向きを変え、轟音を立てて闇のなかへと消えていった。

ローガンはテールランプが見えなくなるまで見送り、小声で悪態をつくと、とぼとぼとテントへ戻った。

幼女の死体は、イソベルが立ち去ったときのまま放置されていた。鑑識局の連中は検死医のお帰りに不満を並べるのにかまけて、彼女の命令を実行していなかった。ローガンはため息をつき、テープを巻きつけられた痛ましい死体の前にしゃがんだ。

幼女の顔はほぼ隠されていた。頭部はガムテープをぐるぐる巻きにされているのだ。両手は胸に押し当ててテープを巻かれ、ひざも同じようにされていた。しかし、犯人は、両脚を固定する前にガムテープを使い果たしたらしい。その結果、左脚がゴミ袋から突き出し、幸運なカモメはそれをかじることができたというわけだ。

ローガンは携帯電話を取り出して失踪人課にかけ、三歳から四歳の女児の失踪届が出ていないかたずねた。届けは出ていなかった。

低い声で悪態をつきながら、この悪い知らせを伝えるべくインスク警部の番号を押した。「警部ですか？　はい、マクレイ部長刑事です……いえ、ちがいます」ローガンは深々と息を吸い込んだ。「リチャード・アースキンではありません」

電話の向こうはとまどって沈黙していたが、やがて「まちがいないのか？」と声がした。

インスクに見えないにもかかわらず、ローガンはうなずいた。「まちがいありません。被害者は三歳から四歳の女児です。しかし、失踪人届は出ていません」

受話器から、まくし立てるように汚い言葉が聞こえた。

「私もまったく同じことを口にしました」

鑑識局が、死体を収容してモルグへ運ぶぞと、身ぶりで示した。ローガンはうなずいた。イソベルを冷血女とののしった係官が携帯電話を取り出し、当番の葬儀屋にかけた。汚いヴァンの荷台に幼女の死体をのせて運ぶのは賢明ではない。

「二人の死に接点があると思うか？」インスク警部の声に期待の色がにじんでいた。

「まずないと思います」ローガンは、ちっぽけな死体が大きすぎる遺体袋にそっと収められるのを見守った。「被害者は男児ではなく女児です。遺棄方法もちがいます。こっちの子は、ガムテープをぐるぐる巻きにされているんです。絞殺の跡はありません。虐待を受けたかもしれませんが、はっきりしたことは、検死を待たなければわかりません」

インスクはまたしても毒づいた。「その子の検死を今日じゅうにすませてほしいと伝えろ。わかったな？　マスコミが市民の恐怖をあおる記事をでっち上げるというのに、今夜一晩、無為に過ごしたくないからな。今日じゅうだぞ！」

ローガンは顔をしかめた。そんなことをイソベルに伝えるのは気が進まない。あの機嫌の悪さを考えると、イソベルはおれの解剖を始めそうだ。「わかりました」

「その子の汚れを落として写真を撮れ。〝この少女を見かけませんでしたか？〟というポスターを作る」

「わかりました」

鑑識局の二人が青い遺体袋を運び、邪魔にならないテントの隅にそっと下ろした。そのあと、死体を捨ててあった袋に入っていたゴミを、ひとつひとつていねいに証拠品袋に収めてラベルを貼りはじめた。バナナの皮、ワインの空き瓶、卵の殻……かわいそうに、あの幼女は、浅い墓穴を掘る手間さえも惜しまれた。ゴミと一緒に捨てられたのだ。

ローガンが、なにかわかりしだいにまた電話をすると警部に言いかけたとき、ワトスン婦警が「ちょっと待って！」と叫んだ。彼女は飛んでいって、ビニール・シートにこぼれていたゴミのなかから、しわくちゃになった紙切れをつかんだ。

レシートだ。

ローガンがインスクに待ってくれと言う横で、ワトスンが汚れたレシートを広げた。ディンストーンにあるテスコの大型店のものだ。この人物は、放し飼いの鶏の卵六個、生クリーム一パック、カベルネ・ソービニヨン二本、アボカド一パックを買っている。現金で支払っていた。

ワトスンがうなった。「だめです」彼女はレシートをローガンに渡した。「クレジットカードかデビットカードで支払いをしてると思ったのに」

「そうそう運に恵まれるはずがないさ」彼は両手でレシートを持ち、順に見ていった。卵、ワイン、生クリーム、アボカド……最後の品物の下の一行が目に留まり、ローガンの顔に笑みが浮かんだ。

「なんです？」ワトスンはむっとした。「なにがそんなにおかしいんですか？」

ローガンはレシートを高々と掲げ、にこやかな笑顔を彼女に向けた。「警部」電話に向かって言った。「ワトスン婦警が、死体の入っていた袋のなかからスーパーマーケットのレシートを見つけました……いえ、この人物は現金で支払っています」笑みがこれ以上広がれば、頭ごと落ちるだろうと思われた。「しかし、クラブカードのポイントを集めています」

この時間帯のサウス・アンダースン・ドライヴはお手上げだが、ノース・アンダースン・ドライヴはそれに輪をかけてひどかった。市内は延々と渋滞していた。ラッシュアワーだ。

ようやくやって来た地方検察官は、犯罪現場をせかせかと歩きまわり、捜査の最新情報をたずね、わずか二日のあいだに死体で発見されたのはこの子で二人目だと文句を言い、すべてローガンの責任だとほのめかし、帰っていった。

ローガンは、ワトスン婦警とともに窓のくもった車に乗り込んでドアを閉め、他のだれにも聞こえなくなるのを待ちかねたように、あの検察官をサボテンとゴムチューブでどんな目にあわせてやりたいかを口にしたのだった。

ニグのゴミ集積場からデインストーンのテスコ大型店まで一時間以上かかった。店は恰好の立地にあった。増水したドン川からあまり離れていないし、すぐ近くに、かつての下水処理場、グローヴ墓地、グランピアン・カントリー養鶏場の食肉処理場がある。さらに、デイヴィッド・リードの膨れた死体が発見された場所からも近かった。

店内は混雑していた。近くの科学技術ビジネス・パークに勤める会社員たちが、今夜もまた自宅でテレビを観ながら過ごすために酒とできあいの料理を買っていた。

入口を入ったところにサービス・カウンターがあり、長いブロンドの髪をポニーテールにした若そうな男が担当していた。ローガンは、店長を呼んでくれと言った。

二分後、分厚い眼鏡をかけた小柄で禿げた男が出てきた。他のスタッフと同様、制服の青いセーターを着ているが、名札には〝店長　コリン・ブラナガン〟と書いてあった。

「どんなご用件でしょうか？」

ローガンは身分証を引っぱり出し、店長に渡して確認させた。「ミスタ・ブラナガン、先週の水曜日にこの店で買い物をした人物について、情報を提供いただきたい」証拠保全のために透明ビニールの証拠品袋に収めたレシートを取り出した。「この人物は現金で支払っていますが、クラブカードを利用しています。カード番号から氏名と住所を調べて教えてもらえませんか？」

店長は透明な袋を受け取り、唇を噛んだ。「いえ、それはどうでしょう。ご承知のとおり、データ保護法を守らなければなりませんから。お客さまの個人情報を簡単に教えるわけにはいきません。それが私どもの義務です」店長は肩をすくめた。「申し訳ありません」

ローガンは声を低め、ささやくように言った。「重要なことなんですよ、ミスタ・ブラナガン。私たちはきわめて重大な犯罪の捜査中なんです」

店長は禿げた頭を片手でなでた。「私の一存ではなんとも……本社に問い合わせる必要が……」

「結構です。問い合わせてください」

本社は、申し訳ないが断わる、という返事だった。顧客情報を手に入れたいのであれば、書面で正式に要請するか裁判所命令を持って出直してほしい。データ保護法を守らなければならない。いかなる例外も認めない。

ローガンは、幼い少女の死体がゴミ袋に入れて捨てられていたことを話した。

本社は考えを変えた。

五分後、ローガンはA4サイズの紙を手に店を出た。そこには、氏名、住所、九月以降にたまったクラブカードのポイント合計がプリントされていた。

8

ノーマン・チャーマーズの住まいは、ローズマウント・プレイスから折れた住宅密集地に建つ三階建てのアパートの一室だった。右へとカーヴしながら長々と延びる一方通行の通りには、薄汚れた灰色のアパートが連なるようにそびえ立っている。切り取られた空には、街灯の光でオレンジ色に染まった雨雲が細長く見えるだけだった。路上駐車の車輪がたがいに接するように列をなし、それが途切れているのは、共同利用の車輪付き大型ゴミ容器《ホイーリー・ビン》――ひとつでも六世帯の一週間分のゴミを収容できそうなほど大きい――を二個ずつ鎖でつないで置いてある箇所だけだった。

降りやまぬ雨が犯罪捜査課の共同利用車の屋根を激しくたたくなか、ワトスン婦警は、ぶつくさ言いながら駐車スペースを探して何度もこのブロックをまわっていた。

ローガンはワトスン婦警の悪態を聞き流し、もうこれで三回目に車窓を流れ去る目当てのアパートを見ていた。十七番地も、このブロックに建つ他のアパートと、見た目はなんら変わりない。簡素な花崗岩のブロックを積み上げた三階建てのアパートの壁面には、朽ちかけた排水管の錆が筋を描いている。カーテンを引いた窓から明かりが漏れ、一日の勤めを終えた住人たちの観ているテレビのくぐもった音が大きな雨音をついて聞こえていた。

四周目になると、ローガンは、あきらめてチャーマーズのフラットの前に二重駐車するようワトスンに命じた。

ワトスンは夜の雨のなかへと飛び出すと、水をはね上げながら駐車車輛のあいだを駆けて歩道に達した。ひさしのついた警帽に雨が跳ねていた。あとに続いたローガンは、水たまりの水が靴のなかに入ったので悪態をついた。水びたしの靴でアパートのドアに達した。これといった特徴のない、こげ茶色の厚板のドアだ。ドア枠には手の込んだ彫刻が施されているが、長年のあいだに何度もペンキを重ね塗りされたため、彫刻の細部はほとんどわからない。二人の左手で、間断なく流れる水が歩道に跳ね返っていた。雨樋から延びる縦樋が途中で折れているのだ。

ワトスンが無線の送信ボタンを押すと、かすかにノイズがしたあとカチッと音がした。「準備はいい？」ワトスンが低い声で言った。

「オーケーだ。通りの出口は押さえた」

ローガンはカーヴした通りの先でアイドリングしているB七一号車に目を向けた。B八一号車も準備オーケーと応えた。この通りのローズマウント・プレイス側の端で、だれも逃亡しないように見張っているのだ。バックスバーン支部がパトカー二台と、このあたりの地理にくわしい巡査を四人、ローガンに貸してくれた。パトカーで待機する巡査たちは、外で待機する巡査たちよりもめぐまれている。

「オーケーだ」

今度の声は、寒く哀れな様子だ。ミリガン巡査かバーネット巡査だろう。二人はくじで負けたのだ。この通りの裏にも、やはりカーヴした道があり、アパートが立ち並んでいる。裏庭どうしが背の高い隔壁で仕切られているため、気の毒な二人の巡査には、向こうの通りから裏庭の壁をよじ登って越えてもらわざるをえなかった。暗いなか、ぬかるんだ庭を、降りしきる雨に打たれながら。

「配置についた」

ワトスンが期待のこもった目でローガンを見た。

このアパートにはインターコムがないが、戸口の両側にドアベルが三つずつ並んでいる。押しボタンの縁にも茶色のペンキが付いていた。各ベルの下にいじけたような小さな名札が貼ってあり、それぞれに住人の名が記してある。

〝ノーマン・チャーマーズ〟の名前は、前の住人の名前の上にセロテープで留めた、雨に濡れて膨れた四角いボール紙に青のボールペンで書いてあった。三階の右側の部屋だ。ローガンは一歩下がってアパートを見上げた。電気はついている。

「よし、行こう」彼は戸口に近づき、〝アンダースン〟と書かれたまんなかのブザーを押した。二分後、おどおどした二十代後半らしき男がドアを開けた。豊かな髪、いかつい顔だちで、頬骨の上方に大きなあざができている。まだ仕事着のままだ。安っぽいグレイのスーツは、ズボンのひざがすれて光り、黄色いシャツはしわくちゃだった。実際のところ、全体的にしなびて見えた。青年は、ワトスン婦警の制服を見て青ざめた。

「ミスタ・アンダースンですか？」ローガンは一歩前に出て、ドアに片足をはさんだ。念のためだ。

「はあ……そうですが」青年は、母音に上がり下がりのある強いエジンバラなまりだった。「なにか問題でも、おまわりさん？」青年が風防室へと下がると、茶色とクリーム色のタイル張りの床に、すり減った靴が音を立てた。

ローガンは安心させるような笑みを浮かべた。「あなたが心配なさるようなことではありません」言いながら、おどおどしている青年に続いてアパートに入った。「ある住人から話をきく必要があるのですが、その部屋のベルが故障しているらしくて」嘘だ。

ミスタ・アンダースンの顔に淡い笑みが浮かんだ。「なるほど……それならどうぞ」

ローガンは迷った末に言った。「失礼かと思いますが、ひどいあざですね」

アンダースンは反射的に、紫色と緑色になった腫れた頬を片手で押さえた。

「ぼく……ドアにぶつかったんです」そう言うあいだ、青年はローガンと目を合わせることができなかった。

二人はミスタ・アンダースンについて階段を上がり、彼が二階の自室へ引き取るときには礼を言った。

「ずいぶんおどおどしてましたね」アンダースンがドアの掛け金をかけ、デッドボルト式錠をかけ、チェーンまでかける音が聞こえると、ワトスンが言った。「なにか悪さをしていると思いますか？」

ローガンはうなずいた。「人間だれしも、なにかしら悪さをしているものだ。それに、あのあざを見ただろ？ ドアにぶつかったとは、苦しい言い訳だな。だれかに殴られたんだよ」

ワトスンはアンダースンのドアを見つめた。「怖くて届け出ることができないと？」

「おそらくな。だが、それはわれわれの問題ではない」

階段に色あせたカーペットが敷いてあるのも二階までだった。ここから三階までは、一段ごとに苦しそうなきしみをあげる木の階段をのぼらなければならなかった。最上階にはドアが三つあった。ひとつは共用の屋根裏へ通じるドア、ひとつは三階のもうひとりの住人のフラットのドアだろう。残るひとつがノーマン・チャーマーズのフラットのドアだ。

紺色に塗られたドアには、のぞき穴の真下に〝6〟と記した真鍮板が張ってある。ワトスン婦警は、彼女自身も制服ものぞき穴から見えないよう、ぴたりとドアに張りついた。

ローガンは、階下のおどおどした住人が生クリーム一カップかアボカドを借りにきたとでもいうように、ドアを軽くノックした。

ドアのきしむ音がしてテレビの大きな音が響き、続いてデッドボルト錠を引く音が聞こえた。錠が開いた。

ドアを開けた三十代初めの男は、長髪で、鼻筋がゆがんでおり、きちんと切りそろえたひげをたくわえていた。

「はい……」と一言発しただけだった。

ワトスン婦警が飛びついて片腕をつかみ、普通では考えられない方向へねじ上げた。

「いったいなにを……やめろ！」

ワトスンは彼をフラットのなかへ押し戻した。

「いたあっ！　腕が折れるって！」

ワトスンは手錠を取り出した。「ノーマン・チャーマーズね？」とたずねながら、冷たい金属製の輪っかを彼の手首にはめた。

「おれはなにもやってないぞ！」

ローガンは狭い玄関ホールへ入り、ワトスン婦警と、手錠をかけられてもがいている男の脇をすり抜けて奥へ進んで、ようやく玄関ドアを閉めることができた。狭い三角形の玄関ホールにはパイン材の鏡板を張ったドアが三つあった。開放型の戸口は調理室《ガレー》へと通じている。もっとも、ガレー船というよりはゴムボートほどの狭さだったが。

あらゆるものが目を刺すような明るい色に塗られていた。

「さて、ミスタ・チャーマーズ」と言いながらローガンが適当にドアを開けると、そこは緑の蛍光色に塗られた小型バスルームだった。「座っておしゃべりでもしないか？」

次のドアを開けると、茶色のコール天張りのソファ、模造暖炉のガス・ストーヴ、ホーム・シアター・システムとコンピュータのあるオレンジ色の広い居間だった。壁じゅうに映画のポスターが貼られ、一方の壁際に大きなＤＶＤラックが置いてある。

「いい部屋に住んでいるじゃないか、ミスタ・チャーマーズ。ところで、ノーマンと呼んでいいかな？」

ローガンは、ひどく汚れた茶色のソファに腰を下ろしてから、そのソファにネコの毛がいっぱいついていることに気づいた。

後ろ手に手錠をかけられ、逃亡しないようワトスン婦警につかまれたままのチャーマーズは、怒りをあらわにした。

「これはいったいなんのまねだ？」

ローガンは獲物を前にしたサメのような笑みを浮かべた。

「すぐにわかるよ。ワトスン婦警、こちらの紳士に権利を読んでさしあげてくれないか？」

「おれを逮捕する気か？　容疑はなんだ？　おれはなにもやっちゃいないぞ！」

「大声を出す必要はないよ。巡査、さあ……」

「ノーマン・チャーマーズ」ワトスンが言った。「身元不明の四歳の女児を殺害した容疑で身柄を拘束します」

「なに？」ワトスンが権利を読みつづけるあいだ、チャーマーズは手錠をはずそうともがきながら、繰り返し叫んだ。おれはなにもやっちゃいない、だれも殺しちゃいない、これはなにかのまちがいだ。

　ローガンは彼が息切れするのを待ち、署名され認証された正式書類一式を掲げた。「これが、この家の捜索令状だ。うかつだったな、ノーマン。われわれはあの子の死体を発見したんだよ」

「おれはなにもやっちゃいない！」

「さらのゴミ袋を使うべきだったよ、ノーマン。あんたは、あの子を殺して他のゴミと一緒に捨てた。だが、有罪を示す証拠を確認しなかった、そうだろ？」ローガンは、スーパーマーケットのレシートが入った透明なビニール袋を示した。「アボカド、カベルネ・ソービニヨン、生クリーム、放し飼いの鶏の卵六個。テスコのクラブカードは持ってるか？」

「こんなの、ばかげてる！　おれはだれも殺しちゃいないんだ！」

　ワトスン婦警が目を落とし、チャーマーズのズボンのうしろポケットが膨らんでいることに気づいた。財布だ。ビザカードと地元のレンタル・ビデオ店の会員カードのあいだに、クラブカードが入っていた。カードの番号は、レシートに記された番号と一致した。

「コートを取ってきたまえ、ミスタ・チャーマーズ。車に乗ってもらうよ」

　第三取調室は息苦しいほど暑かった。ラジエーターが狭いベージュ色の部屋に温風をどんどん送り込んでいるのに、ローガンには止め方がわからなかった。だれひとり、窓の開け方すらわからなかった。そこで、みんなして熱気と淀んだ空気に耐えているというわけだ。

取調室にいるのは、ローガン・マクレイ部長刑事、ワトスン婦警、ノーマン・チャーマーズ、そしてインスク警部だ。

　この部屋に入って以来、警部は一言も口をきいていない。奥に立って壁にもたれ、〈リコリス・オールソーツ〉の徳用サイズの袋から甘草《リコリス》エキス入りキャンディを次々と口に放り込んでいた。汗をかきながら。

　ミスタ・チャーマーズは警察の取り調べに協力しないと決めていた。「さっきから言ってるとおり、弁護士を呼んでくれるまで一言も話すつもりはない」

　ローガンはため息を漏らした。さっきからこの繰り返しなのだ。「取り調べが終わらないことには弁護士を呼ぶことはできないんだよ、ノーマン」

「いますぐ弁護士を呼んでくれ！」

　ローガンは歯を食いしばり、目をつぶって十数えた。

「ノーマン」ようやく言い、捜査ファイルでテーブルを打った。「いま鑑識があんたの家をくまなく調べている。あの子の痕跡を見つけるはずだ。それはわかってるだろ。いま話したほうが、裁判のときに心証がよくなると思うんだがね」

　ノーマン・チャーマーズはまっすぐ前を見つめるだけだった。

「なあ、ノーマン、あんたを助けるために協力してくれないか。幼い少女が死んで――」

「おまえ、耳が聞こえないのか？　おれは弁護士を呼んでほしいんだ！」チャーマーズは腕組みをし、椅子の上で踏んぞりかえった。「おれだって、自分の権利くらい知ってるんだぞ」

「自分の権利？」

「法律上の助言を受ける法的権利が、おれにはあるんだ。警察は、弁護士の立ち会いなしで取り調べをすることを認められていない」チャーマーズの顔に勝ち誇ったような笑みが浮かんだ。

　インスク警部は鼻を鳴らしたが、ローガンは声をあげて笑いそうになった。「それはちがうな。ここはスコットランドだ。弁護士に面会できるのは取り調べのあとだ。取り調べ前ではない」

「弁護士を呼んでくれ！」

「いいかげんにしろ！」ローガンが捜査ファイルをテーブルに投げつけると、中身がフォーマイカの天板に飛び出した。ガムテープを巻きつけられた小さな死体の写真だ。ノーマン・チャーマーズは写真に目もくれなかった。

ついにインスク警部が口を開いた。抑えた低音が、込みあった取調室に響いた。

「弁護士を呼んでやれ」

「警部？」ローガンの声には、顔に浮かべた表情と同じく驚きの色があった。

「聞こえただろ。弁護士を呼んでやれ」


四十五分が過ぎても、彼らはまだ待っていた。

インスク警部は多色使いの四角いキャンディをまたひとつ口に放り込み、音を立てて噛んだ。「あいつ、わざとやってるんだ。あの卑劣なくず野郎は、こっちをいらいらさせようって腹なんだ」

警部が文句を言っている最中にドアが開いた。

「なにか言いましたか？」戸口で、明らかに非難のこもった声がした。

ノーマン・チャーマーズの弁護人が到着したのだ。

ローガンは弁護人をひと目見るなり、うめき声を抑えた。長身痩躯の弁護人は、上等のオーバー、高価な黒のスーツ、白いシャツにブルーのシルクのネクタイを締め、きまじめな表情を浮かべている。ローガンが前に会ったときよりも白髪が増えているが、その笑みがいまいましいという点では、記憶のなかとまったく変わりなかった。この弁護士は、反対訊問の際、ローガンが事件全体をでっち上げたと見せかけようとした。アンガス・ロバートスン、別名マストリック・モンスターこそ真の犠牲者だ、と。

「ご心配なく、ミスタ・モア・ファカースン」インスクの発音を文字で記せば、伝統的な〝ファカースン〟ではなく〝ファー・クォー・サン〟となる。その発音が本人の気に障ることを知っているのだ。「よその卑劣な男の話をしていたんだ。ご参加いただき、ありがとう」

弁護士はため息をつき、取調室の空いている椅子の背にオーバーをかけた。「その話はもう勘弁してもらえませんか、警部」彼は言い、ブリーフケースから銀色に輝く薄型のラップトップ・パソコンを取り出した。小さな起動音は、込みあった狭い取調室ではほとんど聞こえなかった。

「その話ってなんだね、ミスタ・ファー・クォー・サン？」

弁護士はインスクを睨みつけた。「よくご存知のはずです。私がここへ来たのは、クライアントの代理人を務めるためであって、あなたの侮辱を受けるためではありません。あなたの振る舞いについて、またしても本部長に苦情を訴えなければならないなんてごめんですからね」

インスクの顔つきが厳しくなったが、言葉は発しなかった。

「さて」弁護士が言い、ラップトップのキーボードをたたいた。「私のクライアントに嫌疑がかかっている事件の記録の写しが出ました。正式な調書をとる前に、クライアントと二人きりで相談したいのですが」

「ほう、そうかい」インスクは陣取っていた壁際を離れ、テーブルに大きなこぶしをついて寄りかかり、チャーマーズにのしかかるように立った。「だが、こっちは、あんたのクライアントとやらに、なぜ四歳の女の子を殺してゴミと一緒に捨てたのかを訊きたいんだ！」

チャーマーズははじかれたように立ち上がった。

「おれはやってない！ あんたたち、聞く耳を持たないのか？ おれはなにもやってないって！」

サンディ・モア・ファカースンがチャーマーズの腕に手を置いた。「だいじょうぶですよ。あなたはなにも言う必要はありません。さあ、座って。話は私にまかせてください。いいですね？」

チャーマーズは弁護士を見下ろしてうなずくと、ゆっくりと席についた。

インスクは同じ姿勢のままだった。

「さあ、警部」モア・ファカースンが言った。「言ったとおりです。私はクライアントと二人きりで話をしたい。そのあと、警察の取り調べに協力しますよ」

「そんなやり方はしない」インスクは弁護士を睨みつけた。「あんたには、この男と話をする法的権利はない。儀礼上、来てもらっただけだ」ぐっと身をのりだし、たがいの吐く息が相手にかかりそうなほど顔を近づけた。「ここを取りしきるのは私だ、あんたじゃない」

　モア・ファカースンは穏やかな笑みを浮かべて警部を見上げた。「警部」これ以上ないほど理性的な口調で言った。「スコットランド法の奇妙な定めについては私も重々承知しています。しかし、善意の印として、クライアントと二人きりで話をさせてほしいとお願いしているんです」

「もし断わったら？」

「その場合は、みんなしていつまでもここに座っていることになります。そのうちに六時間の勾留時間が切れるでしょう。あなたしだいですよ」

　インスクは苦い顔でリコリス・キャンディの袋をポケットに押し込み、取調室を出ていった。ローガンとワトスン婦警があとに続いた。廊下はずいぶんひんやりしていたが、熱い怒りの言葉がたちまち空間を満たした。

　弁護士の悪口を言いたいだけ言い尽くすと、インスクは、取調室のドアから目を離すなとワトスンに言いつけた。彼は弁護士にも被疑者にも逃げられたくなかった。

　ワトスンはあまりうれしくなさそうだった。華々しい任務とは言えないが、婦人警官という低い階級にまかされる仕事はこの程度だ。いつか犯罪捜査課の刑事になってやるわ。そうすれば、巡査にドアの見張りを命じる立場になれる。

「それから、巡査」インスクが身を寄せ、内緒話をするような小声で言った。「今日の捜査活動はみごとだった。スーパーマーケットのレシートの件だよ。あれはきみの手柄だ」

　ワトスンは満面に笑みを浮かべた。「ありがとうございます、警部」

　ローガンと警部は彼女をその場に残し、特別捜査本部室へ戻った。

「なぜ、あの男なんだ？」デスクの端に腰をかけてインスクがぼやいた。「あと二十分で舞台稽古が始まるというのに」彼はため息をついた。これで舞台稽古には間に合わないだろう。「これでチャーマーズのやつからなにも聞き出せなくなる。神よ、人権派きどりの弁護士からわれらを救いたまえ」

サンディ・モア・ファカースンは悪名高い弁護士だ。刑事裁判の弁護にかけて、彼の右に出る弁護士は、アバディーンの街じゅう探してもひとりもいない。アバディーンでもっとも腕利きの弁護士である彼は、公開の法廷に立って犯罪者の弁護をさせると本領を発揮する。公訴局は長年、訴追側に転向してくれ、犯罪者の罪を免れさせるのではなく検察官として彼らを収監するのに手を貸してほしい、と彼を口説いている。しかし、ヘビのように信用ならない男《スリッパリー》にその気はなかった。自分は冤罪を防ぐ使命を負っている、無実の人間を守る使命を負っている、として断わっていた。そして、機会あるたびに彼はテレビで顔を売っている。あの男は危険人物だ。

しかし、ローガンは、もしも訴訟ざたに巻き込まれたらスリッパリー・サンディに代理人を頼みたいと、心中ひそかに考えていた。

「それならなぜ、あの狡猾なヘビ野郎《ヒッシング・シド》に取り調べを中断させたんですか？」

インスクは肩をすくめた。「どのみち、チャーマーズからはなにも聞き出せんからだ。少なくとも、ヘビ野郎がどんな話を持ちかけてきても楽しめるだろう」

「彼は、子どもたちに性的虐待を働いたあのジェラルド・クリーヴァーの弁護で忙しいものと思っていました」

インスクはこれにも肩をすくめ、ポケットからキャンディの袋を取り出した。「ヒッシング・シドがどんなやつかは知ってるだろ。あの裁判はあと一週間から十日で終わる。そのあと、テレビに露出しつづけるためのネタが必要なんだろう」警部が口の開いた袋を差し出したので、ローガンはまんなかにリコリスの入ったココナッツ・ホイールを取った。

「鑑識がなにか見つけるでしょう」ローガンはキャンディを嚙みながら言った。「あの子はやつのフラットにいたはずです。ゴミ袋に生ゴミとワインの空き瓶が入っていましたから。どこか別の場所であの袋に死体を入れることができたはずはありません……やつが飲食をする住まいが他にないかぎり」

　インスクはうなり声をあげ、袋をかきまわした。「明日の朝、市役所に問い合わせてくれ。やつが他に登記している持ち家がないか確かめるんだ。念のためにな」目当てのキャンディを見つけた。青い毛玉のようなアニシード・ディスクだ。「話は変わるが」そのキャンディを口に放り込みながら続けた。「検死解剖は今夜七時四十五分からの予定だ」言い淀んで、警部は足もとの床を見つめた。「どうかな、きみさえかまわなければ……」

「私に行ってほしいのですか？」

「捜査責任者である私が行くべきなんだが……ええっと、その……」

　警部には被害者と同じ年ごろの娘がいる。四歳の幼女が豚の脇腹肉のように切り身にされるのを見るにしのびない。もちろん、ローガンにとっても楽しみな任務ではない。特に、解剖を担当するのがドクタ・イソベル・マカリスターだとすれば。迷った末、ため息が出ないように気をつけながら「行きます」とローガンは言った。「どのみち、警部にはチャーマーズの取り調べをしてもらわなければならないでしょう……捜査責任者なんですから」

「すまんな」好意の印として、警部はリコリス・キャンディの最後の一個をローガンにくれた。

　エレベーターでモルグへと下りるあいだ、ローガンは、イソベルが夜勤ではありませんようにと願っていた。運よく、副検死医のだれかが夜勤にあたっているかもしれない。しかし、自分の運が尽きはじめていることを考えれば、期待はできなかった。

　モルグはこの時間にしては不自然なほど明るく、非現実的な空間に思えた。天井照明の光が解剖台と冷蔵キャビネットに反射していた。ここは外と同じくらいひんやりしている。繰り返し使う殺菌消毒剤のにおいで、今朝の解剖時の腐敗臭——デイヴィッド・リードのにおい——はほとんどわからなくなっていた。

ローガンがモルグに入ったとき、ちょうど、幼女の死体が大きすぎる遺体袋から取り出されるところだった。死体はまだガムテープを巻かれたままだ。ただ、光沢のある茶色のテープの全面に、指紋検出用の白い粉が付いていた。

　ローガンの心は沈んだ。ステンレス製の解剖台の奥に立って死体の置き場所を指示しているのは、副検死医のひとりではなくイソベルだった。解剖衣を身につけ、赤いゴムのエプロンはまだ清潔で、どこにも血のりがついていない。地方検察官と立ち会い人を務める検死医は、すでにカバーオールを着ており、死体についてイソベルと言葉を交わしていた。イソベルは発見現場のゴミ集積場について話していた。

　ローガンが近づくとイソベルは顔を上げ、安全ゴーグルの奥からむっとしたような目を向けて、医療用マスクを引き下ろした。「この事件の捜査責任者はインスク警部だと思ったけど」彼女は言った。「あの人、今度はどこにいるわけ？」

「被疑者の取り調べをしてるんだ」

　イソベルはマスクをさっと戻し、小声で不満を漏らした。「まずデイヴィッド・リードの検死を避けたかと思うと、今度もまた顔を出そうとしない。だいたい、こっちはわざわざ……」文句を言う声はしだいに小さくなり、マイクを用意して解剖前の手続に取りかかるうち沈黙していた。地方検察官は非難を込めた目をローガンに向けた。明らかに、この状況に対するイソベルの見解に賛成なのだ。

　ローガンの携帯電話が甲高い呼出音を発したため、イソベルは同席者の名前を吹き込む作業を中断し、怒りもあらわに睨みつけた。「解剖中、携帯電話の使用は禁止よ！」

　しきりに詫びながら、ローガンはいまいましい電話器をポケットから出して電源を切った。重要な用件ならかけ直してくるだろう。

　イソベルは、怒りをたぎらせたまま解剖前の手続をすませると、器具を並べたトレイからステンレス製のきらめくハサミを手に取り、ガムテープを切りながら、そのつど見えてくる死体の状態を吹き込んでいった。

　ぐるぐる巻きのガムテープの下、幼女は全裸だった。

イソベルが頭部のガムテープをはずそうとすると、髪がたばで抜けそうになった。イソベルはアセトンを使ってテープを髪からはがした。化学薬品の強いにおいが、モルグに満ちている防腐剤のにおいと、それに潜むように漂う腐敗臭のなかで鼻をついた。それでも、少なくとも今度の死体は、三ヵ月も水路に放置されたものではなかった。

　イソベルがハサミをトレイに戻すと、解剖助手が、ラベルを貼った証拠品袋にガムテープを収めはじめた。死体はまだ胎児姿勢のままだ。イソベルは硬直した関節をそっと伸ばしたり曲げたりしながら、ようやく幼女をまっすぐあお向けに横たえることができた。幼女はまるで眠っているように見えた。

　ブロンドの髪をした四歳の少女はわずかに太りぎみで、両肩と太ももに無数のあざがあった。あざは、蠟のような白い皮膚に黒っぽく見えた。

　ローガンの知らない写真係が、イソベルの作業を順に撮影していた。

「肩から上の顔写真が欲しいんだ」ローガンは写真係に言った。

　写真係はうなずき、冷たくなった死に顔にカメラを向けた。

　フラッシュが光り、フィルムを巻く音が響いた。さらにもう一枚。

「左の肩と上腕のあいだに深い切創。見たところ……」イソベルは上腕を引っぱって深い切り傷を開いた。「やっぱり。骨まで達している」手袋をはめた指で創面に触れた。「死後に加えられたもの。鋭利な平刃で一撃。おそらくは肉切り包丁」赤黒い創面に鼻がつきそうなほど、切創にぐっと顔を近づけた。においを嗅いでいるのだ。「切創周辺に嘔吐物のにおい……」彼女は片手を突き出した。「そこのピンセットを取って」

　解剖助手が言われたとおりピンセットを渡すと、イソベルは創《きず》のなかを探って、ようやく灰色の固形物をつまみ取った。

「切創内に未消化物らしきもの」

　ローガンはその光景を思い浮かべまいとした。うまくいかなかった。「犯人はこの子の腕を切り落とそうとした」ため息が漏れた。「死体を始末しようとしたんだ」

「どうしてそう思うの？」幼女の胸に軽く片手を置いたままイソベルがたずねた。

「新聞で報じられるバラバラ死体の事件はあとを絶たない。証拠を始末したい犯人は死体を切ってバラバラにする。ただ、話に聞くほど簡単じゃないだけだ。バラバラにしようとするうち吐き気をもよおす」ローガンの口調はうつろだった。「それでガムテープでぐるぐる巻きにし、ゴミ袋に入れて外に出し、ゴミ屋に持ち去ってもらおうとする」ロンドンでは〝ゴミ収集作業員〟と呼ぶのかもしれないが、アバディーンでは〝ゴミ屋〟と呼ばれている。

地方検察官は実際に感心したような顔をした。「そうだな。きみの言うとおりかもしれん」彼は、せっせと固形物を小さなプラスティック・チューブに入れている解剖助手のブライアンに向き直った。「それはかならずDNA鑑定にまわしたまえ」

彼らを無視して、イソベルは幼女の口を開き、舌圧子で押さえてのぞき込み、はっとした。「なんらかの家庭用洗剤を流し込まれている。口腔内の状態から判断して、大量に。歯と口腔粘膜の状態を見たかぎりでは腐食性漂白剤。くわしいことは胃の内容物を調べればわかるでしょう」イソベルは片手で子どもの口を閉じ、もう片方の手で後頭部を支えた。「ちょっと……」写真係にもっと近づくよう合図した。「一枚撮って。後頭部に重度の震盪をもたらす外傷」指を動かし、盆の窪あたりの髪をかき分けた。「鈍器ではなく、幅があって、先端が角張ったもの」

「たとえば、テーブルの角とか？」ローガンは、この話の行き着く先が気に入らなかった。

「ちがう。もっと角がはっきりして硬いもの。暖炉の角とか、煉瓦の角よ」

「それが死因か？」

「漂白剤を飲まされて死んだのでなければね……でも、頭蓋骨を開いてみないことには断定できないわ」

解剖台のそばのカートに骨切り用のこぎりがのっている。ローガンは次に行なわれる作業を見たくなかった。

インスク警部と彼の幼い娘なんて、くそくらえ。ここに立って、四歳の少女がぶつ切りにされるのを見るのは、おれではなくインスクの役目のはずだ。

　イソベルは、幼女の片方の耳のうしろから反対側の耳のうしろまでメスを走らせて頭皮を切った。平気な顔で切り口に手を突っ込んで引っぱり、靴下でも脱がすように頭皮をめくった。ローガンは目を閉じ、頭皮がその下の筋肉組織から引きはがされる音を聞くまいと努めた。レタスの玉から葉を一枚むくような音だ。頭蓋骨があらわになった。

　歯を揺らすようなのこぎりの音がタイル張りのモルグに響き、ローガンは胃がむかむかした。

　それなのに、作業のあいだずっと、イソベルは感情に左右されることなく客観的な口調で録音を続けていた。ローガンは初めて、この女性と別れて正解だったと思った。今夜、あの指で触れられることには耐えられない。こんな場面を見せられたあとでは、絶対にごめんだ。

9

ローガンは本部ビルの玄関前、コンクリートの張り出し屋根の下に立ち、立ち並ぶ陰鬱な建物を見ていた。雨は今夜も降りつづきそうだ。午後九時を過ぎて、アバディーンの街でもこの界隈は文字どおり人気《ひとけ》がなく、心地よい静寂に包まれていた。買い物客はもう何時間も前に家に帰ったし、酒飲み連中はみなパブで閉店時刻までねばることだろう。州裁判所の前に集まっていた群衆は、明日にそなえてそれぞれ家へ帰った。

　警察本部も森閑としていた。日勤の連中はとっくに帰っていった——一杯飲むために、あるいは愛する人の腕のなかへと。ちなみにスティール警部は、他人の愛する人の腕のなかにいた。遅番の連中は、たっぷり〝昼食〟をとったための満腹と眠気を抱えてこの三時間を惰性でのりきり、勤務のあける午前零時を待っていた。夜勤組が勤務につくまであと一時間だ。

夜気は冷たくすがすがしく、かすかに排気ガスのにおいがした。だが、骨の焼けるにおいよりもはるかにましだ。今後二度と、子どもの頭蓋骨のなかなど見たくない。ローガンは顔をしかめ、鎮痛剤の瓶のふたを開けて、また一錠飲んだ。昨夜食らったパンチで、まだ腹が痛んでいた。

最後にもう一度、新鮮な空気を深々と吸い込むと、ローガンは身震いをし、小さな受付フロアへと入った。

ガラスの仕切りの奥にいる男が怪訝な顔で彼を見ていたが、そのうちにだれだかわかったらしく、温かい笑みを満面に浮かべた。「本物だ！」男が言った。「ローガン・マクレイ！　復帰したって聞いてたよ」

ローガンは、急速に後退しはじめた生え際、大きな口ひげをたくわえたこの中年男を思い出そうとしたが、だめだった。

男は首を振り向け、肩越しに叫んだ。「ゲイリー、ゲイリーってば、ちょっと来てみな」

窮屈そうな制服に身を包んだ太りすぎの男が、鏡のついた間仕切りの奥から顔だけのぞかせた。「なんだよ？」片手に紅茶の入った大きなマグカップ、もう片方の手にタノックスのキャラメル・ウエハースを持っている。

「ほら、見な！」口ひげ男がローガンを指さした。「本人だ」

ローガンはためらいがちにほほ笑んだ。この二人はいったいだれだ？　その瞬間、記憶のスイッチが入った……

「エリックか！　すぐにはわからなかったよ」ローガンは受付の巡査部長の眼鏡の上方、あらわになった頭皮をまじまじと見た。「みんな、髪はどうしたんだ？　昼間ビリーに会ったんだが、彼もすっかり禿げてたぞ！」

エリックは薄くなった髪を片手でなで、肩をすくめた。「男性ホルモンが活発なしるしさ。それより、あんたはすごいよ！」

ビッグ・ゲイリーがローガンに向かってにこやかにほほ笑むと、手にしたキャラメル・ウエハースから、チョコレートの小さなかけらが汚いふけのように黒い制服の前部に落ちた。「死からよみがえった男、ローガン・マクレイ部長刑事！」

　エリックがうなずいた。「そう、死からよみがえった男だ」

　ビッグ・ゲイリーが音を立てて紅茶を飲んだ。「あんた、〝死からよみがえった男〟とまるで同じだよ。なんていったかな、ほら、聖書に出てくるだろ？」

「え？　キリストか？」エリックが言った。

　ビッグ・ゲイリーはエリックの後頭部を平手で軽くたたいた。「ちがう、キリストじゃないよ。キリストの名前なら、おれだって思い出せるだろうが。別の男だよ。ハンセン病患者かなんかで、〝死からよみがえった男〟。わかるだろ」

「ラザロ？」ローガンは言い、少しずつ後退しはじめた。

「ラザロ！　それだよ」ビッグ・ゲイリーがにっこりとほほ笑んだ。チョコレート・ビスケットのかけらが歯にはさまっている。「ラザロ・マクレイ。今後はあんたをそう呼ぶことにする」

　インスク警部がオフィスにも特別捜査本部室にもいなかったので、ローガンは次の心当たりへ行ってみた。第三取調室だ。警部はまだ、ワトスン、スリッパリー・サンディ、ノーマン・チャーマーズとともにそこにいた。インスクの顔には、うんざりしている気持ちがありありと表われていた。どうも、ことはうまく運んでいないらしい。

　ローガンは、ちょっと話ができるかと丁重にたずね、警部が取り調べを中断して出てくるのを廊下で待った。取調室から出てきたインスクのシャツは汗みずくで、皮膚が透けて見えるほどだった。「まったく、なかはとんでもなく暑いよ」彼は両手で顔の汗をぬぐった。「検死解剖の件だな？」

「そうです」ローガンは、イソベルがくれたマニラ紙の薄いホルダーを出した。「予備検死結果です。血液検査の結果は今週中に出るそうです」

　インスクはホルダーをつかみ、目を通しはじめた。

「結論ははっきりしています」ローガンは言った。「ディヴィッド・リードを殺害した犯人は別にいます。殺害手口も遺棄方法も異なりますし、こっちの被害者は男児ではなく女児で——」

「くそ」言葉というより、うなり声だった。インスクは〝推定される死因〟と記された欄を読んでいたのだ。

「いまの段階では、転倒の線も除外できません」ローガンは言った。

インスクはまた「くそ」とつぶやくと、足音荒く廊下を歩きだし、エレベーター脇にあるコーヒーの自動販売機へ向かった。自分のID番号を押して、表面にうっすらと白い泡の浮かんだ、におい立つ茶色の水っぽい液体が入ったプラスティック・カップをローガンに手渡した。「まあいい」インスクが言った。「要するに、チャーマーズはディヴィッド・リード殺害の容疑者ではないんだな」

ローガンはうなずいた。「殺人犯はいまだ自由に歩きまわり、幼い男の子を餌食にしています」

インスクが自動販売機に寄りかかると、倒れるのではないかと思うほど販売機が揺れた。彼は片手でまた顔をぬぐった。「漂白剤についてはどうだ？」

「死後に流し込まれています。胃からも肺からも検出されませんでした。おそらく、DNA証拠物件を消そうとしたのでしょう」

「で、消えたのか？」

ローガンは肩をすくめた。「イソベルは精液をまったく検出できませんでした」

警部はがっくりと肩を落とした。うつろな目で、片手に持ったホルダーを見ている。「あの男、どうしてこんなまねができるんだ？　幼い少女を……」

ローガンは黙っていた。インスクがわが娘に思いを馳せ、死んだ幼女に重ねあわせまいとしているのだとわかっていた。

ようやく背筋を伸ばしたインスク警部の目は、丸い顔のなかで暗い光を放っていた。「犯人にはかならず厳罰を科してやる。金玉を使えなくしてやる」

「しかし、頭部の外傷のことがありますよ。もしもあの子が転倒したのなら、これがたんなる事故だとすれば——」

「それでも、死の隠蔽、死体遺棄、法的正義を損なおうとした容疑で起訴してやる。なんなら殺人容疑でもな。犯人がこの子を突き飛ばしたと、陪審に納得させればいいんだ」

「陪審が納得すると思いますか？」

インスクは肩をすくめ、砂糖を増量したミルク・コーヒーにおそるおそる口をつけた。「思わんよ。だが、やってみる価値はあるだろう。ただ、あいにく鑑識証拠がない。いまのところ、あの幼女がチャーマーズのフラットにいたという痕跡はまったくない。しかるに、あのフラットは最近そうじをした様子もないし、ベッドルームにいたってはいわゆる〝豚小屋〟だ。チャーマーズは、あの幼女の身元などまるで見当もつかないと言ってる。一度も会ったことがないんだと」

「それはショックですね。サンディ・ザ・スネークはなんと言ってるんですか？」

インスクは渋い顔を取調室に向けた。「例のお決まりの言葉さ」と言い、額の汗をぬぐう。「証拠がない、だと」

「レシートがあるでしょう？」

「状況証拠にしかならんからな。ゴミ袋がチャーマーズの手を離れたあとで犯人が死体を詰め込むことができたはずだ、ときた」インスクはため息をついた。「ま、あの野郎の言うとおりだ。チャーマーズと死んだ幼女をつなぐ確たる証拠を見つけることができなければ、われわれの負けだ。ヒッシング・シドに徹底的にやり込められるだろう。それも、地方検察官がリスクを覚悟で法廷に持ち込むと仮定しての話だ。それすら怪しいな。もっと具体的な証拠がないかぎり……」彼はコーヒーから顔を上げた。「幼女に巻かれたガムテープのいたるところにあいつの指紋がべたべたとついてた、なんてことはないよな？」

「残念ながら、きれいに拭き取ってありました」

なにもかもが理屈に合わない。わざわざガムテープの指紋を残らず拭き取るという手間をかけた人間が、出所のわかるゴミをいっぱい入れた袋に死体を放り込んだりするだろうか？

「まあいい」インスクが言い、背筋をぴんと伸ばして、廊下の先の第三取調室を見た。「確かな証拠がひとつもないことには目をつぶって、このままミスタ・チャーマーズを勾留しよう。ただ、だんだんいやな予感がしてきたのは認めざるをえないな。どうも、チャーマーズの犯行だと立証できない気がして……」彼は言葉を切って肩をすくめた。「明るい面を見よう。これでサンディ・ザ・スネークの活躍する場面がなくなる。あの野郎は陪審の前でいいところを見せられなくなる」

「ひょっとして、また殺しの脅迫が届けば、彼の憂さも晴れるのでは？」

インスクが笑みを浮かべた。「なんとか手を打ってみるよ」

ノーマン・チャーマーズは正式に逮捕されて留置場に戻され、次の開廷日に出廷することになった。サンディ・モア・ファカースンは自分のオフィスへ帰った。インスク警部は舞台稽古に向かった。ローガンとワトスン婦警はパブへ行った。

〈アーチボルド・シンプソンズ〉は、かつて銀行だった建物の広いフロアを改装し、メイン・バーとして使っている。凝ったロゼット装飾の天井と高いコーニスは立ちこめる紫煙にかすんでいるが、客たちが興味を示すのは、建築上の細かな装飾などではなく安い酒だった。

このバーは警察本部から歩いて二分のところにあるため、勤務の明けた警察官に人気のたまり場となっている。この夜も、捜索チームの大半がこのバーに来ていた。今日一日、降りしきる雨のなかにいた連中だ。ドン川のぬかるんだ土手で法医学的証拠を捜した者たち、そしてリチャード・アースキンを捜していた者たちだ。彼らは今日は行方不明の子どもを捜し、明日は死体を捜すことになるだろう。みな、統計データを知っている。誘拐された子どもを六時間以内に捜し出すことができなければ、その子はおそらく殺されている。三歳九カ月のディヴィッド・リードのように。あるいは、胴体に大きなY字の切り込みを入れられ、内臓をすべて取り出されてモルグのステンレス板に横たえられた身元不明の幼女のように。取り出された少女の内臓は検査され、計量され、瓶や袋に入れられ、札《ふだ》をつけて証拠品として提出される。

彼らはこの夜、初めの三分の一を、死んだ子どもや行方不明の子どもについてまじめな口調で語りあって過ごした。次の三分の一は、新聞社へのリークを調べている警察倫理委員会について文句を言って過ごした。苦情懲罰委員会から倫理委員会に名称を変更したところで、いまさら受けがよくなるはずがないのだ。

最後の三分の一は泥酔状態だった。

巡査のひとりが——ローガンは名前を思い出せない——人数分のビールを持ち、千鳥足でテーブルへ戻ってきた。酔っ払って、なにを見てもおかしいという段階に達していた巡査は、半パイントのラガーがテーブルにこぼれて犯罪捜査課のひげ面の刑事の脚にかかったのを見て笑いだした。

この夜、ローガンは責任ある大人の役割を演じる気がなかったので、自分の一パイント・ジョッキをつかむと、いささかおぼつかない足取りでスロットマシンへと向かった。勤務明けの警察官の小グループがクイズマシンのまわりに集まって大声や歓声をあげていたが、ローガンは素通りした。

ワトスン婦警がひとりでスロットマシンをやっていた。ピッピッと音を立てながら点滅光が次々と移動し、最後にピーッと鳴って止まった。彼女が半分空いたバドワイザーの瓶を片手に握りしめてスタート・ボタンを押すと、また図柄盤がまわりはじめた。

「楽しそうだね」レモン二個と城一個が並ぶと、ローガンは声をかけた。

彼女は振り向きもしなかった。「証拠不充分だなんて！」ワトスンがナッジ・ボタンをたたくと、ひとつずれて錨で止まった。

「証拠を捜しつづけるしかないよ」ローガンはぐいとビールを飲み、頭の芯から温かく心地よい酔いがじわっと広がる感覚を楽しんだ。「鑑識はあのフラットからなにも発見できなかった——」

「鑑識は汚水処理タンクからだってなにも発見できませんよ！　あのレシートがあるでしょう？」彼女はスロットマ

シシにまた二ポンド投入し、スタート・ボタンにこぶしを振り下ろした。

　ローガンは肩をすくめ、ワトスンは並んだ絵を見てうなった——錨、レモン、ゴールドバー。

「あの男の犯行だって、みんな知ってるのに！」ワトスンが言い、また図柄盤を回転させた。

「だから、それを証明しなければならないんだ。でも、きみの手柄がなければ、やつを留置場に放り込むことさえできなかっただろうな」〝留置場〟の発音が怪しかったが、ワトスンは気づかなかったようだ。ローガンは彼女に身を寄せ、そっと背中をつついた。「あのレシートは有効な収穫だったよ」

　またスロットマシンに一ポンド入れるとき、彼女が笑みらしきものを浮かべたと、ローガンは誓ってもいい。

「クラブカードのポイントに気づいたのはわたしじゃありません。あなたです」彼女は点滅光から目を離さなかった。

「そもそも、きみがレシートを見つけなければ、それもなかったさ」ローガンは彼女に向かってにっこりほほ笑み、またビールをぐいと飲んだ。

　ワトスンはスロットマシンの点滅光から目を離し、音楽に合わせるようにかすかに揺れているローガンを見た。

「〝四時間おきに一錠。アルコールと一緒に摂らないこと〟というのはどうしたんですか？」

　ローガンはウインクした。「きみさえ黙っていてくれれば、私はだれにも言わないよ」

　ワトスンは笑みを浮かべた。「お守り役はフルタイムの仕事になりそうですね」

　ローガンは自分のパイント・ジョッキを、彼女のビール瓶に合わせた。「フルタイムのお守り役に乾杯！」

10

六時。しつこく鳴り響くめざまし時計の音にしぶしぶベッドを出たローガンは、激しい二日酔いに襲われた。脳が膨脹したのかと思うほどずきずきする頭を両手で抱え、ベッド脇にしゃがみ込んだ。胃がかきまわされて平衡感覚を失い、ごぼごぼと音を立てている気がした。吐きそうだ。うめき声をあげ、よろよろとベッドルームのドアに達すると、ローガンは廊下に出てトイレへ向かった。

なんだって飲みすぎてしまったんだろう？　鎮痛剤には、アルコールと一緒に摂取してはいけない、とはっきり書いてあるのに……

吐いたあと、洗面台の端に寄りかかり、頭を垂れてタイルの冷たい表面に押し当てた。胃液の酸っぱいにおいがなおも鼻をつく。

無理やり片目を開けると、かろうじて、トイレの貯水タンクにパイント・グラスがのっているのが見えた。最初の退院時、傷跡が癒えてまもないころにもらった鎮痛剤が、まだ瓶に半分残っていた。震える手で瓶を取り、子どもでも簡単に開けられるふたにてこずりながら、なんとか開けた。グラスに水を入れ、小石ほどの大きさのカプセルを二錠飲み、重い体を引きずるようにしてシャワーに向かった。

シャワーを終えても気分はさしてよくならなかったが、少なくとも、ビール醸造所と灰皿のにおいを足して二で割ったような悪臭はしなくなった。タオルで髪を拭きながら廊下をなかほどまで進んだとき、抑えた咳払いが聞こえた。

ローガンはくるっと向き直った。心臓が早鐘を打ち、両手を固めていた。

ワトスン婦警がキッチンの戸口に立っていた。彼の古いTシャツを着たワトスンは、プラスティック製のフライ返しを振ってみせた。服務規定にしたがって固くたばねていた髪をいまはほどいているので、こげ茶色の巻き毛が肩にかかっている。Tシャツの裾から素足が伸びている。とてもきれいな脚だ。

「寒いんじゃありません？」ワトスンに笑顔で訊かれ、ローガンは突然、素っ裸で全身をさらしていることに気づいた。

あわててタオルをつかんで丸見えの下腹部に押し当てると同時に、顔どころか全身から火が出る思いで、足の裏から頭のてっぺんまでまっ赤になった。

ワトスン婦警の笑みが薄れ、たちまち真顔になると、整った茶色の眉のあいだにかすかにしわが刻まれた。彼女は、わずかに引きつれの残った傷跡に覆われたローガンの腹部を見つめていた。

「ひどかったのですか？」

ローガンは咳払いをし、うなずいた。「お勧めしないよ」彼は言った。「つまり……おれは……」

「ベーコン・サンドを食べますか？　卵がなかったので。それを言うなら、他にもなにもなかったけれど」

ローガンは、いまにも勃起しそうな股間のうずきにとまどいながら、下腹部をタオルで押さえたまま突っ立っていた。

「どうします？」彼女がまたたずねた。「ベーコン・サンド？」

「あ、うん……ありがとう、いただくよ」

彼女がキッチンへ戻ったので、ローガンはベッドルームへ駆け込み、ドアをばたんと閉めた。二人とも、ゆうべはどれだけ酔っ払っていたのだろう？〝アルコールと一緒に摂取しないこと！〟なにも覚えていない。彼女のファースト・ネームさえ知らないのに。ファースト・ネームも知らない女性と寝るなんて、おれはなにを考えてるんだ。

体を拭いてタオルを隅へ放ると、まだ湿り気の残る足になんとか黒い靴下をはいた。

ぬけぬけとこんなことができるなんて、どういう神経をしてるんだ？　おれは部長刑事、彼女は婦人警官だ。組んで仕事をしている。おれは彼女の上司だぞ！　組んでいる婦人警官とつきあいはじめたりしたら、インスク警部は激怒するにちがいない。

片脚で飛び跳ねながらズボンをはいてから、パンツをはき忘れたことに気づいた。いったんズボンを脱がなければならない。

「なんてことをしちまったんだ、このまぬけめ」鏡に映る狼狽した顔に向かって言った。「彼女は部下なんだぞ！」

彼を見返す鏡の顔は、動揺の表情からしだいに心得たような笑みに変わった。〝それはそうだが、彼女、なかなかいい女じゃないか？〟

鏡の顔の言うとおりだと、ローガンも認めざるをえなかった。ワトスン婦警は頭がよく、魅力的だ……それに、自分を一夜かぎりの遊びの相手にした男を痛い目にあわせることもできる。だてに〝ボール・ブレイカー〟と呼ばれているわけではない――インスク警部がそう言っていたではないか。

「なんてこった……」洋服だんすから洗いたての白いシャツを出して着ると、危うく首を絞めそうになりながらペイズリー柄のネクタイを締めて、廊下に飛び出した。キッチンへ入る前に足を止めた。いったいどうすればいい？なにも覚えていないと、正直に打ち明けるべきだろうか？

彼は顔をしかめた。これはさぞかし受けがいいだろう。

〝やあ、悪いがきみとセックスをしたことを覚えてないんだ。どう、よかったかい？〟完璧だ。どうせなら、ついでに〝きみの名前は？〟と訊いてみるか。

いい考えは浮かばなかった。こっちからはなにも言わず、彼女に先手を取らせよう。ローガンは深呼吸をひとつし、キッチンへ入った。

キッチンは、焼いたベーコンと気の抜けたビールのにおいがした。ワトスン婦警は美脚を見せてガスレンジの前に立ち、フライパンの中身を揺すって、ベーコンをジュージューいわせていた。気まずい雰囲気を一掃するべく世辞のひとつでも言おうと口を開きかけた瞬間、背後で声がしたので、ローガンは飛び上がった。

「ああ、もう……どいて。これ以上、立ってられそうにないんだ」

ローガンが向き直ると、ぽつぽつとひげが生えはじめ、目をしょぼしょぼさせた、カジュアルな服装のやつれた様子の若者が立っていた。尻を掻きながら、キッチンへ行く邪魔になっているローガンがどくのを待っている。

「すまん」ローガンがぼそりと言って通してやると、若者はよろよろと進んで、崩れるように椅子に座った。

「うー、頭が痛い」どこからともなく現われた若者が言い、問題の頭を両手で抱えてテーブルに伏せた。

　ワトスンが肩越しに見て、仕事着に着替えたローガンが突っ立っているのに気づいた。「さあ、座って」封を切ったばかりの白パンを二枚取ると、焼けた半パックほどのベーコンを雑にはさんだ。テーブルにどんと置き、フライパンに次のベーコンを放り込んだ。

「ああ……ありがとう」ローガンは言った。

　テーブルをはさんで座っている二日酔いの若者に、どことなく見覚えがあった。捜索チームのひとりだろうか？　犯罪捜査課のひげ面にラガーをこぼした巡査だろうか？

　ワトスンが次のベーコン・サンドをテーブルに──今度はうめいている巡査の前に──どんと置いた。

「なにも、きみが朝食を作る必要はないんだよ」ローガンは、パックを傾けて残りのベーコンをフライパンに入れているワトスンに向かってほほ笑んだ。フライパンから煙が上がり、ワトスンがフライ返しを振って払うと、プラスティック製の調理器具から油のしずくが調理台に飛び散った。

「あら、彼に作ってもらうほうがよかったですか？」ワトスンは巡査を指さした。巡査は、ベーコン・サンドを口にして次なる問題が生じてもトイレまで行き着けないだろうという様子だった。「あなたがどうかは知らないけど、わたしは朝食にお金を払いたくないんです」

　またひとり、ローガンがどことなく見覚えのある顔がキッチンのドアから入ってきた。「おい、スティーヴ。ひどいざまだな。そんな姿をインスクが見たら、めちゃくちゃ怒って……」清潔なスーツを着て座っているローガンを見ると、おしゃべりを中断した。「おはようございます。昨夜のパーティは楽しかったです。泊めていただいてありがとうございます」

「いや……礼には及ばないよ」パーティだって？

　新参の巡査がほほ笑んだ。「わぁ、きれいな脚だね、ジャッキー！　あ、ベーコン・サンドだ。もしかして──」

「ないわ」ワトスンは白パンを二枚つかむと、残りのベーコンをはさんだ。「マクニールは四パックしか買わなかったし、全部使っちゃった。どのみち、わたしはもう出勤準備をしなくちゃ」彼女はカウンターからトマト・ソースをつかむと、ベーコン・サンドに下品なほどたっぷりとかけた。「もっと早く起きればよかったのよ」

　ジャッキー・ワトスン婦警がベーコン・サンドに大きな口を開けて嚙みつくと、〝新顔〟は大笑いしながらも、うらやましそうな表情を隠そうとしなかった。ワトスンは口のまわりにトマト・ソースをつけたまま、満足げに食べていた。

　ローガンがまだ名前を思い出せない男は簡単にあきらめないタイプらしく、空いている最後の椅子に腰を下ろしてテーブルに両ひじをついた。「おい、スティーヴ」彼の口調には心配がありありと表われていた。「ほんとうにつらそうだぞ。そんなの食べて、ほんとうに大丈夫なのか？」テーブルに置かれたベーコン・サンドを指さした。「すっごく油が多そうだけど」

　ワトスンはベーコン・サンドを口いっぱいにほお張っているにもかかわらず、なんとか口の端から言葉を発した。「こんなやつの言うことを聞いちゃだめよ、スティーヴ。食べれば気分がよくなるんだから」

「そうとも」名前のわからない巡査が言った。「食べちまえよ、スティーヴ。死んだ豚の薄切りがたっぷり。豚の脂で焼いて、油がしたたってる。むかむかしてひっくり返りそうな胃袋を落ち着かせるにはもってこいさ」

　スティーヴの顔から血の気が引きはじめた。

「胃を落ち着かせるのに、ラードのかたまりにまさるものは……」

　新顔はそれ以上言う必要がなかった。スティーヴはよろよろと席を立ち、片手で口を押さえてトイレへ駆けていった。バスルームから嘔吐と水の跳ねる音が聞こえると、新顔はにんまりし、スティーヴに忘れられたベーコン・サンドをつかんで嚙みついた。「うまい！」口から油を垂らしながら高らかに言った。

「あんたってば、ほんとうにどうしようもない悪党ね、サイモン・レニー!」

　悪党のサイモン・レニーはジャッキー・ワトスン婦警にウインクを送った。「適者生存ってやつさ」

　ローガンは椅子の背にもたれ、自分のベーコン・サンドを食べながら、昨夜いったいなにがあったのかを思い出そうとしていた。パーティについてはまったく記憶がない。パブを出たあとの記憶は完全に空白だった。パブを出る前のできごとについても、いくつかはあまりはっきりしない。だが、どうやらパーティを開き、捜索チームの数人が彼のフラットに泊まったらしい。それは当然だ。彼のフラットはマーシャル・ストリートにあり、クイーン・ストリートの警察本部から歩いて二分の距離だから。しかし、パブを追い出されたあとのことは、やはりなにも思い出せない。いまトイレで吐いている巡査――スティーヴ――がジュークボックスでクイーンの《カインド・オブ・マジック》をかけ、たちまち服をすべて脱ぎ捨てた。ストリップショーと呼べる代物ではなかった。ショー的要素はまったくなく、酔っ払ってわれを忘れ、よろよろと歩きまわっていただけだ。

　バーのスタッフが、丁重な口調で、出ていってほしいと言った。

　これで、アバディーンの警察隊の半数が、彼のキッチンでベーコンをがっついているか、彼のバスルームで胃のなかのものをすべて吐いているかのどちらかだということの説明はついた。しかし、ジャッキー・ワトスン婦警が美脚をさらしている理由はさっぱりわからない。

「ところで」ローガンは、また大きな口でベーコン・サンドに噛みつくワトスンを見ながらたずねた。「どうしてきみが食事係をやらされる羽目になったんだい?」あたりさわりのない質問だ。これなら、〝おれたちはゆうべ寝たのか?〟という言外の意味に、だれも気づかないだろう。

　ワトスンは手の甲で口をぬぐい、肩をすくめた。「わたしの番だから。外泊に初めて参加する人がサンドイッチを作るっていう決まりなんです。でも、フラットを提供すれば、食事当番は次の人にまわる」

　ローガンは、完全に筋が通っているといわんばかりにうなずいた。まだ朝早いし、思考回路が完全には働いていなかった。とにかく、昨夜なにがあったにせよ、それを否定していると取られないような笑みを見せた。

「さて」ローガンは立ち上がり、パン屑をゴミ箱に捨てた。「もう出るよ。捜査会議が七時三十分ちょうどに始まるし、準備があるから」完全に事務的な口調で言った。二人ともなにも言わず、顔を上げもしない。「それじゃ、ちゃんと戸締まりをしてくれるなら、本部で会おう……」ワトスン婦警からなんらかの合図があるのを期待して言葉を切った。ジャッキーだ！　ワトスン婦警ではなくジャッキーだ。合図はなかった。食べることに気を取られているのだ。「よし、それじゃあ」ローガンは言い、背後のドアへ向かった。「またあとで」

外はまだ暗かった。この時刻に太陽が見られるのは、少なくともまだ五カ月先だ。カッスルゲイト博物館まで続く、坂になったマーシャル・ストリートをのぼるうち、街が目覚めはじめた。街灯はまだついているし、クリスマスのイルミネーションもついている。アバディーン市民がもっとも好む《クリスマスの十二日》のモチーフが、ユニオン・ストリートの端から端まで——ここカッスルゲイト博物館の前から通りの終点まで——延々と吊るされている。

ローガンはしばし足を止め、冷たい朝の空気を吸い込んだ。豪雨は去ったが、いまは霧のような雨が降り、クリスマス電飾はぼんやりとにじんで見えた。象牙色の明かりが、〝飛び跳ねている領主〟や〝泳いでいる白鳥〟の形を暗灰色の空に刻んでいる。どの通りも徐々に車が増えはじめていた。ユニオン・ストリートに立ち並ぶ店のショーウインドウには、クリスマスの華やかな飾りや安っぽい品物があふれている。その上方は、三階あるいはそれ以上ある灰色の花崗岩の建物だ。まだ開いていないオフィスや、住人がまだ起きていない部屋の窓は暗い。そんな光景のすべてが、飴色やまばゆいばかりに白いクリスマス電飾で清められている。美しいとさえ言える光景だ。この街はときどき、彼がまだここに住みつづける理由を思い出させてくれる。

最寄りの新聞販売店で一パイントのオレンジジュースとアバディーン・ロールを二つ腹に入れてから、警察本部の裏口を押し開けて乾いた受付フロアに入った。エレベーターへと向かいながら雨のしずくを振り落としているローガンを、受付の巡査部長が顔を上げて見た。

「おはよう、ラザロ」

ローガンは聞こえないふりをした。

会議室は、濃いコーヒーと気の抜けたビール、それに二日酔いのにおいがした。出席率は百パーセント――それがローガンを驚かせた。ストリップを披露し、吐いていたスティーヴ巡査でさえ、明らかに気分がすぐれない様子ながら背筋をぴんと伸ばして、うしろのほうの席に腰かけていた。

死んだ幼女の顔写真をコピーしたポスターをたくさん持ったローガンは、できるだけ前のほうに席を見つけて座り、インスク警部が会議を始めるのを待った。今朝は、立って、昨日ニグのゴミ集積場で発見された四歳の子どもについて情報がきわめて乏しいことをみなに説明するようにと、警部に言われていた。

コピーしたポスターから顔を上げると、ワトスン婦警――ジャッキー――がこっちを見てほほ笑んでいた。ローガンもほほ笑み返した。こうして少し時間を置いてパニックがおさまると、これもいいと思いはじめていた。イソベルと別れて四カ月。そろそろ別の女性とつきあい始めてもいいだろう。会議が終わりしだい、護衛役を変えてくれるようインスク警部に頼んでみよう。仕事で組んでいなければ、彼女とつきあうことに、だれも文句を言えないはずだ。

彼は、離れたところに掛けているジャッキー・ワトスン婦警に向かってほほ笑んだ。彼女の美しい脚は、制服の黒いスラックスに隠れている。彼女がほほ笑み返した。万事うまくいっていた。

ローガンは突然、ジャッキー・ワトスン婦警だけではなく、全員が笑顔で自分を見ていることに気づいた。

「準備がよければ始めてくれ、部長刑事」

あわてて前を向くと、インスク警部がじっと見ていた。

「ああ、はい。ありがとうございます、警部」ローガンは席を立ち、きまり悪さを覚えつつも、それがあまり顔に出ていないようにと願いながら、インスクが腰をかけているデスクへ向かった。

「昨日午後四時、キンコース・アカデミーの社会科主任アンドレア・マーレイという人が、ニグのゴミ集積場でゴミ袋から人間の足が突き出ているのを発見したと緊急通報してきた。身元不明の四歳の少女の死体だった。少女は白人、ブロンドの長髪、青い目」彼はコピーの山を最前列の人間に渡し、各自が一枚取ってうしろへまわすようにと言った。コピーはどれも同じ――モルグで撮った、正面から見た顔だ。目を閉じ、両頬にガムテープの跡が筋になって残っている。「犯人は死体を切断して捨てようと試みたが、最後までやり遂げることができなかった」

会議室を埋めつくした男女が口々に不快の言葉を漏らした。

「つまり……」ローガンは声を張り上げなければならなかった。「つまり、おそらくこれが犯人にとって初めての殺人だったということだ。以前にも人を殺した経験があれば、苦もなく切断できただろうからな」

ふたたび会議室が静まり返ると、インスクが承認を与えるようにうなずいた。

ローガンは別のコピーを配った。「これはノーマン・チャーマーズの調書だ。昨夜、死体を入れたゴミ袋と彼を結びつける証拠をワトスン婦警が発見したあと、彼を殺人容疑で逮捕した」

だれかがジャッキー・ワトスン婦警の背中をたたき、ワトスンは笑みを浮かべた。

「しかし」ローガンは話を続けた。「問題がある。鑑識は、チャーマーズのフラットに少女がいたという痕跡をなにひとつ発見できなかった。彼があの子を自分のフラットへ連れていかなかったのだとしたら、どこへ連れていったのだろう？

一チームは、ミスタ・チャーマーズの交友関係を徹底的に調べてもらいたい。彼が車庫を借りているか、だれかの留守宅を預かっているか、最近どこかの保護施設に入って家の管理を彼にまかせている親戚がいるか、人目を引かずに死体を隠すことのできる職場で働いているか、といったことだ」

部屋じゅうの人間がうなずいた。

「一チームは、ローズマウントで戸別の聞き込みにあたってくれ。被害者の身元や、チャーマーズがどうやって彼女をつかまえたのかを」手が挙がったので、ローガンはその人間を指した。「なんだ？」

「いまだにこの子の失踪届が出ていないのはなぜでしょうか？」

ローガンはうなずいた。「いいところに気がついた。四歳の少女が失踪して少なくとも二十四時間が経つというのに、だれも警察に届け出ようとしない。それはおかしい。そこで」と言いながら、彼は最後のコピー資料を配った。「これは社会福祉課に作ってもらったリストだ。アバディーン市内に住み、被害者と同じ年齢・性別の子どもがいる家庭をすべて挙げてもらった。これも、一チームで担当してもらう。リストにあるすべての家庭をあたってくれ。かならず本人の姿を確認すること。だれの言葉も鵜呑みにしない。わかったな？」

部屋じゅうが沈黙していた。

「よろしい。チームの割り当てを行なう」ローガンは四人ずつのチームを三つ作り、それぞれの任務に取りかかるべく送り出した。会議室に残っている者は座ったまま姿勢を崩し、〝志願者〟たちが出ていくあいだにおしゃべりを交わした。

「聞いてくれ」インスクが言った。声を張り上げる必要はなかった。彼が口を開いた瞬間、全員が口を閉じたのだ。「リチャードの特徴に一致する子どもがえんじ色のハッチバックに乗り込んだという目撃情報があった。あの近辺で、この数カ月のあいだに、それとよく似た車がうろついているのを見かけたという証言もいくつかある。おそらく犯人はあの地域で子どもを物色していたんだろう」彼は言葉を切って会議室を見まわし、ひとりひとりと目を合わせた。

「リチャード・アースキンが失踪してからもう二十二時間だ。どこかのくず野郎につかまったのではないとしても、昨夜はどしゃ降りの雨が降り、気温も零度近かった。子どもにとっては厳しい状況だ。つまり、なんとしてもあの子を見つけなければならんし、もはや一刻の猶予も許されない、ということだ。必要とあれば街じゅうをひっくり返してでもあの子を見つけ出すぞ」

二日酔いの巡査たちにまとわりついているにおいに混じって、決意のにおいのようなものが会議室にみなぎった。

インスクが捜索チームの名前を読みあげ、デスクの上で踏んぞりかえると、みながドアに向かった。指示をもらおうとローガンが残っていると、警部は〝泥酔ストリッパー〟スティーヴを呼びつけ、そのまま全員が出ていくのを待った。みなが出ると、スティーヴになにか言いはじめた。低い声なのでローガンには一言も聞こえなかったが、なにを言っているのか察しはついた。若い巡査の顔色が、まずは赤くなり、すぐに怯えたように青ざめた。

「以上だ」インスクがようやく言い、震えている巡査に向かって、大きな禿げ頭をしゃくってみせた。「外で待ちたまえ」

〝ストリッパー〟スティーヴは、懲罰を受けたかのようにうなだれ、とぼとぼと出ていった。

ドアが閉まると、インスクはローガンを手招きした。

「今朝は、ただうなずいていればいい仕事をやってもらう」インスクは言い、背広のポケットから徳用サイズの袋に入ったチョコレート・レーズンを引っぱり出した。不器用な手で封を開けようとしたが、すぐにあきらめ、歯を使って開けた。「まったく固いんだから……」インスクはビニールの端を吐き出し、できた穴に指を突っ込んだ。「市の環境衛生保健係から護衛の要請があった」

ローガンはうめき声を抑えた。「冗談でしょう？」

「とんでもない。通知状を届ける必要があるのに、担当者がびくついてるらしい。警察の護衛がなければ殺されると思い込んでるそうだ。本部長は〝親しみやすい警察〟をめざしている。つまり、警察は、市当局が必要とするいかなる支援要請にも応える用意があると考えてもらう必要があるということだ」チョコレート・レーズンの袋の穴をローガンに向けて差し出した。

「しかし」ローガンは言いながら、丁寧に断わった――巨大なネズミの糞そっくりに見え、二日酔いの胃袋に収めたくなかったのだ。「制服警官にやらせるわけにいかないのですか？」

インスクはうなずいた。上司の目に悪意が光ったと、ローガンは誓ってもいい。「もちろん、かまわない。現に制服警官が任務にあたる。きみは監督者として同行するんだ」インスクは袋を振って糞の山を手のひらに受け、そのまま口に放り込んだ。「それが上位階級者の特権というやつだ。自分より階級の低い者たちを監督するわけだ」

意味深長な間があった。ローガンにはその意がまったく呑み込めなかった。

「さあ」インスクは彼をドアへと追い払うように言った。「行きたまえ」

ローガンは、どういう意味だろうといぶかりながら会議室を出た。インスク警部はデスクに座ったまま、精神に異常をきたした人間のような笑みを浮かべていた。ローガンの疑問はほどなく解けることになった。

心配顔のスティーヴ巡査が廊下で待っていた。その顔はいくぶん生気が戻り、青白いというより、赤みを帯びた青という不健康そうな色になっていた。それでも、ひどい顔をしていることに変わりはない。充血した目はピンク色で、息はエキストラストロングのミント・キャンディのにおいがしたが、毛穴からにじみ出るアルコールのにおいをごまかすことはできなかった。

「すみませんが」巡査が言い、弱々しく不安げな笑みを浮かべた。「私は車を運転しないほうがいいと思います」彼はうなだれた。「申し訳ありません」

ローガンは片眉を上げ、口を開きかけた。次の瞬間には閉じていた。彼こそ、おれが監督することになっている巡査にちがいない。

一階へと下りるエレベーターのなかで、スティーヴ巡査は立っていられなくなった。「いったいどうして警部は知ったんでしょう？」彼は両手で頭を抱え、隅にしゃがみ込んだ。「なにもかも。すべて知っていましたよ！」

ローガンの背筋を不安が駆け抜けた。「なにもかもだって？」警部は、おれが酔っぱらってワトスン婦警と寝たことを知っているのだろうか？

スティーヴ巡査がうめいた。

「警部は知ってたんです。われわれがパブを追い出されたことも、裸になったことも……」彼は哀れを誘う赤い目でローガンを見上げた。生体解剖前のウサギのようだ。「馘にされなかったのは、運がいいんだそうです。まいったな……」

一瞬、彼はそのまま泣き崩れるかに見えた。その瞬間、エレベーターが駐車場の階に着き、音が鳴ってドアが開いた。二人の制服警官が、パトカーの後部座席から、ジーンズとTシャツの毛深い男を降ろそうと悪戦苦闘していた。男のTシャツには、クリスマスツリーをうまく逆さにしたような形に血がついていた。つぶれた鼻は血で汚れていた。

「あのやろうども！」男はローガンに飛びかかろうとしたが、彼を押さえていた巡査は放そうとしなかった。「あいつら、じごうじとくだ！」男は歯も何本か失くしていた。

「申し訳ありません」巡査が言い、男を押しとどめた。

ローガンは問題ないと答え、スティーヴ巡査をしたがえて駐車場を横切った。受付を通って出ることもできたのだが、二日酔いで赤い目をした巡査を人目にさらしたくなかった。どのみち、市役所はそう遠くない。外気に触れて歩けば、スティーヴ巡査も気分がよくなるだろう。

外に出ると、本部の息苦しいほどの暑さのあとでは、霧雨がすがすがしく感じられた。本部ビルの裏からカーヴしながら通りへ出る傾斜路に立って顔に雨粒を受けていたところ、クラクションを鳴らされたので、二人は飛び上がった。

パトカーがヘッドライトを点滅させた。ローガンと二日酔いの巡査は詫びのしるしに手を振り、歩いて本部ビルの脇をまわった。州裁判所の前には、抗議の人びとが横断幕やプラカードを手に早くも集まりはじめていた。なんとしてもジェラルド・クリーヴァーの姿をひと目見たい、そこの街灯柱で彼を絞首刑にする機会を得たい、と願っている連中だ。

臆病な担当者は市役所の本館で二人を待っていた。左右の足に交互に体重を移しながら、監視のない状態が三十秒以上も続けば逃げられるとでもいわんばかりに、絶えず腕時計を見ていた。担当者は不安げな顔でスティーヴ巡査を見たあと、ローガンに手を差し出して握手した。二人が来るずっと前からそこに立っていたにもかかわらず、「お待たせして申し訳ない」と言った。

名乗りあったものの、聞いて三十秒も経たないうちに、ローガンはその担当者の名前を忘れてしまった。

「行きましょうか？」名前を忘れられた男が足を止め、大きな革のホルダーをいじり、また腕時計に目をやってから、カトリックで病人に対して行なう〝終油の秘蹟〟の必要がありそうなフォード・フィエスタへと二人を案内した。

ローガンは、運転席についたミスタ・臆病に並んで助手席に座り、スティーヴ巡査を後部座席に――運転席のうしろに――座らせた。理由その一、スパイかもしれない市の環境衛生保健係の男に巡査のひどい状態をあまりはっきり見せたくない。理由その二、スティーヴ巡査がまた吐きそうになったとき自分の後頭部に吐物を浴びせられたくない。

市街を抜けて車を走らせるあいだじゅう、運転席の男は、役所の仕事は苦労が多いが、手当をすべて失うことになるので転職できないのだと延々と説明していた。ローガンは聞き流しながら、相手を満足させるためにときどき「大変そうですね」とか「気持ちはわかりますよ」と相づちを打って会話の表面に顔を出しておいた。実際には、助手席の窓から、ゆっくりと流れ去る灰色の街並みを見ていた。

ラッシュアワーはいよいよ、三十分前に出勤すべきだった連中がこれでは遅刻だと気づきはじめる状態に達しつつあった。そこかしこで、馬鹿者どもが運転席に座ったまま窓を下ろして煙草のフィルターを嚙んでいる。煙草の煙を外に出し、雨を車内に入れているのだ。ローガンはうらやむような目で彼らを眺めた。

さっきの〝上位階級者の特権〟の演説は、インスク警部がなにかを伝えようとしていたのだという気がしはじめていた。どうも引っかかる。片手でゆっくりと額をなでると、皮膚の下に膨れあがった脳が感じられる気がした。

インスクがスティーヴを厳しく叱責したのは驚くことではない。泥酔した巡査は、警察全体に泥を塗りかねないからだ。ローガンの頭に新聞の見出しが浮かんだ。〝全裸の巡査、自前の棒をさらす！〟おれがスティーヴの上司でも、やはり彼をどやしつけたにちがいない。

その瞬間、謎が解けた。インスクの言葉はおれに向けたものだったのだ。〝それが上位階級者の特権というやつだ。自分より階級の低い者たちを監督するわけだ〟おれは部長刑事、スティーヴは巡査だ。みんなしてパブへ行き、酔っぱらった。おれは、スティーヴ巡査が泥酔して愚かにも裸になるのをまったく止めようとしなかった。

ローガンはうめいた。

この任務は、スティーヴに対する罰であると同時に、おれに対する罰でもあるのだ。

二十五分後、彼らは、荒れ果てた農園の前で臆病男の車を降りた。カルツのはずれに点在する小作地のうち、最初にぶつかる農園だ。細い道は下草の藪へと続いている。その先に、ふてくされたように、倒壊寸前の農家があった。灰色の石造りの農家は、やむことのない雨のなかで泣いているように見えた。家のまわりは腰の高さほどに雑草が生い茂り、その荒れ地に、廃屋となった農舎がぽつぽつと建っている。雑草のあいだから突き出たサワギクとギシギシは、冬空の下で、茎も葉も錆びたような茶色だった。母屋《おもや》のスレート葺きの屋根に突き出ている二つの窓は、こちらを睨みつける虚ろで敵意を含んだ目のようだ。その下方、色あせた赤いドアにはペンキで大きく〝6〟と書いてある。点々と建つ農舎にはそれぞれ、白いペンキで番号が書きなぐってあった。建物の壁はどれも、霧のような雨にしっぽりと濡れ、鈍い灰色の昼光を反射している。

「素朴だな」ローガンは、会話の糸口を見つけようとした。その瞬間、においを嗅ぎとった。「なんてこった！」片手で口と鼻をふさぐ。

鼻をつく腐敗臭。長時間、陽にさらされた肉のにおい。

死のにおいだった。

11

スティーヴ巡査が一度、二度とよろめいたあと藪へ駆け込み、大量に吐いている音が聞こえた。

「わかったろ?」市役所の臆病男が言った。「ひどいって言わなかったかな? 言ったよな?」

ローガンはうなずいて、言ったと認めた。もっとも、道中、男の話にはまったく耳を貸していなかったのだが。

「昨年のクリスマスごろから、悪臭がすると近隣住民が苦情を訴えているんだ。何度も手紙を送ったが、返事は一度もなかった」男は革のホルダーを胸に押し当てた。「いまでは郵便配達員もここへの配達を拒否する始末だ」

「なるほど」それなら、一度も返事が来ない説明がつく。ローガンは吐いている巡査に背を向け、下草のジャングルを進みはじめた。「だれかいるか、見に行こう」

当然ながら、役所の男はローガンを先に立たせた。

母屋《おもや》は、かつては充分な手入れをなされていた。崩れかけた石壁に白いペンキが点々とついているし、ねじれて錆びた金具には吊り花かごが掛かっていたのだろう。しかし、そんな時代はとうの昔に過ぎ去った。いまでは、雨樋に生えた草が縦樋をふさいでいるため、樋の縁から水がしたたっている。ドアのペンキももう何年も塗り直されていない。風雨とスズメバチに襲われてペンキがすっかり剝げ、もともとの木材がむき出されて野ざらしになり、中央にネジで留めた小さな鉄製の数字も錆と泥にまみれて読めなくなっている。把手も似たようなありさまだった。そんなドア全体に、白いペンキで大きく手書きの〝6〟の字が記してあった。

ローガンがドアをノックした。二人は一歩下がって待った。さらに待った。なおも待った。そして……

「勘弁してくれ!」ローガンはドアをあきらめ、下草の藪を歩きながら、窓を残らずのぞいてみた。

家のなかは闇に包まれていた。暗がりでも、大きな家具が置かれているのはわかる。汚いガラスの奥に、はっきりしない輪郭がおぼろげに見えただけだが。

ようやく表のドアに帰り着いた。いま通ってきた跡が、完全に踏みつぶされて、背の高い草のあいだに道ができていた。ローガンは目を閉じ、悪態を抑えた。「ここにはだれもいない。もう何カ月も人は住んでないよ」いまも住んでいる人間がいるとしたら、道路からこのドアまで草が踏みつぶされているはずだ。

役所の男は家を見たあとローガンに視線を戻し、さらに腕時計を見たあと、革のホルダーをごそごそと探してクリップボードを引っぱり出した。

「それはちがう」彼は表書きを読んだ。「この地所はミスタ・バーナード・フィリップスという人物の住居だ」そこで言葉を切り、コートのボタンをいじり、また腕時計を見た。「彼は、ええっと……役所の仕事をしている」

ローガンは、口を開いて無礼千万な言葉を吐きかけたが、それは言わずに呑み込んだ。

「〝役所の仕事をしている〟とはどういう意味だ？」言葉を選んでゆっくりとたずねた。「その男が役所の仕事をしているのなら、今朝、出勤してきたときに通知状を手渡せばいいのでは？」

男はまたクリップボードを見つめた。精一杯、ローガンと目を合わせまいとしているのだ。口を開こうとしない。

「もういい」ローガンは言った。考えてみれば、もうどうでもいいことだ。いまこうしてここに来ているのだから。さっさと用をすませるほうがいい。「で、ミスタ・フィリップスはいま勤務中なのか？」冷静な口調に聞こえるよう心がけた。

臆病男は首を振った。「今日は休みなんだ」

ローガンは、目の奥で脈打っているような頭痛を取りのぞこうと、額をさすった。少なくとも一歩前進した。「わかった。彼がほんとうにここに住んでいるとしても――」

「ほんとうだって！」

「ほんとうにここに住んでいるとしても、この母屋では寝起きしていない」ローガンは暗い見捨てられた建物に背を向けた。他の農舎も、ほとんどなんの手入れもされずに放置され、表の扉にペンキで番号が書いてある。

「あそこからあたってみよう」ようやくローガンは、ペンキで〝1〟と書かれた倒れそうな建物を指さした。番号順にあたるのが筋だろう。

　青白い顔をして震えているスティーヴ巡査も農舎の前にやって来た。今朝の起き抜けよりもひどいありさまだ。さすがインスク警部だ。部下を罰するときは手加減しない。

一番の農舎の扉には安物の緑色のペンキが雑に塗ってあった。ペンキは木材にも、両側の壁の高い位置にも、足もとの草にもついている……ローガンは震えている巡査に身ぶりで合図したが、スティーヴ巡査は恐怖のあまり無言で見返すだけだった。ここのにおいはさっきよりひどい。

「扉を開けたまえ、巡査」ローガンは自分で開けたくなかった。代わりに開けてくれる哀れな部下がいるのだから。

　しばし間があったものの、結局スティーヴ巡査は「はい」と答え、しっかりと把手をつかんだ。ずっしりした引き戸だ。レールはゆがみ、点々と錆がついている。巡査は歯を食いしばって引っぱった。扉がきしみながら開くなり、ローガンが生まれてこのかた一度も嗅いだことのない悪臭が噴き出した。

　三人ともよろよろと後退した。

　アオバエの死骸の山が崩れ、開いた戸口から霧雨のなかへすべり落ちた。

　スティーヴ巡査はすぐさま吐きに行った。

　この建物はかつて家畜小屋として使われていたようだ。加工もしていない花崗岩の壁にスレート葺きの屋根、細長く天井の低い、伝統的な建て方の家畜小屋だ。中央には、両側をひざまでの高さの木の柵で仕切った、一段高くなった通路が伸びている。空いているのはそこだけだった。それ以外の空間は、朽ちかけた小動物の死骸でいっぱいだった。

　硬くねじれた死骸の山を覆う白い膜がうごめいている。

　ローガンは三歩下がり、隅へ駆けていって吐いた。またしても腹部全体を殴られた気がした。吐くたびに、傷だらけの腹を波のように激痛が襲った。

一番と二番と三番の農舎は動物の死骸でいっぱいだった。三番の農舎はまだ完全に埋めつくされてはいなかった。十フィートか十二フィートほどコンクリートが見えている箇所があった。死体はないが、濃い黄色の液体に覆われていた。ハエの死骸が足もとで音を立てた。

二番の農舎を見ている途中で、ローガンは考えを改めていた。インスク警部は、泥酔した巡査に手加減なく罰を与える人間ではない。正真正銘のろくでなしだ。

三人は農舎をひとつずつ開けて確認した。スティーヴ巡査が引き戸を開けるたび、ローガンの胃がむかむかした。一週間にも思えるほど長い時間、嘔吐と悪態を繰り返したあと、三人は崩れそうな壁の外に腰を下ろした。風上側にだ。ひざを抱え、口で息をした。

どの農舎もネコや犬、ハリネズミ、カモメの死骸でいっぱいだった。アカシカの死骸まで二つあった。動物たちがかつて歩き、飛び、這ったことがあるとしたら、それはここだ。ここはまるで、ある種の降霊術師が作った箱舟だった。ただし、どの動物もつがいではなく、もっと大量にあったが。

「これだけの死骸をどうするつもりだ?」ローガンはたずねた。スティーヴ巡査のエキストラストロングのミント・キャンディを半箱分も食べたのに、口内にまだ胆汁の味が残っていた。

顔を上げてローガンを見る役所の男の目は、繰り返し吐いたために鮮やかなピンク色になっている。「どこかへ移して焼却しなければならないだろうな」彼は濡れた顔を片手でぬぐった。身震いした。「何日もかかるだろう」

「よかったよ、役所の仕事で……」ローガンは途中で言葉を切った。長い私道の先でなにかが動いたのだ。

色あせたジーンズに鮮やかなオレンジ色のアノラックを身につけた男だ。タールマック舗装されたところを歩いてくる。男はうつむき、足もとしか見ていなかった。

「しっ!」ローガンは役所の男と顔色の悪い巡査の注意を引いた。「きみは裏をまわってあっちへ」小声でスティーヴ巡査に言い、扉に〝2〟となぐり書きしてある建物を指さした。

ローガンが見守るなか、巡査は、雨に濡れた下草の藪をすばやく抜けていった。彼が配置につくと、ローガンは片手で役所の男のジャケットをつかんだ。「さあ、例の通知状を渡そう」と言い、踏みつぶされた草の上へと出ていった。

オレンジ色のアノラックを着た男は、六フィート足らずの距離まで来て、ようやく顔を上げた。

名前を聞いたときにはわからなかったが、ローガンはこの顔を知っている。ロードキルだ。

彼らは五番の農舎のなかにある間に合わせのベンチに腰かけていた。ミスタ・バーナード・ダンカン・フィリップス、別名ロードキルは、この五番農舎を住まい代わりにしていた。たくさんの毛布や古いコート、ビニール袋が隅に積んである。どうやらベッドにしているらしい。そのベッドの上方の壁に粗末な十字架が掛けてあり、キリストの代わりに手作りの十字架についているのは半裸のアクションマン人形だった。ベッドの脇に空き缶と空《から》の卵パックの山、そして、キャラーガスの小さなガスレンジがあった。ローガンの父が毎年、夏の休暇にトレーラーハウスでロジマスへ連れていってくれるときに持っていった小型のレンジだ。いまは、レンジ自体がシューと音を立てている。紅茶を淹れるための湯が沸いたのだ。

ロードキル——バーナードという名前はぴんとこない——は安定の悪い木の椅子に座って小型ストーヴをつついていた。二本の電熱棒は、一番から三番までの農舎に積み上げられた動物の死骸と同じく冷たい。しかし、彼は火をつつくという作業が楽しいらしい。ローガンにはなにかわからない歌をハミングしながら、凝った鉄製の火かき棒でつついていた。

役所の男は、こうしてロードキルを目の前にすると、驚くほど冷静になった。短くわかりやすい言葉で状況を——動物の死骸の山を廃棄する必要があることを——説明してやった。

「きみにもわかるはずだ、バーナード」男は手にしたクリップボードを指で打ちながら言った。「動物の死骸をここに置いておくわけにはいかないんだよ。人間の健康にとって、とても危険だからね。きみが動物の死骸を置いているせいで、人びとが次々と病気になったら、きみはどんな気がするかな？」

ロードキルは肩をすくめただけで、また火をつついた。

「母さんは病気になった」ロードキルの言葉になまりがまったくないのでローガンは驚いた。役所に雇われて路上に転がる動物の死骸を拾い集めるような輩《やから》は〝土地のなまり〟で話すものと、常々思っていた。このあたりには、理解できない言葉を使う者もいる。しかしロードキルはそうではないらしい。きしむ食卓用の椅子に腰かけ、消えた電気ストーヴをつついている男は、明らかになんらかの古典教育を受けたのだ。「母さんは病気になって死んだ」ロードキルが続けて言い、初めて顔を上げた。「いま母さんは神さまのもとにいる」泥と垢、ひげ面の下は端正な顔立ちだ。ギリシア鼻、知性をたたえた青灰色の目、日に焼けて赤くなった頬。風呂に入れ、床屋に連れていけば、この街のエリートたちが五品からなる高価なランチを食べながらおしゃべりをする〈ロイヤル・ノーザン・クラブ〉でも場ちがいには見えないだろう。

「わかってるよ、バーナード。知っているよ」役所の男は安心させるような笑みを浮かべた。「明日、清掃チームをよこして農舎のかたづけを始めよう。いいね？」

ロードキルは火かき棒を落とした。火かき棒がコンクリートの床に当たると、その音は加工もしていない石の壁に反響した。「あれはぼくのものだ」いまにも泣きだしそうな顔だ。「ぼくのものを持っていかせるもんか！　あれはぼくのものなんだ！」

「あれは廃棄する必要があるんだよ、バーナード。だれの目にも、きみが無害な人間だと見えるようにしなくちゃいけないからね」

「でも、あれはぼくのものだ……」

役所の男は立ち上がり、ローガンとスティーヴ巡査にも立つようにと、身ぶりで示した。「すまないね、バーナード。ほんとうに、すまない。清掃スタッフは明日の朝八時半ちょうどにここへ来るからね。なんなら手伝ってくれてもかまわないんだよ」

「ぼくのものだ」

「バーナード？　手伝いたいかい？」

「ぼくの大切な死んだものたち……」

バーナード・ダンカン・フィリップスの農場のにおいを取りのぞこうと、市内へと戻るあいだ、彼らは車の窓を全開にした。腐敗臭は衣服や髪にしみついていた。しとしと降っていた雨が激しくなり、開いた窓から雨粒が入ってきても気にならなかった。雨に濡れるくらい、大したことではなかった。

「あの外見から、まさかと思うだろうね」セント・ニコラス・ハウスにある市役所の本館を目指し、ホルバーン・ストリートを進みながら役所の男が切りだした。「しかし、彼は昔はとても頭が良かったんだ。セント・アンドリュース大学で中世史の学位を取っている。少なくとも、私はそう聞いた」

ローガンはうなずいた。そんなことだろうと思っていた。

「なにがあったんだ？」

「統合失調症だ」男は肩をすくめた。「薬物治療を受けている」

「コミュニティケアか？」ローガンはたずねた。

「彼が危害を加える心配なら、まったくない」役所の男は言ったが、その声が震えていることにローガンは気づいた。だからこそ、彼は警察官による護衛を求めたのだ。コミュニティケアかどうかはともかく、この男はロードキルを怖がっている。「それに、仕事ぶりがいい。ほんとうによくやってくれてるよ」

「動物の死骸を収集する作業だ」

「そう。だが、道端で腐るにまかせておくわけにいかないだろう？　そりゃ、ウサギやハリネズミくらいならあまり問題ないと思うよ。車に踏みつぶされて、言うなればペースト状になるし、残骸もカラスやなんかが持ち去ってくれるから。だが、ネコや犬となると……わかるだろ……毎朝、車で出勤途中にラブラドールの腐りかけた死骸の横を通らなければならないとなると、市民は苦情を訴える」目の前に停まっていたバスが発車するので、彼はいったん言葉を切った。「バーナードがいなければどうすればいいのやら。彼が社会復帰するまでは、欲でも得でも、あんな仕事をやる人間を雇うことはできなかったんだ」

　今度は完全に黙ってしまい、考え込んでいる。そう言えば、もう長らく、アバディーン市内の通りで動物の死骸を見かけないな、とローガンは思った。

　役所の男は警察本部の前で二人を降ろし、協力に対する礼と悪臭に対する詫びを言ったあと、雨のなかへと走り去った。

　ローガンとスティーヴ巡査は、足を踏み出すごとに大きく水をはね上げながら正面玄関に向かって走った。ドアを押し開けて受付フロアに入るころには、二人ともずぶ濡れだった。

　濡れた靴で音を立てながら、グランピアン警察の紋章――〝つねに警戒を怠らず《センベル・ヴィジロ》〟という文字の上にアザミ、その上に王冠が載っている――が描かれたリノリウムの床を歩いていくと、例の顎のとがった受付の巡査部長が顔を上げて見た。

「マクレイ部長刑事」巡査部長は、好奇心の強いオウムのように、座ったまま身をのりだした。

「なんだ？」ローガンは〝ラザロ〟に絡めてなにか言われるものと覚悟した。ビッグ・ゲイリーとエリックは、本部じゅうに言いふらしたにちがいないのだ。

「インスク警部から、帰りしだい、まっすぐ特別捜査本部室へ来るようにとの伝言だ」

　ローガンはずぶ濡れのズボンと、絞れば水が出そうな背広を見下ろした。なんとしてもシャワーを浴び、乾いた服に着替えたかった。「十五分か二十分、待ってもらえないか？」彼はたずねた。

　巡査部長は首を振った。「だめだ。警部ははっきり言ったんだよ。帰りしだい、まっすぐ特別捜査本部室へ来い、と」

　スティーヴ巡査は体を拭きに行き、ローガンはぶつくさ言いながらエレベーターへと向かい、腹立ちまぎれに、ボタンがつぶれそうなほど強く押した。四階に着くと、足音荒く廊下を進んだ。早くもクリスマス・カードが壁のところどころに貼ってあった。〝この女性を見かけませんでしたか？〟〝家庭内暴力……正当な理由なんてありません〟などのポスターや、指名手配その他、広報課が作った情報ポスターと並べて、コルクボードに押しピンで留めてあった。つらく不幸な内容のポスターのなかにあって、小さいながらも明るいムードを振りまいていた。

特別捜査本部室は込みあい、ざわついていた。男女の巡査や刑事たちが書類を手に動きまわり、ひっきりなしにかかってくる電話に出ている。その喧騒のまっただなか、インスク警部はデスクの端に腰かけていた。だれかが肩と耳で受話器をはさんでメモを取りはじめるたびに、肩越しにメモをのぞき込んでいる。

なにか起きたのだ。

「なにがあったんですか？」込んだ部屋をずぶ濡れの靴で横切り、警部のもとにたどり着いたローガンはたずねた。

警部は、静かにと言う代わりに片手を上げ、メモを取っている警官に近づいて、その内容を読もうとした。ややあって、落胆のため息を漏らし、ローガンに注意を向けた。濡れそぼった部長刑事を見るなり、片眉を上げた。「泳ぎにでも行ったのか？」

「いいえ」しずくがうなじをつたい、それでなくてもびしょ濡れのえりにしみ込むのがわかった。「雨が降っているんです」

インスクは肩をすくめた。「それでこそアバディーンだ。ここへ来て、私の清潔な特別捜査本部室じゅうにしずくを垂らす前に、体を拭けばよかったじゃないか」

ローガンは目を閉じ、怒りをこらえようとした。「受付の巡査部長が緊急だと言いましたから」

「また子どもが行方不明になったんだ」

車内は、送風機では間に合わないほどの速さで蒸気が発生していた。ローガンは送風機と暖房をフル稼働させたが、やはり、外の世界はくもった窓を通してかすんで見えるだけだった。インスク警部は助手席で、なにごとか考え込みながらゼリーを噛んでいた。ローガンは目を細め、フロントグラスを通して雨でずぶ濡れの暗い通りを見ながら、市街を抜けてヘイズルヘッド——新たに男児が行方不明になっている場所——へと向かっていた。

「なあ」インスクが口を開いた。「きみが復帰して以来、誘拐が二件あり、女児と男児がひとりずつ死体で発見され、ひざのない死体が港で引き上げられた。そのすべてが、わずか三日のあいだに起きている。これはアバディーンの新記録だ」彼は炭酸味のゼリーの袋をかきまわし、アメーバのようなゼリーを取り出した。「きみが悪運を招いているような気がしてきたよ」

「それはどうも、ありがとうございます」

「私の犯罪統計が台なしだ」インスクが続けた。「部下はほぼ全員、行方不明の子らを捜しているか、ゴミ袋に捨てられていた幼女の身元を突き止めようとしている。制服警官が残っていないのに、どうやって窃盗や詐欺などの事件を解決し、公然猥褻を取り締まることができるというんだ？」彼はため息をつき、ローガンにゼリーの袋を差し出した。

「いえ、結構です」

「実際には、上位階級者の特権など、はたが思うより少ないものさ」

ローガンは横目で警部を見た。ふだんならインスクは自己憐憫に浸るタイプの警察官ではない。少なくとも、ローガンが知るかぎりでは、そうではない。「制服警官を監督するといった特権のことですか？」

この言葉を聞いて、インスク警部の大きな顔に笑みが広がった。「ロードキルのちょっとしたコレクションは気に入ったか？」

すると警部は、農舎が腐った動物の死骸でいっぱいだということを知っていたのだ。彼はあれを故意にしくんだのだ。

「生まれてこのかた、あんなに何度も吐いたのは初めてです」

「ジェイコブス巡査はどうだ？」

ジェイコブス巡査とはだれですかとたずねようとした瞬

間、警部が〝泥酔ストリッパー〟スティーヴ巡査のことを言っているのだと気づいた。「今朝のことはそう簡単に忘れないだろうと思います」

インスクはうなずいた。「それなら結構だ」

ローガンは警部がまだなにか言うものと思ったが、インスクはまたゼリーを口に放り込み、意地悪そうな笑みを浮かべただけだった。

ヘイズルヘッドはアバディーン市の端に位置し、すぐ外に田園地帯が広がっている。ヘイズルヘッド・アカデミーの反対側は、人口密集地となだらかに起伏する野原のあいだに火葬場があるだけだ。アカデミーはドラッグや校内暴力が蔓延していることで知られているが、ポウィスやサンディランズにある学校とは比べものにならない。下には下があるということだ。

ローガンは、幹線道路から近い、ある高層アパートの前で車を停めた。高層といっても市内のビルほど高くなく、七階建てだ。まわりを囲む木々は、成木なのに細い。秋口に落ちた葉がねばねばした黒い血のりのように地面を覆い、それが排水管を詰まらせ、水があふれていた。

「傘を持ってるか？」しばし不快な雨を眺めたのち、警部がたずねた。

ローガンがトランクに入っていると答えると、インスクは彼に車を降りて傘を取りに行かせた。ローガンが傘を開いて助手席のドアのすぐ前に立つまで、インスクはどしゃ降りのなかへ出てこようとしなかった。

「これぞサーヴィスだ」インスクがにやりとして言った。「よし行こう。家族に会うぞ」

ラムリー夫妻のフラットは、高層アパートの最上階に近い角部屋だった。ローガンが驚いたことに、エレベーターは小便のにおいもなく、でたらめな綴りで記した落書きもなかった。エレベーターのドアが開くと、明るい照明のついた通路が伸びていた。通路のなかほどで、ひとりの制服警官が鼻をほじっていた。

「警部！」インスクの姿を見るなり、巡査は鼻をほじるのを中断し、さっと直立の姿勢をとった。

「きみはいつからここに？」インスクがたずね、巡査の肩越しにラムリーのフラットをのぞき込んだ。

「二十分前からです」この高層アパートから二百ヤード足らずのところに小さな警察署がある。実際には二部屋しかない警察署だが、それでこと足りるのだ。

「だれかに戸別の聞き込みをさせているかね？」

巡査はうなずいた。「巡査二名と婦人警官一名がやっています。パトカーが子どもの特徴を無線で流しています」

「子どもはいつから行方不明なんだ？」

巡査はポケットから手帳を取り出し、ページを繰って該当の箇所を開いた。「母親からの通報が十時十三分。子どもは外で遊んでいて——」

ローガンはあきれてたずねた。「この雨のなかでか？」

「息子は雨が好きなのだと、母親は言っています。子どもはパディントン・ベアのような服装です」

「なるほど……」インスクは両手をポケットの奥深くに突っ込んだ。「猫も杓子も同じだな。友だちは？」

「みな学校です」

「学校に行ってる子がいると聞いてほっとしたよ。学校に問い合わせたかね？　ことによると、この子は、なにかを勉強しようって気になったのかもしれんぞ」

巡査はうなずいた。「友だちにあたったあと、すぐに問い合わせました。ここ十日ほど、彼の姿を見ていないそうです」

「すばらしい」インスクはため息をついた。「わかった。さっ、行くぞ。気は進まないが、両親に会わなくちゃなるまい」

フラットのなかは、あのキングズウェルスの家——連れ去られ、絞め殺され、性的いたずらをされ、性器を切り落とされたデイヴィッド・リードが生前住んでいた家——と同じく、明るい色調でまとめられていた。トリーのアースキンの家と同じく、壁じゅうに写真が貼ってある。ただし、子どもはもじゃもじゃの赤い髪にそばかすだらけの顔をしている。さえない風体の五歳児だ。

「二カ月前に撮ったものよ。あの子の誕生パーティの日に」

ローガンは、壁の写真から、居間の戸口に立っている女性に注意を移した。まぎれもない美人だ。肩に垂らした長く赤い巻き毛、上を向いた小さな鼻、大きく見開いた緑の瞳。ずっと泣いていたのだろう。居間に通されるとき、ローガンは、大きな胸をまじまじと見ないようにするのが一苦労だった。

「あの子、見つかったのか？」とたずねたのは、ブルーの作業着にソックスをはいた、憔悴した様子の男だった。

「そんなにせっついちゃだめよ、ジム。お二人はいま見えたばかりなのよ」女性が言い、男の腕を軽くなでた。

「お父さんですか？」インスクはたずねながら、明るいブルーのソファの端に浅く腰かけた。

「継父だ」男は言い、また腰を下ろした。「父親はろくでなしで――」

「ジム！」

「すまん。父親とおれはそりが合わないんだ」

ローガンは明るい部屋をゆっくり観察しはじめた。写真や装飾を見ているふうを装い、実際は継父のジムの様子を観察していた。息子が母親の新しい夫とうまくいかないというのは、いまに始まった話ではない。再婚相手の子どもを実の子のようにかわいがる男もいるが、自分が最初の夫ではないことを――他の男が、自分の愛する女と寝たということを――つねに思い出させる存在として子どもを見る男もいる。嫉妬とは恐ろしいものだ。それが五歳の子どもに対して爆発した場合は、特に恐ろしい。

なるほど、どの写真も、三人が楽しんでいるように見える。しかし、人間だれしも、あざや煙草による火傷、骨折が写っている写真を居間には貼りたがらないものだ。

ローガンが特に気に入ったのは、どこか暑い国の海岸で撮られた写真だった。三人とも水着で、カメラに向かってにこやかにほほ笑んでいる。母親は息を呑むほどスタイルがいい。特に深緑色のビキニを着ていると、帝王切開の跡にちがいない傷も気にならないくらい美しい。

「コルフ島よ」ミセス・ラムリーが言った。「ジムは毎年、素敵な場所へ連れていってくれるの。去年はコルフ島、今年はマルタ島。来年は、ピーターをフロリダへ連れて行ってミッキー・マウスに会わせてやるつもり……」彼女は下唇を嚙んだ。「ピーターはミッキー・マウスが大好きなの……あの子……ねえ、お願い。あの子を見つけてちょうだい！」それだけ言うと、彼女は夫の腕のなかで泣き崩れた。

インスクは意味ありげな視線をローガンに向けた。ローガンはうなずき、言った。「おいしい紅茶を淹れましょう。ミスタ・ラムリー、お茶の道具がどこにあるのか教えていただけますか？」

十五分後、ローガンとインスク警部は高層アパートの階段の下に立ち、降りしきる雨を見つめていた。

「どう思う？」インスクが、炭酸味のゼリーの袋を探しながらたずねた。

「継父ですか？」

インスクがうなずいた。「心底、子どもを好いているように見えます。ピーターは大きくなったらドンズのレギュラーになりたいと言っている、と繰り返す彼の話を、警部にも聞かせたかったですよ。彼は危険な継父ではないと思います」

インスクがまたうなずいた。ローガンが紅茶を淹れながら継父に質問をするあいだ、インスクはやさしい口調で母親から情報を引き出していた。

「同感だ。あの子には、事故にあったり原因不明の病気にかかったりした記録も、医者通いの記録もない」

「今日はどうして学校を休んだのでしょう？」ローガンはたずねながら、インスクのゼリーをひとつもらった。

「いじめだ。あの赤毛が原因で、大きなでぶの子にぶん殴られたらしい。学校がなんらかの対策を講じるまで、母親が休ませているそうだ。しかし、夫には話していない。だれかがピーターをいじめたと知ったら、夫が怒ってなにをしでかすかわからないと思ってるんだ」

インスクはゼリーを口に含み、ため息をついた。「二日間で、子どもが二人も行方不明になった」彼は口調に悲しみがにじみ出るのを抑えようとしなかった。「いっそ、あの子が家出しただけならいいのに。またモルグで子どもの死体を見るなんてごめんだ」インスクがまたため息をつくと、大きな体から空気が抜けてわずかに縮んだように見えた。

「きっと見つかりますよ」ローガンは、心にもない確信を込めて言った。

「そう、きっと見つかる」警部は、ローガンが傘を開くのも待たずに雨のなかへ出ていった。「見つかるとも。ただし死体でな」

12

警察本部へ戻る車内では、ローガンもインスクも無言だった。空は暗くなっていた。空一面に嵐雲が広がり、日光を遮っているので、午後二時というのに街は夜のようだった。車を走らせるうちに街灯がつき、その黄色い光が、昼をますます暗く感じさせた。

もちろん、インスクの言ったとおりだ。われわれが行方不明の子らを生きて見つけることはないだろう。彼らを連れ去ったのが同一人物だと仮定すれば、まず無理だ。イソベルの話では、性的な虐待行為はすべて、死後に加えられている。

ローガンは車を機械的に運転してアンダースン・ドライヴを横断した。

少なくとも、ピーター・ラムリーには短いながらも人生があった。かわいそうなリチャード・アースキンには、過保護な母親がいるだけだった。なぜかローガンは、彼女がリチャードをコルフ島やマルタ島、フロリダへ連れていくとは想像できなかった。彼女の幼い息子には危険すぎる。大事にしてくれる継父がいて、ピーターは幸運だった……

　クイーン・ストリートの端のロータリーにさしかかると、インスクが「きみはもう異端審問を受けたのか？」とたずねた。巨大な花崗岩の台座の中央に、ヴィクトリア女王の大きな像が鎮座している。何者かが女王の頭に円錐形標識《コーン》をかぶせていた。

「倫理委員会ですか？　いえ、まだです」ささやかなお楽しみはまだ先だ。

　インスクはため息をついた。「私は今朝、受けたよ。ぱりっとした真新しい制服を着た思いあがり野郎が、現場の警察業務など一日も経験ないくせに、新聞社に情報をリークした人間を突き止めることが重要だと、私に説くんだからな。私が自力で突き止めることができないとでも言わんばかりにだ。いいか、リークした人間はかならず——」

汚れたフォードがいきなり目の前に飛び出してきたので、ローガンは急ブレーキを踏み、悪態をついた。

「あれを停車させよう！」インスクは大喜びだ。他の人間の一日を惨めなものにしてやれば、二人とも気分がよくなるかもしれない。

　二人はフォードを運転していた女性にいかめしい顔で説教し、提出書類をそろえて明朝九時に出頭するようにと命じた。大したことではないが、憂さ晴らしにはなった。

　警察本部に戻ると、特別捜査本部室は混乱をきわめていた。ノースサウンド・ラジオと昼のテレビニュースを受けて、ひっきりなしに電話が鳴っていた。主要チャンネルはどこも、子どもの失踪を伝えていた。アバディーンはマスコミの取材合戦の戦場へと変わりつつあった。警察全体が注目を集めていた。これらの事件を早々に解決できなければ、インスクは馘を覚悟しなければならないだろう。

　特別捜査本部室ではしばらく前から行方不明の子らのさまざまな目撃情報を分析していた。大半が時間の無駄になるだろうが、万が一ということもあるので、すべて確認する必要があるのだ。目撃情報と内容、目撃場所、目撃日時をまとめた報告書を残らず、本部の技術部員がせっせとコンピュータに入力していた。それをＨＯＬＭＥＳ《ホームズ》と呼ばれる内務省重大事件捜査システムにつないで大規模な相互参照プログラムを実行すると、自動回答された推奨行動案が大量の資料となってプリントアウトされる。面倒な作業だが、そのなかのどれかが重要だと判明しないともかぎらない。

　しかしローガンは、ピーター・ラムリーはすでに死んでいるのだからすべて時間の無駄だと考えていた。あの子がピーターヘッドあるいはストーンヘイヴンの通りをうろついているのを見たと、何人の老婦人が言おうと関係ない。あの子は性的虐待を受け、半裸で、どこかの水路に横たわっている。

　ちゃっかりした女性の事務担当者が、書類の山をインスクに手渡した。彼とローガンが外出しているあいだにＨＯＬＭＥＳが回答した推奨行動案だ。警部は文句も言わずに受け取り、目を通しはじめた。「くそだ、無駄だ」不要だと判断すると、彼はその書類をうしろへ放り捨てた。

　供述内容に人名が出てくるたびに、ＨＯＬＭＥＳは、その人物に事情聴取をするようにと回答する。仮にどこかの老婦人が、子どもが行方不明になった時間には飼い猫のミスタ・ティブルズに餌をやっていたと話したとすると、ＨＯＬＭＥＳはミスタ・ティブルズに対する事情聴取を求めるのだ。

「こんなことはやらん、これも」また二、三枚が床に舞い落ちた。インスクが目を通し終えると、書類の山は片手で持てるほどに減っていた。「これを実行したまえ」彼は事務担当者に書類を返した。

　彼女は長時間待たされた礼を返し終えると、彼らを二人きりにした。

「ところで」インスクは批判的な目でローガンを見た。

「きみは、思った以上に具合が悪そうだな」

「いえ、大丈夫です」

　インスクはデスクの端に腰かけ、山と積まれた報告書を繰りはじめた。「では、こうしよう」彼は書類の綴りを渡した。「役に立ちたいのなら、それを片づけろ。今朝ローズマウントで行なった戸別聞き込みの結果だ。ノーマン・チャーマーズのやつが、今日の午後、出廷する。あの男の保釈が認められる前に、きみが例の幼女の身元を突き止められるか、お手並み拝見といこうじゃないか」

ローガンは、特別捜査本部室の喧騒と混乱からできるだけ離れた、空いているオフィスにいた。制服警官たちは徹底的な聞き込みを行なっていた。供述調書に記された時刻を見れば、いくつかのアパートに一度ならず足を運び、全員から話を聞いたことがわかる。

死んだ幼女の身元を、だれも知らなかった。モルグで撮った写真の顔に見覚えのある人はひとりもいなかった。これではまるで、ゴミ集積場でゴミ袋から突き出た脚が発見されるまで、あの子はこの世に存在しなかったかのようだ。

ローガンは備品室へ行ってアバディーン市の新しい地図を取ってくると、乗っ取ったオフィスの壁に貼った。地図はインスクの特別捜査本部室にも貼ってあり、すでにピンや線、ポストイットでいっぱいになっている。しかし、ローガンは自分専用の地図がほしかった。ニグのゴミ集積場に赤いピンを刺し、もう一本、ローズマウントのウォールヒル・クレセント十七番地にも刺した。

あの幼女が詰め込まれていたゴミ袋は、ノーマン・チャーマーズが出したものだ。ただし、あの男と被害者を結びつける法医学的証拠はなにひとつない。つながりはゴミ袋の中身だけだ。公判に持ち込むには充分かもしれないが、腕利きの被告側弁護人なら、こちらの主張をずたずたに引き裂くにちがいない。まして、サンディ・モア・ファカースンはただの腕利きではない。あのいけ好かない男は切れ者だ。

「まあいいさ」ローガンは腕を組んでデスクに踏んぞりかえり、地図に刺した二本のピンを睨みつけた。

あのゴミ袋がどうにも引っかかる。チャーマーズの身柄を拘束した際、あのフラットはネコの毛だらけだった。あの夜、パブで過ごした時間の大半は、ズボンに付いたネコの毛を払い落とすのに費やしたのだ。背広など、まだところどころに灰色の毛がしつこく付いている。あの子があのフラットにいたのであれば、検死解剖の際にイソベルがネコの毛らしきものを見つけたはずだ。

したがって、あの子はあのフラットに入っていない。そこまではわかっている。だからこそインスクは、チャーマーズの背景情報を徹底的に洗い、他に幼女を連れ込む場所があったのかを調べろと命じたのだ。しかし、捜査チームはなにもつかめなかった。ノーマン・チャーマーズが四歳の少女を連れ込む場所がどこかにあるとしても、そのことを知っている人間はひとりもいない。

「もしもあの男がやっていなかったら？」ローガンは声に出して自問した。

「だれがなにをやっていないですって？」

ワト……ジャッキーだ。

「もしもノーマン・チャーマーズがあの少女を殺していないとすればどうだろう？」

彼女の顔がこわばった。「あの男が殺したんです」

ローガンはため息をつき、デスクの端から下りた。案の定、この話になると彼女はむきになる。あのレシートの発見が事件解決に結びつくことを、いまも願っているのだ。

「こう考えてみてくれ。もしも彼が殺したのでなければ、他に犯人がいる。ここまではいいね？」

彼女はあきれた顔をした。

ローガンはすぐさま先を続けた。「よし。犯人が他にいるなら、それはノーマン・チャーマーズのゴミを細工することのできる人間にちがいない」

「そんな人間はいませんよ！　だれが彼のゴミに興味を持つというんですか？」

ローガンが地図上の一点に指を置くと、紙が音を立てた。

「ローズマウントでは住民用の大きなゴミ容器が通りに置いてあって、だれでもゴミを放り込むことができる。殺したのがチャーマーズではないと仮定すると、犯人が死体をゴミ袋に入れることができる場所は二箇所だ。ここか——」今度は地図のもう一点を指した。「——ここ。ニグのゴミ集積場に運び込まれたときだ。ゴミ集積場に死体を隠すつもりなら、脚が突き出たままにしておくはずがない。

それじゃゴミ集積場に隠す意味がないからね。ゴミ袋に押し込むほうがはるかに簡単だ」ローガンはニグのピンを抜き、赤いプラスティックの部分で歯を打った。「したがって、犯人はゴミ集積場に死体を遺棄したのではない。死体の入った袋が、市のゴミ収集車の荷台に積まれてゴミ集積場へと運ばれ、そこで他のゴミと一緒に吐き出されたんだ。あの子の死体は、あのゴミ袋がまだ通りにあるあいだに袋に入れられたんだよ」

　ワトスン婦警はまだ納得していない様子だった。「やはり、チャーマーズのフラットで入れられたと考えるのが道理にかなっています。彼が殺したのではないなら、どうして死体が彼の他のゴミと一緒にゴミ袋に入っていたんでしょう?」

　ローガンは肩をすくめた。そこが問題なのだ。「人はなぜ袋にものを入れる?」彼はたずねた。「持ち運びしやすくするためだ。あるいは隠すため。あるいは……」デスクに向き直り、戸別聞き込みチームがとってきた供述調書の仕分けを始めた。「死体を車に積んで、それを放り込むための車輪付き大型ゴミ容器《ホイーリー・ビン》を探しまわる必要はない」言いながら、ウォールヒル・クレセントの番地を基準に供述調書を分類した。「車があるなら、死体をガーロギーかはるかニュー・ディアーの村まで運び、浅い穴を掘って埋めるだろう。人里離れた場所、長いあいだだれにも発見されそうにない場所に。もしも死体を捨てるのであれば」

「犯人はパニックに陥ったのでは?」

　ローガンはうなずいた。

「いいだろう。パニックに陥れば、最初に思いついた場所に死体を捨てるだろう。この場合も、車に積んで大型ゴミ容器を探しまわる必要はない。それに、あの子がガムテープを巻かれていただけというのも引っかかる。幼い少女の全裸死体に茶色のガムテープをぐるぐる巻きにしただけだ。遠くへ運ぶ気はなかった……あの死体を捨てた人間は、あの通りの他の住人たちと同様、あのゴミ容器の近くに住んでいる」

　ローガンは供述調書を、十七番地の前後二番地分と、それより離れた番地の分の二つに分けた。それでもまだ三十戸のフラットが残った。

「頼みがある」ローガンは供述調書の名前を新しい紙に書きだしながら言った。「この人たちの名前で犯罪記録を洗ってくれ。このなかのだれかに、なんらかの記録があるかどうか知りたい。警告、逮捕、駐車違反。なんでもいい」

ワトスン婦警は、時間の無駄だ、ノーマン・チャーマーズはまちがいなく犯人だ、と言った。それでも彼女は、結果を報告すると約束して、名前のリストを持っていった。

彼女が出ていくと、ローガンは自動販売機で買ったチョコレート・バーを食べ、インスタント・コーヒーを飲んで、それらを消化するあいだに、改めて供述調書を読んでみた。このなかのだれかが嘘を言っている。このなかのだれかが、あの子の身元を知っている。このなかのだれかがあの子を殺し、死体を切断しようとし、ゴミと一緒に捨てたのだ。

問題は、その〝だれか〟がだれなのかだ。

スコットランド北東部では、毎年三千人以上の人間が失踪する。毎年、十二カ月間に三千人分もの失踪届が提出されているのだ。それにもかかわらず、検死解剖によれば今日で失踪してから少なくとも二日目となる四歳の少女に関して、捜査の状況を問い合わせてきた人はひとりもいない。なぜ失踪届が出ていないのだろう？　ひょっとして、あの子がいなくなったことに、だれも気づいていないのだろうか？

ポケットからおなじみの曲が鳴り響いたのでローガンは舌打ちをした。「ローガンだ」

電話は受付デスクからで、客が来ていると伝えてきた。

ローガンは、デスクに積んだ供述調書を渋い顔で見た。

「わかった」ようやく言った。「すぐに下りるよ」

彼はチョコレートの包み紙と空《から》のプラスティック・カップをゴミ箱に放り込み、受付フロアへと下りていった。だれかが暖房の温度を上げすぎているため、外の雨でずぶ濡れになった来客が座って蒸気を発し、窓という窓がくもっている。

「あそこだ」顎のとがった受付の巡査部長が教えてくれた。《プレス・アンド・ジャーナル》の新入りの敏腕記者、グラスゴー出身のコリン・ミラーが、指名手配ポスターのそばに立っていた。長い黒の高級仕立てのレインコートからタイル張りの床に一定のリズムでしずくがしたたっている。彼は詳細情報を小さなパームトップ・コンピュータに移していた。

ローガンが近づいていくと、ミラーは向き直り、にっこり笑った。「ラズ！」彼は片手を突き出した。「また会えてうれしいよ。ここは気に入ったな」彼は、びしょ濡れの来客たちとくもった窓の、蒸し蒸しした狭苦しい受付フロアを片手でぐるっと指し示した。

「マクレイ部長刑事と呼びたまえ。〝ラズ〟じゃない」

コリン・ミラーはウインクした。「わかってるって。昨日トイレで会ったあと、ちょっとばかり嗅ぎまわったから。ところで、あんたの婦警さんはとても魅力的だね。彼女になら、いつぶち込まれてもかまわないよ。言ってる意味はわかるだろ」彼はローガンに向かって、またウインクした。

「用件はなんだ、ミスタ・ミラー？」

「用？　お気に入りの部長刑事を昼食に連れ出したかったのさ」

「三時だぞ」ローガンは言った。そして突然、今朝ワトスン婦警の作ったベーコン・サンドを食べたあと、アバディーン・ロール二個とさっきのチョコレート・バーの他にはなにも食べていないことに気づいた。しかも、朝食はロードキルの恐怖の館で草の上に吐き散らしたのだ。腹ぺこだった。

ミラーは肩をすくめた。「じゃ、遅い昼食だ。ハイ・ティーだよ……」芝居がかった目つきで受付を見やり、内緒話をするように声を低めた。「ぼくたち、協力しあえると思うんだ。あんたの役に立つようなことを、ぼくが知ってるかもな」ミラーは背筋を伸ばし、またもやにっこりとほほ笑んだ。「さ、どうする？　新聞社のおごりだよ」

ローガンは考えてみた。贈り物を受け取ることに関しては厳しい規則が定められている。現代の警察は、汚職だとだれからも指弾されないよう神経を使っているのだ。コリン・ミラーはもっとも一緒にいたくない相手だ。とはいえ、もしもミラーがほんとうに情報を持っているとしたら……だいいち、腹ぺこだ。

「いいだろう」ローガンは言った。

二人は、グラスマーケットのとある小さなレストランの隅に席を見つけて座った。ミラーは薫製タラとペッパーのタリアテッレにシャルドネをボトルで注文したが、ローガンはミネラルウォーターとラザニアにした。あとはガーリック・トースト。そしてつけあわせのサラダだ。

「驚いたな、ラズ」ローガンがパンかごのパンにバターを塗って食べはじめるのを見てミラーが言った。「警察は食事を与えてくれないのか？」

「ローガン」パンを一口大に丸めながらローガンは言った。「〝ラズ〟じゃない。ローガンと呼びたまえ」

ミラーは椅子の背によりかかり、白ワインのグラスをまわしながら、ワインがきらめく様子を見ていた。「どうしようかな。さっきも言ったとおり、ちょっとばかり嗅ぎまわったんだ。死からよみがえった人間につけるあだ名としては、ラザロは悪くないよ」

「私は死からよみがえったわけじゃない」

「いや、よみがえったさ。カルテによれば、約五分間、死亡状態だったんだからね」

ローガンは眉根を寄せた。「どうやってカルテの内容を知ったんだ？」

ミラーは肩をすくめた。「ものごとを知るのがぼくの仕事だからね、ラズ。たとえば、昨日ゴミ集積場で子どもの死体が見つかったことを知ってる。警察がすでにだれかをぶち込んだことも。あんたと主任検死医がかつて恋仲だったってことも」

ローガンは身を硬くした。

ミラーは片手を上げた。「落ち着けって。言ってるだろ、ものごとを知るのがぼくの仕事だって」

ウェイターがパスタを運んでくると、二人のあいだの空気が少し和らいだ。腹を立てながら食事をするのはむずかしい、とローガンは思った。

「なにか情報があると言ってたな」サラダをほおばりながらたずねた。

「そうだよ。昨日、港で、あんたの同僚たちが、ひざを切り取られた死体を引き上げただろ」

　ローガンはフォークの上で揺れているラザニアを見つめた。照りのあるミート・ソースが赤い血のようにしたたり、淡いクリーム色のパスタが骨片のように突き出ている。だからといって、胃は食欲を失わなかった。「それがなにか？」彼はパスタを嚙みながらたずねた。

「身元はわかっていないんだったな。ミスタ・〝ひざな《ノー・》し《ニー》〟だ」

「きみは身元を知っているのか？」

　ミラーはワイングラスを手に取り、またグラスをまわす技を使った。「そうとも。さっきから言ってるように、それがぼくの仕事だからね」

　ローガンは黙って待ったが、ミラーはワインをゆっくりちびちびと飲むだけだった。

「で、身元は？」とうとうローガンがたずねた。

「そう、そこで、相互協力の話になるわけだ。わかるだろ？」ミラーはにっこりほほ笑んだ。「ぼくはいくつか情報を持っていて、あんたは別の情報を持っている。そっちが自分の情報を教え、ぼくも自分の情報を教える。結果的に、おたがいが得をする」

　ローガンはフォークを置いた。食事に出ようとこの記者に誘われたときから、こういう話になるとわかっていた。

「いや、私はきみに話せるような情報は持ってないよ」彼は皿を押しやった。

「マスコミ他社に話す以上の情報を持ってると思うな。立場上知りえた情報を話してくれればいい。それでいいんだ」

「きみにはすでに、ちょっとした情報を与えてくれる人間がいると思ってたがね」食べるのをやめてしまったので、ローガンは腹を立てることに集中できた。

　ミラーは肩をすくめ、長く平たいパスタをフォークに絡めた。「それはそうだけど、あんたの情報のほうが、ぼくの役に立つんだよ、ラズ。あんたは、言うなれば現場の人間だからね。むっとして出ていく前にもう一度言うけど、これは取引だ。あんたが情報を教え、ぼくも情報を教える。警察はあんたを警部にするべきだったんだ、アンガス・ロバートスンを捕まえたんだから。十五人もの女性を殺したあの男を、あんたはひとりで捕まえたんだろう？　いいかい、あんたは勲章をもらってもおかしくないんだよ」彼はまたタリアテッレをフォークにとり、魚の薫製をのせた。

「それなのに警察は、ただ褒めるだけ。それで報われるのか？　ほんと、馬鹿だよ」ミラーは身をのりだし、ローガンにフォークを突きつけた。「あの事件について本を書こうと思ったことはないのか？」彼はたずねた。「莫大な前払い金を手にできるのに。街を猟歩する連続レイプ殺人犯。だれもその正体を突き止めることができない。そこへ登場するのがマクレイ部長刑事だ！」興奮するにつれ、指揮者の振る指揮棒のようにフォークを振りまわすので、話すうちにタリアテッレがほどけて飛んだ。「部長刑事と勇敢な女性検死医が犯人を突き止めたが、犯人は彼女を拉致する！　そして屋根の上での対決。流血、格闘、危うく命を落とすほどの重傷。殺人犯は三十年以上の無期刑となって刑務所へ。拍手、そして幕」ミラーはにっこりとほほ笑むと、フォークに残っているパスタを口に入れた。「絶対に売れる話だ。だけど、さっさと始めなくちゃね。移り気な大衆はいつまでも覚えていちゃくれないよ。ぼくは顔が利くんだ。なんなら紹介してやってもいい。そう、いますぐ世話してやるよ」

　彼はフォークを皿の上に放りだし、上着のポケットから小ぶりの財布を取り出した。

「ほら」紺色の名刺を引っぱり出した。「フィルに電話して、ぼくの紹介だと言えばいい。驚くほど好条件で契約をまとめてくれるはずだ。ロンドンでいちばん腕のいいエージェントなんだ。ほんとうさ。これまで、ぼくの顔をつぶしたことはないからね」名刺をローガンに向けてテーブルに置いた。「ちなみに、それは無料提供だよ。好意のしるしだ」

　ローガンは礼を言った。しかし名刺には手を伸ばさなかった。

「ぼくが教えてほしいのは」ミラーが言い、またパスタを食べはじめた。「死んだ子らに関する情報だ。広報担当者はお決まりのことしか発表しない。詳細情報はなし。実のない情報ばかりだ」

　ローガンはうなずいた。それが警察発表の常識だ。マスコミに情報を洗いざらい発表しようものなら、連中はそれを記事にし、再現映像で流し、テレビの生放送で討論する。そうなると、国じゅうの頭のおかしな連中が電話をかけてきて、自分こそ第二のマストリック・モンスターだと――あるいは、幼い男児を連れ去り、殺して性器を切除したあと死体に性的虐待を加える犯人に対してマスコミが与えた陳腐な呼び名の犯人だと――名乗りをあげることになる。伏せている情報がひとつもなければ、その電話の相手が本物の犯人かどうかを判断できなくなってしまうのだ。

「さて、ぼくは、デイヴィッド・リードが絞殺されたことを知ってる」ミラーが続けた。「もっとも、そこまでは発表ずみだ。「性的虐待を受けたことを知ってる」これも伏せていた情報ではない。「犯人があの子のペニスをはさみで切り取ったことを知ってる」

　ローガンの体に緊張が走った。「いったいどうしてそれを――」

「犯人があの子の肛門になにかを挿入したことを知ってる。たぶん自分のペニスを立たせることができなくて、犯人は――」

「その話はだれから聞いたんだ？」

　ミラーは例によって肩をすくめ、またしてもワイングラスをまわしはじめた。「さっきから言ってるじゃないか。それが――」

「――きみの仕事だ」ローガンが代わって口にした。「その分じゃ、私の協力など必要なさそうだな」

「ぼくが知りたいのは捜査の状況なんだよ、ラズ。犯人を捕まえるために警察がなにをしているのかを知りたいんだ」

「警察はいくつかの線を追っている」

「日曜日に男児の死体、月曜日に女児の死体、二人の男児が連れ去られた。連続殺人犯が歩きまわっているんだ」

「事件をつなぐ証拠はなにひとつない」

　ミラーは深く座り、ため息をつくと、自分でシャルドネを注いだ。「わかったよ。あんたはまだぼくを信用しないんだな」記者が言った。「ま、その気持ちもわかる。だから、ひとつ情報をあげよう。そうすれば、ぼくが信用できるやつだってわかるはずだ。港で引き上げた男、例のひざなし男だけど、名前はジョージ・スティーヴンスン。仲間うちではジョーディーと呼ばれてた」

「それで？」

「マルク・ザ・ナイフの用心棒だったんだ。マルクの名前を聞いたことは？」

　あった。マルク・ザ・ナイフ、本名マルコム・マクレナン。エジンバラの大物輸入業者で、銃器やドラッグ、リトアニア人の売春婦を扱っていた。三年ほど前に準合法的な商売に——不動産開発業を準合法的と呼んでさしつかえがなければ——くら替えした。マクレナン・ホームズはエジンバラ郊外の広大な土地を買い占め、そこに小さな箱のような住宅をいくつも建てた。最近は、アバディーンを嗅ぎまわっている。不動産業から足を洗う前にアバディーンの不動産ゲームに参加しようとして、地元の業者とぶつかっているらしい。ただ、マルク・ザ・ナイフは地元業者のように正直なやり方をしない。彼は手段を選ばないし、勝ち取ったものを手放さない。それなのに、これまでだれも彼の尻尾をつかむことができなかった。エジンバラの犯罪捜査課も、アバディーンの犯罪捜査課も、だれも。

「実は」ミラーが続けた。「ジョーディーは、マルキーの新たな建設計画にまちがいなく建築許可が下りるよう工作するためにアバディーンへ来ていた。市内からキングズウェルスまでの緑地帯に三百戸の住宅を建てるという計画だ。例によって、開発計画課の担当者にわずかばかり握らせるはずだった。ただ、不運なことに、ジョーディーが会った担当者は賄賂の効く男ではなかった」彼は椅子の背にもたれ、うなずいた。「そう、ぼくもいささか驚いたよ。まだそんな正直な人間がこの世にいるとは知らなかった。とにかく、担当者は『二度と私の前に立つな、悪魔め』と言い、ジョーディーは言われたとおりにした。担当者の前ではなくうしろに立って」ミラーは両手を上げて押すまねをした。「ウェストヒル行き二一四番バスのまん前に。グシャッ！」

ローガンは片眉を上げた。開発計画課の人間が転倒してバスに轢かれたという記事は読んだが、事故以外の可能性はまったくほのめかしていなかった。気の毒な担当者は病院の集中治療室にいる。クリスマスまでもたないだろうという話だ。

ミラーはウインクした。「ここからはいい話だ。うわさでは、ジョーディーは競馬で少しばかり問題を抱えていたらしい。地元の賭け屋のいくつかで借金を重ねてたそうだ。大金をね。ただ、彼はまったく運がなかった。ここアバディーンの賭け屋ときたら……エジンバラの賭け屋とちがって、娯楽産業だという意識を持ちあわせてないんだから。そりゃ、子ども向け娯楽番組を作ってるわけじゃないけど。で、どうなったかと言うと、ジョーディーは港でうつぶせに浮かんでいたってわけさ。何者かに両ひざをなたで切り落とされてね」記者は深々と座ってワインを一口飲み、ローガンに向かってほほ笑んだ。「さあ、いまの話、あんたの役に立たないかな？」

ローガンは役に立つと認めざるをえなかった。

「それじゃあ」ミラーが言い、テーブルに両ひじをついた。「そっちの番だ」

ローガンは、だれかに当たりくじを握らされた男のような顔で、警察本部まで歩いて帰った。雨まであがり、グラスマーケットから大きなクイーン・ストリート駅まで延々と歩くあいだ、まったく濡れずにすんだ。

インスクはまだ特別捜査本部室で、命令を出し、報告を受け取っていた。この様子では、リチャード・アースキンかピーター・ラムリーのどちらかを見つけるという幸運には恵まれていないようだ。二人の幼児が戸外で、おそらく死んでいると考えると、ローガンの昂揚した気分もしぼんだ。頭がおかしくなったようににやにやしている場合ではない。

警部を部屋の片隅に連れていき、ひざのない死体の事件の担当はだれかとたずねた。

「なぜ？」と問い返すインスクの大きな顔には、はっきりと不審の色が浮かんでいる。

「その件でいくつか手がかりを得たからです」

「おや、そうなのか？」

ローガンはうなずいた。昼食をとりながらコリン・ミラーから聞いた話を披露するうち、また笑みが広がった。話し終えたときには、インスクの顔に感心したような表情が浮かんでいた。

「それだけの情報を、いったいどうやって手に入れたんだ？」インスクがたずねた。

「コリン・ミラーです。例の《プレス・アンド・ジャーナル》の記者ですよ、警部が怒らせるなと言った」

インスクの表情が読めなくなった。「そう、怒らせるなとは言った。その男と寝ろと言った覚えはない」

「え？　私は別に――」

「きみがそのコリン・ミラーという記者とおしゃべりしたのは今回が初めてなのか、部長刑事？」

「彼に会ったのは昨日が初めてです」

インスクはローガンを睨みつけ、例の無言の策をとった。ローガンがあせり、気づまりな沈黙を埋めようとするあまり、罪の証拠になるようなことを口にするのを待っているのだ。

「聞いてください、警部」ローガンは自分を抑えることができなかった。「向こうが会いにきたんです。なんなら、受付デスクに確かめてください。ミラーが、警察の役に立つ情報があると言ったんです」

「で、お返しにきみはなにを話したんだ？」

またしても沈黙が広がった。今度はさっきよりもさらに気づまりだった。

「今度の連れ去り事件と殺人に関して捜査情報を教えてくれと言われました」

インスクはまじまじとローガンを見ていた。「きみは教えたのか？」

「私は……いかなる情報もまずあなたに知らせる必要があるのだと言いました」

それを聞いてインスク警部は笑みを浮かべた。「よし、いい子だ」ポケットから〈ワイン・グミ〉の袋を取り出し、ローガンに差し出した。「しかし、きみが嘘を言っているとわかれば、ただではすまさないからな」

13

無料の昼食はローガンに激しい消化不良をもたらしていた。インスク警部に嘘を言ったので、それがばれないようにとローガンは願った。実は、コリン・ミラーがひざなし男の情報を洗いざらい話してくれたあと、お返しに、行方不明の子らの捜査情報をくわしく話したのだ。自分はよいことをしている、情報提供者と親密な関係を築き、地元の新聞社との橋渡しをすることになるのだ、と確信してのことだった。しかし、インスクの態度は、それは敵に秘密を売るような行為だといわんばかりだった。ローガンは、ミラーにすべてを話す許可を――すでに話したあとだが――インスクに求めた。最終的にインスクは許可した。どうか、ゴーサインを出す前に情報交換が行なわれていたことを警部に知られませんように、とローガンは祈った。

もうひとり、ローガンが嘘を知られたくない相手は、いま面会室のテーブルをはさんで座っている倫理委員会の警部だった。ちりひとつついていない黒い制服、まっすぐ伸びるズボンの折り目、金ぴかのボタン。ネイピアーという名前のこの警部は、薄くなりはじめた赤毛と、栓抜きのような鼻をしている。ローガンに、職場復帰や回復の程度、〝ポリス・ヒーロー〟と呼ばれる立場、コリン・ミラーとの昼食について、あれこれと質問した。

ローガンは、誠実そうな笑みを浮かべて、懸命に嘘を答えた。

三十分後、乗っ取ったオフィスへ戻り、焼けつくような感覚がしつこく残る胸のまんなかあたりをさすりながら、壁に貼った地図を眺めた。馘になる可能性を考えまいとした。

ミラーのくれた青い名刺は胸ポケットに入っている。あの記者の言ったとおりかもしれない。おれはもっといい扱いを受けてもいいのかもしれない。アンガス・ロバートスンに関する本を書くのもいいかもしれない。『マストリック・モンスターを捕まえる』――なかなかよさそうだ……

ワトスン婦警は、彼が食事に出ているあいだに戻ってきて、供述調書の横に新しいプリントアウトの山を置いていた。彼がリストに挙げた人たちの犯罪歴と経歴だ。ざっと目を通したが、結果は気に入らなかった。ひとりとして、子どもの連れ去り、殺人、幼い少女の死体をゴミ袋に入れて捨てるといった罪を犯すタイプにあてはまらないのだ。

しかし、ワトスンは完璧な資料を作っていた。各人の年齢、電話番号、出生地、国民保険番号、職業、現住所における居住年数などの詳細情報を調べあげていた。これだけの情報を、彼女はどうやって入手できたのだろう。ただ、惜しむらくは、そのどれもが役に立たない。

ローズマウントは昔から、いわゆる文化のるつぼだ。それがワトスンのリストに反映されていた。エジンバラ、グラスゴー、アバディーン、インヴァネス、ニューカッスル……マン島出身の夫婦にいたっては、もはや外国人も同然だ。

ため息をつきながら、ローガンはもう一度、供述調書を手に取った。十七番地に近く、車輪付き大型ゴミ容器《ホイーリー・ビン》を共同利用していると彼がにらんだ住人たちの分だ。ワトスン婦警のまとめた個人情報を読んでからその人の供述調書を読み、彼らの言葉からおおよその人物像をつかもうとした。これは容易なことではない。制服警官は、供述調書をまとめる際、署内向けの報告書を書くときと同じ書き方をする。奇妙で大げさな言葉を使うため、当人が実際に話した言葉とはかけ離れていて、笑いたくなるほどだ。

「私はあの朝、職場へ赴きました」ローガンは声に出して読んだ。「その前にキッチンからゴミ袋を持ち出して、アパートの外にある共用のゴミ容器に収め……」いったいだれがこんな話し方をするだろう？　普通の人間は〝出勤する〟。〝職場へ赴く〟のは警察官だけだ。

　こんな奇妙な引用をされた被害者がだれなのか見ようと、供述調書の表紙を見た。どこかで聞いた名前だった。ノーマン・チャーマーズと同じアパートの住人だ。アンダースン……ローガンの口もとがゆるんだ。チャーマーズに知られずにアパートへ入るため、彼らがベルを鳴らした部屋の住人だ。ワトスン婦警が〝なにか悪さをしている〟と考えた男だ。

　彼女の資料によれば、ミスタ・カメロン・アンダースンは二十代半ばで、エジンバラ出身だ。それで、カメロンなどという名がついている説明がつく。ある会社に海洋技術者として勤め、石油業界向けに遠隔操作《リモート・オペレーション》のできる乗り物を作っている。ローガンはなぜか、あのおどおどした青年が遠隔操作のできる小さな潜水機をいじっている姿を思い浮かべることができた。

　リストの次の人物は大して役に立たず、その次の人物も同様だったが、とにかくローガンは、ゆっくりと最後まで資料に目を通した。このなかに殺人犯がいるのだとしても、ページから飛び出てきて彼に自白することはなかった。

　ようやく最後の供述調書を山の上に重ね、伸びをした。背中が音を立てて折れるような気がした。あくびをするだけで頭がまっぷたつに割れそうだったが、かまわずあくびをすると、最後に、聞こえないほど小さなげっぷが漏れた。六時四十五分だ。今日一日の大半、この供述調書を読みふけっていたのだ。家に帰る時間だった。

廊下に出ると、ビル内は静まり返っていた。事務の大半は昼間に行なわれるため、事務担当者たちが家へ帰ってしまうと、ビル内のざわめきがほとんど聞かれなくなる。ローガンは、オフィスにこもって供述調書を読んでいるあいだになにか進展があったか確認しようと、特別捜査本部室に立ち寄った。

部屋には制服警官が数人いるだけだった。二人が電話に出て、あとの二人が、日勤組の作った報告書を整理する作業を進めていた。別段驚きもしないが、ここでもローガン自身とまったく同じ成果しか得られていないとのことだった。要は、成果なしだ。

あいかわらず、リチャード・アースキンは見つからないし、ピーター・ラムリーは見つからないし、モルグの冷蔵庫に横たわっている幼女の身元を知っていると名乗り出てきた者もいない。

「まだいたのか、ラザロ？」

ローガンが向き直ると、ビッグ・ゲイリーがすぐうしろに立っていた。片手にマグを二つ、もう片方の手にペンギンのビスケットの箱を持っている。大柄の警官はエレベーターのほうに顎をしゃくった。「幼児失踪事件の捜査担当者に会いたいって人が、下に来てるんだ。てっきり、みんな帰ったものと思ってたから」

「なんて人だ？」ローガンはたずねた。

「今度の子の継父だとか」

ローガンは舌打ちした。力になりたくないわけではない。ワトスン婦警を見つけて、昨夜セックスをしたかどうかはっきりさせたいと思っていたからだ。そして、もしセックスをしたのであれば、再試合をしないかと誘うつもりだった。

「わかった、おれが会うよ」

ピーター・ラムリーの継父は受付フロアでピンクのリノリウムの床を行ったり来たりしていた。作業着から汚れたジーンズに着替え、吹きすさぶ風はもとより、くしゃみさえも防げないだろうと思える上着を着ていた。

「ミスタ・ラムリー」

男はくるっと向き直った。「なぜ捜索を打ち切ったんだ？」青ざめてざらついた顔は、ひげが生えかけているせいで顔色がいっそう悪く見える。「あの子はまだどこかにいるんだぞ！　なぜ捜索を打ち切ったんだ？」

ローガンは彼を小さな応接室へ連れていった。男は震え、しずくを垂らしていた。

「なぜ捜索を打ち切ったんだ？」

「一日じゅう捜索したんですよ、ミスタ・ラムリー。こんなに暗くてはなにも見えません……さっ、家へお帰りなさい」

ラムリーは首を振った。長い髪から小さな水滴が飛び散った。「おれはあの子を捜す！　あの子はまだ五歳なんだ」彼はオレンジ色のプラスティックの椅子にゆっくりと身を沈めた。

携帯電話がテーマ・ソングを奏ではじめたので、ローガンは電話を取り出して電源を切り、見もせずにポケットに突っ込んだ。「失礼しました。奥さんはどんな様子ですか？」

「シーラ？」ラムリーの口もとに、笑みらしきものが浮かんだ。「医者が薬を与えたよ。彼女にとって、ピーターがすべてなんだ」

ローガンはうなずいた。「考えたくないだろうとは思いますが」ローガンは慎重に言葉を選びながらたずねた。「ピーターの父親に、あの子が行方不明になっていることを連絡しましたか？」

ラムリーがぐいと顔を近づけた。「あんな男は関係ない」

「ミスタ・ラムリー、あの子の父親にも知る権利が――」

「関係ない！」彼は片手で顔をぬぐった。「あの野郎は会社の女とサリーへ逃げたんだ。シーラとピーターに一ペニーぽっちも残さずにな。あいつがピーターにどんなクリスマス・プレゼントを送ってくると思う？　誕生日プレゼントは？　なにもなしだ。カード一枚よこさない。そういう男なんだ。これっぽっちも気にかけてやしない。くず野郎だ……」

「わかりました、父親の話は忘れてください。申し訳ありません」ローガンは立ち上がった。「とにかく、パトカーをすべて出して息子さんを捜させますから。今夜はもう、あなたにできることはなにもありません。家へお帰りなさい。少し休むんです。明日の朝いちばんに捜索を再開しますから」

ピーター・ラムリーの継父は両手に顔をうずめた。

「大丈夫です」ローガンは男の肩に手を置いた。ただ震えていたのが、声を押し殺したすすり泣きに変わったのがわかる。「大丈夫です。さあ、お宅まで送りましょう」

ローガンはサインをして犯罪捜査課の共同利用車を借り出した。またもや、洗車の必要がある、おんぼろのボクスホールだ。警察本部からヘイズルヘッドまで、ミスタ・ラムリーは一言も口をきかなかった。助手席に座って窓の外を眺め、五歳の息子の姿を捜していた。

いかにひねくれた人間でも、継子に対するこの男の愛情が本物に見えないはずがない。ローガンは、リチャード・アースキンの父親もこの夜の雨のなか街に出て行方不明の息子を探しているのだろうか、と考えずにいられなかった。すぐに、父親はリチャードが生まれる前に亡くなったのだと思い出した。

むずかしい顔で考え込みながら、汚い車で、ヘイズルヘッドの住宅地へと続くロータリーを進んだ。なにか引っかかっていた。

こうして考えてみると、あの家にいるあいだ、だれも父親について口にしなかった。壁の写真はどれも、行方不明の子と、息が詰まりそうなほど過保護な母親のものだった。少なくとも一枚くらい、リチャードの亡き父の写真があるのが普通ではないだろうか。父親の名前すら耳にしなかった。

ローガンはアパートの正面入口前でミスタ・ラムリーを降ろした。子どもはすでに死んでいると百パーセント確信しているのに「心配いりませんよ、ミスタ・ラムリー。お子さんはきっと見つけます、お子さんは無事ですよ……」とは口にしにくかった。だからなにも言わず、なんとなく励ますようにクラクションを鳴らし、夜のなかへと走り去った。

ラムリーの姿が見えなくなるや、ローガンは携帯電話を引っぱり出し、電源を入れて特別捜査本部室にかけた。電話に出た婦警はいらいらしたような声だった。

「もしもし?」

「マクレイ部長刑事だ」ローガンは街へ引き返しはじめた。「どうかしたのか?」

一瞬の間を置いて答えが返ってきた。「失礼しました。マスコミから電話がじゃんじゃんかかってくるもので。すでに各社がかけてきましたよ。ＢＢＣ、ＩＴＶ、ノースサウンド、各新聞社……」

いやな予感がした。「なぜだ?」

「サンディ・ザ・スネークがマスコミを煽動したんです。いわく、警察は無能で、手がかりがなにひとつ得られないので彼のクライアントにすべての殺人の罪を着せようとしている。ジュディス・コーバート事件の再現だ、と」

ローガンはうめいた。警察は金の結婚指輪をはめた彼女の左手の薬指しか発見できず、ミスタ・サンディ・モア・ファカースンが検察側の主張をずたずたにした。夫が殺したのはだれの目にも明らかだったにもかかわらず、夫は無罪釈放となった。スリッパリー・サンディは多額の小切手を受け取り、三本のトークショーとＢＢＣの《クライム・スペシャル》に出演した。そして、三人の優秀な警察官が犠牲になった。あれは七年も前のできごとなのに、あの男はまだ、警察を打ち負かそうとして彼女の名を出すのだ。

ローガンはアンダースン・ドライヴで方向を変えて脇道に入り、トリーへ向かった。リチャード・アースキンが行方不明になっている場所へと。

「なるほど、いかにもサンディらしいな。で、マスコミになんと答えたんだい?」

「そんなこと知らない、広報担当者に聞いて、と言ってやりました」

ローガンはうなずいた。「上出来だ。ところで、調べてほしいことがあるんだが、いいか? だれか、リチャード・アースキンの父親の名前を聞いてるだろうか?」

「お待ちください……」保留になると、だれかの下手くそな《ハートに火をつけて》が流れてきた。リヴァーサイド・ドライヴの終点に達するころにようやく、ひどい演奏に代わって婦警の声が聞こえた。「お待たせしました。ファイルに父親の名前はありません。捜査記録によると、子どもが生まれる前に亡くなっています。どうしてそんなことを？」

「たぶん、なんでもないと思う」ローガンは言った。「いいか、おれはまもなくアースキンの家に着く。家族支援員に連絡して……彼女はまだあの家にいるんだよな？」子どもが行方不明になって取り乱した母親の面倒を見るのに、男性支援員を割り当てることはない。

「はい、います」

「よろしい。彼女に電話して、表で待ってるようにと伝えてくれ。そうだな、あと……」流れ去る灰色の家並みを見やると、どの家の窓にも黄色い明かりが煌々と灯っていた。「二分後に」

支援員は待っていて、彼が駐車に失敗するのを目撃した。心中の動揺を顔に出さないようにしながら、ローガンは縁石に乗り上げた車を捨て置き、雨にそなえてコートのボタンを上まで留めた。

家族支援員はローガンよりも準備がよかった。彼女は傘をさしていた。

「こんばんは」ローガンが無理やり傘に入ると、彼女はたずねた。「なにかあったんですか？」

「きみがなにか聞いていないか知りたかったんだよ、あの子の——」

雨をついて白い閃光が走り、ローガンは言葉を切った。

「いったいなんだ？」彼はくるっと向き直った。

通りの反対側に汚なそうなＢＭＷが停まっていて、開いている助手席の窓から冷たい夜気に一筋の煙が漏れ出ていた。

「《デイリー・メール》だと思います」傘を持っている婦警が言った。「あなたが現われれば、なにかあると思いますから。とにかく写真を撮っておく。もっともらしい話を考えつけば、明日の朝刊にあなたの写真が載るんです」

ローガンは車に背を向け、また写真を撮られても後頭部しか写らないようにした。「それで、子どもの父親についてなにか聞いてるかい？」

彼女は肩をすくめた。「亡くなったとだけ。それに、隣家のおばあさんの話では、実にひどい男だったそうです」

「つまり、奥さんを殴ったとか、浮気をしたとか？」

「わかりません。ただ、あのおばあさんの口ぶりでは、まるでヒトラーですよ。それも、魅力のない人がらで」

「そりゃさぞかしいい男だったんだな」

アースキン家のなかは、空気の質だけが、前回訪ねたときとちがっていた。壁に母子だけの奇妙な写真が並び、壁紙がぞっとする代物であるのはあいかわらずだが、空気が煙草の煙でむっとしていた。

居間に入ると、じっと、あるいはまっすぐに座っていられないらしく、ミセス・アースキンの体がソファの上で揺れていた。透明な酒の入ったカットグラスの大ぶりのタンブラーを両手で持ち、吸いかけの煙草を口にくわえている。コーヒーテーブルの上のウォツカの瓶は、中身がかなり減っていた。

隣家に住む友人——警察には紅茶を淹れない女——が、ひじ掛け椅子に座ったまま、だれが来たのかと、長くしわだらけの首を伸ばした。ローガンの顔を認めると、小さな目がきらりと光った。おそらく、悪い知らせを持ってきたと期待しているのだろう。他人の苦しみほど自分がよく思えるものはない。

ローガンはソファに、ミセス・アースキンの隣にどさりと腰を下ろした。彼女は顔だけ向けて、しょぼしょぼした目でローガンを見た。一インチほどの煙草の灰が、カーディガンの胸もとを転がり落ちた。

「あの子、死んだのね？　わたしのリチャードが死んだのね？」泣いてばかりいたのとウォツカの飲みすぎとで、目は充血し、赤らんだ顔には疲労の色が浮かんでいる。まるで、この十時間で十年も歳をとったようだ。

隣人が待ちきれない様子で身をのりだし、真実の瞬間を待った。

「それはまだわかりません」ローガンは言った。「ただ、あと二、三訊きたいことがあるんです。かまいませんか？」

　ミセス・アースキンはうなずき、ニコチンとタールを肺いっぱいに吸い込んだ。

「リチャードの父親のことです」

　千ボルトの電気を流されたかのように、彼女は身を硬くした。「あの子に父親はいないわ！」

「あの男、彼女と結婚しようとしなかったんだよ」明らかに楽しんでいる様子で隣人が言った。子どもの死には及ばないが、代わりに、つらい過去を蒸し返すことで満足しようというのだ。「彼女がまだ十五歳のときに妊娠させて、結婚しようとしなかった。あの男はくずさ！」

「そうよ」未婚のミセス・アースキンは、あっというまにウォッカを飲み干すと、空《から》だと示すようにグラスを振った。「あの男はくずよ！」

「もちろん」隣人はわざとらしく声をひそめて続けた。「あの男はいまでも子どもに会いたがってるよ。想像できるかい？　認知はしたくないくせに、子どもをダッシー公園へ連れていってサッカーをしたがるなんてさ！」彼女はぐいと身をのりだし、友人のグラスになみなみとウォッカを注いだ。「ちゃんとした法律を作るべきなんだ」

　ローガンははっとして顔を上げた。「父親が〝いまでも子どもに会いたがってる〟とは、どういう意味ですか？」

「あいつを息子に近づかせるもんですか」ミス・アースキンは定まらない手でグラスを口もとへ運び、一気に半分ほど飲んだ。「そりゃ、あいつもちょっとしたプレゼントやカードや手紙を送ってくるけど、すべて、まっすぐくずかご行きよ」

「父親は亡くなったと言ってたでしょう？」

　ミス・アースキンはきょとんとした顔でローガンを見た。「いえ、言ってないわ」

「死んだも同然ってこと。誠意のかけらも示さないんだから」隣人がしたり顔で言った。たちまちローガンは、ことのしだいが呑み込めた。父親は死んだとワトスン婦警が言ったのは、この隣家の鼻持ちならないばあさんが彼女にそう話したからだ。

「なるほど」ローガンは、嫌悪が声に出ないように心がけてゆっくりと言った。「で、リチャードが行方不明になっていることを父親に知らせましたか？」この質問をするのは、この一時間で二度目だ。答えはすでにわかっていた。

「あの男の出る幕じゃない！」隣人が、ありったけの毒を込めて叫んだ。「子どもを認知しようとしなかった時点で、あの男はすべての権利を放棄したんだ。考えてもごらん。かわいそうに、あの子は一生、私生児として生きていくんだよ。とにかく、あのくず野郎だってとっくに知ってるはずさ――」カーペットの上に広げた《サン》を指さした。〝小児性愛者、またも子どもを襲う！〟という見出しがでかでかと載っている。

　ローガンは目を閉じて深呼吸をした。毒を吐くばあさんがしだいに癇に障りはじめていた。「リチャードの父親の名前を教えていただく必要があります、ミセス……ミス・アースキン」

「教える理由はないね！」隣人がさっと立ち上がった。いまや彼女は、ソファの哀れな酔っぱらいを守る気高い守護者の役を演じているのだ。「今度のことに、あの男の出る幕はないんだよ！」

　ローガンは彼女に向き直った。「黙って座ってろ！」

　彼女はぽかんと口を開け、棒立ちになった。「あんた……あたしにそんな口をきくんじゃないよ！」

「座って口を閉じないなら、そこの行儀のいい巡査に警察本部へ連行させ、警察に虚偽の陳述を行なったとして訴える。わかったか？」

　彼女は座って口を閉じた。

「ミス・アースキン、どうしても知りたいのです」

　リチャードの母親はグラスを空け、よろよろと立ち上がった。左へ一度よろめいたあと、千鳥足で反対方向へ向かった。サイドボードにたどり着くと、低い棚を探して、紙や小さな箱を床にばらまいた。

「ほら！」側面に金色のリボンが浮き出た耳つきの厚紙ホルダーをつかんで、勝ち誇ったように言った。昔、学校で撮った写真を送るときに使ったタイプのホルダーだ。彼女はそれを投げつけるようにしてローガンに渡した。

　写真は、十四歳を過ぎたばかりと思われる少年だった。

眉が太く、目はいくぶん斜視ぎみだ。しかし、まちがいなく、行方不明の五歳児に似ている。写真の隅、ブルーとグレイのむらになった写真館の名前の上に書き込みがあった。〝愛しいエリザベスへ　永遠にきみを愛するよ　ダレンより。たくさんのキスをこめて〟子どもがきどって書いたきちんとした文字だ。思春期を過ぎたばかりにしては、ずいぶんと大げさな愛の言葉だ。

「初恋の人だったんですか？」ローガンは両手で持ったまま茶色の写真ホルダーを裏返した。写真館の名前、住所、電話番号を記した金色のシールの他にもう一枚、〝ダレン・カルドウェル　フェリーヒル・アカデミー第三学年〟と書いた白い紙が貼ってあった。

「その男はくず野郎さ！」またも隣人が、一語一語を楽しみながら言った。

「彼の住所はわかりますか？」

「最後に聞いた話じゃ、荷物をまとめてダンディーへ引っ越したって。よりにもよってダンディーへね！」隣人は新しい煙草をくわえ、火をつけた。そのまま息を吸い込むと煙草の先端が火のように赤く光り、彼女はすぐに鼻から煙を吐いた。「くず野郎は待ちかねたように逃げ出すんだよ、そうだろ？　父親なしでも子どもがどんどん大きくなるもんだから、あのくず野郎は、最初のチャンスに飛びついてダンディーへ引っ越したのさ」また深々と煙草を吸い込んだ。「法律を作るべきなんだよ」

ローガンは、息子に会うことを禁じられているのならダレン・カルドウェルがどこに住もうと関係ない、とは指摘しなかった。その代わり、写真を預かってもいいかとミス・アースキンにたずねた。

「燃やしてくれてもかまわないわ」あっさりした返事だった。

見送りもなく、ローガンはアースキンの家を出た。

外はまだ激しい雨が降っているし、ぼろそうなＢＭＷもまだ、この家の玄関がよく見える位置に停まっていた。ローガンは顔を隠して犯罪捜査課の車へ走った。暖房をつけ、送風を強にして警察本部へ戻る。

コンクリートとガラスの大きなビルの前にはテレビ・カ

メラが群がっていた。その大半が、真剣な面持ちでカメラを見据え、グランピアン警察本部の質について大まじめに意見を述べるまじめな放送ジャーナリストを撮っていた。電話に出た婦警の話は冗談ではなかった。サンディ・ザ・スネークはほんとうに嵐を巻き起こしたのだ。

　ローガンは犯罪捜査課の車を裏の駐車場に停め、受付デスクを通らずに特別捜査本部室へ向かった。

　特別捜査本部室は、またもあわただしかった。しかし今回、喧騒のまっただなかにいるのは疲れた様子の女性広報担当者だった。クリップボードを胸もとに抱えて立ち、部屋じゅうの電話が鳴っているなかで、四人の当直警官から詳細情報を得ようとしていた。ローガンの姿を認めるなり、彼女の顔が輝いた。ストレスを分かちあう相手を見つけたのだ。

「部長刑事――」彼女が言いかけたが、ローガンは片手を上げて制し、鳴っていない数少ない電話をつかんだ。

「ちょっと待ってくれ」彼は記録室の番号を押した。

相手はすぐに出た。

「ダレン・カルドウェルの名前で車輌登録確認をしてくれ」言いながら頭のなかで急いで計算した。ダレンがミス・アースキンを妊娠させたのは彼女が十五歳のときだ。それに、妊娠期間の九カ月と、子どもの年齢の五を足す。

〝永遠の愛〟が肉体関係へと発展したときに二人が同級生だったとすれば、ダレンはいま二十一歳か二十二歳だ。数カ月の誤差はあるにしても。「二十代初めで、住所はダンディーだと聞いている……」相手が復唱すると、ローガンはうなずいた。「そうだ。どのくらいでわかる？　わかった、このまま待つよ」

　広報担当者は、だれかに生きた鰊《にしん》をスラックスに放り込まれたような顔で彼の前に立っていた。「マスコミが殺到してるの！」車輌登録確認を待っているローガンに泣きついた。「いまいましい弁護士のヒッシング・サンディが、われわれをくそみそに言ったせいよ！」顔が赤らんだ。ビートの根のような赤い色がブロンドの生え際から首まで広がり、まるで日焼けのようだ。「なにかマスコミに発表できることはない？　なんでもいいの。なんでもいいから、捜査がうまくいっていると見えるようなことはない？」

　ローガンは片手で送話口をふさぎ、いくつかの線を追っているのだと告げた。

「そんなたわ言は聞きたくないわ！」彼女は爆発寸前だった。「それは、手がかりがひとつもないときにマスコミに言うせりふでしょ。そんなこと言えっこないじゃない！」

「いいか。魔法じゃあるまいし、なんの根拠もなく逮捕するなんてできるわけが……あ、もしもし？」

　電話の相手が戻ってきた。「北東部にダレン・カルドウェルは十五人います。ええっと、ひとりだけダンディーに住んでいますが、三十代後半です」

　ローガンは舌打ちした。

「でも、ポートルゼンに住んでいるダレン・カルドウェルは二十一歳です」

「ポートルゼン？」アバディーンから五マイルほど南の小さな町だ。

「はい。登録車輛はえんじ色のルノー・クリオです。プレート・ナンバーを言いましょうか？」

　ローガンは教えてくれと言い、目を閉じて、ことが都合よく運びはじめたことを神に感謝した。リチャード・アースキンの特徴に一致する子がえんじ色のハッチバックの後部座席に乗り込むのを目撃した人がいる。プレート・ナンバーと住所を書き留め、電話の相手に礼を言うと、いらいらしている広報担当者に向かってにっこりとほほ笑んだ。

「え？　なに？　何がわかったの？」彼女は聞きたがった。

「逮捕もまもなくだと思うよ」

「逮捕って？　だれを逮捕するの？」

　しかし、ローガンはすでに特別捜査本部室を出ていた。

14

ローガンがロッカールームでつかまえた巡査が犯罪捜査課の車のハンドルを握り、制限速度を超えるスピードで南へと向かっていた。ローガンは助手席に座って、窓外を流れ去る夜の田舎を眺めていた。後部座席には巡査がもうひとり、そして婦警がいる。この時間ともなると交通量は少ないので、車はまもなく、ローガンが記録室から聞いたダレン・カルドウェルの住所に建つ家の前をゆっくりと走行していた。

まだ新しそうな平屋は、ポートルゼン南部の曲がりくねった道に立ち並ぶ、よく似た造りの新築の平屋のひとつだ。前庭はせいぜい数フィート四方しかない芝生で、周りをしおれた薔薇の木が囲んでいる。しなびた赤い花弁が萼《がく》にしがみつくようにかろうじて残っているだけで、あとは雨に打たれて落ちていた。さえない茶色に変色した花弁が木の根元に積もってずぶ濡れになっているのが、街灯の光で見えた。

石のブロック造りの狭い私道にはえんじ色のルノー・クリオが停まっていた。

ローガンは、角を曲がったところで車を停めさせた。

「よし」シートベルトをはずしながら巡査二人に向かって言った。「落ち着いてやろう。きみたち二人は裏へまわれ。配置についたら知らせてくれ。そうしたらドアベルを鳴らす。もし彼が逃げようとすれば捕まえろ」後部座席の婦警に向き直ると、その動作で腹部の傷が引きつれたので顔をしかめた。「家に着いたら、彼の目につかないよう隠れてくれ。警察が来たと知れば、カルドウェルは逆上してなにをしでかすかわからない。立てこもられて説得するなんてごめんだ。わかったね？」

三人ともうなずいた。

車から降りると、凍えるほど寒かった。大粒の激しい雨は、また、細かく冷たい霧雨に変わっていた。玄関にたどり着くころには、両手と顔からぬくもりが奪われていた。二人の巡査はすでに、裏口へとまわるために姿を消していた。

　家には二つほど電気がついていて、居間からテレビの音が漏れている。トイレの水を流す音が聞こえたので、ローガンはドアベルに手を伸ばした。

　ポケットで電話が鳴り響いた。ローガンは小声で悪態をつき、通話ボタンを押して出た。「ローガンだ」

「なにが起きているんだ？」インスクの声だ。

「かけ直してもいいですか？」ローガンは小声で言った。

「いいや、だめだ。いま本部から電話があった。きみが制服警官を三人引き連れて、だれかを逮捕しに向かったとな！　いったい、なにが起きているんだ？」電話の向こうからくぐもった音が聞こえ、続いて楽隊の演奏が聞こえてきた。「くそ」インスクが言った。「これから本番だ。舞台が終われば、納得のいく説明を聞かせてもらおうか、部長刑事。さもないと……」くぐもっていてなにを言っているのかまではわからないが、焦れてせっつくような女性の声がしたあと、「ああ、わかってるって。いま行くよ」とインスクが答えた。電話はそのまま切れた。

　ドアステップに立っている婦警が、眉をつり上げて見ていた。

「舞台が始まるんだよ」ローガンは説明し、電話をポケットに突っ込んだ。「さっ、こっちも片づけてしまおう。運がよければ、舞台を終えた警部と、めずらしく朗報を持ってバーで落ちあえるよ」

　彼はドアベルを鳴らした。

　悪態をつく男のかぼそい声がバスルームの窓から聞こえてきた。少なくともこれで、だれかが家にいるとわかった。

　ローガンはもう一度ベルを押した。

「待って！　いま行くから！」

　一分半ほどのち、玄関ドアの一部にはめ込まれたガラスに影がさし、錠の開く音がした。ドアが開き、顔がのぞいた。

「なんだい？」その顔が言った。

「ダレン？」ローガンはたずねた。

戸口の顔が怪訝な表情を浮かべると、太く黒い眉が、やぶにらみの目にぐっと近づいた。ダレン・カルドウェルは、例の学校時代の写真より五年あまり歳をとっただろうに、大して変わっていない。写真より顎が張っていて、髪も、ママに刈ってもらったのではなく床屋で切ってもらったようだが、まちがいなく同じ男だ。

「そうだけど？」ダレンが言うと、ローガンはいきなりドアを押し開けた。

青年はうしろによろめき、小さなネスト・テーブルにぶつかって床に大の字に倒れた。ローガンと婦警がなかに入り、ドアを閉めた。

ローガンは舌打ちをしながら首を振った。「ドア・チェーンを付けるべきだよ、ミスタ・カルドウェル。招かざる客が家に入りにくいようにね。戸口に立っているのがどんな人間か、わかったものではないんだから」

青年はなんとか立ち上がり、こぶしを固めた。「だれだ、あんた？」

「いいお宅だね、ミスタ・カルドウェル」言いながらローガンは、肉体的暴力を防ごうと、婦警をあいだに入れた。「なかを見せてもらっていいかな？」

「断わる！」

「そうはいかん」ローガンは捜索令状を取り出し、ダレンの鼻先で振ってみせた。「さて、どこから始めようか？」

家のなかは、外から見るよりはるかに狭かった。ベッドルームは二つあった。ひとつは、黄色みがかった灰色のクローシェ編みのカヴァをかけたダブルベッドが押し込まれ、化粧台に化粧水の瓶が乱雑に置いてあった。もうひとつには壁際にシングルベッドがあり、向かいに小さなコンピュータ・デスクがあった。ベッドの上の天井に貼ったポスターから、肌もあらわな若い女性が唇を突き出している。いかにもそそる感じだ。バスルームは、ローガンがひさしぶりに目にした不快なアボカド色のユニットだし、キッチンは、あまり動きまわりさえしなければ三人が立てる広さだった。居間は大画面テレビと巨大な黄緑色のソファに占領されている。

行方不明の五歳児の姿はどこにもなかった。

「あの子はどこだ？」ローガンはたずね、食器棚をのぞいて、豆やスープ、ツナなどの缶詰を取り出した。

ダレンは、左右で異なる方向がほぼ同時に見えているような目で見ていた。「だれのことだ？」ようやくたずねた。

ローガンはため息をつき、食器棚の戸を乱暴に閉めた。

「だれのことか、よくわかっているはずだ、ダレン。きみの息子、リチャード・アースキンはどこにいる？　あの子になにをしたんだ？」

「ぼくはなにもしてない。あの子にはもう何カ月も会ってないよ」ダレンがうなだれた。「彼女が会わせてくれないんだ」

「会っただろう、ダレン。きみの車を見たと、何人もの人が言っている」ローガンはキッチンの窓から外を見ようとしたが、ガラスに映る自分の顔が見返すだけだった。

「ぼく……」ダレンは鼻をすすった。「よくあのあたりを車でまわってた。あの子の姿がちらっとでも見られないかと思ってさ。ほら、外で遊んだりなんかする姿をね。でも、彼女はあの子を外に出さないんだ。他の子たちのように遊ばせようとしないんだよ」

ローガンがスイッチを押して電気を消すと、突然、キッチンがまっ暗になった。ガラスを鏡に変えている明かりを消したので、闇に包まれた裏庭が見えた。裏口の見張りに立たせた二名の巡査が、冷たい霧雨のなかで震えていた。裏庭の片隅に物置小屋があった。

ローガンがにやりとして電気をつけると、みなが目を細めた。

「なんだ？」

「来たまえ」ローガンはダレンの胸ぐらをつかんだ。「あの物置小屋を見にいこう」

しかし、小屋にリチャード・アースキンの姿はなかった。フライモの芝刈り機、移植ごてが二つ、化学肥料の袋、剪定ばさみがひとつあっただけだ。

「くそ」

彼らは居間に立ってまずい紅茶を飲んでいた。ずぶ濡れの巡査二人、婦警、ダレン・カルドウェル、そしてローガンで居間はいっぱいだった。この家の主《あるじ》はソファに腰かけ、時間が経つにつれて、ますます浮かぬ表情になっていた。

「あの子はどこだ？」ふたたびローガンがたずねた。「遅かれ早かれ白状しなければならないんだ。いま話したほうがいいぞ」

ダレンは彼らを睨みつけた。「ぼくはあの子に会ってないんだ。あんたがなにを言ってるのかわからないね」

「それならそれで結構だ」ローガンは黄緑色のソファのひじ掛けに腰かけた。「昨日の朝十時、きみはどこにいた？」

ダレンはこれ見よがしにため息をついた。「仕事場にいたさ！」

「で、もちろんそれを証明できるんだろうな？」

たちまち、ダレンの顔に意地の悪そうな笑みが浮かんだ。

「もちろんさ。ほら――」低いコーヒーテーブルから電話をつかむとローガンに突きつけ、積み重ねた《ハロー！》誌の下から職業別電話帳を引っぱり出した。「ブロードステイン自動車修理工場だ」と言って、分厚い黄色の電話帳を開き、怒りのこもった手でページを繰った。「電話しろよ。さあ、ユアンに訊いてくれ。ぼくのボスだ。ぼくがどこにいたか、彼に訊けよ。ほら」

電話と電話帳を受け取ったローガンの脳裏を、不吉な考えがよぎった。〝もしもダレンが本当のことを話していたらどうする？〟

ブロードステイン自動車修理工場は電話帳にディスプレイ広告を載せていた。笑みを浮かべたスパナと楽しそうなナットとボルトの絵の、安っぽい広告だ。〝二十四時間営業〟と書いてあるので、ローガンは電話をかけた。繰り返される呼出音が耳に鳴り響いた。受話器を置こうとした瞬間、無愛想な声が「ブロードステイン自動車修理工場！」と耳もとで怒鳴った。

「もしもし」聴力が戻ると、ローガンは言った。「ユアンですか？」

「あんた、だれ？」

「グランピアン警察本部のローガン・マクレイ部長刑事です。あなたはダレン・カルドウェルの雇い主ですね？」

相手はたちまち警戒するような声になった。「だったらどうなんだ？　あいつがなにをやったんだ？」

「昨日の朝九時から十一時のあいだ、ミスタ・カルドウェルがどこにいたか、わかりますか？」

ダレンが不遜な笑みを浮かべてソファに踏んぞりかえったので、ローガンはまたしてもいやな予感を覚えた。

「おれがボルボの配線をやり直すのを手伝ってたよ。なぜそんなことを訊くんだ？」

「まちがいありませんか？」

ほんの一瞬の間を置いて答えが返ってきた。「もちろん、まちがいない。おれはそこにいたんだから。彼がいなければ気づいたはずさ。で、これはいったいどういうことなんだ？」

電話を切るまでに五分かかった。

ローガンは受話器を置き、落胆が声に表われないように努めて言った。「謝罪しなければならないようだね、ミスタ・カルドウェル」

「そのとおりだ！」ダレンが立ち上がり、玄関ドアを指さした。「さあ、さっさとそのなまくらな腰を上げて、息子を捜しにいったらどうだ？」

親切にもダレンは、彼らが出たあと大きな音を立ててドアを閉めてくれた。

四人は、霧雨のなか、重い足取りで、ローガンが借り出した錆びたボクスホールへと向かった。はるばるこんなところまでやって来たのに空振りだった。これで、インスク警部に届ける朗報もなくなった。あとは、今夜の芝居が成功したことを祈るのみだ。それなら警部も上機嫌で、ローガンを厳しく咎めたりしないだろう。

運転席の巡査がエンジンをかけると、たちまち窓がくもった。送風機をつけても効果はほとんどなかった。しかたがないので、巡査はクリップ留めのネクタイをはずし、窓のくもりをぬぐってみたが、水滴ができて、見えない箇所を広げただけだった。

四人はため息をつき、ゆっくり座って、フロントグラスの透明な部分がしだいに広がるのを待つことにした。

「彼のアリバイは本物だと思いますか？」後部座席の婦警

がたずねた。

ローガンは肩をすくめた。

「あの修理工場は二十四時間営業だ。市内へ戻る途中で確認しよう」しかしローガンはすでに、あのアリバイは確かだとわかっていた。ダレン・カルドウェルには、牛乳とチョコレート・ビスケットを買いに店へ向かった五歳の息子を誘拐できたはずがない。

さっきまでは、ダレンの犯行だと、あんなに確信していたのに！

やがて、送風機のおかげで、くもったガラスに充分な視界が開けた。巡査はヘッドライトをつけ、道端から車を出した。行き止まりの道で何度か切り返して方向転換し、来た方向へと帰りはじめた。ローガンは助手席の窓から、後方に流れ去るダレンの家を見つめた。あんなに確信していたのに。

ポートルゼンを縦断する中央分離帯のある道路をアバディーン市内へ向かううち、ローガンは、前方にきらめく日曜大工の大型店とスーパーマーケットの照明に気づいた。スーパーマーケットにはアルコールを置いているはずだ。そう考えた瞬間、ワインを一本持って家に帰るのが名案だと思った。彼は運転席の巡査に、ちょっと寄り道をしてくれと言った。

三人を車で待たせて、ローガンは重い足取りで商品棚をまわり、ポテトチップスとオニオン・ピクルスを買い物かごに放り込んだ。四人は行方不明の子どもを無事発見するつもりでここへ来て、ヒーローとなって本部へ戻るつもりだった。ところが現実は、空手で戻る羽目になった。これでは、おれは完全に愚か者だ。

ポテトチップスの袋の上にシラーズの瓶を放り込み、ポテトチップスが半分以上砕けたと気づいて毒づいた。おどおどした顔でこそこそとスナックの商品棚へ戻り、粉々になったソルト・アンド・ヴィネガー味のポテトチップスを新しい袋と取り替えた。

考えてみると、ダレン・カルドウェルは、あの小さな家に住み、息子に会うことを禁じられているのに、ちらっとでも息子の姿を見ようとトリーを車で走りまわっているのだ。哀れな男だ。ローガンは子どもを持ったことがない。一度、恋人の生理がないという危機を経験したが、幸い二週間遅れただけで、妊娠ではなかった。だから、息子を持ちながら、その子の人生から完全に締め出されるのがどういう気持ちなのかについては、想像することしかできなかった。

開いているレジは二つだけだった。ひとつは顔じゅうがにきびだらけの若い娘、もうひとつはしわだらけの顔に両手の震えるじいさんが担当している。二人とも、のろのろ運転程度の速さでしかレジを打つことができないように見えた。

ローガンの前に並んでいる女性は、想像しうるできあいの食事を全種類、買い込んでいた。カレー・アンド・チップス、ピッツァ・アンド・チップス、チキン焼きそば・アンド・チップス、バーガー・アンド・チップス、ラザニア・アンド・チップス……彼女のカートには果物も野菜もひとつも入っていないが、ダイエット・コークの二リットル・ボトルが六本とチョコレート・ケーキが入っていた。だから、問題ないのだろう。

老人が震える手でバーコード読み取り器と包装済みの食事を持ってレジを通しているあいだ、ローガンの注意はあちらこちらへ向いた。小さな店——靴の修理コーナー、写真現像店、クリーニング店、異様なガラスのピエロと陶器の人形を売っている店——は明かりも消え、シャッターも下ろされている。最後の瞬間、生きるか死ぬかというときに、どうしてもバグパイプを吹いているスコッチ・テリアの置き物がほしいという人も、明日、出直してこなければならない。

女性が大量の電子レンジ調理食品をビニール袋に入れはじめると、ローガンは一歩前に詰めた。

出口の近くでテレビの子ども向け番組のテーマ・ソングが鳴り響いたので、顔を上げて見ると、子ども用の乗り物のそばにひとりの老婦人がいた。青いプラスティックの機関車がシュッシュッと音を立てながら、のどかな調子で前後に揺れている。ローガンが見ていると、老婦人は笑みを浮かべて、テーマ・ソングが終わって機関車がきしみを上げて停止するまで〝機関車トーマス〟に合わせて体を上下させていた。彼女はハンドバッグを開けて財布を取り出し、もう一度乗り物を動かすのに必要な小銭を探したが、見つからなかった。残念そうな顔をした女の子が機関車トーマスのなかから現われた。女の子はおばあちゃんの手を取ると、なごり惜しそうに機関車の笑顔を何度も振り返りつつ、ゆっくりと出口のドアへ向かった。

「……入れますか?」

「え?」ローガンはレジの老人に注意を戻した。

「だから、こっちで詰めますか?」老人はローガンのポテトチップスを持ち上げた。「買ったものを、こちらで袋に入れますか?」

「ああ、いや。結構だ」

ローガンはワインとポテトチップスとピクルスを自分でビニール袋に入れ、外の車へ向かった。はるばるこんなところまで引っぱってこられたうえ、ずぶ濡れで凍え、がっくりしている巡査たちにビールを買ってやればよかったが、もう遅い。

笑い声がしたので向き直って見ると、さっきの女の子が水たまりで何度も飛び跳ね、おばあちゃんが笑いながら手をたたいていた。

足を止めてその光景を見ているうち、ローガンの眉間にしわが刻まれた。

父親がリチャード・アースキンに会うことを禁じられているのなら、たぶん祖父母も同じだろう。みなが機会を奪われて……

あの主寝室は、二十一歳の男の部屋には見えなかった。クローシェ編みのカヴァ、化粧品の瓶。半裸の女性のポスターとコンピュータのほうが、それらしい。

ローガンは急いで車に乗ると、買い物を無造作に足もとに置いた。

「どうだ、もう一度ミスタ・カルドウェルを訪ねてみないか?」彼は笑顔で言った。

えんじ色のハッチバックはまだ私道にあったが、今回は家の前に、片側の車輪を縁石に乗り上げて水色のボルボ・

エステート・ワゴンが停まっていた。それを見て、ローガンの顔に大きな笑みが浮かんだ。

「さっきと同じ場所に停めろ」運転席の巡査に命じた。「きみたちは裏へまわれ。われわれが表から行く」

ローガンは裏手組が配置につくまで一分待ってから、私道をすたすたと歩いて玄関に立ち、親指でドアベルを押した。

ダレン・カルドウェルがドアを開けた。彼の顔は、わずか一秒のあいだに、不快からパニック、うろたえた怒りへと表情を変えた。

「やあ、ダレン」ローガンは言い、鼻先で閉められないようにドアに片足をはさんだ。「もう一度、入れてもらってもいいかな?」

「今度はいったいなんの用だ?」

「ダレン」女性の声がした。高く、かすかに震えている。「たいへんよ、裏庭に警官がいるわ!」

ダレンの視線が、開いているキッチンのドアへとすばやく動き、すぐにローガンに戻った。

「ダレンってば!」また女性の声だ。「ねえ、どうするの?」

青年の肩ががっくりと落ちた。「気にしないで、ママ」彼は言った。「やかんにお湯を沸かしてくれないか?」彼は一歩後退し、ローガンと婦警をなかへ入れた。

居間のまんなかに買い物の袋が山と積んであった。ローガンがそのひとつを開けると、新品の子ども服が入っていた。

四十代後半と思しき女性がキッチンから姿を見せた。ふきんを胸もとに握りしめ、ロザリオのように指に絡ませている。「ダレン?」

「気にしないで、ママ。もう手遅れだよ」彼は不快な緑色のソファにどさりと腰を下ろした。「あんたたち、あの子を連れていくんだね?」

ローガンは、居間のドアをふさぐよう、身ぶりで婦警に命じた。

「あの子はどこにいる?」彼はたずねた。

「こんなの、不公平よ!」ダレンの母親がローガンの鼻先にふきんを突きつけて振った。踊っている羊の絵が入っていた。「どうして孫に会ってはいけないの？　どうして、あの子が父親の家に泊まっちゃいけないのよ？」

「ミセス・カルドウェル――」ローガンが言いかけたが、彼女にはまだ言いたいことがあった。

「あの下劣な女はあの子を取りあげて、わたしたちに会わせようとしないのよ！　孫なのに、会うことを禁じられるだなんて！　母親のくせに、よくもそんなまねができるものだわ。子どもを実の父親に会わせないなんて、どんな母親よ。あの女には、あの子を手もとに置く資格なんてないのよ！」

「子どもはどこです？」ローガンはたずねた。

「なにも言っちゃだめよ、ダレン！」

ダレンは、婦警の肩越しに見えている、小さいほうのベッドルームを指さした。「眠ったところなんだ」ローガンにかろうじて聞き取れるほどの小声で言った。

婦警がベッドルームのほうに頭を振ると、ローガンはうなずいた。婦警は、青と黄色のタータン柄のパジャマを着た、眠そうな顔の男の子を抱えて戻ってきた。子どもはあくびをし、しょぼしょぼした目で居間にいる全員を見た。

「おいで、リチャード」ローガンは言った。「おうちに帰る時間だよ」

15

ダレン・カルドウェルの家の玄関先に、回転灯を消してアイドリングをしているパトカーが一台停まっていた。家のなかでは、ローガンの連れてきた巡査のひとりが青年に権利を読んでやり、青年の母親は黄緑色のソファで泣き崩れていた。リチャード・アースキンはぐっすりと眠っていた。

　ローガンはため息をつき、霧のような雨のなかへ出た。室内がしだいに息苦しくなっていたし、ダレンに同情を覚えはじめていた。ダレン自身が、まだ子どもに毛が生えたようなものだ。彼はただ、息子に会いたかっただけだ。できることなら、たまに家に泊めたり、成長を見守りたかっただろう。それなのに、結果として彼には犯罪歴が残り、おそらく接近禁止命令も受けることになる。

　白い霧のようなローガンの息がらせんを描いて消えた。夜はますます冷え込んでいた。彼は、ブロードステイン自動車修理工場の工場主の扱いをまだ決めかねていた。工場主は虚偽のアリバイを提供し、法的正義を損ねた。もっとも、こうして子どもを無事に保護したのだから、問題だとは思えない。アリバイがあろうとなかろうと、ダレンは現行犯逮捕されたのだ。

　とはいえ、法的正義を損ねる行為は重罪だ……

　ローガンは両手をポケットに深く突っ込み、通りを見渡した。どの家も静まり返り、窓にはカーテンが引かれている。そのカーテンにときおりすき間が空くのは、詮索好きな隣人が、カルドウェルの家で警察がなにをしているのか突き止めようというのだろう。

　警告ですまそうか、刑事責任を問おうか。

　身震いして、家に入ろうと向き直るときに、枯れた薔薇で囲まれた小さな庭の向こうに止まっている水色のボルボに目が向いた。携帯電話を取り出して、記憶をたよりにブロードステイン自動車修理工場の番号を押した。

五分後、ローガンは、ダレン・カルドウェルとともに狭いキッチンに立っていた。巡査たちは居間へ追い払われ、わけがわからない顔で紅茶のカップを手にしていた。ダレンは流しに寄りかかり、背中を丸めて、自分の顔の映った窓越しに暗い裏庭を見つめていた。「ぼくは刑務所行きだね？」ささやくような声でたずねた。

「ほんとうに、供述を変える気はないんだね、ダレン？」

黒く見えるガラスに映った顔が、唇を嚙み、うなずいた。

「ああ、変えない。ぼくがやったんだ」袖で目をぬぐい、また鼻をすすった。「ぼくが息子をさらった」

ローガンは調理台にもたれた。

「いや、ちがうな」

「ぼくがやったんだ！」

「きみは仕事をしていた。きみが配線をやり直していたのは、お母さんのボルボだった。修理工場に電話して、プレート・ナンバーを確かめたんだ。きみは自分の車をお母さんに貸した。リチャード・アースキンを連れ去ったのはお母さんだ。きみじゃない」

「ぼくだよ！　ぼくがやったって言ったろ！」

ローガンは答えず、沈黙が広がるにまかせた。居間でだれかがテレビをつけた。くぐもった声と、あらかじめ用意された笑い声が聞こえてきた。

「ほんとうにそれでいいのか、ダレン？」

ダレンはそれでよかった。

本部へ戻る車のなかでは全員が無言だった。ダレン・カルドウェルは窓から、クリスマスのイルミネーションできらめく通りを見ていた。ローガンは彼を留置場の巡査部長に引き渡し、ベルトと靴ひもとともに、ダレンのポケットの中身が小さな青いトレイに並べられ、ひとつずつ明細を記して署名されるのを見届けた。ダレンの顔はあぶら汗で光り、目は充血し、涙ぐんでいた。ローガンは良心の咎めを感じまいと努めた。

ローガンは静まり返った本部ビルを受付フロアへ向かった。ビッグ・ゲイリーが受付デスクにつき、うれしそうな顔で受話器を耳に押し当てていた。「いいえ、ちがいます……はい。それはさぞかしショックだったでしょうね……ズボンの前、一面にね……はい、ちゃんと書き留めてますよ……」嘘だ。彼は、スーツを着た男が、パトカーに乗ってほほ笑んでいる男に押しつぶされる絵を描いていた。押しつぶしている男はビッグ・ゲイリーそっくりで、つぶされているほうは、みなのお気に入りの弁護士に驚くほど似ていた。

ローガンの顔がほころんだ。デスクの端に腰をかけ、ビッグ・ゲイリーの側の言葉に聞き入った。

「ええ、同感ですよ。ほんとうに、恐ろしいことです……いいえ、そうではないと思います」ビッグ・ゲイリーはメモいっぱいに〝大げさなくそ野郎〟と走り書きし、そこから押しつぶされた人物に向かって小さな矢印を何本も引いた。

「はい、全パトカーに言って、犯人を捜させます。最優先にしますとも」そっと受話器を置く前に「市長がここへ来てフェラチオを始めしだいね」と言った。

ローガンは落書きだらけのメモを手に取り、巧みな絵をつくづく眺めた。「きみが芸術家肌だとは知らなかったよ、ゲイリー」

ゲイリーはにやりと笑った。「スリッパリー・サンディだよ。何者かがやつに、血の入ったバケツを頭からぶちまけたそうだ。〝レイプ犯びいきのくず野郎〟とののしって立ち去ったんだと」

「それは気の毒に」

「それより、あんたにいくつか伝言が入ってるよ。ミスタ・ラムリーって人からだ。この二時間のあいだに六回かけてきた。息子が見つかったか知りたいってさ。必死な口調だったよ」

ローガンはため息をついた。捜索チームは全員とっくに帰宅した。明日の朝まで、彼らにできることはなにもないのだ。「インスク警部に連絡を取ったのか？」

ゲイリーが首を振ると、顎のたるみが揺れた。「無理だよ」腕時計で時間を見た。「芝居が終わるまで……あと五分ほどだ。舞台に全力投球しているときに電話をかけてこられるのを警部がどう思うか、知ってるだろ。前に話したかな、ほら――」

受付フロアの端にあるドアが勢いよく開き、壁に当たってはね返った。憤然とした様子で入ってきたインスク警部は、まるで金色と真紅のつむじ風のようだった。つま先の巻き上がったブーツが床のタイルで音を立てた。「マクレイ！」インスクが怒鳴った。厚化粧の下は激怒の表情だ。ヤギひげを貼り、カイゼルひげで仕上げている。それをはぎ取ると、口のまわりがまっ赤になった。ターバンをのせていたと思われる箇所に白い跡が残り、天井照明の光を受けて禿げ頭が光っている。

ローガンは気をつけの姿勢をとった。今夜の芝居の出来をたずねようと口を開きかけたが、インスク警部が先に言葉を発した。「きみは一体全体、なにをやっているつもりなんだ、部長刑事？」クリップ式のイヤリングをむしり取ってデスクにたたきつけた。「きみには――」

「リチャード・アースキンです。あの子を見つけました」

化粧の下で、警部の顔から色が失せた。「なに？」

「死体ではありません。本人を見つけたんです」

「冗談だろう！」

「いいえ。二十分後に記者会見の予定です。母親がこちらに向かっています」ローガンは一歩後退し、おとぎ芝居の悪役の衣裳を着て意気消沈している警部をつくづく眺めた。「テレビ写りがよさそうですよ」

水曜日の朝はずいぶん早く始まった。五時四十五分というのに、電話が鳴りやまなかった。

目も頭もぼんやりしたまま、ローガンは羽毛布団からもぞもぞと出て、目覚まし時計を止めようとした。時計は頭の上に落ちてきた。彼はそれを手に取り、時刻を見て悪態をつくと、ベッドにもぐり込み、頭をはっきりさせようと片手で顔をこすった。

電話はまだ鳴りつづけている。

「止まれ！」電話に向かって命じた。

電話はなおも鳴りつづけた。

ローガンは体を引きずるようにして居間へ行き、受話器を取り上げた。「なんだ？」

「こりゃまた丁寧な電話応対だね」聞き覚えのあるグラスゴーなまりが聞こえた。「玄関を開けてくれるつもりはないか？　外にいたんじゃ金玉まで凍りそうだ」

「え？」

ドアベルが鳴り響き、ローガンはまたも悪態をついた。

「待ってくれ」電話に言ってから受話器をコーヒーテーブルに置き、よろよろとフラットを出て共用階段を下り、アパートの表玄関へ行った。外はまだまっ暗だったが、雨は夜のあいだにやんだらしい。ありとあらゆるものが霜の衣をまとい、街灯の黄色い光を反射している。記者――コリン・ミラー――が、片手に携帯電話、片手に白いビニール袋を持ってドアステップに立っていた。ダーク・グレイのスーツに黒のオーバーと、一分のすきもない服装だ。

「まったく、凍えそうに寒いね！」言葉とともに漏れる息が白い。「入れてくれるよな？」ビニール袋を目の高さに持ち上げた。「朝食を買ってきたんだ」

ローガンは目を細めて闇を見つめた。「いまいったい何時かわかってるのか？」

「わかってるさ。いいから、これが冷めないうちに開けてくれよ」

二人はキッチンのテーブルについていた。ローガンの目がはっきりと覚めるまでのあいだに、湯の沸いたやかんが音を立てて揺れはじめ、ミラーはローガンの食器棚のなかを勝手にのぞいていた。「まともなコーヒーはあるか？」ミラーは食器棚の戸をばたんと閉め、隣の戸を開けようとした。

「ない。インスタントだけだ」

ミラーはため息をつき、首を振った。「ここはまるで第三世界の国だな。ま、心配するな。我慢してやるから……」記者は大きなマグカップを二個見つけ出し、こげ茶色の顆粒と砂糖をスプーンで入れた。冷蔵庫に入っていた紙パック入りの低脂肪牛乳を疑わしそうに調べていたが、一、二度においを嗅いだあと、パン用のバターの容器とともにどんとテーブルに置いた。

「あんたがどんな朝食が好みなのかよくわからなかったから、クロワッサン、ソーセージ・ロール、ステーキ・パイ、アバディーン・ロールを買ってきた。好きなのをどうぞ」

ローガンは袋からアバディーン・ロールを二つ取り、ひとつにバターをたっぷりと塗った。がぶりと嚙みつき、満足のため息を漏らした。

「よくもそんなものが食えるね」ミラーがコーヒーを渡しながら言った。「なにが入っているか、知ってるのか？」

ローガンはうなずいた。「油脂、小麦粉、塩」

「ちがう、油脂じゃなくてラードだ。そんな牛のくそのようなロールパンは、アバディーンの人間にしか考えつけないだろうね。太らされた豚の脂が半トンに、塩を半トンも練り込んであるんだから。アバディーン市民がみな心臓発作で頓死するのも当然だ」彼は袋を引き寄せてクロワッサンを取ると、一口大にちぎってジャムとバターを塗り、コーヒーに浸してから食べた。

「よくもそんなことが言えるよ」ローガンは、記者のコーヒーの表面に浮かぶぎらぎらした薄い油の膜を見つめた。「きみたちグラスゴー人だって、ディープ・フライド・ピッツァなるものを考え出したじゃないか」

「なるほど、一本取られたよ」

ローガンは彼がまたクロワッサンをちぎってジャムとバターを塗ってコーヒーに浸すのを見届け、記者の口がパンでふさがるのを待ってから、こんな迷惑な時間に訪ねてきた理由をたずねた。

「友人と朝食をとるために訪ねちゃいけないのか？」くぐもった声で答えが返ってきた。「ほら、まぎれもない社交上の……」

「それで？」

ミラーは肩をすくめた。「あんた、昨夜はみごとな働きをしただろ」彼は袋に手を入れて、クロワッサンと、今朝の《プレス・アンド・ジャーナル》を取り出した。第一面に記者会見の写真が大きく出ている。〝ポリス・ヒーロー、行方不明の子どもを発見〟という見出しが大きなボールド体の活字で印刷されていた。「あんたひとりの力であの子を見つけ出した。どうやって見つけたんだ？」

ローガンは袋からステーキ・パイを取り出し、まだパン屋のオーヴンから出したてのように温かいことに驚いた。

さくさくしたペストリーを噛みながら記事を読むので、パイくずが紙面に落ちた。いい記事だと、認めざるをえなかった。事実という点では大して書くこともなかったのに、ミラーは、乏しい事実をうまく活かして、なんとか実際以上に内容のある記事に仕上げていた。この記者が新聞社の〝ゴールデン・ボーイ〟と呼ばれるのも、だてではないのだ。記事には、ローガン・マクレイ部長刑事が〝ポリス・ヒーロー〟と称されるに恥じないことがだれにでもわかるよう、マストリック・モンスターの逮捕劇に関する要約まで盛り込まれていた。

「感心したよ」ローガンが言うと、ミラーはにっこりした。「単語の綴りがすべて正しい」

「しゃくに障るやつだな」

「で、ここへ来たほんとうの目的はなんだ？」

ミラーは椅子に深く座り直し、コーヒーのマグカップを胸もとで揺すった。もっとも、上等の真新しいスーツにしみが飛ぶほど近づけはしなかった。「ぼくがここへ来た理由はよくわかってるはずだ。裏話を聞かせてほしいからさ。ぼくはスクープをものにしたいんだ。このネタは」第一面の写真に指先を置いた。「そういつまでももたない。今日、明日くらいだな。一般読者なんてそんなものさ。子どもが無事に見つかり、犯人は父親だった。身内の犯罪だ。読者がショックと戦慄を覚えるような暴力はない。もしも子どもが死んでれば、ネタは何週間ももつんだけどね。このネタじゃ、あさってにはもうだれも見向きもしなくなるよ」

「いささか醒めた見方だな」

ミラーは肩をすくめた。「ぼくはありのままを言ってるまでさ」

「だから同僚たちはきみを嫌うのか？」

ミラーは動じる様子もなく、コーヒーに浸したパンを口に放り込んだ。「まあ、そうだな……人間だれしも優秀な者を嫌うからね。自分が無能に見えるときはなおさらさ」なかなかうまいアバディーンなまりで「〝きみはチーム・プレイができない〟〝こっちじゃそんなやり方はしないんだ〟〝そんなやり方を続けるなら、きみは馘だ〟」と言うと、ミラーは鼻を鳴らした。「たしかに、連中はぼくを嫌ってるさ。でも、ぼくの記事を載せる。そうだろ？　ぼくがこっちへ来てから第一面をとった回数は、彼らの大半がこれまでの記者人生でとった回数より多いんだからね！」

　ローガンはにんまりした。痛いところをついたらしい。

「さて」ミラーはクロワッサンの最後の小片を食べ、指先についたパンくずを舐め取った。「行方不明の子をどうやって見つけ出したのか、話してくれるよな？」

「だめだ！　ただでさえ倫理委員会の調査が入っていて、デイヴィッド・リードの死体が発見されたことをきみにリークした人間を突き止めようとしているんだ。上の許可なくきみに情報を流したりすれば、私は不興を買うことになる」

「昨日は情報をくれたのに？」ミラーがしらじらしくたずねた。

　ローガンは無言で彼を見つめた。

「わかった、わかった」記者は言い、朝食の残りをかき集めた。「言いたいことはわかった。見返りが欲しいってことだ。そうだろ？」

「なんとしても、きみの情報源を教えてもらいたい」

　ミラーは首を振った。「教える気はない。それはわかってるはずだ」牛乳とバターを冷蔵庫に戻した。「ぼくのあげた情報はどうした？」

「あれは……追跡捜査中だ」ローガンは嘘を言った。港で見つかった死体、ひざのない死体だ！　実際は、記者と話をしたことでインスクに叱りつけられたあと、捜査担当の警部と話していない。ひたすらふてくされていたからだ。

「わかったよ。あんたは警部の許可をもらってくれ。ぼくは、ジョージ・スティーヴンスンの最後の立ち寄り先を教える。それならフェアだろ？」彼は刷りあがったばかりの名刺を財布から取り出してテーブルに置いた。「四時までだ。〝ポリス・ヒーローはいかにして行方不明の子を見つけたか？〟あさってになれば、だれも見向きもしないよ。許可が出れば電話をくれ」

16

いまさらベッドへ戻っても眠れないので、ローガンはぶつくさ言いながらシャワーへ向かった。そのあと、坂道をのぼって警察本部へと向かった。通りは、まるで一面をガラスの膜で覆われたようだった。市当局が例によって、通りと歩道に砂をまくという当然の作業を怠ったからだ。しかし、少なくとももう雨は降っていない。上空の雲は紫色の混じった濃灰色で、日の出までまだ二時間ほどあった。

　正面のドアを押して入ると、本部は墓場のようだった。昨夜集まっていたマスコミの大群は影も形もなかった。彼らが残していったのは大量の煙草の吸い殻だけだった。それが溝に転がって、凍ってしまった虫の群れのように見えた。

　エレベーターへと向かうローガンに、ビッグ・ゲイリーが大声で愛想よく「おはよう、ラザロ」と言った。

「おはよう、ゲイリー」実のところ、ローガンは、友好的な言葉を連続放射されたくない気分だった。

「なあ、おい」他にだれもいないことを確認してからゲイリーが言った。「聞いたか？　スティール警部がまた人妻をものにしたらしいぜ。懲りないよな！」

　ローガンは、つい足を止めていた。「今度はだれの奥さんだ？」

「会計課のアンディ・トンプスン」

　ローガンは顔をしかめた。「うわっ。そりゃ酷だな」

　ビッグ・ゲイリーが眉をつり上げた。「へええ、そう思うか？　前から、あいつの奥さんはなかなか魅力的だと、おれだって思ってたんだ」

　受付デスクと、その奥の小さな事務室を分けている鏡つきの間仕切りのかげから、太い口ひげのある禿げ頭がのぞき、ローガンの目をひたと見据えた。エリックは——〝ビッグ・ゲイリーとエリック〟ショーの片割れだ——温かみを欠いた口調で「部長刑事」と言った。「話があるのでオフィスへきてもらえるか？」

　わけがわからないまま、ローガンは彼についてマジック・ミラーの裏へ入った。事務室は、一方の壁際に書類整理棚とコンピュータが並び、つまらないものを詰め込んだいくつもの箱が積み上げられ、反対側の壁際には、未決書類入れと書類の山でいっぱいの、欠けたフォーマイカのテーブルが置かれて、ごちゃごちゃしている。ローガンは、なにか厄介なことが始まるような気がした。「なにか問題か、エリック？」たずねながら、テーブルの端に腰をかけた。

インスク警部のまねだ。

「ダンカン・ニコルスン」受付の巡査部長が言い、腕組みをした。「問題はそれだ」ローガンがぽかんとした顔で見つめるので、エリックは苛立ちもあらわに吐息を漏らした。

「事情聴取をするために、あんたが二人の制服警官に引っぱってこさせた男だよ」反応なし。「ブリッジ・オブ・ドンで子どもの死体を見つけた男だ！」

「ああ」ローガンは言った。「あの男か」

「そう、あの男だ。月曜の午後に留置房に入れられたまま」エリックは自分の腕時計を見て時間を計算した。「三十九時間だ！　起訴するか釈放してもらわないとな！」

　ローガンは目を閉じ、くそとつぶやいた。あの男のことはすっかり忘れていた。「三十九時間？」法定勾留期限は六時間なのに。

「三十九時間だ」

　エリックは腕組みしたまま、しばしローガンの気を揉ませておいた。今日は断固、厳しいところを見せてやる。

「月曜の夜に釈放したよ」ローガンが充分に苦しんだと判断すると、エリックは告げた。「あれ以上、勾留しておくわけにいかなかったからな。実は、法定期限を過ぎてたんだが」

「月曜に？」二日も前の話じゃないか！「電話をくれればよかったのに」

「電話したさ！　十回以上もな。あんたは電源を切ってたんだ。昨夜もかけたんだがね。だれかをしょっぴいてくるのなら、最後まで責任を持ってくれ。留置房に放り込んだまま、おれたちに尻ぬぐいさせるな。おれたちはあんたの母親じゃないんだぞ！」

ローガンはまた、くそとつぶやいた。少女の検死解剖のあいだ、携帯電話の電源を切っていたのだ。「悪かったよ、エリック」

受付の巡査部長はうなずいた。「ああ、もういいさ。勾留記録簿にはまずい記録が残らないようにしておいた。だれが見ても、〝なにも問題は起きなかった〟。あの男は自由意志に基づいて出頭し、しばらく留置されたのち、釈放された。二度と同じことはするな。わかったな？」

ローガンはうなずいた。「ありがとう、エリック」

ローガンはがっくりと肩を落として廊下を進み、途中でプラスティック・カップ入りのコーヒーを買ってから、昨日乗っ取った小さなオフィスへ向かった。早めに出勤してきた連中が仕事に取りかかると、ビルが目覚めはじめた。

ローガンはオフィスに入ってドアを閉め、デスクの奥の椅子に深々と腰を下ろして壁に貼った地図を見つめたが、通りも川もろくに目に入っていなかった。

ダンカン・ニコルスン。あの男に冷や汗をかかせてやろうと留置房に放り込んだことを、すっかり忘れていた。頭を垂れ、そのまま、積み上げた供述調書にのせた。「ばか野郎」書類の山に向かってつぶやいた。「ばか、ばか、ばか……」

ドアにノックの音がしたので、ローガンはさっと背筋を伸ばした。いちばん上の供述調書が床に舞い落ちた。顔をしかめて拾ったとき、ドアが開いてワトスン婦警が顔をのぞかせた。

「おはようございます」彼女は、挨拶した瞬間、ローガンの表情に気づいた。「大丈夫ですか？」

ローガンは無理に笑みを浮かべ、椅子に座り直した。

「あいかわらず痛むんだ」嘘だ。「早いね」

ワトスン婦警がうなずいた。「ええ、今朝は裁判所へ行くので。昨日の午後、ヘイズルヘッドのプールの女性更衣室でマスターベーションしている男を捕まえたんです」

「どうやら上流階級の男らしいね」

彼女が笑みを浮かべると、ローガンの心が浮き立った。

「彼を母に紹介するのが待ちきれませんわ」ワトスンが言

った。「あら、たいへん、急がなくちゃ。その男がジェラルド・クリーヴァーの性的虐待裁判で証言することになっているので、目を離すなと言われているんです。でも、あなたがあの子を見つけたことを、わたしたちみんなが感服していると伝えたかったものですから」

ローガンは笑みを返した。「チームが協力した成果だったんだよ」

「ご謙遜を。わたしたち、今夜も飲みに行くんです。大宴会じゃなくて、静かに飲むつもりです。よければ、ご一緒に……」

ローガンにとっては、このうえなくうれしい誘いだった。

インスク警部の朝の捜査会議に出席するべく特別捜査本部室へ向かって廊下を歩くうち、すっかり心が弾んでいた。ジャッキー・ワトスン婦警が、今夜また、おれと飲みに行きたがっている。少なくとも、勤務後の同僚との酒席におれに参加してもらいたがっている。まあ同じことだ。同じと言っていい……おとといの夜のできごとについて、おれたちはまだ話しあっていない。

それに彼女は、上司であるおれにいまも敬語を使っている。

もっとも、おれもまだ彼女を〝巡査〟と呼んでいる。ロマンティックのかけらもない愛称だ。

特別捜査本部室のドアを開けたローガンは、万雷の拍手に迎えられた。彼は頬を赤らめながら前列の席へ向かい、椅子に腰を落ち着けるころにはまっ赤になっていた。

「よし、もういい」インスク警部が片手を上げ、静粛を求めた。拍手は徐々に鳴りやんだ。「諸君」室内がふたたび静まり返ってから、警部は続けた。「きみたちも知ってのとおり、ローガン・マクレイ部長刑事は昨夜、リチャード・アースキンを祖母の家で発見し、母親のもとに返した」言葉を切り、ローガンに向かってにこやかにほほ笑んだ。「さあ、立ちたまえ」

ローガンがますます顔を赤らめながら席を立つと、ふたたび拍手がわき上がった。

「あれこそ」照れている部長刑事を指さし、インスクが言った。「真の警察官の姿だ」警部はまたも静粛を求めなければならなかった。ローガンは興奮と喜びと不安を同時に感じつつ、ふたたび席についた。「われわれはリチャード・アースキンを発見した」インスクはデスクから茶色のホルダーを取ると、赤毛でそばかすがあり、すき歯を見せてほほ笑んでいる少年の八×六インチ版の写真を取り出した。「しかし、ピーター・ラムリーは依然、行方がわからないままだ。おばあちゃんの家で眠っているこの子を発見するなどという可能性はまずない。父親による虐待の線は考えられない。しかし、念のために裏を取ってくれ」

インスクはホルダーからもう一枚、写真を取り出した。今度はさっきほど好ましい写真ではなかった。水につかっていたせいで膨れ、黒ずみ、点々とかびが生えた顔。苦悶の叫びをあげるように開いている口。デイヴィッド・リードの検死解剖時の写真だ。

「すぐにも取り戻さなければ、ピーター・ラムリーもこんな姿で発見する結果になる。捜索範囲を広げたい。ヘイズルヘッド・ゴルフ場、乗用馬厩舎、公園の三チームに分ける。茂みやバンカー、馬糞の山を残らず捜してほしい」インスクは名前を呼びはじめた。

インスクがチーム分けの発表を終わり、全員が出ていってしまうと、ローガンはゴミ袋から死体で発見された少女の件について最新情報を報告した。時間はかからなかった。

「さて、どうすればいいと思う？」インスクがたずね、デスクに腰かけて、なにか甘いものが入っていないかとスーツのポケットを探した。

ローガンは、肩をすくめたい気持ちを懸命に抑えた。

「再現映像を放送することができません。ゴミ袋に放り込まれる前にあの子がなにを着ていたのかわかりませんし、死体遺棄の場面を再現する許可が出ないんです。彼女の顔写真を新聞各紙に載せるよう手配しました。それで、なにか情報が得られるかもしれません」アバディーンが目下〝スコットランドの幼児殺害の中心地〟となっていることの唯一の利点は、全国版のタブロイド紙や一般紙が、死んだ少女の写真を喜んで読者に見せびらかしてくれることだ。

インスクは古そうなミント・キャンディを見つけて、ロに放り込んだ。「捜査を続けてくれ。あの子の身元を知ってる人間がどこかにいるはずだ。昨日ノーマン・チャーマーズが裁判所にいたのは十五分だ。保釈なしの再勾留となった。だが、地方検察官は満足していない。もっと確かな証拠を提出しないことには、チャーマーズは無罪放免になるからだ」

「なにか見つけてみせます」

「よろしい。連続幼児失踪事件のことでは、本部長が気を揉んでいる。捜査状況がかんばしくないからな。すでにロジアン・アンド・ボーダーズ警察本部から〝応援の申し出〟があった。連中は予備行動心理分析《プロファイル》の結果まで送ってよこした」彼はホチキスで綴じられた四枚の書類を掲げてみせた。表紙のロジアン・アンド・ボーダーズ警察本部の紋章がはっきりと見えた。「用心しないと、エジンバラの連中に捜査を引き継ぐ羽目になる。そうなれば、われわれは、羊を追いかけまわすだけの小さな街のまぬけ扱いされるだろうよ」

「最悪ですね」ローガンは言った。「で、プロファイル結果にはなんと？」

「お決まりのことばかりさ」インスクは書類を繰った。「ええっと〝犯罪現場指数〟なんとかかんとか〝被害者の病理〟なんとかかんとか」彼は言葉を切り、苦い笑みを浮かべた。「ああ、あった。〝犯人はおそらく白人男性、二十代なかばから後半、ひとり暮らしあるいは母親と同居。おそらく、知能は高いが学力成績はよくないと思われる。その結果、子どもと接する単純労働をしているものと思われる〟」

ローガンはうなずいた。どんな犯罪者にもあてはまる、ありきたりのプロファイルだ。

「ここは気に入るぞ」インスクが言い、学者のような口調を作って続けた。「〝犯人は女性と関係を築くことが困難で、過去に心の問題を抱えていた可能性がある……〟心の問題！　わかりきったことを説くとはこのことだな」彼の顔から笑みが消えた。「当然、心の問題を抱えてるに決まってるさ。子どもを殺してるんだからな！」書類をくしゃくしゃに丸めると、オーバースローでドアのそばのゴミ箱へ放った。書類は壁に当たってはね返り、青いカーペット・タイルの上をすべって、二列目の椅子の下で止まった。インスクは不快そうに鼻を鳴らした。「それより、マクファースン警部は復帰まで少なくとも一ヵ月はかかるそうだ。頭を縫いあわせるのに三十七針だ。うらやましいね。頭部に包丁を食らった男が二週間ものんびりとテレビを観て過ごすほどいいことはないからな」ローガンの怒りの表情に気づかず、インスクはため息をついた。「つまり、私は自分の担当事件に加えて彼の担当事件までしょい込むということだ。郵便局強盗が四件、武器を用いての暴行が三件、暴力行為を伴うレイプが二件に、ナシの木にヤマウズラが居ついているという苦情が一件」彼は、親しみを込めてローガンの胸を指でつついた。「したがって、ゴミ袋の少女《ビン・バッグ・ガール》の一件はきみにまかせるよ」

「しかし……」

インスクは両手を上げて制した。「むろん、大きな事件だということは承知している。だが、私はデイヴィッド・リードとピーター・ラムリーの事件で手いっぱいなんだ。この二件につながりはないかもしれんが、本部長がもっとも恐れているのは、小児性愛の連続殺人犯が自由に街を歩きまわり、衝動に駆られるたびに幼い男児を連れ去っているという事態だ。警部連中はみな事件をたくさん抱えて身動きできない。だが、きみは上司の監督なしでリチャード・アースキンを見つけ出したし、マスコミのお気に入りだ。だから、ビン・バッグ・ガールの件はきみが担当したまえ」

「わかりました」ローガンの胃は早くもひっくり返りそうだった。

「よろしい」インスクが言い、デスクから下りた。「捜査を続けてくれ。マクファースンからどんな操り人形を引き継いだものやら、とくと拝見させてもらうよ」

小さなオフィスはローガンを待っていた。待ちわびていた。まるで、彼が捜査の責任を負ったのを知っているように。マスコミに流した写真がデスクにのっていた。モルグで撮った写真を手直ししたので、少女は死んでいるように見えない。生きていたとき、少女はさぞかし愛らしかったにちがいない。四歳の少女。青白い顔のまわりでカールした、肩まであるブロンドの髪。だんご鼻。丸い顔。ふっくらした頰。検死報告書によると瞳は青緑色だが、写真では目を閉じている。だれだって、死んだ子の目をのぞき込みたくない。ローガンは写真を手に取り、地図の横に貼った。

マスコミを通じて情報提供を訴えたものの、これまでのところ、寄せられた情報は数えるほどしかなかった。この幼女の身元を知る人間はひとりもいないようだった。今夜またテレビで写真が流されれば、おそらくそれも変わるはずだ。親切な人びとが電話をかけてきて、役に立たない情報を山ほど提供してくれるだろう。

ローガンはその後の二時間、もう一度、供述調書を読みふけった。前にも読んだが、彼はこの供述調書のどこかに答えがあると信じていた。死体を捨てたのがだれであれ、あの大型ゴミ容器のすぐ近くに住んでいる。

ようやく、この一時間ちびちびと飲んでいた冷めきったコーヒーをあきらめ、伸びをして背中の凝りをほぐした。これでは、らちがあかない。それに、港で発見された死体の件を、まだだれにも話していなかった。そろそろ休憩をとってもいいかもしれない。

スティール警部のオフィスは一階上だった。青いカーペット・タイルはすり切れ、調度はどれもきしみをあげそうだ。大きな赤い字で〝禁煙〟と書いた標示が壁に貼ってあるが、そんな標示ではこの女性警部を止めることはできないようだ。彼女は、立ちのぼる紫煙が照りつける陽射しのなかへと出ていくよう窓をわずかに開けて、デスクについていた。

ローレルとハーディの極楽コンビにたとえるなら、インスク警部は太っちょハーディ、スティール警部は痩せっぽちローレルだ。また、インスクは禿げ頭、スティールは、だれかにケアン・テリアをセロテープで頭に貼りつけられたような髪型だ。噂によるとまだ四十二歳らしいが、はるかに年上に見える。長年のチェーン・スモーキングのせいで、彼女の顔には、休暇中に別荘へ人びとが押し寄せるように大小のしわが集まっている。身につけているマーキーズのパンツ・スーツはチャコール・グレイなので、煙草の先端から絶えず落ちる灰が目立たないはずだが、なかに着ているワイン色のブラウスがその効果を半減していた。

これで警察本部一の〝女たらし〟だとは信じがたい。

彼女は肩と耳で携帯電話をはさみ、口の端にくわえた煙草が落ちないよう、唇の反対端だけを動かしてしゃべっていた。「だめ、だめ……」とげとげしいスタッカートで言った。「いいこと、あんたを捕まえたら、けつの穴をもうひとつ開けてやるからね。いいえ……あんたがだれに迷惑をかける羽目になろうと、私の知ったことじゃないわ。金曜までにいい回答を持ってこなければ、この話はなしよ……そう、そのつもり……」彼女は顔を上げ、ローガンが立っているのに気づくと、安っぽく見える椅子へ行って座るよう身ぶりで示した。「そうね……そのほうがいいわ。わかりあえると思ってた。金曜日よ」スティール警部は携帯電話を閉じ、意地悪そうな笑みを浮かべた。「あらゆるものを完備しているキッチンですって。ああいう手合いは、少しでも甘い顔をすると、たちまちつけ込んでくるんだから」デスクから長巻きの煙草の箱を取り、ローガンのほうへ振ってみせた。「煙草は？」

ローガンが断わると、彼女はまた笑みを浮かべた。

「吸わないの？　そう、たしかに悪しき習慣よね」ウィンクをして箱から煙草を出し、吸いかけの煙草から火を移したあと、吸い殻を窓枠に押しつけて消した。「で、用件は、ミスタ・ポリス・ヒーロー？」たずねながら椅子の背によりかかると、新しい紫煙が彼女の顔のまわりに輪を描いた。

「例の浮流死体、ミスタ・ひざなしの件です」

スティールは片眉を上げた。「聞かせて」

「あれはジョージ・〝ジョーディー〟・スティーヴンスンだと思います。マルコム・マクレナンの用心棒だった男で――」

「マルク・ザ・ナイフ？　そんなばかな。あの男はこっちでは商売をしてないはずよ」

「聞いた話だと、ジョーディーは開発計画課と取引をまとめるために送り込まれたそうです。緑地帯に三百戸の住宅を建てるという計画です。担当者が断わったので、ジョーディーは彼を突き飛ばしてバスに轢かせた」

「そんな話、信じないわ」彼女は、くわえていた煙草を口から出しさえした。「開発計画課の人間が賄賂を断わったですって?」

ローガンは肩をすくめた。「それはともかく、ジョーディーは競馬に目がなかったようです。ただ、幸運の女神はジョーディーに味方しなかった。そのため彼は、地元の賭け屋に多額の借金があったんです」

スティール警部はまた椅子の背にもたれ、欠けた爪で歯をほじった。「感心したわ」そのうちに言った。「この情報はどこで手に入れたの?」

「コリン・ミラー。《プレス・アンド・ジャーナル》の記者です」

彼女が深々と煙草の煙を吸い込むと、先端が火のようなオレンジ色に輝いた。黙ってまじまじとローガンを見つめるあいだも、彼女の鼻から煙が立ちのぼっていた。部屋が小さくなり、層をなして渦を巻く煙草の煙で四方の壁がぼやけ、さっきのオレンジ色の目だけがはっきり見えていた。

「インスキーに聞いたんだけど、あなたはゴミ袋に捨てられていた子の事件を担当してるそうね」

「そうです」

「あなたはまったくの役立たずではない、と彼は言うの」

「ありがとうございます」しかし、それがほんとうに褒め言葉なのかどうか、ローガンには定かではなかった。

「私にお礼を言う必要ないわ。役立たずじゃなければ、みんなが気づくもの。そして、やるべき仕事を与えるわ」彼女が紫煙の奥からほほ笑みかけると、ローガンは背筋を冷たいものが走る気がした。「インスキーと私は、あなたのことを話したのよ」

「そうなんですか?」好ましくない話になるのだ。それが感じ取れた。

「今日はあなたにとってついてる日ね、ミスタ・ポリス・ヒーロー。輝くためのチャンスをもうひとつもらえるんだから」

17

　ローガンはまっすぐインスク警部のもとへ行った。まるまると太った大きなハゲワシのような警部は、デスクの端に腰かけ、ローガンの並べる文句に冷静に耳を傾けていた。スティール警部からひざなし男の捜査を押しつけられたんです。一介の部長刑事の私に、殺人事件の捜査をいくつもかけ持ちできるはずがないでしょう！　話を聞くうちインスクは舌打ちをし、同情してくれたが、最後には、みなが厳しい状況にいるのだからそんなわがままを言うべきではないとローガンをたしなめた。

「例のゴミ袋の死体の件はどうなっている？」インスクがたずねた。

　ローガンは肩をすくめた。「情報提供の呼びかけを昨夜テレビで流したので、目撃情報が山のように入っています。

ある老婦人など、孫のティファニーは庭の隅にある砂場で遊んでいるから捜索を中止してもいいと言ってきました」彼は首を振った。「頭のおかしなばあさんでしょう……とにかく、十人あまりの制服警官に例のリストをあたらせています」

「すると、きみは、なにか進展があるまでは基本的にのらくら過ごすというわけだな？」

　ローガンは赤面し、そのとおりだと認めた。

「では、浮流死体の捜査をできない理由は？」

「いえ、別にこれといってありません。ただ……」彼はインスクと目を合わせまいとした。「つまりその、周辺業務があるので――」

「電話番は制服警官にやらせたまえ」インスクは大きな尻の上で踏んぞりかえり、腕を組んだ。

「それに……それに……」ローガンは口を閉じ、おてあげだというように両腕を上げてみせた。理由はわからないが、〝なにもかも失敗するのが怖いんです〟と口にすることができなかった。

「四の五の言うな」インスクが言った。「裁判所がすめばワトスン婦警を使っていいぞ」彼は腕時計で時間を確かめた。「どのみち、彼女はどの捜索チームにも入れてないから」

それを聞いて、ローガンの落胆もずいぶん軽くなった。

「ほら、なにをぐずぐずしている」警部はてこの要領でデスクから下り、半分ほど空いたポロ・ミントの包みを出してひとつだけ取ったあと、銀紙を巻いて銀色の導火線のような形に残りを閉じた。「やるよ」彼は小さなダイナマイト型の包みをローガンに放った。「早めのクリスマス手当だ。さあ、さっさと仕事にかかりたまえ」

ジョーディー・スティーヴンスンかもしれない死体がモルグにあるとローガンが伝えると、ロジアン・アンド・ボーダーズ警察本部は欣喜雀躍した。しかし彼らは、ケーキと風船までついた本格的なお祝いパーティを開く前に、ローガンの言う死体がほんとうにマルク・ザ・ナイフのお気に入りの用心棒かどうかを確認したがった。そこで、ジョーディーに関する全資料を電子メールで送ってきた。指紋、犯罪歴、顔写真。その写真をローガンはカラーで十二枚、プリントアウトした。ジョーディーはいかつい顔立ちの大きな顔で、逆立ててふくらませた髪形をし、ポルノ・スターのような口ひげをたくわえていた。脅して金を要求するタイプの顔だ。死んだいまはいっそうつぶれたような青白い顔になっているが、港から引き上げた、両ひざを切り落とされた死体と同じ男にまちがいなかった。念のために行なった指紋照合も、完全に一致した。

ローガンはロジアン・アンド・ボーダーズ警察本部にふたたび電話をかけ、そのニュースを伝えた。ジョーディー・スティーヴンスンはいま、あの世で貸付金の回収をしている。彼らはローガン宛てにケーキを送ると約束した。

こうして身元が確認できたので、次の仕事は、彼を殺した犯人を見つけることだった。ジョーディーのギャンブル癖が原因だと賭けてもいい、とローガンは思った。つまり、アバディーンじゅうの賭け屋をまわるということだ。ジョーディーの顔写真をちらっと見せて、そわそわする人間を捜すのだ。

　出かける前に、万事問題なく進んでいるかどうかを確認するべく、自分の小さな特別捜査本部室をのぞいた。インスクの指示により、薄茶色の髪に太い眉をした優秀そうな婦警をひとり借りて、電話番と、制服警官たちの戸別聞き込みの手配をまかせていた。彼女は、電話のヘッドセットをつけて散らかったテーブルにつき、またも入ってきた、死んだ少女の身元につながるかもしれない情報をメモしていた。電話を終えると、彼女はローガンに手早く最新情報を伝えた。ぴったり三秒しかかからなかった――なんの進展もなかったのだ。婦警は、なにか進展があればローガンの携帯電話にかけると約束した。

　こっちがすむと、あとは、州裁判所へ行ってワトスン婦警を拾い、仕事にとりかかるのみだった。

　ワトスン婦警はまだ一号法廷に座って、あばた面で巨体の青年が証言を行なうのを見ていた。ローガンが隣に腰かけると、彼女は顔を上げて笑みを浮かべた。

「どうなってる？」ローガンは小声でたずねた。

「これからです」

　証言台に立っているのは、せいぜい二十一歳くらいと思しき青年だった。汗をかいているため、紅潮したでこぼこの顔が裁判所の照明を受けて光っていた。青年はどっしりしている。太っているのではなく、骨格が太いのだ。角張った顎、大きな手、長く骨太の腕。証人として信頼を得られるようにと公訴局が貸してやったグレイのスーツは小さすぎて、彼が動くたびに縫い目が引き裂けそうだった。くすんだブロンドの髪は長らくくしを通していないように見えるし、口ごもりながらジェラルド・クリーヴァーとの出会いを話すあいだじゅう、青年は大きな手をひらひらさせたり、もぞもぞと動かしたりしていた。

　十一歳のとき、彼は泥酔した父親にしこたま殴られ、アバディーンにある小児病院に三週間の入院をすることになった。そこで運がますます悪いほうへと向かった。ベッドに縛りつけられているあいだに、病棟の夜間責任者だったジェラルド・クリーヴァーが特別な〝患者の扱い〟を実践した。ポルノ・スターでさえ赤面するような行為を、彼に行なわせたのだ。

　検察官は青年から徐々に詳細を引き出し、彼が涙を流しはじめたときでさえ、安心させるようなやさしい口調で質問を続けた。

　ローガンは青年の証言のあいだじゅう、陪審員と被告の両方に注意を払っていた。十五人の男女は、証言内容に激しいショックを受けた様子だった。しかしジェラルド・クリーヴァーは、よほど面の皮が厚いのか、まったく無表情のままだった。

　検察官は青年の勇気に礼を述べたのち、被告側弁護人の反対訊問に譲った。

「さあ、始まりますよ」ワトスン婦警の口調に軽蔑の色があふれた。スリッパリー・サンディ・ザ・スネークが立ち上がり、被告人の肩を軽くたたいてから、のんびりした足取りで陪審員の前へと向かった。彼はさりげなく陪審席の前の手すりに寄りかかり、そこに並んだ男女にほほ笑みかけた。「マーティン」震えている青年ではなく陪審員を見たまま呼びかけた。「あなたは、この法廷に立つのは今日が初めてではありませんね？」

　検察官は、尻に千ボルトの電気を流されでもしたかのように立ち上がった。

「異議あり。証人の過去の状況は、現在審理中の案件といっさい関係ありません」

「判事、私はこの証言の真実性を明らかにしようとしているだけです」

　判事は眼鏡の奥から見下ろすようにして言った。「質問を続けてください」

「ありがとうございます、判事」サンディ・ザ・スネークが言った。「マーティン、あなたはこれまでに三十八回もこの法廷に立っていますね。不法侵入、強姦、麻薬不法所持では数えきれないほど、密売目的の麻薬の所持でも一度、万引き、放火、公然猥褻……」彼はいったん間をとった。「十四歳のときには未成年の女性と性的交渉を持とうとし、拒まれて激しい暴力をふるったため、彼女の顔を元どおりにするためには四十三針も縫わなければなりませんでした。

彼女は子どもを産めない体になりました。また、昨日も、女性更衣室で自慰行為をしているところを逮捕され——」

「判事、私は断固、異議を申し立てます！」

その後の二十分間はずっとそんな調子だった。サンディ・ザ・スネークは落ち着き払って証人を切り苛んで、青年を、顔をまっ赤に染めて悪態を吐き、すすり泣くだけの敗残者にしてしまった。ジェラルド・クリーヴァーが行なわせたという屈辱的な行為はすべて、なんとしても注目を集めたい子どもが混乱した頭で思い描いた空想だという説明でかたづけられた。それも、とうとうマーティンが「くそったれ、殺してやる！」と叫びながら弁護士に飛びかかろうとして幕となった。

マーティンは取り押さえられた。

サンディ・ザ・スネークは痛ましげに首を振り、証人を許してやった。

裁判所の留置房へと向かうあいだじゅう、ワトスンはサンディをののしっていたが、ローガンが新しい任務について説明すると、元気を取り戻した。

「スティール警部がおれに、ジョーディー・スティーヴンスンの捜査を担当してほしいと言うんだ。ほら、港で引き上げた死体だよ」ローガンは、一号法廷から留置房へと続く長い廊下を歩きながら言った。「手伝いが必要だと言うと、インスクはきみを使っていいと言ってくれた。きみなら、おれがまちがいを犯さないように防いでくれるだろうってね」

ローガンの作り話だとも知らず、ワトスンは、この褒め言葉に気をよくして笑顔になった。

マーティン・ストリケンは法廷からまっすぐ留置房へ送り届けられていた。ローガンとワトスンが留置房に着いたときには、薄っぺらな灰色の寝台に座って両手で頭を抱え、ちらちらしている天井の明かりの下で低い声でうめいていた。借り物の背広の背中が引っぱられて悲鳴をあげ、嗚咽がこみ上げてマーティンが身を震わせるたびに縫い目があらわになっていった。

マーティンを見下ろしながら、ローガンは、どう考えたものかと迷っていた。どんな子どもであれ、クリーヴァーが被害者に与えるたぐいの虐待に耐えなければならないとは、恐ろしいことだ。それでも、スリッパリー・サンディの言ったことが頭から離れない。マーティンの犯罪歴が。マーティン・ストリケンは薄汚い犯罪者だ。しかし、だからといって、彼がジェラルド・クリーヴァーによって苦しめられたという事実が消えるわけではない。

ワトスンがマーティン・ストリケンの身柄引き取りのサインをしたあと、二人は手錠をかけられてめそめそ泣いている彼を連れて裁判所内を抜け、裏口から出た。少し歩いたところに、ローガンの借り出した共同利用車が停めてあった。車のドア枠で頭を打たないよう、ワトスンが頭を押さえてやったとき、ストリケンが言った。「十四歳だったんだ」

「え？」ワトスンは、車内をのぞき込んで、マーティン・ストリケンの腫れた赤い目を見つめた。

「あの少女。ぼくたち二人とも十四歳だった。彼女はやりたがったけど、ぼくができなかったんだ。無理強いなんてしてない……ぼく、できなかったんだ」大きな涙形のしずくが鼻孔から垂れ下がった。それは、ワトスンが見つめるうち、昼下がりの陽射しにきらめきながらゆっくりと落ちた。

「腕を上げて」ワトスンは、もしも車が衝突事故を起こしてもグランピアン警察本部が裁判で過失責任を問われることのないよう、彼にシートベルトをかけてやった。髪が彼の頬をかすめたとき、ストリケンのつぶやくような声が聞こえた。「あの女、笑うのをやめようとしなかったんだ……」

ローガンとワトスン婦警はクレイギンチズ刑務所で乗客を降ろした。サインして彼を拘置所に戻すためのわずらわしい手続きがすむと、いよいよスティール警部の捜査に取りかかることとなった。

二人は、アバディーン市内の健全とはいえない賭け屋をひとつずつ訪ねてまわり、ジョーディー・スティーヴンスンのポルノ・スターばりの写真を見せた。しかし、骨折りのかいもなく、みな、ぽかんとした顔で写真を見つめるだけだった。大手の賭け屋――ウィリアム・ヒルとラドブルックス――をあたってもあまり意味はない。彼らは、借金を返せないからといってジョーディーの膝蓋骨をなたで切り落とすことなど、まずやらないだろう。

ところが、サンディランズにある〈ターフン・トラック〉は、まさにその手の賭け屋だった。

〈ターフン・トラック〉が表向きはパン屋として開業した一九六〇年代、サンディランズ地区はいまよりは高級な住宅地だった。すこぶる高級だったわけではないが、当時は、日が落ちたあとでも通りを歩くことができた。店舗は、同じくらいみすぼらしく、いまにも倒れそうな四戸《よんこ》一《いち》の建物のひとつだ。どの店も、外壁は落書きで埋めつくされ、窓には重合金の格子がはめられている。いずれも、拳銃を持った押し込み強盗に何度も入られていた。〈ターフン・トラック〉だけは別で、記憶にあるかぎり強盗に入られたのは一度だけだ。というのも、銃身を切り詰めた散弾銃を振りまわして店に押し入り、ガスライターと先の細くとがったペンチで拷問にかけて父親を殺した男を、マクラウド兄弟が捜し出して始末したからだ。とにかく、世間ではそういうことになっている。

四戸《よんこ》一《いち》の店舗のまわりは、市の所有するアパート――あっというまに建てられ、朽ち落ちるまま放置されている、三階建てや四階建てのコンクリート造りのアパートだ。急遽住むところが必要で、金がなく、より好みをしなければ、ここのアパートに住むことになる。

食料雑貨店の隣の店の外壁には、そばかすだらけの五歳児の笑顔のカラー写真の下に〝捜しています　ピーター・ラムリー〟と書かれたポスターが貼ってあった。どこかのしれ者が眼鏡と口ひげ、それに〝ラッズは尻に一発やらせる〟と書き加えていた。

〈ターフン・トラック〉の外壁には地域のお知らせは一枚も貼ってなかった。どの窓も黒く塗りつぶされ、緑と黄色のプラスティック看板がひとつついているだけだ。ローガンがドアを開けて入ると、店内は薄暗く、手巻き煙草と濡れた犬のにおいでむっとしていた。外観よりも店内のほうがいっそうみすぼらしかった。すすけたようなオレンジ色の汚いプラスティック製の腰かけがいくつも置かれ、べとべとしたリノリウムの床は、煙草で焼け焦げたり、すり切れて穴があき、下のコンクリートが見えている箇所がいくつもあった。木の部分は、何世代にもわたって煙草の煙がたっぷりとしみ込んだために黒くなり、べとついて見えた。胸の高さのカウンターが端から端まで伸びていて、客が書類や現金箱、奥の部屋へと続くドアに近づけないようになっている。隅にひとりの老人が座っていた。足もとには鼻先が灰色になったシェパード、手にはエクスポートの缶。老人の注意は、けたたましい鳴き声をあげながらトラックを疾走する犬たちを映しているテレビに向いていた。ローガンは、こんな店に年金生活者がいるのを見て驚いた。彼らは怖がってひとりでは外出しないものと思っていた。そのとき、老人が、新来者の顔を見てやろうと、テレビから目を離した。

首まで炎と頭蓋骨の刺青があり、右目は白濁し、まぶたもたるんでいる。

ローガンが袖を引っぱられるのを感じた瞬間、ワトスン婦警が耳もとでささやいた。「もしかして、あれは――」

しかし、老人のほうが一歩先んじて「ミスタ・マクラウド！」と叫んでいた。「くそったれの警察があんたに会いに来とるぞ！」

「おい、ダギー、それはご挨拶だな」ローガンが言い、老人のほうへ一歩踏み出した。その瞬間シェパードが立ち上がって歯をむき出し、低いうなり声をあげたので、ローガンのうなじの毛が逆立った。犬の折れた歯のあいだから唾液が糸のように垂れている。老犬だが、獰猛そうなので、ローガンは震えあがった。

みながぴたりと動きを止めていた。犬はうなりつづけ、老人は睨みつづけ、ローガンは、命からがら逃げ出す羽目になりませんようにと祈りつづけた。やがて、奥の部屋から丸い顔がのぞいた。

「ダギー、おれはそのくそ犬をどうしろと言った？」

老人が、緑と茶色になった入れ歯を見せてにっこり笑った。「ブタどもが入ってきたら喉を嚙み切らせろって言ったな」

奥から出てきた男は眉根を寄せたが、すぐに破顔した。

「そうそう、そう言ったな」男はダギーより三十は年下だろうに、それでも老ダギーは〝ミスタ・マクラウド〟と呼んでいる。

サイモン・マクラウドは父親のいかつい顔つきを受け継いでいた。左耳の大部分は、キラーという名のロットワイラー犬のおかげで欠けている。そのキラーの頭も、いまでは奥のオフィスに飾られていた。

「で、おまえらはなんの用だ？」サイモンは、がっしりした腕をカウンターについてたずねた。

ローガンはジョーディーのカラー写真を取り出し、サイモンの鼻先に突き出した。「この男に見覚えは？」

「くたばりやがれ」サイモンは写真を見もしなかった。

「ありがたい申し出だが、今回は遠慮しとくよ」ローガンは汚いカウンターに、たたきつけるように写真を置いた。

「さあ、見ろ。この男に見覚えはあるか？」

「一度も見たことねえよ」

「エジンバラから来た口数の多いまぬけだ。マルク・ザ・ナイフの仕事でこっちへ来た。大金を借りたが返せなかった」

サイモン・マクラウドの顔がぐっと近づいた。「うちには、借金を返さない人間はそんなにいねえよ。経営方針に反するからな」

「もう一度見ろよ、ミスタ・マクラウド。ほんとうに見覚えないのか？ 最後は、ひざをなくして港にうつぶせに浮いてたんだがね」

サイモンが目を見開き、片手を口に当てた。「ああ、あの男か！ そう言われて思い出したよ。ひざを切り落として港に投げ込んだっけな。なんだ、さっさとそう言ってくれればよかったのによ。はいはい、おれが殺しました。警察がやって来てくだらん質問をされても、嘘を言ってごまかすほど、おれは頭がよくありません」

ローガンは言いたいことをぐっとこらえて五つ数えた。

「この男に見覚えがあるのか？」

「その女を連れて、さっさと失せろ。ウィンチェスターはおまわりのにおいに興奮するんだ」彼はうなっているシェパードを指さした。「それにだ、見覚えがあるとしても、おまえに話すくらいなら売春婦のくそを食らうほうがましだね」

「弟のコリンはどこにいる？」

「あいつがどこにいようと、おまえの知ったこっちゃねえだろ。さあ、出ていくのか？　どうなんだ？」

　ローガンは、これ以上この店にいてもしかたがないと認めざるをえなかった。ドアにたどり着いた瞬間、ある考えが頭に浮かんで、向き直った。「〝切り落とした〟」と言って眉根を寄せる。「あの男のひざが切り落とされてたことを、どうして知ってたんだ？　おれは〝切り落とされた〟とは言わなかった。ひざを〝なくした〟と言ったんだ」

　マクラウドは声をあげて笑った。「はい、よくできました、ミス・マープル。ひざのない死体となって港に放り込まれるってのは、メッセージなんだよ。その意味がみんなにわかんなきゃ、いいメッセージとは言えねえだろ。この街のどんなまぬけだって、あの男のやったことをするなって意味だと知ってんだよ。さあ、出てけ」


　二人は〈ターフン・トラック〉の外にある階段の最上段に立って、上空を流れいく雲を見ていた。入り日はこの季節にふさわしい冷気を切り裂くように光を投げかけていた。ローガンは、閉店して板を打ちつけた店舗の前のコンクリートで二枚のビニール袋が追いかけっこしているのを眺めた。

　ワトスン婦警は要塞化した建物の前に設けられたスティール製の手すりに寄りかかっていた。「これからどうしますか？」

　ローガンは肩をすくめた。「マクラウド兄弟からはなにも聞き出せないな。客を何人か引っぱってもいいが、ダギーが屈してなにもかもしゃべるなんて想像できるかい？」

「墓穴を掘るようなことはしゃべらないでしょうね」

「では、あの写真を他の店主たちに見せてみよう。とにかく、できることはなんでもやってみないと。マクラウド兄弟の名前を出さなければ、案外なにか話してくれるかもしれない」

中華料理の持ち帰り店では、リヴァプール出身の店主も、アバディーン生まれの店員二人も、ジョーディーの顔に見覚えがなかった。ビデオ店はもう何年も前に店を閉めていた。しかし、忘れられた大ヒット作のポスターが何枚もショーウインドウに貼ってあり、スプレーで書いた〝劇場上映版ビデオ〟発売の文字が読みとれた。四戸《よんこ》一《いち》の端は新聞販売店と八百屋、免許のある酒類小売店の複合店舗だった。店主は、ワトスン婦警の制服をひと目見るや、喉頭炎の発作に見舞われた。しかし、ローガンに一箱のエキストラストロング・ミントを売ってくれた。

　二人がふたたび外に出ると、上空を暗雲が覆い、太陽がいよいよ没して、最初の大きな雨粒が落ちはじめた。一粒一粒が単調な鈍い音でコンクリートを打ち、大きな灰色の水玉を描いたが、本降りになると、それが広がってつながっていった。ローガンは背広を引き上げて頭にかぶり、錆びたボクスホールへと走った。ワトスンが先に車に着き、送風機のスイッチを入れた。二人は席についてかすかに蒸気を発しながら、送風機が窓のくもりを晴らすのを待つあいだ、ミントを分けて食べつつ、昼下がりにチキン焼きそばや《レザー・アンド・チェインズ・マンスリー》の最新号を買うために雨のなかを店の入口へと駆けていく、かすんだ人影を見ていた。

　サイモン・マクラウドはなにか悪さを企んでいる。もっとも、マクラウド兄弟は常になにか悪さを企んでいるのだが。問題は、それを証明することだ。あの兄弟は古いタイプの悪党だ。教訓は釘抜き付きの金槌で教えるタイプなのだ。これまで、だれもなにも見ていない。これまで、だれも警察にたれ込んできていなかった。

「これからどうしますか？」

　ローガンは肩をすくめた。「リストにのっている次の賭け屋にあたってみようか」

　ワトスン婦警はギアをリアに入れて、駐車場所からバックで車を出した。ヘッドライトをつけると、しのつく雨が銀の短剣に変わった。いよいよ道路に出ようかというとき、錆びの浮いた緑色のエステート・ワゴンがどこからともなく現われた。ワトスンが急ブレーキを踏み、「くそったれ！」と叫んでエンジンを切った。

エステート・ワゴンが〈ターフン・トラック〉の前に乱暴に停まると、ワトスンは窓を開け、雨をついて次々に悪言を投げつけた。そのほとんどが、エステート・ワゴンの運転手の直腸とワトスン婦警のブーツに関係のある言葉だった。ワトスンは言いかけた言葉を途中でやめた。「あら、いやだ。申し訳ありません」

ローガンは片眉を上げた。

ワトスンが赤面した。「あなたがいらっしゃることを忘れてました。あの男がウィンカーを出さなかったりなんかしたもので。すみません」

ローガンは深呼吸をし、上位階級者の特権についてインスク警部の言ったことを思い出した。助手席にいたのに黙って見過ごすわけにはいかない。だいいち、彼女は制服警官だ！　新聞に書きたてられたらどうするつもりだ？「制服を着た婦人警察官が車の窓から顔を出して悪言ざんまい。どうだろう、これは警察組織全体に泥を塗ることになるんじゃないか？」

「そんなこと、考えませんでした」

「ジャッキー、きみがいまみたいなことをすると、警察全体がろくでなしの集まりだと見られてしまうんだ。目撃する人、また聞きする人のすべてを怒らせる。だいいち、きみの首が危うくなる」

ワトスンの顔がますます赤くなった。「わたし……申し訳ありません」

ローガンは彼女を沈黙のなかでやきもきさせ、ゆっくりと十を数えながら、内心では毒づいていた。ずっと、自分が当意即妙の才のある男、あるいは鋭い洞察力で推理する刑事だと彼女に印象づける機会を狙っていた。腕利きだと見せつけて、もう一度寝てもいい男だと思わせたかった。こんなふうに叱責《ドレス・ダウン》するのは計画外だった。ドレスを脱がせるほうなら大歓迎だったのに……

八、九、十。

「ま、気にするな」愛想のいい笑みを向け、彼女の気を引こうとした。「きみさえ黙っていてくれれば、私はだれにも言わないよ」

ワトスンは、彼の目を見ずに「ありがとうございます」と言い、車を出した。

18

その後、ローガンのリストにある残りの賭け屋をあたるあいだ、車内の空気は堅苦しく改まった域を出なかった。ワトスン婦警は彼に敬語を使い、訊かれたことには答えるものの、事件に直接関係のある内容をのぞけば、自分から話しかけることはなかった。

最悪の午後だった。

二人は次々と賭け屋を訪ね、車を停めては、重い足取りで店へ向かった。

「この男を見かけたことは?」

「ないよ」

ときには「ない」の返事に「失せろ」の一言がサービスで追加されることもあれば、口に出されない「失せろ」もあった。しかし、「失せろ」はつきまとっていた。唯一の例外が、マストリックで一九七四年に創業した賭け屋〈J・スチュアート・アンド・サン〉のオーナーと従業員たちだ。彼らは驚くほど親切だった。その愛想のよさには、こちらが不安と不審を抱くほどだった。

「くそ、なんか気味が悪いな」ローガンは車に乗り込みながら言った。「ほら、まだ笑顔でこっちを見てる」彼は、白髪まじりのみずぼらしい髪を頭のてっぺんでだんごにまとめた大柄な女性を、フロントグラスの内側から指さした。女は手を振り返した。

「親切な人たちだと、わたしは思いましたけど」ワトスンが駐車場から巧みに車を出しながら言った。この一時間ほどのあいだで、いちばん長いせりふだった。

「きみはマー・スチュアートに会ったのは初めてだね？」警察本部へと戻る車内でローガンはたずねた。ワトスン婦警が答えないので、そうだという意味だと彼は受け取った。

「おれは一度、彼女を逮捕したことがあるんだ」車はいつしかラング・ストレイトへと入っていた。広い道路には、バス専用レーンと、保護柱を使って横断歩道をいくつも設けた厄介な擬似ボックス交差点がある。「ポルノ禁止法違反だ。彼女は古いフォード・アングリアの後部座席で学童相手に商売していた。ヘビーポルノは——動物やなんかを使うたぐいのものは扱ってなかった。昔懐かしいドイツ系ハードコアだけだ。ビデオや雑誌を売ってたんだ」ローガンは鼻を鳴らした。「マストリックの子どもたちの半数は、通っている学校の生物学の教師よりもセックスにくわしかったよ。フィスト・ファックで妊娠することはあるのと、八歳の子が質問をしたことがきっかけで、われわれが呼ばれたんだ」

ワトスン婦警の口もとにかすかに笑みらしきものが浮かんだ。

《プレス・アンド・ジャーナル》の社屋が左手を流れ去り、ローガンは顔をしかめた。ビン・バッグ事件をまかされた興奮とパニックで、今朝コリン・ミラーが訪ねてきたことをすっかり忘れていた。独占情報がほしいという記者の要求を、まだインスク警部に話していなかった。ミラーは〝ジョーディー〟に関する情報も持っていると言っていた。

ローガンは携帯電話を取り出し、インスク警部にかけようとしたが、最初の二つの数字を押しただけで終わった。無線から雑音まじりの声がとどろいた。何者かがロードキルを袋だたきにしたのだ。

ここまでやるつもりはなかった。それが、警察やマスコミの質問に対する首謀者の返答だった。われわれは、子どもらの安全を確保したかっただけだ。こんなことはまちがっている、そうだろ？　ああいう大人が校門の前をうろついているなんて。だいいち、あの男がこんなまねをしたのは今回が初めてじゃない。午後はたいてい、子どもらの下校時間に校門の近くをうろついていた。だいたい、あの男は頭がおかしいんだ。あの男の頭がおかしいことはだれだって知ってる。妙なにおいもする。こんなことはまちがってる。

だから、少しばかり痛い目にあわせてやってもかまうもんか。むろん、ここまでやるつもりはなかった。でも、子どもらが行方不明になってるんだ！　そう、子どもたちがだ。ガースディー小学校に通ってるのと同じ年ごろの子どもたち、うちの子らと同じ年ごろの子どもたちだ。警察がもっと早く駆けつけてくれれば、ここまで度を過ごすこともなかったんだ。通報を受けたときに来てれば、決してこんなことにはならなかった。

だから、よくよく考えてみれば、すべて警察のせいだ。

取調室のテーブルの奥に座っている男には、もっとましな状態の時期があった。たとえば昨日だ。ローガンが最後にバーナード・ダンカン・フィリップス、別名ロードキルの姿を見たのは昨日だ。そのときも、たいがいみすぼらしかったが、少なくとも、だれかに大槌で打たれたような鼻はしていなかった。いま彼は、顔じゅうにあざができ、片目は腫れて閉じたまま、目のまわりは赤紫色になっている。あごひげの半分が清潔で整っているのは、乾いた血を病院で洗い流してもらったからだろう。唇がソーセージのように腫れあがっているので、ほほ笑むたびに——といっても、あまりほほ笑むことはなかったが——顔をしかめた。

彼を袋だたきにした〝憂える親たち〟が彼に浴びせた非難は、無視しがたいほど真実味があった。そのため、ロードキルは、救急病棟から解放されるや警察の留置房に入れられていたのだ。彼はロジアン・アンド・ボーダーズ警察本部のプロファイルに合致した。白人男性、二十代半ば、心の問題、単純労働、恋人なし、ひとり暮らし。唯一はずれているのは、学力成績がよくないだろうという所見だけだった。ロードキルは中世史の学位を持っている。しかし、インスクの言うように、そんなものは彼にとってなんの役にも立っていない。

長く困難でややこしい事情聴取だった。なんらかのつじつまの合った供述が引き出せそうだとなるたびに、ロードキルの話は無関係でとりとめのない方向へと展開していった。その間ずっと、ロードキルは椅子に座ったまま体をゆっくりと前後に揺すっていた。彼が精神障害者なので、公正を期すべく〝しかるべき後見人〟を立てる必要があった。そこで、クレイギンチズ刑務所で働いているソーシャル・ワーカーが同席させられる羽目になり、体を揺すりながらとりとめのない話をし、不快なにおいを発しているロードキルの隣に座らされているのだった。

取調室には強い悪臭が立ちこめていた。朽ちゆく動物たちのにおいのオーデコロンに、人間の体臭。ロードキルはほんとうに風呂に入る必要がある。インスク警部は最初の機会をつかんで取調室から逃げ出した。ロードキルの支離滅裂な供述内容を確認するべく、ローガンとソーシャル・ワーカーをこの苦境に残して退室したのだ。

ローガンは座ったまま姿勢を変え、もう何回目かわからないが、警部はどこへ行ってしまったのだろうかと考えていた。「紅茶をもう一杯どうだい、バーナード？」彼はたずねた。

バーナードは答えず、またしても小さな紙切れを幾重にも折りたたみはじめた。紙が固く小さなかたまりになり、それ以上折れなくなると、彼はそれを慎重に開き、また一から折りたたみはじめるのだ。

「紅茶は、バーナード？　お代わりが欲しいかい？」

折って、折って、また折って。

ローガンはぐったりと椅子の背にもたれ、頭をそらせて天井を見つめた。くすんだグレイのタイルは虫食い状の孔の開いているタイプなので、天井が月の表面のように見えた。くそ、退屈だ。しかも、もう六時になるじゃないか！　ジャッキー・ワトスン婦警と待ちあわせて静かに飲むことになっているのに。

折って、折って、また折って。

ローガンとソーシャル・ワーカーはアバディーン・フットボール・クラブの最近の成績についてしばらく不満を言いあったが、すぐにまた憂鬱と沈黙に陥った。

折って、折って、また折って。

六時二十三分、警部が取調室のドアから顔だけのぞかせ、廊下に出てくるようにとローガンに声をかけた。

「なにか引き出せたか？」廊下に出るなりインスクがたずねた。

「胸の悪くなるようなにおいだけです」

インスクはフルーツ味のゼリーを口に放り込み、思案顔で噛んだ。「とにかく、やつの供述は裏が取れた。市役所のヴァンは毎日、仕事を終えたやつを午後四時前に同じ場所で降ろすんだ。もう何年もそうしている。やつは四時二十二分発のピーターカルター行きのバスに乗る。時計のように規則正しい。やつを覚えているバス運転手は難なく見つかった。あのにおいは忘れがたいからな」

「で、彼の降りる停留所が――」

「ガースディー小学校のまん前だ。どうやら、やつは昔、頭がおかしくなる前にあの小学校に通っていたらしい。おそらく、慣れた道なら安全だと感じるんだろう」

「それなのに、あの〝憂える親たち〟のだれひとり、彼が毎日、午後にあそこにいる理由をたずねようとはしなかったんですね？」

インスクは鼻を鳴らし、次のゼリーを口に入れた。「連中もばかなまねをしたもんだ。妙なにおいを漂わせ、ぼろをまとった男が学校のそばをうろついてるのを見つけ、こてんぱんに殴りつけてやろうと考えた。だが、やつは、われわれの追っている殺人犯ではない」

というわけで、二人は悪臭立ちこめる取調室へ戻った。

「ほんとうに、なにも言いたいことはないのか、ミスタ・フィリップス？」元の席に戻りながらインスクがたずねた。

ミスタ・フィリップスには、言いたいことなどなかった。

「それじゃ結構だ」警部は言った。「ええっと、事件に関するきみの説明をなんとか確認できたので安心してくれ。襲われたのはきみのほうだということは承知しているが、われわれとしては、きみに対する非難が事実無根だということを確認する必要があったんだ。わかるね？」

折って、折って、また折って。

「よろしい。市役所には、今度からちがう場所できみを降ろすようにと言っておいた。道路のもっと先、あの学校から離れた場所だ。きみを襲った連中はあまり頭がよくない。また襲ってこないともかぎらないからね」

返事はなかった。

「連中の名前は聞いてある」これはむずかしいことではなかった。あの愚か者たちは、誇りをもって名乗ったのだ！　自分たちは小児性愛者を街から追い払った。死よりも恐ろしい運命から子らを守ったのだ。彼らは、自分たちが暴行罪を犯したなど、ちらとも考えていないようだった。「被害届を出してもらいたいんだ。そうすれば、彼らの刑事責任を問えるからね」

ローガンはそれをきっかけと判断し、メモ帳を取り出して、ロードキルの被害の申し立てを書き留める準備をした。

折って、折って、また折って。

何度も繰り返し折っているため、折り目がもろくなっていた。正方形の角のひとつが完全に切れてしまい、ロードキルはそれを睨みつけた。

「ミスタ・フィリップス？　なにがあったか話してくれるかい？」

暴行の被害者は、その正方形を注意深く切り離して自分の前に置いた。デスクの角にぴたりと角を合わせた。

するとまた、彼は折る作業を始めた。

インスクがため息を漏らした。

「いいだろう。この部長刑事に事件のあらましを書いてもらおうか？　そのあと、きみが署名してくれるか？　そのほうが簡単かな？」

「薬が必要だ」

「え？」

「薬。薬を飲む時間だ」

インスクはローガンを見た。ローガンは肩をすくめた。

「たぶん、病院で鎮痛剤でももらったんでしょう」

ロードキルは紙を折るのをやめ、両手をデスクに置いた。

「鎮痛剤じゃない。薬だ。薬を飲む必要がある。飲まないと、明日、仕事に行かせてくれないんだ。手紙をもらったんだよ。薬を飲まないと仕事には行けない」

「ほんの何分かですむよ、ミスタ・フィリップス。できれば――」

「被害届は出さない。何分も待てない。薬を飲むんだ」

「しかし――」

「ぼくを逮捕も起訴もしないのなら、ぼくは家に帰っていい。警察は、被害届を出せと強要できない」

彼がこんな理性的なことを言うのを、ローガンは初めて聞いた。

ロードキルは身震いし、両腕で自分の体を抱きしめた。

「頼む。とにかく、家へ帰って薬を飲みたいんだ」

ローガンはぼろをまとったあざだらけの男を見て、ペンを置いた。ロードキルの言うとおりだ。警察は、彼の目のまわりにあざを作り、唇を割り、歯を三本ぐらぐらにし、あばらの一本にひびを入れ、睾丸を何度も蹴りつけた連中を告訴するようにと、彼に無理強いすることはできない。なにしろ、蹴られたのは彼の睾丸だ。それを蹴った連中を罰したくないと本人が言うのであれば、それにしたがうしかない。しかし、グランピアン警察本部としては、彼をこのまま帰すわけにもいかない。あの愚かな連中がまだ外にいるはずだ。いまはマスコミもいるだろう。〝地元の暴徒が小児性愛者を捕まえる！〟いや、〝暴徒〟ではあまりに否定的だ。結局のところ、あの愚かで暴力的な連中はヒーローなのだ。〝親たちが市の仕事をしている小児性愛者を捕まえる！〟そう、このほうが使える。

「ほんとうにそれでいいのか、ミスタ・フィリップス？」

インスクがたずねた。

ロードキルはあっさりとうなずいた。

「わかった。そういうことなら、きみの所持品を返し、マクレイ部長刑事に車で家まで送らせよう」

ローガンはひそかに悪態をついた。その役目を押しつけられずにすんだソーシャル・ワーカーは、ほっとして、にこやかにほほ笑んだ。彼はこぼれそうな笑みを浮かべてローガンと握手を交わし、まんまとこの場を脱出した。

バーナード・ダンカン・フィリップスがポケットの中身を返してもらってサインしているあいだ、インスクはローガンにフルーツ味のゼリーを与えて埋め合わせをしようとした。街へ戻るのは七時半か八時になるだろう。遅くなりそうだとジャッキーに伝えなければ。運がよければ、彼女は待っていてくれるだろうが、午後の一件のあとでは、確信がなかった。

「では、彼が犯人ではないのはまちがいないんですね？」しぶしぶゼリーを受け取りながらローガンは言った。

「そうだ。やつは頭のおかしい、悪臭のする男にすぎん」

二人は立ち上がった。見ると、暴行を受けてあざだらけの男は、靴ひもを結び直そうと、痛そうに身をかがめていた。

「いずれにしろ」インスクが言った。「もう行かなければならんのだ。あと一時間半で幕が上がるからな」彼はローガンの肩をぽんとたたき、くるりと向き直ると、口笛で序曲を吹きはじめた。

「がんばってください《ブレイク・ア・レッグ》」ローガンは、遠ざかる警部のうしろ姿に向かって声をかけた。

「ありがとう、部長刑事」インスクは振り向きもせずに陽気に手を振った。

「本気で言ったんですよ。転んで脚を折ればいいんだ。なんなら首の骨でも」ローガンは言った。ただし、ドアが閉まってインスクの耳に届かなくなるのを待ってからだ。

ようやくロードキルが所持品を受け取ると、ローガンは無理やり笑みを浮かべて、ビルの裏手にある駐車場へと連れていった。またしても車を借り出すためにサインをしているローガンを、うろたえた顔の巡査がつかまえた。「受付の巡査部長が、またミスタ・ラムリーという人からあなた宛てに伝言が二本入っていると言っています」

ローガンはうめいた。この手の電話は、ラムリーの家族支援員が処理すべきだろう。このとおり、おれは手いっぱいなんだから。だが次の瞬間には気が咎めていた。気の毒なあの男は息子を失ったのだ。せめて折り返し電話をかけてやるくらいしか、おれにはできない。目の奥に感じられる頭痛をやわらげようと、ローガンは額をこすった。

「巡査部長には、戻りしだい対処すると伝えてくれ。いいな？」

二人は裏口から出た。警察本部の正面入口は明るかった。テレビカメラ用のスポットライトに照らされて、あらゆるものがくっきり際だって見えた。テレビカメラは何十台もあった。今日じゅうにロードキルの顔が全国に流れることになる。彼が無実かどうかは関係ない。明日の朝食時間までには、国民の半数が彼の名前を知ることになるのだ。

「なあ、二週間ほど仕事を休むほうがいいかもしれないよ。愚か者どもが忘れてくれるのを待っちゃどうだい？」

ロードキルはシートベルトを両手でつかんでいた。それを六秒おきにそっと引っぱり、まだ機能しているのを確かめていた。「仕事をする必要がある。仕事をしなければ人間は目的を失う。仕事が人間の意義を決める。意義がなければ、人間は存在価値を持たない」

ローガンは片眉を上げた。「わかったよ……」この男は統合失調症などではない。頭がおかしいのだ。

「あんたは〝わかったよ〟ばかり言いすぎだ」

ローガンは口を開いたが、考え直してそのまま閉じた。頭のおかしい人間に反論しても無駄だ。本人がそうしたいのなら、家へ帰って母親と話をすればいい。それで、なにも言わずに、小降りになってきた雨のなか、車を走らせつづけた。カルツ郊外にあるロードキルの小さな農場に着くころには、雨はすっかりやんでいた。

道があるかぎり、農場内の私道の近くへと車を進めた。市役所の清掃チームは今日一日せっせと働いたようだ。大きな金属製のゴミ収容コンテナが二つ、ヘッドライトに浮かびあがった。それぞれがミニバスほどの大きさがあり、黄色いペンキに剝げたり引っかいたような傷が入っている。

コンテナは一番農舎の横の草の上に置かれていた。こじ開けて、なかに収められた動物の朽ちかけた死骸を盗む人間がいるわけでもあるまいに、閉ざした扉には巨大な南京錠がつけられていた。

助手席からすすり泣く声が聞こえたので、案外、南京錠をつけて正解だったのかもしれない、とローガンは思った。

「ぼくの美しい、死んだものたち……」涙がロードキルのあざだらけの頬をつたってひげのなかへと消えた。

「きみは手伝わなかったのかい？」ローガンはコンテナを指してたずねた。

ロードキルがうなずくと、長い髪が葬儀用の幕のように揺れた。しぼり出すような低い声だった。

「西ゴート族によるローマの劫略に手を貸せるはずがないだろう？」

彼は車を降りて、踏みつぶされた雑草や草の上を歩いて農舎へと向かった。扉が開け放たれたままなので、なにもないコンクリートの床を車のヘッドライトが照らし出した。動物の死骸の山はなくなっていた。一棟すみ、残すはあと二棟だ。

ローガンは、空《から》になった農舎の外でさめざめと泣いているロードキルを残して走り去った。

19

その夜はローガンの思い描いていた筋書きどおりに運ばなかった。ようやくパブに着いたとき、ジャッキー・ワトスン婦警はまだいたものの、昼間の叱責をまだ気にしていた。あるいは、帰路ずっと窓を開けていたにもかかわらず、おれの体にロードキルのにおいがしみついているのだろうか？「まあ、しつこい悪臭ね……」理由はなんであれ、彼女はほとんどの時間、悪党のサイモン・レニーか、ローガンの知らない婦人警官と話していた。だれひとり、彼に失礼な態度をとるわけではないが、だからといって、ことさら歓迎の意を示そうともしなかった。これはお祝いのはずだろう！　おれはリチャード・アースキンを見つけたんだぞ、それも無事に！

ローガンは二パイント飲んだだけで切りあげた。ふてくされて、近くのフィッシュ・アンド・チップス店に寄ってから家へ帰った。

自宅フラットの外にある街灯の下で待ち伏せているダーク・グレイのベンツには気づかなかった。体格のいい男が運転席から降りてきて黒い革手袋をはめるのに気づかなかった。片手で鍵束を探すあいだ、もう一方の手で、どんどん冷めていく夕食用のフィッシュ・アンド・チップスのバランスを取っていたので、男が指の関節を鳴らしているのに気づかなかった。

「電話してこなかったな」

ローガンは危うく夕食を落とすところだった。

くるりと向き直ると、コリン・ミラーが腕組みをして、見るからに高そうな車に寄りかかって立っていた。言葉を発するたびに白い霧が口もとに渦を巻いた。「四時までに電話をしてくるはずだっただろ。なのに、かけてこなかった」

ローガンはうめいた。インスク警部に話すつもりだったのに、どういうわけかその機会がなかったのだ。「ああ、そうだったな」ようやく言った。「警部に話したんだ……彼は、不適切な取引だと判断した」まっ赤な嘘だが、ミラーにばれるはずもない。少なくともこれで、おれが努力したように聞こえるはずだ。

「不適切だって？」

「彼は、私が一週間のあいだにマスコミに登場しすぎたと思っているんだよ」毒を食らわば皿まで。「その辺の事情はわかるだろ……」と言って肩をすくめる。

「不適切？」ミラーは渋面をつくった。「それじゃ、不適切にやらせてもらうよ」ミラーはパームトップ・コンピュータを取り出し、なにか打ち込みはじめた。

翌朝は、十件近い交通事故で幕を開けた。いずれも死亡事故ではなかったが、夜のあいだに一インチほど降り積もった雪が原因だった。八時半になるころには、空は暗灰色になり、手を伸ばせば届きそうなくらい低く雲が垂れ込めていた。小さな白い結晶が〝花崗岩の街〟に舞い落ち、歩道や路面に達するなり解けていった。しかし、大気は雪のにおいがした。金属のようなにおいは、まもなく大雪が降ると告げていた。

ローガンのドアマットに落ちた今朝の《プレス・アンド・ジャーナル》は墓碑にもひとしかった。ただ、今回の主役はローガンではなかった。おれのせいだと彼は思った。第一面を飾っているのは、おとぎ芝居で悪役の扮装をしているインスク警部の写真だ。芝居の宣伝用写真の一枚で、インスクはこれ以上ないほどの悪党面で怒鳴りつけている。見出しは〝子どもたちが殺されるなか、警部は芝居に出演〟

「なんてこった」

写真の下には〝街を徘歩する小児性愛の殺人鬼を捕らえるよりも、おとぎ芝居のほうがほんとうに大事なのか？〟と書かれている。

またしてもコリン・ミラーがやってくれた。

ローガンは流しに立ったまま、記事を読んだ。警部が〝愚かにも舞台をきどって歩きまわっているあいだ、地元のポリス・ヒーロー、ローガン・マクレイは幼いリチャード・アースキンを捜しまわっていた〟とある。そこから先、記事はどんどん悪くなっていった。ミラーはインスク警部に対して、腕を振るってくそみそに批判していた。尊敬を集めている上級警察官をまるで冷淡きわまりない鬼であるかのようにこきおろしていた。これは「実にゆゆしき問題であり、徹底した調査を行なう」との警視正の言葉まで引用していた。

「なんてこった」

〝市の職員、憂える親たちに襲われる〟はかろうじて第二面に載っていた。

朝の捜査会議の席でインスクは不機嫌だった。みな、警部を刺激するようなことを言ったりやったりしないように努めた。今日ばかりは、失敗するとただではすまない。

会議が終わるや、ローガンは、やましそうな顔を見せないように努めながら、自分の小さな特別捜査本部室へ逃げ込んだ。今日は電話番を手伝ってくれる婦警ひとりしか割り当ててもらえなかった。他の手の空いている警官はみな、ピーター・ラムリーの捜索にあたるのだ。名指しで批判されたインスクは、その痛みを一同と分かち合おうと決心していた。したがって、こちらは、ローガンと電話番の婦警、被害者の可能性がある名前のリストだけだ。

社会福祉課の作った〝虐待が疑われるケース〟の名簿をしらみつぶしにあたったチームは、まったくなんの手がかりもつかんでいなかった。幼い少女たちはみな、いるべきところにいた。〝ドアにぶつかった〟子が数人、〝アイロンを使って火傷したあと階段から落ちた〟子がひとりいたものの、どの子もみな、まだ生きていた。目下、二組の親が虐待容疑を受けている。

しかし、いまローガンが心配しなければならないのはビン・バッグ・ガール事件だけではなかった。ジョーディー・スティーヴンスン事件の捜査でスティール警部を手伝うことにより、ローガンがひとりで仕事をすべてこなしているあいだにスティール警部がひたすら煙草を吸っているように思えた。

壁にはアバディーン市の地図をもう一枚、貼っていた。

こちらは、市内の賭け屋をすべて示しているため、青と緑のピンでいっぱいだ。青のピンは〝安全〟な店、つまり借金を全額返せなくてもひざを切り取るようなことをしない店、緑のピンはひざを切り取ることも業務に含まれる店だ。〈ターフン・トラック〉には赤いピンが刺してある。港の、死体を引き上げた場所にも赤いピン。その隣に、ジョーディー・スティーヴンスンの検死の際に撮った、肩から上の写真を貼ってあった。

ジョーディーは不器量な男だ。少なくとも死に顔を見るかぎりではそうだ。ふくらませた髪はつぶれて頭に張りつき、蠟のような皮膚に、太くて黒いポルノ・スターきどりの口ひげが目立っている。奇妙なことに、死んだ男の写真を見ているうち、以前にどこかで会ったような気がしてきた。

ロジアン・アンド・ボーダーズ警察本部が送ってくれた情報によれば、ジョーディー・スティーヴンスンは若いころからいっぱしの犯罪者だった。主として暴行だ。小規模な高利貸したちの取り立てを何度か。不法侵入。彼が捕まらなくなったのは、マルク・ザ・ナイフの下で働くようになってからだ。マルクは従業員に、刑務所へ入るなと、口をすっぱくしている。

「それで、成果は？」スティール警部だ。両手をグレイのパンツ・スーツのポケットに深く突っ込んでいる。煙草の灰をかぶった昨日のブラウスは消え、代わりに金色に光るものを着ていた。目の下のくまが濃くなり、たるんで紫色に見えた。

「大してありません」ローガンはデスクにどさりと腰を下ろし、警部に椅子を勧めた。彼女はため息をつきながら深々と腰を下ろし、小さな屁を漏らした。ローガンは聞こえなかったふりをした。

「聞かせて」

「はい」ローガンは地図を指さした。「緑色の賭け屋はすべてあたりました。唯一、考えられそうなのがここ――」赤いピンに指を置く。「〈ターフン・トラック〉――」

「サイモン・マクラウドとコリン・マクラウド。あの危険な兄弟ね」

「客のほうがもっと危険ですよ。常連のひとりと出くわしたんです。ダギー・マクダフ」

「ばかな！　もちろん、冗談でしょ」彼女はつぶれた煙草の箱を取り出した。尻に引いて座っていたようだ。「ダーティ・ダグ、ダギー・ザ・ドッグ……」箱からいくぶん平らになった煙草を引っぱり出した。「他になんて呼ばれてたんだっけ？」

「デスペレート・ダグ？」

「そうそう。デスペレート・ダグ。《ダンディ》誌を丸めて相手を窒息死させたからだったわね。あなたがまだおむつをしてたころの話」彼女は首を振った。「いやね。大昔よ。彼は死んだものと思ってた」

「三カ月前にバーリニーを出所しています。ラチェット・ドライバーで建築資材屋に障害を負わせ、四年くらったんですよ」

「あの歳で？　さすがにデスペレート・ダグね」彼女が煙草をくわえて火をつけようとした瞬間、電話中の婦警が意味ありげな咳払いをして、壁の〝禁煙〟の標示を指さした。

スティールは肩をすくめ、禁止された煙草を胸ポケットに突っ込んだ。「で、彼はどんな様子だった？」

「しわだらけのじいさんですよ」

「ふうん。残念ね。若いころはすごく魅力的だったのに。ちょっとしたレディーキラーでね。でも、それを立証できなかった」いつしか黙り込み、目は過去を見つめていた。そのうちにため息をつき、現在に戻ってきた。「で、あなたは、マクラウド兄弟が容疑者だとにらんでいるの？」

ローガンはうなずいた。もう一度、彼らのファイルを読み返したのだ。なたでひざを切り落とすのは、彼らの得意とするところだった。マクラウド兄弟は、こと借金の管理問題となると、かならずみずから手を下している。「問題は、それを証明することでしょうね。ジョーディーを殺して港に捨てたと、兄弟のどちらかが認めることは絶対にありません。証人もしくは、なんらかの法医学的証拠が必要です」

スティールは体を引き上げるようにして椅子から立ち、伸びをしながらあくびをした。「徹夜でセックスよ」そう言うと、共謀者のようなウインクをした。「鑑識に言って、できるかぎりの検査をしてもらって。それと、死体の再解剖もするといいわ。まだモルグにあるんでしょ」

　ローガンは身を固くした。それではイソベルとまた話をしなければならない。

　スティール警部は、彼が顔をしかめたのに気づいたにちがいない。ニコチンのしみのついた手を彼の肩に置いた。

「頼みにくいのはわかるわ。彼女、ろくでもない男とつきあってるようだから。でも、あんな女のことは知ったこっちゃない！　あなたにはやるべき仕事があるのよ」

　ローガンは口を開け、すぐに閉じた。イソベルが他の男とつきあっているとは知らなかった。ずいぶん早いじゃないか。おれがまだひとりでいるというのに。

　警部は、つぶれた煙草の箱をつかむと、両手をまたスラックスのポケットに突っ込んだ。「もう行くわ。煙草が吸いたくてたまらないの。あ、それから、インスク警部に会ったら伝えて。今朝の新聞の写真、気に入ったって」またウインクする。「とてもセクシーだったわ」

　次にローガンが会ったとき、インスク警部はセクシーにはとても見えなかった。彼は最上階から下りてくるエレベーターに乗っていた。つまり、本部長に呼ばれて会ってきたということだ。真新しい上等のスーツは、わきの下と尻の部分にしみができて色が濃くなっていた。

「警部」ローガンは目を合わせないようにした。

「おとぎ芝居をやめろと言われた」低く、元気のない声だ。

　ローガンは、うしろめたさが背筋を駆けあがり、〝私です！　私のせいです！〟と記した看板を頭上にでかでかと掲げそうな気がした。

「グランピアン警察本部が世間に与えたいイメージにとってプラスにならないと、本部長は考えている。重要殺人事件の捜査に関連してあの手の批判報道を見すごすわけにはいかないと言うんだ……芝居を続けるか、辞職するか」彼は、だれかに栓を抜かれてゆっくりとしぼんでいくように見えた。これは、ローガンの知っているインスク警部ではない。すべて、おれのせいだ。「クリスマスのおとぎ芝居をやるようになって何年かな？　十二年、十三年？　これまで一度も問題など……」

「みな、すっかり忘れるんじゃないですか？」ローガンは言ってみた。「ね、すべてが収まれば。来年のいまごろには、みな、こんなことも覚えていませんよ」

　インスクはうなずいたが、「そうかもしれんな」と言う声は、納得していなかった。ずんぐりした両手で円を描くように顔をこすった。「くそ、今夜は出られないとアニーに伝えなければならない」

「気の毒です」

　けなげにもインスクは笑みを浮かべようとした。「気の毒がることはないさ、ローガン。悪いのはきみじゃない。あのコリン・ミラーのやつだ」無理に浮かべた笑みが鬼のような形相に変わった。「今度あいつに会ったら、頭を引きちぎってその上にくそをしてやる、と伝えてくれ」

　モルグは静まり返っていた。エアコンの音だけがその静寂を破って聞こえていた。死体はすべてかたづけられ、空《から》の解剖台が天井照明を受けてきらめいている。死体がないだけではない。生きた人間もいなかった。

　ローガンはおそるおそるモルグを横切り、奥の壁際に置かれた引き出し式の冷蔵庫へ歩み寄った。引き出しの扉に貼ってある、名前を記したカードをひとつずつ読みながら、ジョージ・スティーヴンスンを探す。〝身元不明の白人女児／四歳前後〟と書かれたカードを見つけると、ひんやりする金属製の扉に手をかけた。かわいそうにあの幼女は、名前もないまま、ここに横たわっているのだ。

「ごめんね」彼にはそれしか、かけるべき言葉が思い浮かばなかった。

　また並んだ引き出しを順に見ていく。ジョージ・スティーヴンスンの名はなかったが、〝身元不明の白人男性／三十五歳前後〟の引き出しがあった。スティール警部は、この死体の身元が判明したことをモルグにまだ連絡していなかったのだ。ローガンの仕事がまたひとつ増えた。扉の掛け金をはずして引き出す。

引き出し式のスティール板に横たわっているのは、白い遺体袋に入れられた大柄な男の死体だ。ローガンは歯を食いしばってジッパーを開けた。

袋のなかから現われた頭部と肩は、ローガンの特別捜査本部室の壁に貼った写真と同じだ。ただ、本物の死体の顔のほうが、しわだらけだった。まるで、骨切り用ののこぎりで頭蓋骨を切り開いて脳を取り出すことができるように、だれかが頭頂部から顔面を引き下ろしたかのようだ。皮膚は蠟状で青白く、死後に血がたまって凝固した箇所が黒ずんだ紫色のあざになっている。左のこめかみにも、あざがひとつあった。写真で見ているときは、たんなる影だと思っていた。

さて、いちばんの目玉はまだ隠れている。

ジッパーを足もとまで引き下ろすと、生前でさえ盛りをすぎていた裸体があらわになった。ロジアン・アンド・ボーダーズ警察本部の資料によれば、ジョーディーは若いころには熱心に身体を鍛えていた。自分の肉体をずいぶんと鼻にかけていた。いまスティール板に横たわっている男はビール腹で、前腕と肩が厚いのも、筋肉ではなく脂肪だ。死による蒼白は別として、顔色はもともと青白かったのだろう。牛乳瓶のような白さで、いくつものほくろと、淡い薔薇疹がひとつある。

そして膝蓋骨はない。毛深い二本の脚は、普通だれでもひざがある箇所に、ずたずたの穴があいている。ひざ関節の周囲の肉がちぎれてぼろぼろになり、たたき切られてぐちゃぐちゃになった筋肉組織から黄色い骨が突き出ている。これを行なった人間は、きれいに切る手間をかけなかった。技よりも熱意を優先した緊急手術だったのだ。

ローガンの目は血のかたまりを通りすぎた。両足首にうっすらと索痕が見える。両手首にも。みみず腫れと裂傷は、もみ合った形跡だ。ローガンは顔をしかめた。こうした状況から判断すると、マクラウド兄弟のどちらかがひざを切り取ったとき、ジョーディーは縛られ、意識があった。何度も切りつけられた。ジョージ・スティーヴンスンは大男だ。そうとうな力で抵抗したはずだ。したがって、マクラウド兄弟は二人がかりでやったのだ。コリンとサイモンが。ひとりがジョーディーを押さえ、もうひとりがなたを振るった。

　傷跡は他にもあった。打ち身、引っかき傷、一晩じゅう港で浮かんでいたことによる損傷。嚙まれたような跡。

　ローガンはまだ検死報告書を読んでいないが、嚙み跡は見ればわかる。死体の横にしゃがみ、そのぎざぎざの跡を見つめた。青白い皮膚に濃い紫色のみみず腫れ。歯が何本か欠けているのか、いささか不ぞろいだ。嚙みついたのがマクラウド兄弟だとは思えない。少なくともサイモンではない。コリンだろうか？　前々からコリンにはどこか普通じゃないところがあった。ユニオン・テラス・ガーデンを囲っている柵に生きた猫を押し込んだことに始まり、果ては、自分の祖母の墓石に大便をして逮捕されている。普通じゃない。それに、コリンには歯がそろっていない。カラオケ・バーで瓶を振りまわして喧嘩をしたためだ。鑑識に言って、この跡から石膏で歯型を作ってもらう必要がある。それがコリン・マクラウドの歯科治療記録と一致するか確認しよう。

　背後でドアの開く音がしたので、ローガンは立ち上がった。見ると、イソベルが解剖助手のブライアンと話し込んでいる。ブライアンがなにか言い終え、両手を大きく広げるしぐさをすると、イソベルが頭をのけぞらせて笑った。

　女の子のように髪を垂らして、でか鼻のくせに、そんなにおもしろい話ができるのか、ブライアン？　彼が、スティール警部の言っていた、ろくでもない男なのか？　おれの腹は縫合痕だらけだが、なんなら、おまえを蹴りつけて、二分ちょうどで意識を失わせてやってもいいんだぞ。ろくでなしには相応の罰だ。

　ジョーディー・スティーヴンスンの裸の死体のかたわらに立っているローガンに気づくや、イソベルは笑うのをやめた。「なにか用？」言いながらかすかに顔を赤らめた。

「こちらの紳士の身元がわかったんでね」ローガンの口調は死体に劣らぬほど冷たかった。

「あ、そうなの……」彼女はローガンを、続いてスティール板にのっている死体を見た。身ぶりで助手を指す。「それじゃ……ブライアンが手続してくれるわ」一瞬だけ作り笑いを見せると、彼女はすぐに出ていった。

ブライアンは、小さなメモ帳に走り書きでジョージ・スティーヴンスンの詳細情報を書き留めた。ローガンは丁重で冷静な口調を保つのがむずかしいと感じていた。このぱっとしない男がイソベルと寝ているのか？　イソベルはこの男の下で淫声をあげているのか？

ブライアンはペンを突き立てるようにして大げさに最後のピリオドを打つと、メモ帳を上着にしまった。「そうだ、あなたが帰る前に渡したいものが……」

ローガンはふと、彼がポケットからイソベルのパンティを取り出すような気がしたが、ブライアンはモルグの反対側へ行き、到着書類入れから大きな茶封筒を取った。

「身元不明の四歳女児の血液検査結果です。興味深い結果が出てますよ」封筒をローガンに渡し、彼が報告書に目を通すあいだに、ブライアンはジョーディーの遺体袋のジッパーを閉めて死体をしまった。

ブライアンの言うとおりだった。非常に興味深い結果が出ていた。

昼食時の食堂の話題はもっぱら、インスク警部は馘になるのかということだった。ローガンは、できるだけ他の連中から離れたテーブルにつき、黙って食べていた。ラザニアが湿った新聞紙のような味に感じられた。

食堂に静寂の波が広がったので、顔を上げると、インスク警部がカウンターへ行っていつもの昼食を頼んでいた。スコッチ・ブロス・スープ、マカロニ・チーズ・アンド・チップス、ジャム・スポンジのカスタード添えだ。

「神さま、お願いです」ローガンは小声で祈った。「警部がどこか他の席に座りますように……」

しかしインスクは食堂をさっと見まわし、ローガンに目を留めると、まっすぐ彼のテーブルへやって来た。

「お疲れさまです」ローガンは食べかけのラザニアを脇へ押しやった。

ほっとしたことに、インスク警部はうなるような声で挨拶を返すと、スープを食べはじめた。スープが終わると、マカロニに取りかかる。フレンチフライが浸かるほど塩と酢をかけ、チーズ味のパスタに黒胡椒をたっぷりと振りかけた。あとは黙々と食べている。

ローガンは、ただ座って警部の食べる姿を見ているのもまぬけだと感じた。そこで、ラザニアにフォークを突き刺した。層が崩れ、たんなるどろっとした大きなかたまりになった。「例の幼女の血液検査の結果が出ました」ようやく言った。「鎮静剤を大量に注入されています。主としてテマゼパムです」

インスクの片眉がさっと上がった。

「致死量ではありません。過剰摂取で死んだとかいうことではありませんが、長時間にわたって注入されていたようです。科学研究所によると、それにより彼女はぼうっとしていた、扱いやすかったはずだ、ということです」

最後のパスタがインスクの口へと消えた。インスクは、フレンチフライを使って残り――ビネガー風味のチーズ・ソース――をぬぐい取った。考え込みながら噛んでいた。

「興味深いな」ようやく言った。「他には？」

「あの子は過去に結核を患っています」

「それで目鼻がつきそうだな」インスクは空《から》になった皿をスープ・ボウルに重ね、デザートを中央舞台に引き出した。「いまだに結核にかかる場所など、イギリス国内にはそう多くない。保健医療委員会に問いあわせたまえ。結核は届け出義務のある病気だ。あの子がそれにかかっていたのなら、保健医療委員会のリストにのっているはずだ」インスクはカスタードとスポンジケーキをスプーンいっぱいにすくい取り、口もとに笑みを浮かべた。「そろそろ幸運にめぐまれてもいいころだ」

ローガンはそれには答えなかった。

20

マシュー・オズワルドは市役所に勤めはじめて六カ月になる。母親が期待していたような資格を得られないまま学校を卒業し、すぐに市役所に入った。父親は母親ほど気にしていなかった。父親自身、なんの資格も持っていなかったが、それで損をしたことはない、そうだろ？　というわけで、マシューはランチボックスを持って、アバディーン市役所の公衆衛生課の仕事へと出かけていくのだった。

〝ゴミ屋〟の生活は、多くの人が考えているほど悪くはない。たしかに、新鮮な空気を吸いたいときに人は彼らを笑い話の種にするが、〝ゴミ屋〟の仕事は給料が悪くないうえ、なにかしくじったところで人が死ぬわけではない。それに、車輪付き大型ゴミ容器《ホイーリー・ビン》が考案されて以来、そう重い物を持ち上げる必要もなくなった。時代も変わったなと、マシューの乗る収集車の運転手ジェイミーは口癖のように言うのだった。

したがって、だいたいにおいて人生はうまくいっていた。銀行にわずかばかりの蓄えがあり、職場の仲間にめぐまれ、新しいガールフレンドは、セーターのなかに彼が手を入れてもいやがらない。

そこへ、残業の話だ。断わってもよかったのだが、追加の現金収入があれば、サッカーのシーズン・チケットが買える。マシューはアバディーン・フットボール・クラブが三度の飯より好きなのだ。だからいま、こうして、青いビニールの作業衣と黒いゴム長靴、分厚い黒のゴム手袋、安全ゴーグル、マスクを身につけている。むき出しなのは、作業服の伸縮性のあるフードが合わなかった額だけだ。まるで《X－ファイル》から抜け出てきたようないでたちだし、ひどく汗をかいていた。

黒い空から打ちつけるみぞれも、背中からボクサーショーツへと流れ落ちる汗を抑える役には立っていなかった。それでも、ゴムの作業服を脱ぎ捨てるわけにはいかない。

マシューはうなりながらシャベルを肩の高さまで持ち上げ、すくい取った腐りかけの動物の死骸を大きなゴミ収容コンテナへと放り込んだ。なにもかもが、死のにおいを発している。それは、マスクをしていても鼻孔に達した。腐りかけの肉のにおい。吐物のにおい。昨日は朝食も昼食も吐いてしまった。しかし、今日は吐いていない。今朝食べたウィータビックスのシリアルは、あるべきところに収めておくのだ。

昨日はひどい一日だったし、今日もまたひどい一日だ。このぶんだと、明日もひどい一日になりそうだ。ひたすら動物の死骸をシャベルですくい取る一日。

ここの所有者である不潔な男が農舎のひとつの戸口に立っていた。昨日、追い出した男だ。男もみぞれに気づいていない様子で、薄汚い作業衣を着て、いかれた頭の生み出したコレクションが運び出されるのをみじめな顔で眺めている。

マシューは今朝、父親の新聞を読んだ。ガースディーに住む親たちが、子らの通う小学校の近くをうろついていたあの男をしこたま殴りつけた。男の顔は紫色や緑色のあざを継ぎはぎしたようになっている。当然の報いだと思いつつ、マシューは、また動物の死骸をシャベルですくうべく、みぞれのなかを戻った。

この建物もほぼ半分終わった。ここまで一時間半、残りあと一時間半だ。そのあとは、長々とシャワーを浴び、サッカーのシーズン・チケットを買って、吐くまで酒を飲む。こんな作業のあとだ、へべれけになるまで飲んでやる。

そんな楽しいことを考えながら、マシューは腐敗した肉と毛の山にシャベルを突き入れた。作業を進めるうちに、死骸の山が崩れてすべり落ちていた。犬、猫、カモメ、カラス、他は知りようがない。歯を食いしばり、シャベルにのった死骸を持ち上げた。その瞬間、それが目に入った。

マシューはなにか言おうと口を開けた——ここを仕切ることになっている市役所のおどおどした男を呼び、なにを見つけたか告げようとした。しかし、口をついて出たのは、甲高い悲鳴だった。

シャベルの死骸を落とし、外へと駆けだした。足を取られてすべり、転んでひざをついた。マシューはマスクをむしり取り、雪の上に朝食を吐いた。

ローガンは〈ターフン・トラック〉から道路をはさんだ向かい側に車を停めて、みぞれのなか、双眼鏡で賭け屋を見張っていた。ひどい悪天候だった。今朝舞い落ちていた粉雪がしばしやんだあと、これだ。どす黒い空から大きなみぞれのかたまりが地を打ち、寒くじめじめして危険だった。外はすでに暗くなりはじめていた。

すでに、イギリス国内のすべての保健医療機関に電話をかけて、ここ四年のあいだに結核の治療を受けた女児に関する詳細情報を残らず知らせてほしいと伝えてある。インスク警部と同じくローガンも、簡単な警察活動だと楽観していた。あの子は結核の治療を受け、完治している。つまり、どこかの保健医療機関で治療を受けたにちがいないのだ。治療記録が残っているはずだ。これで、あの子の名前がわかる。

ラジオは最新の流行歌が終わり、DJが昼下がりのニュースを読みはじめた。ローガンはエキストラストロングのミント・キャンディを口に放り込み、ラジオのボリュームを少し上げた。

〝アバディーン小児病院で看護士として勤務中に性的虐待を行なったとして起訴された、マンチェスター出身で五十六歳のジェラルド・クリーヴァー被告の裁判は本日、最終弁論に入り、いまも続いています。ほぼ三週間にわたって、実になまなましくショッキングな証言を聞かされた陪審団は、明日の夜にはその役目を終えるものと見込まれます。警察はこれまで、クリーヴァー被告に対する数々の殺しの脅迫の追跡捜査に力を注いできました。クリーヴァー被告の弁護人を務めるミスタ・モア・ファカースンも、やはり公判中に殺しの脅迫を受けていましたが、何者かによって、一昨日の夜、バケツに入れたブタの血を頭からかけられています〟

ローガンは小さな歓声をあげ、錆びた共同利用車の運転席でひとり、ウェーブを起こした。

〝ごくわずかの少数派におかどちがいな蛮行を受けたくら

いで、私は怖じ気づいたりしません〟ニュースはサンディ・ザ・スネークの声になった。〝私たちは、かならずや正義が行なわれるように――〟

ローガンは続きを、ブーイングと大声のやじでかき消した。

通りの向かいでなにかが動いたので、上体を起こし、双眼鏡をのぞいた。店の表のドアが開いてデスペレート・ダグが頭だけを出し、天候を見てとると、すぐに引っ込んだ。三十秒後、昨日ローガンを嚙みちぎりたそうにしていた大きなシェパードのウィンチェスターがみぞれのなかへあっさりと追い出された。犬はなかへ戻ろうとしてダギーからステッキで一発食らい、しゅんとしているあいだに鼻先でドアを閉められた。しばらくはそのまま、じっと店を見ていた。白くなりはじめた毛がみぞれでずぶ濡れになった。そのうちに犬はコンクリートの階段をゆっくりと下りて駐車場へ出た。何周かまわっていた。街灯柱や金属製の手すりのにおいを嗅ぎながら、いくつかに小便をし、いくつかは無視した。ようやく駐車場のまんなかで尻を下ろして、慎重に、とぐろを巻く大きなくそをした。

それがすむと、犬は向き直り、〈ターフン・トラック〉の表のドアに向かってしきりに吠えた。ようやくデスペレート・ダグが戸口へ出てきて、犬をなかへ入れてやった。賭け屋に二歩入ると、犬は体を震わせ、水と解けかけたみぞれのしぶきを飼い主に浴びせた。

突然、ローガンはあのシェパードが大好きになった。そのあと彼は、シートにもたれ、ラジオの音楽を聞き流していた。

窓の外を、錆の浮いた緑色のエステート・ワゴンががたがたと通りすぎ、四戸《よんこ》一《いち》の商店へと右折し、犬がくそをしたばかりの駐車場で停まった。ワトスン婦警が悪言を浴びせたのと同じ車だ。ローガンはため息をついた。彼女のことを、もはや〝美脚のジャッキー〟ではなく、また〝ワトスン婦警〟で考えるようになっている。それもこれも、あの錆びた車の運転手に対する悪態ざんまいで彼女をしかりつけたせいだ。

エステート・ワゴンの運転手は後部座席からなにかを探

していたが、そのうちにビニールの買い物袋をつかんで車を降り、雪の解けたぬかるみであやうく尻もちをつきかけた。男は上着のえりを立て、みぞれを防ごうとスキンヘッドに新聞をかぶっていた。足を取られ、すべりながら、賭け屋の障害者用の傾斜路をのぼっていった。

ローガンは怪訝に思い、店のドアを押し開けて入っていく男に双眼鏡を向けた。男の両耳はいくつものピアスで飾られているし、あの怯えた表情にすぐさまぴんと来た。ダンカン・ニコルスン――満水状態の水路のなかで、樹脂合板の下に隠してあった死体を見つけた男。〝暗闇で、どしゃ降りの雨のなかで、殺された三歳男児の死体にたまたまつまずいただけ〟の、あのダンカン・ニコルスンだ。

「こんなところでなにをしてるんだ、このくず野郎」ローガンは心のなかでつぶやいた。

マストリックはニコルスンの地元ではない。彼の住まいは街の反対側、ブリッジ・オブ・ドンだ。こんなひどい天候の日に、はるばるこんなところまで来るだろうか。

それに、あのビニール袋。いや、問題は中身のほうだ。

「もしかして……」

しかしローガンの思考の流れは、突然入ってきた警察無線によって断たれた。また死体が見つかったのだ。

ローガンがカルツ郊外の農場に着くころには、あたりはもう暗くなっていた。門は開いており、その横に停まっているパトカーに浮かない顔をした巡査が二人乗っているのが、くもったフロントグラスをとおして見えた。彼らは、農場へ続く道を封鎖しているのだ。ローガンは車をパトカーの隣に停めて窓を下ろした。運転席の巡査も窓を下ろした。

「お疲れさまです」

「どんな状況だ？」

「インスク警部が来ています。地方検察官も。警察医は先ほど到着したところです。鑑識局は渋滞につかまっています。農舎のひとつに、市役所の職員を六人ほど閉じ込めています。彼らがこの農場の所有者を殺すのを防ぐ必要があったので」

「ロードキルか?」

「はい。彼はインスクと一緒に母屋に閉じこもっています。警部は、死亡宣告がすむまで、彼をどこにも行かせたくないんですよ」

ローガンはうなずき、窓を上げかけた。みぞれが車のなかに吹き込みはじめていた。

「部長刑事?」パトカーの運転席に座っている巡査がたずねた。「ゆうべ彼を留置していたのに釈放したというのはほんとうですか?」

ローガンは吐き気を覚えて、みぞおちがひっくり返るような気がした。死体発見の知らせを聞いたあと、彼自身、同じことを考えつづけていたのだ。マストリックからここまでずっと、くよくよと考えていた。起訴せずにロードキルを釈放したら、こうしてまた子どもの死体が発見された。おれはわざわざあの男を送り届けすらしてやったのだ!

ロードキルの農場へと向けて、わだちのできた私道をローガンが共同利用車ですべるように進むうち、みぞれがその密度を増して本格的な雪へと変わった。農舎が闇に浮かびあがり、車のヘッドライトが開いている扉をとらえた。二番農舎の戸口には警察の青いテープが張られていた。今日、死骸を運び出していた農舎だ。

ローガンは警察医の車のうしろに駐車した。ここにもパトカーが一台停まっているが、なかにはだれも乗っていない。巡査たちは、死体発見者たちから供述をとり、彼らがロードキルを引き裂くのを防いでいるのだろう。インスク警部のレンジローバーだけは、雪で覆われたゴミ収容コンテナの横に停まっていなかった。唯一わだちのできた雪道を走行できる、大型の四輪駆動車だからだ。それは母屋《おもや》の前に乗り捨ててあった。一階にある窓のひとつの奥で、ぼんやりした黄色い光がちらちらと揺れている。

ローガンは、立入り禁止テープを張られた農舎と、激しくなる一方の吹雪のなかで見え隠れする母屋とを見比べた。不快な作業をかたづけてしまうほうがよさそうだ。

外は凍えそうなほど寒いうえ、ローガンがヘッドライトを消すなり、闇まで襲ってきた。すぐに車内へ戻り、ピーター・ラムリーの顔写真のポスターの山の下から懐中電灯を引っぱり出した。どうか、この子の死体でありますように。他の子どもの死体ではありませんように。新たな被害者ではありませんように。

懐中電灯の光は、ローガンが足を踏み出そうとする位置が見える程度にしか闇を照らしてくれなかった。積もった雪でくぼみや穴が見えないので、たちまち足をとられて転んだ。よろよろと草のあいだを進んで二番農舎にたどり着いたとき、ローガンの上着には雪が厚く張りついていた。

農舎のなかはひどいにおいだった。しかし、初めてここへ来た日、スティーヴ巡査に重い木の扉を引き開けさせたときに比べればましだった。風がいくらか悪臭を吹き払っていたが、それでもにおいがひどいので、ローガンは息を止めて入口を入った。咳き込みながらポケットからハンカチを出し、鼻と口を押さえた。

死骸は半分ほどなくなり、コンクリートの床は泥と腐敗した体液でぬるぬるしていた。規定どおり白い紙製の作業衣をつけたドク・ウィルスンが死骸の山の前にしゃがんでいた。開いた医療かばんは、粘液がつかないよう、平らに敷いたゴミ袋の上に置いている。

ローガンは作業衣を着た。「こんばんは、ドク」と声をかけ、コンクリートの床を慎重に奥へ進んだ。

警察医が振り向いた。顔の下半分を白いマスクが覆っている。「私が呼び出される順番のときにかぎって不快な現場だというのはどういうことだ、ええ？」

「たんに運がいいんじゃないんですか」ローガンは言った。とってつけたようなユーモアだったが、警察医はマスクの奥でなんとか淡い笑みを浮かべた。

彼が開いている医療かばんを指さしたので、ローガンは自分でラテックスの手袋とマスクを取ってつけた。とたんに悪臭が消え、代わりに強いメンソールのにおいが鼻をつき、涙が出てきた。「ヴィックス・ヴェポラップだ」ドク・ウィルスンが説明した。「病理学者の昔ながらの知恵だよ。あまたの罪を隠してくれる」

「で、死体の状況は？」

どうか、ピーター・ラムリーでありますように。

「なんとも言いがたいな。かわいそうに、この子はほぼ完全に腐敗している」

ドクがのっそりと脇へどいたので、ローガンは、マシュー・オズワルドが叫び声をあげて雪のなかへと飛び出し、朝食を吐いた原因となった死体を、初めて目にした。大量の動物の死骸のあいだから子どもの頭が突き出ていた。目も鼻も口もろくに残っておらず、ぬるぬるした灰色のものから骨が突き立っているだけだった。

「なんてひどい」胃がひっくり返りそうだった。

「まだ男児か女児かの区別もついてない。死体を引っぱり出してきちんと調べないことには断言はできん」

ローガンは気味の悪い頭、ぽっかり空いた眼窩、垂れ下がった口、しなびた歯茎から突き出た歯を見た。もつれてぐしゃぐしゃになった髪は死体のまわりに積み上げられた動物の毛と、ほとんど区別がつかない。朽ちた頭皮に小さなピンクの金具がめり込んでいる。バービーの髪留めだ。

「女の子だ」ローガンは立ち上がった。これ以上、見ていたくなかった。「さあ、ドク。死亡宣告をして、あとは検死医にまかせよう」

警察医は力なくうなずいた。「そうだな。おそらく、きみの言うとおりだろう。あの子、かわいそうに……」

雪の降る戸外へ出たローガンは、冷気と湿気に腐敗臭を洗い流してもらおうと風上に顔を向けた。しかし、雪も吐き気までは吹き飛ばしてくれない。震えながら見ていると、ドク・ウィルスンが雪のなかを苦労して車にたどり着いた。ドアが閉まるや、煙草を取り出し、警察医の顔は紫煙に包まれた。

「ちぇっ、運のいいやつ」

ローガンは喫煙場面に背を向け、吹雪のなかを母屋へ向かった。懐中電灯の白い筋状の光で大きく小さく円を描き、自分の位置を確認しながら、丈の高い草のあいだを進む。十歩も行くとズボンはひざまでずぶ濡れ、靴のなかは氷のように冷たい水でいっぱいになった。玄関ドアに達したときには、がたがた鳴る歯の音が頭にまで響いていた。カチカチという間断ない音が、体の震えと二重唱を奏でている。台所の窓からちらちらと光が漏れているが、ローガンには、汚いガラスをとおして、ものの輪郭がいくつか見えるだけだった。ノックもせず、うなり声をあげながら、膨らんだドアを押し開けた。なかの荒廃は予想以上だった。いつからかは知らないが、もう長らく人が住んでいないため、かびだらけの霊廟と化している。懐中電灯で廊下を照らすと、壁紙のなごりや調度品が見えた。そこかしこで壁のしっくいがはげ落ち、下地の木摺《きずり》があらわになっている。開いた傷口にハエがたかるがごとく、穴の周囲は黒っぽいかびでいっぱいだ。階段はところどころ踏み板が抜け落ち、残っている踏み板の一枚も、まんなかで割れて両端が突き立っている。しかし、壁には写真が並んでいた。

額のほこりまみれのガラスを拭いてみると、幸せそうな女性がほほ笑み返してきた。さらに拭いてみると、幼い男の子が現われた。しゃれた新品の服を着て、髪も梳かして整え、カメラに向かってにっこりとほほ笑んでいる。二人には著しい類似点が見られる。幸せなころのバーナード・ダンカン・フィリップスとその母親だ。彼が死骸を集めはじめる前、二番農舎に少女の死体が収められていなかったころの写真だ。

台所は狭く暗かった。段ボール箱を積み上げてあるが、絶えず湿気にさらされているため、どの箱も四隅が垂れていた。壁一面を覆う白かびが、この部屋に廃墟のにおいを添えていた。部屋の中央にみすぼらしいキッチン・テーブルが置かれ、安定の悪そうな椅子が二つあった。

バーナード・ダンカン・フィリップス、別名ロードキルが、がっくりした様子でそのひとつに腰かけ、インスク警部がその向かいにある流しに寄りかかっていた。二人のあいだに置かれた小さな枝付き燭台で火が揺れていた。蠟燭が刺してあるのは、五つある枝のうち二つだけで、その蠟燭にしても、使い残した短いものだ。ローガンが入っていっても、二人ともなにも言わなかった。

インスクは石のように硬い顔で、意気消沈した男を睨みつけている。警部はおれと同じことを考えているにちがいない——昨夜、この男を捕まえていたのに釈放した。するとまた子どもの死体をしょい込むことになった。

「警察医を帰しました」ローガンの声は憂鬱に沈んでいた。

「で、彼の所見は？」インスクはロードキルから目を離さずにたずねた。

「おそらく女児。年齢は不明。死後ずいぶん経っています。たぶん何年も」

インスクがうなずいた。ほっとしているのがローガンにもわかる。あの子が死後数年経っているのであれば、昨夕ロードキルを釈放したことは問題にならない。そのせいでだれかが殺されたわけではないからだ。

「こちらのミスタ・フィリップスは供述を拒否なさっている。そうだろ、ミスタ・フィリップス？　あの子の身元も、いつ殺したのかも、話す気はないんだよな。これで捜査記録にのる殺害女児が二人になるんだから、妙じゃないか？　もっと妙なのは、幼い男の子を殺して尻になにかを突き立て、ペニスを切り落とす人でなしがまだ野放しになっていることだ」

ローガンは考え込んだ。デイヴィッド・リードが殺されペニスを切り取られた姿で発見された水路は、街の反対側だ。ロードキルは、自分の集めた死骸を手もとに置きたがっている。その彼が、自分の獲物をあんなふうに戸外に放置するはずがない。

「ねえ、いいかい」ローガンはものわかりのいい警官の役を演じようとした。「なんなら、厳しく問いただすのはやめるよ、バーナード。なにがあったか話してくれ。きみ自身の口から。いいね？　きっと、こんなことになるなんて思っていなかったんだろう？」

ロードキルはうなだれ、傷だらけのテーブルの天板に頭をのせた。

「事故だったのかい、バーナード？　たまたまこんなことになったのか？」

「彼らがみんな連れ去ってしまう。ぼくの美しい、死んだものたちを」

インスクが大きなこぶしをテーブルに振り下ろし、枝付き燭台とロードキルが飛び上がった。熱い蠟が天板に飛び散った。バーナード・ダンカン・フィリップスは、ふたたびゆっくりとテーブルに伏せ、両腕で頭を隠した。

「おまえは刑務所行きだぞ。聞いてるのか？　ピーターへッド刑務所に入るんだ。あそこは人でなしばかりだ。小児性愛者、レイプ犯、殺人犯。あそこでだれかの〝女〟になるか？　尻に毛の生えたグラスゴー男を生涯の恋人にするか？　さっさと供述しないと、まちがいなく、あそこにいる肛門レイプ野郎のなかでいちばんおさかんな男の房に入るようにしてやるぞ」

　これは、なんらかの反応を引き出すための脅しだ。しかし成果はなかった。はりつめた沈黙のなかで、ローガンの耳はかすかな調べを聞き取った。ロードキルがハミングしているのだ。賛美歌の《わがもとにとどまれ》のようだ。

　台所の窓に光が満ちたので、ローガンは汚い窓ガラスを、外が見える程度にまるく拭いた。鑑識局のヴァンががたがたとわだちをたどって来る。二番農舎の前で停まった。そのあとを一台の車がついて来る。ぴかぴかで高価そうな車は、雪に埋もれた私道にてこずっていた。その車が農舎に着いたときには、鑑識局の係官たちは、ぬくぬくして安全なヴァンから死体のある農舎へと道具を運び込みはじめていた。

　後続車を運転していた人間が雪のなかへ出てきた。イソベルだ。

　ローガンは吐息を漏らした。「鑑識局と検死医です」見ていると、イソベルはえりを立て、すべりそうになりながら車のトランクへとまわった。黄褐色のスーツの上にキャメルのロングコートを着ている。苦労してイタリア製の革のブーツを脱いでゴム長靴にはき替えてから、雪を踏みしめて農舎へと入っていった。

　三十秒後、彼女は雪のなかへと出てきて、体を二つ折りにし、肩で大きく息をしていた。吐くまいとしているのだ。

　ローガンは、つい意地の悪い笑みを浮かべていた。目下《めした》の連中の前で人間らしいところを見せるとさしつかえるってわけか。

　インスクは流しから離れて、手錠を取り出した。「さあ、フィリップス。立ちたまえ」

　ローガンは、みすぼらしい男が権利を読んでもらい、後ろ手に手錠をかけられるのを見届けた。そのあとインスクは、ロードキルを引っぱるようにして台所をあとにし、雪のなかへと出ていった。
母屋にひとり残されたローガンは、蠟燭を吹き消して二人のあとを追った。

21

今回、ロードキルの〝しかるべき後見人〟は、頭頂部が薄くなり、愚かしくも細い口ひげを生やしている、五十代初めの疲れ果てた様子の男だった。ヘイズルヘッド・アカデミーの元教師ロイド・ターナーは、先ごろ妻を亡くしたばかりで、年がら年中ひとりきりだということを忘れるためになにかしたいと思ったのだ。彼は、バーナード・ダンカン・フィリップスの隣に腰かけて、インスク警部とローガン・マクレイ部長刑事の連合軍の渋面と対峙していた。

狭い部屋には不快なにおいが充満していた。いつもの不可解な、かすかにチーズくさい足のにおいだけではなく、ロードキルが発するむっとするような汗のにおいと動物の腐敗臭だ。ローガンがゆうべ見たあざはいまや満開で、暗紫色と緑色が顔じゅうに広がり、もじゃもじゃのひげのなかへ消えている。ロードキルの両手はテーブルの上で落ち着きなく動いている。皮膚は汚れ、爪が黒い。唯一、清潔なのは、鑑識検査のために彼の着衣を持っていった鑑識局が代わりに与えた紙製の白い作業衣だけだ。

　こうして三時間経っても、ローガンとインスクはなんの進展も得られていなかった。ロードキルから聞き出せたのは、だれかが彼の大切な死んだものたちを盗んだということだけだった。やさしく接してみたし、意地悪く接してもみた。口ひげを生やした元教師と話をさせ、状況の深刻さを説明してもらおうともした。成果なしだった。

　インスク警部が座ったまま椅子をうしろに傾けると、プラスティックがきしんだ。「よし」ため息混じりで言った。「もう一度やってみようか？」

　テーブルを囲んでいる全員が顔をしかめた。ただし、ロードキルは別だ。彼は《わがもとにとどまれ》をハミングしつづけていた。ローガンは頭がおかしくなりそうだった。

　元教師が片手を上げた。「申し訳ない、警部。バーナードが取り調べを受けられる状態にないことは一目瞭然だと思う」隣に座っている悪臭男を横目で見た。「彼の精神状態が普通じゃないのはまぎれもない事実だ。彼に必要なのは、監禁ではなく支援だよ」

　インスクは椅子の前脚を乱暴に下ろした。「そして、モルグに横たわっている子どもたちに必要だったのは、倒錯症で頭のおかしい男に殺されることではなく、家庭でつつがなく成長することだったんだ！」彼が腕組みをするとシャツの縫い目が引っぱられ、ますます大男に見えた。「私はピーター・ラムリーの居所を知りたい。この男が、あと何人の子を殺したのかも」

「警部、あなたが自分の職務を果たそうとしているだけだということは、私も理解している。しかし、バーナードは質問に答えられる状態ではない。彼を見たまえ！」

　みなが彼を見た。両手は傷ついた鳥のように、テーブルの上でしきりに動いている。目はどこか遠くを見ている。彼はこの部屋にさえいないのだ。

　ローガンは壁の時計にちらりと目をやった。七時二十分。昨日ロードキルが薬を飲みたいと言いはじめた時刻を過ぎている。「警部」彼はインスクに向かって言った。「ちょっと外でお話しできますか？」

二人は、いくつもの興味津々な顔に見られながらコーヒーの自動販売機へ行った。うわさは本部じゅうに、そしてラジオでも、おそらくは夕方のニュースでも、流れたのだろう。アバディーンの連続幼児殺人犯が逮捕された。あとは自供させるだけだ。

「なにが気にかかっているんだ、部長刑事？」インスクはたずねながら、自分のＩＤ番号を押して砂糖増量のミルク・コーヒーを買った。

「今夜はロードキルから話を聞くのはやめましょう、警部。彼は統合失調症です。薬を飲む必要があるんです。自白を引き出したところで、裁判でずたずたにされてしまうでしょう。薬も飲ませてもらえず、三時間に及ぶ取り調べを受けたあとの、精神障害を患う被疑者の自白ですから。ね、どうします？」

インスクはプラスティック・カップのコーヒーを吹いてから試しに一口飲んだ。ようやく口を開いたときには、憔悴しきった男のような声をしていた。「たしかに、きみの言うとおりだな」彼はいちばん近いテーブルにコーヒーを置き、なにか甘いものはないかとポケットを探した。結局、ローガンがエキストラストロングのミント・キャンディを分けてやるほかなかった。

「ありがとう。この一時間、私も同じことを考えていたんだ。ただ、これでよしとはしたくなかった。万が一ということもある」インスクはため息をついた。「万が一、ピーター・ラムリーがまだどこかで生きている可能性だ」

それは希望的観測だし、二人ともそれを承知していた。ピーター・ラムリーは死んでいる。まだ死体を発見できないだけだ。

「犯罪現場についてはどう思いますか？」ローガンはたずねた。

「どうって、なにが？」

「あの死骸の山に埋もれているのは、見つかった少女だけではないかもしれません」次の推論は、あの農家を出てからずっと頭に引っかかっていることだった。「それに、デイヴィッド・リードの件があります。あの子は捨てられていました。犯罪手口が一致しません。ロードキルは死骸を収集しています。あんなふうに死体を戸外に捨て置いたりしないでしょう」

「貯蔵する前に腐らせたいのかもしれんぞ」

「彼が犯人なら、デイヴィッド・リードのペニスを切り取っています。あの子のペニスがあの農場のどこかにあるはずです」

インスクは顔をしかめた。「くそ。それを探すには、やつがあそこに貯め込んだ死骸を残らず調べる必要がある。俗に言う〝干し草の山のなかから一本の針を見つけるようなもの〟だ」力の抜けた両手で顔をこすった。「しかたない」深呼吸をして、背筋を伸ばす。警部の口調が威厳を取り戻した。「地道にやるしかない。フィリップスから自供を引き出せないのであれば、やつと死体を結びつけよう。やつの家から見つかった少女の死体については問題ないな。やつとデイヴィッド・リード、やつとピーター・ラムリーを結ぶ手がかりがあるはずだ。制服警官を十数人集めて、二人が最後に目撃された近辺で聞き込みをさせてくれ。目撃者を見つけるんだ。今回はあの野郎を逃がすものか」

その夜、ローガンの夢には朽ちていく子らがたくさん登場した。彼らは遊びたがり、フラットを駆け抜けた。ひとりは居間の床に座り込んで、磨きあげた床に皮膚片を大量に落としながら、四歳の誕生日にローガンがやった木琴をたたきつづけた。カチン、チリン、ポーン——音楽というよりは電話の呼出音のような不協和音だ。

そこで目が覚めた。

ローガンはよろよろと居間へ行き、鳴りつづけている電話の受話器をつかんだ。「なんだ?」つい口調が厳しくなる。

「ご挨拶だな。メリー・クリスマスぐらいは言ってほしいね」コリン・ミラーだ。

「勘弁してくれ……」ローガンははっきり目を覚まそうと、顔をこすった。「六時半だぞ！　朝っぱらからなんの用だ?」

「また死体が見つかっただろ」

ローガンは足を引きずるように窓辺へ行き、まだ暗い通りにミラーの高級車を探した。影も形もなかった。少なくとも今朝は、陽気な妖精に押しかけられずにすむわけだ。

「それがどうした？」

ミラーが答えるまでに間があった。「警察はバーナード・フィリップスを逮捕した。ロードキルだ」

ぎくりとして、ローガンはカーテンを持つ手を放した。

「いったいどうしてそれを知っている？」報道陣向け資料には、逮捕者の身元がわかるような情報はいっさい含めていない。通常どおり〝被疑者を勾留し、地方検察官に報告書を送付した〟としていたはずだ。

「わかってるくせに。それがぼくの仕事だからさ。かわいそうに、今度の子は、あのくその山のなかで朽ち果てていた……独占情報がほしいんだ、ラズ。ぼくはまだ、ジョーディー・スティーヴンスンに関して、あんたの知らない情報を持ってる。おたがいの得になるんだよ」

ローガンは耳を疑った。「昨日インスク警部に対してあんなまねをしておいて、よくもぬけぬけとそんなことが言えるな！」

「あれはたんなるビジネスさ。彼があんたをひどい目にあわせたから、ぼくが彼の面の皮をはいでやったまでだ。あんたのことを一言でも悪く書いてあったか？　え、どうなんだ？」

「そういうことを言ってるんじゃない」

「ほう、上司に対する忠誠心か。うるわしいね。法執行者たる者のすぐれた資質だ」

「きみは警部をまぬけ扱いした」

「じゃあ、こうしよう。ぼくはおとぎ芝居の女形をネタにするのをやめ、あんたとぼくは朝食をとりながらおしゃべりする。どうだ？」

「それはできない。話す内容はすべて、インスクの許可を得る必要があるんだ。わかるだろ？」

またしても間《ま》があった。

「忠誠心には用心したほうがいいよ、ラズ。ときとして、益ではなく害になるから」

「なに？　それはいったいどういう意味だ？」

「今朝の新聞を読みなよ、ラズ。新聞社に友人を抱えておく必要があるかどうかがわかるからさ」

ローガンは受話器を戻し、まっ暗な居間に突っ立って震えていた。いまさらベッドへ戻ったところで眠れない。ミラーがなにをしでかしたのか、朝刊になにが書いてあるのかを確かめないかぎりは。

六時半。配達の新聞が届くまでまだ一時間ちょっとある。そこで、ローガンは手早く着替えをし、足首の深さまで積もった雪に足をとられながらカッスルゲイトまで続く坂道をのぼって、最寄りの新聞販売店へ行った。

小さな店舗で、一度はなんでも置いてみるたぐいの店だ。四方の壁に棚が設けてある。書籍、深鍋、平鍋、電球、インゲン豆の缶詰……ローガンは、目当てのものをカウンター脇の床の上に見つけた。刷りあがったばかりの新聞の束は、まだ、雪で紙面が濡れるのを防ぐためのビニール袋に包まれたままだった。

白いものの混じりはじめたひげをたくわえ、金歯で、左手の指を三本欠いているずんぐりした店主は、うなるような声でおはようと挨拶しながらビニール袋を破り開けた。「なんてこった」と言うと、いちばん上の新聞を取り、ローガンに第一面が見えるようにして持ち上げた。「警察は、犯人を捕まえたのに釈放しただと！　まったく、信じられるかい？」

紙面中央に四枚の写真――デイヴィッド・リード、ピーター・ラムリー、インスク警部、そしてバーナード・ダンカン・フィリップス――が並んでいる。ロードキルの写真はピントがぼけていた。いつもの手押しカートをそばの路上に置き、つぶれたウサギをのせたシャベルのほうへ体をかがめている。二人の少年は、学校で撮った写真からほほ笑みかけている。インスクはおとぎ芝居の扮装だ。

四人の写真の上方に、〝恐怖の館――腐乱した動物の山から少女の死体発見！〟という見出しがでかでかと掲げられ、その下に〝殺人犯はわずか数時間前に警察の留置場から釈放〟とあった。またしてもコリン・ミラーがやってくれた。

「ばか者どもの集まり、それが警察だよ。いいかい、わしなら、この人でなしと五分も一緒にいれば、犯人だとわかる。うちの孫たちも、この子たちと同じ年ごろなんだ」

ローガンは代金を払い、なにも言わずに店を出た。

また雪が降りはじめていた。暗い空から大きな白い結晶が舞い落ち、雲は街灯の光を反射して黒っぽいオレンジ色に光っている。ユニオン・ストリートははるか先まで《クリスマスの十二日》のモチーフがさまざまにきらめいているが、ローガンの目にはまったく入っていなかった。彼は新聞販売店の前に立ち、明るいショーウインドウの横で記事を読んだ。

ロードキルの半生がこと細かにあばかれていた。統合失調症、コーンヒル病院での二年間の入院、母親の死、死骸のコレクション。さらにミラーは、小学校の校門前でロードキルを襲った連中の数人を、なんとかつかまえていた。彼らの発言はこけおどしと義憤に満ちていた。この人でなしを襲ったことで警察はわれわれを犯罪者扱いした、そうこうしているあいだもずっと、あの腐敗物の山に少女の死体が埋もれていたのに！

警察はロードキルの身柄を拘束したが、子どもが連れ去られ殺され性的暴行を受けているにもかかわらず気取って舞台を歩きまわっている姿を目撃されたばかりのインスク警部が、地元《ローカル》の〝ポリス・ヒーロー〟ローガン・〝ラザロ〟・マクレイ部長刑事の助言を無視して釈放を命じた、というくだりを読んで、ローガンは顔をしかめた。

ローガンはうめいた。コリン・ミラーのやつ！　おそらく、おれのためになる、おれが理性の声のように見えると考えてのことだろうが、これではインスクが激怒する。まるで、おれが《プレス・アンド・ジャーナル》にネタを持ち込んだように見える。これでは、おれが警部の寝首を掻いたように見えるじゃないか。

警察本部の正面ドアを押し開けて入ったローガンを、ピーター・ラムリーの継父が待ちかまえていた。一カ月も寝ていないような顔で、壁紙でさえ腐りそうなほど息がくさい。気の抜けたビールとウイスキーのにおいだ。新聞を見た、警察がだれかを逮捕したのは知っている、とラムリーは言った。

　ローガンは彼を面会室へ連れていき、わめいたり怒鳴ったりするのを聞いてやった。ロードキルは息子の居場所を知っている。警察はあの男に吐かせるべきだ！　警察にそれができないなら、おれがやる。なんとしてもピーターを見つけてくれ！

　ローガンはじっくり彼をなだめた。勾留中の男はピーターの失踪と無関係かもしれない、ピーターを見つけるべく警察は全力をあげている、と説明した。あなたは家へ帰って少し眠ったほうがいい。結局、パトカーで家まで送らせるという申し出をラムリーが受け入れたのは、よほど疲れていたからだろう。

　勤務時間が始まったころには、ローガンは具合が悪くなっていた。胃が締めつけられる気がした。痛むのは瘢痕組織だけではなかった。八時半になってもインスクは姿を見せなかった。激しい嵐が起ころうとしていた。そしてローガンは、そのまっただなかに投げ出されることになるのだろう。

　朝の捜査会議の時間になった。ローガンは全チームを集めて仕事を割り振った。一チームは、生前および死後、デイヴィッドとピーターがそれぞれ最後にいたのが確認されている場所から半径一マイル以内にあるすべての家の所有者に、被疑者――ロードキル――がうろついているのを見かけたかどうか、聞き込みをする。一チームは、犯罪記録を調べて、バーナード・ダンカン・フィリップスに関する記述はどんなことでもすべて洗い出す。残りの、いちばん人数の多いチームは、もっとも不快な仕事をしてもらう。一トンはあろうかという動物の腐った死骸を掘り返して、切り落とされたペニスを探すのだ。これはもはや市役所の公衆衛生課の仕事ではない。殺人事件の捜査なのだ。

　だれひとり、インスク警部はどこにいるのかとたずねる者もいなければ、今朝の《プレス・アンド・ジャーナル》の第一面に書きたてられていた内容について触れる者もいなかった。しかしローガンには、全員があれを読んでいるのがわかった。表に現われない敵意が部屋じゅうに漂っていた。彼らは、ローガンの予想したとおりの結論に飛びついたのだ。彼が新聞社に情報を流し、インスクをひどい目にあわせた、と。

　ワトスン婦警は彼と目を合わせようとさえしなかった。

　会議が終わって全員が出ていくと、ローガンはスティール警部を探した。彼女は自分のオフィスで、両足をデスクにのせて、煙草を吸い、コーヒーを飲んでいた。散らかったデスクに、今朝の新聞が広げてある。ローガンがノックをして入っていくと、警部は挨拶代わりにマグカップを持ち上げた。

「おはよう、ラザロ。次の犠牲者を探しているの?」

「私がやったことではありません! どう見えるかはわかりますが、私はやっていません!」

「わかった、わかった。ドアを閉めて、座りなさい」彼女は、デスクの向かいの、ぐらぐらの椅子を指さした。

　ローガンは言われたとおりにし、勧められた煙草を丁重に断わった。

「こんなネタを新聞社へ持っていったのだとしたら」彼女は記事を指した。「あなたは、上司に指示されなければ秘密を守ることもできない愚か者か、ただならぬ政治的野心を持っているかのどちらかね。あなたは野心家なの、ミスタ・ローカル・ポリス・ヒーロー?」

「え?」

「あなたが愚か者じゃないことはわかってるわ、ラザロ」彼女は煙草を振りまわした。「マスコミにべらべら話すと、かならず、まわりまわって自分の尻に嚙みつかれることになる。でも、これはインスク警部のキャリアを葬りかねない。彼が辞職し、マスコミが味方につけば、彼の後釜に座るのはあなたでしょ。部下たちには嫌われるだろうけど、それさえ我慢すれば、どんどん出世できるわ。次は主任警部ね」彼女はローガンに向かって敬礼までしてみせた。

「ほんとうに、私はだれにも情報を話したりしていません。ロードキルの釈放には、私も賛成だったんです。彼を有罪だとする証拠はなにひとつありませんでしたから。私は彼を家まで送り届けさえしたんですよ!」

「それじゃあ、いったいどうしてこの記者は、かたやあなたを持ち上げ、かたやインスクをこきおろしているわけ?」

「それは……私にはわかりません」嘘つきめ。「向こうは、私と友人同士だと思っているんです。これまで五、六回、口をきいた程度なのに。だいいち、話した内容はすべて、インスク警部の許可を得ていました」ずうずうしい大嘘つきめ。「彼は警部を嫌っているんだと思います」少なくとも、それは事実だ。

「その気持ちはわかるわ。インスキーを嫌ってる人は多いしね。私？ 私は好きよ。大男だもの。あんな大きな尻を見たことある？ あれに噛みつくには、そうとう丈夫な歯が必要よ」

ローガンはその光景を想像するまいと努めた。

スティール警部は煙草を深々と吸い込み、楽しそうな笑みを浮かべて煙を吐き出した。「まだ彼と話してないの?」

「え、インスク警部とですか?」ローガンはうなだれた。

「はい。まだ話していません」

「ふうん……ま、彼は早くに出てきてたからね。今朝、駐車場で、彼の女性仕様の四輪駆動車を見たわ。たぶん、上層部とひそかに企んでるのよ、あなたをグラスゴーのゴーバルズ地区へ飛ばそうって」座ったまま、にやにやしている。ローガンには、彼女が冗談を言っているのかどうか、どうにも判断がつかなかった。

「できれば警部をとりなしていただけないかと――」

笑みを浮かべていたスティールが、声をあげて笑いだした。

「あなたを好きかどうか、彼に訊いてほしいってわけ?」

ローガンは首筋が火照り、頬までまっ赤になるのがわかった。スティール警部がどういう人間かはわかっていた。ほんとうに、彼女がおれに同情して味方になってくれると期待してここへ来たのか？ 案外、ほんとうにおれは上司に指示されなければ秘密を守ることもできない愚か者なのかもしれない。「お邪魔しました」彼は言い、席を立った。

「仕事に戻ります」

ドアが閉まる寸前になって、彼女がローガンを呼び止めた。「彼はかんかんに怒ってるはずよ。あなたに対してではなく、このミラーって記者に対してかもしれないけど、とにかく彼はかんかんのはず。怒鳴りつけられるのを覚悟しておくことね。それから、彼がどうしても耳を貸そうとしない場合は、オムレツが先か卵が先かを考える必要があるかもね。今回のことは、あなたがしかけたのではないからといって、最後まで演じきることができない言い訳にはならないのよ」

　ローガンは足を止めた。「最後まで演じきる？」

「野心よ、ミスタ・ヒーロー。好むと好まざるとにかかわらず、あなたはやはり彼の後釜に座ることになるかもしれない。そうなるまでのいきさつをかならずしも気に入る必要はないわ。でも、今度のことで、あなたは警部になれるかもしれない」スティールは、いままで吸っていて、まだくすぶっている煙草から新しい煙草に火をつけ、吸殻をコーヒーに放り込んだ。ジュッという音がすると、ローガンに向かってウインクをした。「考えてみてね」

　ローガンは考えてみた。自分の小さな特別捜査本部室へ戻るあいだじゅう、考えた。いつもの婦人警官がまた電話番を言いつかり、電話をかけてきた相手の名前と情報の内容を書き留めていた。あらゆる新聞やテレビのニュースでロードキルの逮捕が報じられたことを受けて、猫も杓子も情報を提供しはじめていた。殺された子のことですって？　ええ、もちろんお話しします。わたしはあの子が市のゴミ収集車に乗せられるのを見ました。新聞に出てた男が、大胆にも……

　各地の保健医療当局からも、過去四年間に結核を患った少女に関する情報提供を求めた彼の依頼に、回答が寄せられはじめていた。あの少女の可能性がある患者のリストは短いが、今日じゅうにその数は増えるだろう。

　ローガンはリストの名前に目を通した。大半はすでに、婦警が線を引いて消していた。現在三歳半から五歳に該当しない子は対象外なのだ。今日じゅうに、あの子の身元がわかるはずだ。

　覚悟していたものの、実際に呼び出しを受けると、やはり内臓が締めつけられる気がした。〝警視のオフィスへ来たまえ〟自分のやってもいないことで叱責を受ける時間だ。もっとも、コリン・ミラーに、そしてインスク警部に嘘を言いはしたが。

「ちょっと散歩に出てくる」電話番の婦警に言った。「少し時間がかかるかもしれない」

警視のオフィスは加熱炉のようだった。ローガンは両手をうしろで組んで、大きなオークのデスクの前に直立不動の姿勢で立った。インスク警部が、模造革で見かけだけは座り心地がよさそうな来客用の椅子に腰かけていた。入室して気をつけの姿勢をとるローガンには目もくれなかった。しかし、警察倫理委員会のネイピアー警部は、失敗した科学実験でも見るような目でローガンを見つめていた。

デスクの奥についているのは、頭が丸く、額が広くて髪の薄い、深刻な顔をした男だった。正装で、ボタンをすべて留めている。これは好ましくない徴候だ。

「マクレイ部長刑事」見た目に似合わぬ大きな声が響くと、室内に不吉な徴候が満ちた。「ここへ呼ばれた理由はわかっているだろう」質問ではなかった。デスクに今朝の《プレス・アンド・ジャーナル》がのっている。日誌、コンピュータのキーボードの横に、きちんと並べてあった。

「なにか言うことはあるかね？」

「はい」

警察はおれを馘にするつもりだ。職場復帰して六日目、傷害を負ったおれを放り出すつもりなのだ。おとなしく病欠を続けていればよかった。これで年金ももらえなくなる。

「はい。私がつねにインスク警部を全面支持していたことを知っておいていただきたい。私はコリン・ミラーにこの情報を提供しておりませんし、ロード……ミスタ・フィリップスの釈放に際し、インスク警部の決定に異論があったなどとだれにも言っておりません。あの時点では正しい決定だったからです」

警視は椅子の背にもたれ、丸い顔の正面で両手の指先を合わせた。「しかしミラーと話をしたことはあるのだろう、部長刑事？」

「はい。彼は今朝も六時半に電話をかけてきて、ミスタ・フィリップスの逮捕に関する詳細情報を求めました」

インスク警部が座ったまま身をのりだすと、模造革が音を立てた。「われわれがロードキルを逮捕したことを、彼はいったいどうやって知ったんだ？　公表はしなかったんだぞ！　いいか――」

警視が片手を上げるとインスクは口を閉じた。「私が問いただすと、ものごとを知るのが自分の仕事だと、彼は言いました」ローガンは、証言を行なう警察官のモードに切り替えた。「彼が、知るはずのない情報を知っていたのは、今回が初めてではありません。われわれがデイヴィッド・リードの死体を発見した際も情報を知っていました。犯人が死体の一部を切断し、性的暴行を加えていたことを知っていたんです。また、今回発見した少女の死体が腐乱していたことを知っていました。内部に彼の情報提供者がいるんです」

デスクの奥の男は片眉を上げたものの、言葉は発しなかった。インスク警部のおはこの訊問テクニックだ。ただ、ローガンはそれにつきあう気分ではなかった。

「もちろん、それは私ではありません！　被疑者を釈放するという上司の決定に異論があったなどと、私が記者に話すはずがありません。ミラーは警察内部に友人をほしがっていて、私を〝助ける〟ことにより、それが得られると考えているんです。すべて、新聞を売るためです」

警視はさらに沈黙を続けた。

「私に辞職を求めておられるのでしたら――」

「これは懲罰審理ではない、部長刑事。懲罰審理なら、きみには警察官組合から派遣された代理人がついているはずだ」警視は言葉を切り、インスクとネイピアーをちらりと見てからローガンに視線を戻した。「本件について、われわれがさらに検討するあいだ、きみは待合室にいたまえ。結論が出れば呼ぶ」

ローガンは、氷のように冷たいコンクリートを何者かによって腹に流し込まれたような気がした。「はい」背筋を伸ばして頭を上げ、すたすたと部屋を出てドアを閉めた。彼らはおれを馘にするつもりだ。それか、異動でアバディーンから追い出すのだろう。北のほうのとんでもない僻地を見つけてきて、定年を迎える日までその担当地区の巡回をさせるのだ。もっと悪ければ、学校警備の仕事をさせられる。

ようやくローガンは、警察倫理委員会のわし鼻で赤毛の警部に部屋へ呼び戻された。警視のデスクの前で直立不動の姿勢をとり、斧が振り下ろされるのを待った。

「部長刑事」警視はデスクの新聞を手に取って半分に折り、ていねいにゴミ箱に入れた。「われわれはきみを信じることにしたので安心したまえ」

ネイピアー警部が苦虫を嚙みつぶしたような表情を浮かべたのが、いやでもローガンの目に入った。どうやら、この裁定に全員が同意したわけではないらしい。

警視は椅子の背にもたれ、ローガンを仔細に見た。「きみが優秀な警察官だとインスク警部は言っている。スティール警部もだ。この手の情報をマスコミに流す人間ではない、と。私は上級警察官たちの意見を尊重する。もしも彼らがきみのことを……」言葉を切り、作り笑いを浮かべた。「きみが上司の許可なく新聞社に情報を流すはずがないと彼らが言えば、私はそれを信じるにやぶさかではない。しかし……」

ローガンは背筋を伸ばし、田舎への配置転換を申し渡されるのにそなえた。

「しかし、この手の問題を答えのないまま放置しておくわけにはいかない。私はインスク警部を百パーセント支持すると、公言してもいい。現に支持しているのだから。だが、それで問題がすべて解決とはならない。この記事――おとぎ芝居、フィリップスを釈放して一日と経たないうちに彼の家で少女の死体が発見されたこと……」インスク警部が口を開きかけるや、警視は片手を上げて制した。「警部はなんら悪いことをしていない、というのが私の個人的見解だ。しかし、これらの記事はわが警察本部の評判をいちじるしく損ねている。国じゅうの新聞が、第二版で、ミラーの記事をいくらか焼き直して報じている。《ザ・サン》《デイリー・メイル》《ミラー》《インディペンデント》《ガーディアン》《スコッツマン》おまけに《タイムズ》までがだ！　グランピアン警察本部は無能な愚か者ぞろいだと世間に宣伝しているんだ」座ったまま落ち着かなげに姿勢を変え、制服を正した。「ロジアン・アンド・ボーダーズ警察本部がまた本部長に電話をかけてきた。自分たちはこの手の捜査に経験豊富な人的資源を抱えている、〝支援〟する機会を得られればうれしい、だと」警視は顔をしかめた。「われわれはなんとしても、きちんと対処していると示す必要がある。大衆は生け贄を求めているが、私はインスク警部を犠牲にするつもりはない」警視は深々と息を吸い込んだ。「われわれに可能な対応策はもうひとつある。それは、コリン・ミラーを引き込むことだ。彼はきみと親密な関係を築いたようだね、部長刑事。彼に話をしてほしい。彼をふたたび味方につけるんだ」

　ローガンは思いきってインスク警部を見た。ひどく怒っているような顔だ。ネイピアーのほうは、いまにも頭が爆発しそうに見えた。

「どういうことでしょう？」

「新聞社とのごたごたが続き、悪評を流されつづければ、選択の余地はなくなるだろう。インスク警部は行動調査を待たずして、本俸をもらっての停職処分となり、幼児殺害事件の捜査はロジアン・アンド・ボーダーズ警察本部に引き継がざるをえなくなる」

「しかし……しかし、それはまちがっています！」ローガンは警視と警部を交互に見た。「インスク警部はこの捜査に適役です。今回の件は警部のせいではありません」

　デスクの奥の男はうなずき、インスク警部に向かってほほ笑んだ。「きみの言ったとおりだったな。忠誠心か。では、絶対にそんな結果にならないようにしようじゃないか、部長刑事。私はリーク犯を突き止めたい。だれがミラーに情報を流しているにせよ、私はリークを止めたいのだ」

　インスクがうなるような声で言った。「どうぞ、ご心配なく。犯人を見つければ、かならずや、二度とだれにも話ができないようにしてやります」

　ネイピアーが座ったまま身を硬くした。「規則の範囲内にしてくれたまえ、警部」スパイを見つけ出すという職務をインスクに横取りされ、明らかに気分を害している。

「私は正式な懲罰審理と免職を要求する。復職なし、停職期間の短縮なしだ。わかったね？」

インスクはうなずいたが、怒りでピンクに染まった顔のなかで、目は石炭のようにまっ黒だった。

警視が笑みを浮かべた。「すばらしい。これで万事解決できる。あと、われわれに必要なのは有罪判決だ。フィリップスは留置場にいる。彼が殺人犯だということはわかっている。なすべきは、法医学的証拠と目撃者を手に入れることだけだ。さっそく取りかかりたまえ」警視はデスクの奥で立ち上がった。

「見ているがいい。二週間もすれば、すべて片がつき、なにもかもすっかり正常に戻っているだろう。すべてうまくいくさ」

しかし、その見通しはまちがっていた。

22

ローガンを連れて特別捜査本部室へ戻るあいだじゅう、インスク警部は小声で文句と悪態を口にしていた。警部は不満なのだ。コリン・ミラーの機嫌をとるという警視の提案がインスクの考えに合わないことは、ローガンにもわかった。ミラー記者は、全国民に、インスクが無能だと言わしめた。インスクは、自分の部下の部長刑事に仲良しごっこをさせるのではなく、仕返しをしたいのだ。

「ほんとうに、私はミラーに情報を話していません」ローガンは言った。

「ほんとうだな？」

「はい。だからこそ、彼はあんなことをしたのだと思います。おとぎ芝居に関する記事、そして今度の記事も。私は警部に相談せずに情報を与える気はないと言いました。彼はそれが気に入らなかったんです」

インスクはなにも言わず、ゼリーベイビーの袋を取り出すと、ゼリー人形の頭を嚙み切りはじめた。ローガンに袋を向けて勧めることをしなかった。

「ねえ、警部、声明を発表するわけにはいかないんですか？　つまり、あの死体はもう何年もあそこにあった、と公表するんです。しこたま殴られたロードキルを釈放したからといって、その事実は変わらないのだ、と」

特別捜査本部室のドアの前に着くと、インスクが足を止めた。「ことはそううまく運ばんよ、部長刑事。彼らは私の尻に嚙みついた。そう簡単に放してくれるものか。警視の言葉を聞いただろ。こんな状況が続けば、私はこの捜査からはずされる。ロジアン・アンド・ボーダーズが指揮を執ることになる」

「こんなことになるとは思ってもみませんでした」

一瞬、インスクの顔に笑みらしきものが浮かんだ。「わかってるさ」彼が封の開いたゼリーベイビーの袋を差し出したので、ローガンは緑色のゼリーを取った。とりいってゼリーをもらったようで、気が重かった。インスクが吐息を漏らした。「心配するな。警官隊には私が話す。きみは裏切り者ではないと、みんなに知らせよう」

しかし、ローガンはやはり裏切り者のような気がしていた。

「聞いてくれ！」インスク警部は、デスクについて電話に出ながら内容をメモしている制服警官全員に呼びかけた。彼の姿を見るなり、一同は静まり返った。「きみたち全員、今朝の新聞に載った私の写真を見ただろう。私が水曜の夕方にロードキルを釈放すると、翌日、彼の死骸コレクションのなかから少女の死体が出てくる。私は、犯罪と闘っているべきときに妙な衣裳に身を包む趣味のある無能な人間だそうだ。また、ロードキルを釈放するなとマクレイ部長刑事が言ったのに、私が愚か者だから、それを無視して彼を釈放した、という話も読んだだろう」

怒りのざわめきが起こった。すべてローガンに向けられたものだ。インスクが片手を上げると、一同はたちまち静かになった。しかし、みな、厳しい目で睨みつけるのはやめなかった。
「きみたちがいま、マクレイ部長刑事を卑劣漢だと考えているのはわかるが、もう忘れたまえ。マクレイ部長刑事は新聞社に情報を流さなかった。わかったか？　彼がきみたちのだれかからいやがらせを受けたと私の耳に届いたら……」インスクは喉をかっ切るしぐさをした。「さあ、仕事に戻りたまえ。昼番の他の連中にも伝えてくれ。この捜査は続くし、かならず犯人を挙げるぞ」

十時半。検死解剖は着々と進んでいた。胸が悪くなるほどの腐臭が漂う作業なので、ローガンは可能なかぎり解剖台から遠く離れて立っていた。しかし、それでも充分な距離ではなかった。モルグの換気扇を高速回転にしても、腐敗臭を抑えることはできなかった。

少女の死体は、農場で、鑑識局が死骸の山から持ち上げようとした際に破裂した。彼らは内臓の残骸を農舎の床からすくい取らなければならなかった。

モルグにいる者はみな、防護服を着用していた。紙製の白い作業衣、ビニール製の靴カバー、ラテックスの手袋、マスク。ただし今回、マスクにメンソールの胸部塗布用軟膏は塗られていなかった。イソベルはゆっくりと解剖台に近づいたり離れたりしながら、二重に手袋をはめた手で膨れあがった死体をつついては、くわしく整然とした記録をディクタフォンに吹き込んでいった。ろくでなしの恋人——ブライアン——は、頭のおかしくなった子犬のようにイソベルのあとをついてまわっている。前髪を垂らしたマスかき野郎のくせに。インスク警部はまたしても不在ゆえに目立っていた。彼はローガンのやましい心を利用して立ち会いを免れたが、地方検察官と副検死医は来ていた。二人は、どこかよそへ行きはしないまでも、腐乱死体からできるだけ離れていた。

少女が、デイヴィッド・リードと同じく絞殺されたのかどうかを判断するのは不可能だった。首の周囲の皮膚は腐敗が極度に進んでいた。それに、なにかが少女の肉体を少しずつかじり取っていた。それこそ無数に這いまわっていた小さな白い虫たちだけではなく、ネズミかキツネかなにかだ。イソベルは、額に玉のような冷や汗を浮かべており、記録のための口述も歯切れが悪かった。鑑識局がシャベルですくい入れた内臓を慎重にビニール袋から取り出し、両手で持って、それがどの臓器かを見きわめようとした。

この腐敗臭が鼻孔から消えることは絶対にないだろうと、ローガンは確信していた。デイヴィッド・リードの死体もひどいにおいだったが、今度の死体はあの百倍もひどい。

「予備段階でわかったことを言うわ」ようやく解剖を終え、手を何度もこすり洗いしながらイソベルが言った。「肋骨四本にひび、頭蓋骨に鈍器による外傷、腰部骨折、片脚を骨折。五歳前後の女児、髪はブロンド、奥歯の二本に詰め物」また石鹸をつけ、さらに手をこすり洗う。清潔にしたくてこすりすぎるあまり、肉が剝けて骨が見えるのではないかと思えた。ローガンは、仕事でこれほど動揺している彼女を見るのは初めてだった。「死後十二カ月から十八カ月と推定していいと思う。ここまで腐敗が進んでいると、断定はむずかしいの……」イソベルが身震いした。「はっきりさせるためには、組織標本を科学検査する必要があるわ」

ローガンは彼女の肩にそっと手をかけた。「すまない」

なにがすまないのか、自分でも定かでなかった。二人の関係が崩壊したことか？　アンガス・ロバートソンが収監されたとたんに、二人の共通点がなくなってしまったことか？　おれがもっと早く駆けつけなかったばかりに、イソベルがあの高層ビルの屋上であんな苦しみを味わわなければなかったことか？……ひどく腐敗した子どもの死体を七面鳥のように切り分けなければならなかったことか？

イソベルは力なく笑みを浮かべたが、目の端に涙が光っていた。その瞬間、二人のあいだで気持ちが通じあった。やさしさを分かちあった一瞬だった。

次の瞬間、解剖助手のブライアンがすべてを台なしにした。「すみません、ドクタ。三番に電話が入っています。オフィスのほうにつなぎました」

奇跡の瞬間が過ぎ去り、イソベルも立ち去った。

ローガンが街の反対側にあるロードキルの農舎と身も毛

もよだつその中身のもとへと向かっているころ、当のロードキルは精神鑑定を受けていた。バーナード・ダンカン・フィリップスが裁判を受けることのできる精神状態だという判定結果が出るなど、ローガンはいささかも期待していなかった。ロードキルは頭がおかしいのだし、それは周知のことだ。路上から拾い集めた動物の死骸を三つの農舎いっぱいに貯め込んでいたという事実がその証拠のようなものだ。子どもの死体については言うまでもない。ローガンの体には、腐敗臭がまだしみ込んでいた。

寒いのを覚悟で窓を下ろすと、吹き込んだ雪が送風機の温風で解けた。あの検死解剖はこの先何年も脳裏を離れないだろう。身震いしながら、ローガンは暖房を強めた。

街は大雪のため機能不全に陥りかけていた。サウス・アンダースン・ドライヴでは、徐行運転や立ち往生している車が延々と列をなしていた。縁石に乗り上げている車もあれば、四車線道路の中央で逆を向いてしまった車もあった。少なくとも、ローガンの乗っている警察車輌――点々と錆の浮いたボクスホール――は雪道であまり苦労せずにすんだ。

前方に、片側二車線に塩と砂を散布しているトラックの黄色い点滅光が見えた。後続車は、塗装に傷がつくのを避けたくて、のろのろ運転をしている。

「遅れても来ないよりはまし、か」

「え？」

運転しているのは、これまでローガンが直接顔を合わせたことのない巡査だ。ローガンはワトスン婦警のほうがよかったのだが、インスク警部にその気はなかった。インスクが新しい巡査をつけたのは、今朝の新聞記事のことでローガンにいやがらせをしそうにないからだ。だいいち、ジャッキー・ワトスン婦警は今日も、例の女性更衣室のマスかき男を護送して裁判所へ行っている。前回はジェラルド・クリーヴァーにとって不利となる証言をさせるため、今回は本人の裁判のためだ。審理時間はそうかからないだろう。現行犯逮捕だったのだから。文字どおりの現行犯だった。女性更衣室で、片手で一物を握り、顔をゆがめてせっせとしごいている現場を押さえられたのだ。おそらく、有罪を認め、情状酌量され、社会奉仕活動命令が下されて、お茶の時間までには釈放されるだろう。うまくすれば、担当した訴追が成功して、彼女もおれと口をきこうという気になってくれるかもしれない。

アンダースン・ドライヴを横断してカルツ郊外にあるロードキルの農場に着くまで、本来の所要時間の二倍もかかった。視界が悪く、車の前方五十ヤードしか見えなかった。雪がなにもかも奪い去っていた。

ロードキルの農場の入口前には、記者やテレビ・カメラマンが群がって、雪のなかで震え、くしゃみをしていた。蛍光色の黄色のコートの下にできうるかぎり暖かい装備をした二人の巡査が門の前で立ち番をし、マスコミをシャットアウトしていた。ひさしのついた帽子に雪が積もっているのが、いささかクリスマス気分をかもしている。だが、二人の表情は、そんなイメージを台なしにしていた。二人とも、寒くみじめで、報道陣にマイクを突きつけられ次々と質問を投げかけられるので、うんざり顔だった。マスコミ連中のせいで、二人は暖かいパトカーの外にいなければならないのだ。

細い小道は車やヴァンで詰まっていた。BBC、スカイ・ニュース、ITN、CNN——全社が来ていた。テレビカメラ用のライトを受けて、雪の白さが黒い空にきわだって見えた。ローガンの車が目に入ると、カメラに向かって熱心にしゃべっていた連中が言葉を切り、次の瞬間にはピラニアのように車に襲いかかってきた。取材合戦のまっただなかに身を置いたローガンは、インスク警部の指示どおりにした——開いている窓からマイクやテレビカメラを突きつけられても口を閉ざしていたのだ。

「部長刑事、あなたがこの事件の捜査の指揮をまかされたというのはほんとうですか？」

「マクレイ部長刑事、答えてください！　インスク警部は停職処分になったのですか？」

「バーナード・フィリップスは以前にも人を殺しているのですか？」

「死体が発見される前から、彼が精神的に不安定だとわかっていたのですか？」

質問は他にもあったが、矢継ぎ早に口々に繰り出されるために騒音と化して聞き取れなかった。

巡査は報道陣のなかを徐々に車を進め、ようやく錠を下ろした門にたどり着いた。そのとき、ローガンの待っていた声がした。「ラズ、いいかげん来るころだと思ってたよ。外は凍えるほど寒くて、頭がどうかなりそうだ」赤い頬、まっ赤な鼻をしたコリン・ミラーだ。分厚い黒のオーバーと厚いパッドの入った防寒ブーツ、毛皮の帽子に身を包んでいる。まるでロシア人のようだ。

「乗りたまえ」

記者が後部座席に乗り込み、もうひとり、重装備の男が続いて乗った。

さっと振り向いたローガンは、腹部を留めている縫合用ステープルが存在を主張したので顔をしかめた。

「ラズ、ジェリーだよ。同行するカメラマンだ」

カメラマンは片手だけ分厚い耐水性の手袋を脱ぎ、握手のために差し出した。

ローガンはその手をとらなかった。「申し訳ない、ジェリー。今回はひとりだけという取り決めだ。警察のカメラマンから記事用に写真提供はするが、許可を得ていない写真が公にされるのは認めるわけにいかない。きみはここに残ってもらおう」

ミラーは精一杯、愛想のいい笑みを浮かべようとした。「いいじゃないか、ラズ。ジェリーは優秀なんだ。血なまぐさい写真なんて撮らない。そうだろ、ジェリー？」

ジェリーが一瞬とまどったような顔をしたので、血なまぐさい写真を撮るよう事前に言われていたのだと、ローガンにはわかった。

「悪いがきみだけだ」

「くそ」ミラーは毛皮の帽子を脱ぎ、雪を後部座席の足もとに振り落とした。「すまん、ジェリー。車で待っててくれ。運転席の下の魔法瓶にコーヒーが入ってるから。ジンジャー・クッキーは全部食べないでくれよな」

カメラマンは小声で悪態をつきながら車を降り、群がる報道陣のなかへ、絶え間なく降りつづく雪のなかへと戻った。

「それじゃ」吹雪のなかをゆっくりと進むうち、ローガンが言った。「いまのうちにルールをはっきりさせておこう。次のとおりだ。いかなる記事に対しても、こちらが編集権を持つ。写真はこちらが提供する。捜査を危うくするとの理由でわれわれが公表を望まない内容があった場合は、それを記事にしない」

「そして、ぼくは完全独占権を持つ。警察は、他の記者に同じ権利を与えないこと」ミラーの笑顔には、ほんとうに腹が立つ。

　ローガンはうなずいた。「もしもインスク警部に対して一言でも悪口を書いたら、私がこの手で殺してやる」

　ミラーは声をあげて笑い、降参のしるしをまねて両手を上げてみせた。「まあ落ち着け。パントマイムの女形を侮辱するのは禁止だね。いいとも」

「勤務中の巡査たちには、きみの質問に答えるようにと言ってある。適切な質問であるかぎりだ」

「あんたの魅力的な婦警さんもいるのか？」

「いや、いない」

　ミラーは残念そうに首を振った。「残念だな。彼女に訊きたい不適切な質問があったのに」

　二人はまず、ガスマスク付きの生物兵器対応防護服を着用した。そのあと、ローガンが順に案内した。一番農舎は、粘液と泥が残っているだけで空《から》だった。二番農舎で、ミラーは初めて悪臭を吸い込んだ。腐りかけ、毛で覆われた死骸のなかへ入ると、ミラーは驚くほど無口になった。

　たしかに、死骸の山は信じられないほど大きかった。半分が外のゴミ収容コンテナへ運び出されたあとだとはいえ、ここにはまだ何百体もある。アナグマ、犬、猫、ウサギ、カモメ、カラス、鳩。ごくたまに鹿の死骸もあった。アバディーン市内の路上にあった死骸はみなここに収められ、ゆっくりと朽ちていた。

　山に開いた穴のまわりが封鎖されていた。少女の死体が見つかった場所だ。

「ちくしょう、ラズ」ミラーの声はマスクによりくぐもっていた。「とんでもなく気味が悪いな」

「そのとおり」

捜索チームは三番農舎にいた。みながおそろいの青い防護服を着て、朽ちかけた死骸の山を手作業で調べていた。死骸をひとつずつ手に取り、台にのせて確認したのち、ゴミ収容コンテナに捨てるための山に重ねていくのだ。

「なぜこの農舎なんだ？」ミラーがたずねた。「なぜ、あの少女の死体があった農舎を空《から》にしないんだ？」

「フィリップスは農舎に番号を振っていてね」ローガンはドアを指さした。「一から五まである。六番は母屋だ。彼は農舎をすべていっぱいにするつもりだったにちがいない。ひとつずつ順番に」

二人の巡査が山のなかからスパニエルとラブラドールの交配種らしき汚い死骸を引っぱり出し、そのまま二人で台へと運んだ。

「この農舎は、死骸を詰め込んでいる途中だった。彼がピーター・ラムリーを連れ去ったのだとしたら、あの子がいるのはここだ」

ローガンの目に、安全ゴーグルの奥でミラーが顔をしかめるのが見えた。「子どもの死体を捜すつもりなら、どうしてこんなやり方をしてるんだ？　なぜひとつずつ調べるんだ？　あの子が見つかるまで、死骸はどんどん捨てていけばいいんじゃないのか？」

「われわれが探しているのはあの子だけじゃない。ディヴィッド・リードの死体の一部も失われているからね」

ミラーは、死骸の山と、それを手作業で片づけている男女の警官たちをちらりと見やった。「驚いた。彼らはあの子のペニスを探している。そういうことか？　なんてこった。あんたたちは勲章をもらうに値するよ！　あるいは頭を検査してもらうんだね」台にウサギが運ばれ、簡単に調べられたあと、廃棄用の山へ放られた。「なんてこった……」

外では、雪がゴミ収容コンテナをゆっくりと隠しはじめていた。てっぺんには厚く積もり、吹きだまりが側面を這い上がっている。シャベルで運び出された死骸がコンテナに放り込まれるのを見るうちに、ローガンの頭に突飛な考えが浮かんだ。

大雪のなか、ゴム長靴で走るのは容易ではなかったが、ローガンはなんとか、最後のカモメが放り込まれる前にコンテナにたどり着いた。「待て」彼は言い、シャベルを持った男をつかんだ。いや、男ではなく女だった。形のない防護服を着ていると男女の区別がつかない。

「最初の中身はどこへやった？」

彼女は、頭がどうかしたのではないかと言いたげな顔でローガンを見た。二人のまわりを雪が激しく舞っていた。

「え？」

「最初の中身だ。市役所の連中が死骸を詰め込んでいただろ。彼らが捨てた死骸はどこへ移したんだ？　あれももう調べ終えたのか？」

婦警の顔に、不本意ながら話を理解したという表情が浮かんだ。「くそ！」彼女は雪のなかへシャベルを放り捨てた。「くそ、くそ、くそ」深呼吸を三回してから言った。「失礼しました。一日じゅう作業していたんです。ただ死骸を放り込んでいました。すでに入っていた中身を確認することなど、だれも思いつかなかったんです」彼女ががっくりと肩を落とした。ローガンは彼女の気持ちがわかる気がした。

「気にするな。この中身を一番農舎へ移しながら確認しよう。一グループはいまの作業を続け、もう一グループがこっちの処理に当たるんだ」なんとも楽しいことだ。「この〝吉報〟は私がチームに伝えるよ」いいじゃないか。どのみち、みなにはすでに憎まれているんだ。もっともな理由を与えてやってもかまやしない。

そのニュースが伝わると、みな、ローガンの予想どおり意気消沈した。ローガンが覚悟を決めて手伝うことにしたので、彼らの気分は少しなりともよくなった。少なくとも当面は。

ローガンは午後をこの作業に費やした。そして、ミラーに神の祝福がありますように。彼は自尊心をぐっと抑えて、シャベルを手に取ったのだ。今回、スパニエルとラブラドールの交配種は山のいちばん上だった。後入れ先出しだ。それでも、ゆっくりと、ゴミ収容コンテナの中身の確認は進んだ。

同じ破裂したウサギを三十回近くも調べたにちがいないとローガンが考えていたとき、悲鳴が響いた。

ひとりの巡査が、片手で胸を押さえて三番農舎から走り出てきた。雪ですべり、あお向けに転んだ。息が止まったので、一瞬だけ悲鳴も止まった。

チームの面々は死骸を捨て置き、倒れた巡査のもとへ駆けつけた。ローガンがその場に着いたとき、ふたたび悲鳴が響きはじめた。

巡査の厚いゴム手袋に開いた穴が手のひらに達し、血が漏れ出ていた。巡査がマスクとゴーグルをはずした。スティーヴ巡査だった。落ち着けという、みなの呼びかけを無視して、スティーヴ巡査は悲鳴をあげつづけ、怪我をした手から血のついた手袋をはずした。親指と人さし指のあいだの肉の部分にぎざぎざの穴が開いていた。脈打つ血管から流れ出たどす黒い血が、青いビニールの作業衣をつたって雪に落ちた。

「なにをやったんだ？」

スティーヴ巡査が悲鳴をあげつづけているので、だれかが彼の顔を平手で打った。定かではないが、どうやら悪党のサイモン・レニーらしい、とローガンは思った。

「スティーヴ！」レニーが言い、もう一発ひっぱたく構えをとった。「なにがあった？」

スティーヴ巡査は、うろたえた目で、農舎と出血している自分の手を交互に見た。「ネズミだ！」

だれかが作業衣の下のベルトをはずし、スティーヴの手首に巻いてきつく締めた。

「驚かすなよ、スティーヴ」悪党のサイモン・レニーが言い、友人の手の穴をちらりと見た。「さぞかし大きなネズミだったんだろうな！」

「あいつ、ロットワイラー犬みたいにでかかった。くそ、痛いよ」

だれかがビニール袋に雪を詰め、そこにスティーヴの血の出ている手を突っ込んだ。みな、袋のなかの雪がしだいに白からピンクへ、やがてまっ赤に変わっていくのに気づかないふりをした。ローガンは全員に作業衣をもう一枚着るように命じ、レニー巡査には、パトカーの回転灯をつけサイレンを鳴らしてスティーヴ巡査を病院へ連れていってやれと言った。

ミラーとローガンは並んで立ったまま、パトカーの屋根に回転灯がつくのを見届けた。車はすべりやすい道で何度か下手な切り返しをしてから、サイレンの音を響かせて、のろのろと吹雪のなかへと走り去った。

「ところで」回転灯の光が雪のなかに消えると、ローガンが言った。「警察職務の第一日目はお楽しみいただいてるかな？」

23

ローガンはできるだけ長く農場にとどまり、チームの連中とともに、動物の死骸を調べる作業にあたった。これだけ防護服に身を包んでいても、汚れた気がした。ネズミによる襲撃のあと、みながびくびくしていた。スティーヴ巡査に続いて救急病棟で破傷風や狂犬病の注射を受けるのはごめんだと、みなが思っていた。

結局、ローガンは作業を切りあげざるをえなかった。本部に戻ってやらなければならない仕事があるのだ。まっ青な顔のコリン・ミラーを農場の門のところで降ろした。へとへとに疲れきったミラーは、まっすぐ家へ帰ってワインを一本空けてから、シャワーを浴び、血が出るまで体をこすることにすると言った。

農場の外にいた記者やテレビカメラの数は減っていた。

いま残っているのは根性の座った連中だけだ。エンジンをかけ、ヒーターをフル稼働した車のなかで待機している。ローガンの車が現われるや、彼らは暖かく安全な車のなかから飛び出てきた。

彼らが得られたのは〝ノーコメント〟だけだった。

警察本部へ戻ったとき、インスク警部は特別捜査本部室にいなかった。電話番を担当しているチームから最新情報を聞きだすのは、不愉快な経験となった。警部のあの演説のあとも、明らかに彼らはローガンが〝有罪〟だと考えている。実際になにか言う者はひとりもいないが、彼らの報告はそっけなく要点を述べるだけだった。

第一班。戸別聞き込み――「この男を見かけたことは？」――では、例によって相反する供述を得る結果となった。ロードキルが男の子たちに話しかけているのを目撃したという供述もあれば、彼の姿を一度も見たことがないという供述もあった。ヘイズルヘッド署では検問まで行なって、ドライバーたちに、街への行き帰りになにか見なかったかと訊問した。それでなにかが得られるとは思えないが、やってみる価値はあった。

第二班。バーナード・ダンカン・フィリップスの経歴調査。これがいちばん成果をあげていた。警部のデスクに置かれた大きな茶封筒のなかに、ロードキルに関してだれもが知っている情報が収められている。ローガンはデスクの端に腰かけて、写真やファクス、プリントアウトにざっと目を通した。バーナードの母親の死に関する報告書を見つけて手を止めた。

母親は五年前に大腸癌と診断された。回復の見込みもなく、長い闘病生活を送った。バーナードは、病気の母親の世話をするため、博士号の取得を断念してセント・アンドリュースから自宅へ戻った。かかりつけの医者は治療を受けるようにと強く迫ったが、母親は拒否。母親に味方したバーナードが、つるはしを持って追いかけまわし、農場から医者を追い出した。彼が精神的問題を抱えていると明らかになったのは、そのときだった。

やがて、母親の弟が、台所の床にうつぶせに倒れている彼女を発見し、入院させた。診査手術の結果、癌だと確認された。医者は治療を試みたが、二月には骨への転移がみられた。そして母親は、五月に亡くなった。病院ではなく、自宅のベッドで。

バーナードは母親の死後二ヵ月間、遺体と暮らした。バーナードの様子を見に訪れたソーシャル・ワーカーは、母屋のドアの前に立った瞬間、異臭を感じた。

こうしてバーナード・ダンカン・フィリップスは、アバディーンで唯一の〝精神障害者〟のための病院、コーンヒルで二年間の入院生活を送った。薬物治療の効果がみられたので、退院してコミュニティケアを受けることになった。ありていに言えば、病院は他の患者のためにベッドを空けてもらいたがったということだ。バーナードは仕事に没頭した。道路に転がっている動物の死骸を拾い集めるという、アバディーン市役所の仕事だ。

これでいろいろと合点がいった。

第三班の進捗状況を聞く必要はなかった。あそこではすぐになにかが得られる状況ではないと、身をもって経験したからだ。コンテナに入っていた死骸をすべて調べさせてもなんの役にも立たなかったが、少なくとも、なにも見落としがなかったことが確認できた。あの調子では、三つの農舎すべての死骸がかたづくのは、早くても月曜日だろう。それも、警視が超過勤務を認めてくれればの話だ。

ローガンが自分の小さな特別捜査本部室へ行ったとき、部屋にはだれもいなかった。少女の死体の深い切り傷からイソベルが見つけた嘔吐物の分析結果が届いていた。DNAは、ノーマン・チャーマーズのDNAサンプルと一致しなかった。鑑識は他の物証をなにひとつ得られていない。唯一、チャーマーズとあの少女を結びつけているのは、スーパーマーケットのレシートだけだ。これは状況証拠にすぎない。だからこそノーマン・チャーマーズを釈放せざるをえなかった。少なくともチャーマーズは、メディアの注目を集めずにひっそりと警察本部をあとにするという良識をそなえていた。彼の弁護士はがっかりしたにちがいない。

デスクに、きちんとタイプされたメモが置いてあった。今日入ってきた目撃情報をまとめたものだ。ローガンは疑いの目でメモを読んだ。大半がまったくの空想だった。

メモの隣に、イギリス国内で結核の治療歴がある四歳未満の少女のリストが置いてあった。リストは短く、五人の名前と住所が書いてあるだけだった。

ローガンは電話を引き寄せ、番号を押しはじめた。

六時を過ぎたとき、インスク警部がドアから顔だけのぞかせて、少し話ができるかとたずねた。警部が妙な顔をしているので、朗報ではないのだとローガンは察した。電話の送話口を片手でふさぎ、すぐにすみますと警部に言った。

電話の相手はバーミンガムの巡査で、折よく、ローガンのリストの最後の少女と一緒にいるのだった。たしかにその子は生きています。ところで、この子がアフリカ系カリブ人だとご存知でしたか？　要するに、いまモルグの冷蔵庫に横たわっている白人の少女ではないらしい。

「協力ありがとう、巡査」ローガンは受話器を置き、力なくため息をつくと、最後の名前を線で消した。「うまくいかないですね」と言うローガンの横で、インスクがデスクの端に腰かけ、音を立ててローガンのファイルを繰りはじめた。「結核の治療歴があり、年齢が該当する子はみな、生きてぴんぴんしています」

「それがなにを意味するかはわかるな」インスクが言った。彼は、ノーマン・チャーマーズと車輪付き大型ゴミ容器《ホイーリー・ビン》に近い住所だとしてローガンが選び出した住人たちの供述調書を手にしていた。「あの子が結核を患って治療を受けたのだとしても、それはイギリス国内ではなかったということだ。つまり、あの子は――」

「――英国籍ではない」ローガンは警部に代わって結論を言い、両手で頭を抱えた。いまなお恒常的に結核に苦しむ地域は、地球上に何百カ所もある。旧ソ連のほぼ全域、リトアニア、アフリカ諸国、極東地域、アメリカ……もっともひどい地域では、国家記録すらない。〝干し草の山〟がとんでもなく大きくなっただけだ。

「朗報を聞きたいか？」とたずねるインスクの声は抑揚がなく、浮かない調子だった。

「せっかくなので、聞かせてください」

「ロードキルの農場で発見した少女の身元がわかった」

「もうわかったんですか？」

インスクはうなずき、順序をでたらめにしたままでローガンの資料をデスクに戻した。「ここ二年間の失踪者のリストを調べ、歯科治療記録と照合した。ローナ・ヘンダースン、四歳半だ。母親が失踪人届けを出していた。一家は、バンコリーから車で、サウス・ディーサイド・ロードを通って帰宅する途中だった。母子喧嘩をした。娘はポニーを買ってくれと言いつづけていた。そこで母親は『いいかげん、ポニーを買ってって言うのをやめないんだったら、うちまで歩いて帰ってもらうわよ』と言った」

ローガンはうなずいた。どんな母親でも、そう言って子を叱った経験が一度や二度はあるだろう。ローガンの母親など、夫に対してさえそう言って叱りつけたことがある。

「ただ、ローナはほんとうにポニーが欲しかった」インスクは、フルーツ・キャンディのしわだらけになった袋を取り出した。しかし、ひとつ取って口に放り込むでもなく、座ったまま暗い顔で袋のなかをのぞき込んでいる。「それで母親は脅しを実行した。車を道端に寄せ、娘を降ろして走り去った。そう遠くまで行かず、次のカーヴを曲がった。半マイル足らずの距離だ。そこで車を停めてローナを待った。しかし、いくら待っても娘は現われなかった」

「母親のくせに、四歳の娘を車から降ろすだなんてことがよくできますね」

インスクは声をあげて笑ったが、おもしろがっている調子はなかった。「それは、子を持ったことがないから言えることだ。言葉を覚えるや、子どもは話すことをやめない。それは、性ホルモンの活動が始まるまで、つまり十代になるまで続く。十代になると、今度は話を聞き出すのに苦労するんだがね。しかし、四歳なら、なにか欲しいとなれば朝な夕なぐずぐずと言いつづける。最後には母親が切れる、というわけだ。母親はそれきりローナの顔を見ていない」

そして、今後も娘の顔を見ることはない。このようなケースでは、埋葬のためにようやく遺体が引き渡されるとき、棺は閉じたままにされる。何人《なんぴと》たりとも棺の中身を目にすることは絶対にない。

「母親は知っているのですか、娘の死体が発見されたことを？」
インスクはうめき、ひとつも食べなかったフルーツ・キャンディをポケットに戻した。「まだだ。これからヘンダースンの家へ行く。自分のせいで娘が人でなしに捕まったのだと、母親に告げるんだ。その人でなしが娘を殴り殺して、遺体を動物の死骸の山に押し込んだのだ、と」

地獄へようこそ。

「ワトスン婦警を同行させようと思う」インスクは言った。「きみも一緒にどうだ？」言葉は軽いが、口調は決して軽くなかった。声がうつろだ。この一週間を考えれば無理もない。インスクは、制服警官の目の前にぶら下げるニンジンのように、ワトスン婦警をえさにすればローガンを同行させることができると考えたらしい。

えさを吊るされなくとも、ローガンは同行するつもりだった。娘が殺されたと母親に伝えるのは決して楽しみな任務ではないが、インスクには支援が必要だと見えるからだ。

「ただし、あとで飲みに行くのが条件ですよ」

インスク警部のレンジローバーが道路脇に寄って停まった。どっしりした車は、まっさらな白い雪の帽子をかぶって道路の両側に列をなしているルノーやフィアットといった小型車のなかで、そびえ立つように見えた。ここまでの道中、だれもろくに口をきかなかった。もっとも、犯罪被害者家族支援員だけは別で、道中ずっと、白黒のスパニエル犬のようなにおいのするインスクの車の後部座席で、《フーズ・ア・プリティ・ガール？》らしき歌を口ずさんでいた。

この地区の環境はまずまずだ。木が何本かと、芝生が少しある。屋根にのぼれば、野原が見えるだろう。ヘンダースンの家は、各階二部屋ずつしかない二階建てのテラスハウスの端だ。どの家も白い漆喰仕上げで、白い小さな石や石英のかけらが街灯にきらめき、雪のように見えた。

吹雪はやみ、肌を刺すような夜気のなか、ときおり雪がちらちらと舞い落ちる程度になっていた。四人は、足首まで埋もれる雪のなかを、一緒に玄関ドアまで歩いた。インスクは責任者の役割を果たそうとしていた。彼がドアベルを押すと、家のなかから《グリーンスリーヴズ》の音色が響いた。二分後、シャワーを浴びたばかりらしく、ふわふわしたピンクのバスローブに身を包んだ四十代なかごろの女性が、仏頂面でドアを開けた。化粧はしておらず、マスカラを落としたあとが、目から耳の方向へうっすらと伸びている。濡れた髪が、湿ったひものように顔にかかっていた。後方に立つワトスン婦警の制服を見るや、女の顔から苛立たしげな表情が消えた。

「ミセス・ヘンダースンですね？」

「どうしよう」女はバスローブの胸もとをつかみ、ぎゅっとよじった。顔から血の気が引いている。「ケヴィンのことね？　どうしよう……彼が死んだのね！」

「ケヴィン？」インスクは当惑した様子だった。

「ケヴィンは夫よ」ミセス・ヘンダースンは両手をそわそわと動かしながら、狭い廊下へと一歩下がった。「どうしよう」

「ミセス・ヘンダースン、ご主人が亡くなったのではありません。われわれは――」

「ああ、よかった」たちまちほっとして、彼女は四人を、狭い廊下からピンクの縞模様の居間へと通した。「散らかっていて、ごめんなさい。いつもは日曜に家事をすませるんだけど、病院で夜勤だったから」彼女は言葉を切って居間を見まわし、脱いでソファに放り出してあった看護婦の制服をとってアイロン台に置いた。半分ほど空いたジンの瓶があっというまにサイドボードへかたづけられた。暖炉の上方にお粗末な油絵が額に入れて飾られている。写真家が大量に生産するたぐいの絵のひとつだ。一組の男女と金髪の少女――夫婦と、殺された娘の絵だった。

「お察しのとおり、ケヴィンはいまはここに住んでいないわ……別居中なの……」間があった。「娘が行方不明になってからよ」

「そう、そのことでうかがったんですよ、ミセス・ヘンダースン」

彼女は堅そうな茶色のソファを手ぶりで勧めた。革張りの座面にピンクと黄色の二色使いの上掛けがかけてある。

「ケヴィンがここに住んでいないから？　ほんの一時的な

ことよ！」

　インスクはポケットから透明なビニール袋を取り出した。ピンクの髪留めが二つ入っている。「これに見覚えはありますか、ミセス・ヘンダースン？」

　彼女は袋を手に取り、中身を見るとすぐにインスクに返した。またしても顔から血の気が引いていた。「どうしよう、ローナのものだわ。あの子の大好きなバービーの髪留めよ。出かけるときはかならずつけたがるの。それをどこで？」

「われわれはローナを見つけたのです、ミセス・ヘンダースン」

「見つけた？　まさか……」

「お気の毒です、ミセス・ヘンダースン。お嬢さんは亡くなりました」

　彼女は殻に閉じこもったようだったが、そのうちに言った。「お茶よ。お茶を飲む必要がある。熱くて甘い紅茶」

　彼女はみなに背を向けると、タオル地のバスローブをはためかせ、足早に台所へ行った。


台所に行ってみると、彼女は流しに向かって泣いていた。

　十分後、全員が居間に戻っていた。インスクとローガンは堅いソファに、ワトスン婦警とミセス・ヘンダースンはそろいの堅い茶色のひじ掛け椅子に腰を下ろした。家族支援員はミセス・ヘンダースンの背後に立ち、片手を彼女の肩に置いて、慰めの言葉をつぶやいていた。ローガンが大きなポットに淹れた紅茶が、《コスモポリタン》を端によせたコーヒーテーブルの上で湯気を立てていた。みながカップを手にしているが、だれも口をつけようとしなかった。

「わたしのせいだわ」ミセス・ヘンダースンは、彼らが来てから二まわりほど縮んだように見えた。ピンクのバスローブが、体を包む大きなマントのようだ。「わたしたちがあの子にあのポニーを買ってやりさえすれば……」

　インスク警部はソファの上でわずかに身をのりだした。

「心苦しいのですが、お願いがあります、ミセス・ヘンダースン。ローナがいなくなった夜のことを話していただく必要があるんです」

「思ってもみなかったわ、あの子が二度と戻ってこないだなんて。あの子は家出をしただけ。ある日、あの子があのドアから入ってくれば、ふたたびすべてがうまくいくはずだって思ってた」彼女はうなだれてティーカップをのぞき込んだ。「ケヴィンは耐えられなかったの。彼はわたしを責めつづけた。毎日毎日。『ローナがいなくなったのはおまえのせいだ』って言ったわ。彼の言ったとおりだった。わたしのせいよ。彼は……勤務先のスーパーマーケットであの女と出会った」ミセス・ヘンダースンは吐息を漏らした。「でも、ほんとうはあんな女を愛していないわ！　彼はただ、わたしを罰しているだけ……だって、あの女には胸なんてないのよ。胸のない女を、男は愛せるかしら？　彼はわたしを罰するためにやっているだけよ。戻ってくるわ。見ててごらんなさい。ある日、彼があのドアから入ってくれば、ふたたびすべてがうまくいくわよ」彼女は黙り込み、頬の内側を噛んだ。

「ローナがいなくなった夜のことを聞かせてください、ミセス・ヘンダースン。路上でだれかの姿を見ましたか？　車は？」

　ミセス・ヘンダースンはカップから視線を上げた。その目は涙で光り、遠くを見ているようだった。「え？　思い出せない……ずいぶん昔の話だし、わたしはあの子に腹を立ててたから。わたしたち、どうしてあの子にポニーを買ってやらなかったのかしら？」

「ヴァンは見ましたか？　トラックは？」

「いいえ。思い出せない。あのときにすべて話したでしょ！」

「カートを引いた男は？」

　ミセス・ヘンダースンは凍りついたように動かなかった。

「なにが言いたいの？」

　インスク警部は沈黙した。ミセス・ヘンダースンはしばし彼をまじまじと見ていたが、やがて、はじかれたように立ち上がった。「あの子に会わせて！」

　インスク警部は、持っていたカップを慎重にカーペットに置いた。「申し訳ありません、ミセス・ヘンダースン。それはできないと思います」

「なに言ってるの、わたしの娘なのよ。あの子に会わせて！」

「ローナは死後ずいぶん経っています。彼女は……ご覧にならないほうがいいです、ミセス・ヘンダースン。どうか、私の言葉を信じてください。昔のままの姿で記憶にとどめておきなさい」

ミセス・ヘンダースンは居間の中央に立ち、インスク警部の禿げ頭を睨みつけた。「あの子を見つけたのはいつ？ いつローナを見つけたの？」

「昨日です」

「なんてこと……」片手を口に押し当てた。「あの男ね、そうでしょ？ 新聞に出てた男。あの男が、娘を殺して腐敗物の山に埋めたんだ！」

「落ち着いてください、ミセス・ヘンダースン。彼はいま留置場にいます。どこにも行きやしません」

「あの不潔なけだもの！」彼女は自分のティーカップを壁に投げつけた。カップは粉々に割れて、陶器のかけらが四方八方に飛び散り、冷めたミルクティーが壁紙にしみをつけた。「あの男が、わたしのベイビーを奪ったんだ！」

帰り道でも、だれもろくに口をきかなかった。家族支援員は隣家の女性を呼びにいき、ミセス・ヘンダースンの世話を頼んだ。大柄な女性が心配顔で駆けつけるや、ミセス・ヘンダースンは泣き崩れた。そこで、ソファで泣いている二人をそのままにし、彼らはヘンダースンの家をあとにしてきたのだ。

市の中心部へと向かう道路はどれも、墓場のようにひっそりしていた。この雪で、砂まきをする市の職員以外はみな、家のなかに閉じこもっているのだ。

八時になっていた。インスクがヘイズルヘッドのロータリーをまわっていると、見覚えのある人影が雪に足をとられながら通りすぎた。ピーター・ラムリーの継父が、大声で息子の名を呼びながら、降りつづける雪のなかを歩いていた。ローガンは、濡れそぼり冷えきった男の姿がはるか後方に流れ去るまで、痛ましい思いで見つめていた。あの男はいつか、警察のつらい訪問を受けることになる。息子の死体が見つかったと、ようやく彼に告げられる日が、いつか来るのだ。

インスクは通信指令室に連絡し、ミスタ・ヘンダースンの現住所を調べさせた。ミスタ・ヘンダースンは、ローズマウントでもあまり健全とは言えない界隈で、胸の小さなスーパーマーケット店員と同棲していた。

またしても同じ愁嘆場が繰り広げられた。ただ今回は、自責の言葉はいっさいなかった。責めはすべて、愚かで意地の悪い元妻に向けられた。彼が怒り、悪言を吐くあいだ、愛人はソファに座ったまま目に涙を浮かべていた。いつもの彼じゃないわ、と女は言った。いつもはとてもやさしい男性《ひと》なのよ、と。

そのあと、一行は警察本部へ戻った。

「まったく、なんて愉快な一日だったんだ」すっかり精根尽き果てたような声でそう言うと、インスクは疲れた足取りでエレベーターへと向かった。ずんぐりした親指でのぼりのボタンを押した。驚いたことに、すぐにドアが開いた。

「それじゃ」インスクは、ローガンとワトスン婦警をホールに残してエレベーターに乗り込んだ。「着替えて、五分後にここでな。私は二枚ばかり書類を書かなきゃならんのだ。そのあと、一杯おごるよ」

ワトスン婦警はローガンを見て、すぐさま警部に視線を戻した。他に用があると、もっともらしい言い訳を探しているように見えた。しかし、彼女が言い訳を考えつかないうちにエレベーターのドアが閉まり、インスク警部は行ってしまった。

ローガンは深呼吸をひとつした。

「気が進まないとしても無理はない」彼女に向かって言った。「なんなら、きみには先約があったと警部に言っておこう」

「そんなにわたしを追い払いたいんですか？」

ローガンは片眉を上げた。「まさか。とんでもない。おれは、てっきり……ほら、新聞のでたらめ記事のことがあるから……わかるだろ」彼は自分を指さした。「ミスタ・くず野郎だから」

ワトスンは笑みを浮かべた。「失礼ながら、たしかに、あなたはときどき〝くそったれ〟になることもあります。

でも、わたしだってミラーに会ったんですよ。ご記憶でしょう？　あの男がいけ好かないうぬぼれ屋だということは、重々承知しています」笑みが薄れた。「ただ、あなたがわたしと同席したいのかどうかわからなくて。例の爆発のあとですから。ほら、車のなかで悪言ざんまい」

　ローガンはにっこりとほほ笑んだ。「なんだ。まったくかまわないとも。ほんとうだ。いや、悪言ざんまいはかまわなくないんだが――」ワトスンの笑みがさらに薄れたので、ローガンは、またしても大失敗をしでかしてしまったのかと不安になり、なおもしゃべり続けた。「――しかし、あれとこれとは話が別だ。きみにも来てほしい。まして、インスク警部がおごってくれるっていうんだからね」彼は言葉を切った。「おれがおごるときに来てほしくないという意味じゃないよ……ただ……」これ以上、愚にもつかぬ言葉が飛び出ぬよう、ぐっと口を閉じた。

　ワトスンはしばし彼を見つめていた。「わかりました」ようやく言った。「それじゃ、着替えてきます。では、受付デスクで」

　ワトスンが立ち去ると、ローガンは、彼女はおれのことを笑っているにちがいない、と思った。まっ赤な顔で、ひとりホールに立っていた。

　受付デスクではビッグ・ゲイリーが今夜の勤務につくところだった。笑顔でローガンを手招きした。

「よう、ラザロ。あんたが相応の評価を受けるのを見るとうれしいよ」

　ローガンが怪訝な顔をすると、ゲイリーは《プレス・アンド・ジャーナル》の姉妹紙《イヴニング・エクスプレス》を取り出した。夕刊紙の第一面には、青いラバー・スーツを着た人たちが手作業で汚い動物の死骸を調べている写真が載っていた。

〝恐怖の館――勇敢な警察隊、証拠品を捜す〟

「当ててみせよう」ローガンはため息をついた。「またしてもコリン・ミラーだろ？」あの男、大急ぎで記事を書いたにちがいない。

　ゲイリーは人さし指で小鼻を打った。「正解だ、ミスタ・ローカル・ポリス・ヒーロー」

「ゲイリー、おれが昇進したら、まっさきに、あんたをここから追い出して」雪の外界を指さす。「また受け持ち区を巡回させてやるからな」

　ゲイリーはウインクした。「その日が来るまで、あんたは我慢するしかないよ。ビスケットをどうだ？」彼がキット・カットの箱を持ち上げるので、ローガンはつい頬をゆるめた。そして、一個もらった。

「で、ミスタ・ミラーは他になんと？」

　ゲイリーは紙面を自分に向け直すと、胸を張り、シェークスピアばりの声で読んだ。「なんとかかんとか、雪と氷、なんとかかんとか。〝身の毛もよだつ死の山〟を掘り返す警察はなんて勇敢なんだ、というくだらない美辞麗句。なんとかかんとか、〝あのけだものから子らの安全を守るための重要な証拠〟を捜している。ああ、ここはあんたも気に入るよ。〝ローカル・ポリス・ヒーローのローガン・ラザロ・マクレイは、手作業で死骸を調べる捜索チームを快く手伝った〟どうやらあんたは、スティーヴ・ジェイコブス巡査が大きなネズミに襲われたとき、彼の命を救ったらしいな。神の祝福がありますように、部長刑事どの！」ゲイリーがさっと敬礼した。

「応急処置はすべてレニー巡査がやったんだ。おれはただ、彼を病院へ連れていってやれと言っただけだよ」

「いやしかし、あんたが確たるリーダーシップを発揮しなければ、病院へ連れていこうなど、だれも思いつかなかったかもしれないぞ」ゲイリーは、出てもいない涙を目からぬぐうまねをした。「あんたは、おれたちみんなの励みなんだ。ほんとうにさ」

「あんたなんて大嫌いだ」しかし、そう言うローガンは笑顔だった。

　ワトスン婦警は、制服を脱ぐと〝ジャッキー〟として考えやすくなる。ジャッキーは堅苦しい黒い制服の代わりにジーンズと赤いスウェットシャツを着て、茶色の巻き毛を肩に垂らしていた。その髪に文句を言い、一方に引っぱりながら、分厚いキルティング・ジャケットを着た。

　少なくとも、ひとりは雪にそなえた服装をしていることになる。ローガンはまだ仕事用のスーツを着ていた。彼は警察本部で着替えをしたことなど、これまで一度もない。家まで歩いてわずか二分なので、わざわざ着替える意味がないのだ。

ワトスンは受付デスクへやって来て、ビッグ・ゲイリーにねだってキット・カットをもらうと、うれしそうに食べはじめた。

彼女がキット・カットを口に入れるのを待って、ローガンはたずねた。「今朝、きみの刑事被告人はどんな判決を受けたんだい？」

彼女はキット・カットを嚙みくだき、そのうちに、ふさがったままの口で答えた。四十二時間の社会奉仕活動命令を受けると、彼はいつもどおり市役所の公園管理課の作業を選びました。なお、彼の名前は性犯罪者リストに登録されることになりました。

「〝いつもどおり〟って？」

ワトスンは肩をすくめた。「彼はいつも公園管理課の作業を選んでいるとわかったんです」小さなチョコレートのくずをこぼしながら言った。「ほら、種まきや草取り、補修といったことですよ」彼女は口のなかのものを飲み込み、肩をすくめた。「ジェラルド・クリーヴァー訴訟で証言したときのことやなんかで、判事は彼に同情したんです。また、あのつらい経験を話させました。ただ、今回はサンディ・ザ・スネークがいなかったので、いまわしくゆがんだ空想だと言われずにすみましたけど。白状すると、わたしもあの子に少しばかり同情しているんです。あんな扱いを受けるなんて、想像できますか？　虐待する父親、飲んだくれの母親、入院すればジェラルド・クリーヴァーのやつにベッドのなかでもてあそばれるなんて」

三人とも黙り込み、太くて締まりのない体の看護士が幼い男の子たちにしたことを考えていた。

「実はさ」ビッグ・ゲイリーが沈黙を破った。「ロードキルが捕まってなきゃ、おれは、今回の幼児連続殺人もクリーヴァーの犯行だって賭けてたと思うな」

「無理だよ。ピーター・ラムリーが失踪したとき、彼は拘置所にいたんだから」

ゲイリーはむきになった。「共犯者がいたのかもしれないだろ」

「だいいち、彼は殺人犯じゃなくて性的虐待犯よ」ジャッキーが口をはさんだ。「彼は生きてる子どもたちとやりたがったわ」

ローガンは顔をしかめた。気持ちのいい光景ではないが、彼女の言うとおりだ。

しかしビッグ・ゲイリーはそう簡単には引き下がらなかった。「もしかすると、やつはもう立たないのかもしれない。だから子どもたちを殺すのかもな」

「それでも、この六カ月間、彼が拘置所にいたという事実は変わらない。犯人は彼じゃないよ」

「やつが犯人だとは言ってない。おれはただ、その可能性があると言ってるだけだ」ゲイリーが睨んだ。「それに、おれのビスケットを分けてやったことも考えてくれよな！ほんと、恩知らずな連中だよ」

24

一杯のつもりが二杯になり、三杯になった。三杯飲んだところでカレーを食べ、そのあとさらに四杯飲んだ。インスク警部とワトスン婦警におやすみなさいを言って別れるころには、万事が申し分ない状態に戻っていた。むろん、警部が一緒なので、ジャッキーとのあいだになにか起きるはずはない。しかしローガンは、なにか起きていたかもしれないという気がした。もしもインスクさえ一緒じゃなければ。

午前四時半には、そんなこともどうでもよくなっていた。彼はよろよろとベッドを出ると、自分の体重にも匹敵するほどの量の水を飲み、むかむかする胃を抱えてふたたび眠りに落ちたのだった。

土曜日だというのにローガンが朝七時ちょうどに出勤したとき、インスク警部のデスクにはローナ・ヘンダースンの検死報告書がのっていた。警部はすでに出勤し、デスクについていた。ふだんよりこころもち血色がいいように見えた。

ローナ・ヘンダースンの死因は鈍的外傷。折れた肋骨が左の肺を押しつぶし、左のこめかみへの一撃が頭蓋骨を砕き、後頭部への一撃が致命傷となった。脚の骨はひざのすぐ上でぎざぎざに折れていた。四歳半の少女が撲殺されたのだ。ロードキルはほんとうにわれを忘れて殴ったのだろう。

「彼からなにか聞き出せると思いますか？」ローガンは、これ以上見なくてすむよう、検死解剖時の写真を裏返した。

インスクは鼻を鳴らした。「それは無理だろうな。しかし、かまわん。これだけ法医学的証拠がそろっているんだ。今回はやつも罪を免れることはできんだろう。いかにスリッパリー・サンディでも、やつを無罪にすることはできん。ミスタ・フィリップスは、ほかの頭のいかれた人でなしどもと一緒に、残りの人生をピーターヘッド刑務所で過ごすことになる」彼はポケットからフルーツ・キャンディの袋を取り出すと、特別捜査本部室をまわって全員にひとつずつ勧めた。それがすむと席に戻り、残りを自分で食べはじめた。「今日もミラーを農場へ連れて行くのか？」記者の名前を口にするときは、悪臭について語るかのような口調になった。

「いいえ」ローガンはにやりと笑った。「どういうわけか、彼は気が進まないらしくて。理由は見当もつきませんが」

あの記者には、昨日のちょっとした探検で充分だったらしい。今日の《プレス・アンド・ジャーナル》には警察に対する称賛ばかりが書き立ててあった。昨夕の《イヴニング・エクスプレス》とほぼ同じ内容だが、論説が長くなっていた。少なくともインスク警部をあげつらった記述は見られなかった。

「で、そっちはどうだ？」インスクがたずねた。「例の浮流死体の捜査状況は？」

「進展していますよ」

「スティール警部に聞いたんだが、きみはマクラウド兄弟に目をつけているらしいな」

ローガンはうなずいた。「彼らのやり口そっくりですから。暴力的で残忍で」

インスクは笑みらしきものを漏らした。「父親譲りなんだよ、あの兄弟は。その件であいつらをしょっぴけそうか？」

ローガンは肩をすくめまいとした。彼らを逮捕できないと、まだ決まったわけではないのだ。「そうできるよう、最善の努力をしています。鑑識に言って、死体がつけていた衣服を徹底的に調べさせています。なにか出てくるかもしれません。なにも出なくても、客のだれかが口を割るかもしれませんし……」そこで言葉を切った。雨のなか、ダンカン・ニコルスンがあの店へ駆け込んだことを思い出したのだ。

インスクは緑色の炭酸味のキャンディを口に放り込んだ。「それはまず無理だろう。マクラウド兄弟を裏切るような愚か者がいると思うか？　そんなことをしたら、こっぴどくぶちのめされるのに」

「え？」ニコルスンとあのビニールの買い物袋のことを考えていたローガンは、現実に引き戻された。「ええ、おそらくそうでしょうね。サイモン・マクラウドが言うには、あれはすべて警告なんだそうです。メッセージだとか。この街のだれもがその意味を知っているらしいですよ」

「この街のだれもがだと？」インスクはキャンディを噛みくだいた。「それじゃあ、私の耳になにも入ってこないのはどういうわけだ？」

「さっぱりわかりません。ミラーがなんらかのヒントをくれるものと期待しているのですが」


十二時に、ローガンはステーキ・アンド・エール・パイにフレンチフライと豆を添えた大きな皿を前に座っていた。〈プリンス・オブ・ウェールズ〉は昔風のパブだ。本物のエールを出すこの店は、店内がすべて木の羽目板張りで、長年にわたって喫煙者の紫煙にさらされた低い天井は黄ばんでいる。店内は込んでいた。土曜日の午前中、妻や恋人に買い物につき合わされた男たちばかりだ。そのご褒美が、エビのカクテル味のポテトチップスをつまみながら冷たいビールを一パイント飲むことなのだ。

　この店にはいくつもの小部屋があり、それが短い廊下でつながっている。ローガンとミラーがいるのは、表側の窓際にある小部屋のひとつだった。窓から眺める景色は大したことはない。凍えるような冷たい雨に濡れそぼって鈍い灰色になった花崗岩の高い建物に囲まれた、路地の向かい側が見えるだけだ。

「それで」ミラーが莢つきの豆をフォークで刺しながら言った。「まだあの男から自供を引き出せないのか？」

　ローガンは口いっぱいにほお張ったステーキ肉とぱりぱりのパイを嚙みながら、これをビールで流し込んでわずかに残る二日酔いを醒ますことができればいいのにと思った。しかし、勤務中に酒を飲むなど、本部長の目には羊をレイプするにも等しい行為なので、ローガンはフレッシュ・オレンジのレモネードで我慢していた。「いろんな線から捜査を進めている」くぐもった声で答えた。

「あの男をぶち込んでくれよ。あいつは人でなしだ」ミラーは勤務中ではないので酒を飲んでもよかった。ただ彼は、うまい黒ビールのダーク・アイランドではなく、きりっと冷えたセミヨン・シャルドネを大きなグラスで頼み、サーモンのパイ包みを食べていた。

　ローガンは、記者が優雅な動作でワインを一口飲むのを見ながら苦笑した。ミラーは変わったやつだが、正直なところ、彼に好意を抱きはじめていた。この男のせいでインスク警部があやうく馘になりかけたのではあるが。この男の衣服、ワイン、クロワッサン、金のごつい宝飾品は、おとぎ芝居の小道具だ。

　ローガンは記者がサーモンを口に入れるのを待ってたずねた。「で、ジョージ・スティーヴンスンの情報は？」

「うーん、おいしい……」パイのかけらが象牙色の優美なシャツの胸もとをすべり落ちた。「あの男がなんだって？」

「きみは他にも情報を持っていると言ってただろ。私の知らない情報を」

ミラーがほほ笑むと、またパイのくずがこぼれ落ちた。

「彼が生きてる姿を最後に目撃された場所なんてどうだ?」

ローガンは推測を口にした。「〈ターフン・トラック〉?」

ミラーの笑みが感心した表情に変わった。「正解。〈ターフン・トラック〉だ」

やはりおれのにらんだとおりだ、とローガンは思った。あとはそれを証明するだけだ。「マクラウド兄弟の片方が『ジョーディーのやったことをするなって意味だと、だれだって知ってる』と言った。あれは警告だ、と。どうだい、くわしく説明してくれないか?」

ミラーはワイン・グラスをもてあそんだ。グラスを通して明かりを木の天板に映し、木目に小さな金色の光を躍らせていた。

「やつが地元の賭け屋に多額の借金があったのを知ってるか?」

「前にきみから聞いたよ。金額は?」

「二十五万六四二ポンド」

今度はローガンが感心する番だった。これはかなりの金額だ。「じゃあ、なぜ連中は彼を殺したんだ? どうして手か脚を使いものにならなくするだけにしなかったんだ? 死んでしまったら借金を返せないだろう。まして、マルク・ザ・ナイフの手下を殺すなんて。マルキーはその手のことを快く思わないと聞いたが」

「そう、危険なことだ。自分に無断で手下を殺されると、マルキーはその相手に徹底的に罰を与える」

ローガンは気が滅入った。あいつぐ報復殺人など、アバディーンがもっとも必要としないことだ。花崗岩の街でギャングどうしの抗争——冗談であってほしい。「それなら、彼らはなぜジョーディーを殺したんだ?」

ミラーはため息をつき、ナイフを置いた。「あの男のやったことをするなって意味だと、だれだって知ってるからだ」

「いったいどういう意味だ?」

「つまり……」ミラーは小さな室内を見まわした。短い廊下の先にある小部屋ではだれかが昼食をとっているし、その向かいの隅へと消えていくもうひとつの廊下は奥のバーへと続いている。みながおしゃべりをしながら食事をし、酒を飲み、外の悪天候から逃れて楽しんでいる。だれひとり、二人のことになどこれっぽっちも注意を払っていない。

「なあ、ジョーディーがだれの下で働いていたかは知ってるだろ。その男を二度怒らせるべからず。わかるか？　一度目は見逃してもらえるかもしれないが、二度目は減刑なしだ。意味はわかるな？」

「その話はもうすんだだろ」

「そう、たしかに」

ミラーはますます落ち着きを失っていくようだった。

「あんた、ぼくがなぜ、こんな陽も射さないアバディーンへ来る羽目になったか知ってるか？」彼は窓の外、雨を落としている低く垂れ込めた雲に向かってフォークを振った。「ぼくがなぜ《サン》でのポストをあきらめて、こんな掃きだめに来たと思う？」しかし彼は、アバディーンを掃きだめなどと言うのをだれにも聞きとがめられないよう、声を低めた。「ドラッグだ。ドラッグと売春婦のせいだよ」

ローガンは片眉を上げた。

ミラーが睨みつけた。「ぼくが手を出したわけじゃないさ。いやなやつだな。ぼくは、エジンバラからグラスゴーへ流れ込むクラックについて取材していたんだ。東ヨーロッパの売春婦たちが持ち込んでいたんだよ。ほら、ビニール袋に入れてあそこに押し込むっていう昔からある方法でさ。生理中にそれをやれば、麻薬犬にだって嗅ぎ分けられない。仮に嗅ぎ分けたところで、きまり悪くてだれもなにも言えないからね」彼はワインをまた一口飲んだ。「リトアニア人売春婦のあそこにクラックコカインをどれくらい詰め込めるか知ったら、きっと驚くよ。かなり大量に詰め込めるんだからね」

「その話とジョーディーの件はどんな関係があるんだ？」

「そうあわてるなって。とにかく、ぼくはクラーク・ケントばりの仕事をしていた。うわさ話を掘り起こして、すばらしい記事を書こうとしていたんだ。各方面からいろんな評価を受けるはずだった。年間調査報道大賞の受賞、本の出版契約、なにもかもだ。あとは、その密輸事業を取りしきっている人物を突き止めるだけだった。ぼくは、ある名前をつかんだ。ドラッグを詰め込まれた売春婦たちを空路イギリスじゅうに招き入れている大物の名前だ」

「当ててみせよう。マルコム・マクレナンだ」

「二人の大男がソーヒホール・ストリートでぼくを拉致した。それも、白昼にだ！　連中はぼくを大きな黒い車に押し込んだ。そして、きわめて丁重な態度で、まるで放射能で汚染されたじゃがいもを捨てろとでも言うように、記事を発表するなと求めた。指を失いたくないのであれば。それに両脚も」

「で、きみは記事を発表しなかったのか？」

「当然だろ！」ミラーはグラスのワインを一気に半分ほど飲んだ。「だれも、ぼくの指を肉切り包丁で切り落とさなかった」彼は身震いした。「マルク・ザ・ナイフの脅しが広まり、気がついたらぼくは馘になっていた。主要新聞社はどこも、ぼくとかかわりを持ちたがらない」ため息が漏れた。「だから、ぼくはこんなところにいるわけさ。勘ちがいしないでくれ。いまでは、住めば都だと思ってるんだから。いい仕事をして何度も第一面を飾り、高級車と高級なフラットを手に入れ、いい女と出会った……大金を持つことにはいまだに慣れないけど……とにかく、ぼくはまだ生きている」

　ローガンは椅子の背にもたれ、向かいに座っている男をまじまじと見つめた。アバディーンの大雨の土曜日だというのに、注文仕立てのスーツ、金の宝飾品、シルクのネクタイを身につけている。

「だからこれまで、ひざをなくして港から引き上げられたジョーディーの死体のことが新聞で報じられなかったのか？　きみは、万一マルク・ザ・ナイフの目に留まる事態を怖れて、なにも書かないつもりなのか？」

「彼のビジネスにかかわる記事を第一面に載せるなどと考えようものなら、ぼくは今度こそ十四の子豚ちゃんとおさらばなんだ」記者はローガンに向かって自分の十本の指を振ってみせた。パブの天井照明の光を受けて指輪がきらめいた。「そう、この件については、ぼくは口をつぐんでいるつもりだ」

「では、なぜ私に話すんだ？」

ミラーは肩をすくめた。「いくらジャーナリストだからって、ぼくは、道徳性を欠いてないし、社会の寄生虫でもない。弁護士やなんかとはちがうんだ。ぼくは社会的良心を持ちあわせている。あんたに情報を教えるのは、それにより、あんたが殺人犯を捕まえることができるからさ。ぼくは指を失いたくないから、このまま目につかないようにするつもりだ。裁判になっても、法廷に立つのはあんただけだ。ぼくはドルドーニュへ行く。二週間、フランス・ワインと高級料理ざんまいで過ごすんだ。ぼくはだれにもなにも話すつもりはない」

「きみはだれの犯行か知っているということか？」

記者はワインを飲み終え、口の端をゆがめてほほ笑んだ。

「いいや、ちがうよ。でも、もしも犯人を突き止めたら、まっさきにあんたに知らせるよ。これ以上、嗅ぎまわるつもりはないけどね。他にもっと安全なネタがあるから」

「たとえばどんなネタだ？」

しかしミラーはにやりと笑っただけだった。「すぐに紙面で読めるよ。とにかく、もう行かなくちゃ」彼は立ち上がり、肩をすぼめて厚手の黒いオーバーに袖を通した。

「《テレグラフ》の記者と会う予定なんだ。明日の日曜版に〝死者を捜して――アバディーン幼児連続殺人鬼を捕まえる〟と題した四ページの記事が載るから、楽しみにしていてくれ。いい記事だよ」

アバディーンの外縁地区の例に漏れず、ディンストーンもかつては農地だった。しかし、他の地区よりも長きにわたって開発に反対しつづけたおかげで、ディンストーンの緑地にブルドーザーが入るころには、自分たちのモットーのもと、住民たちはたちまち強固な連帯意識を形成することができたのである。この地区では、伝統的な灰色の花崗岩のブロックや濃い灰色のスレート屋根はどこにも見当たらない。ディンストーンはいたるところ薄いベージュの打ち漆喰とパンタイル瓦ばかりで、曲がりくねった袋小路と行き止まりの通りだらけだった。ありふれた郊外の町だ。

しかし、一時間も経てばアパートや花崗岩の高層ビルに陽光を遮られるアバディーン市中心部とちがって、ディンストーンでは、ディー川両岸の南向きの斜面に広がる住宅地全体に太陽がふんだんに降り注ぐ。ただひとつ、すぐ近くに鶏肉加工場と製紙工場、汚水処理場があるのが難点だった。もっとも、万事がめでたしといかないのがこの世の常だ。それでも、西風が吹かないかぎり問題はない。

今日はその西風が吹いていなかった。北海からじかに吹き込む東風がうなりをあげ、冷たい横殴りの雨が降り注いでいた。

震えながら、ローガンはまた車の窓を閉めた。車は、こぢんまりした二階建ての家の前から少し離れた場所に停めていた。その家の小さな庭は、打ちつける雨にうんざりしているように見えた。ローガンと、フード付きのパーカーを着た禿げ頭の巡査は、もう一時間もそこで張り込んでいるが、標的はいまだに姿を見せなかった。

「彼はいったいどこにいるんでしょうね？」巡査が、保温効果のあるコートにさらに体をうずめるようにしながら言った。この巡査は、本部を出てからというもの、ただただ天候に不満を言い連ねていた。土曜日なのに仕事をしなければならないとはね。よく降りますね。寒いですね。腹ぺこなんです。雨のせいで小便が近くなりますよね、と。

ローガンはため息を漏らさないようこらえた。すぐにもニコルスンが姿を見せなければ、明日の新聞で新たな殺人事件が報じられることになる。〝不満屋の警官、停止中の車内で自分の性器で絞め殺される！〟この不満屋を殺して授与されるのは大英帝国四等勲位《OBE》だろうかナイト爵位だろうかと考えていたとき、見覚えのある、オンボロで錆だらけの緑色のボルボががたがたと横を通り過ぎた。運転者は駐車を急ぐあまり縁石に車を乗り上げ、あわてて後部座席からなにかを探していた。

「さあ、ショータイムだ」ローガンは自分の側のドアを開け、凍えるような雨のなかへと飛び出した。巡査もぶつくさ言いながら降りてきた。

二人がボルボのところに着いたとき、ニコルスンがビニールの買い物袋を二つつかんで車を降りてきた。ローガンを見て、顔が青ざめる。

「こんにちは、ミスタ・ニコルスン」氷のように冷たい雨が首筋をつたってシャツの襟にしみ込んでいるにもかかわらず、ローガンは無理に笑みを浮かべた。「その袋のなかを見せてもらってかまわないかな？」

「袋？」雨粒がダンカン・ニコルスンのスキンヘッドで光り、あぶら汗のように流れ落ちた。彼は買い物袋をさっと背中に隠した。「袋ってなんのことだ？」

不満屋の巡査が一歩前に出て、パーカーの毛皮付きのフードの下から怒鳴った。「どの袋のことか教えてやろうか！」

「ああ、これか！」買い物袋がふたたび現われた。「買い物だよ。テスコへ行ってきたんだ。昼食を買いにさ。それじゃ、おれはこれで――」

ローガンは動かなかった。「それはアズダの袋だ、ミスタ・ニコルスン。テスコのじゃないよ」

ニコルスンはローガンから不機嫌顔の巡査へと視線を移した。「おれ……おれは……ええっと……リサイクルだよ。ビニール袋を再利用してるんだ。環境保護のため、自分にできることをしないとな」

巡査がまた一歩前に出た。「おまえの環境保護など知ったことか――」

「もういい、巡査」ローガンが言った。「ミスタ・ニコルスンもわれわれと同じく、この雨から逃れたいはずだ。家に入ろうか、ミスタ・ニコルスン？ 言っておくが、警察本部だって快適で雨もしのげるんだ。なんなら車でお連れしようか」

二分後、三人は狭い緑色の台所に腰を下ろし、やかんの湯が沸く音を聞いていた。飼い猫が脳震盪を起こすのさえ気にならなければ、家のなかはまずまず快適だった。床には高価なオリーブ色のカーペットを敷き、縁飾りと小壁が設けられた四方の壁には柄の入った壁紙を張って、額入りの大きな大量生産品の油絵をいくつも掛けてある。本は一冊も見当たらない。

「素敵な家に住んでいるじゃないか」ローガンはニコルスンを見つめた。スキンヘッド、何カ所にも入れたタトゥ。

耳につけているいくつもの金属細工品は、ここからダンディーまでのあいだにある金属探知器すべてに反応するだろう。「内装は自分でやったのか？」

　ニコルスンはぼそぼそと、妻がリフォームに熱心なんだとかなんとか答えた。すべてコーディネートされている――やかん、トースター、ミキサー、タイル、オーヴン。すべて緑色だ。リノリウムまで緑色だった。大きな青洟のなかに座っているような気がした。

　二つのビニール袋はテーブルに置いてある。

「それじゃ、袋の中身を見せてもらおうか、ミスタ・ニコルスン？」ローガンは袋の一方を開け、ベーコンのパックと豆の缶詰が入っているのを見て驚いた。もうひとつの袋にはポテトチップスとチョコレート・ビスケットが入っていた。怪訝な顔で袋を傾けて、中身をテーブルに出す。チョコレート、ポテトチップス、豆、ベーコン……いちばん底に分厚い茶封筒が二つ入っていた。ローガンの渋面が笑顔に変わった。

「これはなんだ？」

「そんなもの、これまで一度も見たことねえよ！」

　いまニコルスンの顔を流れ落ちているのは雨ではなかった。ほんもののあぶら汗だ。

　ローガンはラテックスの手袋をはめ、茶封筒のひとつを手に取った。煙草の煙のにおいがした。「私がこれを開ける前に、言いたいことがあるかね？」

「おれは運んでるだけだ。中身は知らん……おれのもんじゃないんだ」

　ローガンは封筒を傾けて中身をテーブルに出した。写真だ。洗濯物を干している女性、寝支度を整えている女性。しかし、主として子どもの写真だった。学校にいるところ、庭で遊んでいる姿。ひとりなど、車の後部座席で怯えた顔をしている。なにを予測していたにせよ、これはローガンも想定していなかった。どの写真も、裏にそれぞれちがう名前が書いてある。住所はなく、名前だけだ。「これはいったいなんだ？」

「言ったろ。中身のことなんて、おれは知らねえって！」

ニコルスンは、しだいに甲高いうろたえた声になっていた。

「おれはただ運んでるだけだ」

　不満屋の巡査がダンカン・ニコルスンの両肩をつかみ、椅子が壊れそうな勢いで彼を押した。

「この変態め！」巡査はウサギのぬいぐるみを抱えて砂場に座っている男の子の写真をつかんだ。「こうやって被害者を探したのか？　そういうことか？　デイヴィッド・リードの写真も撮ったのか？　あの子をものにしてやろうと考えたのか？　この変態野郎！」

「ちがう！　そういうことじゃねえよ！」

「ミスタ・ダンカン・ニコルスン、殺人容疑で身柄を拘束する」ローガンは立ち上がった。テーブル一面に広がった子らの顔を見下ろすと吐き気を覚えた。「この男に権利を読んでやれ、巡査」

　小さな家は、実際のところ、鑑識局の係官四人とビデオ撮影係、写真係、ローガン、不満屋の巡査、制服警官二人が入るほどの広さはないのだが、とにかく、全員が無理に入り込んでいた。だれひとり、しのつく雨のなかで待たされたくなかったのだ。

　二つの封筒の中身はすべて、証拠品袋に入れてラベルが付けられている。二つ目の封筒に入っていたのは写真ではなかった。金《かね》と小さな宝石がたくさん入っていた。

　二階に上がると、バスルームの向かいに納戸があった。高さ三フィート、幅四フィートで、コンピュータと高級そうなカラー・プリンタ、スツールを収めるだけの大きさしかない。それなのに、内側からのみかけることのできるボルト錠がついていた。

　壁にしつらえた棚にCDが並んでいた。家で焼きつけたCDで、どれもラベルを貼って日付が書き入れてあった。コンピュータをのせた作業台の下には、高級光沢紙のプリントアウトの入った箱が並んでいる。プリントアウトは女性と子どもだが、主として子どもだ。寝室から最高級のデジタルカメラが見つかった。

　階下でガチャガチャと音がし、みなが突然しんとなった。キーッ。玄関ドアが開いた。

「ダンキー？　ちょっと手伝って……あんたたち、いったいだれ？」

ローガンが頭を突き出して階下をのぞくと、黒革のコートを着て買い物袋をいくつも持った身重の女性が、家を満員にしている警察官たちを、信じられないといった様子で見つめていた。

「ダンカンはどこ？　あんたたち、主人になにをしたの？」

25

その知らせは、午後三時に警察無線で伝えられた。ローガンは警察本部へ戻る途中だった。マスコミの注目を集めた四週間におよぶ審理を経て、ジェラルド・クリーヴァー裁判の評決がようやく下されたのだ。

「無罪？　どうしてあの男が無罪になるんだ？」ローガンがたずねたとき、ちょうど不満屋の巡査が錆だらけの共同利用車を駐車場へ入れた。

「ヒッシング・シドですよ」と返事があった。サンディ・モア・ファカースンがまたしてもやってくれたのだ。

二人はそそくさと車を降り、会議室のある階へと上がった。会議室は制服警官だらけで、そのほとんどがずぶ濡れだった。

「聞いてくれ！」警察本部長その人だった。きちんとプレスした正装に身を包み、すこぶる頭が切れそうに見える。

「いよいよ裁判所に怒れる群衆が詰めかけるだろう」これは控えめな表現だ。このところ、抗議をする群衆は裁判所前の恒久設備とも言える状態だった。みな、ジェラルド・クリーヴァーにピーターヘッド刑務所での終身刑という判決が下されるのを期待していた。彼を無罪放免にするなど、青い導火紙に火をつけた花火をズボンのなかに放り込むようなものだ。

　これまで、裁判所前に配置される警察官は、事態を正常に収めるために必要最小限な人数にかぎられていた。それがいま変わろうとしている。本部長はいかなる危険も冒すつもりはないのだ。

「世間の注目はここアバディーンに集まっている」本部長は言い、部下たちを奮起させるようなポーズをとった。「日ごと小児性愛者排斥の運動が拡大している。それ自体は正しい行為だ。しかし、われわれは、心得ちがいをしている少数の人間が子どもたちの保護を言い訳に暴力行為に及ぶのを、見逃すわけにはいかんのだ。私はことを平和的に解決したい。よって、暴徒鎮圧用の盾は使わない。これは地域警察の責任ある決断なのだ。わかるね?」

　うなずく顔がいくつかあった。

「諸君は、この誇り高き街の善き市民の代表者として赴くのだ。アバディーンは法と秩序を重んじる街だということを世間に知らしめてくれたまえ」

　本部長は拍手喝采を期待するかのように短い間を置いたのち、その場をスティール警部に譲り、警部が全員に任務を割り当てた。彼女はストレスを感じているようだった。彼女がジェラルド・クリーヴァー事件の捜査責任者だったのだ。

　ローガンは制服警官ではないので、犯罪捜査課の他の面々と同様、群衆整理のリストからはずされていた。それでも彼は、最後のチームとともに会議室を出て、警察本部の正面玄関で足を止め、凍えそうなほど冷たい雨と、州裁判所の前に詰めかけた怒れる群衆を眺めた。

　群衆はローガンが考えていた以上に多く、五百人ばかりいた。彼らは裁判所の正面入口前の広場を埋めつくし、あふれた人びとが階段を下って〝公用車専用〟の駐車場にまで続いていた。テレビ取材班のいる場所は、不満げな顔で埋めつくされた海に点々と浮かぶのどかな小島のようなので、すぐにそれとわかる。群衆はプラカードを掲げていた。

〝白い悪魔クリーヴァーを追放しろ！〟

〝クリーヴァーを死刑に！〟

〝変態野郎！〟

〝命のつぐないは命で！〟

〝小児性愛の人でなしに死を！〟

最後のプラカードを読んで、ローガンは顔をしかめた。彼らは、義憤に駆られた愚かな大衆と、それに加担する暴徒以外の何者でもない。前に大衆がこの手の熱に浮かされたとき、三軒の小児科病院で手術室の窓が割られた。この分では今回、彼らは脚フェチの連中を狙いそうだ。

状況は早くも手に負えなくなりつつあった。

群衆は裁判所の建物に向かってシュプレヒコールを叫び、大声で罵詈雑言を浴びせていた。男性も女性も、親たちも祖父母たちも、生け贄を求めてここに集まっていた。この場に欠けているのは、熊手と火のついた松明だけだ。

そのとき、群衆が静まり返った。

大きなガラスのドアが開いて、サンディ・モア・ファカースンが雨のなかへ出てきた。ジェラルド・クリーヴァーは一緒ではなかった。グランピアン警察本部は、いかにクリーヴァーの有罪を確信しているにせよ、あの烏合の衆のなかへクリーヴァーを連れ出すはずがない。

サンディ・ザ・スネークは、旧知の友でもあるかのように、群衆に向かってほほ笑んだ。いまこそ大衆の注目を集める瞬間だ。世界じゅうのテレビカメラがここへ来ている。今日、私は国際的舞台で光り輝くのだ。

四方八方からマイクが彼に突きつけられた。

ローガンは雨のなかへ出ると、病的な好奇心に駆られて、弁護士の言葉が聞こえる距離まで近づいた。

「みなさん」モア・ファカースンは上着のポケットから折りたたんだ紙を取り出した。「私のクライアントはいまのところコメントする予定はありませんが、次の声明を読みあげてほしいと、私に依頼しました」彼は咳払いをし、胸を張った。「『私は、この苦しい試練のあいだ、やさしい支援の言葉をかけてくれたみなさんに感謝したい。私はずっと無罪を主張しつづけ、今日、アバディーンの善良なる人びとが、晴れて私の潔白を証明してくれました』」

　この言葉を聞いて、静寂のなかに怒号が混じりはじめた。

「なんてこった」ローガンの隣に立っている制服警官がつぶやいた。「あの男の口を閉じさせておくわけにいかなかったのか？」

「『いまこうして』……」みなに聞こえるよう、サンディ・ザ・スネークは声を張りあげなければならなかった。

「……『いまこうして汚名をそそがれたので、私は』——」彼はそれ以上読み進めることができなかった。

　群衆のなかから飛び出した大柄でみすぼらしい青年が記者たちの輪を押し分けて進み出ると、弁護士に一発食らわせたのだ。その一撃はまともに鼻をとらえた。サンディ・ザ・スネークはよろよろと後退し、足をすべらせて転んだ。群衆から歓声がわき上がった。

　どこからともなく黒い制服の集団が現われ、みすぼらしい青年が倒れた弁護士を蹴りあげる前に捕まえた。彼らは血を流しているサンディ・モア・ファカースンを助け起こし、手を貸して裁判所内へ連れ去った。そのあとを、彼を襲った青年が無理やり連行されていった。

　それきり、半時間というもの、なにも起きなかった。氷のように冷たい雨が、ただ降りつづけていた。群衆の大半は、あきらめてバーや家へと散り散りに立ち去った。あとに残った数えるほどの抗議者たちは、着色ガラスの入った無印のミニバスが道路へ出てきて街の中心部へと走り去るのを見送った。

　ジェラルド・クリーヴァーが釈放されたのだ。

　本部内に戻ったローガンは、しずくを垂らし、鼻をすすっている男女の警察官の列に加わった。列の先頭では、食堂のスタッフが湯気の立ちのぼるスコッチ・ブロス・スープをボウルで配っている。スプーンを置いた台の横に立った本部長が、トラブル回避のためによくやってくれたと言いながら、ひとりひとりと握手をしていた。

ローガンはスープと握手を同じ寛大さで受け入れたあと、濡れた靴で音を立てながら、くもった窓のそばのテーブルへ行って座った。スープは熱々でおいしく、握手などよりよほど効果がある。少なくとも無料だ。

ご満悦の体《てい》のインスク警部が向かい側の、ずぶ濡れの二人の巡査のあいだにどさりと腰を下ろした。警部は、だれを見てもなにを見てもにこやかにほほ笑んでいた。「鼻に命中だ！」ようやく言った。「バン！　鼻に命中」にやにや笑いながらスプーンでスープをすくう。「バシッ！」そのままスプーンを戻した。「きみも見ただろ？　スリッパリー・サンディのやつがあそこでべらべらとたわ言を並べていると、だれかが近づき、一発食らわした。バン！」彼が大きなこぶしを大きな手のひらに打ちつけたので、隣の席の巡査がびくっとし、そのはずみでスプーンが口からそれて、スープが小さな滝のようにネクタイを流れ落ちた。

「すまん」インスクはスープをこぼした巡査にナプキンを手渡した。「まともに鼻に当たった」間を置くと、笑みがますます広がった。「今夜のニュースで流れるはずだ。それを録画する。そうすれば、笑いたくなったときはいつでも――」ありもしないリモコンを向けてボタンを押すまねをした。「バン！　鼻に命中だ」インスクは満足げなため息を漏らした。「今日みたいなことがあると、自分が警察に入った理由を思い出すよ」

「スティール警部はどのように受け取っているんでしょう？」ローガンはたずねた。

「え？　ああ……」インスクの笑みが消えた。「そうだな、鼻への一撃は喜んでいるが、あの薄汚い変態野郎が釈放になったことには腹を立てている」警部は首を振った。「被害者たちを証言台に立たせるため、彼女は長い時間をかけて説得したんだ。気の毒な若者たちが法廷に立って、あの変態野郎にされたことを世間に公表するしかなかったからな。ヒッシング・シドが彼らに屈辱を与え、クリーヴァーが釈放になり、あれだけの苦労が水の泡だ」

テーブルが沈黙に包まれ、全員がひたすらスープを食べた。

「やつに会いにいきたいか？」ローガンが最後の一口を食

べ終えると、インスクがたずねた。

「え、クリーヴァーにですか？」

「ちがう、時のヒーローにだよ」インスクは両手を上げて、だれもが知っているボクシングの構えをしてみせた。「蝶のように舞い、蜂のように鼻に一撃を食らわした男にだ」

ローガンはにやりと笑った。「ええ、ぜひ」

留置場の前には小さな人だかりができていた。みな、うれしそうな顔でおしゃべりを交わしている。インスク警部が一喝して全員を追い払った。きみらはこれが警察官らしからぬ行動だと思わないのか？ 暴行を働いてもかまわないと、市民に思わせたいのか？ 制服を着たやじ馬どもが恥じ入った顔で散り散りに立ち去り、青いペンキを塗られたドアの前にはローガンとインスク、留置房担当の巡査部長だけが残った。巡査部長が留置房の横の黒板に書いている名前を見て、ローガンは眉根を寄せた。覚えのある名前だが、その理由がわからなかった。

「被疑者に会ってもいいかね？」名前を書き終えた巡査部長に、インスクがたずねた。

「え？ もちろんどうぞ。警部がこの件の捜査責任者なのですか？」

インスクがまたしてもにこやかにほほ笑んだ。「ぜひともそう願いたいね！」

留置房は狭く、心地よさなどみじんもなかった。床は茶色のリノリウム、壁はクリーム色で、壁際に堅い木のベンチシートがしつらえてある。外側に面した壁の高い位置にはめ込まれた、強化処理を施した小さな二枚のくもりガラスから射し込んでいるのが、唯一の自然光だ。房内はわきの下のにおいがした。

房の主《ぬし》は木のベンチの上で、脇腹を下にして胎児姿勢でまるまっていた。低い声でうめいている。

「ありがとう、巡査部長」インスクが言った。「私たちだけにしてくれたまえ」

「わかりました」巡査部長は留置房を出て、ローガンに向かってウインクした。「そこのモハメッド・アリが手を焼かせるようなら、知らせてください」

房のドアが鈍い音を立てて閉まると、インスクはベンチでまるまっている男の隣に腰を下ろした。「ミスタ・ストリケン？　それとも、マーティンと呼んでいいかな？」

　男がわずかに姿勢を変えた。

「マーティン？　なぜここへ放り込まれたのかはわかっているね？」やさしく、親しみのこもった口調だ。これまでローガンは、警部が被疑者に対してさまざまな口調で話すのを見てきたが、これは、そのどれともまったく異なっていた。

　マーティン・ストリケンがゆっくりと起き上がり、両脚をベンチの端から垂らすと、靴下がリノリウムの床に湿った足跡をつけた。留置に際し、靴ひもとベルト、その他危険のありそうなものはすべて没収していた。青年はどっしりしている――太っているのではなく、すべての部位が大きいのだ。腕、脚、手、顎……ローガンの目は、青年のあばた面で止まった。ようやく、名前に覚えのあったわけがわかった。マーティン・ストリケンは、ワトスン婦警が捕まえた更衣室のマスかき男、おれがクレイギンチズ刑務所まで車で護送してやった男、ジェラルド・クリーヴァー裁判で証言した青年だ。

　彼がスリッパリー・サンディの鼻に一発食らわしたのも当然だ。

「彼らはあの男を釈放した」ささやく程度の小さな声だった。

「知っているよ、マーティン。わかっている。釈放などすべきではなかったのに、彼らは釈放した」

「彼らがあの男を釈放したのは、あいつのせいだ」

　インスクはうなずいた。「それできみはミスタ・モア・ファカースンを殴ったのか？」

　くぐもったつぶやきが聞こえるだけだった。

「マーティン、簡単な供述調書を作るからサインをしてほしいんだ。いいね？」

「彼らはあの男を釈放した」

　インスクはマーティン・ストリケンに少しずつ午後のできごとを話させて――殴打の瞬間には格別な喜びを味わった――それをローガンに、もってまわった警察用語で書き留めさせた。罪を認める供述調書なのだが、インスクは苦心して、ことがすべてサンディ・ザ・スネークのせいに聞こえるようにした。現にサンディのせいなのだ。マーティンが供述調書にサインしたあと、インスクは彼を釈放した。

「行くあてはあるのか？」受付を通ってドアまで送りながら、ローガンがたずねた。

「いま母の家にいるんだ。社会奉仕活動をするあいだ、そうしなければいけないって裁判所が言うから」彼はますます肩を落とした。

インスクが彼の背中をたたいた。「まだ雨が降ってるな。きみさえよければ、パトカーを出して家まで送らせようか？」

マーティン・ストリケンは身震いした。「今度家の前にパトカーが停まったらおまえを殺してやる、と母に言われたんだ」

「わかったよ。きみがいらないと言うならそれで結構だ」インスクが片手を差し出すと、ストリケンはその手と握手を交わした。大きな手が警部の手を包み込んだ。「それから、マーティン」警部は青年の不安そうなハシバミ色の目をのぞき込んだ。「ありがとう」

ローガンとインスクは窓際に立って、マーティン・ストリケンが午後の雨のなかへと消えるのを見送った。まだ四時だというのに、外はもう暗くなっていた。

「証言に立った日、彼は、モア・ファカースンに向かって殺してやるとわめいたんですよ」ローガンは言った。

「ほんとうか？」インスクは物思いに沈んだような口調だった。

「彼が殺害を試みると思いますか？」

警部が破顔一笑した。「そう願おうじゃないか」

第三取調室に笑顔はなかった。部屋は、インスク警部、マクレイ部長刑事、制服がまだ湿ったままの婦警、ダンカン・ニコルスンで満杯だった。録音機のテープがまわり、部屋の片隅でビデオカメラの赤い光がきらめいていた。

インスクは身をのりだし、ワニが具合の悪いヌーに向けるような笑みを浮かべた。「ほんとうに、なにも話したくないのか、ミスタ・ニコルスン？」彼はたずねた。「みんなの手間を省いてほしいんだがね。洗いざらい白状して、ピーター・ラムリーの死体をどうしたのか話してくれるだけでいい」

　しかしニコルスンは、片手でスキンヘッドをなで、こすれるような音を立てて汗をぬぐうだけだった。彼は怯えきっている様子だった。震え、汗をかき、両腕で自分の体を抱いて、目はローガンとインスクとドアを行ったり来たりしていた。

　インスクはクリアファイルを開けて、三輪車に乗った幼い男の子の写真を取り出した。この子がいるのは裏庭と思しき場所だ。ピントの合っていないタオルとジーンズのあいだに、風に揺れる物干しロープらしき線が見えている。裏にボールペンで書かれた名前が読めるよう、インスクはその写真を裏向けにして持ち上げた。「それじゃあ教えてくれ、ミスタ・ニコルスン。ルーク・ゲッデスというのは何者だ？」

　ニコルスンは唇をなめ、おどおどした目で、ドア、湿った制服の婦警、その他すべてのものに視線を走らせたが、三輪車に乗った男児にだけは目を向けなかった。

「あんたの幼い被害者のひとりなのか、ニコルスン？　つかまえて殺し、性的いたずらをするリストの次の標的なのか？　ちがうか？　じゃあこの子はどうだ――」インスクはクリアファイルから別の写真を取り出した。学校の制服を着たブロンドの少年がひとりで通りを歩いている。「記憶を呼び覚ましたか？　それとも、別のものを呼び覚ましたか？　勃起するのか、ええ？」また別の写真を取り出す。「この子はどうだ？」怯えた顔で車の後部座席に座っている少年だ。「これはあんたの車か？　私にはボルボに見えるが」

「おれはなんもやってねえ！」

「嘘つきめ。おまえみたいな嘘つき野郎は刑務所にぶち込んで、死ぬまで出られないようにしてやる」

　ニコルスンはごくりとつばを飲み込んだ。

「写真は他にもある」ローガンは言った。「見たいか、ミスタ・ニコルスン？」彼は厚紙ホルダーを開いて、デイヴィッド・リードの検死時の写真を取り出した。

「なんてひどい……」ニコルスンの顔が青ざめた。

「デイヴィッド・リードのことは覚えているだろう、ミスタ・ニコルスン？　あんたが連れ去り、首を絞めて殺し、性的いたずらをした三歳児だ」

「ちがう！」

「よく覚えているはずだ。あんたはこの子の一部を取りに現場へ戻った、そうだろ？　植木ばさみを持っていったのか？」

「ちがう！　ほんとうにちがうって。おれはやってねえ。おれは死体を見つけただけだ。この子に指一本触れちゃいねえよ！」いまにも床から浮き上がって天井に頭をぶつけそうだとでもいうように、彼はテーブルをつかんでいた。

「おれはなんもやってねえんだ！」

「そんなことを言っても信じないよ、ダンカン」インスクはまたワニのような笑みを浮かべた。「おまえは卑劣な犯罪者だ。刑務所行きにしてやる。ピーターヘッド刑務所に入れば、おまえみたいな人間が――子どもに性的いたずらをするような人間が――どういう目にあうか思い知るだろうよ」

「おれはなんもやってねえ」ニコルスンの顔を涙が流れ落ちた。「ほんとうに、おれはなんもやってねえんだ！」


三十分後、インスク警部は〝トイレ休憩〟という名目で取り調べを中断した。ダンカン・ニコルスンを湿った制服の婦警とともに取調室に残して、二人はのんびりした足取りで特別捜査本部室へ向かった。ニコルスンはすっかり参ってしまい、身を震わせながら、泣いたり叫んだりしていた。インスクは、彼をもう充分に脅しつけたので、今度は身から出た錆で苦しませてやりたかった。

ローガンとインスクはコーヒーを飲み、恐竜の形のゼリーを食べ、ロードキルの農舎から掘り出した少女の死体について話しあいながら時間をつぶした。捜索チームは今日もあの農舎へ行き、証拠品を探して死骸の山を調べたが、なにも発見できなかった。

ローガンはまた厚紙ホルダーを開けて、学校で撮ったデイヴィッド・リードの写真を取り出した。わずかに歯並びの悪い歯と、どんなにくしを通しても収まりそうにないもじゃもじゃの髪をした、幸せそうな男の子の写真だ。検死時の写真とちがって、膨れて黒く変色し腐った顔ではない。

「いまも彼の犯行だと思っているのですか？」ローガンはたずねた。

「ロードキルか？」インスクは肩をすくめ、ゼリーを噛んだ。「もはやその可能性はなさそうだ。そうだろ？　こうして、子どもの写真のコレクションを持っていた愚か者を捕まえたんだから。なあ、案外、どこかに小児性愛者の組織らしきものがあるのかもしれんぞ」インスクは渋面を作った。「そうだとしたら、大騒ぎになる。そうだろ？　人でなしが何人も野放しになっているわけだからな」

「しかし、ニコルスンの持っていた写真の子はだれも裸ではありません。淫らな写真は一枚もありませんでした」

インスクは片眉を上げた。「するときみは、あの写真が芸術的だと思っているのか？」

「まさか。私の言う意味はおわかりでしょう。あの写真は児童ポルノじゃありません。そうでしょ？　見るもおぞましく、むしずが走るのはたしかですが、ポルノ写真ではありません」

「ニコルスンは子どものああいう姿を見るのが好きなのかもしれん。たんなる選考手続なのかもしれん。子どもたちのあとをつけて写真を撮り、小児性愛レースの幸運な勝者を選ぶんだ」彼は指で銃の形を作り、いもしない子どもの姿を狙い撃ちにした。「生《なま》で見る児童ポルノ、本物相手の生のポルノだよ」

ローガンは納得できなかったが、それは口にしなかった。

やがて巡査がドアから顔だけ出して、ミスタ・モア・ファカースンという人物が二人に会いたいと言っている、会ってくれるまでだれかれなしに当たり散らしてやると言っている、と伝えた。インスクは口を引き結び、しばし考えたのち、サンディ・ザ・スネークを接見室に通すようにと巡査に告げた。

「ヒッシング・シドがなんの用だと思いますか？」ローガンは巡査が立ち去るなりたずねた。

インスクはにんまりした。「泣き言、不平不満……かまうものか。あのくず野郎が痛みを訴えているあいだにからかってやれる」警部は両手をもみ合わせた。「いいか、ローガン、ときに神さまはわれわれにほほ笑みかけてくださるのさ」

サンディ・モア・ファカースンは一階の接見室で二人を待っていた。不満げな顔だ。いまはゆがんでいる鼻梁に白の薄い湿布薬が貼ってあり、目の下が黒ずんでいる。うまくいけば、二つの黒ずみはそのまま黒あざになるし、彼の評判もがた落ちになる。

ファカースンはブリーフケースを目の前のテーブルのまんなかに置いて、その革の表面をいらいらと指先で打っていた。入ってきたインスクとローガンを睨みつけた。

「ミスタ・〝ファー・クォー・サン〟」警部が言った。「また元気な姿を見られてうれしいよ」

サンディ・ザ・スネークは怖い顔で警部を睨んだ。「あの男を釈放しましたね」低い、すごみのある声だ。

「そのとおり。供述を行なったから、月曜日の四時に出頭するという条件で釈放した」

「あの男は私の鼻を折ったんだ！」感嘆符を強調するように、こぶしをテーブルに打ち下ろしたので、ブリーフケースが跳ねた。

「なかなか悪くないよ、ミスタ・ファー・クォー・サン。むしろ、そのおかげで無骨で男っぽい雰囲気をかもしている。そうじゃないか、部長刑事？」

ローガンは真顔を崩さずに、そのとおりだと相づちを打った。

サンディは眉間にしわを刻んだものの、二人がからかっているのかどうかの判断をつけかねていた。「ほんとうに？」ようやく言った。

「ほんとうさ」インスクがポーカーフェイスで答えた。「もっと前に、だれかがあんたの鼻を折っておけばよかったな」

弁護士の怪訝顔が渋面に変わった。「何者かが私に殺しの脅迫状を送りつけてきたことは知っているでしょう？　何者かが私にバケツで血をぶっかけたことも」

「ああ、知っている」

「それに、あのマーティン・ストリケンに暴行の前科があることも」

「あいにくだな、ミスタ・ファー・クォー・サン。あんたが血をぶっかけられたとき、ミスタ・ストリケンは拘置所にいた。あんた宛ての脅迫状の分析もすんでいる。それによると、あれを送りつけた人間は少なくとも四人いるし、いずれもクレイギンチズ刑務所の消印ではなかった。したがって、おそらくミスタ・ストリケンのしわざではないだろう」インスクは笑みを浮かべた。「しかし、あんたが希望するなら、保護拘置してやってもいい。地下に快適な房がいくつかあるんだ。クッションを二つばかり置いて花でも飾れば、まるで家のようだぞ！」

　これに対する反応は、無言で睨みつけられただけだった。

　インスクはにこやかにほほ笑んだ。「では、よければこれで失礼するよ、ミスタ・ファー・クォー・サン。私たちには、やるべき本来の警察業務があるんでね」彼は立ち上がり、ローガンにも立つようにと身ぶりで示した。「しかし、もしも何者かが殺しの脅迫を実行したら、かならず電話をくれたまえ。さっ、マクレイ部長刑事が表まで送るよ」警部の笑みがさらに広がった。「彼に銀器を盗まれないようにするんだぞ、ローガン。弁護士がどういう連中かはきみも知っているだろう」

　ローガンははるばる正面玄関まで弁護士を送っていった。

「実は」灰色の空から打ちつける雨に顔をしかめながらサンディが切りだした。「私にも子どもがいる。あのでぶ警部の言い草を聞いていると、まるで私が性的倒錯者を釈放させることを生きがいにしているようじゃないか」

　ローガンは片眉を上げた。「あんたはジェラルド・クリーヴァーを釈放させただろ」

　弁護士はコートのボタンを留めた。「いや、それはちがう」

「いや、そうだ！　あんたは検察側の主張をずたずたにした」

　モア・ファカースンは向き直り、ローガンの目をひたと見据えた。「検察側の主張が確固たるものだったら、私だってずたずたになどできなかった。クリーヴァーを釈放させたのは私ではない。きみたちだ」

「しかし――」

「では、よければこれで失礼するよ、刑事さん。私にはやるべき仕事があるんでね」

取調室に戻ると、ダンカン・ニコルスンは、何者かによって尻に配電幹線をつながれたかのようにそわそわしていた。シャツは汗でびしょ濡れになり、目は絶えず室内をさまよい、一秒以上なにかに視線が定まることはなかった。

ローガンは、先ほどと同じく録音機にいちばん近い席に座り、録音を再開する準備にとりかかった。

「なあ……おれを保護してくれ！」ローガンがまだ録音ボタンを押さないうちにニコルスンが言った。

「クレイギンチズならおまえの身は充分に安全だろ？」インスクがたずねた。「むろん、ピーターヘッド刑務所へ送られれば事情は変わるだろうが」

「ちがう！　映画みたいに、おれを保護してほしいんだ。どこか安全な場所で……」彼は汗まみれの顔をぬぐった。「口を割ったってことがばれたら、やつらに殺されちまう」下唇が震えているので、ローガンは一瞬、彼がまた泣き崩れるのではないかと思った。

インスクが恐竜ゼリーの袋を取り出し、二、三個、口に放り込んだ。「約束はできん」オレンジ味とイチゴ味の恐竜でふさがった口で言った。「テープをまわしたまえ、部長刑事」

ニコルスンはうなだれ、目の前のテーブルの上で震えている両手をじっと見つめていた。「おれ……おれはいくつかの賭け屋の仕事をしてた。つまり、金貸しどもの下で……」声が乱れ、深呼吸をしてから話を続けた。「いわゆる債務管理調査ってやつだ。借金を返そうとしない連中のあとをつけて、本人や家族の写真を撮るんだ。おれは……それを家でプリントアウトして、金を貸してる側に渡す」彼は椅子のなかでさらにうなだれた。「賭け屋はその写真を使って連中を脅す。彼らが金を返すように仕向けるんだ」

インスクが口をゆがめた。「おまえの両親は、おまえを誇りに思うだろうよ！」

ニコルスンの頬を涙がつたい、彼はそれを袖口でぬぐった。「他人の写真を撮るのは違法行為じゃねえ！　おれがやったのはそれだけだ。他にはなんもしてねえ。どの子にも手出しはしてねえんだ！」

インスク警部は鼻を鳴らした。「たわ言はたくさんだ！」彼は座ったまま身をのりだし、大きなこぶしをテーブルに置いた。「私が聞きたいのは、おまえがブリッジ・オブ・ドンの水路で、性器を切断された三歳児の死体をどうしたのかということだ。現金と宝石の詰まった封筒を持っていた理由だ」インスクは立ち上がった。「おまえは卑劣な犯罪者だ、ニコルスン。その恥ずべき一生は、刑務所で終えるに値する。そこに座って好きなだけ嘘を並べていればいい。私は地方検察官に報告に行く。彼を説き伏せて、なんとしてもおまえを刑務所にぶち込んでやる。取り調べ中断時刻は――」

「足がすべったんだ」ニコルスンは滝のように涙を流していた。目にはパニックの色があらわに浮かんでいる。「聞いてくれ！　足がすべったんだ」

ローガンはため息をついた。「その話は前にも聞いた。あんたはあんなところでなにをしていたんだ？」

「おれ……仕事だ」ニコルスンがじっと目を見つめるので、ローガンは彼を〝落とした〟とわかった。

「続けたまえ」

「おれは仕事中だった。小さなばあさんだ。未亡人。家に小金を貯め込んでた。銀器とか宝石とかも」

「すると、あんたはそのおばあさんから盗みを働いたのか？」

ニコルスンは首を振った。こぼれ落ちた涙がダイアモンドの粒のように、汚れたフォーマイカの天板に散らばった。「あの家まで行きつけなかった。おれはべろべろだったんだ。酔っぱらってて、あの家まで行けなかった。おれ、川の土手にある木の下に盗んだものを隠してるんだ。わかるだろ。万一あんたら警察がやって来て家宅捜索をされても大丈夫なように、家には置かないようにしてたんだよ」彼は肩をすくめた。声がますます低くなっていた。「おれは泥酔してた。あのばあさんの家に押し入る前に、金を数えたかったんだ。大雨が降ってた。足がすべって、土手を下まで転げ落ちた。そうだな、二十フィートくらいかな？　暗闇で、激しい雨の降るなかでだ。上着とジーンズが裂けて、危うく頭を大きな岩にぶつけて割るところだった。気がつくと水路に落っこちてた。おれはあの大きな樹脂合板を足場にして土手を上がろうとした。でも安定が悪くて。板が動いて、水に浮き沈みしてるあれが見えたんだ」彼はしゃくりあげはじめた。「最初は犬だと思った。ほら、ブルテリアかなんか……だって……だって、まっ黒だったから。それで、必死で水路から出ようとした。そのとき、光るものが見えたんだ。雨のなかできらっと光ったんだよ。銀の鎖かなんかみたいに……」彼は身震いした。「おれのだと思った。べろべろに酔ってたから、おれが隠しておいた盗品のひとつだと思ったんだ。だから手に取ろうとしたら、あれがひっくり返った。それで子どもの死体だってわかった。おれはただ叫び声をあげてた……」

　ローガンは身をのりだした。「それからどうした？」

「おれはできるだけ急いで水路を出た。まっすぐ家へ帰った。シャワーを浴びて、死体の浮いてた汚い水を洗い落とそうとした。警察に通報した」

　そこでおれの登場となったわけだ、とローガンは思った。

「で、あれはどうした？」

「え？」

「あんたが死体についているのを見つけた、光るものだよ。なんだったんだ？　いまどこにある？」

「アルミ箔だ。ただのアルミ箔だった」

　インスクが彼を睨みつけた。「おまえが盗みを働いた相手の名前を残らず聞かせてもらおう。盗品も押収する。ひとつ残らずだ！」目を落としてクリアファイルに入ったたくさんの写真を見た。「それから、おまえが写真撮影を請け負ってた賭け屋の名前も残らず聞かせてもらおう。この写真のなかのだれかが怪我をしたら、それがたとえ自転車から落ちただけだとしても、暴行を企てた共犯の容疑でおまえを起訴してやる。わかったか？」

　ニコルスンは両手に顔をうずめた。

「とにかく」インスクは寛大な笑みを浮かべた。「捜査への協力に礼を言うよ、ミスタ・ニコルスン。ローガン、いい子だから、お客人を個室へご案内してくれ。眺めがよくてバルコニーもついた南向きの部屋がいいだろう」

独房へ連れていくあいだじゅう、ニコルスンは泣いていた。

26

鑑識からの予備報告書は六時過ぎに届いた。内容はかんばしくなかった。死体を発見したという以外に、ダンカン・ニコルスンをディヴィッド・リードと結びつける証拠はなにも出なかった。しかも、ピーター・ラムリーが行方不明になった時刻、ニコルスンには鉄壁のアリバイがあった。ニコルスンが盗品を隠したと供述した場所へ、インスクは巡査を二人向かわせた。二人はパトカーのトランクいっぱいに盗難品を積んで戻ってきた。ようやく、ニコルスンが真実を語っているのだと思えてきた。

そうなると、容疑はふたたびロードキルに向く。しかしローガンはいまだ釈然としなかった。たしかに農舎のひとつに少女の死体を貯蔵してはいたが、ロードキルが小児性愛の殺人者だとは思えないのだ。

ようやくインスクが、今日はここまでにしようと言った。

「家へ帰る時間だ。被疑者は全員ぶち込んだし、連中は月曜日の朝まで留置房にいるさ」

「月曜日？」

インスクはうなずいた。「そう、月曜日だ。ローガン、明日の日曜は休むことを許可する。安息日を守りたまえ。サッカーの試合を見に行くなり、ポテトチップスを食べながらビールを飲むなりして楽しむんだ」彼は言葉を切り、いたずらっぽい笑みを浮かべた。「美人の婦警を夕食に連れ出すってのもいいんじゃないか？」

ローガンはまっ赤になり、黙っていた。

「好きなことをすればいい。では月曜の朝に」

ローガンが本部を出るころには雨はあがっていた。受付の巡査部長が彼をつかまえて、ピーター・ラムリーの継父からまた伝言が三本入っていると訴えた。父親はまだ、警察が息子を探し出してくれると信じているのだ。ローガンはラムリーに嘘を言い、万事解決すると言ってやろうとしたが、できなかった。そこで、なにかわかりしだい連絡すると約束した。それ以外、ローガンにできることはなにもなかった。

夜気はひんやりどころか、底冷えのする寒さに変わり、歩道に薄く張った霜がきらめいていた。ユニオン・ストリートへと出るなり、白い息が雲のように口もとを包む。すごい寒さだ。

土曜の夜だというのに、通りは異様なほどひっそりしていた。ローガンはだれもいないフラットに帰る気分ではなかった。時刻もまだ早い。そこで、家ではなく〈アーチボルド・シンプソンズ〉へと向かった。

できるだけ速く、できるだけ酔っぱらって寒さを振り払おうと、ピッチャー入りのカクテルを並べた若者のにぎやかなグループがいくつもいて、店内は込みあっていた。彼らが店を追い出されるころには、嘔吐やちょっとした喧嘩が生じるだろう。留置房へ放り込まれる者、場合によっては救急病棟へ運び込まれる者まで出るかもしれない。

「若く愚かしき日々よ、ふたたび」とつぶやきながら、ローガンは人込みをかき分けて進み、長い木のバーへとたどり着いた。

途中で耳に入った会話の断片は、どれもみな、ありふれたものばかりだった。昨夜どれほど酔っぱらったかという自慢話、今夜はそれ以上に酔っぱらうぞという意気込み。しかし、そうした会話の底に別のテーマが隠れている。アルコールやセックスにまつわる武勇伝はすべて、ジェラルド・クリーヴァーが無罪放免となったことに起因していた。

ローガンはバーに立って、いらいら顔のオーストラリア人のバーテンが酒を注いでくれるのを待ちながら、明るい黄色のシャツを着たでぶが、Tシャツにベストを着たひげ面の痩せっぽち相手にふるっている長広舌を聞いていた。

クリーヴァーは人間のくずだ。警察はよくもまあ、あの人でなしを無罪放免にさせるようなへまをしでかしたもんだ。子どもらが次々と死体で発見されてる事件にしても、明らかにクリーヴァーが犯人だ。それなのに警察は、小児性愛者だとわかりきってる男を釈放させたんだからな！

〝警察の無能〟をあげつらっているのは、でぶと痩せっぽちのコンビだけではなかった。ローガンの耳に、少なくとも五、六人の声が同じ話題を議論しているのが聞こえた。この人たちは、ここが、勤務を終えたアバディーンの警察官の大半が酒を飲みにくる店だと知っているのだろうか？日勤の警察官の多くがこの店へ来ているはずだ。クリーヴァーの釈放と、彼を逮捕するために費やした超過勤務を嘆きながら一杯やるために。

ようやく注文を聞いてもらい、ステラのパイント・ジョッキを手にしたローガンは、話相手になってもらえそうな知りあいを探して広いパブのフロアをまわった。制服を着ていないがなんとなく見覚えがある巡査のグループを見つけるたび、笑顔で手を振っておいた。奥のコーナー席に見知った顔を見つけた。紫煙に包まれ、意気消沈した顔の部長刑事と刑事たちに囲まれている。彼女は頭をのけぞらせ、また肺の奥から頭上の雲に向かって煙草の煙を吐き出した。頭を戻すときにローガンと目が合い、顔をゆがめてほほ笑んだ。

ローガンはうめいた。彼女に見つかった以上、あの席へ行かねばなるまい。

刑事のひとりが体を揺するようにして横へ詰め、小さなテーブル席でローガンとパイント・ジョッキの場所を空けてくれた。頭上ではテレビが声もなくしゃべりたてている。番組のあいだを埋めるコマーシャル――自動車修理工場やフィッシュ・アンド・チップス店、二重ガラスなどの地方CMだ。

「ラザロ」スティール警部の口から煙草の薄煙とともに出た言葉は、いささかろれつがあやしかった。「調子はどう、ラザロ？　もう主任警部になった？」

この席に座るんじゃなかった。向かいの店でピッツァでも食べて家へ帰ればよかった。ローガンは無理に屈託のない口調を作って答えた。「まだですよ。たぶん月曜日には」

「月曜日？」警部が体を揺すって大笑いしたので、煙草の灰が、席を詰めてくれた刑事のシャツにこぼれた。『たぶん月曜日には』けっさくね……」彼女はグラスでいっぱいのテーブルをちらりと見て顔をしかめた。「お代わり！」上着の内ポケットから使い込んだ革の財布を取り出し、灰を浴びた刑事に渡した。「みんなにお代わりを買ってきてちょうだい。喉が渇いて死にそうよ」

「わかりました」

「全員にウイスキー！」スティール警部はテーブルにぴしゃりと手を置いた。「ダブルでね！」

刑事はスティール警部の財布を手にバーへ向かった。

スティールはローガンに身を寄せ、内緒話でもするように声を低めた。「ここだけの話だけど、彼は少し酔ってると思うわ」彼女は深々と座り直し、ローガンに向かってにっこりとほほ笑んだ。「インスキーが例のロードキル・おとぎ芝居騒動でひどい目にあったし、クリーヴァーは釈放されたし、少なくともどっちかの警部の席が手に入るんじゃないの！」

ローガンには返す言葉もなかったが、スティール警部は表情をくもらせた。

「悪かったわ、ラザロ」彼女は煙草を木の床に落として踏み消した。「とてもいやな一日だったのよ」

「クリーヴァーが釈放されたのは警部のせいではありませ

ん。責めを負うべき人間がいるとしたら、それはヒッシング・シドですよ」

「その言葉に乾杯！」彼女は言い、実際にダブルのウイスキーを一気に飲み干した。

向かいの席の、見覚えのある刑事が頭上のテレビを見ていた。その刑事が警部の腕をつかんだ。「始まりますよ」

ローガンとスティール警部が座ったまま体をひねって見上げると、ちらつくテレビ画面にローカル・ニュースのオープニング・タイトルが映し出された。そのとたん、店内の騒音レベルが急低下した。勤務明けの男女の警察官がいっせいに近くのテレビに顔を向けたためだ。

もっと魅力的に見えてもよさそうな女性キャスターが、ニュース・デスクの奥から真剣な面持ちでカメラを見据えてニュースを読みはじめた。ボリュームが小さくて言葉をすべて聞き取ることはできないが、キャスターの左上にジェラルド・クリーヴァーの顔写真が現われた。すぐに画面が切り替わり、アバディーン州裁判所の外観が映し出された。プラカードを突き上げている群衆が映っていたが、突然、〝小児性愛の人でなしに死を！〟と書いたプラカードを得意げに掲げている四十代なかばの女性のアップになった。十五秒ものあいだ、彼女は義憤に駆られてまくし立てていたが、込んだパブの店内では一言も聞き取れなかった。次に群衆の奥に見える裁判所が映り、大きなガラスのドアが開いた。

「いよいよ！」スティール警部は上機嫌だ。

サンディ・モア・ファカースンがドアから出てきてクライアントの声明文を読みあげていた。ズームインしたカメラが、ちょうど、人込みから飛び出した男がサンディ・ザ・スネークの顔にこぶしを打ち込む瞬間をとらえた。

パブの店内で大歓声があがった。

ニュースキャスターの心配そうで真剣な顔がふたたび現われてなにか言ったのち、殴打の場面がもう一度流れた。

ふたたび大歓声があがった。

続いて画面がダイス空港からニューマハーまでの交通情報になると、みな、嬉々として飲酒に戻った。

スティール警部はうるんだ目でほほ笑むと、またダブルのウイスキーを飲み干した。「あんなみごとなパンチをこれまで見たことある？」

　ローガンはみごとなパンチだと認めた。

「実は」スティールが新たな煙草に火をつけた。「あの青年と握手したいくらいよ。いいえ、今夜はストレートになって彼と寝てもいいって気にさえなったわ。大スターね！」

　ローガンは、スティール警部とマーティン・ストリケンがせっせと励んでいる場面を想像するまいとしたが、だめだった。そのことから気をそらすために、彼はまたテレビに目を向けた。ちょうど、火曜日から行方がわからなくなっているピーター・ラムリーの写真が画面いっぱいに映っていた。赤毛でそばかすのある笑顔。ロードキルの農場の外観が映った。続いて、いかめしく決意に満ちた顔をした本部長の記者会見。

　次々と変わる画面を見ているうち、いい気分がしだいにさめはじめた。ピーターがどこかで死体になっているのに、その犯人をまだ捕らえていないという気がして――インスク警部がどう考えていようと――どうにもすっきりしなかった。

　そのとき、またコマーシャルが始まった。ビールドサイドの自動車修理工場、ローズマウントの婦人服店、政府から交通安全を訴えるキャンペーンCM。車が急ブレーキをかけたが間にあわず、道路を渡っていた少年をはね飛ばす場面を、ローガンは無言で見つめていた。少年は背が低いので、ラジエーター・グリルとバンパーが脇腹にぶつかった。はね上げられてボンネットの上を転がる少年の両脚はまるで棒切れのようだ。金属製の車体に当たって頭が割れたあと、少年の体は転がり落ちてタールマック舗装の路面にぶつかった。スローモーション映像だったので、衝突のひとつひとつが恐ろしいほど鮮明で、なにかの振りつけのようだった。〝落とすのはスピード――子どもの命ではありません〞という警句が画面いっぱいに現われた。

　テレビを見上げるローガンの顔に、苦痛の表情が広がった。「なんてこった」

　おれたちはみな、考えちがいをしていたのだ。

午後八時になってようやく全員がモルグに集まった。インスク警部、ローガン、そしてドクタ・イソベル・マカリスターである。仕事に引き戻されたことに対して警部以上に不満げな顔をしているイソベルは、黒のロングドレスで華やかにめかし込んでいた。もっとも、大きく開いた胸もとをじろじろ見る度胸はローガンにはなかった。寒く防腐剤のにおいのするモルグで体が冷えないよう、イソベルはイヴニングドレスの上からオレンジの蛍光色のフリースを着て、両手をポケットに深く突っ込んでいた。

彼女は劇場にいたのだ。「重要なことなんでしょうね」今夜はスコットランド国立オペラ劇団の新しい出し物《ラ・ボエーム》をろくでなしの恋人と観る以上に重要なことがあるはずがないと、彼女の表情は明らかに告げている。

インスクはジーンズとみずぼらしいブルーのスウェットシャツだ。おとぎ芝居の悪党の扮装は別として、仕事用のスーツ以外のものを着ている警部を見るのは、ローガンには初めてだった。土曜の夜のこんな時刻に、またしてもこんなところへ引っぱり出したことを詫びるローガンを、インスクは睨みつけた。

「よし、これだ」ローガンは、冷蔵キャビネットから、ロードキルの農舎で発見された少女の残骸が入っている引き出しを見つけた。歯を食いしばって引き開け、室内に漂っていた防腐剤のにおいをしのぐ腐敗臭に、思わずうしろへよろめいた。「まちがいない」顔をしかめて口だけで息をしようとした。「この少女の死因が鈍的外傷だということはわかって――」

「そのとおりよ！」イソベルが噛みついた。「検死報告書にそう書いたわ。頭蓋骨の前部および後部の骨折により脳が大きな損傷を受けて、この子は死に至ったの」

「わかってる」ローガンは言い、捜査ファイルからレントゲン写真を取り出して光にかざした。「これが見えるか？」肋骨を指さしてたずねた。

「肋骨骨折」イソベルが睨んだ。「わたしが初めにはっきりと告げたことをわざわざ見せるために、わたしを劇場から引っぱり出したの、部長刑事？」〝部長刑事〟という言葉に毒がこもっていた。

　ローガンは吐息を漏らした。「聞いてくれ。おれたちはみな、この損傷はすべてロードキルがこの子を殴ってできたものだと思っていた――」

「損傷は、殴打説に合致するわ。検死報告書にそう書いたでしょ！　こんなこと、いつまで続けるつもり？　あなた、新しい証拠が見つかったって言ったじゃない」

　ローガンは深呼吸をし、子どもの完全な骨格になるよう、レントゲン写真の端を合わせて縦に重ねた。折れた腰、折れた脚、折れた肋骨、頭蓋骨骨折。できあがった姿は身長四フィート足らず。ローガンは両ひざをつき、レントゲンの足が床につくようにして持った。「肋骨を見てくれ。地面からどのくらいの高さかを」

　インスク警部とイソベルは見た。どちらも感心したふうではなかった。

「それで？」

「損傷が殴打によるものではないとしたら？」

「いいかげんにして！」イソベルが言った。「痛ましい話なのよ。この子は殴り殺されたんだから」

「折れた肋骨が地面からどのくらいの高さか確認してくれ」ローガンは繰り返した。

　返事はなかった。

「車だよ」ローガンは言い、不気味な影絵人形のようにレントゲン写真を動かした。「最初にぶつかったのが腰」腰のあたりでひねり、上半身を時計まわりに回転させるようにして子どもの骨格写真を持ち上げた。「肋骨がラジエーター・グリルの上端にぶつかる」またレントゲンの少女を動かし、頭部を右へぐいと曲げる。「頭蓋骨の左側がボンネットに当たる。車が急ブレーキをかける」彼はレントゲン写真を垂直方向に引き上げ、うしろへ回転させながらモルグの床へ向けた。「タールマック舗装の道路に投げ出され、右脚を骨折。路面にぶつかった際に後頭部が陥没」彼はレントゲン写真を足もとに横たえた。

　説明を聞いていた二人は、まるまる一分間も無言で考え込んでいた。ようやくインスクがたずねた。「では、この子はどうしてロードキルの恐怖の館で発見されることになったんだ？」

「バーナード・ダンカン・フィリップス、別名ロードキルは、シャベルと手押しカートを持っていて、いつも決まった作業をしています」

　インスクは、ローガンがたったいま、引き出し式の冷蔵庫から死んだ子の朽ちた死体を取り出し、それを相手にこの部屋で《ダッシング・ホワイト・サージャント》の曲にのせてダンスをしたかのような目で見つめていた。「人間の女の子の死体だぞ！　ウサギとはちがうんだ！」

「彼にとっては同じなんです」視線を落として引き出しの中身を見たローガンは、みぞおちのあたりに重いものがのしかかっている気がした。「これもまた、道路からすくい取った死体のひとつにすぎなかったんです。この子の死体は第二農舎にありました。すでに農舎がひとついっぱいになっていたからです」

　インスクが口を開いた。ローガンを見た。イソベルを見た。床に横たわるレントゲン写真に視線を戻した。「あのくそったれ」ようやく言った。

　イソベルは、鮮やかなオレンジ色のフリースのポケットに両手を突っ込んだまま、浮かぬ顔をして無言で立っていた。

「どう思う？」ローガンはたずねた。

　彼女はぐっと背筋を伸ばし、冷ややかな口調で、損傷はすべて、いまの筋書に合致すると認めた。でも、腐敗の程度が著しいので、損傷を負った順序を特定することは不可能よ。損傷はすべて、激しい殴打に合致すると見えたのよ。遺体の状態から、できるかぎり順序を突き止めてみるわ。ただし、透視能力を期待されても困るけど。

「あのくそったれ」インスクが繰り返した。

「彼が殺したのではありません」ローガンが冷蔵庫の引き出しを閉めると、鈍い音が冷たく白いタイルに反響した。「これでまた、捜査はふりだしに戻りますね」

　バーナード・ダンカン・フィリップスの〝しかるべき後見人〟が到着したのは、大急ぎの電話をかけてから一時間半も経ってからのことだった。前回とはまるで別人のような様子で現われた元教師のロイド・ターナーは、ひとりで飲んでいて、それをだれにも知られたくないとでもいうのか、ミントのにおいがぷんぷんしていた。午後十時ともなるとひげが伸びはじめ、薄い口ひげの輪郭がぼやけている。彼が書類を準備するあいだに、ローガンは録音のための通常手続をした。

「きみに来てもらったのは」予備のスーツに着替えたインスク警部が言った。「少女の死体のことで話を聞くためなんだ、バーナード」

ロードキルの目が室内をすばやく見まわし、元教師が忍苦の吐息を漏らした。

「その話はもうすんだはずだ、警部」老いて疲れたような口調だ。「バーナードは精神状態が普通ではない。彼に必要なのは、監禁ではなく支援なんだ」

インスクは顔をしかめた。「バーナード」彼はよく考えて慎重に話しかけた。「きみは彼女を見つけた。そうだね？」

ロイド・ターナーが、顔からはみ出そうなほど眉をつり上げた。「彼女を見つけた？」彼は驚きを隠そうともせずに、隣に座って悪臭を発しているみすぼらしい男を見つめた。「きみは彼女を見つけたのか、バーナード？」

ロードキルは椅子のなかでもぞもぞと身動きし、うつむいて両手を見つめていた。どの指も、寄生虫のような、小さな赤紫色の血のかたまりで覆われている。彼が噛んだりかじったりして服従させていた爪のまわりの皮膚が剝けている。顔を上げもせず、小さな声もしわがれていた。「道路。道路で見つけた。ハリネズミが三匹、カラスが二羽、カモメが一羽、とら猫が一匹、白と黒の毛の長いネコが二匹、女の子がひとり、ウサギが九羽、ノロジカが一頭……」目がうるみ、声がかすれた。「ぼくの美しい死んだものたち……」きらめく涙が目からこぼれ、長いまつ毛を通って、荒れた頬をつたい、ひげのなかへと消えた。

インスクは腕組みをし、椅子に踏んぞりかえった。「するときみは、あの少女を持ち帰って〝コレクション〟に加えたんだね」

「いつだって家に持って帰ってる。いつだって」鼻をすすった。「ゴミのように捨ててはいけないんだ。死んだものたちを。かつて生きていた魂の抜け殻を」

ゴミという言葉で、ローガンは、市のゴミ集積場のまんなかで一本の脚がゴミ袋から突き立っていたことを思い出した。「他になにか見なかったかな?」彼はたずねた。「彼女を拾ったときに。なにか見なかったか、車とか大型トラックとか、そんなものを?」

ロードキルは首を振った。「なにも見てない。道路の端に横たわってた女の子だけ。怪我だらけで血が流れてて、まだあたたかかった」

ローガンのうなじの毛が逆立った。「彼女は生きていたのか? バーナード、きみが見つけたとき、彼女はまだ生きていたのか?」

ぼろを着た男がテーブルにつっぷし、欠けたフォーマイカの天板の上で、両腕で頭を抱えた。「ときどき、車に轢かれてもすぐには死なないことがある。ときどき、彼らはぼくが来て最期をみとるのを待っている」

「なんてことだ」

ロードキルを留置房に戻したあと、三人は取調室でふたたび話しあった。ローガン、インスク、そしてロードキルの〝しかるべき後見人〟である。

「彼を釈放せざるをえないことは、あなたがたにもわかっているはずだ、そうだろう?」ミスタ・ターナーが言った。

ローガンが片眉を上げてインスクを見たが、警部は「釈放などするもんか」と言った。

元教師はため息をつき、座り心地の悪いプラスティックの椅子の背にもたれた。「彼に問うことができる罪は、せいぜい、事故の報告を怠ったことと、死体の不法投棄だけだ」彼は顔をこすった。「それに、公訴局がこの件を刑事裁判にかけないことも、おたがいわかっている。正式な精神鑑定報告書が提出されれば、この件はそれでおしまい。彼はなにも悪いことはしていない。少なくとも彼の頭のなかでは、そうなんだ。あの少女は道路脇で見つけた死体にすぎない。彼は自分の仕事をしたまでだ」

ローガンは、うっかりうなずいて同意の気持ちを示さないように努めた。もしもそんなことをしたら、インスクの恨みを買ってしまう。

歯噛みして睨みつける警部に向かって、ミスタ・ターナーは肩をすくめた。「申し訳ないが、彼は無罪だ。釈放しないというなら、私はマスコミに訴える。まだかなりの数のテレビカメラが外にいるから、明日の朝のニュースでいっせいに報じられるだろう」

「釈放するわけにはいかんのだ」インスクが言った。「釈放すれば、だれかが彼に危害を加えるだろう」

「では、あなたは、彼がなにも悪いことはしていないと認めるんだね？」ターナーの言い方には、上からものを言う気配があった。まるで教師時代に戻って、自転車置き場の裏で悪さをしているインスク警部をつかまえたかのようだ。

警部はいやな顔をした。「いいか、訊問をするのは私だ。あんたじゃない」彼はポケットをさぐって甘いものを探したが、なにも出てこなかった。「クリーヴァーが釈放されたので、善良にして愚かな地域住民の大多数は、少しばかりあやしいというだけでも他人を警戒するようになる。あんたの被後見人は農舎に少女の死体を貯蔵していた。彼は要注意人物リストの一位にされるんだ」

「それなら、彼を保護してくれ。マスコミに発表しよう。バーナードが潔白だとわかってもらうんだ。警察はすべての告訴を取り下げることにした、と発表しよう」

ローガンは口をはさんだ。「それはちがう！　死体を隠していた件については有罪なんだから」

「部長刑事」ミスタ・ターナーは、わざと辛抱強く説明しているのだと示すような口調で言った。「事情を理解するべきだよ。どの件を法廷に持ち込んだところで、結果は警察の負けだ。地方検察官は二度と失敗を許さないだろう。クリーヴァー裁判の大失敗で面目丸つぶれなんだから。ミスタ・フィリップスは釈放してもらう。問題は、彼を釈放するまでに、納税者の収めた税金を警察がどれだけ無駄にしたいのか、ということだ」

ローガンとインスク警部は人気《ひとけ》のない特別捜査本部室に立って、駐車場に集まっていた人びとの動きがしだいにあわただしくなるのを見下ろしていた。ミスタ・ターナーは自分の言葉どおりに実行した。彼は並んだテレビカメラの前に立ち、スポットライトを浴びる瞬間を楽しんでいた。バーナード・ダンカン・フィリップスはすべての罪を免除された、法が正しく機能したのだ、と発表した。

元教師の言ったとおりだった。地方検察官はこの件にかかわりたがらなかった。警察本部長もいい顔をしなかった。そこでロードキルは、釈放され、サマーヒルのとある場所にあるセーフ・ハウスに身を潜めることとなった。

「どう思いますか？」ローガンは、人だかりにまたカメラが一台加わるのを見ながらたずねた。十一時近いというのに、まだ駆けつけてくるマスコミがいる。

インスクはマスコミの群れを苦い顔で見下ろしていた。

「私は失敗したんだと思う。まず、おとぎ芝居の一件だ。そのあと、われわれは、十二年にもわたって巧みに行なわれていた児童虐待でクリーヴァーを罰することができなかった。そして今度はロードキルの釈放だ。彼の勾留時間は？　四十八時間？　へたすると六十時間か？　私はマスコミの餌食にされるだろう……」

「われわれもマスコミに訴えてみてはどうでしょう？　なんならミラーと話してみますよ。彼がこっちの味方につくかどうか、確かめてみましょうか？」

インスクは悲しげな笑いを漏らした。「〝小さな街のジャーナリストが一警部のキャリアを破滅から救う〟というわけか？」彼は首を振った。「うまくいくとは思えんよ。そうだろ？」

「でも、やってみる価値はあります」

最後にはインスクも、やってみても失うものはなにもないと認めざるをえなかった。

「結局のところ」ローガンは言った。「われわれは重大な誤審を防いだんです。きっと、その点も考慮してもらえるはずです」

「そう、本来そうあるべきだな」警部はがっくりと肩を落とした。「しかし、ロードキルでもニコルスンでもないとすると、子どもを狙う殺人者は依然として野放しになっているわけだ。おまけに、われわれは、犯人に結びつく手がかりをなにひとつつかんでいない」

27

日曜日、ローガンがベッドを出てシャワーへ向かうところには、冬がその鋭い爪でフラットの窓に襲いかかっていた。氷まじりの小さな雪の粒が、吹きすさぶ風に乱舞し、窓ガラスに打ちつけていた。寒く暗い日曜日。もはや約束どおりの休日でもなくなっていた。

苦労してグレイのスーツを着て、それにふさわしい表情をまとったローガンは、こんなひどい天候のなかへ出ていかなければならない瞬間を先延ばしにしようと、震えながら暖かい家のなかを歩きまわった。やがて電話が鳴った。無類の敏腕記者コリン・ミラーは、独占取材を楽しみにしているのだ。

ローガンはぶつくさ言いながら共用の階段を下り、アパートの玄関へと向かった。宙を舞う半トンもの氷の粒がドアから入り込もうとするのに逆らって、なんとか、冷え込んだ朝の通りに出る。雪は凍ったカミソリの刃と化してむき出しの顔と両手に切りつけ、頬と耳が刺されるように痛い。

弁護士精神に劣らぬほど陰鬱な日だった。

ミラーの高価そうな車が路肩に停まってローガンを待っていた。車内灯がついていて、クラシックらしき曲がガラスを通して響いている。記者は背中を丸めて一般紙を読んでいた。ローガンは、住民を起こしてしまうのも気にせず、大きな音を立ててアパートのドアを閉めた。こんなひどい天気の日に、いったいなんだっておれひとりが起きて出歩かなければならないんだ？　ローガンは滑って足を取られながら助手席にまわって乗り込んだ。風にあおられた氷まじりの白い粒も一緒に吹き込んだ。

「革張りなんだから気をつけてくれよ！」ミラーは、カーステレオから鳴り響くオペラに負けないよう、大声を出さなければならなかった。彼はすぐさまボリュームを少し下げた。ローガンの分厚いオーバーをうっすらと覆っていた雪がゆっくりと解けていった。

「なんだ、今日はアバディーン・ロールはないのか？」ローガンは、解けてうなじに流れ落ちないうちに、髪についた氷の粒を払い落とした。

「ぼくの高級新車に油でべとべとのパン屑をまき散らさせると思うかい？　インタビューがうまくいけば、エッグ・マックマフィンをおごるよ。それでいいだろ？」

　ローガンは、そんなものを食べるくらいなら、くそまずいディープ・フライド・ピッツァを食べるほうがましだと答えた。「それより、よくもこんな高そうな車を買う金があるな？　記者はみな貧乏暮らしをしているものと思ってたよ」

「うん、まあね」ミラーは肩をすくめ、車を出した。「昔、ある男に便宜を図ってやったことがあってね。記事を発表しなかったんだ……」

　ローガンは片眉を上げてうながしたが、ミラーはそれ以上話そうとしなかった。

　日曜日の朝のこんな時間なので交通量は少なかったものの、この悪天候に、わずかばかりの車ものろのろ運転を余儀なくされていた。ミラーは自分の車を、かつては白かったトラックのうしろにつけた。トラックの屋根には一フィートもの雪が積もり、それ以外の車体は三インチもの泥に覆われていた。どこかのいたずら者が、お決まりのように〝妻がこんなに淫ら《ダーティ》なら〟と〝濡らして《ウォッシュミー》〟と書いたところだけ、泥がはげていた。その落書きは、市街を抜けてゆっくりとサマーヒルに向かうあいだ、ミラーのヘッドライトに照らされていた。

　セーフ・ハウスは、通りに立ち並ぶ他の家となんら変わりなかった。表に小さな庭のあるコンクリートの箱は、厚くなる一方の白い毛布に埋もれていた。庭のまんなかにぽつんと立っている柳の垂れ下がった枝が、雪と氷の重さでたわんでいる。

「さあ」ミラーが言い、おんぼろのルノーのうしろに車を停めた。「独占記事を取りにいこう」ロードキルに対するミラーの態度は、ローガンが交通事故について話したとたんにがらりと変わっていた。もはやバーナード・ダンカン

・フィリップスは、実際に一物を使用しないかぎり、睾丸ゆえに絞首刑に処すべき犯罪者ではない。彼は現代社会における使い捨て文化の犠牲者なのだ。たとえ精神障害者でも、ひとりで生きていけと地域社会に放り出されかねないのが使い捨て文化だからだ。

　バーナード・ダンカン・フィリップスは、私服の大柄な婦人警官に起こされ、記者の取材を受けるために階下へ連れてこられた。ミラーは巧みなインタビューの技を駆使してロードキルをリラックスさせ、重要人物のような気分にさせた。その間ずっと、昔は立派だったコーヒーテーブルの中央に置かれた、高級なデジタル録音機が音もなくまわり続けていた。彼はロードキルの輝かしい学者生活、母親の病気による挫折を順にたどりながら、精神障害への転落とミセス・ロードキル・シニアの死をじょうずに避けた。ファイルで知った以外の新しい話がなにも出ないので、ローガンはひたすら、ひびの入った茶色のポットで注がれた濃すぎる紅茶を飲んでいた。あとは壁紙の薔薇の数、そしてピンクの縞模様のあいだにあるブルーのシルクの蝶結びのリボンの数をかぞえていた。

　ミラーが第二農舎の死体、ローナ・ヘンダースンの話題に移ったとき、ローガンはふたたびインタビューに意識を集中した。

　しかし、ミラーの巧みな腕をもってしても、インスク警部が引き出した以上の話を聞き出すことはできなかった。死体の話はロードキルの落ち着きを失わせ、動揺させた。

　あんなことはまちがっている。みんな、ぼくの死んだものたちだ。あの連中が彼らを連れ去ろうとしている。

「落ち着いてちょうだい、バーナード」私服の婦警が言い、またティーポットの紅茶を注いだ。「興奮することないのよ。わかるでしょ?」

「ぼくのものだ。あの連中はぼくのものを盗もうとしている!」彼が突然立ち上がったので、チョコレート・ダイジェスティヴ・ビスケットの皿が音を立て、床に落ちた。なにかに憑かれたような目がさっとローガンに向いた。「あんたは警察官だろ!　あの連中はぼくのものを盗もうとしているんだ!」

ローガンは漏れそうな吐息を抑えた。「彼らはあれを撤去する必要があるんだよ、バーナード。私たちが市役所の男と一緒に訪ねていったことを覚えているだろう。あれは人びとを病気にするんだ。きみのお母さんのように。覚えているだろう？」

ロードキルはぎゅっと目を閉じた。歯を食いしばった。こぶしを額に強く押し当てた。「家に帰りたい！　彼らはぼくのものなんだ！」

大柄な婦警がティーポットを置き、なだめるような音を立てた。まるで、わめきちらしている汚い男が、ひざをすりむいた幼い子どもででもあるかのようだ。「さあさあ」と言いながら、いくつも指輪をはめたふっくらした手でロードキルの腕をなでた。「大丈夫よ。なにもかもうまくいくからね。わたしたちとここにいれば安全よ。わたしたちが、あなたの身になにも起こらないようにしてあげる」

ためらいがちにゆっくりと、バーナード・ダンカン・フィリップスはふたたび椅子の端に腰を下ろした。彼の左足が、カーペットに落ちたチョコレート・ビスケットを踏んで粉々に砕いた。

しかし、ここから先、インタビューは悪くなる一方だった。ミラーがどんなに巧妙に、あるいは慎重に質問をしても、ロードキルは動揺を示した。そして、そのつど同じ言葉を繰り返すのだった――家に帰りたい、あの連中がぼくのものを盗もうとしている、と。

アバディーン海岸は荒涼としていて、凍えるほど寒かった。激しく吹きつける雪は幾重にもはためくカーテンとなり、その下で鉛色の北海が荒れ狂っている。花崗岩の色をした波がコンクリートの岸に当たって砕ける音が嵐の怒号のあいまに響き、二十フィートの高さまで吹き上げられた波しぶきが風に乗り、並んだ店先に打ちつけていた。

今朝はほとんどの店が開店さえしていなかった。こんな日に、観光客相手の店やゲームセンター、アイスクリーム・パーラーに客が大挙してやってくるはずがないからだ。

しかしミラーとローガンは、〈インヴァースネッキー・カフェ〉の窓際のテーブルにおさまって、スモーク・ベーコンのサンドイッチをがっつき、濃いコーヒーを飲んでいた。

「まったく時間の無駄だったね」ミラーが言い、自分のロールパンから、輪ゴムのようなベーコンの脂をつまみ取った。「あんなインタビューじゃあ、そっちが朝食をおごるべきだよ。ぼくじゃなくてさ」

「なにかつかんだはずだぞ」

　ミラーは肩をすくめ、脂をまるめて、使っていない灰皿に入れた。「そう、たしかに、彼は正気じゃない。それはよくわかった。でもね、それはとっくにわかっていたことだ。そうだろ？」

「私は多くを望んではいない」ローガンは言った。「彼があの少女を殺したのではないと、世間に知らせるだけでいいんだ。彼が殺したのではないから警察は彼を釈放せざるをえなかったのだ、ということを」

　記者は大きな口でサンドイッチに嚙みつき、考え込んだ様子で食べていた。「警察をほめたたえる記事を書くようぼくに頼んでくれとあんたに命じたのだとしたら、あんたのボスたちは阿呆だね」

　ローガンは口を開いたものの、そのまま閉じた。

　ミラーがウインクした。「大丈夫だ、ラズ。ちゃんと手を打ってやるから。どんなネタでも最高の記事にしあげる才能を天から与えられた、このコリン・ミラーにまかせておきなって。まず、一面にレントゲン写真を載せる。グラフィック部に言って、〝ボルボにはねられる子ども〟の図を作ってもらう。それで準備万端さ。ただし、記事が出るのは月曜日だ。あんた、今朝のテレビを観たかい？　みんな言いたい放題だね。あれじゃあ、あんたの〝おとぎ芝居の女形〟は月曜日までに馘だろうな。ロードキルを釈放したんだから。二度も」

「彼はあの少女を殺していない」

「そんなことは問題じゃないんだよ、ラズ。一般市民は、胸が悪くなるような事件ばかりを目の当たりにしてきた。少年の死体が水路で発見され、ゴミ袋に入れられた少女の死体が見つかり、あっちでもこっちでも子どもが連れ去られている。クリーヴァーは、だれもが犯人だと知っているにもかかわらず釈放された。そこへ、ロードキルまで釈放だ」彼はまたベーコン・サンドを嚙んだ。「市民にしてみれば、ロードキルは有罪なんだ」

「しかし、殺したのは彼じゃない！」

「いまさらだれも、真実がどうかなんて気にしない。それはわかってるはずだ、ラズ」

　ローガンは、暗澹たる気持ちで、そのとおりだと認めざるをえなかった。二人は押し黙ったまま食事を続けた。

「ところで、もうひとつのネタはどうなっているんだ？」ようやくローガンがたずねた。

「どのネタ？」

「このあいだ、ひざなしジョーディーの件では目立たないようにするつもりだと言って、もっと安全なネタがあるって漏らしたじゃないか」

　記者は音を立ててコーヒーを飲んだ。「ああ、あれか」彼は間を取り、窓の外の雪と波と荒れ狂う海を眺めた。「あまりかんばしくないんだ」そのまま黙り込んだ。

　ローガンはしばし待ったが、このままではミラーのほうから詳しく話してくれそうにないと判断した。「それで？どんなネタだったんだ？」

「ん？」ミラーは現実に意識を引き戻した。「ああ、話すよ。うわさによると、ある男が特別な商品を買いたがっているらしい。扱う人間がそう多くない商品だ」

「ドラッグ？」

　記者は首を振った。「ちがう。家畜だ」

　これはまたばかばかしい話だ。「なに？　ブタとか鶏、牛なんかのことか？」

「その手の家畜じゃないよ」

　ローガンは椅子の背にもたれ、口の重い記者をまじまじと見た。いつもは感情があらわになる顔が無表情で、深いしわを刻んでいる。「じゃあ、その買い手が欲しがっているのは、どういうたぐいの家畜なんだ？」

　ミラーは肩をすくめた。

「説明しにくいんだ。だれもなにも話そうとしない。少なくとも、筋の通る話はしない。おそらく、女、男、少年、少女……」

「人間を買えるものか！」

ミラーがローガンに向けた表情には哀れみと軽蔑が混じっていた。「あんた、現実というものを知らないのか？　当然、人間を買うことはできるんだよ！　エジンバラのしかるべき通りを歩いてみろよ、欲しいものがなんでも買えるから。銃でもドラッグでも。女だって買える」ミラーは身をのりだし、ささやくような声で言った。「ぼくは、マルク・ザ・ナイフがリトアニアから売春婦を買い入れているって話さなかったか？　あんた、あの男が彼女たちをどうしてると思ってるんだ？」

「てっきり、彼が雇っているものと……」

ミラーは皮肉めいた笑い声をあげた。「そう、そのとおりさ。雇って、売る。店で使って商品価値の落ちた女は値引きしてもらえるんだ」

ローガンの顔に信じていない表情が浮かぶのを見て、ミラーはため息をついた。「いいか、たいていの場合、買うのは売春斡旋業者だ。抱えてる売春婦のひとりが麻薬の過剰摂取で死ぬと、連中はマルキーの〈キャッシュ＆キャリー〉へ行く。代わりの女を買うんだ。新品同様のリトアニア人売春婦を大特価でね」

「なんてひどい！」

「気の毒な女たちの大半は英語を話すことすらできない。買われてヘロイン漬けにされ、雇われて使えるだけ使われたあげく、やつれて上客を取れなくなると馘になって放り出される」

そのまま二人は黙り込んだ。カプチーノ・マシンの鈍い音と、二重ガラスのドアを通したかすかな嵐の音が聞こえるだけだった。

オフィスには顔を出さない。ミラーがカッスルゲイト博物館前で降ろしてくれたとき、ローガンはみずからにそう言い聞かせた。この足で〈オッドビンズ〉へ行ってワインを二、三本とビールを何本か買い、家に帰って暖炉の前に腰を据える。本を読み、ワインを飲み、紅茶を飲みながら持ち帰り料理を食べるんだ。

しかし、気がつくとローガンは、警察本部の閑散とした玄関ロビーに立ち、解けた雪をリノリウムにしたたらせていた。
例によって、ピーター・ラムリーの継父からの伝言が山になっていた。ローガンは、そのことを考えまいとした。今日は日曜日――本来、おれはここにはいないはずなのだ。だいいち、電話でまたああして必死に訴えられるかと思うと、つらくて耐えられない。そこで、折り返し電話はせずに、デスクについてジョーディー・スティーヴンスンの写真を見つめた。死んだ男の目からなにかを読み取ろうとした。

　女性の売買が行なわれているというミラーの話を聞いて、ローガンは考え込んでいた。ここアバディーンに住む何者かが女を買いたがり、国内大手の人身売買業者のひとりの代理として、ジョーディーが商談のためにこの街へやって来た。そっちの商用ではなかったかもしれない――売春婦の売買ではなく不動産取引のためだったのかもしれない――が、結果は同じ……

「ほんとうにどじを踏んだんだな、ジョーディー」モルグで撮った写真に向かって語りかけた。「簡単な商用でエジンバラからはるばるやって来たのに、ひざを切り落とされて港でうつぶせに浮かぶ羽目になったんだから。あんたは、開発計画課の担当者に賄賂を受け取らせることさえできなかった。現金払い、うるさい質問はなしで女を買いたがっている人間がいる、とボスに連絡したのか？」

　ジョーディーの検死報告書は、まだ読んでいないままデスクにのっていた。この一週間にあれだけのことが起きたため、読む時間がなかったのだ。デスクの厚紙ホルダーを手に取り、目を通しはじめたとたん、電話が鳴り響いた。

「ローガンだ」

「部長刑事？」インスク警部だった。「いまどこにいる？」

「警察本部です」

「ローガン、きみには帰る家がないのか？　私は、美人の婦警をデートに連れ出して楽しませてやれと言わなかったか？」

　ローガンの口もとがほころんだ。「そうおっしゃいました。申し訳ありません」

「ま、もはやデートしている場合じゃない」

「はあ?」

「シートン公園へ行ってくれ。私もいま連絡を受けたばかりだ。ピーター・ラムリーが見つかった」

ローガンの心が沈んだ。「わかりました」

「私のほうは、そうだな……くそ、外は吹雪じゃないか。念のため、三十分かかると見ておいてくれ。へたすると四十分だ。人目を引かないようにしろ、部長刑事。点滅灯はつけず、サイレンは鳴らさず、騒ぎ立てない。わかったな?」

「了解」

シートン公園は、夏場に訪れると美しい場所だ——幅の広い帯状の芝地と高木の林、野外音楽堂がある。市民は、芝生でピクニックをしたり、即席チームを作ってサッカーの試合をしたり、茂みに入って愛を交わしたりする。夜には強盗が出る。目と鼻の先にアバディーン大学の学生寮があるため、金をポケットに入れた世間知らずの新参者が次々とやって来るからだ。

今日のシートン公園は、映画《ドクトル・ジバゴ》の一場面のようだった。時間が経っても、空は明るくなるどころか、あいかわらず低く垂れ込めて、地上のすべてのものに雪を投げ落としていた。

ローガンは重い足取りで公園を横切っていた。あとに続く巡査はイヌイットのようないでたちだ。二人が雪のなかを苦労して進むあいだ、巡査は、卑怯にもローガンを風よけ代わりにしていた。目指すは公園のなかほどに建つ、一方の壁が白い雪に覆われた低いコンクリートの建物だ。この公衆便所は冬のあいだ閉鎖される。したがって、尿意をもよおした人は茂みのかげで用を足さなければならない。

二人は、肌を刺す寒風から逃れたことにほっとしながら便所の横手へまわった。わずかに奥まった位置に隠れるように、女性用便所の入口があった。

ドアが細く開いていた。ドアを閉じておくために南京錠がつけてあった箇所の木が割れてちぎれていた。そのため、南京錠は用をなさず、掛け金からぶら下がっていた。ローガンはドアを押し開け、女性用便所に入った。

　便所のなかは、実際に外よりも寒く感じられた。厚手の服を着込んで白い息を吐いている六歳から十歳の子ども三人を、二人の制服警官が監視していた。子どもたちは興奮と退屈を交互に感じているようだ。

　警官のひとりが子どもたちから目を上げてローガンを見た。「三番の個室です」

　ローガンはうなずき、調べにいった。

　ピーター・ラムリーはもはや生きていなかった。黒いペンキを塗られた個室のドアを開けた瞬間、ローガンにもそれがわかった。床に倒れ、便器のまわりに丸まっているピーターは、まるで便器を抱きしめているようだった。火のように赤い髪も冷たい光のなかでは薄くくすんで見え、皮膚が青白く蠟のようになっているので、そばかすもほとんど目立たない。Tシャツがめくり上げられ、顔と両腕は隠れて、見えているのは背中と腹部の青ざめた皮膚だけだ。Tシャツの他にはなにも身につけていなかった。

「かわいそうに……」

　ローガンはあらわになった子どもの体を見つめて眉根を寄せた。犯罪現場を汚染してはいけないのでこれ以上近づくことはできない。だが、ピーター・ラムリーの体は、水路で発見した男の子の死体とはちがった。この子にはまだ解剖学上の損傷が見られない。


　便所はいささか立て込んできた。警察医と鑑識局のすぐあとに到着したインスクは、まっ赤な顔で悪態をついていた。鑑識局の連中は指示どおり私服で来た。器具類を積んだ白いヴァンはセント・マハーズ大聖堂の隣にある駐車場に停めた。そこならヴァンも人目を引かないはずだ。

　インスクは足を踏みならすようにしてブーツの雪を落とし、鑑識局はじめ他のみなは、なんて寒いんだと文句を言いながら、凍えるような戸外でなんとか白い作業衣を着たのだった。

「で、どんな状況だ？」インスクは、紙製の作業衣を脱いでシンクのひとつで手を洗おうとしている警察医に向かってたずねた。

「かわいそうに、あの子は死んでるよ。死後どのくらい経つのかは不明だ。がちがちに凍ってるからな。この天候では死後硬直もなにもあったもんじゃない」

「死因は？」

警察医はフリースのジャケットの内側で手を拭いた。

「あの傲慢な〝氷の女王《アイス・クイーン》〟に確認を取ってもらう必要はあるが、私の見たところ、ひも状のものによる絞頸だ」

「前回と同じだな」インスクはため息をつき、死んでいない子どもたちに聞こえないよう声を落とした。「性的暴行を加えられた形跡は？」

警察医がうなずくと、インスクはまたため息を漏らした。

「気持ちはわかるよ」警察医は巻いたり押し込んだりジッパーを上げたりして、みずからの体に何層もの断熱を施した。「他に用がないなら、私はもっと暖かいところへ退散するよ。せめてシベリアにでも」

死亡宣告がすんだので、鑑識局の連中が、手袋をはめた手で回収できるものを残らず集めはじめた。繊維組織を採取し、粉をつけて指紋を採った。写真係がシャッター音を響かせて撮影し、ビデオ係がすべてのものと人を撮った。彼らが唯一しなかったのは、死体の移動だった。だれひとり、検死医の怒りを買いたくなかったのだ。ローガンの復帰後、イソベルはみずから評判を落としていた。

「今日でちょうど一週間だな？」並んで壁にもたれ、鑑識局の作業を見守りながらインスクがたずねた。ローガンはそうだと答えた。インスクはコートのポケットからゼリーベイビーの袋を取り出し、みなに勧めてまわった。「ひどい一週間だった」インスクがゼリーを嚙みながら言った。「近々休暇を取ることを考えてくれないか？　そろそろ犯罪統計を正常に戻そうじゃないか」

「笑えない冗談ですね」ローガンはポケットに手を突っ込み、死体が発見されたことを告げたときにピーター・ラムリーの継父がどんな顔をするか考えまいとした。

インスクは、込んだ女性用便所のなかでしだいに青ざめてきた三人の子らを顎で指し示した。「あの子たちは？」

ローガンは肩をすくめた。「雪だるまを作ろうと出てきたと言っています。ひとりがおしっこをしたくなったため、ここに入り、死体を発見したとか」子らに目を向けた。八歳と十歳の女の子、いちばん下が六歳の男の子。三人は姉弟だ。三人とも、スキーのジャンプ台のように上を向いた鼻、大きな茶色い目をしている。

「かわいそうに」インスクが言った。

「かわいそうだなんて、とんでもない」ローガンは言った。「あの子たちがどうやってここへ入ったと思いますか？　長さ八インチもあるドライバーをドアの掛け金に差し入れて南京錠をねじ取ったんですよ。通りがかった警邏中の巡査がその現場を押さえたんです」彼は凍えているふたりの巡査を指さした。「あの二人が現われて捕まえてなければ、あの子たちはとんずらしていたにちがいありません」

インスクは子どもたちから二人の巡査に関心を移した。「警邏中だと？　シートン公園のどまんなかを？　こんな天候の日に？」インスクは眉根を寄せた。「うさんくさい話だと思わないか？」

ローガンはこれにも肩をすくめた。「それが本人たちの言い分ですし、頑としてそう主張していますから」

「ふうん……」

インスクに射すくめられて、巡査たちは落ち着かなげに姿勢を変えた。

「死体を捨てるところを見た人間がいると思うか？」ようやくインスクがたずねた。

「いいえ、いないと思います」

インスクがうなずいた。「同感だ」

「死体は捨てられたのではないからです。あれは保管されているんです。あの子たちは錠を壊して入らなければならなかった。死体がなかにあるのに、ドアは南京錠で施錠されていた。つまり、南京錠をつけたのは犯人だということです。錠をかければ死体を安全に保管できると考えたのでしょう。衝動に駆られたらいつでもここへ来ることができる、と。犯人はまだ記念品を奪っていません」

警部の顔に、陰険な笑みが浮かんだ。「つまり、犯人はここへ来るということだ。これでようやく犯人を捕まえることができるぞ！」

ちょうどそのときイソベル・マカリスターが到着した。

分厚いウールのコートに身を包み、足を踏みならして便所に入ってきた彼女は、雪と不機嫌を連れていた。入口に立って現場を見て取り、ローガンの姿を目にするや、仏頂面がいっそう険悪なしかめ面になった。彼を恨んでいるようだ。観劇の一夜を台なしにしたばかりか、あの少女が殴り殺されたというイソベルの見立てがまちがいだと証明してみせたからだろう。イソベルは決してまちがいを犯さないのに。「警部」イソベルは、かつてベッドを共にしていた男を完全に無視して言った。「さっさとすませたいんだけど」

インスクが三番の個室を指さすと、イソベルはまっすぐ死体の検分に向かった。一歩進むごとに長靴のゴムが揺れ、すれる音がした。

「急に寒くなったのは私だけかな？」インスクが小声でたずねた。「それとも、ここが実際に寒くなったのか？」

夕方、二人は、死体が発見されたことをピーター・ラムリーの両親に伝えた。ラムリー夫妻はなにも言わなかった。ローガンと警部が現われた瞬間、夫妻にはわかったのだ。インスク警部が淡々とした口調で悪い知らせを告げるあいだ、夫妻はソファに並んで座り、無言で手を握りあっていた。

ミスタ・ラムリーは一言も発せずに立ち上がり、フックに掛けてあるコートを取って出ていった。

妻は夫が出ていくのを見ていた。ドアが閉まるのを待って、彼女は泣き崩れた。家族支援員が、支えになるべく彼女のそばへ飛んでいった。

ローガンとインスクはラムリー家を出た。

28

作戦は単純だった。殺人事件の現場への行き帰りは目立たないようにする。便所に出入りする人数は最小限に抑え、南京錠はドアにつけ直す。死体はひそかに運び出し、巡査が二名残って便所を見張る。見張りは、女性用便所がよく見える場所に目立たぬように停めた、安全で暖かい共同利用車のなかから行なう。すでに、降りつづく雪が便所周辺についた泥の足跡を消し、すべてをなめらかでまっ白な衣で覆って、ここに人が来た痕跡を消し去っていた。死体を発見した三人の子どもたちは、口外しないという約束と引き換えに、不法侵入の罪を問われない。ピーター・ラムリーの死体が発見されたことは公表しない。犯人が記念品を取ろうとはさみを持って現われたところを、巡査が逮捕する。これで失敗するはずがあろうか？

バーナード・ダンカン・フィリップス、別名ロードキルの痛ましい半生をつづった、ミラーの警察擁護のための記事は、新型トラクターと慈善市に関する短い記事とともに第四面に載っていた。新聞のなかほどのページに埋もれているとはいえ、いい記事だった。ミラーはロードキルを、母親の悲惨な死をきっかけに心の病を患った、同情すべき人物に仕立てていた。知能の高い人間が社会から見捨てられ、自分のまわりの複雑な世界を理解しようと精一杯、努力している姿を描いていた。グランピアン警察本部はすべての事情を理解してロードキルを釈放したのだと見せるうえで、この記事は大いに役立った。

この朝の《プレス・アンド・ジャーナル》にミラーが書いた記事がこれだけであったなら、グランピアン警察本部のだれもが大いに満足していたことだろう。

ミラーの書いたもうひとつの記事は、第一面をでかでかと飾っていた。全段抜きの大見出しは〝幼児連続殺人犯がまたも凶行！　男児の死体、便所で発見〟だった。

「あの男はいったいどうやって嗅ぎつけたんだ」インスクがデスクにこぶしを振り下ろした。会議室じゅうのカップ、書類、警察官が飛び上がった。

記念品を取りにきた犯人を捕まえるという作戦は、捜査上、やり直しのきかない大失敗となった。死体発見現場のくわしい描写が、憤怒に耐えないという論調で《プレス・アンド・ジャーナル》の第一面に書き立てられていた。

「次の殺人が起きる前に犯人を逮捕する絶好のチャンスだったんだ！」インスクは新聞をつかみ、怒りに身を震わせながら、第一面を広げて捜査陣に突きつけた。「逮捕できるはずだった！　それなのに、どこかの愚か者が口を閉ざしていることができなかったばかりに、また子どもが殺されることになるんだぞ！」

彼は部屋の後部に向けて新聞を投げつけた。らせんを描きながら飛んだ新聞は、うしろの壁に当たり、ページがばらけて飛び散った。インスクのうしろに立っているネイピアー警部は正装で、まるで赤毛の死神のようだ。インスクが怒りをあらわにしているあいだ、ネイピアーは一言も発せず、ただ眉間にしわを刻んでみなを睨みつけていた。

「いいか、私がどうするか教えてやる」インスクが言い、ポケットを探った。茶色い革の分厚い財布を出して開け、金をつかんで引っぱり出した。「リーク犯の名前を最初に教えてくれた者にやる」彼はテーブルにたたきつけるように金を置いた。

一瞬、会議室が静まり返った。

ローガンは自分の財布を取り出し、有り金を残らず、警部の置いた金に加えた。

それがきっかけとなり、カンパが殺到した。制服警官、刑事、巡査部長がみな、ポケットを空《から》にして金を置いた。全員が金を出し終えたとき、デスクにはかなりの額が集まっていた。懸賞金にしては大金とは言えないが、心のこもった謝礼ではある。

「ありがとう、諸君」インスクは苦笑いしながら言った。「しかし、これではまだ、おしゃべり野郎がだれなのかわからないな」

全員がゆっくりと元の席に戻った。それを見つめるインスクの顔に、誇りにも似た表情が浮かんでいた。それにひきかえ、ネイピアーの表情ははっきりしない。彼は罪のしるしを探して部屋にいる全員を見まわし、何度もローガンを見るので、ローガンもつい不安を覚えるほどだった。

「まあいい」インスクが言った。「カンパに協力すれば疑われないと考えている嘘つき野郎がわがチームにいるか、よそのチームにミラーのスパイがいるかのどちらかだ。私は後者であってほしい」彼の顔から笑みが消えた。「犯人がこのチームの一員なら、私が個人的に処刑するつもりだからだ」警部はデスクの端にどさりと腰を下ろした。「マクレイ部長刑事、今日の割り当てを発表してくれ」

　ローガンはチームごとに名前を読みあげた。捜索チームは雪に覆われた公園へ行き、園内をすみずみまで調べる。戸別の聞き込みにあたるチームは、死体を隠すところを見た人間がいないかをたずねてまわる。残りの者は、関心を寄せる市民からかかってくるおびただしい数の電話の応対にあたる。電話の大半は、ロードキルが釈放されたと聞いた直後にかかってきた。市民の多くが突然、子どもが行方不明になった場所の近くでロードキルの手押しカートを見たことを思い出したというのだから、あきれた話だ。

　ようやくこの朝の捜査会議が終わり、全員が、外の天候に劣らぬ厳しい表情を浮かべ、デスクにできた金の山をちらりと見てから部屋を出ていった。会議室には、ネイピアーとインスク警部、ローガンが残った。

　インスク警部はデスクの金を集めて茶封筒に入れ、表に黒字で大きく〝犯人通報の報奨金〟と書いた。

「心当たりは？」

　ローガンは肩をすくめた。「鑑識局の人間は？　どの死体も目にできる立場です」

　ネイピアーは片眉を上げ、冷ややかな目を向けた。「チームの全員が金をカンパしたからといって、みなが無罪だとはかぎらない。このチームのだれかだという可能性もある」まっすぐローガンを見つめて繰り返した。「チームのだれかかもしれない」

　その点について考え込んだインスクは、暗い顔に、遠くを見るような表情を浮かべていた。「殺人犯を捕まえたも同然だった」ようやく言い、封筒をしっかりと閉じた。「あそこを張り込んでいれば、犯人が姿を見せたはずなんだ」

　ローガンはうなずいた。犯人を捕まえたも同然だった。

　ネイピアーはローガンを睨みつづけていた。

「とにかく」インスクがため息をついて、金の入った茶封筒を内ポケットにしまった。「もう失礼していいかな、警部。九時から検死解剖が始まるんだ。遅刻したくないんだよ。遅れようものなら、ローガンの別れた恋人にとっちめられるからね」

　ローガンとインスクが地下のモルグに下りたとき、ドクタ・イソベル・マカリスターは講義をしていた。髪を垂らしたろくでなしの恋人が、例によって柔弱でまぬけのような態度でくっついてまわっていた。三人の医学生がノートを手に、殺された四歳児の解剖をどのように行なうべきかを学ぼうと、真剣かつ熱心な面持ちで立っていた。イソベルはローガンには目も向けず、警部にそっけない挨拶をした。

　ピーター・ラムリーの裸体は解剖台のまんなかに横たえられていた。青白く蠟のような死体だ。学生たちはノートをとり、ろくでなしの恋人は間の抜けた作り笑いを浮かべ、イソベルは解剖しながら所見を述べ、臓器を取り出して計量した。解剖結果はディヴィッド・リードのときとまったく同じ——ただ、腐敗の進行の程度が浅く、性器を切断されていないだけだった。なんらかのひも——おそらくはプラスティック加工を施したコード——による絞頸。柔軟性のないものが死後、挿入されていた。

　こうしてまたひとり、子どもの解剖が終わった。

　ローガンが吐き気を覚えながら検死解剖から戻ったとき、小さな特別捜査本部室にはだれもいなかった。ジョーディー・スティーヴンスンの無表情な死に顔が壁から見下ろしていた。二つの事件をまかされたものの、どちらもまったくらちがあかない状態だった。

　鑑識から届いた大きなクッション付き封筒が到着書類入れに入っていた。宛て名は〝ラザロ・マクレイ部長刑事〟

となっている。

「あいつらめ」

ローガンは椅子に深々と腰を下ろし、封筒を破って開けた。鑑識結果報告書だった。わかりやすい言葉はすべて排除され、むずかしい専門語が並んでいる。一緒に入っていたのが、クリーム色の樹脂で作られた歯型だった。

ローガンは袋から歯型を取り出し、眉をひそめた。だれかがミスをしたにちがいない。これは、ジョーディーの死体についていた嚙み跡から作った歯型のはずだ。コリン・マクラウドの歯と一致するはずだった。だが、この歯型に一致するとしたら、コリンはオオカミ人間だ。何本か歯が足りないのは……

不安が膨らむのを感じつつ、ローガンは、まだ読んでいなかったジョーディーの検死報告書を手に取った。嚙み跡に関する記述はきわめて正確だった。

ローガンは目を閉じて悪態をついた。

五分後、部屋を飛びだしたローガンは、ぽかんとした顔のワトスン婦警を連れ出していた。

〈ターフン・トラック〉は、前に来たときと同様、みすぼらしく、人を寄せつけない雰囲気があった。降りつづく雪も陽気なクリスマス気分を添えてはいなかった。むしろ、四店舗が並んだ横長でずんぐりしたコンクリートの建物は、前にも増して陰気に見える。ワトスン婦警が共同利用車をすべるような動きで表の駐車場に入れて停めた。二人はそこで、うなりをあげる風と吹きつける雪を見ながら、パトカー――Q三一号車――が裏の配置につくのを待った。パトカーの警官たちは本来はここの受け持ちではないが、ちょうど手が空いていたのだ。

助手席の窓をノックされてローガンは飛び上がった。

雪のなかに立っているのは、厚い詰め物を施した革の腕当てをつけて、びくびくしている男だった。ローガンが窓を下ろすと、びくびく男が言った。「あのさ……問題のシェパードだが……大きいんだよな？」答えがノーであってほしそうな顔だ。

ローガンは歯型を持ち上げて、警察犬課の訓練士に見せた。訓練士の不安は少しも解消されなかった。

「なるほど……大きいな。歯もたくさんある」訓練士はため息をついた。「まいったな」

ローガンはあの灰色の鼻面を思い出した。「老犬だと言えば少しは慰めになるかな」

「ああ、なんてこった……」訓練士はいっそうがっかりしたようだ。「大きくて、歯がたくさんあって、おまけに経験豊かな老犬だっていうのか」

訓練士は、先端にプラスティック製の丈夫な輪がついた長い金属製の棒を持っていた。彼が棒に軽く頭をぶつけると、開いている助手席の窓から水しぶきが入ってきた。

無線が入った。Q三一号車が配置についたのだ。さあ、行動開始だ。

ローガンはすべりやすい駐車場に降り立った。車から〈ターフン・トラック〉へ最初にたどり着いたワトスン婦警は、映画に出てくる警察官がよくやるように、ドアの脇の壁に張りつき、警棒をかまえた。ローガンはポケットに手を深く突っ込み、肩を丸め、凍てつくような風に耳をまっ赤にしてワトスンに続き、さらにそのあとを、文句を言い、雪に足を取られながら二人の警察犬訓練士が続いた。

賭け屋に着くと、訓練士たちはワトスンに倣い、長い金属製の棒を握って壁に張りついた。

ローガンは三人を見て首を振った。

「《スタスキー&ハッチ》じゃないんだから」そう言って平然とドアを開けたローガンは、耳を聾するほどの騒音に襲われた。

ドアを一歩入るや、濡れた犬と手巻き煙草のにおいが体にまといついた。薄暗い店内に目がなれるまでしばらくかかった。長い木のカウンターの上方、左右の隅に一台ずつ置かれたテレビの画面がちらついている。二台とも同じドッグレースを映しているが、映像は途切れて飛ぶし、音量は大きすぎる。

四人の男が、ひびの入ったプラスティックの腰かけに浅く座り、テレビ画面を見つめてわめいていた。

「がんばれ、こののろま！　行け！」

デスペレート・ダグの姿は見当たらない。しかし、彼のシェパードは、電熱棒が三本ある電気ストーヴの前で、四本の脚を広げて床に寝そべっていた。口の端から舌を垂らし、熱さのせいで毛からかすかに湯気が立っている。

ローガンの横を抜けて、雪を伴う突風が暗くけむった店内に吹き込み、壁に並んだポスターがはためいた。休日の放浪者のような服装をした大柄な男が、振り向きもせずに「ドアを閉めろ!」と怒鳴った。

眠っている犬の毛が風にそよぎ、なにかを追いかけてでもいるように前脚がぴくりと動いた。ごちそうを追いかけているのだろう。ウサギ、いや警察官かもしれない。

ワトスンと二人の訓練士がローガンに続いて足音を殺して店内に入り、ドアを閉めた。訓練士たちは、不発弾でも見るような目で、眠っているシェパードを見定めた。訓練士の一方が、緊張のせいか唇をなめると、棒の先についた輪を低い位置に構えて、白いものが混じりはじめた黄褐色の毛のかたまり——湯気を立てている犬——に向かって忍び寄った。犬が眠っているあいだにかたづけることができれば、だれも嚙みつかれずにすむかもしれない。四人の客の関心が完全にドッグレースに向いているので、訓練士は足音を忍ばせて徐々に近づき、輪が犬の灰色の鼻先まであと数インチというところまで達した。テレビでは、黄色いゼッケンをつけたグレイハウンドが、青いゼッケンをつけたグレイハウンドよりも一瞬早くゴールに飛び込んでいた。客の二人がさっと立ち上がって歓声をあげた。あとの二人は悪態をついた。

突然の騒ぎに耳がぴくりと動いて、眠っていた犬が老いた狼のような顔を上げた。次の瞬間、犬は、先端から輪のぶら下がっている棒を持った訓練士を見た。

訓練士は「わーっ」と叫んで突進した。しかし、動きが遅すぎた。老犬がすばやく立ち上がって一斉射撃よろしく吠えたてたので、金属棒は三本の電熱棒をそなえた電気ストーヴにぶつかり、そのうちの一本を折ってしまった。

店内にいた全員が振り返って犬を、次いで四人の警察官を見た。

「いったいなんだってんだ?」

すでに客は四人とも立ち上がっていた。固めたこぶし、タトゥ。デスペレート・ダグのシェパード同様、歯をむき出してうなっている。

店の奥で大きな音がして、奥の部屋に通じるドアが勢いよく開いた。戸口に立ったサイモン・マクラウドの顔に浮かんでいた苛立ちは、たちまち怒りに変わった。

「面倒はごめんだ」犬の吠え声のなかでも聞こえるよう、ローガンは大声を張りあげなければならなかった。「ダギー・マクダフと話をしたいだけだ」

サイモンが手を伸ばして電気のスイッチを切った。店内が闇に包まれた。ちらつくテレビの灰色がかった緑色のぼんやりした光は、人影がわかる程度の役にしか立たなかった。

最初に苦痛の叫び声をあげたのは警察犬の訓練士だった。衝突音、ののしり声、倒れる音。だれかのこぶしが空を切って顔をかすめたので、ローガンは頭を下げて、やみくもにこぶしをくり出した。ほんの一瞬、骨と皮に当たった感触があり、くぐもった叫び声が聞こえたとたん、頬になにかの液体が飛び散り、人の倒れる音がした。のした相手がワトスン婦警ではありませんように、とローガンは祈った。

うなり声と噛みつく音がときおり混じるものの、犬は依然として吠えつづけていた。テレビがまた大音量でがなりたてはじめた。次のレースが告げられ、グレイハウンドたちがゲートに入れられた。ローガンは、背中に金属棒が当たってつんのめり、あお向けに倒れていただれかにつまずいて頭から床に倒れた。頭のすぐ横にだれかの足が勢いよく下りてきたが、足はそのまま通りすぎていった。

店内に白い光が満ちたので、ローガンが首をひねって見ると、外の吹雪を背景に、猫背の人影が浮かび上がっていた。人影は、持っていたビニール袋を落とした。汚いリノリウムにエキスポートの缶が四本とグラウスの瓶がぶつかる音がした。

その瞬間、冬のやわらかな昼光で、店内の様子がはっきり見えた。訓練士のひとりが床に倒れ、うなりをあげるシェパードが革の腕当てに噛みついていた。ワトスン婦警は鼻から血を流しながら、タトゥのある大男にヘッドロックをくらわしていた。もうひとりの訓練士は、客のひとりに押さえ込まれ、別の客に腹を殴られていた。ローガンはというと、前歯があったところに血まみれの空隙のできた作業衣の男のうえで、ほぼ大の字になって倒れていた。

戸口の男がくるりと向きを変えて逃げだした。

デスペレート・ダグだ！

悪態をつきながらローガンは床から立ち上がり、ふらつく足で、閉じかけたドアへ向かおうとした。だれかに足首をつかまれて前のめりに倒れ、床に激しくぶつかって、腹部の傷が悲鳴をあげた。足首をつかむ手に力が入り、もう片方の手が脚をつかんだ。

ローガンは、苦痛にあえぎながら、落ちていたウィスキーの瓶をつかみ、棍棒のように握って振り下ろした。敵の頭に命中して鈍い音がし、脚をつかんでいた二つの手から力が抜けた。

その手を蹴るようにして振りほどき、なんとか立ち上がると、よろめく足でドアから出た。腹が痛くて燃えるようだ。まるで、石油をかけて火をつけられたようだった。食いしばった歯のすきまから息をしながら携帯電話を引っぱり出し、Q三一号車の警官たちに急ぎ賭け屋に向かうようにと命じた。店舗と駐車場を隔てている手すりにどさりと寄りかかった。逃げだしはしたが、デスペレート・ダグはもはや若者ではない。そう遠くへは行けないはずだ。

左には、人気《ひとけ》のない道路と何台もの駐車車輛が雪の向こうに見え隠れしているだけだ。右には、煉瓦とコンクリートで造られたアパートの並ぶ灰色の景色が広がっている。こっちにも駐車車輛が何台もあった。墓場のようにひっそりした薄暗い建物のひとつに消えていく人影が見えた。

ローガンは手すりから体を引き離すようにして立つと、逃げていく人影をふらつく足で追いはじめた。背後では、回転灯をつけ大音量でサイレンを鳴らしたQ三一号車が、エンジン音を響かせて、凍結した駐車場へ入っていった。

前へ進むたび、風がローガンの顔に氷の針を打ちつけた。足もとの歩道も油断ならない敵で、雪の解けかけたぬかるみを踏むたび、転ばせてやるぞと脅してくる。ローガンは、苦労の末、ダグが入っていった建物にたどり着いた。数段しかないドアステップを一歩で上がり、乱暴に入口のドアを開けて入る。玄関ホールはひっそりしていて寒く、息が白くもった。戸口のコンクリートに黒っぽいしみがあった。股間くらいの高さから床に向かって木の形に広がっているそれは、だれかが隣人の戸口に繰り返し小便をひっかけた跡だ。凍えるようなホールに、鼻をつく悪臭が漂っていた。

ローガンは急ブレーキを踏むような感じで足を止めた。息が荒く、小便の臭気で目が痛い。ダグはこの建物内にあるフラットのどこかへ逃げ込んだはずだ。あるいは、目につかないところに隠れた可能性もある。たとえば階段のかげだ。じりじりと階段に近づいてのぞいたが、デスペレート・ダグの姿はなかった。裏口のドアが開いていた。

「くそ」ローガンは大きく息を吸い込むと、裏口を抜けてふたたび雪の世界へと出た。

建物の配置上、三階建てあるいは四階建てのアパートの棟のあいだに共用の芝地がある。もっとも、盛りの季節でも特別きれいな芝生ではないのだが。降る雪に徐々に消えていく真新しい足跡が、向かいの建物へと向かっていた。

ローガンは駆け足でその足跡を追い、向かいの建物を通り抜けた。そこは通りで、またアパートが並んでいた。正面でドアの閉まる音がしたので、ローガンはすべりながら通りを横切り、ドアを入って玄関ホールを抜け、また外へ出た。今度はわびしい灰色の建物は並んでいなかった。芝地と人手の入っていない低木地帯を隔てている高さ六フィートの金網フェンスがあるだけだった。金網の先に工業団地が見え、その向こうに二棟の高層ビルがそびえている。ティリドローン地区だ。

デスペレート・ダグ・マクダフは高いフェンスをよじ登って越えようとしていた。

「動くな！」雪の上を速足で横切ろうとしたローガンが、すべって足をとられて芝地の端で止まったちょうどそのとき、またしても目の前でダグの姿が消えた。「おまえはいったい何者だ、フーディーニか？」

金網フェンスをよじ登るうち、デスペレート・ダグが忽然と姿を消すことのできた理由がわかった。このフェンスは、サンディランズ団地と、街の北部を走る鉄道線路との境界なのだ。低木地帯と茂みに隠れて、深く幅の広い人工の谷があり、その底に線路が伸びている。ダグはこの側線の急斜面をすべり降りたのだ。

老人はもはや、さほどのスピードで走っていなかった。ジョギング並みの速度で、よろめきながら、片手で胸を押さえ、足を引きずって線路を駆けていた。

ローガンはフェンスのてっぺんから落ち、地面に激しくぶつかった。次の瞬間、完全にバランスを失っていた。あとは重力のなすがままだった。ハリエニシダやワラビの茂みですり傷をこしらえながら、岩のように斜面を転がり落ち、谷底の硬い砂利へと投げだされた。谷底にぶつかったとたん、苦痛の叫びが漏れた。後頭部が切れて血が流れていた。砂利にぶつかって止まったせいで頭ががんがんした。しかし、なによりも悪いことに、破裂したように腹が痛んだ。一年経ってもまだ、〝マストリック・モンスター〟アンガス・ロバートスンは彼に苦痛を与えていた。

側線の両側の斜面が高いおかげで、谷底には風が吹き込んでいなかった。空から絶え間なく落ちてくる雪が、静かな大気のなかで毛布のようにローガンの体に舞い降りてきた。

ローガンは横向きに倒れたまま、うめき声をあげ、吐き気を抑え、雪が降り注ぐにまかせていた。体を動かすことすらできなかった。しかし、デスペレート・ダグの姿は完全に見えていた。老人は危険を承知で振り返り、自分を追ってきた警察官が線路に倒れて血を流しているのを肩越しに見て取った。ダグは足を止め、向き直ってローガンを見つめた。大きく吐き出した息が、でこぼこした形の白い霧となって広がった。

やがてダグは、ローガンに向かって線路を引き返してきた。ポケットを探り、きらりと光るものを手にした。鋭いものだ。

冷や水を垂らされたようにローガンの背筋が凍った。

「くそ……」

転がって、デスペレート・ダグがそばへ来る前に立ち上がろうとした。しかし、死神が線路をゆっくりと近づいてくるというのに、腹部の痛みがひどくて動けなかった。

「追ってこなくてもよかったんだ」ダグの声は雲形を描く息とともに吐き出された。「余計なまねをしなきゃよかったんだ。思い知らせてやるよ、お巡り野郎《ミスタ・ピッグ》」ダグは光るものを持ち上げた。刃を出したスタンリー・ナイフだ。

「よせ、やめろ……」またしても、めった突きにされるのか。

「わしはベーコンに目がないんだ」ダグの顔はまっ赤だった。しわだらけで、毛細血管が破れて赤らんでいるのだ。白濁して視力のない右目は雪と同じ色、ゆがんだ笑みでのぞく歯はニコチンに染まって茶色い。「うまいベーコンを食うためには、すぱっと薄く切る必要がある」

「やめろ……」ローガンは必死で転がろうとした。

「おい、まさか泣きだすつもりじゃなかろうな、ミスタ・ピッグ？　赤ん坊じゃあるまいに。まあ無理もないか。さあ、痛い目を見せてやる！」

「やめろ……やめてくれ！　そんなことをする必要はない……」

「ほう、そうかい？」ダグは声をあげて笑った。笑い声がかすれ、痰のからんだような咳になり、黒いものと赤いものの混じった唾液が流れ落ちた。「いいか」ようやく息が整うと、ダグは言った。「わしには失うものなどない。そうだろ？　わしは癌なんだ、ミスタ・ピッグ。病院の親切な医者が言いやがった。あんたは癌で、長くても二年の命だ。その二年もつらいものになるだろう、とな。それなのに、警察はわしを捕まえるというのか、ええ？」

ローガンが歯を食いしばり、地面を押すようにしてなんとかひざをついたとき、ダグが背中のまんなかに足をのせて押した。ローガンは地面に胸を打ちつけた。「ああーっ……」

「いいか、今度ぶち込まれてみろ、わしは生きて出てこれんだろう。癌が肺と骨を食ってやがるんだから。わしがおまえを切り裂いたところで、連中になにができる？　どのみち判決が下るまでにわしは死ぬんだ。もうひとつ死体が増えたところでなにも変わらん、そうだろ？」

ローガンはうめき声をあげながら転がってあお向けになった。落ちてくる雪が顔に冷たく感じられた。このままダグにしゃべり続けさせるんだ。しゃべらせているうちにだれかが来るかもしれない。制服警官のだれか。ワトスン婦警。だれかが。頼む、だれか来てくれ！「だから……だから、ジョーディー・スティーヴンスンを殺したのか？」

ダグは声をあげて笑った。「なんのつもりだ？ 楽しくおしゃべりでもすれば、わしが口を割るとでも思ってるのか？ じいさんにしゃべらせておけば、腹を割ってすっかり白状するとでも？」ダグは首を振った。「テレビの見すぎだ、ミスタ・ピッグ。わしが割るのはあんたの腹だけさ」彼はスタンリー・ナイフを振り、にやりと笑った。

ローガンはダグのひざを蹴りつけた。力いっぱい。ポキッという音がしてダグがくずおれた。ナイフを落とし、割れたひざを押さえている。「なにしやがる！」

ローガンは、歯を食いしばって息をしながら転がって横を向き、もう一度、蹴った。今度は老人の側頭部に命中し、三インチほど切れて、傷口がぱっくりと開いた。

ダグはうめきながら両手で血まみれの頭を押さえ、ローガンは老人の頭をめがけて足でもう一撃を加えた。ブーツの底に当たって、指が二本折れた。「くそったれめ！」

年老い、癌におかされているとはいえ、ダグ・マクダフはかつて、スコットランドでもっとも危険な刑務所で不屈の男だとの評判を得ていた。ダグが長年かけて築いた評判だ。彼はすごい声でうなり、もがきながら、ローガンの足が届かないところへと後退した。すぐさまローガンに飛びかかり、ニコチンのしみのついた両手をローガンの首にまわして締めつけた。部長刑事を絞め殺そうとするダグのしわだらけの顔には、残忍な表情が浮かんでいた。

ローガンは首に巻きついた彼の両手をつかんで引き離そうとしたが、老人の手は鉄のように固かった。早くも世界が赤みを帯びはじめ、頭部圧力が上昇して耳ががんがんしていた。ローガンは片手を放し、こぶしに固めて、ダグの側頭部に打ち込んだ。ダグはうめいたものの、ローガンの首にまわした手は放さなかった。ローガンは顔をしかめながら、何度もこぶしをくり出した。ダグの頭の傷からそこかしこに血がしたたり、雪がピンク色に染まった。ローガンが死にものぐるいで打ち込んだこぶしがダグの顎を砕き、白濁した視力のない目を閉じさせた。意識が薄れるなか、ローガンは力のかぎりパンチをふるった。何発も何発も……

……ようやく、首にまわされていた手がゆるんだ。老人はぐったりとして横向きに倒れ、血を流しながら、降りつづく雪のなかに横たわっていた。

29

ダグラス・マクダフはすぐさま救急病棟へ搬送され、処置室へ運ばれた。彼は死んだようにぐったりしていた。大小さまざまなしわの刻まれた顔にいくつもできたどす黒いあざが、しだいに広がり、つながっていった。息が浅く、ぜいぜいと音がしている。アバディーン・ロイヤル病院へと運ばれる救急車のなかでダグが意識を取り戻すことはなく、こっぴどく殴られた顔から血を流し、横たわっているだけだった。

救急隊員は病院までの道中、ローガンに一言も話しかけなかった。老いた年金生活者を殴って負傷させたのがローガンだとわかったからだ。

ローガンは無言で立って震えながら、看護婦がデスペレート・ダグに何台ものモニターをつなぎ、機械のビーとかピーとかいう音で老人の心臓の具合を確認する様子をじっと見ていた。

看護婦が顔を上げ、台車つき担架の足もとに立っているローガンを見た。「出ていってください」看護婦は老人のシャツのボタンをはずしながら言った。「この人はひどく殴られています」

「わかってる」ローガンは、殴ったのが自分だという事実を告げなかった。声を出すのがつらく、のどが痛んだ。

「あなたは親戚のかた？」看護婦は気づかうようなプロらしい顔で、慎重にダグのシャツの胸もとを開いた。

「ちがう。警察官だ。マクレイ部長刑事」

看護婦は手を止めた。表情が冷ややかになった。「こんなことをした犯人を捕まえて、終身刑にしてやって！ こんなになるまで老人を殴るなんて！」

そこへ医者がやって来た。クリップボードを持ち、ストレスで疲れきった顔をした、背の低い禿げた男だ。医者はローガンが警察官であることなどお構いなしだった。だれであろうと、外へ出てもらわなければ、患者の診断と治療ができない。

「その男の名前はダグラス・マクダフだ」ローガンはかすれ声が大きくならないよう努めた。「殺人事件捜査における有力容疑者なんだ。きわめて凶暴な男だと考えられている」

看護婦が台車つき担架から一歩下がって青い看護服の腹のあたりで両手を拭くと、ラテックス手袋のゴムがたてる小さな摩擦音が、ピーとかピーという規則的な機械音に混じって聞こえた。

ローガンはのどをそっとなでた。「見張りに巡査をよこすよ」つばを飲み込むとのどが痛い。

看護婦はあいまいな笑みを向けたが、医者はすでに、ひどい暴行を受けたダギーの体の検査に取りかかっていた。看護婦は深呼吸をし、毅然として仕事に戻った。

ローガンはデスペレート・ダグの枕もとに巡査をつける手配をすると、あとは医者と看護婦にまかせた。廊下に出たとたん、錠剤の入った瓶をいっぱいにのせたカートを押している看護婦にぶつかりそうになった。あやまろうと向き直り、のぞき込んだ顔に見覚えがあった。ただ、今回、ローナ・ヘンダースンの母親は、片方の目のまわりに大きなあざをこしらえていた。厚化粧で隠そうとしたようだが、それでもあざが透けて見えた。「大丈夫ですか？」ローガンはたずねた。

彼女ははっとして、腫れた目をあわてて手で隠し、無理にほほ笑んでみせた。「大丈夫よ」いまにも涙声になりそうだ。「とても元気。あなたはいかが？」

「だれかにぶたれたのですか、ミセス・ヘンダースン？」

彼女は青い看護服のしわを手で伸ばしながら、ノーと言った。ドアにぶつかったの。事故よ。それだけ。

ローガンは、インスク警部お得意の沈黙の技を使ってみた。

彼女の顔からしだいに作り笑いが消え、ただの青白い二重顎に戻った。「ケヴィンが来たの。酔っぱらってた」彼女はローガンの目を見ずに、胸に留めた名札をいじっていた。「戻ってきてくれたんだと思ったわ。ほら、あの胸の小さな女を捨てて。でも彼は、ローナが死んだのはおまえのせいだ、って言ったの。あの子を車から降ろしたりするべきじゃなかったんだ、あの子を殺したのはおまえだ、って……」彼女が顔を上げると、涙が蛍光灯の光を受けて、目がきらめいて見えた。「娘の死を二人で一緒に乗り越えることができると、彼を説得しようとしたわ。おたがいのために一緒にいましょう、いまでもあなたを愛しているの、あなたがいまでもわたしを愛していることもわかっているのよって言ったの」一粒の大きな涙が目の縁からこぼれて頬を流れ落ちた。彼女はそれを手の甲でぬぐった。「彼は怒って、ますます大きな声で怒鳴ったわ。そして……殴られて当然よ。なにもかも、わたしのせいなんだもの。彼は二度と戻ってこない……」とめどなく涙が流れはじめ、彼女はカートを放って駆けだした。

二枚扉の奥へと消える彼女を見ながら、ローガンは吐息を漏らした。

ワトスン婦警は受付ロビーで、座って上を向き、丸めたトイレットペーパーを顔に押し当てていた。顔がまっ赤だ。

「鼻はどうだい？」ローガンはたずね、隣のプラスティックの椅子にどさりと腰を下ろした。体の震えをこらえた。

「痛いです」ワトスンは頭を動かさずに、横目でローガンを見た。「少なくとも、骨は折れていないと思います。被疑者の様子は？」

ローガンは肩をすくめたが、たちまち後悔した。「他のみんなは？」痛むのどからしぼり出したかすれ声でたずねた。

ワトスン婦警は廊下の先の治療室を指さした。「訓練士のひとりは肋骨が折れていないか検査中。それ以外はみんな大丈夫です」彼女はほほ笑み、すぐに顔をしかめた。「いたっ……賭け屋の客のひとりは、殴られて前歯が折れました」彼女はまた横目で、腰を下ろしてから何度目かわからないほど、のどをさすっているローガンを見た。「大丈夫ですか？」

ローガンはシャツのえりを引き下ろし、絞め殺されそうになった名誉の負傷を見せた。

ワトスンがまた顔をしかめたが、これはローガンの代わりだろう。デスペレート・ダグの指の跡が、青白い首に赤や紫色でくっきり見える。気管の左右についている二つの大きなあざは、ローガンの命を奪おうとした老人の親指の跡だ。

「ひどい。なにがあったんですか？」

「まあ、倒れて立ち上がることができなかったといったところだ」ローガンはまた、のどもとをさすった。「ミスタ・マクダフは、おれが永遠に立ち上がれないようにしたかったんだよ」ナイフの刃が光にきらめいていた。ローガンはまた身震いした。

「あのじじい！」

ローガンはつい笑みを浮かべていた。たまに味方に出会うとうれしいものだ。

インスク警部はワトスンほどの理解を示さなかった。またしても鎮痛剤のいっぱい入った瓶をポケットにしのばせたローガンと、鼻の骨が折れていないのを確認してもらったワトスン婦警が本部に戻ると、受付の巡査部長が伝言を伝えた。ローガンは警部のオフィスに来るように。即刻だ！

ローガンが部屋に入ったとき、インスク警部はドアに背を向けて立ち、両手をうしろで組み、天井照明に光る禿げ頭を見せていた。彼は、絶え間なく降りつづける雪を窓から眺めていた。「きみはいったいなにをしているつもりだったんだ？」インスクがたずねた。

ローガンはまたのどもとをさすり、ジョージ・スティーヴンスンを殺した犯人を逮捕するつもりだったと答えた。

インスクがため息をついた。「部長刑事、きみは、ひとりの老人を殴って意識不明にしただけだ。病院側の話では重体だそうだ。彼が死んだらどうする？ 明日の新聞にどう報じられるか想像できるか？ 〝警察官が年金生活者を撲殺！〟きみはいったいなにを考えていたんだ？」

ローガンは咳払いをし、たちまち、やめておけばよかったと後悔した。のどが痛んだ。「私は……あれは自己防衛でした」

くるりと向き直ったインスクの顔は真紅に染まっていた。「老人を殴打することは適切な警察業務とは言えん……」

ローガンの首のまわりのあざを見ると、彼は言葉を切った。「なにがあった？ ワトスンは愛咬フェチなのか？」

「ミスタ・マクダフが私を絞め殺そうとしました」

「だからきみは彼を殴ったのか？」

ローガンはうなずき、顔をしかめた。「そうするしか、彼を止めることはできませんでした」ポケットから透明ビニールの袋を取り出し、震える手でインスク警部のデスクに置いた。スタンリー・ナイフが入っている。「彼はそれで私を切り刻もうとしました」

インスクは証拠品袋を手に取ってまわしながら、なかのナイフを調べた。「昔ながらのやり方がいまなお残っているとわかってうれしいね」ようやく言い、ローガンの目を正面から見据えた。「この件に関して調査が行なわれるあいだ、おそらくきみは停職処分になるだろう。もしもデスペレート・ダグが刑事訴訟を起こす気になった場合は……」彼は肩をすくめた。「目下、警察を取り巻く状況がどういうものかはきみも知っているだろう。これ以上の批判報道は必要ない」

「彼は私を殺すつもりでした……」

「きみは老齢年金受給者を殴って意識不明にさせたんだ、ローガン。理由は関係ない。世間は結果しか見ない。警察による不当暴力の最悪の形だ」

ローガンは耳を疑った。「では、警部は私を処罰するつもりなのですか？」

「部長刑事、私にはどうするつもりもない。倫理委員会がなにもさせてくれんのだ。ことは完全に私の手を離れたんだよ」

小さな特別捜査本部室にはローガンの他にはだれもおらず、書類の山があるだけだった。彼は薄暗い部屋で、食べかけのチョコボールの袋と冷めたコーヒーの入ったカップが並んだテーブルに向かって座っていた。身震いをこらえた。

ナイフ。

ローガンは片手で顔をなでた。あの夜のできごとに思いを馳せることなど、ひさしくなかったのに。高層ビルの屋根になかば意識を失った状態で横たわっているおれを、アンガス・ロバートスンがめった突きにした……デスペレート・ダグ・マクダフがあの夜の恐怖を呼び覚ましたのだ。

年老いた年金生活者を病院送りにした理由を説明するべく、すべての書類に必要事項を記入したローガンは、そのあと一時間半もの苦行に耐えたのだった。ネイピアー警部が彼を睨みつけたまま次々と訊問を行ない、今度このようなことがあったらどうなるかを肝に銘じさせた。それがすむと、もうやることもなく、座って、停職処分を告げられるのを待つのみだった。職場復帰して一週間で、おれの経歴は早くもおしまいだ。しかも、おれにはなんの落ち度もないのに！

ローガンはため息をつき、ジョーディー・スティーヴンスンの死に顔を見上げた。なにより困るのは、これでデスペレート・ダグを有罪に持ち込むのがますますむずかしくなることだ。陪審員は、警察官に殴られた気の毒な老人がエジンバラから来たごろつきを殺した犯人だなど、とんだぬれぎぬだと判断するだろう。こんな年寄りに人を殺せるはずがない。よぼよぼのじいさんじゃないか！　地方検察官は絶対にこの件にかかわろうとしないだろう。

うなだれるうち、とうとう頭が書類の山にぶつかった。

「くそ」彼は額をテーブルに打ちつけながら、それにリズムを合わせてつぶやいた。「くそ、くそ、くそ……」

携帯電話の着信を知らせる曲が鳴り響き、彼は額を打つのをやめた。ため息をつき、携帯電話を取り出して耳に押し当てた。「ローガンだ」張りのない声だった。

「マクレイ部長刑事？　アリス・ケリーです。昨日お会いしましたね、セーフ・ハウスで。ミスタ・フィリップスを捜しているのですが？」

ローガンはたちまち、指輪をたくさんつけた私服のやぼったい婦警を思い出した。「やあ……」彼ははっとして言葉を切り、背筋を伸ばした。「どういう意味だ、彼を〝捜している〟とは？　彼はどこにいるんだ？」

「そう、それが問題でして」気まずい間があった。「わたしがシャワーを浴びているあいだに、ハリス刑事が牛乳一パイントとポテトチップスを買いに出て――」

「まさか、彼がいなくなったというんじゃないだろうな！」

「いなくなったと決まったわけではありません。きっと、散歩にでも出ただけでしょう。暗くなれば戻ってくるはず……」

ローガンは腕時計を見た。三時半だ。すでに外は暗い。

「捜したのか？」

「いまハリス刑事が捜しています。わたしは、彼が戻ってきた場合にそなえて、ここで待機しているんです」

ローガンはまたテーブルに頭を打ちつけた。

「もしもし？　どうかしましたか？」

「彼は戻らないよ」その言葉は、食いしばった歯のあいだから出たものだった。「彼がいなくなったことを通信指令室に伝えたのか？」

またしても気まずい間があった。

「もういい」ローガンは言った。「通信指令室には私から伝える」

「わたしはどうすればいいですか？」

ローガンは紳士なので、彼女にどうしろとは言わなかった。

十分後には、アバディーン市内の全パトカーに、通りをさまよい歩いているロードキルの姿が見あたらないか注意しておくようにと伝わっていた。霊能力などなくとも、ローガンには彼がどこへ行こうとしているのかがわかった。

彼は農場へ、死体でいっぱいの農舎へ、帰るつもりなのだ。サマーヒルからカルツまで、歩いていくにはかなりの距離がある。まして、激しく降る雪のなかではたいへんだろう。しかし、ロードキルは長い距離を歩くのに慣れている。彼は自分だけの移動式モルグを押して、街じゅうの幹線道路や脇道を歩いていたのだ。途中で動物の死骸を拾い集めながら。

しかし、バーナード・ダンカン・フィリップスはそんなに遠くまで行けなかった。彼は三時間半後、ヘイズルヘッドの森で、徐々に凍りはじめた血だまりのなかに倒れているのを発見された。

森はおとぎ話に出てくるような白と黒の世界で、ねじれた古木はどれも霜で覆われ、雪の毛布をかぶっていた。公園のまんなかを曲がりくねった一車線の道が走っている。ローガンは、共同利用車がスリップして道から飛び出し、木にぶつかることのないよう、スピードを抑えて這うようにその道を進んでいた。

森に入って一・五マイルほどのところに、でこぼこの駐車場があった。タールマック舗装はされず、長年にわたる使用で踏み固められた地面は雪に隠れていた。駐車場の中央に、雪化粧をした一本の大きなブナの木がある。その木のまわりに、これといった目的もなく動きまわっている警察官たちがいた。彼らは、身を切るような冷たい大気に白い息を吐いていた。睾丸まで凍えているにちがいない。

ローガンは鑑識局の汚いヴァンの隣に車を停めてエンジンを切り、固く踏みしめられてすべりやすくなった雪の上に降り立った。冷気は頬を打つようだった。テントのなかが少しでも暖かいことを願いつつ、震えながら現場捜査班のテントへ向かった。願いはかなわなかった。テントの中央から四方八方に血が飛び散っていた。中央のどす黒い血だまりは、氷晶ができて盛り上がり、表面がきらめいている。そこかしこに足跡があり、人の形をしたくぼみが血だまりをはさんで伸びていた。ロードキルは横向きに倒れていたのだ。彼は雪に血を流して死んだ。

　ローガンは写真係をつかまえた。ゴミ集積場で写真を撮っていた、アバディーン・フットボール・クラブのファン、禿げのビリーだ。あのときと同じ、ぽんぽんの付いた赤と白の毛糸の帽子をかぶっている。

「死体はどこだ？」

「救急病棟」

「え？」

「彼は死んでないよ」写真係は紅いしみを見下ろし、すぐにローガンを見た。「少なくともいまのところは」

　というわけで、ローガンは、本日二度目のアバディーン・ロイヤル病院訪問の仕儀となった。バーナード・ダンカン・フィリップスは、病院に収容された際、頭蓋骨および複数の肋骨・両腕・片脚・複数の手指の骨折と、腹部を繰り返し蹴られたことが原因と見られる身体内部の損傷が認められた。彼はすぐさま手術室へ運ばれたが、彼を襲った暴徒たちは今回は徹底的に痛めつけていた。ロードキルが一命をとりとめる見込みはなかった。

　他に行くあてもないので、ローガンは病院で待っていた。本部へ戻り、停職処分が正式に決まるのを待つつもりはなかった。少なくとも、本部を離れていれば、携帯電話の電源を切っていれば、処分など下らないのだというふりをすることができる。

　四時間後、深刻な面持ちの看護婦が来て、迷路のような廊下を通って集中治療室へとローガンを案内した。デスペレート・ダグの治療にあたった医者がロードキルのベッド脇に立ってカルテを読んでいた。

「彼の容態は？」

　医者がクリップボードから顔を上げた。「またあなたですか？」

　ローガンは、こっぴどく殴られ、包帯をぐるぐる巻きにされている男を見た。「見た目どおりひどいんですか？」

「そうですね……」ため息をつく。「脳になんらかの障害が残るでしょう。どの程度の障害になるか、現時点ではまだわかりません。いまのところ容態は安定しています」

二人は立ったまま、浅い呼吸をしているロードキルを見ていた。

「助かる見込みは？」

医者は肩をすくめた。「内出血を食い止めることはできたと思います。とにかく、ひとつだけ、はっきり言えることがあります。彼は今後、子どもを持つことはできない。精巣が二つとも破裂していました。しかし、命はとりとめるでしょう」

ローガンは顔をしかめた。「昼間に運び込んだ男は？　ミスタ・マクダフの容態は？」

「悪いですね」医者は首を振った。「きわめて悪い」

「回復しそうですか？」

「それはお答えできません。患者さんの個人情報ですからね。ミスタ・マクダフ本人にたずねてください」

「わかりました。そうします」

医者はまた首を振った。「今夜はだめですよ。彼は年寄りなんだ。今日はひどい目にあったんです。だいいち、もう午前零時近いじゃないですか。眠らせてやりましょう」彼は暗い色の目を上げてローガンを見た。「大丈夫、彼はどこへも行きやしません」

外は雪もやみ、空は晴れつつあった。まっ黒なボウルをひっくり返したような空に浮かんだ星は、街明かりにかすんでいた。ローガンは救急病棟から、凍りつくように冷たい夜気のなかへと出た。

回転灯をつけた救急車が慎重に入口に停まった。

ローガンはその光景に背を向けて、共同利用車に乗り込んだ。たちまち息でフロントグラスがくもる。携帯電話を取り出して電源を入れた。こんな夜更けに電話をかけてくる人間がいるわけじゃなし、もう電源を入れても大丈夫だろう。

メッセージが五件入っていた。うち四件はコリン・ミラーからで、ロードキルの身になにが起きたのかをぜひ聞かせてほしいとのことだった。ところが、もう一件はジャッキー・ワトスン婦警からだった。〝他にこれといった用がなければ、よかったら――いえ、気が向かなければ断わってくれていいのですが――映画でも観にいきませんか。もちろん、映画ではなく飲みにいくのでもかまいません。今日はさんざんな一日だったので……その気になれば、つまり、なにかしたいことがあれば、電話をくれますか？〟メッセージが入ったのは八時。ちょうど、ロードキルが手術室から出てくるのを待とうと腰を下ろしたころだ。

ローガンは彼女の番号を押した。時刻は遅い――午前零時を過ぎている――が、デートをするにはまだ遅くないかも……

呼出音が鳴りつづけた。ようやく安っぽい金属性の声が、ただいま電話に出ることはできません、のちほどおかけ直しください、と応えた。

彼が今日、卑猥な言葉を並べながらそのリズムに合わせてなにかに頭を打ちつけるのはこれで二度目だった。ハンドルに額を打ちつけるたび、プラスティックにはね返る音がした。

楽しい一日ではなかった。

ようやくフロントグラスのくもりが晴れたので、ローガンはエンジンをかけ、腹立ちまぎれにタイヤの音をきしらせて病院の駐車場から猛スピードで発進した。出口に近づくと、歯を食いしばって急ブレーキを踏み、車の尻が前部を追い越しそうな感覚に苦い喜びを覚えた。出口で折れて幹線道路へ入るときには、アクセルをめいっぱい踏み込み、タイヤを横滑りさせて車の尻を振った。前方の赤信号でトラックが一台停まっていた。ふと、このままアクセルを踏み込んでトラックの尻に突っ込みたい衝動を覚えた。

しかし、そうはせず、小声で悪態をつきながら速度を落として徐行した。

上着のポケットで携帯電話が鳴りだし、ローガンは飛び上がった。ジャッキーだ、ワトスン婦警がかけ直してきたんだ！　にやにやしながら電話を取り出し、耳に押し当てた。「もしもし？」できるかぎり明るい声を出した。

「ラズ？　あんたか？」コリン・ミラーだった。「おい、こっちはもう何時間も前から連絡を取ろうとしてたんだぞ！」

　ローガンは運転席に座って電話を耳に当てたまま、信号が赤から黄色に変わるのを見ていた。「わかっている。メッセージは聞いたよ」

「連中はロードキルを徹底的に痛めつけた。聞いただろ？　なにがあったんだ？　教えろよ」

　ローガンは断わった。

「なに？　冗談じゃないぞ、ラズ。いまや、あんたとは味方同士だと思ってたのに」

　ローガンは人影のない寒い夜の街を睨みつけた。「あんなまねをしたくせに？　きみが味方なもんか！」

　あっけにとられたらしく、一瞬の間があった。

「あんなまねって？　なんの話だ？　もう長いこと、おとぎ芝居の女形を攻撃してないぞ。約束どおり、警察をほめたたえる記事を載せただろ。これ以上、ぼくになにをしろというんだ？」

　ようやく信号が青に変わってトラックが発車し、ローガンの車は置いてけぼりをくった。

「きみは、われわれがピーター・ラムリーの死体を発見したことを公表した」

「それがなんだ？　実際に発見したんだから、報道しても――」

「現場へ舞い戻ってくるはずだったんだ。殺人犯が。ふたたび現場に現われたところを逮捕する手はずだった」

「どういうことだ？」

「犯人はあの死体を隠していた。死体のもとへ戻ってくるつもりだった。だが、きみが第一面にでかでかと報じたせいで、犯人に知れてしまった。もうあそこへは来ないだろう。犯人はいまだ野放し。きみは、犯人逮捕の絶好の機会を台なしにしたんだ。今度、子どもがさらわれたら、きみのせいだ。わかったか？　犯人を逮捕できたはずだったんだ！」

　またしても沈黙の間があった。ようやく返ってきたミラーの声は、車の送風機の音にまぎれて、かろうじて聞き取れるほど小さかった。「なんてこった、ラズ。知らなかったんだ。もしも知っていれば、一言だって記事にしなかった。申し訳ない」

困ったことに、彼が心から申し訳なく思っているように聞こえた。ローガンは深呼吸をして、車のギアを入れた。

「なんとしても、きみの情報源を明かしてもらいたい——」

「それはできないってわかってるだろ、ラズ。話せないよ」

ローガンはため息をつき、信号の前から車を出して市内へと向かった。

「なあ、ラズ、こっちはもう終わるから、これから会って一杯やらないか？　ドックの近くにまだ開いている店があるんだ……ぼくがおごるけど？」

ローガンは断わると言って電話を切った。

市内までの道路はがらすきだった。ローガンはアパートの前に車を停め、疲れた足で階段をのぼった。部屋が寒かったので暖房をつけ、まっ暗ななかで腰を下ろして窓の外にまたたく明かりを見ながら、自己憐憫にひたった。ナイフのことを考えまいとした。

留守番電話の赤いランプが点滅していたが、やはりメッセージはすべてミラーのものだった。〝シャンパンを一本用意して、ネグリジェを着て起きて待っています。乾杯でもしませんか？〟と伝えるワトスン婦警からのメッセージはなかった。

腹が鳴った。まもなく午前一時になるというのに、朝食のあと、ひとつかみほどのチョコボールと何錠かの鎮痛剤以外、なにも腹に入れていなかった。

キッチンにチョコレート・ビスケットの箱と赤ワインが一本あったので、両方とも開けた。シラーズ・ワインを大きなグラスに注ぎ、ビスケットを口に入れると、居間へ戻ってどさりと腰を下ろし、ふたたびいじけることにした。

「アルコールと一緒に摂らないこと」と言いながら、居間の窓ガラスに映る自分の姿に向かって乾杯をした。

二杯目を飲んでいるときにドアベルが鳴った。ぶつくさ言いながら、体を引っぱり上げるようにして椅子から立ち、窓際へ行って下を見ると、見慣れた高級車が通りにななめに停まっていた。

コリン・ミラーだ。

記者は悔恨の表情を浮かべ、大きな買い物袋を二つ持って戸口に立っていた。

「なんの用だ?」ローガンはたずねた。

「なあ、あんたがかんかんに怒っているのは承知してるよ。でも、ぼくはわざとやったわけじゃないんだ。もしも知っていたら記事にはしなかった。ほんとうに、心から申し訳ないと思ってる……」彼は詫びるような笑みを浮かべて、買い物袋を持ち上げた。「和解の贈り物をどうだい?」

二人はキッチンに腰を落ち着けた。ローガンのシラーズ・ワインにミラーの持ってきたきりっと冷えたシャルドネと、食欲をそそるスパイシーなにおいを発している持ち帰りタイ料理のプラスティック容器がずらりと加わった。

「店主と知りあいでね」ミラーが言い、車エビのグリーン・カレーをスプーンですくって皿に取った。「彼がグラスゴーにいたとき、頼みをきいてやったことがあるんだ。だから、こんな夜中に店を開けてくれたわけさ」

ローガンは料理がおいしいと認めざるをえなかった。赤ワインを飲みながらチョコレート・ビスケットを食べるよりははるかにいい。「きみがこの雪のなかをはるばるとやって来たのは、たんに持ち帰り料理を届けるためなのか?」

「あれ、あんたがそれを言い出すなんて不思議だな」ミラーが焼きそばを取って自分の皿にこんもりと盛った。「ぼくは、言うなれば道徳上のジレンマに陥っているんだ」

ローガンは口へ運びかけたフォークを止めた。油で光る細切りの鶏肉が、思い出してもらうのを待っている。「どうせ、そんなことだろうと思った」

「まあ落ち着けよ」ミラーは笑みを浮かべた。「道徳上のジレンマというのはこうだ。ぼくは殺人犯に関するネタを持っている。ただ、そのネタは、ある人物のキャリアを確実に破滅させるんだ」

ローガンは片眉を上げた。「インスク警部に対してやったことを考えると、きみが二の足を踏むなんて驚きだな」

「ああ、あんたの言うとおりだよ。問題は、破滅することになる男に、ぼくが好意を抱いている点なんだ」

ローガンはスパイスの利いた鶏肉をがっつき、嚙みながら「それで？　どんなネタなんだ？」とたずねた。

「〝ローカル・ポリス・ヒーロー、老齢年金受給者を撲殺する〟」

30

火曜日の朝、出勤したローガンは、だれとも目を合わせないようにした。だれも面と向かってはなにも言わないが、背中にみなの視線を感じたし、本部内を歩いてインスク警部の朝の会議へ向かうあいだじゅう、うしろから噂話が追いかけてくる気がした。ゆうべは眠りが浅く、高層ビルや燃えるように赤い空、きらめくナイフが、幾度となく夢に現われた。それに、ゆがんだ笑みを浮かべて腹部をめった刺しにするアンガス・ロバートスンの顔も。

警部は定位置についていた。丸い臀部の半分ほどをデスクの端にかけ、棒状蛍光灯の照明で禿げ頭が光っている。彼はローガンには目を向けず、粉末キャンディに意識を集中していた。黒いスーツの前部に赤とオレンジ色の粉がこぼれないよう、気をつけて食べていた。

ローガンはしだいに顔が赤らむのを感じながら、前列のいつもの席に腰を下ろした。

インスク警部は今朝の《プレス・アンド・ジャーナル》の記事――第一面を埋めつくし、やたらと長い論説が十二面にも載っていた――について一言も触れなかった。その代わり、ロードキルが襲われたことと、捜索チームがなにも発見できず重い風邪をひいただけだということを、みなに伝えた。そのあと、今日の仕事を振り分け、会議を終了した。

ローガンはまっさきに立って会議室から急いで出ていこうとしたが、インスクはあっさり逃がしてくれなかった。

「部長刑事」警部はおもねるような口調で声をかけた。「ちょっと待ってもらえるとありがたいんだがね」

というわけで、ローガンは愚か者のように戸口に突っ立って、全員が彼の前を通り、彼以外のものに目を向けて出ていくのを待つ羽目になった。ワトスン婦警までが彼と目を合わせようとしなかった。だからといって、気落ちすることもなかった。すでに充分、後悔に苛まれていたからだ。

最後の巡査が出ていき、会議室のドアが閉まると、インスクは今朝の新聞を取り出してデスクにぽんと放った。

「ラザロは死からよみがえったんだったな？」警部がたずねた。「実は、私は信心深い人間ではないんだ、部長刑事。しかし、きみのキャリアにもラザロと同じ奇跡が起きそうじゃないか」見出しを指さした。〝殺人を犯した老齢年金受給者を逮捕――ローカル・ポリス・ヒーロー、死闘の末〟その下に、ラチェット・ドライバーを使って建築資材屋を障害者にした一件で有罪判決を受けた際のデスペレート・ダグの写真。白濁した目、怒鳴りつけるような顔、炎の刺青のダグは、だれかのやさしい祖父には見えなかった。

ミラーは、一面を差し替えるため、社内の貸しのある人間全員に電話をかけた。もっとも、〝ティリドローンの募金運動、すべり出し好調〟に比べれば、はるかに報道価値のある記事だったわけだが。

「ネイピアー警部は歯噛みして悔しがっている」インスクが破顔した。「つまり、きみはもはや馘になるおそれはないということだ。そこで、スティール警部が、病院へ行ってデスペレート・ダグの供述を取ってきてくれ、と言っているぞ」

「私が？　警部は自分で訊問したくないのでしょうか？」通常、部長刑事が警部の立ち会いなしで殺人事件の容疑者を訊問することはない。

「ああ、したくないらしい。〝他にやる人間がいるのに自分でやる必要はない〟といったところだろう。さあ、行きたまえ」

　ローガンはまたしても錆びたボクスホールの一台とワトスン婦警を借り出した。駐車場から車を出すまで、ワトスン婦警は一言も口をきかなかった。警察本部から遠く離れるのを待って、彼女は大声で笑いだした。

「笑いごとじゃないよ」

　笑い声がおさまり、にやにや笑いに代わった。「失礼しました」

　返事はなかった。

　ワトスンはローズマウント経由の道を選んだ。突然の好天はまだ続いており、きらめく灰色の花崗岩の上方に美しい青空がきれぎれにのぞいていた。

「部長刑事」ワトスンが言いかけて迷い、咳払いをしてふたたび話しだした。「部長刑事、ゆうべ携帯電話に入れたメッセージのことですが」

　ローガンの脈が速くなった。

「実は」言いながらワトスンは車をバスのうしろにつけ、渋滞の列に並んだ。「あとになって気がついたんです。つまり、あれでは誤解されかねないなと。実は、折り返し電話がなかったので、迷惑だったかなにかなのかもしれないと初めて気がついたしだいで」彼女は一気にそれだけ言った。

　ローガンの笑みがこわばった。彼女は、あれをなかったことにしようとしている。すべて大きな誤解だというふりをしようとしている。「おれは病院にいたんだ。病院内は携帯電話の使用が禁止されている。きみのメッセージを聞いたのは午前零時をまわってからだった。かけ直したんだが、つながらなくて……」

「そうだったんですか」

「そうなんだ」

そのあとは、しばらく二人とも無言だった。

フロントグラスから降り注ぐ陽光が車内を温め、四輪駆動の電子レンジにいるようだった。次の交差点でバスが左折し、ワトスンは右折した。このあたりの家はどこも、クリスマスの準備を終えていた。どの家でも窓辺にクリスマス・ツリーを置き、ドアの周囲に電飾をつけて、クリスマス・リースやサンタの衣裳をつけた地の精の置き物も飾っている。一軒など、鼻に赤色灯の点滅するプラスティック製のトナカイまで飾っていた。さすがに高級住宅地だ。

ローガンは助手席に座って、後方へと流れ去る、雪をかぶった家並みを眺め、クリスマス装飾を見ながら、なんの飾りつけもしていない自分のフラットのことを考えていた。クリスマス・カードの一枚も貼っていない。ツリーくらい買おうか？ 去年はツリーを買う必要がなかった。クリスマスを過ごしたイソベルの広い家には本物のツリーが二本あり、どちらにも、きれいな飾り物があふれるほど付けてあった。家族抜きで、二人きりだった。ガチョウの丸焼きはマークス・アンド・スペンサーから届いた。イソベルは手料理の価値を認めていないのだ。二人は午前中ずっと愛を交わした。

この分では、今年のクリスマスは両親の家へ行かねばなるまい。両親は家族全員を集めるだろう。口論、わだかまり、飲酒、作り笑い、退屈なモノポリー・ゲーム……

前方に見えた人影に、ローガンの思考の流れがとぎれた。雪のなか、うなだれてとぼとぼと歩く男の姿。ジム・ラムリー——ピーター・ラムリーの継父だ。

「ちょっと停めてくれるか？」ローガンが言うと、ワトスンは車を路肩に寄せて停めた。

十二月の大気のなかに出て凍った雪をざくざく踏みながら、ローガンは、重い足取りで歩いている男を追った。

「ミスタ・ラムリー？」手を伸ばし、男の肩に手をかけた。

向き直ったラムリーは、鼻ばかりか目までまっ赤で、顎には汚らしい無精ひげが生え、髪はくしもとおさずぼさぼさだった。彼はしばしローガンを見つめていたが、そのうち、記憶の歯車が嚙みあったらしい。「あの子が死んだ」彼は言った。「あの子が死んだ。おれのせいだ」

「ミスタ・ラムリー、あなたのせいではありません。大丈夫ですか？」なんとも愚かな質問だが、たずねずにはいられなかった。もちろん、この男が大丈夫なわけがない。息子が小児性愛者にさらわれ、殺され、性的暴行を受けたのだ。この男の魂は死にかけている。「お宅まで車で送りましょうか？」

かつては笑みだったと思しき表情が、無精ひげの伸びた顔に浮かんだ。「歩きたいんだ」片手を上げて、雪の歩道とぬかるんだ車道をぐるっと指し示した。「ピーターを捜すんだ」涙があふれ、まっ赤な頰を流れ落ちた。「あんたたちはあの男を釈放した！」

「あの男って……」彼がロードキルのことを言っているのだと気づくまでに時間がかかった。「ミスタ・ラムリー、彼は――」

「もう行かなければ」ラムリーは向き直り、雪の凍った歩道で足を取られてすべりながら駆けていった。

ローガンはため息をついて彼を見送ったのち、車に戻った。

「お友だちですか？」車を出しながらワトスンがたずねた。

「便所で見つけた少年がいただろ。あの子の父親だよ」

「まあ、気の毒に」

ローガンはなにも言わなかった。

二人は〝当院関係者専用〟の区画に車を放り込み、総合受付へ行った。開放的な設計のロビーは広くてゆったりしており、床に病院の紋章が描かれていた。一角を、湾曲した巨大な木の受付デスクが占領している。ローガンが丁重な口調でミスタ・ダグラス・マクダフの病室をたずねた二分後、二人は足音を響かせながら長いリノリウムの廊下を歩いていた。

デスペレート・ダグは個室に入れられ、見張りの若い巡査は本を読んでいた。まずいところを見られたという顔で、巡査はあわててイアン・ランキンの本を尻の下に隠した。

「大丈夫だ、巡査」ローガンは言った。「だれにも言わないから。コーヒーを三つ買ってきてくれたら、警察ヒーローものに戻っていい」

安心した巡査は急いでコーヒーを買いに行った。

デスペレート・ダグの病室は、窓から射し込む陽光で暑かった。十二月初めの陽射しに、ぼんやりと漂うほこりの微粒子が見えた。ベッドの向かいの壁際には、高い位置にテレビが置かれ、ちらついた画面が音もなく映し出されていた。部屋の主はベッドに寝かされていた。ひどい顔だ。右半分はあざだらけで、白濁した目は腫れて閉じかけている。しかし、腫れた顔でも、デスペレート・ダグはやせ衰えて見えた。これが昨日、素手でおれを殺しかけた男だとは、とうてい信じられない。

「おはよう、ダギー」ローガンは部屋のすみから見舞い客用の椅子を引っぱってくると、ベッドの足もとに置いてどさりと腰を下ろした。

入院患者はローガンの存在に気づいていることを示そうともしなかった。ただベッドに横たわり、音もなく次々と色の変わる画面を見つめていた。ローガンはダグの頭越しにテレビを見やり、つづいてワトスン婦警を見た。彼女はベッド脇のキャビネットからリモコンを取り、テレビを消した。

痰のからんだようなため息がベッドの老人の口からゆっくりと漏れた。「観てたのに」空気の漏れるような音が混じったはっきりしない言葉を聞いて、ローガンは初めて、ベッド脇に置かれたコップに一組の歯が浮いていることに気づいた。

「なあ、頼むから入れ歯をはめろよ、ダグ！　亀みたいだぞ」

「くたばりやがれ」ダグは言ったが、本心ではなさそうだった。

ローガンは笑みを浮かべた。「さて、挨拶はすんだし、本題に入ろうか？　あんたはジョージ・〝ジョーディー〟・スティーヴンスンを殺したな」

「ばかばかしい」

「白状しろよ、ダグ。必要な法医学的証拠はそろってるんだ。あんたの犬の歯が、ジョーディーの脚についてた噛み跡と一致したよ。ひざはなたで切り落とされた。そこらじゅう、ダグ・マクダフの署名だらけじゃないか。なにがあった？　あんたがひざを切り落とすあいだ、マクラウド兄弟が彼を押さえていたのか？」

ダグは鼻を鳴らした。

「さあ、どうした、ダギー。まさか、あんな大男を、あんたひとりで押さえておくことができたなんて言い出す気じゃないだろう？　ひざを切り落としながらだぞ。あんた、いくつだ、九十か？」ローガンは椅子にもたれ、両足をベッドの端にのせた。「どんなふうに行なわれたか、おれの推理を聞かせてやるよ。いいだろ？　まちがった点があれば訂正してくれ」

ワトスン婦警は病室のすみに無言で立ったまま、目立たぬようにメモを取っていた。

「ジョーディー・スティーヴンスンは、ちょっとした取引のためにエジンバラからやって来た思い上がり野郎だ。こっちにいるあいだ、彼はちょっと賭けでもやろうと考える。それで賭け屋をはしごし、大負けする。しかし彼は、借金を返すことができない。〈ターフン・トラック〉はそれが気に入らない」ローガンは間を置いて続けた。「彼を殺す見返りに、連中はいくら払ってくれたんだ、ダグ？　一週間分の年金より多い金額か？　二週間分？　一ヵ月分？　高額であってほしいね。なにしろ、ジョーディー・スティーヴンスンはマルク・ザ・ナイフに雇われてたんだから。自分の手下があんたに殺されたと知れば、マルクはあんたを徹底的に痛めつけるはずだ」

ダグの歯のない口もとに笑みが浮かんだ。「でたらめばかり並べやがって」

「でたらめだと思うか？　いいか、ダギー。おれは、マルキーの手下に始末された人間の残骸を何度か見てるんだ。腕、脚、ペニス……あんたが助かる見込みはないよ」ローガンは親しみのこもったウインクを送った。「でも、こうしよう。サイモン・マクラウドとコリン・マクラウドについて、彼らの借金取り立て方法について洗いざらい話してくれれば、マルキーが手出しできないところであんたを拘置するように手配してやる」

これには、ダグはほんとうに声をあげて笑いだした。

ローガンは怪訝な顔をした。「どうした？」

「あんたたちには――」言いかけて、ダグは咳をした。乾いた喘鳴に、老いた体が揺れた。「なにひとつ――」また咳が出た。今度は深い咳だったので、吸気がゆっくりと胸の奥まで達した。「証拠――」また咳だ。「証拠がない――」ダグが震える痩せた手で口を押さえるようにして体をよじりながら咳をすると、ベッド全体ががたがたと音を立てた。ようやく頭を枕に戻し、パジャマの胸もとで手をぬぐった。黒と赤の混じったしみがついた。「そうだろ、ミスタ・ピッグ？」

「医者を呼んでほしいか？」ローガンはたずねた。

老人は苦々しげに笑った。笑い声がまたしても咳に変わった。「無駄だ」喘鳴するうち、呼吸が速くなり、耳障りな音を立てはじめた。「今朝ひとり来た。言ったろ、ミスタ・ピッグ。わしは癌なんだ。ただ、余命はもう一年とか二年じゃなくなった。医者が言うには、あと一カ月だそうだ」血のついた手で胸をたたいた。「大きな癌なんだと」

その後の沈黙のあいだ、漂うほこりの微粒子のひとつひとつが、強い陽射しを受けて金色にきらめいていた。

「さあ、とっとと帰りやがれ。わしを安らかに死なせてくれ」


バーナード・ダンカン・フィリップスに個室はあてがわれていなかった。集中治療室は二人部屋なのだ。ロードキルが寝かされている細いベッドのまわりには器具やモニター、人工呼吸器など、ありとあらゆるものが置かれ、痛めつけられた彼の体につながれていた。ローガンとワトスンは戸口に立って、ようやく巡査が持ってきた、なまぬるくてプラスティックの味がするコーヒーを飲んでいた。

デスペレート・ダグは具合が悪そうだったが、ロードキルはさらに悪そうだ。白い包帯のすきまからあざが見える。ローガンが最後に見たときのまま、両腕と片脚をギプスで固定されている。まるで映画《キャリー・オン》シリーズの登場人物のようだ。

酸素マスクははずされ、代わりに、まんなかに鼻あてのついたチューブをつけられていた。透明なプラスティックのチューブは両耳に引っかけて、落ちないようにテープで頬に留めてあった。

「なにか用ですか？」

制服を着た背の低い看護婦だった。空色のスラックスをはき、半袖の看護衣の左胸に腕時計を上下逆さにして留めてある。

「彼の容態は？」

看護婦はプロらしい目でローガンをつぶさに観察した。

「ご家族のかた？」

「いいえ。警察です」

「あら、そう」

「容態は？」

彼女はロードキルのベッドの足もとからカルテを取り、ざっと読んだ。「そうね、予想以上に回復しています。手術は成功しました。実際に、今朝は一時間ほど意識を回復していますね」彼女はほほ笑んだ。「意外だわ。わたしは〝昏睡状態〟に賭けたの。もっとも、勝つこともあれば負けることもあるわね」

ローガンが生きているロードキルを見るのはこれが最後となった。

ローガンがデスペレート・ダグからなにも聞き出せなかったことに、スティール警部は驚かなかった。驚くどころか、彼女は椅子の背にもたれ、デスクに足をのせて、煙草の煙で作った輪を天井に向けて吐いていた。

「さしつかえなければ訊きたいのですが」ローガンは言い、デスクをはさんだ向かいの椅子でもぞもぞと身動きした。「どうして自分で彼の訊問にあたらなかったんですか？」

スティールは薄煙の奥から力なくほほ笑んだ。「ダギーと私は古い知りあいなの。私が警察官になったとき、彼は絶頂期だった……」笑みが渋面に変わった。「ちょっとした不和があったとだけ言っておくわ」

「彼をどうするつもりですか？」

彼女がため息をついたので、紫煙がデスクの奥から霧の壁のように迫ってきた。「地方検察官のところへ行き、法医学的証拠を提出する。書類を読んだ検察官が起訴できると言い、われわれはやったと喜ぶ。そのあと、ダギーの弁護士が、クライアントは一ヵ月以内に死ぬと言う。すると検察官は、そういうことなら起訴しない、と言う。税金を無駄づかいしても意味はないわ」彼女は欠けた爪で歯間をほじり、なにかをほじくり出すと、しばし眺めたのち振り払った。「この件が法廷に持ち込まれる前に彼は死ぬ。眠れるダギーを死なせてやれ、ってところね」突然なにか思いついたらしく、言葉を切った。「医者に確認したんでしょうね？　彼はほんとうに末期癌なのよね？　かつがれてるわけじゃないわね？」

「確認しました。ほんとうに末期癌です」

スティールがうなずくと、薄暗い部屋で煙草の先の赤い火が上下に揺れた。「かわいそうなダグ」

ローガンはあの老人に多大な同情を寄せるのがむずかしかったが、それは口に出さなかった。

自分の特別捜査本部室に戻ったローガンは、ジョーディー・スティーヴンスンの写真をはずした。ロジアン・アンド・ボーダーズ警察本部から送られた写真も、モルグで撮った写真も。デスペレート・ダグ・マクダフが余命いくばくもない以上、この先、ジョーディーの殺害に関して、だれも罪を問われることはない。しかし、ジョーディーには妻も子も兄弟姉妹もない。死体を引き取りにくる者はだれもいない。マルク・ザ・ナイフの用心棒の死を悼む者はひとりもいないのだ。マルク・ザ・ナイフ以外には。マルクはダギーをどうするだろう？　あのじいさんはどのみち一ヵ月足らずで死を迎える。それも、痛みを伴う死だ。医者がそう言っていた。マルキーにできるのは、ダグを安楽死させることだけだし、ダグもそれを承知している。だからこそダグは、おれが報復について口にしたときに笑ったのだ。彼にしてみれば、どちらの死に方でも大差ないのだ。

ローガンは、昨日のちょっとした不祥事に関する報告書も含めて、ジョーディー・スティーヴンスンの死に関する資料を残らずファイルに綴じた。きちんと処理するためには少しばかり書類仕事が必要だろうが、それを別にすれば、この件はおしまいだ。

資料を残らずかたづけてしまうと、この小さな捜査本部室に残されたのは、身元不明の女児の一件だけとなった。彼女の死に顔がうつろな目でローガンを見下ろしていた。

ひとつ終わり、残りはひとつ。

ローガンは腰を落ち着けて、もう一度、聞き込み供述書を読んだ。共同利用の大型ゴミ容器に簡単に近づくことのできる距離に住んでいる全員の供述書を。このなかのだれかが彼女を殺し、裸にし、死体を切断しようとし、茶色のガムテープをぐるぐる巻きにして、あのゴミ容器に放り込んだ。それがノーマン・チャーマーズではないとしたら、いったいだれだろう？

31

入り日がローズマウントの上空を、ぎらぎらしたオレンジ色と紅色の混じった炎の色に染めあげていた。しかし通りから見える空は、ずらりと立ち並ぶ灰色の三階建てのアパートの屋根に囲まれ、虹色に光り輝くリボンのようにしか見えなかった。そこかしこで硫黄色の街灯が小さなハム音を出しながらちらつく光を投げかけているので、建物はみな、黄疸にかかった青白い病人のように見えた。まだ五時前だった。

ワトスン婦警は、奇跡的にも、ノーマン・チャーマーズの住んでいるアパートの前に駐車スペースを見つけて車を停めることができた。共同使用の大型ゴミ容器は玄関ドアのまん前にあった。胸までの高さがある大きな黒い容器は、二つをぴたりとくっつけて鎖で支柱につないである。あの幼女はここに捨てられたにちがいない。ゴミ屋はここで彼女の死体を回収し、他のゴミと一緒に市営のゴミ集積場へ運んだのだ。

鑑識がこのゴミ容器を徹底的に調べたが、アパートのだれかが革フェチのポルノにはまっているということ以外、なにもわからなかった。

「何棟あたるんですか？」ワトスンが、ハンドルの上で聞き込み供述書の山のバランスを取りながらたずねた。

「まんなかのアパートから始めて次へ進む。左右三棟ずつ、合計七棟だ。各棟六戸ずつだから……」

「四十二戸？　うわぁ、永遠にかかりますよ」

「そのあと、通りの向かい側もある」

ワトスンは横に見えるアパートを見上げ、ローガンに視線を戻した。「制服警官にやらせるわけにいかないんですか？」

ローガンは苦笑した。「おいおい、きみだって制服警官だろう？」

「それはそうですが、わたしには他に仕事があるんです。あなたの運転手とかいろいろ。とにかく、それでは何年もかかっちゃいますよ」

「いつまでもここに座ってると、それだけ遅くなるよ」

二人はまず、チャーマーズの住んでいるアパートから始めた。

一階の左の部屋――ずるそうな目つき、尿のような黄色い髪、シェリーのにおいのする息をした老婦人。彼女は、ローガンに郵便受けから身分証を差し入れさせ、警察署に電話をかけて、彼が噂に聞く小児性愛者ではないと確認するまで、ドアを開けることを拒んだ。ローガンは、九十近いばあさんなのだからその手の犯人に狙われるはずがない、と指摘するのはやめた。

一階の右の部屋――四人の学生。うち二人はまだ寝ていた。だれも、なにも見たり聞いたりしていない。勉強に忙しくて。「嘘つき」ワトスンが言った。「ファシストめ」学生が言った。

二階の左の部屋――大きな眼鏡をかけ、それ以上に大きな歯をした、おずおずした独身女性。だれも見ていないし、なにも聞いてないわ。ほんとうに、おそろしいことばかりよね。

二階の右の部屋――応答なし。

三階の左の部屋――未婚の母と三歳の子。またしても、悪いことは見ざる、聞かざる、言わざるだ。自分が入浴しているさなかに同じバスルーム内で国王が殺されても、やはり彼女はなにも見ていないと言うのだろうと、ローガンは感じた。

三階の右の部屋――ノーマン・チャーマーズ。彼の言い分はあいかわらずだった。警察はこんなふうにおれにいやがらせをする権利はない。弁護士に電話するぞ。

こうして、二人は通りに戻った。

「さて」ローガンは、かじかまないよう両手をポケットに突っ込んだ。「六戸終了。あと七十八戸だ」

ワトスンがうめいた。

「がっかりするな」ローガンは彼女に笑みを送った。「しっかり働いてくれれば、終わってからビールを一杯おごるよ」

その言葉に彼女が少しばかり元気づいたようなので、ついでに夕食にも誘おうとした瞬間、車のフロントグラスに映る自分の顔が目に入った。暗くて背後のアパートの細部まではっきりしないが、鏡になった暗いフロントグラスに、猫の目のように光る各部屋の窓が見えた。すべての部屋の窓だ。

彼は向き直り、アパートを見上げた。通りに面した窓には、ひとつ残らず煌々と明かりが灯っている。留守のはずの二階の右の部屋の窓にも。見ていると、窓から顔がのぞき、通りを見下ろした。ほんの一瞬、目が合ったかと思うと、その顔は怯えた表情をまとって窓辺から消えた。見覚えのある顔だった。

「おやおや……」ローガンはワトスン婦警の肩を軽くたたいた。「呼び鈴に応えなかった者がいるようだぞ」

アパートに戻り、居留守を使った部屋のドアをワトスンがドンドンとたたいた。「さっさと出てきなさい。いるのはわかっているのよ。姿が見えたんだから！」

ローガンは手すりに寄りかかり、黒いペンキの塗られたドアをワトスンが激しくたたくのを見ていた。聞き込み供述書を持っていたので、そのなかから、この住所に該当するものを探す。二階の右、十七号室……ミスタ・カメロン・アンダースンという男——エジンバラ出身で無人海底探索潜水機《ROV》を作っている男だ。

ワトスン婦警が、片手でドアをたたきつづけながら、もう一方の手の親指でふたたび呼び鈴を押した。「開けないなら、ドアを壊して入るわよ!」

外廊下でこれだけ大騒ぎしているのに、どの部屋からもなにごとかとのぞく顔はなかった。ご近所意識など、そんなものだ。

二分経っても、ドアは依然、断固として閉ざされたままだった。ローガンはいやな予感がしはじめた。「蹴破りたまえ」

「え?」ワトスンは向き直り、小声ながらはっきりした口調で言った。言葉に息の音が混じっていた。「令状は持ってないんですよ! ドアを壊すわけにはいきません。わたしがああ言ったのはたんなるはったりで——」

「いいから、蹴破りたまえ。さあ早く」

ワトスン婦警は一歩下がり、錠のすぐ下あたりを蹴った。大きな音とともに開いたドアが玄関ホールの壁に当たってはね返り、壁に貼ってあった額入りの写真が揺れてがたがたと音を立てた。二人は部屋に駆け込んだ。ワトスンは居間へ、ローガンは寝室へ。だれもいない。

三階のチャーマーズのフラットと同じく、キッチンにドアはないが、どのみちキッチンにはだれもいない。となると、残るはバスルームだが、そこは錠がかかっていた。

ローガンは木のドアを揺すり、手のひらでたたいた。

「ミスタ・アンダースン?」

なかから、すすり泣きと水の流れる音が聞こえた。

「まずい」ローガンはもう一度ドアを揺すってみてから、今度もドアを蹴破るようワトスンに命じた。

ワトスンはドアが蝶番からはずれそうになるほど強く蹴った。

もうもうと上がる湯気が、狭い玄関ホールに吹き出した。小さなバスルームは、サウナのように木で覆われ、一部だけ不快なアボカド色のユニットバスが見えていた。狭くて、奥の壁際、便器の反対側に浴槽を据えるだけの広さしかない。浴槽の上方にシャワーが取りつけてあり、シャワーカーテンが引いてあった。

ローガンがシャワーカーテンを引き開けると、きちんと服を着た男が水位の増しつつある水のなかでひざをつき、壊れた使い捨てかみそりで両手首を切っていた。

二人は、救急車を待たず、警察車輛でミスタ・アンダースンを救急病棟へ運んだ。病院は車で五分足らずの距離だ。車内に血がつかないよう、二人はまず彼の両手首をふわふわのタオルで幾重にもくるんでから、キッチンに捨ててあったビニール袋に押し込んだ。

カメロン・アンダースンは自殺を果たせなかった。血管を完全に切り開くほど深く切ることもできず、刃を手首に対して垂直にではなく斜めにして切っていた。彼に必要な処置は、数針の縫合と一晩の監視だけだった。それを聞いたローガンはにっこりとほほ笑み、ミスタ・アンダースンは警察本部の留置場で必要な監視を受けられると看護婦に請けあった。看護婦は、自分の靴からこすり落とした泥でも見るような目で彼を見た。

「よくもそんなひどいことを」看護婦が食ってかかった。

「気の毒に、あの人は自殺を図ったばかりなんですよ！」

「あの男は殺人事件捜査の容疑者で――」ローガンがそれだけ言ったとき、看護婦が彼の顔を思い出して睨みつけた。

「あなたのこと知ってる！　昨日ここに来た人でしょ。あの老人を殴って負傷させた警察官ね」

「いま言いあっている暇はない。彼はどこです？」

看護婦は腕組みをし、ますます厳しい顔で睨んだ。

「帰らないなら警備員を呼びますよ！」

「そうしたければどうぞ。その場合、司法妨害容疑で起訴されることになります。いいですね？」

ローガンは彼女の横をすり抜け、カーテンで仕切った処置室へ向かった。エジンバラなまりの鼻声が聞こえたので、アンダースンのいる処置室がわかった。

彼は診察台の端に腰かけて体を揺すり、すすり泣きながら、涙のあいまになにごとかつぶやいていた。ローガンはカーテンを分けて入り、ベッドの向かいにある黒いプラスティックの椅子に腰を下ろした。ワトスンが続いて入り、隅に陣取って手帳を開いた。

「ひさしぶりだね、ミスタ・アンダースン」ローガンは、これ以上ないほど親しみを込めた口調で言った。「カメロンと呼んでいいかな？」

アンダースンは顔を上げなかった。左手首の包帯に小さな紅いしみができている。彼はそれから目を離せないのだ。

「カメロン、ずっと気になっていたことがあるんだ」ローガンは言った。「ほら、エジンバラからやって来て、最後は港に浮かぶ羽目になった男のことだよ。各紙に写真を載せ、いろんな店にポスターを貼ったんだが、情報を提供する者はひとりもいなかった。みんな、ひざを切り落とすというやり口が気に入らなかったと見える。それも、なたを使ってのことだからね」

〝切り落とす〟という言葉に、ミスタ・アンダースンはたじろいだ。〝なた〟という言葉にはつらそうなうめきを漏らした。

「ところで、私が腑に落ちないのは、きみが警察に連絡してこなかったことなんだ、カメロン。きみだって写真を見たはずだ。ニュースや、さまざまなメディアで公開したんだから」ローガンはポケットから細長い紙を引っぱり出して広げた。ジョーディー・スティーヴンスンの生前の写真だ。アバディーン市内の評判のよくない賭け屋をまわったときから、ずっと持ち歩いていたのだ。彼はそれを、泣いている男の目の前に示してみせた。「きみはこの男を知っているね？」

アンダースンは目を上げてちらりと写真を見ると、すぐさま視線を包帯のしみに戻した。その一瞥で、ローガンは、自分の勘が正しかったことを知った。カメロン・アンダースンとジョーディー・スティーヴンスン。姓こそ異なるものの、二人は同じいかつい顔、同じ豊かな髪をしている。アンダースンに唯一足りないのは、ポルノ・スターまがいの口ひげだった。

アンダースンがなにか言ったが、低くくぐもった声なので聞き取れなかった。

ローガンは写真を床に、ジョーディーのよどんだ目がベッドに掛けている男を見上げるような位置に、置いた。

「どうして自殺を図ったんだ、カメロン？」

「あなたをあの男だと思ったんだ」話すというよりつぶやくような調子だったが、少なくとも今回は聞き取ることができた。

「あの男とは？」

アンダースンは身震いした。「あの男。あのじいさんだ」

「特徴を言ってみてくれ」

「年寄り。白髪」彼は、のどもとでめらめら燃えるような手ぶり、のどを爪で引っかくような手ぶりをした。「刺青。片目はまっ白でポーチド・エッグのようだった」

ローガンは椅子の背にもたれた。「なぜそのじいさんだと思ったんだ、カメロン？　じいさんがきみにどんな用があるんだ？」

「ジョーディーとぼくは兄弟なんだ。あのじいさんは……彼は……」彼は片手を口もとへ運んだ。全部の指の爪を順番に深く嚙んだ。「じいさんがフラットにやって来た。伝言があるとジョーディーに言ったんだ。ミスタ・マクレナンからだって」

「ミスタ・マクレナン？　マルク・ザ・ナイフから？」ローガンは座ったまま身をのりだした。「その伝言というのは？」

「ぼくが入れてやると、じいさんはなにかでジョーディーをぶった。ジョーディーが倒れると、蹴りはじめた」赤く泣きはらした目が、探るようにローガンを見た。青白い頰を涙が転がり落ちた。「止めようとしたら、じいさんはぼくをぶった……」これで、この青年がおれたちをあのアパートに入れてくれた日にあざのあった理由がわかった。

「どんな伝言だったんだ、カメロン？」アバディーンじゅうのだれもが知っているとサイモン・マクラウドが言っていたなぞのメッセージ。警察だけが知らないメッセージだ。

「じいさんはぼくにつばを吐きかけた……」嗚咽が漏れ、鼻水が流れて銀色の筋を描いた。「じいさんはジョーディーを引きずるようにしてフラットを出ていった。ぼくを始末しに戻ってくると言ったんだ！　あなたがあのじいさんだと思ったんだよ！」

　ローガンは、目の前に座っている男、ベッドの端で体を揺すりながら目からも鼻からも惜しげもなく液体を流している男をまじまじと見た。この青年は嘘を言っている。あのとき、表の窓からのぞいて、通りに立っているおれとワトスン婦警の姿を見たはずだ。自分を殺すために戻ってきたデスペレート・ダグではないとわかっていたはずだ。

「で、どんな伝言だったんだ？」

　カメロンは片手を振ってでたらめな円を描いた。手首の包帯の紅いしみは大きくなる一方だった。「知らない。戻ってくると言っただけだ」

「少女のことはどうなんだ？」ローガンはたずねた。

　アンダースンは、ローガンに頬をひっぱたかれたかのような反応を示した。われに返って「少女って？」とたずねるまでに、たっぷり十秒かかった。

「あの少女だよ、カメロン。殺されて、きみの上の階の住人のゴミ袋に入れられていた女の子。覚えているだろ？　行儀のいい警察官がやって来て供述調書を取っていっただろ」

　アンダースンは下唇を噛み、ローガンと目を合わせようとしなかった。

　それ以上なにも聞き出すことはできなかった。三人ともが押し黙って座っているうち、二人の制服警官がやって来てアンダースンを連行した。

　デスペレート・ダグ・マクダフの病室を見張っている巡査は、ローガンとワトスン婦警が戸口に現われたとき、例の小説のなかほどを読んでいた。二、三人の看護婦にふざける以外、退屈な一日だったのだ。ローガンはまた、彼にコーヒーを買いに行かせた。

　ダグの病室は薄暗く、ちらつくテレビ画面が緑がかった灰色の光を放っているので、いくつもの影がのたうったり跳ねたりしていた。〈ターフン・トラック〉の店内に戻った気がした。ただ、今回はだれも、気を失うほど蹴りつけようとはしなかった。聞こえるのは空調の音と機器類のハム音、そして、病院のベッドに横たわって音のないテレビを見つめている青白い顔をした老人の漏らす荒い呼吸音だけだ。ローガンはまたベッドの足もとに腰を下ろした。

「こんばんは、ダギー」にこやかな口調で言った。「ぶどうを持ってきたよ」紙袋を毛布の上、老人の足もとにどさりと置いた。

ダグは鼻をすすり、テレビ画面を見つづけた。

「おれたちはたったいま、ある男と興味深いおしゃべりをしてきたんだ、ダギー。あんたのことでね」ローガンは身をのりだし、紙袋のぶどうを一粒取った。テレビの光で見ると、壊疽を起こした痔核のようだ。「その男は、あんたが亡きジョーディー・スティーヴンスンに暴行をはたらき、連れ去ったと言ってる。その現場を目撃してたんだ。さあ、これでどうだ、ダギー？　まず法医学的証拠、今度は目撃証人を見つけたぞ」

反応なし。

ローガンはまたぶどうを一粒取った。「目撃証人は、あの少女を殺したのもあんただと言ってる」これは嘘だが、案外、幸運にめぐまれるかもしれない。「ゴミ袋のなかから見つかった女の子だよ」

これにはダグもテレビから目を離した。彼は起き上がって五、六個置いた枕に寄りかかり、視力のあるほうの目でローガンを睨んだ。すぐにテレビに視線を戻した。「あのくそったれめが」

闇のなかに静寂が広がった。テレビのほの暗い光に照らされたデスペレート・ダグは、頬がこけ、眼窩が黒くくぼんで、骸骨のように見えた。入れ歯はまだコップの水に浮いている。

「どうしてあの子を殺したんだ、ダギー？」

「いいか、よく聞け」老人が言った。割れたガラスから無理やりしぼり出すような、低いしわがれたささやき声だった。「若いころのわしは精力絶倫だったんだ。いや、つい最近までそうだった。女どもは複数《ダギー・スタイル》でやりたくて躍起になる。女の考えることはわからん。まったく、女どもときたら。わしはあんな悪趣味なファックは嫌いだ」

ローガンが見ていると、ダグは咳き込んだ。湿った咳は、ベッド脇のおまるに黒っぽい痰のかたまりを吐き出すと止まった。

「ジョーディーのやつがローズマウントに住むゲイの異母弟のフラットに寝泊まりしてると聞いた。それで出向いたんだ。ちょっとした訪問ってやつさ。ジョーディーのやつ、はじめは強気に出ようとした。わかるだろ？　やつはいっぱしの男、わしはよぼよぼのじじいだ。『とっとと帰りな、じいさん。さもなきゃ、あんたの歩行器を壊しちまうぜ……』」ダグは歯のない口もとに笑みを浮かべると、やがて声をあげて笑いだし、またしても咳発作に襲われた。荒い呼吸をしながら、がさがさと音を立てる枕の山に寄りかかった。「だから、さんざん蹴りつけてやったのさ。あそこの居間でな。すると、ゲイの異母弟がベッドルームから出てきやがった。ピンクのバスローブにくるまってた。わしは別段、気にもとめてなかった。ほら、バブルバスに入るところかなんかだったんだろうって思ったのさ。ただ、声が聞こえたんだ。子どもの泣き声のようだった」そのときのことを思い出し、ダグは首を振った。「あのくそったれは戸口に立ったまま、わしに向かって『こっちへ来るな！　手出しさせないぞ！』と怒鳴りやがった。わしがおとなしく言いなりになるとでも思ったのかね。まだ泣き声が聞こえてた。それで、いったいなんなのか見にいこうとしたら、あのゲイ野郎が立ちふさがりやがった。『あんた、なんの権利があって……』だと」ダグはこぶしで自分の手のひらを打った。「バン。ベッドルームに女の子がいた。裸で、くだらんミッキー・マウスの帽子だけかぶってた。ほら、知ってるだろ、耳のついてるやつ」彼は知っているという答えを期待して見たが、ローガンはあまりのショックに返事ができなかった。「つまりわしは、裸の女の子と、ろくに服を着ていないあのくそったれがベッドルームにいるのを見たわけだ」ダグは顔をしかめた。「居間へ戻って、あのくそったれ野郎も蹴りつけてやった。あいつは人でなしだ」

　ようやく気を取り直したローガンが「その女の子はどうなったんだ？」とたずねた。

デスペレート・ダグ・マクダフは目を落として自分の両手を見た。丸めてひざに置いた両手は、しなびたかぎづめのようだ。関節炎のせいで、関節が腫れて痛みを発しはじめていた。「そうだな。あの子……」ダグは咳払いをした。

「あの子は……わしが人でなしを痛めつけてるところへ出てきた。外国人だった。ほら、ドイツ人か、ノルウェー人かなんかだ。大きな茶色い目でわしを見上げて、泣きながらみだらな言葉を口にした。『あんたのペニスをしゃぶったげる』『尻にファックして……』何度も何度もそう言った」老人は身震いしながら咳き込み、やがてベッドを震わせる咳発作になった。ようやく咳がおさまったとき、ダグの顔はミルクのようにまっ白になっていた。「あの子は……あの子はわしの脚にしがみついて、泣きながら、ズボンのあちこちに鼻水をつけやがった。裸で、尻にファックしてと言いながら。わしは……あの子を押しのけた……」声が小さくなった。「あの子は倒れて暖炉にぶつかった。バン。煉瓦に頭をぶつけたんだ」

彼らはふたたび黙り込んでいた。ダグは考えに沈み、ローガンとワトスンは、いま耳にした話を受け止めようと苦労していた。最初に口を開いたのはダグだった。

「そのあと、わしはジョーディーをとても静かなところへ運んで始末した。ひざを切り落とすときにあの野郎のあげた悲鳴を、おまえにも聞かせてやりたかったね。あの薄汚いくそったれめが」

ローガンは咳払いをした。「どうして弟のほうは生かしておいたんだ？」

ダグは深いしわの刻まれた顔に悲しげな表情を浮かべてローガンを見た。「やるべき仕事があったんだ。メッセージを届けるという仕事がな。次の日にもう一度、あのフラットへ行くつもりだった。あいつのような人でなしがどんな目にあうか教えてやるつもりだった。ほら、スタンリー・ナイフを使って。ところが、わしが行ったとき、あのあたりをブタどもがうろうろしていた。次の日も、その次の日も……」

ローガンはうなずいた。最初の警官隊というのは、ノーマン・チャーマーズの逮捕に向かったチームにちがいない。

それ以後の警官隊は、目撃者を探して戸別の聞き込みにあたっていた者たちだろう。その間ずっと、デスペレート・ダグ・マクダフはものかげに潜んで彼らを見ていたのだ。

「雪や雨のなかで愚か者のように立ってたせいで、癌に加えて軽い肺炎にまでかかっちまった」ダグはふたたび沈黙の世界へと戻った。いいほうの目には遠くを見るような表情が浮かび、白濁したほうの目はテレビの光を受けてかすかにきらめている。

ローガンは立ち上がった。「帰る前に、ひとつだけ、おれがずっと気になっていたことを教えてくれ。メッセージの内容は？」

「メッセージか？」デスペレート・ダグの歯のない顔に笑みが広がった。「雇い主から盗むかなれ」

32

取調室は空気がこもってむっとしていた。奥の隅にあるラジエーターが熱を吐き出し、不透明な窓ガラスは、新鮮な空気の流入を頑として拒んでいた。チーズのような足のにおいと、緊張によるわきの下のにおいが充満する取調室で、テーブルの奥に座ったカメロン・アンダースンは嘘を並べていた。

彼の向かいに陣取ったローガンとインスクは、繰り返しいっさいをデスペレート・ダグ・マクダフのせいにするカメロン・アンダースンの供述に、無表情で耳を傾けていた。ぼくは死んだ少女とは無関係だ。

「つまり」インスクは太い腕を厚い胸の前で組んだ。「あの老人があの子を連れてきたと言うんだな」

カメロンは愛想笑いを浮かべようとした。「そうだよ」

「デスペレート・ダグ・マクダフが――これまでに何十人もの人間を殺し、人を痛めつけることを仕事にしているあの男が、あんたの兄さんを連れ出してひざを切り落とすためにやって来たときに、四歳の少女を連れていたというのか？ どういうことだ？ 〝孫娘を職場に連れて行こう週間〟だったのか？」

カメロンは割れた唇をなめ、もう二十回目にもなるだろうか、「ぼくは起きたことを話しているだけだ」と言った。驚くほどの名演技だ。まるで、警察の取り調べを受けるのが初めてではなく、前にもこんな経験があるのかと思えるほどだ。しかし、彼には一度も逮捕歴がなかった。

「妙だな」インスクが言い、ゼリーベイビーの袋を取り出した。ローガンにひとつ勧め、自分もひとつ取ると、袋をポケットにしまった。「なにしろダグは、自分が訪ねていったとき、あんたと少女がベッドルームにいたと言ってるんだから。あんたがバスローブの下になにも着ていなかったと言ってる。あんたがあの子とセックスしてたってな」

「ダグラス・マクダフは嘘を言ってるんだ」

「では、彼が嘘を言っているのだとしたら、どうしてあの子は死ぬ羽目になったんだ？」

「あの男が押して、あの子は倒れて暖炉にぶつかったんだ」

カメロンの供述で初めて、デスペレート・ダグがローガンに話した内容と一致するくだりだった。

「それじゃあ、あの子の死体がどうしてあんたの隣人のゴミ袋に入ってたんだね？」

「あの老人が死体をガムテープでぐるぐる巻きにしてゴミ袋に隠したんだ」

「彼はあんたがやったと言っている」

「あの男は嘘を言ってるんだ」

「なるほど……」インスクは椅子に深々と座り、歯のすきまから息を吸い込みながら、沈黙が広がるにまかせた。警部はこの沈黙の手をすでに二度ばかり使ったのだが、カメロンは見た目ほど愚かではなかった。彼は口を閉ざしていた。

インスクはテーブルの上に身をのりだし、カメロン・アンダースンを睨みつけた。「デスペレート・ダグが少女の死体を捨てたなどという言い草をわれわれが信じると、あんたは本気で思っているのか？　あんたの兄さんのひざを喜んでなたで切り落とす男が、幼い少女の死体を切断できないなんてたわ言を？」

　カメロンは身を震わせたものの、なにも言わなかった。

「いいか、あんたが死体を切断しようとしてできなかったことはわかっているんだ。そうだったんだろ？　あんたは気分が悪くなった。それで吐いた。切り口に少し入ってたんだよ」インスクがサメのような笑みを浮かべた。「吐物をDNA鑑定できると知っているか、ミスタ・アンダースン？　すでに分析にまわしてある。あとは、あんたのDNAと照合するだけだ。それであんたはおしまいだ」

　突然、落ち着き払っていたカメロンの態度に乱れが生じた。「ぼく……ぼくは……」彼の目が室内をすばやく動いて、脱する道を、なんらかの名案を探した。次の瞬間、彼の目に落ち着きが戻った。「ぼく……いままで正直に話していなかった」自制心を取り戻した声で言った。

「それはショックだな」

　カメロンはこの当てこすりを無視することにした。「ぼくは兄の評判を守ろうとしていたんだ」

　インスクは笑みを浮かべた。「兄さんの評判？　どんな評判だ。〝暴力をふるう人でなし〟か？」

　カメロンはそれにもかまわず先を続けた。「兄のジョーディーは二週間ほど前、ぼくのフラットにふらりと現われた。仕事でアバディーンに来たので泊めてほしいって。幼い少女を連れていて、恋人の娘だと言った。恋人が休暇でイビサに行っているあいだ面倒を見ているんだと。ぼくはなにかあるなんて知らなかったけど、ジョーディーが殺された夜、ぼくが家に帰ったとき、彼は少女と裸でベッドにいたんだ。喧嘩になった。ぼくはジョーディーに、出ていってくれと言った。警察に電話するぞって」カメロンは、書いてある台本を読もうとでもいうのか、両手に視線を落とした。「でも、そのときあの老人が来たんだ。ジョーディーに伝言を持ってきたと言った。ぼくは老人を部屋に入れ、少女が大丈夫か様子を見に行った。ジョーディーが怪我をさせてないかと思って……そのとき、居間からなにかのぶつかる大きな音がしたので、急いで見にいくと、ジョーディーが床に丸まっていた。老人が蹴ったり殴ったりしていて、ジョーディーが泣いていたので、ぼくは止めようとしたんだけど、あの老人はけだもののようだった！　そのとき……そのとき少女がベッドルームから出てきて老人をつかんだんだ。彼は……」カメロンの声がのどにひっかかった。「彼が押しのけると、少女は倒れて暖炉にぶつかった。ぼくは助け起こそうと飛んでいったけど、あの子はすでに息がなかった。老人はぼくのせいだと言いはじめた」カメロンは身震いした。「彼は……あの男はナイフを持っていた。ぼくに、あの子をばらばらに切断しろと命じたんだ。やらなければ、ぼくを切り刻んでやるって……ぼくにはできなかった。切ろうとしたけど、できなかった」カメロンはうなだれ、またダギーがさんざん殴りつけたと、話をつづけた。少女を荷造り用のテープでぐるぐる巻きにさせ、ゴミ袋に捨てさせたのだと。ただ、カメロンのフラットにゴミ袋は一枚もなかった。しかし、翌日がゴミ収集日だったので、三階の外廊下、ノーマン・チャーマーズの部屋の前に空《から》に近いゴミ袋が出ていた。カメロンはそれを取ってきて死体を入れ、アパートの前に置いてある共同使用のゴミ容器に捨てるために持って下りた。夜遅く、暗かったし、あたりにはだれもいなかった。死体をゴミ容器に放り込み、他のゴミ袋で隠した。そのあと老人は、これでおまえは従犯者だし、なにがあったか他言すれば警察によって刑務所送りにされるぞと言った。

「おもしろい話だ」インスクがそっけない口調で言った。

「そのあと老人は、なにがあったか他言すれば殺すと脅したんだ。それきり彼には会っていない。兄にも、あの少女にも」

カメロンの供述が終わり、みなが無言で座っていた。その静寂を侵しているのはテープレコーダーの小さな回転音だけだった。

「ジョーディーの弟なのに」ローガンが切りだした。「ちがう姓を名乗っているのはどうしてだ？」

カメロンは落ち着かなげに椅子のなかで身動きした。

「母親がちがうんだ。兄は父の最初の結婚でできた息子だ。父が離婚したので、ジョーディーは母親の旧姓、スティーヴンスンで育てられた。六年後、父が再婚してぼくが生まれたんだ」

ふたたび沈黙が広がった。ローガンがそれを破った。

「われわれが少女の口内から精液を検出したと言ったら、きみはどうする？」

カメロンの顔が青ざめた。

「きみから採ったDNAサンプルと一致するほうにいくら賭けたい？ どうやってデスペレート・ダグに罪を着せるつもりだ？」

カメロンのうろたえぶりは、インスク警部といい勝負だった。テーブルの向かいに座ったまま、死にかけている魚のように口をぱくぱくさせている。言葉は出てこなかった。

「部長刑事」ようやくインスクが言った。「ちょっと外で話したいんだが、いいかね？」

取り調べを中断し、無言の巡査にカメロンの監視をまかせて、ローガンとインスクは廊下へ出た。

眉間にしわを刻んだインスクの顔は、口の端が下がり、危険な怒りの表情をたたえていた。「あの幼女の口内から精液が検出されたことを、どうしてだれも私に知らせてくれなかったんだ？」不気味なほど感情のこもっていない口調だ。

「精液など検出されていないからです」ローガンは笑みを浮かべた。「しかし、彼はそんなことを知りませんからね」

「きみは汚い嘘つき野郎だな、マクレイ部長刑事」そう言うインスクの顔は、渋面から、わが子を誇りに思っている父親のような笑顔に変わっていた。「きみがああ言ったときの彼の顔を見たか？ 小便をちびったような顔だったぞ」

ローガンがその話を広げようとしたところへ、心配顔の婦警が廊下を小走りにやって来てロードキルの情報をもたらした。病院のある医者が緊急通報をしてきた。何者かがバーナード・ダンカン・フィリップスを苦痛から救い出してやったのだ。

インスクは悪態をつき、大きな手で顔をなでた。「保護拘置するべきだったんだ！　それなのに彼は、さんざん殴られたあげく、病院に送られ、殺された」警部はがっくりと壁に寄りかかった。「五分待ってくれ」婦警にそう言うと、取調室へと戻った。

　二人が入っていくと、カメロン・アンダースンはさっと顔を上げた。目には恐怖と不安が浮かんでいる。インスクは、不快なしみでも見るような目で彼を睨みつけた。「取り調べは正式に終了、明朝九時に再開する。この巡査があんたを留置房まで案内するよ」インスクは大きなこぶしに体重をかけるようにしてテーブルにぐっと身をのりだし、カメロン・アンダースンの汗に恐怖のにおいを嗅ぎとれそうなほど顔を近づけた。「独房で眠ることに慣れておくんだな」目を見開き、震えている青年に向かって言った。「あんたはこの先二十年、独房で過ごすことになるんだから！」

　二人は、飼い犬のスパニエルが鼻を押しつけた箇所にしみや筋のついている、インスク警部の汚いレンジローバーで行くことにした。インスクがハンドルを握り、ローズマウント地区の雪の畝ができている通りを走っていた。

　ローガンはむっつりと窓外に目を向け、流れ去る花崗岩のテラスハウスを眺めながら、ひとつにはロードキルのことを、ひとつには同じ経路で病院へ向かうときにジャッキー・ワトスン婦警と交わした会話について、考えていた。

　インスクが病院を目指して角を曲がったとき、ローガンの頭の片隅でなにか引っかかるものがあった。彼は助手席側の家並みに目を凝らした。点灯され、派手な赤い電気が点滅する鼻までそなえたプラスティック製のトナカイを見て思い出した。ここでピーター・ラムリーの継父を見かけたのだ。父親はあのときもまだ、行方不明になった息子を捜して通りを歩きまわっていた。ピーターが死んだことをすでに知っていたはずなのに……

「ひどい顔をしているぞ」インスクが言い、ウインカーをつけてウェストバーン・ロードへ曲がることを示した。

「どうかしたのか？」

ローガンは肩をすくめた。雪とぬかるみで脚部の湿った作業着を着て、うつむいて雪のなかを歩いている哀れな姿がいまも見える気がした。「よくわかりません……たぶん、なんでもないことでしょう」

冬の冷気に負けまいと暖房を強くしているため、病院のなかは暑すぎて、亜熱帯地方の滅菌室のようだった。バーナード・ダンカン・フィリップス、別名ロードキルの二人部屋の病室は、昼間にのぞいたときとなにも変わっていなかった。ただ、昼よりも込みあっていた。鑑識局の係官、写真係、インスク警部、ローガン――なんらかの概念舞踏集団のように、みながおそろいの白い紙製の作業衣を着ていた。

もうひとつのベッドは空いていた。涙ぐんでいる四十代後半の看護婦が、ロードキルと相部屋だった男性患者は午後に肝不全で亡くなったのだと、ローガンに告げた。

フィルムを巻く甲高い音やシャッター音を響かせて撮影している写真係のフラッシュが光るたび、ロードキルの痛めつけられた死体を見せつけられることになった。ロードキルはベッドに大の字に横たわり、ギプスをはめた腕がリノリウムの床の上方に垂れて、血のしずくが青白い指の先でしだいに凝固しはじめていた。頭部に巻かれた包帯は目と口のまわりが真紅に染まり、胸部の包帯は血にまみれて黒く見えるほどだった。

「彼を警護していた巡査はどうしたんだ？」インスクは不機嫌だった。

おどおどした巡査が片手を挙げ、救急病棟でちょっとしたトラブルがあったと説明した。二人の酔っぱらいと用心棒が殴りあいの喧嘩になったのだ。彼は看護婦たちに呼ばれて喧嘩をおさめに行っていた。

インスクは顔をしかめて十かぞえた。数え終わると、「死亡宣告はすんだんだろうな？」とたずねた。

まだだという婦警の返事に、警部の口から悪態が雨あられと飛び出した。

「ここは病院だろ！　医者なんて腐るほどいるじゃないか。職務怠慢の野郎をひとり引っぱってきて、正式に死亡宣告をさせせろ！」

医者を待つあいだ、インスクとローガンは、実際に手を触れずにできる範囲で死体を検分した。

「刺殺だな」インスクは包帯にいくつもあいた四角い穴を仔細に見ていた。「どうだ、きみの目から見て、これはナイフか？」

「先端がのみの刃状になったものですね。スクリュードライバーでは？ 短剣、あるいははさみの可能性もあるでしょう」

インスクはしゃがんで、ベッドの下に凶器が捨てられていないか探した。しかし、そこにはさらに血が広がっているだけだった。

警部が凶器を探しているあいだ、ローガンは慎重に死体を検分した。刺創はいずれもまったく同じ形状で、長さはせいぜい十五ミリ、幅は二ミリ。体の左側を中心に広がっている。犯人は逆上していたらしく、無数にある刺創が執拗さを感じさせた。ローガンは目を閉じて、殺害場面を頭に描いた。意識不明のロードキル。ベッドの左側、ドアから遠い側に立つ犯人。そして、すばやく何度も刺す。

目を開けると、ローガンはかすかに吐き気を覚えて一歩後退した。部屋じゅう血だらけだ。死体とベッドだけではなく、血は壁にまで飛んでいた。首をうしろに傾けて、オフホワイトの天井タイルに飛び散っている小さな紅いしみを見た。何者であれ犯人は、ことをなし終えたあとはホラー映画の登場人物のようなありさまだったはずだ。見た人がそう簡単に忘れるような状態ではなかったはずだ。

これは行きずりの犯行ではない。義憤に駆られた暴徒による犯行でもない。これは復讐だ。

「こんなことをして、なんの意味があるわけ？ なんだってわたしがこんなところへ引っぱってこられたのよ？」

声の主と同じく、その口調にはストレスと苛立ちがこもっていた。がっしりした体格の女医は白衣を着て、首から聴診器を下げていた。

ローガンは降参のしるしに両手を上げ、死体から離れた。

「死体を移動する前に死亡宣告をしてもらいたいんです」

女医はローガンを睨みつけた。「もちろん、彼は死んでるわ。あなた、これが見える？」女医は自分の名札を指さした。「〝ドクタ〟と書いてあるでしょ。つまり、死体は見ればわかるってことよ！」

ベッドの反対側にいたインスク警部が立ち上がり、身分証を取り出した。「これが見えますか？」と言って、身分証を女医の鼻先に突きつける。「〝警部〟と書いてあるでしょう。つまり、あなたがどんな問題を抱えているにせよ、私の部下に八つ当たりせず、大人らしく振る舞うことを期待する、ということです。わかりましたか？」

女医は警部を睨んだものの、なにも言わなかった。徐々に表情がやわらいだ。「悪かったわ」ようやく言った。「長くていやな一日だったの」

インスクはうなずいた。「少しでも慰めになるかどうかわかりませんが、気持ちはわかりますよ」警部は一歩後退し、めった刺しにされたロードキルの死体を指さした。「死亡推定時刻の見当はつきますか？」

「簡単よ。八時四十五分から十時十五分のあいだ」

インスクは感心した。「三十分以内に死亡推定時刻がわかることなど、めったにないんですよ」

女医は実際に笑みを浮かべた。「遅番勤務が終わる時刻だからよ。定期的に病棟巡回が行なわれるの。彼は八時四十五分には死んでいなかった。十時十五分には死んでいる」

インスク警部が礼を言い、女医がなにか言いかけたとき、彼女の腰についているポケットベルが長い呼出音を発した。女医はポケットベルをつかみ、メッセージを読んで毒づき、それを詫びてから部屋を飛び出した。

ローガンはバーナード・ダンカン・フィリップスの血まみれの亡き骸を見つめ、自分がなにに引っかかっているのかをはっきりさせようとした。その瞬間、ぴんと来た。

「ラムリーだ」

「なに？」インスクは、まるでローガンにもうひとつ頭が生えてきたとでも言いたげな顔で見た。

「ピーター・ラムリーの継父です。ご記憶でしょう？ 彼はこの地域をずっと歩きまわっていました。前回見かけたとき、病院から逆方向へ歩いていきました。息子を殺したのはロードキルだと言っていました」

「それで？」

ローガンはベッドに横たわる血まみれの死体を見下ろした。

「彼が敵《かたき》を討ったように見えるんですよ」

33

午前零時近く、ヘイズルヘッドは暗く寒かった。このあたりは街の中心部に比べると積雪が深く、白い背景に映える木立は、ロールシャッハ・テストの白黒の図のようだ。街灯が日だまりのような黄色い光を投げかけ、パトカーの青い光が点滅するたびに黒い影が踊っているように見えた。高層アパートの大半が闇に包まれていたが、そこかしこでカーテンが揺れるところを見ると、その部屋の住人が窓からのぞいて、警察がなにをしに来たのか知ろうとしているのだろう。

警察はジム・ラムリーに会いにきた。

ラムリー家のフラットは、ローガンが前回に訪れたときとまったく様子が変わっていた。ここは豚小屋だ。持ち帰り料理の空容器がカーペットに山積みされ、そこにスペシャル・ラガーや安物のラガービールの空き缶も混じっていた。フラットの他の部屋の写真をすべてはずして、居間に貼りなおしてあった。ピーター・ラムリーの一生を寄せ集めた大きなひとつの作品だ。

インスクがドアベルを鳴らし、ローガンと二人の制服警官を引きつれて踏み込んだとき、ジム・ラムリーはいかなる抵抗も示さなかった。汚れた作業着姿で、もじゃもじゃの無精ひげ、感電死したハリネズミのように突っ立った髪をして、ただその場に立っていた。「シーラを探しているのなら、ここにはいないよ」そう言うと彼は、崩れるようにソファに座り込んだ。「二日前に出ていった。いまは母親のところにいる……」六本パックのプラスティックからスペシャル・ラガーをひとつはずし、缶を開けた。

「シーラさんに会いにきたわけじゃありません、ミスタ・ラムリー」インスクが言った。「あなたに用があって来たんです」

むさくるしい男はうなずき、また一口飲んだ。「ロードキルの件だな」無精ひげの伸びた顎に垂れたビールを、彼はぬぐおうともしなかった。

「そう、ロードキルの件です」ローガンはソファの反対端に腰を下ろした。「亡くなりました」

ジム・ラムリーはゆっくりとうなずき、やがて、飲みかけのビールの缶に視線を注いだ。

「なにもかも話してくれますか、ミスタ・ラムリー?」

ラムリーは頭をのけぞらせて缶ビールを飲み干した。口の両端からこぼれた泡が汚い作業着の胸もとに垂れた。「話すほどのことはないよ……」彼は肩をすくめた。「ピーターを捜して歩きまわっていたら、あの男がいたんだ。新聞の写真と同じだった。目の前にいたんだ」彼はまたパックのプラスティックからビールを一本はずしたが、缶を開ける前にインスクが取り上げた。

警部は二人の制服警官に、家のなかから凶器を探すよう命じた。

ラムリーはソファのクッションをひとつ取り、湯たんぽのように胸に抱えた。「それで、あとをつけたんだ。森へ入った」

「森へ？」ローガンの予期していた展開ではなかったが、それ以上言葉を発する前に、インスクが警告するような視線を向けて制した。

「あの男は、なにごともなかったかのように歩きまわっていた。ピーターが死んでなどいないみたいに！」作業着の汚れた首のあたりから赤い色が這い上がり、ラムリーの顔を真紅に染めた。「おれはあの男をつかんだ……おれは……ただ言ってやりたかっただけなんだ。おれがあの男をどう思っているか、言ってやりたかった……」彼は唇を嚙んで、クッションをはぎ合わせている縫い目を見つめた。

「あの男が大声をあげはじめたから、ぶったんだ。黙らせるために。あの男の大声を止めたかった。でも、できなかった。やめられなかった。おれはあの男を殴りつづけていた。何発も何発も……」

くそ、とローガンは内心で毒づいた。それなのにおれたちは、ロードキルが集団暴行を受けたものと考えていた。殴ったのはひとりだったのだ！

「そのあと……また雪が降りはじめた。寒かった。おれは、両手と顔についた血をひとつかみの雪で落としてから家に帰った」彼は肩をすくめた。「なにがあったか話すと、シーラは荷物をまとめて出ていった」頰をつたった涙が皮膚の汚れを取り去り、その細い跡が残った。彼は鼻をすすり、空《から》の缶から飲もうとした。「おれは人でなしだ……あの男と同じだ……」彼は空き缶をのぞき込んだが、闇が見えただけだった。「それじゃあ、あの男は死んだんだな？」ラムリーは空き缶を握りつぶした。

インスクとローガンは渋面を見合わせた。「たしかに彼は死んだ」インスクが言った。「なにものかが彼をめった刺しにしたんだ」

涙の筋のついたラムリーの顔が苦い笑みにゆがんだ。

「いい厄介払いができて、せいせいしたよ」

外に出ると、黒みがかったオレンジ色の空から優美な白い小さなかけらが舞い降りていた。灰色の雲は、街灯の光で地上から照らされている。ローガンとインスクが見守るなか、ジム・ラムリーはパトカーの後部座席に乗せられ、走り去った。

「さて」警部が言葉を発すると、漏れた息が大きな白い雲のようになった。「犯人ではなかったが、動機は合っていたな。正解率は五割か」彼はコーラ・グミの袋の開いた口をローガンに向けて勧めた。「いらんのか？　まあいい」インスクはコーラ・グミを片手に出し、泥はねのついたレンジローバーへと歩いて戻りながら一度にひとつずつ口へ放り込んだ。

「有罪の評決が出ると思いますか？」ローガンは、エンジンをかけ、暖房を強にするインスクに向かってたずねた。

「出るだろう。おそらくな。それにしても、彼が刺殺犯じゃないとは、残念だな。彼ならぴったりだったのに」

「病院へ戻りますか？」ローガンはたずねた。

「病院？」インスクはダッシュボードの時計で時刻を確かめた。「もう一時近いじゃないか！　女房に絞め殺されるよ」警部の奥さんは、こと夜更かしとなるといい顔をしないことで有名だった。「供述聴取は制服警官にまかせる。朝、それを読むことにしよう。どのみち、本部の半分は眠っているんだ」

インスクがアパートの前で降ろしてくれたので、ローガンは警部の車が雪の通りを慎重に走り去るのを見送ってから自分のフラットへ入った。留守番電話の小さな赤いランプが点滅していた。ほんの一瞬、ジャッキー・ワトスン婦警かもしれないと思ったものの、再生ボタンを押したとたんにスピーカーから雑音混じりに聞こえてきたのはミラーの声だった。ロードキルが刺し殺されたことを聞きつけ、最新の独占ネタを欲しがっていた。

ローガンはうめき声を漏らし、〝消去〟ボタンを押すと、重い足を引きずってベッドへと向かった。


水曜日の朝は予想どおりの始まりかただった。シャワーを出たばかりのローガンが電話に出ずにぐずぐずしていると、留守番電話が作動した。またしても、秘密情報を聞きたがっているミラーだった。ローガンは受話器を取らなかった。記者にひとりでしゃべらせておいて、自分はキッチンへ行き、紅茶とトーストの朝食を作った。

フラットを出る際に一瞬だけ足を止め、ミラーのメッセージを聞きもせずに消去した。今日あの記者からかかってくる電話はこれが最後ではないだろうと思った。

朝の会議は低調だった。インスク警部は何度もあくびを漏らしながら、昨夜のできごとを——病院での一件と第三取調室での状況を——みなに話した。今日出された指示は戸別の聞き込みだった。またしてもだ。

会議が終わるとローガンはぐずぐずと会議室に残り、医師や看護婦、患者から事情を聞くために出ていく連中に混じって会議室を出るワトスン婦警と笑みを交わした。彼女に一杯おごる約束をまだ果たしていない。

インスクは定位置であるデスクの端に尻の半分だけのせて、なにか甘いものがないかとスーツのポケットを探っていた。ローガンが近づいていって今朝の予定をたずねると、インスクはぼそぼそと「たしかフルーツ・キャンディがあったはずなんだが……」と言った。キャンディがないとわかると、カメロン・アンダースンを取調室へ連れ出してひとりにしておけ、とローガンに命じた。「やり方はわかっているだろう。がっしりした巡査を隅に立たせて、少しばかり睨みつけさせておけ。それで、あの男の肛門括約筋も締まるだろうよ」

一時間近くも焼けつくように暑い取調室に座らされ、敵意に満ちた表情を浮かべた巡査に睨まれていたので、九時になるころには、インスクの予測どおり、カメロン・アンダースンは椅子の上で尻をもじもじさせていた。

「ミスタ・アンダースン」インスクは温かさのかけらもない口調で言い、ようやく取り調べを始めるべく席に着いた。「お忙しいところスケジュールを割いていただき、ありがとう！」カメロンは、一晩じゅう起きて泣いていたのか、疲れて怯えた顔をしていた。

「思うに」インスクはフルーツ・キャンディを出して食べた。「あの夜のできごとについて、またぞろ奇跡的な説明をでっち上げたんだろうな。もしかして、宇宙人の犯行だとか？」

テーブルに置いたカメロンの両手が震えていた。かぼそく張りのない声も、手と同じく震えていた。「初めて兄のジョーディーに会ったのは、ぼくが十歳のときだった。母親が乳癌で亡くなり、ぼくたちと一緒に暮らすことになったんだ。ぼくより体が大きくて……」カメロンの声があまりに低くなったので、ローガンは、録音のためにもっと大きな声で話してくれと言わなければならなかった。「悪いことばかりやった。彼は……」片方の目から涙が流れて頬をつたった。カメロンは唇を噛み、異母兄について語った。

ジョーディーはエジンバラから三週間前にやって来た。ボスの代理で、ある取引をまとめることになっていた。建築許可を得るための取引だ。彼は湯水のように金を使った。おもにギャンブルだった。ただ、勝つことはなかった。やがて、開発計画課の担当者との交渉に失敗。どのみち、賄賂の金はすでに使い込んでいた。そこでジョーディーは脅迫を試みた。そのあと彼は、急いでこの街を出ていかなければならなくなった。

「彼は開発計画課の担当者を突きとばしてバスに轢かせた」インスクが言った。「担当者は、頭蓋骨と骨盤を粉々にされてアバディーン・ロイヤル病院に入院中だ。助からないだろう」

カメロンは顔も上げず、話を続けた。「一週間後、ジョーディーが戻ってきた。金をどうしたのかボスが知りたがってるんだと言ってた。ジョーディーには金がなく、賭け屋の連中がぼくのフラットに押しかけてきた。彼らはジョーディーを連れ出した。翌日、彼は血まみれで帰ってきた」身を震わせ、目には涙が光っていた。「でも、ジョーディーには考えがあった。ある人物が特別な商品を探している、おれはそれを手に入れることができるんだ、と言った」

ローガンは座ったまま身をのりだした。ミラーの言っていた話――何者かが〝家畜〟を欲しがっていたという話だ。

「次に彼が戻ってきたのは二、三日後だった。大きなスーツケースを持っていて、なかにあの少女が入っていた。麻薬を打たれていた。彼は……この子がおれたちの問題をすべて解決してくれる、と言った。その子をある男に売って、賭け屋の借金とボスから預かった賄賂を返せるだけの金を得ようとしていたんだ。その子を探す人間はだれもいないということだった」

「その子の名前は？」ローガンはたずねた。取調室は息苦しいほど暑いのに、ひえびえしい声だった。

カメロンは肩をすくめた。下まぶたにたまった涙があふれはじめ、鼻先にもきらめく小さなしずくができかけていた。「ぼく……知らない。外国人だった。たしかロシアのどこかから来たって。母親は特売品で、エジンバラで売春婦をしていたらしい。でも、麻薬の過剰摂取で死んだとか。それであの子が、言うなれば、代わりをすることになった……」カメロンは鼻をすすった。「ジョーディーは、他の連中があの子の所有権を主張する前にあの子を連れ出したんだ」

「では、あんたと兄さんは、どこかの人でなしに四歳の少女を売り飛ばすつもりだったんだな」インスクの口調は、隠しきれない嫌悪がにじんですごみを帯びていた。でぶの警部の頬がまっ赤になり、目は黒いダイアモンドのように光っていた。

「ぼくは無関係だ！　あの男がやったことなんだ！　いつだって、あの男が……」

インスクは彼を睨みつけるだけで、なにも言わなかった。

「あの子は英語が一言もしゃべれなかったから、彼が言葉を教えたんだ。わかるだろ」カメロンは震える両手に顔をうずめた。「汚い言葉だよ。あの子はその言葉の意味も知らなかった」

「それで、あんたはあの子に性的虐待を加えた。『尻にファックして』と言えと教え、その言葉どおり実行した」

「ちがう！　ちがうんだ！　そんなことをするわけには……」たちまち顔がまっ赤に染まった。「ジョーディーが言ったんだよ、あの子をバージンのままにしておく必要があるって」

ローガンは嫌悪に顔をしかめた。「では、あんたはあの子にペニスをしゃぶらせたのか？」

「ジョーディーが考えたんだ！　ぼくにやらせたんだよ」カメロンの顔にとめどなく涙が流れた。「一度だけだ。一度しかやってない。老人が来たんだ。老人がジョーディーを殴り倒していたから、ぼくは止めようとした。そのときあの子が出てきて、ジョーディーが教えた言葉を言いはじめた。あの子は老人のズボンをつかみ、老人が押しのけると、倒れて頭を打って死んだ」カメロンは、探るように、インスクの冷ややかな目をのぞき込んだ。「老人はジョーディーを殺すと言った。そのあと、ぼくを始末しに戻ってくるって！」カメロンは袖口で目もとを押さえ、涙をぬぐった。しかし、涙は次から次へとあふれていた。「死体を始末するしかなかったんだ！　暖炉の前に倒れて、裸で死んでたから。切断しようとしたけど、できなかった。だって……だって……」身を震わせ、また涙をぬぐった。「だから、テープでぐるぐる巻きにした。ぼくは……あの子の口に漂白剤を流し込んだ……わかるだろ……もう一度、きれいにするためだった」

「そのあと、死体を入れるゴミ袋を探す必要があった」

カメロンがうなずくと、鼻から落ちたきらめくしずくが、彼の両手に握りしめられたまま忘れられていた供述調書に着地した。

「そのあとあんたは、ごみと一緒に死体を捨てた」

「そうだ……申し訳ない。ほんとう申し訳ない……」

カメロン・アンダースンが四歳女児に対する性的虐待の罪を認める供述を終えると、彼を留置房へ戻して、明日、州裁判所に出廷させる手続を取った。お祝い気分はなかった。なぜか、カメロンの自白を聞いたあと、二人ともそんな気分にならなかったのだ。

自分の特別捜査本部室に戻ったローガンは、ため息をつき、うつろな気分を覚えつつ、壁の幼女の写真をはずした。この子に性的虐待を加え、家庭ゴミにすぎないかのように死体を捨てた犯人を捕らえてみて、ローガンの心に残ったのは、同類であることによって感じる汚らわしさ——人間であることを恥じる思いだけだった。

インスクはテーブルの端に腰をかけ、ローガンが聞き込み供述書を重ねるのを手伝った。「あの子の身元がわかる日が来るのかな？」

両手で顔をなでると、生えかけたひげが指先にちくちくした。「まず無理でしょうね」

「いずれにしても」インスクは供述書をボックス・ファイルに放り込み、大きな伸びをした。「気になる事件は他にもたくさん抱えているからな」

ロードキル刺殺事件だ。

今度は共同利用車を使い、ワトスン婦警の運転で病院へ向かった。

アバディーン・ロイヤル病院は前夜よりも人が多かった。三人が着いたのは、ちょうど昼食が出されるころだった。茹でたなにかに、茹でたじゃがいもと茹でたキャベツを添えたものだ。

「入院する羽目になったときに私が忘れていたら、私立病院にしろと言ってくれ」インスクが、キャベツのにおいの湯気が上がるカートを押している配膳係の横を通りながら言った。

三人は、患者や病院スタッフに事情を聞いていた巡査たちを空いている談話室に集め、最新情報を聞いた。耳を貸す価値のあるめぼしい情報はなかったが、とにかく全員から報告を聞き、彼らの仕事ぶりに礼を述べた。なにかを見たり聞いたりした人はひとりもいなかった。巡査たちは防犯カメラのビデオテープも確認ずみだった。夜の闇へと走り去る、血まみれの人物は写っていなかった。

警部は、彼らの心を奮い立たせるような演説をぶったあと、仕事に戻らせた。ローガンとワトスンが残った。「きみたち二人も、なにか役立つことをしてくれ」インスクが言い、おなじみとなったポケットの捜索を始めた。「私は昨夜の女医に話を聞きに行ってくる」彼は神出鬼没のキャンディを探しながら、ぶらぶらと歩いていった。

「さて」有能に聞こえるような口調でワトスン婦警が言った。「なにから始めますか？」

ローガンは、キッチンに立つワトスンの、Tシャツの裾から伸びていた美脚を思い出していた。「ええっと……」いまは時も場所もふさわしくないと判断した。「防犯カメラのビデオを見てみないか？　見落としがないか確認しよう」

「仰せのとおりに、ボス」ワトスンが言い、さっと小さく敬礼してみせた。

病院内を歩いて警備員室に向かいながら、ローガンは仕事に意識を集中しようと努めた。しかし、うまくいきそうになかった。「ええっと」エレベーターに着いたとき、ようやく勇気をふりしぼって切りだした。「昨日の件で一杯おごる借りがあったね」

ワトスンがうなずいた。「忘れてませんよ」

「よかった」彼はエレベーターのボタンを押し、さりげなく見えるよう心がけながら、エレベーターのなかに張りめぐらしてある手すりに寄りかかった。「今夜はどうだい？」

「今夜ですか？」

ローガンは頬がほてるのを感じた。「他に用があるならいいんだ。また別の日にでも……」馬鹿め。

エレベーターが揺れて止まり、ワトスン婦警が笑みを向けた。「今夜で大丈夫です」

うれしさのあまりローガンがなにも言えないうちに、二人は警備員室に着いた。こぢんまりした部屋に器材がぎっしりと詰め込んであった。細長い黒のコンソール・テーブルがあり、その上方の壁一面に小さなモニターが並んでいる。一列に並んだビデオレコーダーが音を立てて、現在起きていることをすべて録画していた。そのまんなかに、ブロンドに染めた髪、にきび面の、若そうな男が座っていた。黄色の縁飾りのあるありきたりの茶色い警備員の制服を着て、ひさしのある警備帽をかぶっている。帽子をかぶった大便のようだ。

警備員は、殺人の起きた部屋を写していたカメラはないが、すべての主廊下、救急病棟、すべての出入口に監視カメラがついている、と説明してくれた。病棟によっては監視カメラを設置しているが、患者が治療を受けている場面を撮影すると〝問題〟になる。個人情報やなんかがあるからだ。

昨夜のテープが積みあげてあった。捜索チームがすでに確認ずみだが、ローガンがもう一度確認したいというなら、見てくれてかまわない。

そのとき、ローガンの携帯電話が鳴りはじめ、狭い室内に大きく押しつけがましい音が響いた。

「知っていると思いますが」警備員がいかめしい口調で言った。「携帯電話の電源は切る決まりですよ」

　ローガンは詫びながらも、すぐにすむと言って電話に出た。

　またしてもミラーからだった。「ラズ！　この世から姿を消したのかと思いはじめてたんだ」

「いまちょっと手が離せないんだ」ローガンは言い、大便のような茶色い制服を着たにきび面の青年に背を向けた。「緊急の用件なのか？」

「それは、あんたの見方しだいだな。近くにテレビがあるかい？」

「え？」

「テレビジョン。動く画像を映す機械で――」

「テレビがなにかは知っている」

「あ、そう。近くにあるなら、つけてみろよ。グランピアンだ」

「どれか一台にテレビ番組を映すことができますか？」ローガンは〝大便〟警備員にたずねた。

　にきび面の青年は、それはできないが、廊下に並んでいる病室のテレビをつけてもいいと言った。

　三分後、ローガンとワトスンは、ちらつくテレビの前に立ち、アメリカの連続ドラマも顔負けの場面を見ていた。背後では、髪を紫色に染めた老婦人がベッドでいびきをかいて寝ていた。入れ歯はグラスの水に浮いている。

「驚いたな、アデレード」完璧な歯、割れた腹筋の、日焼けしたブロンド男が言った。「あの子がぼくの子だと言うのかい？」

　ドラマティックな音楽が流れ、豊かな胸をした厚化粧のブルネットのアップになったあと、コマーシャルが始まった。階段昇降機、ポテトチップス、粉末洗剤。そのあと、ジェラルド・クリーヴァーの顔が画面いっぱいに映し出された。革張りのウィングバック・チェアに腰かけ、カーディガンをはおった姿は、どこから見ても、慈愛に満ちたおじのように健全な男だ。「警察は私を、まるでモンスターのように見せようとしました！」そう言うと、画面は、元気のいいラブラドールを連れて散歩している彼の映像に切り替わった。「身に覚えのないおそろしい犯罪の容疑で、私を訴えたのです！」また画面が切り替わり、まじめな顔に苦痛の表情を浮かべ、空《から》積みの低い石壁に腰かけているクリーヴァーが映った。「地獄の日々についてつづった私の手記を、ぜひ読んでください。今週発売の《ニューズ・オブ・ザ・ワールド》だけの独占手記です」

「なんてこった」日曜新聞のロゴが回転する画面を見ながら、ローガンはぼやいた。「勘弁してくれ」

34

ローガンとワトスンは、警備員室へ戻るあいだじゅう文句を並べていた。新聞社と、金を払ってジェラルド・クリーヴァーに手記を書かせるという同社の決断を、非難した。大便色の制服を着たにきび面の青年がちょうど出動するところで、ひさしのある警備帽をまっすぐに直しながら部屋を出ようとしていた。

「なにか問題？」ワトスン婦警がたずねた。

「売店でマーズのチョコレート・バーを盗もうとしてる者がいるんです！」そう言って警備員は駆けだした。

犯罪現場へと急行するべく、警備員はひじを振って全速力で廊下の角を曲がって見えなくなった。ワトスンが苦笑いを漏らした。「事件もいろいろですね……」

コンソール・テーブルの前には、別の警備員——髪をきれいにとかしつけ、テリアの毛のような眉をした、五十代前半のがっしりした体格の男――がついていた。炭酸飲料のルコゼイドを瓶から直接飲みながら、今朝の新聞を読みふけっている。〝幼児殺害事件の容疑者、刺殺！〟の文字が第一面にでかでかと載っていた。警備員室に来たわけを話すと、彼はうむと言って、ラベルを貼ったビデオテープの山のほうへ手を振った。

　ローガンとワトスンはビデオプレイヤーを準備してコンソール・テーブルに腰を据え、ビデオを見はじめた。午前中にここへ来た捜索チームが、ロードキルの殺害された時刻近くまでテープを進めていたおかげで、作業は簡単だった。二人はゆっくりと、すべてのテープを見た。背後では、警備員がルコゼイドを飲み干し、歯のすきまから息を吸い込む音を立てていた。

　画面に現われる人物の動きは、せかせかしていてぎこちない。カメラが三、四秒ごとに一コマ撮影するだけなので、実験的なカナダ版アニメーションのような画像になるのだ。どの顔もずいぶんぼやけているが、カメラに近づいたときに、はっきりと見て取ることができる。三十分後、ローガンは、病院内の各所から行き来する何百もの顔のうち、六人の顔を見分けていた。デスペレート・ダグの治療にあたった医者、ローガンが老人をさんざん殴りつけた人でなしだと決めつけた看護婦、老いた殺し屋の監視にあたっているはずの巡査、昨夜ロードキルの死亡宣告を行なった女医、七時間がかりでローガンの腹部を縫いあわせてくれた外科医、ヘンダースン看護婦。ビデオテープでも目のあざがはっきりと見えるヘンダースン看護婦は、私服ですたすたと歩いていた。ラガーシャツ、スニーカー、ジーンズといういでたちで、肩から小ぶりのショルダーバッグを提げている。

「あと何本残っている？」ローガンがたずねたとき、ワトスンが大きなあくびと伸びをした。

「失礼しました」ワトスンが言い、姿勢を正した。「出入口を撮ったものが二本、それで終わりです」

　ローガンは次のテープをプレイヤーに入れた。病院の通用口だ。談笑しながら通り過ぎる人びと、頭を垂れて、身を切るような風のなかへと踏み出す人たち。疑わしい点はなにもなかった。最後のテープは救急病棟の総合受付をとらえたものだ。ここでは、泥酔につきものの反社会的行動、怒りの発作というありふれた光景をとらえることができるよう、普通の速度で撮影されている。このテープにも、ローガンの知っている顔がいくつか写っていた。大半は、以前に逮捕したことのある連中だ。立ち小便、軽窃盗罪、公共物の破壊。ひとりなど、ユニオン・テラス・ガーデンで、ワイン・ボトルを使って〝みずからに快楽をもたらす〟行為に及んだのだった。しかし、このテープからも、なんら異常な点は見つからなかった。ただし、足もとのおぼつかない酔っぱらい二人が、間に合わせの布で片腕を吊っている大柄な用心棒にいきなり襲いかかった一件は別だ。叫び声があがって椅子がひっくり返り、またしても血が流れていた。看護婦たちが三人を引き離そうとしていた。そのときようやく、巡査のぼやけた姿が込みあった受付に駆け込んできて、催涙スプレーを三人に平等にくらわし、事態を収拾した。そのあとは、主として、大声をあげながら床を転げまわる者たちが映っていた。しかし、ロードキルを殺害した人間の姿は見当たらなかった。

　ローガンは椅子の背にもたれ、目をこすった。ビデオの時刻表示は十時二十分。催涙スプレーを持った巡査はその場にとどまり、三人ともまだ生きていることを確認した。十時二十五分、ヒーロー巡査は紅茶のカップを受け取り、寝ずの番をするためにロードキルの病室の前へと戻っていった。十時三十分……ローガンはしだいにうんざりし始めていた。ビデオテープを見ても、なにも見つけられそうにない。

　そのとき、ヘンダースン看護婦がふたたび画面に現われた。目のまわりの黒いあざがさっきよりも目立っている。ローガンは眉根を寄せてテープを止めた。

「どうしました？」ワトスンが目を細めて静止画像を見た。

「なにか気づかないか？」

　ワトスン婦警が正直にわからないと答えると、ローガンは画面に手を伸ばし、やはりショルダーバッグを提げているヘンダースン看護婦の姿を指先で打った。「看護服を着ている」

「それがなにか?」

「別のテープでは私服だった」

ワトスンが肩をすくめた。「それは、着替えたからでしょう」

「同じショルダーバッグを提げている。着替えたのであれば、なぜバッグをロッカーに置いてこなかったんだろう?」

「ロッカーがないのでは?」

ローガンは、年配の警備員に、看護婦の更衣室にロッカーはあるのかとたずねた。

「あるよ」警備員が言った。「しかし、看護婦たちの着替え中のビデオを見せてもらえると思ってるなら、考えちがいもいいところだ」

「これは殺人事件の捜査なんですよ!」

「そんなことは知らん。看護婦たちの裸のテープを見せることはできないんだ」

ローガンはけんか腰になった。「いいか、よく聞け——」

「更衣室にカメラを設置してないんだよ」警備員は完璧な歯を見せてにやりと笑った。「取りつけてもらおうとしたが、理事たちが許可しなかったんだ。おれたちが職務に専念できないと考えたんだな。残念だよ。テープを売れば一財産作れたのに……」

病院の事務センターは、病人に占領された病棟内よりも快適だった。キュッキュと音を立てるリノリウムの床と消毒剤のにおいの代わりに、ここはカーペット敷きで、空気もさわやかだった。ローガンは、髪を脱色してブロンドにした、アイルランドなまりのある親切な若い女性を見つけておだて、昨夜の勤務記録を見せてほしいと頼んだ。

「ほら、出たわ」彼女は言い、コンピュータの画面いっぱいに並んだ日付と数字を指さした。「ミシェル・ヘンダースン看護婦……昨夜は遅番ね。九時三十分までの勤務よ」

「九時三十分? わかりました、ありがとう。とても助かりました」

彼女は、役に立てたことに気をよくして、ローガンに向かってにっこりとほほ笑んだ。他に聞きたいことがあれば電話をちょうだい。いつでもいいわ。そう言って、名刺まくれた。名刺を受け取るとき、ワトスン婦警の浮かべた表情を、幸いにもローガンは見ていなかった。

「どういうことですか？」一階へと下りるべくエレベーターに乗り込むなり、ワトスンがたずねた。

「ヘンダースンは九時半に勤務を終えた。九時五十分には、着替えて帰るところがビデオに映っている。十時半、彼女はまた看護服を着て建物をあとにした」ワトスンは口を開いたが、ローガンは苦い勝利を感じさせる口調で先を続けた。「われわれは、血まみれの人間を探していた。しかしミセス・ヘンダースンは、服を着替えただけで、なにごともなかったかのように立ち去ったんだ」

二人は捜索チームの制服警官を二人つかまえ、警部の伝言を聞いて電話をかけた。電話がつながったとき、インスク警部は機嫌が悪かった。まっ赤に焼けた火かき棒で背中をマッサージしてもらっているような口調だった。「いったいどこにいたんだ？」警部は、ローガンに言葉を発する間も与えずに問いただした。「こっちは、この一時間、きみに連絡を取ろうとしていたんだぞ！」

「まだ病院にいます。携帯電話の電源を切らなければいけないので……」しかし、電源を切っていたいちばんの理由は、コリン・ミラーからまたかかってこないようにするためだった。

「屁理屈はいい！　また子どもが行方不明になったんだ」

ローガンの心が沈んだ。

「ほんとうだ。すぐにダッシー公園のウィンター・ガーデンへ来たまえ。全捜索チームを投入しているんだ。天候が悪くなる一方だし、いまある証拠をすべて雪が消してしまいそうだからな。当面は本件を最優先とする」

「警部、私はミシェル・ヘンダースン看護婦の逮捕に向かうところなんです――」

「それはだれだ？」

「ローナ・ヘンダースンの母親です。ほら、ロードキルの農舎で見つけた女児の母親ですよ。彼女は昨夜、病院にいました。娘の死と結婚の破綻を、ロードキルのせいだと言っていました。犯行の動機も機会もあったんです。地方検察官も承認し、逮捕令状ならびに捜索令状が出ました」

電話の向こうで一瞬の沈黙があったかと思うと、インスクがだれかをしかりつけているらしく、くぐもった声の会話が聞こえてきた。すぐに警部が電話に戻ってきた。「わかった」いまにもだれかをぶちのめしそうな口調だった。「彼女を逮捕し、留置房に放り込みしだい、こっちへ来たまえ。ロードキルは死んだが、こっちの子どもはまだ生きている可能性があるんだ」

二人は雪に埋もれたドアステップの最上段に立っていた。ローガンがまた呼び鈴を押した。《グリーンスリーヴズ》の音色が響くのも、これで四度目だ。

冷気に白い息を吐き、鼻と頬をまっ赤にしたワトスンが、ドアを蹴破りましょうかとローガンにたずねた。二人の背後で、病院の捜索チームから調達してきた制服警官二人が賛意を示した。凍えるようなこの寒さから逃れられるなら、なんだっていいのだろう。

ローガンがうなずきかけた瞬間、ドアがわずかに開き、すきまからミシェル・ヘンダースン看護婦の顔がのぞいた。そこでチンパンジーが眠っていたのかと思うほど、髪がくちゃくちゃに乱れている。

「なんの用？」彼女はドアチェーンをかけたままでたずねた。言葉とともに、すえたジンのにおいがした。

「開けてください、ミセス・ヘンダースン」ローガンは身分証を提示した。「私たちのことは覚えているでしょう。昨夜のできごとについて、話をうかがいたい」

彼女は唇を噛み、降りしきる雪のなかに立っているハシボソガラスのような四人を見た。「だめ、それはできないわ。出勤準備をしなくちゃいけないの」

彼女はドアを閉めかけたが、その前にワトスン婦警が細いすきまにブーツを差し込んでいた。「開けないなら、ドアを壊しますよ」

ミセス・ヘンダースンは警戒するような顔になった。

「そんなこと、許されないはずよ！」バスローブの襟もとを合わせてぎゅっと握った。

ローガンはうなずき、上着の内ポケットから薄い書類を取り出した。「いいえ、許されるんですよ。しかし、かならずしもそうする必要はありません。さっ、開けてください」

彼女は四人を家に入れた。

オーヴンのなかに足を踏み入れるようだった。ミシェル・ヘンダースンの小さな家は、前回来たときに比べ、ずいぶんとかたづいていた。すべてのもののほこりが払われ、カーペットには掃除機がかけられ、コーヒーテーブルに置いてあった《コスモポリタン》までがきちんと重ねられている。ヘンダースンは堅い茶色のひじ掛け椅子のひとつに身を沈めると、幼い子どものように、両ひざを立てて顎をのせた。それでバスローブの胸もとが開いたので、向かいのソファに腰を下ろしたローガンは、彼女の胸を見ないように気をつけた。

「われわれが来た理由はわかっているんでしょう、ミシェル？」ローガンはたずねた。

彼女はローガンの目を見ようとしなかった。

ローガンは沈黙が広がるにまかせた。

「わたし……出勤準備をしなくちゃ」そう言ったものの、彼女は立ち上がる気配も見せず、ひざを抱える手に力を込めた。

「凶器はどうしましたか、ミセス・ヘンダースン？」

「遅刻すれば、マーガレットが勤務を終えられないの。あの人、小さな子どもがいて、保育園へ迎えにいかなくちゃいけないのよ。遅刻するわけには……」

ローガンがうなずいて合図をすると、二人の制服警官が、家のなかを簡単に捜索するために居間を出ていった。

「服に返り血を浴びたでしょう？」

彼女は身じろぎしたが、なにも答えなかった。

「計画的な犯行だったのですか？」ローガンはたずねた。「娘さんにしたことのつぐないを、彼にさせるために？」

やはり無言だった。

「ビデオテープに写っていたんですよ、ミセス・ヘンダースン」

彼女は、なぜかそこだけ掃除機から逃れたカーペットの一箇所を睨みつけていた。

「部長刑事？」

ローガンが顔を上げると、巡査のひとりが、漂白された衣服の山を持って戸口に立っていた。ジーンズ、Tシャツ、ラガーシャツ、一組のソックス、一足のスニーカー――どれも、ほぼまっ白になるまで漂白されていた。

「キッチンのラジエーターの上に吊るしてありました。まだ湿っています」

「ミセス・ヘンダースン？」

返事はなかった。

ローガンはため息をついた。「ミシェル・ヘンダースン、バーナード・ダンカン・フィリップス殺害容疑で、あなたを逮捕します」

ダッシー公園はディー川の両岸に広がる手入れのいきとどいた公園で、園内にはアヒル池、野外音楽堂、〝クレオパトラの針〟を模したオベリスクがある。広々とした空間、何種類もの成木の木立など、子どもを遊ばせる場所がたくさんあり、家族連れに好まれている公園だ。凍った白い雪が足首まで埋もれるほどの深さで一面を覆っていても、園内には人の気配があった。さまざまな創作段階の雪だるまが、立石さながら白い平原に点々と立っている。もの言わぬ見張り、見渡すかぎりすべてのものの支配者だ。

行方不明になったのはジェイミー・マクリース――二週間後、クリスマス・イヴの前日に四歳の誕生日を迎える男の子だ。母親に連れられ、この公園へ遊びに来ていた。取り乱した様子の母親は二十代なかばで、てっぺんに愚かしい金色の房がついたニット帽から紅葉のように赤いロングヘアがはみ出している。ウィンター・ガーデン内にあるベンチに座って泣いており、ベビーカーに乗せた幼い子どもを連れているおろおろした様子の女性が一生懸命に元気づけようとしていた。

ウィンター・ガーデン――ヴィクトリア時代に造られた大きな建物で、白いペンキを塗ったスチールで何トンものガラスを支え、サボテンやヤシの木を外の雪や氷から守っている――が捜査活動の中心で、制服警官だらけだった。ローガンは、金色と赤銅色の混じった魚がたくさん泳ぎ、まだらに見える青い池にかけられたアーチ型の木橋に立っているインスク警部を見つけた。「警部？」

肩越しにちらりと見た警部は、丸顔に刻まれた渋面のせいで無力な頑固者に見えた。「やけに時間がかかったじゃないか」

かちんと来たものの、ローガンはこらえた。「ミセス・ヘンダースンは黙秘しています。しかし、彼女が犯行時に着ていた衣類はすべて押収しました。ラジエーターの上で乾かしていたんです。どれも、まっ白になるまで漂白してありました」

「鑑識局は？」インスクがたずねた。

「洗濯機とキッチンを徹底的に調べさせました。衣類は血まみれだったはずですから。なにか見つかるでしょう」

警部がうなずき、じっと考え込んだ。「少なくとも、ひとつは解決したな」ようやく言った。「本部長から電話があったんだ。これ以上、子どもの連れ去りを許すわけにいかない、と。こうしてしゃべっているあいだにも、ロジアン・アンド・ボーダーズ警察本部から四人がこっちへ向かっている」

ローガンはうめいた。それだけは勘弁してほしかった。

「つまり」インスクが言った。「頭の鈍い地方の警察官どもに正しい捜査方法を教えてやろうってわけだ」

「なにがあったんですか？」

警部は肩をすくめた。「過剰な報道、乏しい進展」

「いえ、そうではなく――」ローガンは、四方を取り囲んでいるガラスの下に広がる青々としたジャングルを指し示した。「行方不明の子どもに、なにがあったんですか？」

「ああ、それか」インスクは背筋を伸ばして、広い熱帯雨林の向こうに隠れている出入口を指さした。「母子がウィンター・ガーデンに入ったのが十一時十五分。ジェイミー・マクリースは、魚が大好きだが鳥を怖がるんだ。それにあの〝おしゃべりサボテン〟も。そこで母子はここへ来た。ジェイミーは橋の端に腰かけ、泳ぎまわる魚を見ていた。ミセス・マクリースが友人を見つけて声をかけた。二人は考えている」彼はため息をついた。「犯人はこの子を殺すつもりなんだと思う」

しばらくおしゃべりをする。十五分ほどだそうだ。気がつくと、ジェイミーの姿がどこにも見当たらない。それで彼女は捜しはじめる」インスクは大きな手を伸ばして、池の周囲の小道や橋をたどった。「息子の姿はどこにもない。新聞やテレビを見ていた彼女はパニックに陥る。ガーデン内に悲鳴が響く。友人が携帯電話で緊急通報し、われわれがここにいる、というわけだ」警部は手を脇に下ろした。「捜索チーム四班にガーデン内を捜させている。茂みのかげや橋の下、倉庫など、ありとあらゆるところを。別の二班は外だ――」インスクはくもったガラスに向かって首を傾け、外の公園を示した。「到着しだい、他のチームにも公園内の捜索をさせる」

　ローガンはうなずいた。「警部の考えは？」

　インスクはゆっくりと前かがみになり、木橋の欄干に両ひじをのせた。陰にこもった顔で、力なく泳ぎまわっている魚を見下ろした。「この子が、退屈してどこかへ行っただけであってほしい。外で雪だるまを作っているとか……だが、心の奥底では、この子も犯人に連れ去られたんだと

35

インスクは、移動捜査本部室をダッシー公園へ運んでくるよう命じた。移動捜査本部室と言っても、見かけだけ立派にしたトレーラーハウスのようなものだ。〝グランピアン警察〟と書いた薄汚れた白の細長い箱で、なかには、一部を仕切って小さな取調室が設けてある。残りのスペースは、デスク二つに電子レンジ一台、やかん一個でふさがっている。やかんはフルタイム稼働され、狭苦しい部屋に白い湯気を満たすことになるだろう。

捜索チームはなんの成果も得られそうになかったし、どんな証拠があるにせよ、雪が貪欲に食い尽くしていた。公園を吹きわたる風に運ばれた雪が、どんなくぼみもすべて埋めてしまい、あらゆるものを白一色の丸みを帯びた形に変えていたのだ。

ローガンはドア側のデスクについているので、ドアが開くたびに体の芯まで冷えた。そして、ドアを開けて入ってくる凍えた警官はみな、カーペットに足を踏みつけて雪を落としながら、熱いものを飲みたそうにやかんを見るのだった。ローガンはラップトップ・コンピュータで、アバディーン市在住の性犯罪前科者のリストに目を通していた。運がよければ、この公園の近くに住む前科者を見つけることができ、それを足がかりに捜査が進展するかもしれない。しかし、これは虫のいい願いだ。前の二人の死体は、街の反対側で発見されている。ひとりはドン川河畔、もうひとりはシートン公園だ。どちらの発見現場とも、アバディーン市の北三分の一のあたりを流れるドン川から目と鼻の距離だった。

「犯人は別人なのかな?」つい声に出すと、インスクが報告書の山から顔を上げた。

「そんなこと、考えるだけでもやめてくれ。子どもを連れ去る人でなしなど、ひとりで充分だ!」

またしてもドアが音を立てて開き、ローガンが寒さに身震いすると、まっ赤な鼻をした婦警が疲れた足を引きずるようにして雪のなかから入ってきた。彼女がボブリルを溶いた即席スープ一杯飲む横で、ローガンはまた性的倒錯者やレイプ犯、小児性愛者のリストに目を通しはじめた。ダッシー公園に隣接するフェリーヒル地区の住所を登録している前科者が二人いるが、どちらも、服役したのは二十代なかばの女性に対する強姦罪だ。四歳の男児を連れ去り、殺して性的虐待を加えるとは思えないが、一応、それぞれの住所にパトカーを一台ずつやった。念のためだ。

捜索チームからは次々と否定的な報告が入っていた。インスクはウィンター・ガーデン内でジェイミー・マクリースを見つける望みを捨て、全員に公園内を徹底的に捜索させていた。

ローガンの目が見覚えのある名前をとらえて止まった。ダグラス・マクダフ――デスペレート・ダグだ。性犯罪前科者ではないが、二十数年前に起きた数件のレイプ事件の容疑者として、リストに載っているのだ。他の名前に見覚えがあるのは、デイヴィッド・リードあるいはピーター・ラムリーを連れ去った可能性のある容疑者を探して、つい先週にも同じ作業をしたからだ。

頭痛がして、眉間がずきずきしはじめた。絶えずすきま風の吹き込む場所で、背中を丸めていまいましいラップトップ・コンピュータに向かっているせいだ。しかも成果なし。まだ水曜日だとは信じがたい。職場復帰して十一日になる。十一日間、休みなし。労働時間の規定などおかまいなしだ。ローガンはぶつくさ言いながら、しだいにひどくなる痛みを取りのぞこうと、眉間を揉んだ。

目を開けたとき、またしても見覚えのある名前が目に留まった。マーティン・ストリケン、ハウズバンク・アヴェニュー二十五番地。卑劣な弁護士を一撃で倒すことのできる男だ。そう言えばスリッパリー・サンディのやつ、クリーヴァーが保釈されたのは警察のせいだなどと、ぬけぬけと言ってのけた……殴打の瞬間を思い出し、淡い笑みが浮かんだ。バン。鼻に命中。

インスクが、震えている婦警の報告を聞き終えて顔を上げた。「なにがそんなにおもしろいんだ？」ローガンに向かってたずねる警部は、明らかに、笑っている場合ではないぞと言いたげな顔をしていた。

「申し訳ありません。スリッパリー・サンディが鼻の骨を折られたときのことを思い出していたもので」

インスクの顔からむっとした表情が消えた。やはり、あの件にはつい、にやりとさせられるのかもしれない。「バン！」と言って、大きなこぶしをもう片方の手のひらに打ちつけた。「いまはビデオで見ているが、だれかにコンピュータ・ディスクに入れてもらってスクリーン・セイバーにしようと思うんだ。バン……」

ローガンは笑みを返したあと、コンピュータに視線を戻した。リストにはまだ、目を通さなければならない名前が山ほどあった。十分後、ローガンは、ラミネート加工を施して移動捜査本部室の奥の壁に貼ってある、縮尺の大きなアバディーン市街図の前に立っていた。本部の捜査本部室に貼ってある地図と同じく、赤と青のペンで印をつけてある。赤は子どもたちが連れ去られた現場、青は死体が発見された現場だ。いまはダッシー公園にも赤い丸が書き込んであった。

「どうした？」ようやくインスクがたずねた。ローガンがそこに立って身動きしないまま五分が経っていた。

「え？　ああ、公園という共通点について考えていたんです。ピーター・ラムリーを発見したのがシートン公園、ジェイミー・マクリースが連れ去られたのがダッシー公園……」ローガンは青いマーカーペンを手に取り、それで歯を打った。

「それで？」インスクは焦れたような口調だ。

「デイヴィッド・リードが当てはまらないんです」

インスクは、すごみの効いた低い声で、いったいなにが言いたいのかと、ローガンに問いただした。

「つまり」ローガンはペンで地図をつついた。「デイヴィッド・リードはアバディーン・ビーチのゲームセンターで連れ去られ、ブリッジ・オブ・ドン地区の河畔に捨てられました。公園は絡んでいません」

「その話はすでにすんでいるはずだ！」インスクが睨んだ。

「それはそうですが、あのときはまだ、子どもが二人、行方不明になっているだけでした。犯行パターンを見出すには不充分だったのではないでしょうか」

ドアが勢いよく開いて、うなりをあげる風とともにワトスン婦警が入ってきた。ワトスンがドアをバタンと閉め、足を踏みつけると、リノリウムの床に小さな吹雪が起きた。

「まったく、外は凍えそうに寒いですよ！」鼻はサクランボ、頬はリンゴ、唇は赤紫色をしたレバーの薄切り二枚、といった顔になっている。

インスクは、睨みつけていた目をローガンからワトスンに向け、またローガンに戻した。ワトスンは警部の睨視など気にせず、手袋をはめた両手をやかんに押し当てて、できるだけ熱を取り込もうとしていた。

「なにか共通点があるはずだ」ローガンは地図を見つめ、また青いマーカーペンで上の歯を打ちはじめた。「われわれの気づいていないなにかが。この子だけがパターンに当てはまらない理由は？」間を置いて考える。「いや、あながち変則的でもないのかもしれない……すべての場所に共通する点がある……」

インスクの目が希望にきらめいた。「それはなんだ？」

ローガンは肩をすくめた。「わかりません。なにか共通点があるのはわかっているんですが、はっきりこれだとは」

それを聞くなり、インスク警部はついに癇癪玉を破裂させた。デスクにこぶしを打ち下ろして書類の山を飛び散らせ、厳しい口調で言った。いったい、なにをぐずぐず言っているんだ。子どもが行方不明になっているというのに、くだらん謎かけ遊びをすることしかできないのか。警部は、ジェイミー・マクリースが行方不明になって以来初めて目の前に現われた恰好の獲物を怒鳴りつけるうち、顔がどんどん赤くなり、捜査本部室の天井の蛍光灯につばを飛ばしていた。

「あの……」インスクが息を継いでいると、ワトスンが言いかけた。

警部があまりにすごみのある目を向けたので、ワトスンは実際に一歩後退し、熱いやかんを楯のように胸に抱えた。

「なんだ？」警部が怒鳴った。

「すべて市が維持管理しているのでは？」ワトスンは、心がけて一息に言った。

ローガンは地図に目を戻した。ワトスンの言うとおりだ。しるしをつけた場所はすべて、市の公園管理課が維持管理している場所だ。ラムリーのアパートのすぐ隣は市の広大な管理地だし、デイヴィッド・リードが連れ去られた海岸通りも、死体が発見された土手も、ともに市有地だ。

ローガンの頭のなかで歯車が嚙みあった。

「マーティン・ストリケンだ」そう言ってコンピュータ画面を指さした。「性犯罪前科者のリストに載っている。社会奉仕命令を受けると、いつも公園管理課の作業を選んでいる」地図をとんとんと打ったので、シートン公園を囲んだ青い丸がかすれた。「だからこそ、この公園の便所が春まで使用できないことを知っていたんだ！」

ワトスンが首を振った。「お言葉ですが、ストリケンは女性更衣室でマスターベーションをしていたんですよ。幼い男の子にいたずらしていたわけではありません」

インスクもワトスンと同意見だったが、ローガンはそう簡単に引き下がるつもりはなかった。「たしか、プールだったね？ 母親がプールに連れていくのは？ 子どもだ。まだ幼い子をひとりで男性更衣室にやるわけにいかないから、母親は息子を女性更衣室に連れて入る。裸の女児と――」

「――裸の男児か」インスクが続きを引き取った。「あの野郎め。全部署緊急手配《APB》をかけろ。ストリケンの身柄をいますぐ拘束したい」

ダッシー公園からミドルフィールドまではパトカーの回転灯をつけサイレンを鳴らしていたが、マーティン・ストリケンの家から聞こえる距離になると、どちらも消した。ストリケンを怖がらせて逃げられたくなかったのだ。

ハウズバンク・アヴェニュー二十五番地は、ミドルフィールドの北西部に長々と伸びる通りに建つテラスハウスのまんなかの家だった。白い打ちしっくいを施した家並みの裏手には雑木の生えた草地が広がり、その向こうには使われなくなった花崗岩の採石場があるだけだ。その先は急斜面になっていて、製紙工場や鶏肉加工場がいくつもあるバックスバーンの町へと下っていく。

家の周囲でうなりをあげる風が凍った地面から吹き上げた雪のカーテンに、上空から新たに落ちてくる氷のような雪の粒が混じる。それが壁に張りつくので、テラスハウスはまるでだれかの手によりきらめく脱脂綿で包み込まれたかのようだった。どの家でも、明かりの消えた窓の奥でクリスマス・ツリーの電飾がきらめき、点滅していた。窓には陽気なサンタクロースが貼りつけてある。そこかしこで、古い鉛枠の窓を再現しようと、黒い絶縁テープをガラスに貼ってスプレー式の雪を吹きつけてあった。なかなか凝っている。

ワトスンは車を家の少し先に停めた。家からは見えない位置だ。

インスク、ワトスン、ローガン、そして、ローガンがいまだに〝悪党のサイモン・レニー〟として考えている制服の巡査が、雪のなかに降り立った。マーティン・ストリケンに対する逮捕状に承認を与えるため、地方検察官が要した時間は三分ちょうどだった。

「よし」インスクが言い、家を見上げた。表側の窓の奥に美しくきらめくクリスマスツリーが見えないのは、この通りでもこの家だけだった。「ワトスン、レニー。きみたちは裏へまわりたまえ。だれも出入りさせるな。配置についたら電話をくれ」警部は携帯電話を持ち上げた。「私たちは表から行く」

制服コンビは、氷混じりの身を切るような冷たい風に背中を丸めて、テラスハウスの裏手へと消えた。

インスクは、品定めするような目で部下の部長刑事を見た。「任務を遂行できるか？」

「どういう意味です？」

「荒っぽい事態になった場合だよ。任務を遂行できるか？ 私のせいで死なれたくないからな」

ローガンは首を縦に振った。肌を刺す寒風に、耳の先が燃えるように熱い。「私のことなら心配無用です」吐いた息が、白くなる間もなく風に吹き飛ばされた。「警部のうしろに隠れますから」

「わかった」インスクが笑みを浮かべた。「せいぜい、きみの上に倒れないよう気をつけるよ」

警部のポケットで携帯電話の呼出音が小さく響いた。ワトスンとレニーが配置についたのだ。

二十五番地の玄関ドアは、もう何年もペンキの塗り直しをしていなかった。青い色が剝げてあらわになったもとの灰色の木は膨れて、霜が光っていた。ドアにはめ込まれた二枚の波形ガラスを通して、玄関ホールの明かりがついていないのがわかる。

インスクはドアベルを押してみた。三十秒後、彼はもう一度ベルを押した。さらにもう一度。

「わかった、わかった！　ちょっと待っとくれ！」小さな家の奥から声がして、電気がつき、ガラスから光が漏れた。

玄関ホールに影がさし、くぐもった悪態が聞こえた。しかし、さして低い声ではなかったので聞き取ることができた。

「だれだい？」長年の飲酒と喫煙のせいでしわがれた女の声は、凶暴なロットワイラー犬もさもありなんと思える歓迎ぶりだ。

「警察です」

一瞬の間があった。「あの子、今度はなにをやらかしたんだい？」しかしドアは閉じたままだった。

「ドアを開けてください」

「あの子はここにいないよ」

インスク警部の首筋を赤い色が這い上がりはじめた。

「さっさとドアを開けなさい！」

カチッ、カタン、ガチャガチャ。ドアがわずかに開いた。彼らを見つめるしわだらけの顔には険しい表情が浮かび、ゆがめた薄い唇の端に煙草をくわえている。「言ったとおりだよ。あの子はいない。出直しとくれ」

インスクは、こんな扱いを受けるのはもうたくさんだった。背筋をまっすぐに伸ばし、軽くはない体重をかけてドアを押した。なかの女がうしろへよろめくと、インスクは戸口をまたいで狭い玄関ホールに入った。

「令状なしに入ることはできないよ！　あたしにだって権利があるんだ！」

インスクは首を振り、彼女の横をすたすたと歩いて小さなキッチンを抜け、裏口のドアを開けた。ワトスンとレニーがかじかんだ足で寒い戸外から入ってくるときに、薄汚れたキッチンに雪が吹き込んだ。

「名前は？」インスクが、憤慨している女に太い指を突きつけ、厳しい口調でたずねた。女は、来るべき氷河期にそなえた服装をしていた。分厚いウールのプルオーバー、分厚いウールのスカート、厚手のウールのソックス、大きなフリースの室内履きといういでたちで、そのうえに、大便を思わせる茶色のＸＬサイズのカーディガンをはおっていた。髪は、一九五〇年代にセットして以来、一度も手を触れていないかのようだ。脂が浮いてべとべと光る巻き毛を、ヘアピンと黒ずんだ茶色のヘアネットで押さえている。

女が腕を組み、たるんだ胸を引き上げた。「令状があるんなら、そう言いな」

「だれもかれもテレビの見すぎだな」インスクがつぶやき、逮捕状を取り出して女の目の前に突きつけた。「彼はどこだ？」

「知らないね」女はぞんざいな態度で、背後の薄汚れた居間を示した。「あたしはあの子の番をしてるわけじゃないんだから」

警部は、まっ赤な顔で一歩前に出た。顔と首に青筋を立てている。女がひるんだ。

緊張した場面にローガンの声が割って入った。「最後に会ったのはいつだ？」

女が首をまわして彼を見た。「今朝だよ。くだらない社会奉仕活動に出かけるときさ。あの子はいつも社会奉仕活動をしてるんだ。汚らわしい変態だよ。まともな仕事に就くこともできない、そうだろ？　更衣室でマスターベーションするのに忙しいからね」

「わかった」ローガンが言った。「今日の作業場所は？」

「あたしが知るわけないだろ。朝、あの子が電話をかけて、どこそこへ行けって言われるんだから」

「電話する先は？」

「市役所！」女はローガンにつばを吐きかけそうな勢いだった。「それ以外、どこにかけるっていうんだい？　番号は電話台にあるだろ」

間に合わせの小さな電話台に、汚いコードレス電話と〝メッセージ〟と書いた小さなメモ帳がのっていた。電話機の受け台の横、マホガニー風の木に一通の手紙がピンで留めてあった。アバディーン市役所の紋章――うしろ片脚立ちの二頭のヒョウが支えている楯《シールド》に、有刺鉄線のような線模様で囲んで三つの塔を描いた紋章だ――が入っている。公文書なのだ。公園管理課から送付された、マーティン・ストリケンに対する社会奉仕活動命令書だった。ローガンは自分の携帯電話を出して番号を押し、ストリケンに作業の詳細を割り当てている担当者と話した。

「当ててみますか？」電話が終わると、ローガンはたずねた。

「ダッシー公園？」インスクが答えた。

「ビンゴ」

インスクとローガンがマーティンの車の特徴を母親から聞き出すあいだ、レニー巡査とワトスン婦警が家宅捜索を行なった。いかめしい顔で戻ってきたワトスンは、植木ばさみを入れた透明ビニールの証拠品袋を持っていた。

息子のやったことを聞かされるや、ミセス・ストリケンは、わが子を終身刑にするべく喜んで警察に協力した。当然の報いだ、と彼女は言った。昔からろくでもない子だったんだ。生まれたときに絞め殺しておけばよかった。いや、いっそ、おなかにいるときに針金ハンガーで刺し殺しておけばよかった。妊娠中、おなかの子を殺してもおかしくないほどジンとウイスキーで酔っぱらってたからね。

「さて」彼女が足を踏みならして二階のトイレへ用足しに立つと、インスクが言った。「彼がにこやかな母の愛情あふれる腕のなかへと戻ってくる可能性はきわめて低そうだな。名前と人相風体をマスコミに流せばなおさらだろう。だが、万が一ということもある。ワトスン、レニー、きみたちはここに残り、あの〝ミドルフィールドの悪い魔女〟と一緒にいてくれ。窓にはぜったいに近づくんじゃないぞ。きみたちがここにいることを、だれにも知られたくない。もしもマーティンが戻ってきたら、応援を要請すること。

安全だと判断した場合のみ、きみたちで取り押さえていい」

ワトスンは信じられないと言いたげな顔で警部を見た。

「冗談じゃありません、警部。彼はここへは戻ってきませんよ。わたしをこんなところに置いていかないでください。レニー巡査だって、ここの見張りぐらい、ひとりでできるでしょう」

レニーは目を剝き、膨れ面をした。「そりゃどうも!」

ワトスンは彼を睨んだ。「言ってる意味はわかってるはずよ。警部、お役に立てると思います、わたし――」

インスクが彼女の言葉をさえぎった。「よく聞きたまえ、巡査。きみはわがチームの貴重な人材のひとりだ。警察官としてのきみの能力を、私は高く評価している。しかし、いまはきみを甘やかしている時間はない。きみはここに残り、事態を管理したまえ。万一ストリケンが戻ってきた場合、彼に権利を読んでやることのできる人間にいてもらいたいんだ」

レニー巡査は、またむっとした顔をしたものの、賢明にも発言は差し控えた。

警部はオーバーのボタンを留めた。「では、ローガン、一緒に来たまえ」こうして二人は立ち去った。

ワトスン婦警は、二人が出たあとのドアが閉まるのを、仏頂面で見つめていた。

悪党のサイモン・レニーが彼女にすり寄った。「ひどいわ、ジャッキー」彼は、めそめそしているアメリカ娘の口調をまねた。「あなたはたくましくて特別な人よ。あのいけ好かない男が戻ってきたら、わたしを守ってくれる?」とどめに彼は、まつげをぱちぱちさせてみせた。

「あんたって、どうかすると、いやみな人間になるわね」ワトスンは、紅茶でも淹れようと、足音荒くキッチンへ向かった。

レニー巡査は廊下でひとりほくそ笑み、「置いてかないで! 置いてかないで!」と言って身もだえしながらあとを追った。

パトカーに戻ると、ローガンは暖房をつけ、フロントグラスが透明に戻るのを待った。「確信があるんですか?」彼は、オーバーから封の開いた〈ワイン・グミ〉の袋を見つけ、毛羽やポケットに入っていた砂粒をせっせと取っている警部に向かってたずねた。

「なにが?」インスクは赤いグミを口に放り込み、袋をローガンに渡した。開封口に近い深緑色のグミには毛羽がついていなかった。

「いえね」ローガンはかたまりからそのグミをはずして口に放り込んだ。「もしも彼が戻ってきたらどうするんですか?」

インスクは肩をすくめた。「ワトスンはだてにボール・ブレイカーと呼ばれているわけじゃない。ここに制服組を投入してみろ、やつは怯えて近寄らないだろう。目立たないようにしておく必要があるんだよ。通りの先に覆面車を二台、配備する。やつが戻ってくればわかるだろう。しかし、やつは市内の人目につかない場所に隠れているんじゃないかな。愚かにも家へ帰ってきたとしても、ワトスンをてこずらせることはないはずだ。ストリケンに暴行の前科はない。文字どおりの〝暴力行為〟は犯していないんだ」

「サンディ・ザ・スネークを殴り倒したじゃないですか!」

インスクはうなずき、うれしそうな笑みを浮かべた。

「そうだな。やつは、人生で少なくともひとつはいいことをしたわけだ。とにかく、きみも私も、心配しなければならんことは山ほどある。さあ帰ろう、バット・ケイヴへ!」インスクは大きな手で警察本部の方向を指した。

ローガンは吹雪のなかへとパトカーを出し、ハウズバンク・アヴェニュー二十五番地をあとにした。ワトスン婦警をそこに残して。

36

市の全パトカーがマーティン・ストリケンを捜していた。塗装の剝げた跡だらけの彼のフォード・フィエスタに関する詳細情報も、全車に伝わっていた。鑑識は植木ばさみのかなめ《ヒンジ》に入り込んでいた血を見つけた。その血はディヴィッド・リードの血液型と一致した。ストリケンがこの街にいるなら、かならずや見つけ出してやる。四時間四十五分が過ぎていた。

警察本部に戻ったインスク警部とマクレイ部長刑事は、時間を浪費していた。すでにエジンバラの〝腕利き〟たちが到着していた。ともにおしゃれなダーク・ブルーのスーツに同系色のシャツとネクタイといういでたちの部長刑事が二人、灰皿の裏面のような顔をした警部、〝ドクタ〟ブシェルと呼ぶようにと強要した臨床心理学者の、計四人だ。

警部はこれまでに二度、連続殺人事件の捜査を指揮し、犯人を逮捕している。一件は、プリンシズ・ストリートの東端を見下ろすカールトン・ヒルで六人の学生が絞殺死体で発見されたあとだった。もう一件は、オールド・タウンで長時間の立てこもりののちだった。生存者なし。その事件では公務員三人と警察官ひとりが命を落としている。大した実績じゃないな、とローガンは思った。

インスクが現在までの捜査状況を客人たちに説明するあいだ、耳を傾ける新参警部の目は厳しく鋭かった。途中で的を射た質問をいくつかした。愚か者ではない——それは明らかだ。それに彼は、死体が二つ見つかった段階で犯人を突き止めたインスクとローガンに感心してくれた。

ドクタ・ブシェルは、鼻持ちならないほど独善的だった。マーティン・ストリケンは私が提出したプロファイルに完全に一致する、ときた。児童殺害犯が〝心の問題〟を抱えているという、例のプロファイルだ。あんなものはストリケンが犯人だと突き止めるうえでなんの役にも立たなかった、ということを理解していないらしい。

「以上が現在の状況です」説明を終えたインスクは、マジシャンがよくやる〝ジャジャーン！〟というポーズで特別捜査本部室内の資料を指し示した。

新参警部がうなずいた。「われわれの協力などまったく必要なさそうですね」かすかにファイフ南部のなまりをにじませた、低くいかめしい声だった。「犯人はわかっているし、捜索チームも出ている。あとは待つだけ。いずれ、犯人はどこかに現われるはずです」

インスクにしてみれば、〝いずれ〟では困るのだ。〝いずれ〟では、ジェイミー・マクリースも死者の仲間入りをすることになる。

ドクタが立ち上がり、壁にピンで留めてある犯罪現場の写真を見ながら「ふうむ……」とか「なるほど……」といった思わせぶりな言葉をつぶやいた。

「ドクタ？」新参警部が呼びかけた。「犯人の現われそうな場所がわかりますか？」

心理学者が向き直ると、照明が当たって、狙いすましたように丸眼鏡がきらめいた。それに合わせるように、彼は笑みを浮かべた。「犯人はことを急いでいない。時間をかけたがっている。なにしろ、長きにわたって計画していた犯行だからね」

ローガンもインスクも〝やれやれ〟という表情で顔を見合わせた。「ええっと……」ローガンが切りだした。慎重に言葉を選ぶ必要がある。「むしろ、条件反射的な行動だと思いませんか？」

ドクタ・ブシェルは、道を誤った子だが喜んで導いてやりたいとでもいうような目でローガンを見た。「説明してくれるかね？」

「ストリケンは十一歳のときにジェラルド・クリーヴァーから性的虐待を受けています。そのクリーヴァーが土曜日に無罪の評決を受けました。日曜日、ストリケンが戻ってきて切断する前に、われわれがピーター・ラムリーの死体を発見。そして今日、テレビでさかんに宣伝されています――クリーヴァーが新聞社に手記を売ったんですよ。ストリケンはこれだけの事態に順応できない。それで、抑えがきかなくなってしまったんです」

ドクタは寛大な笑みを浮かべた。「興味深い仮説だ。しかし、素人は往々にしてサインを混同する。いいかね、今回の件には、熟練したプロの目にしか区別できないパターンがあるんだよ。ストリケンは完全に秩序型の犯罪者だ。被害者の死体が発見されないよう、細心の注意を払っている。極度に儀式化された空想世界を持っている。その儀式とは、彼の頭のなかにあるルールを守らなければならないというものだ。それを守らなければ、彼は、幼い子らを餌食にする人でなしとなんら変わらない存在になってしまうんだ。いいかね、彼は自分の行ないを恥じている――」ドクタ・ブシェルは、検死時に撮ったディヴィッド・リードの写真の股間を指さした。「性器を切除することによって、この子が男ではないと見せかけている。犯した相手が男の子ではないから、自分の犯罪はさほどいまわしいものではないと、みずからに言い聞かせているんだ」彼は眼鏡をはずし、ネクタイの先でレンズを拭いた。「マーティン・ストリケンは、自分の行動を正当化することができるにちがいない。たとえ自分自身に対してだけだとしても。彼には彼なりの儀式がある。時間をかけたがるはずだ」

次にローガンが口を開いたのは、インスクが客人たちを食堂へ案内し、特別捜査本部室に戻ってきて、二人きりになってからだった。「なんていやみな野郎だ！」

インスクがうなずき、この午後もう何回目かわからないが、ポケットを探した。「まったくだ。しかし、あのいやみ野郎も、これまでに四人の犯罪常習者を捕まえる役に立っている。うち三人は殺人犯だ。社交術は最低だが、熟練したプロだよ」

ローガンはため息を漏らした。「さて、これからどうしますか？」

インスクはキャンディ探しをあきらめ、大きな両手をもてあましてスーツのズボンのポケットに突っ込んだ。「これからか」彼は言った。「座って、運に恵まれるよう祈ろうじゃないか」

夏には、裏の窓から、低木の生えたなだらかな起伏のある草地が、金色に輝く太陽の光を受けて黄金色にきらめきながら地平線まで広がる景色を望むことができる。バックスバーンの灰色の街並みは、採石場から下っていく急斜面の向こうに隠れている。製紙工場が妙なにおいの蒸気を吐き出さず、積雲のごとき煙が流れない幸運な日には、ドン川対岸の丘陵や農地、森がエメラルドのように輝いて見える。下方を走る中央分離帯のある道路を単調な音を立てて行き交う車から隔離された、牧歌的な安息の地だ。

　しかし、いまはそのどれも見えない。吹雪は猛吹雪《ブリザード》となり、主寝室の窓辺に立っているジャッキー・ワトスン婦警の目には、裏庭の柵から向こうはなにも見えなかった。ワトスンはため息をつき、うなりをあげている午後の灰色の景色に背を向けて、足音荒く一階へ下りた。

　マーティン・ストリケンの母親は、薔薇とポピーの派手な柄の布張りで、詰め物のたっぷり入ったひじ掛け椅子に背中を丸めて座っていた。口の端に煙草をくわえ、横に置いた灰皿を吸い殻の墓場にしている。テレビがついていた。連続ドラマだ。ワトスンは連続ドラマが大嫌いだ。しかし、悪党のサイモン・レニーは大好きらしく、花柄のソファに座り、紅茶をお代わりしては音を立てて飲みながら画面を見つめていた。

　箱入りのジャッファ・ケーキの残りがコーヒーテーブルにのっていたので、ワトスンは通りすがりに最後の二個をつかむと、電熱棒が二本の電気ストーヴのまん前に立った。たとえスラックスに火をつけなければならないとしても、暖を取ろうと決めていた。家じゅうどこにいても、凍えそうなほど寒い。客人に対する特別な譲歩として、ミセス・ストリケンはストーヴをつけてくれたのだが、むろん、その前にさんざん不満を並べたのだった。電気はただじゃないんだからね。あの子が一銭もかせいでこないってのに、どうやって電気代を払えってんだい？　この先のミセス・ダンカンのところは、息子が麻薬売人なんだ。山ほど金をかせいでくるし、毎年、二回も海外旅行に出かけるんだよ！　そりゃあ、密売目的の麻薬所持の罪でクレイギンチズに三年の服役中だけど、少なくともあの子は金をかせごうとしたじゃないか！

　スラックスの背面から立ちのぼる湯気が我慢できないほ

ど熱くなったので、ワトスンはかじかんだ足でキッチンへ行き、またやかんを火にかけた。冷蔵庫の庫内のように冷え込んだ、このいまいましい家のなかで体温を保つためには、ひっきりなしに紅茶を飲むしかなかった。

キッチンはそう広くない。中央に小さなテーブル、壁際に調理台を置いただけの四角いリノリウムのキッチンは、どこもかしこもニコチン色に染まっていた。ワトスンは水切り台からマグカップを三個取ると、縁が欠けようと知ったことではないと、無造作に調理台に置いた。ティーバッグ三つ、砂糖、湯。しかし、ミルクは二人分しかなかった。

「くそ」紅茶でも飲まないことには、こんな寒いところにいられない。レニー巡査にはミルクなしで我慢してもらおう。

ワトスンはマグカップを運び、二個を乱暴にコーヒーテーブルに置いた。ミセス・ストリケンは礼も言わずに自分のカップを取った。レニー巡査は「やあ、ありがたい……」と言いかけて、ミルクが入っていないのに気づいた。お得意の迷子の子犬のような顔でワトスンを見た。

「よしてよ」ワトスンが言った。「もうミルクがないの」

レニーはがっかりした顔でカップのなかの茶色い液体に目を戻した。「ほんとうに？」

「一滴もないわ」

ミセス・ストリケンが二人を睨みつけ、歯のすきまから煙草の白い煙を吐きながら言った。「静かにしてくれるかい？ あたしはテレビを観たいんだ」

画面では、丸々とした顔に無精ひげの男がテレビを観ながら紅茶を飲んでいた。レニー巡査がまた自分のカップに目を落とした。「なんならミルクを買ってこようか？」と言いだした。「それにビスケットも」残りのジャッファ・ケーキをワトスンが食べてしまったのだ。

「インスクはここで待機しろって言ったのよ」ワトスンはため息混じりで答えた。

「それはそうだけど、ストリケンがここへ戻らないことは、みんな承知してるだろ。時間だって、五分か十分しかかからない。角に新聞販売店があったから――」

ミセス・ストリケンは、今度はわざわざ煙草を口から出して言った。「黙っててもらえるかい！」

二人は廊下へ出た。

「な、すぐに戻るって。それに、彼が戻ってきたって、きみならぶちのめすことができるだろ！　おまけに、二台の車が通りを見張ってるんだしさ」

「わかった、わかった」ワトスンはドアのすきまから、ちらつくテレビ画面と、マーティン・ストリケンのいけすかない母親を見た。「警部の指示に反するのがいやなだけよ」

「おたがい黙ってればいいさ」レニー巡査は廊下に吊るしてある分厚いオーバーをひとつつかんだ。フレンチフライのにおいがしみついているが、冷気を防いでくれるだろう。「ぼくに幸運のキスでもしたいかい？」彼は唇を突き出した。

「地球上に男があんたひとりしかいなくなったとしてもごめんだわ」ワトスンは彼をドアへと押しやった。「ポテトチップスも買ってきて。ソルト・アンド・ヴィネガー味ね」

「かしこまりました」レニーはだらけた敬礼をしてみせた。

玄関ドアが音を立てて閉まるのを見届けてからワトスンは居間へ戻り、愚にもつかないせりふを並べているテレビの前に座って紅茶を飲んだ。

　アバディーン市役所の公園管理課が維持管理あるいは所有している建物の数は、信じられないほど多い。リストは、六時四十五分に電話でオフィスへ呼び戻されたことが不満で、不機嫌な声をしていた担当者がファクスで送ってくれたものだ。すべての建物に足を運び、捜索する必要があった。そのどこかにストリケンは子どもを連れ込んだはずだと、ドクタ・ブシェルが頑強に主張したからだ。

　ローガンは、そんなことはわかりきっている、とわざわざ指摘するのはやめた。

　長いリストから、捜索すべき正しい建物を選び出すことができる可能性はきわめて薄い。殺される前に子どもを見つけ出すことはできないだろう。ジェイミー・マクリースは生きて四回目の誕生日を迎えることはできない。

リストの建物を少しでも減らそうと、ローガンは、これまでにストリケンが社会奉仕活動を行なった場所の記録を、公園管理課の不満屋に調べてもらった。そのリストは、最初にもらったリストと同じくらい長かった。マーティン・ストリケンは、十一歳のときから——ジェラルド・クリーヴァーの薄汚れた手でなぐさみ者にされてから——繰り返し面倒を起こしては、社会奉仕活動をすることによって罪をつぐなってきた。彼は、市の所有するほとんどすべての公園で、熊手で落ち葉をかき集め、低木を刈り、除草剤をまき、トイレのブロック補修をすることで、刑を果たしてきたのだ。

　ローガンは、年代を逆にたどることにして、ストリケンがもっとも最近に奉仕活動を行なった場所へ捜索チームを送った。そのあと、リストを逆にたどる。運がよければ、性的虐待を受ける前に子どもを発見できるだろう。しかし、そんなことはありえないと、悪い予感が告げていた。ストーンヘイヴンかダンディーあたりでストリケンを逮捕できるのは二、三日後だろう。彼がいつまでもアバディーンをうろついているはずがない。新聞各紙の第一面やテレビ各局で顔写真を公表され、ラジオ各局が彼の名前と人相風体を流しているのだから。彼を逮捕し、そのあと、殺した子どもの死体を隠した場所へ案内させることになるだろう。

「捜索状況は？」

　ローガンが顔を上げると、インスクが小さな特別捜査本部室の戸口に立っていた。本物の特別捜査本部室は臨床心理学者が幅を利かせていてローガンには気に入らないし、捜索チームを指揮するためには平安と静寂が必要だった。

「捜索続行中です」

　インスクはうなずき、濃いコーヒーの入った、縁の欠けたマグカップをローガンに手渡した。「あまり楽観していないような口ぶりだな」言いながらインスクは、ローガンのデスクの端に腰かけて、犯罪現場となる可能性のある場所のリストに目を通した。

　楽観していないとローガンは認めた。「これ以上、なにもすることはありません。捜索チームには指示を出してあるので、次にどの建物を当たればいいのか、全員が把握しています。それでおしまい。あとは、彼らがあの子を見つけるか、見つけないかだけです」

「きみも捜索に出たいのか？」

「警部はどうなんです？」

インスクは悲しげな笑みを浮かべた。「出たいさ。しかし、私は客人たちの相手をしなければならん……これも上位階級者の特権のひとつだ」彼はデスクの端から下り、ローガンの肩を軽くたたいた。「しかし、きみは下位階級者、部長刑事だ」そう言ってウインクをした。「すぐに出動したまえ」

ローガンは、駐車場からブルーの錆びたボクスホールを借り出した。七時近いので、外は暗かった。水曜の夜、交通量は少なかった。ほとんどの人が仕事のあとまっすぐに帰宅し、この悪天候でそのまま家にとどまっているのだ。クリスマス・イルミネーションの下で足早にパブをはしごしているのは無鉄砲な連中だけだ。

交通がまばらになるにつれ、雪が道路を支配していた。街の中心部の黒くきらめくタールマック舗装は、灰色になり、ローガンが苦労して本部から車を出すころには白くなっていた。これといった行き先は頭になかった。ただなにかしていると思いたい一心で車を走らせていた。マーティン・ストリケンの車を捜す目が二つ増えただけだ。

ローズマウントへ行き、一度も車から降りずに、ヴィクトリア公園とその周囲の通りをまわった。雪が時速九十マイルのスピードで吹きつける、氷点下の気温のなかで、マーティン・ストリケンが目的地である公園から何マイルも離れた場所に車を停めるはずがない。連れ去った子どもが一緒だとすれば、なおさらありえない。

ヴィクトリア公園周辺にはマーティンのあばただらけのフォード・フィエスタが見当たらなかったので、ローガンは、ウェストバーン・ロードをはさんで向かいにあるウェストバーン公園へ行ってみた。この公園のほうが広く、雪に覆われた一車線道路が縦横に走っている。ローガンは吹雪のなか、ゆっくりと雪を踏みながら車を進め、ストリケンが車を隠しそうな退避所や奥まった場所がないかと探した。

なにもなし。
長い夜になりそうだ。

ワトスン婦警はキッチンの窓から、吹き荒れる風に乱舞する雪を見ていた。レニー巡査が出ていってから十五分になる。待ちくたびれて苛々していたのが、不安な思いで帰りを待ちわびる気持ちへと変わっていた。別に、マーティン・ストリケンが戻ってくることを心配しているわけではない。なにしろ、悪党のサイモン・レニーが言ったとおり、マーティンをぶちのめすなど朝飯前だ。謙遜抜きで言えば、たいていの人間をぶちのめすことができる。ボール・ブレイカーというあだ名はだてではないのだ。そう、不安なのは……正直に言うと、不安の原因がわからないことだ。

捜査をはずされ、見込みのない張り込みをさせられているからかもしれない。わたしだって捜索に出ているはずだった。なにかしていたはずだったのに。こんなところに縛りつけられて、連続ドラマを見ながら紅茶を飲んでいるはずではなかった。ワトスンはため息をつき、キッチンの電気を消して雪を眺めた。

音が聞こえた瞬間、ぎくりとした。玄関ドアがかちりと音を立てたのだ。

うなじの毛が逆立った。マーティンが戻ってきたんだわ！　あの愚か者ったら、なにごともなかったかのように家に帰ってきた！　ワトスンは不敵な笑みを浮かべながら、足音を殺してキッチンから明かりの消えた玄関ホールへと出た。

きしみながら把手が下りると、ワトスンの体に緊張が走った。ドアが開くや、入ってきた男をつかんで引っぱり、バランスを崩させて、カーペット保護用のビニール・マットに投げ飛ばした。馬乗りになり、右手をこぶしに固める。男は悲鳴をあげ、両手で顔をかばった。「わああ！」

悪党のサイモン・レニーだった。

「なんだ」ワトスンはこぶしを下ろし、でんと座り込んだ。「悪かったわ」

「ひどいよ、ジャッキー」レニーは指のあいだから彼女を見た。「おれにまたがりたいのなら、そう言って誘ってくれればいいのに」

「人ちがいしたのよ」ワトスンはレニーの腹から下り、彼が立つのに手を貸した。「大丈夫？」

「二階にさらのボクサーパンツがあるか、見にいく必要があるかも。でも、それ以外は大丈夫だ」

　ワトスンはもう一度、詫びを言い、買い物をキッチンへ運ぶのを手伝った。

「ポットヌードルも買ってきた」そう言って、レニーは袋の中身をカウンターに取り出した。「どれがいい？　チキン・アンド・マッシュルーム、ビーフ・アンド・トマト、それともスパイシー・カレー？」

　ワトスンがチキン味を取り、レニーはカレー味を取った。苦虫を嚙みつぶしたような顔のミセス・ストリケンは残ったのを食べればいい。ヌードルにやかんの熱湯を注ぎながら、レニー巡査が買い物の行き帰りの状況を詳しく話して聞かせた。インスクの配備した車の一台が、通りの入口、店の向かい側に停まっていたので、張り込みの警官たちと少しばかりおしゃべりをした。ここから近いバックスバーン支部の連中で、今回の任務をあまり重要視していなかった。完全に時間のむだだ。ストリケンはここへは戻ってこないよ。仮に戻ってきたとしても、こんな凍える寒さのなかで張り込みをさせた罰として、さんざんぶちのめしてやるさ。

「捜索は進展してるの？」ワトスンはぼんやりと乾燥麵を混ぜながらたずねた。

「進展なしだそうだ。建物は数えきれないほどあるし、やつがそのなかのどこにいるか、さっぱり見当がつかないんだから」

　ワトスンはため息をつき、また裏の窓から外を見て、雪を眺めた。「長い夜になりそうね」

「心配ないよ」レニーがにっこりと笑った。「彼女、《イーストエンダーズ》をビデオに撮ってるんだ」

　ワトスンはうめいた。これ以上悪い日になる余地がまだあったとは！

　ウェストバーン公園にも、マーティン・ストリケンのフォード・フィエスタは見当たらなかった。ローガンはもう何回となく、ストリケンが幹線道路を走ってアバディーンを出るのではないかと考えていた。警察が自分を追っていると、彼はすでに知っているはずだ。本部を出て以来、情報提供を求める警察からの呼びかけを、地元ラジオ局の放送で少なくとも十回以上は耳にした。おれだったら、いまごろはダンディーへ向かう途中だろう。ローガンの車は徐々に本部から遠ざかっていた。

　ときおり、パトカーが対向車線を走り去る。おれと同じく市内を流しているのだ。ヘイズルヘッドへ行ってみる価値があるだろうか？　あるいはマストリックはどうだろう？　結局、どこへ行こうと意味はないと判断した。きっと、ジェイミー・マクリースはもう死んでいる。ローガンはため息をつき、車をノース・アバディーン・ドライヴへ向けた。

　携帯電話から耳ざわりな着信音が鳴り響いたので、車を路肩に寄せると、凍りついた雪に隠れていた縁石の端に乗り上げた。

「ローガンだ」

「ラズ、あんたか！　どんな状況だ？」

　いまいましいコリン・ミラーだ。

「なんの用だ、コリン？」疲れたようなため息混じりの声で、ローガンはたずねた。

「ずっとニュースを聴いて、新聞発表を読んでるんだ。なにが起きているんだい？」

　トレーラー・トラックが轟音を立てて通り過ぎざま、雪の解けかけたぬかるみを三フィートもの高さの波に変えてローガンの車の側面にはねかけた。ローガンは、赤い二つの目のような尾灯がロータリーをまわって消えるのを見つめていた。

「なにが起きているのか、よく知ってるはずだ！　きみがあんな記事を載せたせいで、警察は、犯人を捕まえる絶好の機会を失ったんだ」不当な非難だと、ローガンにもわかっている。ミラーにはこんな結果を引き起こすつもりなどなかったのだから。しかし、いまは、そんなことは知ったことではなかった。いまは、疲れ、苛立ち、だれかに八つ当たりしたかった。「警察が死体を見つけたと、きみが公表したせいで、彼は別の子どもを連れ去ったんだ……」しだいに声が小さくなり、黙り込んでいた。ずっと目の前にぶら下がっていた事実にようやく気づいたのだ。「くそ！」ローガンは片手でハンドルをたたいた。「くそ、くそ、くそ！」

「おい、落ち着けよ。どうしたっていうんだ？」

ローガンは歯を食いしばり、もう一度ハンドルをたたいた。

「発作かなにかかい？」

「だれかが死ぬと、いつもきみは知っている。そうだろ？　われわれがいつ死体を発見したか、きみはいつだって知っている」またトラックが轟音を立てて通り過ぎ、そのしるしをお見舞いしてくれたので、ローガンは窓の外を睨んだ。

「ラズ？」

「イソベルだろ」

電話の向こうが黙り込んだ。

「彼女がきみのスパイなんだろ？　嗅ぎまわって、きみにちょっとした情報を教える。新聞の売り上げに協力しているんだ！」ローガンはいまや大声をあげていた。「彼女にいくら払っているんだ？　ジェイミー・マクリースの命の値段は？」

「そんなことではないんだ！　これは……ぼくは……」ミラーは言い淀んだ。ふたたび聞こえてきた彼の声はとても小さかった。「彼女が家に帰ってきて、その日のできごとを話すことがあるんだよ」

ローガンは、たったいま鼻先で屁でもされたかのように電話を見つめた。「どういうことだ？」

ため息が聞こえた。「ぼくたちは……彼女は厳しい仕事をしている。だれかに話す必要があるんだ。こんな結果になるなんて、ぼくたちは……ほんとうだ！　ぼくたちは――」

ローガンはなにも言わずに電話を閉じた。はるか遠くからでもそれとわかるサインが、いくつもあったではないか――オペラ、高級車、衣類、高級な食べ物、人を見下したような物言い。ミラーだ。彼がイソベルの〝ろくでなしの恋人〟なのだ。雪の降る闇のなか、車のなかにひとり座って、ローガンは目を閉じて悪態をついた。

ワトスン婦警は、連続ドラマをこれ以上見せられたら叫びだしてしまう、と思った。ミセス・ストリケンは、今度は、ビデオに撮ったドラマを見はじめていた。みじめな生活をしているみじめな連中が、お粗末でくだらない苦難のオンパレードを見て時間を浪費している。ほんと、退屈だわ。この家には本の一冊もない。だから結局、テレビか、くだらない連続ドラマを次から次へと見つづけるしかないのだ。

ワトスンは足音を立ててキッチンへ行き、わざわざ電気をつけることもせず、ポットヌードルの空容器をゴミ箱に放り込んだ。まったく時間のむだね！

「ジャッキー？　そこにいるついでに、やかんを火にかけてくれ」

ワトスンはため息をついた。「あんたの最後の奴隷の死因はなに？」

「ミルクと、砂糖を二杯だよ」

ぶつくさ言いながらも、ワトスンはまたやかんに水を入れて火にかけた。「さっきもわたしが淹れたわ」居間に戻ってそう言った。「あんたが淹れる番よ」

レニー巡査は愕然としてワトスンを見つめた。「それじゃあ《エマデール》の最初を見そこねてしまうよ」

「ビデオでしょ！　ビデオなのに、どうして《エマデール》の最初を見そこねるわけ？　一時停止にすればいいじゃない」

詰め物のたっぷり入ったひじ掛け椅子に座っているミセス・ストリケンが、吸い終わった煙草をもみ消し、吸い殻の山に加えた。「二人とも、いつまで言いあいを続ける気だい？」彼女はライターと煙草を取り出した。「子どもじゃあるまいし」

ワトスンは歯嚙みした。「紅茶が飲みたければ自分で淹れて」ワトスンは二階へ向かおうとした。

「どこへ行くんだよ？」

「おしっこしに行くの。文句ある？」

レニー巡査は両手を上げて自己防衛のポーズを取った。

「わかった、わかった。紅茶はおれが淹れるよ。なにもそんな大騒ぎしなくても……」レニーはソファから立ち、空《から》のマグカップをまとめて持った。

満足の淡い笑みを浮かべて、ワトスン婦警は二階へ上がった。

裏口のドアが開く音は耳に入らなかった。

37

トイレは例によって水量に〝難あり〟だった。レバーを力いっぱい、あるいは何度もひねっても、排泄物をちゃんと流してくれない。ジャッキー・ワトスン婦警は浴槽の縁に腰かけて、もう一度レバーをひねってから、便器のふたを開けてのぞいてみた。少なくともトイレットペーパーは流れていた。小便が残っているとしても、これだけ水で薄められればわからないだろう。

この家の他の部屋と同じく、バスルームも冷蔵庫のようだ。ワトスンは震えをこらえて手を洗い、ドアの裏にかかっている黒ずんだタオルをちらりと見て、スラックスで手をぬぐった。

ドアを開けたとき、バスルームのすぐ外に人が立っていた。驚いて、はっと息を呑んだ。ストリケンが戻ってきたのだ！
とっさに、うなりながら相手の顔の前にこぶしをくり出したが、目に映った顔を脳が認識した瞬間、狙いをはずしていた。マーティン・ストリケンではなかった。彼の母親だ。ショックに目を見開いている。二人とも、心臓の音が耳のすぐそばで聞こえる気がしながら、向かいあったまま立ちすくんでいた。

「驚かせないで！」ワトスンが言い、こぶしを脇に下ろした。

「交代だよ」マーティンの母親は少し震えた声で言い、病院から逃げだした精神病患者でも見るような目でワトスンを見た。「膀胱が破裂しそうだ」彼女は、片手でカーディガンの前をかき合わせ、もう片方の手に《イヴニング・エクスプレス》を持って、足をひきずりながらワトスンの脇を通ってトイレに入った。「あんたのボーイフレンド、たかだか紅茶を淹れるだけなのにずいぶん手間どってるよ」

彼女が音を立ててドアを閉め、ワトスン婦警は、まっ暗な階段の最上段にひとり取り残された。

「かわいげのないばあさんね」ワトスンはつぶやいた。「息子が人でなしになったのも当然よ」

ワトスンは、マクレイ部長刑事に貸しにしているビールのことを考えながら一階へ下りた。紅茶をもう一杯飲むよりはるかにいい。ひとりぼそぼそ言いながら、小型のソファに身を沈めた。ちらつくテレビ画面は、《エマデール》のオープニング・タイトルが、どこかの野原の上空を飛んでいる場面で一時停止になっていた。わたしのおしっこが終わるまでスタート・ボタンを押さずにいてくれるなんて、親切な人たちだこと。「早くしてよ、レニー！」居間から声をかける。「なんだってそんなに時間がかかってるわけ？　ティーバッグ、砂糖、ミルク。むずかしいことじゃないでしょ」ソファに背をもたせて、テレビを睨みつける。「いいかげんにして！」体を引き上げるようにして立ち、ずかずかとキッチンへ入っていった。「あんたってば、紅茶を淹れることさえ……」

リノリウムの床に男が長々と横たわっていた。

レニー巡査だ。

「くそ!」ワトスンは肩の無線をつかんだ。そのとたん、目の前で黄色と黒の花火がいっせいに炸裂した。

そう長いあいだ気を失っていたわけではない。それは、レンジの上方の掛け時計を見てわかった。ほんの五分だ。ワトスンはうめきながら身を起こそうとしたが、腕と脚が動かなかった。ふたたび床に横たわると、頭のなかでキッチンがまわりはじめた。

目を閉じると、めまいはますますひどくなった。口のなかに銅のような金くさい味がしたが、つばを吐き出すことができなかった。何者かがぼろ切れに結び目を作り、それを彼女の口に押し込んでいた。同じ何者かが、両手を背中にまわしてしばり、足首もしばっていた。

転がってあお向けになると、またしても部屋がまわりはじめた。めまいがおさまると、そのまま首をまわして、居間ではなく裏口を向いた。

レニー巡査はうつぶせに倒れており、たるんだ顔が青白い。ワトスン同様しばられているが、黒っぽい髪に膜のようについている血が、キッチンの明かりの下で光り、まっ赤に見えた。

二階から、トイレの水を何度も流す音が聞こえてきた。

ワトスンはうつぶせに戻った。今度はめまいがおさまるまでさっきほど時間がかからなかった。

ザー、ザー、ザー。

ゴミ箱の横にショルダーバッグが置いてある。大ぶりのバッグだ。縫い目に雪のかたまりがめり込んでいた。

ジャッキー・ワトスン婦警は無線の送信ボタンを顎で押そうとした。無線はまだ肩に留めたままになっていたが、どんなにがんばってもボタンを押すことはできなかった。

そのとき、二本の脚がキッチンに入ってきた。厚手のストッキングと分厚いウールのスカートに覆われた脚を縁どるように、背後の暗い廊下が見える。ワトスンは目を上げてミセス・ストリケンの顔を見た。丸くした目に悪意はなく、手足をしばられた人間が二人も自分のキッチンの床に転がっているのを見つめており、ぽかんと開いた口は、動いてはいるものの言葉が出てこなかった。ミセス・ストリケンがくるりと向き直り、両手を腰に当てた。「マーティン、出ておいで！」殺気だったサイの鳴き声を思わせる声だ。「いったいなにをばかなことをしてるんだい、このろくでなし！」

人影が彼女の前に立った。

床に横たわったワトスンには、ミセス・ストリケンの向こうに骨太の男の輪郭が見えるだけだった。せわしく動いている大きな両手は、まるで網にかかった鳥のようだ。

「ママ――」

「〝ママ〟なんて呼ばないどくれ！　これはいったいなんだい？」彼女は手足をしばられた二人を指さした。

「ぼく――」

「また小さな男の子にいたずらしたんだね。そうなんだろ？」彼女は骨張った指で息子の胸を強く突いた。「あたしの家へ警察を連れてくるなんて！　おまえにはうんざりだ。おまえの父さんが生きてたら、おまえをさんざんにぶちのめしただろうよ、この変態息子！」

「ママ、ぼく――」

「おまえは昔から虫けらだった。あたしの胸を這いまわる蛆虫だったよ！」

マーティンは一歩後退した。「ママ、やめて――」

「おまえなんて生みたくなかったんだ。おまえは、まちがってできちまった子なんだよ。わかったかい？　おまえは薄汚い、腐った人間だ。まちがってできた子なんだ！」

ワトスンの目に脚が動くのが見え、マーティン・ストリケンが母親に背を向けたのがわかった。彼は駆けだして居間へ逃れた。しかしミセス・ストリケンは、気がすむまで息子をなじりたかった。憤然とあとを追う彼女の口から、錆びたチェーンソーのような声が響いてきた。「あたしから逃げるんじゃないよ、このろくでなし！　二年だよ！　聞こえたかい！　おまえを身ごもったとき、おまえの父さんは二年も刑務所に入ったんだ。おまえがなにもかも台なしにしたんだ。おまえは昔から役立たずだったよ！」

「やめろ……」短い言葉のなかに、ワトスンの耳は脅威を聞き取った。

ミセス・ストリケンは聞き取ることができなかった。

「おまえにはうんざりなんだよ！」彼女は金切り声をあげた。「小さな男の子にいたずらするなんて！　おまえは薄汚いろくでなしさ。おまえの父さんが生きてたら――」

「なんだよ、言ってみろよ。父さんが生きてたらどうだって言うんだ？」とどろきわたったマーティンの声は怒りに震えていた。

「さんざんぶちのめしただろうよ！　そういうことさ！」

　居間でなにかの割れる音がした。花瓶か水差しだ。

　この騒ぎに乗じようと、ワトスンは脚を体の下に引き寄せ、床を押すようにして、イモムシのごとく床の上を這い進んだ。廊下へ出て、電話のところに向かおうとした。

「なにもかもあいつのせいだ！」

「自分のことを父さんのせいにするんじゃないよ、このろくでなし！」

　キッチンから廊下へ出たワトスンは、廊下のカーペットのざらざらした感触を頬に感じていた。居間でまたなにかが壁に当たって割れる音がした。

「あいつがぼくをこんなにしたんだ！　あいつのせいだ！」マーティンは涙声だが、その底に潜む怒りがにじんでいた。「あいつのせいで入院した。あいつのせいでぼくは餌食になったんだ……あの男……クリーヴァーの餌食に！　毎晩。毎晩だぞ！」

「父さんのことをそんなふうに言うんじゃないよ！」

「毎晩だ。ジェラルド・クリーヴァーはぼくを毎晩もてあそんだんだ。ぼくはまだ十一だった！」

　ワトスンは電話台に達していた。廊下のカーペットが冷たいビニール・マットに変わった。

「みじめったらしい、めめしいろくでなし！」

　びんたの音が響いた。肉と肉がぶつかる音だ。そのあと一瞬、居間が静まり返った。

　ワトスン婦警は危険を承知で居間に目を向けてみたが、壁紙に映る影しか見えなかった。マーティン・ストリケンが片手で顔を押さえてしゃがみ込み、母親がのしかかるように立っている。

　ワトスンは身をくねらせてあお向けになり、電話台の高さまで頭を持ち上げた。居間と、その奥の小さな食事室がよく見えるようになった。アイロン台の横に洋服が山積みになっている。その前で、ミセス・ストリケンがもう一発、息子をひっぱたこうとしていた。

「いやらしい、薄汚い、人でなし！」彼女は一語ごとに、マーティンの頭を思いきりひっぱたいた。

　ワトスンは肩で電話台を押した。怒鳴り声とわめき声で、その音がかき消された。まだ電話機が受け台からはずれないので、二度、三度と押すと、電話機は弧を描いて音も立てずに床に落ちた。ビニール・マットに当たったおかげで、だれにもその音が聞こえなかった。

「生まれたときに絞め殺しておけばよかったよ！」

　ワトスンは手探りして電話機を両手でつかみ、首をひねって肩越しにボタンを見ながら、親指で緊急通報番号を押した。あわてて居間に視線を投げる。二人ともこっちを見ていない。ミセス・ストリケンが息子を攻撃する音にかき消されて呼出音が聞こえなかったが、とにかく体をずらして横になり、電話機を床に置いて耳を押し当てて、猿ぐつわをかまされた口を送話口に近づけた。

「緊急通報サーヴィスです。事故ですか、事件ですか？」

　ワトスンは精一杯、答えようとしたが、出てくるのはくぐもったうめき声だけだった。

「申し訳ありません。もう一度言ってくれますか？」

　汗を浮かべて、ジャッキー・ワトスンはもう一度答えようとした。

「こちらは緊急通報番号です」相手の口調から愛想のよさが消えた。「いたずら電話は罪になりますよ！」

　ジャッキーはうめくことしかできなかった。

「よくわかりました。この件は上に報告しますからね！」

だめ！　切らないで！　この番号を逆探知して、応援をよこしてちょうだい！

　電話は切れた。

　腹を立てながら、ワトスンは電話機を床に置いたまま、ふたたび身をくねらせてあお向けになり、電話機をつかんで、緊急通報番号にもう一度かけようとした。

　頭の割れる音は、実際に耳にすると、柔らかく湿ったような音だ。

ワトスンは、とっさに電話から目を離して居間を見た。ちょうど、外の雪のように蒼白な顔をしたミセス・ストリケンがよろよろとソファへ近づくところだった。彼女の背後で片手にアイロンを持って立つマーティン・ストリケンは、不気味なほど静かで穏やかな表情を浮かべていた。よろめきながらも体を支えるべくソファの詰め物をつかもうとしている母親のまうしろに近づき、弧を描いてアイロンを振り下ろした。アイロンが後頭部に命中し、母親はぶざまに倒れた。

ワトスンは、胃のなかのものがこみ上げてくる気がした。体が震えた。もう一度、親指で番号を押しかけた。

ミセス・ストリケンの震える手が、ソファの背もたれをつかもうとしていた。息子はアイロンを胸の高さに持ち、空いたほうの手を伸ばしてコードをつかんだ。かがんで母親の首にコードを巻きつけるとき、笑みらしきものが浮かんで口の端が歪んだ。母親の両足がカーペットを蹴るあいだも、彼はコードを締めつづけた。

ワトスン婦警は歯を食いしばり、電話機をつかんでキッチンへと戻った。いまや、なんのはばかりもなく涙を流していた。無力感と自己憐憫に、人が殺される現場を目の当たりにした恐怖が加わった。さらに、次は自分が殺されるのだと知った恐怖も。

震えながら深呼吸をすると、目を閉じて、マクレイ部長刑事の携帯電話の番号を思い出そうとした。背後の開いたままのキッチンのドアから聞こえてくる、床を蹴るミセス・ストリケンの足の音がしだいに弱くなっていくのがわかる。

ジャッキーの親指がローガンの番号を押し、さっき緊急通報サーヴィスにかけたときと同じく、電話を床に落とし、体をずらして近づく手順を繰り返した。出て、出て、早く！

カチッ。

「ローガンだ」

ワトスンは叫び声をあげたが、猿ぐつわによって押し殺された悲鳴は、ネズミの鳴き声程度にしか聞こえなかった。

「もしもし？　だれだ？」

だめ！　今度こそ切らないで！　わかって！

「ミラー？　また、きみなのか？」

ワトスンはまた叫んだ。今度は不謹慎な言葉を叫んでいた。どうしてそんなに愚かなの、とローガンをののしった。

キッチンにマーティン・ストリケンの影がさした。まだ片手に持っているアイロンは、ぴかぴかの金属の表面にまっ赤な血しぶきがたっぷりとついている。どろりとした血に、脂の浮いた巻き毛が付いていた。

ワトスンの目がアイロンからマーティンの顔へとすばやく動いた。大きなあばた面の右半分は真紅の斑点だらけだ。彼は悲しげな目でワトスンを見下ろすと、電話機を取り上げて耳に押し当て、携帯電話にかけてきた相手を知りたがっているローガンの声をしばらく聞いていた。やがて、落ち着き払った態度で赤いボタンを押して通話を切った。

やかんの下の、引き出しの最上段からはさみを取り出すと、頭上の天井照明の冷たい光に刃がきらめいた。マーティンは笑みを浮かべてジャッキーを見下ろした。

チョキ、チョキ、チョキ。

「そろそろ、正しいやり方をしないとね……」

ローガンは手のなかの携帯電話を見つめて毒づいた。ただでさえ心配事を山ほど抱えているというのに、いたずら電話までかかってくるとは！　最新の着信番号を表示するボタンを押した。市内の番号だが、見覚えがない。怪訝な顔で〝リダイヤル〟ボタンを押すと、電話機が自動的にその番号にかけ直し、いまかけてきた相手の電話を呼び出した。

電話は鳴りつづけた。だれも出ない。上等だ、おまえを突き止める方法はもうひとつあるんだからな。ローガンは番号を書き留め、通信指令室にかけて、該当番号の住所を調べてくれとたのんだ。五分ほど要したが、ようやく係が調べ出してくれた。〝アバディーン市ハウズバンク・アヴェニュー二十五番地、ミセス・アグネス・ストリケン……

……〟

ローガンは郵便番号を聞くのも待たずに「くそ！」と叫び、アクセルを踏み込んでいた。車は蛇行しながら道路へ出た。「いいか、聞いてくれ」雪と氷のなかを飛ばしながら指令係に言った。「インスク警部はミドルフィールドに覆面パトを二台、配備している。彼らをただちにその住所へ向かわせてくれ！」

ローガンが着いたとき、すでに二台の覆面パトカーが二十五番地の前にななめに停まっていた。風はしだいに弱まり、黒ずんだオレンジ色の空から大きな雪片が舞い落ちていた。大気は胡椒のような味がした。

ローガンがブレーキを踏むと、車は雪に覆われたタールマック道路を横すべりし、縁石にはね返って停まった。彼は急いで車を降り、雪で足をすべらせながらドアステップをのぼって、マーティン・ストリケンが母親と暮らす家へと入った。

ミセス・ストリケンは居間にうつぶせに倒れていた。後頭部が陥没し、首のまわりにまっ赤な太い索痕がついていた。憤慨したような声が狭いキッチンから聞こえたので、あわてて飛んで行くと、制服警官が二人いた。ひとりは、ぶざまな恰好で床に倒れている男にかがみ込んでいる。もうひとりは無線に向かって「繰り返します。警官ひとり負傷！」と怒鳴っていた。

ローガンは狭苦しい部屋を見まわし、ごみ箱の横の隅に置かれた布の山に目を留めた。

制服警官がもうひとり、息を切らせてキッチンに駆け込んできた。「家じゅう探しました。他にはだれもいません」

ローガンは布の山をつついてみた。もとは黒いスラックスだったものだ。その下に、黒いセーターと白いブラウスの残骸。両肩に、警察官肩章をつけるために特別にデザインされたループがついている。インスク警部の配備した四人目の警官が廊下で、パートナーのうしろで足を止めたのを、ローガンは肩越しに見た。「彼女はどこだ？」

「家のなかにはだれもいません」

「ちくしょう！」ローガンははじかれたように立ち上がった。「きみもきみも――」家のなかを捜索していてあとからきた二人に指を突きつけた。「――監視していたんだろ！　犯人はワトスン婦警を拉致した。すべての通り、すべての空地、捜せる場所はすべて捜したまえ！」

　二人はしばしその場に突っ立ったまま、キッチンの床にぶざまに横たわるサイモン・レニー巡査を見下ろしていた。

「さっさと行け！」ローガンが怒鳴った。

　二人はあわてて飛び出していった。

「怪我の具合は？」ローガンは、レニーの体をまたぎ、裏口のドアを開けて、冷気の壁を室内に入れた。

「後頭部を強打されています。息はありますが、あまりよくないようです」

　ローガンはうなずいた。「ついてってやってくれ」もうひとりの巡査に指を突きつけた。「きみは私と来たまえ！」

　裏庭はひざまで埋もれるほど雪が積もっていた。建物の壁に吹き寄せた雪は勾配を成して窓のすぐ下まで達しているが、容易にそれとわかる小道が闇のなかへと伸びていた。

「ちくしょう」

　歯を食いしばり、ローガンは雪のなかへと足を踏み出した。

38

　それは掘っ立て小屋と言ってもいいような建物だった。採石場へ向かう道から少し入ったところにある、コンクリート造りの差し掛け小屋だ。彼が子どものころに遊び場にしていた小屋。いや、遊び場ではない。隠れ場だ。父親からの避難場所、世間からの逃避の場だった。

　花崗岩採石場のすり鉢状になった灰色の壁は、地吹雪の向こうにかすかに見えるだけだった。採石作業では、まずは花崗岩の岩盤を垂直に切って崖を作り、次に地下の堆積物を掘り出すので、あとには深く危険な湖ができる。夏の盛りでも冷たく黒っぽい水をたたえ、岸の近くには水草やショッピングカートの混合林があるが、その先は急に落ち込み、底なしの湖だ。この採石場跡の湖で泳ぐ者はだれもいない。

　一九五〇年代後半に二人の少年が行方不明になっ

て以来、だれも泳ぎに来ない。

ここは呪われた地なのだ。死者の棲む場所。彼にふさわしい場所だ。

警察は家には来ないはずだったのに！　警察が悪いんだ。あそこへ来ちゃいけなかったのに……彼は、足首が埋もれる深さの雪をざくざくと踏みながら、息をはずませ、採石小屋を目指していた。荷物が重くて肩が痛い。しかし、これだけの思いをして運ぶ価値はある。女は素直だった。抵抗しなかった。頭を一蹴りすると、それきりおとなしくなった。着衣をはさみで切るあいだ、静かで安らかな顔をしていた。

女の皮膚に触れたときには手が震えた。ブラとパンティ以外の着衣を切るときに触れた女の肌は、冷たく柔らかだった。ブラとパンティに隠されているものが怖かった。股間がうずいた……

そのとき、電話が鳴りはじめた。電話の鳴りつづけるなか、彼は女を持ち上げて肩にのせ、大ぶりのショルダーバッグを持つと、ふらつきながら裏口を出た。警察が捕まえに来る。

〝警告――倒壊の危険あり。使用禁止〟という表示板の横にある小屋のドアは閉ざされ、大きな真鍮の南京錠が掛けられていた。

彼はうめき声をあげ、一歩下がって、錠のすぐ横の木部を蹴った。古い木のドアは大きな音を立ててたわんだものの、南京錠はびくともしなかった。幸運を願ってもう一度、さらにもう一度、蹴った。三度目に蹴った音が採石場の崖に反射してこだました。いかに頑強な南京錠も持ちこたえることができず、木部が割れる音を、そのこだまがかき消した。

小屋のなかは凍えるほど寒くて暗く、大小のネズミのにおいがわからないほど、長年のあいだに積もったほこりのにおいがしていた。引きつった笑みを浮かべると、彼はかついでいた女をコンクリートの床にすべり落とした。ねずみ色の床の上で輝くような女の青ざめた肌を見て身震いしたが、寒さのせいだというふりをした。しかし、原因は女だとわかっていた。

大ぶりのショルダーバッグを女の横に置いた。あとで胸がむかむかするのはわかっている。胃のなかのものを残らず吐いて、胆汁と、みずからを恥じる気持ちだけが残ることになるのだ。しかし、その心配はあとですればいい。いまは、全身を駆けめぐる血の音が耳に鳴り響いているのだから。

かじかんだ指で、バッグのジッパーを開けた。

「やあ」彼は声をかけた。

バッグのなかのジェイミー・マクリースは、目を大きく見開き、悲鳴をあげはじめた。

足跡はたちまち消えていった。大きな白い雪片が足跡を埋め、あらゆるものの表面をなめらかにして、その特徴を奪っていた。ローガンは立ち止まり、周囲の景色を見渡した。家からまっすぐ闇のなかへと伸びていた小道が、いまは見えない。

ローガンは激しい口調で悪態をついた。

連れてきた巡査が息を切らせ、背後で足を止めた。「さて、どうしますか？」巡査はあえぎながらたずねた。

ローガンは四方を見まわし、ワトスン婦警を連れたマーティン・ストリケンがどの方角へ向かったのか、見当をつけようとした。ちくしょう！　あの家に二人しか残さないのはまずいと、インスクに進言したのに！「二手に別れよう」ようやく言った。「できるだけ広い範囲を捜す必要がある」

「私はどの方角へ向かえば――」

「知るか！　とにかく彼女を捜したまえ！」

ローガンがポケットから携帯電話を取り出すと、巡査は傷ついた顔をして、四十五度の方向へと雪を踏みしめて歩きだした。

「マクレイ部長刑事だ」電話に出た女性に告げた。「応援隊はどのあたりだ？」

「お待ちください……」

ローガンはもう一度、なんの特徴もない風景を見渡した。まるで、何者かが全世界を消し去り、黄色みを帯びた灰色の空の下にまっ白な平原だけを残したかのようだ。

「もしもし、マクレイ部長刑事？　インスク警部より、いま応援隊がそちらへ向かっているとのことです。なお、バックスバーン支部の巡査隊は二分後に到着予定です」

　サイレンのかすかな音がすでに耳に達していた。雪の防音効果で、音が弱められているのだ。

　吹きだまりの雪を強引に進むうち、氷のように冷たい水が徐々にズボンにしみ込み、脚が重くなった。ローガンは汽車のような呼吸をしていた。吐き出す息がもうもうと立ちこめる厚い蒸気となり、風のない夜なので頭のまわりに漂っている。まるで、自分専用の霧を持ち歩いているようだ。

　心の奥底では、しだいに無力感が生じはじめていた。闇に包まれた雪のなかでマーティン・ストリケンを捜し出せる見込みはほとんどない。警察犬もいないのに、無理だ。警察犬の到着を待つべきだろうか？　しかし、ただ座ってなにもせずに待つことなどできないのは、自分でもわかっている。なにかしていたいのだ。

　地面がゆるやかな斜面になっているので、苦労してのぼるうち、雪がひざまでの深さになった。斜面をのぼりきった瞬間、心臓が口から飛び出しそうになり、腹が締めつけられる気がした。地面がない！　踏み出した片足が宙に浮いた状態で絶壁の縁に立っていたローガンは、バランスを取るために両腕を振りまわした。

　よろめきながら、足場の確かな地面へと後退した。そのあと、じりじりと前に出て、もう一度、崖の縁に立った。

　採石場のひとつだ。四分の三円の形をした、幅のある、まぎれもない絶壁で、底に黒い湖が見える。下方へと舞い落ちる雪を見ると、ますます目がくらんだ。冷たく黒い水面まで五、六十フィートはあるにちがいない。

　まだ胸がどきどきして、脈打つ血が体内を駆けめぐり、その音が耳に響いていた。

　崖の下、岸からそう離れていないところに、四角いコンクリート造りの小屋が建っている。割れた窓の奥で黄色い明かりが灯り、光の筋が動くのが見えた。

　ローガンは向きを変えて駆けだした。

懐中電灯の明かりくらいでは、小屋に居心地のよさを与えることはできない。黄疸にかかったような鈍い色の円錐形の光のせいで、小屋のなかにできる影が一層濃くなっただけだ。

ワトスン婦警がうめき声を漏らし、まばたきをして目を開けた。頭は火をつけた綿を詰め込まれたようだ。銅のようなにおいがするばかりで、顔はべとべとして冷たい。全身が冷たく、芯まで凍えていた。震えが止まらず、骨ががたがた鳴り、頭がずきずきした。

なにもかもがぼやけて見えた。焦点が合ったりずれたりするのを繰り返しながら、ワトスンは必死で、意識の表面に浮かび上がろうとした。なにかしようとしていたはずだ。なにか大事なことを……

どうしてこんなに寒いんだろう？

「意識が戻ったのかい？」

男の声だ。おどおどしていると言ってもいいほど緊張し、震えた声だ。

たちまち記憶の歯車が嚙みあった。

ワトスン婦警は立ち上がろうとしたが、まだ両手両足をしばられていた。動こうとしたために部屋がぐるぐるとまわりはじめ、魔力を使ったまやかしのように四方の壁が迫ってきたり遠ざかったりした。固く目を閉じ、歯のすきまから呼吸をした。頭痛は徐々におさまった。ふたたび目を開けたとき、マーティン・ストリケンの心配そうな顔が目の前にあった。

「申し訳ない」そう言うと、マーティンは震える手を伸ばし、ワトスンの顔にかかった髪をかき上げた。「あんたに暴力をふるいたくなかった。でも、しかたなかったんだ。怪我をさせるつもりはなかった……大丈夫かい？」

猿ぐつわをされているので、ワトスンの返事はぼそぼそとしか聞こえなかった。

「よかった」彼女が激しい罵倒の言葉を浴びせたとも知らず、マーティンは言った。「よかった」

マーティンは立ち上がって背中を向け、キッチンでワトスンが目にした大きなショルダーバッグにかがみ込むと、軽いささやくような声で《テディベアズ・ピクニック》を歌いはじめた。バッグのなかのなにかをなでている。

ワトスンは狭い室内をすばやく見まわし、武器になりそうなものを探した。ここは昔、なにかのオフィスだったようだ。ドアの脇の壁に、いまもタイムカード用の金属製の棚がねじで留めてあり、反対側の壁には、湿気で膨らみ、白かびの生えたヌード女性のカレンダーが釘で留めてある。調度類は運び去られ、落書きだらけの壁と冷たいコンクリートの床が残っているだけだった。

またしても震えに襲われた。なんだってこんなに寒いんだろう？　自分の体を見下ろし、服を脱がされていると知って、ワトスンはぎょっとした。

「心配ないからね、坊や」マーティンがやさしい声で言った。

バッグのなかから低いうめくようなすすり泣きの声が聞こえ、ワトスンの全身に戦慄が走った。ジェイミー・マクリースが生きている。これから、この人でなしが子どもを殺す場面を見せられるのだ！

ワトスンは全身の筋肉を使って、いましめを解こうとした。一インチたりともゆるまない。奮闘するうちに両腕も両脚も震えだし、ロープが皮膚にますます深く食い込んだだけだった。

「ぼくと同じ目にはあわせないよ」マーティンは子どもをやさしくなでつづけ、なだめるような音を立てた。「ぼくは、ジェラルド・クリーヴァーにされたことを引きずって生きなければならなかった……でも、きみは解放される。なにも感じなくなる」ワトスンは、マーティンが涙声なのに気づいた。「きみは安全になるんだよ」

ワトスンは体をくねらせてあお向けになり、凍りつくほど冷たいコンクリートの床に、むき出しの皮膚が触れるとあえいだ。

マーティンは子どもを抱き上げてバッグから出し、ワトスンの横の床に下ろした。

ジェイミーはまだスノースーツを着ていた。オレンジと青のスノースーツに、ぽんぽんが二つついた毛糸の帽子をかぶっている。大きな目は涙に濡れ、鼻から出た銀色の二本の筋がゆがんだ口へと流れている。低い嗚咽で全身を震わせていた。

　マーティンがふたたびバッグにかがみ込み、片手で取り出したのは長い電気コードだった。手慣れた様子で両端に二重結びを作り、結び目を引き絞った。一方の結び目を左の手のひらにのせ、握ったこぶしにコードを二重に巻きつける。右手も同様にし、コードを左右に引いて、その仕上がりに満足したようにうなずいた。

　顔を上げて、いましめを解こうともがいているワトスン婦警を悲しげな目で見た。「これがすめば、なんの問題もなくなるよ」マーティンが言った。「ぼくはただ……」彼の顔がまっ赤になった。「わかるだろ……刺激を得る必要があるんだ。そうすれば、あとは正常に戻る。ぼくたち、ちゃんとできるよ。こんなこと、もう必要なくなるはずだ」唇を噛み、もう一度コードを引っぱった。「ぼくは正常に戻るし、なんの問題もなくなる」

　深呼吸をすると、マーティンは両手に持ったコードで輪を作った。ジェイミー・マクリースの頭をくぐらせるのに充分な大きさの輪だ。

　ジェイミーは恐怖のうめきを漏らし、なんとかしようともがいているワトスンを見つめた。

「〝今日、森へ行ったとき……〟」

　ワトスン婦警は、大きなうなりをあげて両脚を空《くう》に蹴り上げ、その反動で両腕に体をあずけると、背中を丸めて逆立ちに近い体勢をとった。

　マーティンが顔を上げ、歌うのをやめると同時に、ワトスンはできるかぎりひざを開いて、彼の頭めがけて振り下ろしていた。マーティンにかわす間も与えず、両脚を彼の首に巻きつけて力のかぎり締めつけた。

　マーティン・ストリケンの顔に怯えた表情が浮かび、恐怖に目を見開いた。ワトスンは、もっと力を入れるべく足首をロックしようと――右足首に左足首をのせようと――していた。そうすれば彼の気管を圧迫できる。

　マーティンの両手は間に合わせの首締め道具に絡まっている。ワトスンの太ももを殴ろうとしたが届かなかった。

　勝利のうめきとともに、ワトスンはなんとか足首をロックすることができた。あとは脚に全体重をかけて、ストリケンの顔が赤黒くなっていくのを、残忍な満足感でもって見守るだけだ。この人でなしが死ぬまでゆるめるもんか。

マーティンはパニックに陥り、両手を振りまわしてコードを解くと、手当たりしだいにパンチをくり出したり、引っかいたりしはじめた。ワトスンの腹部をこぶしで殴った。腹が破裂するような痛みを感じながらも、ワトスンは目を閉じて脚を締めつづけた。

マーティンは彼女の太もも、ひざの真上に嚙みついた。思いきり嚙むうち血の味がしはじめ、頭を振って肉を嚙み切ろうとした。

ワトスンは猿ぐつわの奥で悲鳴をあげ、マーティンは殴ったり引っかいたりしながら、また嚙みついた。こぶしが腎臓をとらえ、ワトスンの体から力が抜けた。

マーティンはたちまちレッグ・ロックから解放されてよろよろと後退し、小屋の奥の角にぶつかって止まった。顎から血を垂らし、両手でのどをさすりながら、空気を求めてあえいだ。「あんたも……あんたも他の連中と同じだな！」マーティンが叫んだ。のどの痛みによりかすれた声だった。

ジェイミー・マクリースが大声で泣きだし、甲高く鋭い泣き声がむき出しのコンクリートの壁にこだました。

「黙れ！」マーティンがよろよろと立ち上がり、子どもの上腕をつかんで、乱暴に床から抱き上げた。「黙れ、黙れ！　黙るんだ！」

しかし、子どもはますます大きな声で泣き叫ぶだけだった。

大きなうなり声をあげながら、マーティンが手の甲でジェイミーをたたいた。力まかせの痛烈な殴打に、ジェイミーの唇が割れ、鼻から血が流れだした。

静寂が訪れた。

「なんてこった……どうしよう……」マーティンは、愕然とした顔で、ジェイミーを床に下ろした。

彼は、怯えて鼻をすすっている子どもを見つめながら、いまの殴打の痛みを絞り出そうとでもいうのか、何度も両手を揉みしごいていた。

「ごめんね。こんなつもりじゃなかったのに――」手を伸ばしたが、ジェイミー・マクリースは目を大きく見開き、ミトンをはめた手で顔をかばってあとずさった。

マーティンは、弱い懐中電灯の光のなかでワトスン婦警を睨みつけた。横向けに倒れたワトスンは、猿ぐつわの奥であえぎ、脚の嚙み傷からまっ赤な血を流していた。

「こんなことになったのはおまえのせいだ！」マーティンは彼女の血の味がするつばを床に吐き捨てた。「この子に怪我をさせたのは、おまえのせいだ！」

ブーツで腹を蹴ると、ワトスンの体が跳ねた。腹に火のような痛みが走り、ワトスンはくぐもった悲鳴をあげた。

「おまえも他の連中と同じだ！」

またブーツの足が蹴った。今度はあばらに命中した。いまやマーティンは金切り声でわめいていた。「なんの問題もなくなるはずだったのに！　おまえが台なしにしたんだ！」

大きな音とともにドアが開いた。

ローガンは薄暗い小屋に飛び込んだ。落ちている懐中電灯の淡い光で、状況を見て取った。痛みに目を閉じ、横向けに倒れている半裸のワトスン婦警。血のついた顔であとずさっているジェイミー・マクリース。ブーツの足を引き、また蹴り出そうとしているマーティン・ストリケン。

ぴたりと動きを止めていたストリケンが向き直った瞬間、ローガンが飛びかかり、勢いあまって二人とも奥の壁にぶつかった。ローガンの側頭部をはずれたこぶしが、耳の横で甲高いうなりをあげた。正攻法にこだわらないローガンは、すぐさま股間を狙った。こぶしがマーティン・ストリケンの股間に命中した。

骨太の男があえぎ、片手で性器を押さえてうしろへよろめいた。顔がみるみる土気色に変わっていった。急に前へのめったので、吐物が自分の体にかかった。

ローガンは彼が吐き終わるのを待たず、後頭部の髪をつかんで、コンクリートの壁めがけて投げつけた。マーティンの頭が鈍い音を立てて壁に当たり、その衝撃で白かびだらけのヌード・カレンダーが跳ねて、釘からはずれて落ちた。マーティンは顔に血を流しながらよろめいて後退し、ローガンは彼の腕をつかんで背中にねじ上げた。

大きな骨ばったひじがローガンのあばらのすぐ下をとらえ、傷だらけの腹部を激痛が貫いた。苦痛のうめきをあげて、ローガンは床にうずくまった。

マーティンはよろよろと小屋の中央へ出た。うめきながら、顔の血をぬぐった。次の瞬間、彼は目にもとまらぬ早業でジェイミー・マクリースのスノースーツの胸もとを片手でつかみ、空いたほうの手でショルダーバッグをつかむと、雪のなかへと飛び出した。

ローガンはなんとかひざをついた。しばしそのままの姿勢で、内臓がこぼれ出ないよう気をつけながらあえいだ。ようやく、なんとか立ち上がり、ふらつく足で戸口に向かった。

ドアの前で足を止めた。こんな状態のワトスンを置いていくことはできない。ローガンは、落ちた懐中電灯のスポットライトを浴びて横たわっているワトスンのもとへ戻った。腹部と大腿部に赤黒いみみず腫れがいくつもでき、二つの噛み傷からコンクリートの床にどくどくと血が流れている。手のロープを解いて起こしてやる際、皮膚の下であばらが動くのがわかった。

「大丈夫か?」猿ぐつわをはずしながらたずねた。口のまわりに、まっ赤に腫れた、くっきりした跡がついている。

ワトスンは濡れたぼろきれの小さなかたまりを床に吐き捨てた。咳き込むと、苦痛に顔がゆがむ。彼女はあばらの折れた体を両腕で抱きしめた。「追って!」ささやくような声だ。「あの人でなしを捕まえて……」

ローガンは彼女の裸の背中に自分のオーバーをかけてやると、小屋のドアから雪のなかへと出ていった。

採石場の四方八方で懐中電灯の光が上下に揺れ、犬たちの吠える声が人工の崖にこだましていた。南からも懐中電灯が近づいており、その光線に照らされて、落ちてくる雪が火でもつけられたかのように光っていた。

二百フィート足らず先で、人影が足を止めた。

ストリケンだ。

振り向いて、もがいている子どもを抱えなおした。懐中電灯の揺れる光が照らしだした顔は、逃げ場を探しているように見えた。

「あきらめろ、マーティン」ローガンは言い、燃えるように熱い腹を片手で押さえて、足を引きずりながら雪のなかを彼に近づいた。「もう終わったんだ。どこにも逃げ場はない。どこへ行ってもきみの顔写真が貼られ、名前も知れわたっている。もう終わったんだ」

マーティンはくるりと向き直った。満面に恐怖の色を浮かべている。「いやだよ！」めめしくも彼は、抜け出すすべをまだ必死で探していた。「いやだ！　ぼくは刑務所送りにされちゃうよ！」

それはわかりきったことだと思ったので、ローガンはそう言った。「きみは子どもたちを殺したんだ、マーティン。子どもたちを殺し、性的虐待をくわえた。死体を切断した。どこへ行くつもりだったんだ？　休暇用のキャンプ地か？」

「彼らがぼくを傷つけるよ！」マーティンは泣いていた。嗚咽が漏れるたび、闇のなかに白い雲が浮かんだ。「あの男のように。クリーヴァーのように！」

「あきらめろ、マーティン、もう終わったんだ……」

ジェイミー・マクリースが声をかぎりに叫びながら、もがき、足をばたつかせた。マーティンは子どもをちゃんと抱えなおそうと、ショルダーバッグを放したが、ジェイミー・マクリースは彼の手をすり抜けて雪の上に落ちた。

ローガンはよろよろと前へ出た。

マーティンがナイフを抜いた。

ローガンはひるんで足を止めた。夜の闇にナイフの刃がきらめくと、腹を締めつけられる気がした。

「ぼくは刑務所に行きたくない！」マーティンが叫んでいた。ローガンと、迫りくる警官隊とを、交互に見ている。

気づかれずにそっと立ち上がったジェイミー・マクリースが駆けだした。

「だめだ！」マーティンがくるりと向き直り、幼い足でできるかぎり速く雪のなかを逃げていく男児を見た。しかし、ジェイミーがめざしているのは警官隊の懐中電灯ではなかった。犬たちが吠えているからだろう。彼はまっすぐ採石場に向かっていた。

マーティンがあわてて追いはじめ、手に持ったナイフの刃をきらめかせながら叫んだ。「戻っておいで！　そっちは危ないんだ！」

痛みに歯を食いしばりながらローガンもあとを追ったが、追いつくまでにはかなりの距離があった。

隠れて見えなかった地面のくぼみに足を取られ、マーティンが雪の上にうつぶせに倒れた。すぐさま立ち上がったものの、ジェイミーははるか前方を、すり鉢状になった採石場の奥へと向かっていた。黒い湖へと。突然、ジェイミーが足を止めた。それ以上先へは行けないのだ。目の前には冷たく暗い水が広がっているだけだった。ジェイミーは怯えた顔で向き直った。

「そこは危ないよ！」マーティンは彼のもとへ駆けよろうとしていた。

しかし、マーティン・ストリケンはジェイミーよりはるかに重い。ジェイミーの体重を持ちこたえた氷は、二百十ポンドもあるストリケンの体重に耐えることができなかった。採石場に銃声のような鋭い亀裂音がとどろいた。大男が足を止め、両腕を広げて静止した。もう一度、ひときわ大きな亀裂音が響くと、ストリケンが悲鳴をあげた。

十二フィート先で、ジェイミーが怯えた目で彼を見ていた。

大きな音とともに氷が割れ、足もとにフォードのワゴン車ほどもある大きな穴が開いて、マーティン・ストリケンの姿が消えた。まっすぐ下へと。黒い水が彼の悲鳴を呑み込んだ。

穴の向こうから、ジェイミーが前へと這い出て、インクのような闇をのぞき込んだ。

それきり、マーティン・ストリケンが浮かび上がってくることはなかった。

39

ローガンはひらひら舞い落ちる雪のなかに立って、闇の向こうへと消えていく救急車の点滅灯を見送った。救急車はワトスンを運び去った。脳震盪、低体温症、重度の打撲が数箇所、肋骨二本の骨折だった。嚙み傷に対する処置として、破傷風の注射をすることになる。心配無用です、と救急隊員は言った。たしかに、もっと悪い事態になっていた可能性があることを考えれば、心配ないと言えるが……

　ローガンは警察本部の駐車場から拝借してきた共同利用車に乗り込み、エンジンをかけてヒーターをフル稼働させた。うなだれてハンドルに頭をのせて、うなった。ジャッキー・ワトスン婦警とジェイミー・マクリースは病院へ搬送中、悪党のサイモン・レニーはすでに病院にいる。しかし、マーティン・ストリケンは死んだ。彼の母親もだ。顔を上げたとき、ちょうど、高級車が停まるところだった。運転席から、高級な靴をはいた長い二本の脚が雪のなかに下ろされた。検死医の到着だ。ローガンの心はますます沈んだ。

　イソベル・マカリスターは、ボンド・ガールの冬物の衣裳かと思しきいでたちだった。上から下までキャメルスキンと毛皮だ。なにより悪いことに、彼女に似あっている。ほつれた髪を毛皮の帽子に押し込みながら、イソベルはトランクを開けて医療かばんを取り出した。

　イソベルとミラー。

　つらい立場の者どうし。

　似たものどうし……

　明日の朝いちばんに警察倫理委員会に報告すれば、赤毛で苦虫を嚙みつぶしたような顔をしたネイピアー警部は、だれかが〝いちじるしい違法行為〟だと口にするよりも早く、イソベルを懲戒免職処分にするだろう。そうなれば、少なくともおれは、ネイピアーにいやみを言われなくなる。

　ローガンは仏頂面でストリケンの家を見つめた。そうなれば、イソベルは破滅だ。国じゅうのどの警察も、絶対にイソベルとかかわりたがらないだろう。雇用不適格者なのだから。ミラーはなんと言っていた？　〃彼女には、その日のできごとを話せる相手が必要なんだ……いつもそばにいてやる人間が……〃かつておれがそばにいたように。はるか昔、つらい昔の話だ。

いまでは、彼女の冷たい手がふたたびおれに触れることがあるとしたら、それは、おれがモルグに横たわっているときだけだろう。つま先に札をつけられて。

「まいったな」とつぶやいたとき、ようやくフロントグラスのくもりが取れた。「なにを考えてるんだ、縁起でもない……」ため息をついて、車を路肩から出した。

ノース・アンダースン・ドライヴを横切るころには、街はひっそりと静まり返っていた。雪に覆われた路面に二本の黒いリボンを平行に描きながら走っているのは、タクシーとトレーラー・トラックだけだった。車輪のおみやげ――ぬかるみと雪解け水の弧を描くしぶき――は、ローガンの車のヘッドライトを浴びると金色の花火に変身した。

警察無線が音を立てると同時に大声ががなり立てた。ニュースというのは、たちまち伝わるものだ。〃ストリケンは死亡！　子どもは無事保護！　ワトスンはブラとパンティだけの姿だった！〃

ローガンは悪態をつき、無線を切った。しかし、静寂は騒音以上に厄介だ。静かだと、つい〃仮定の話〃をあれこれと思いめぐらせてしまうからだ。

あのとき、右ではなく左へ向かっていたらどうなっただろう？　おれの行くのがあと五分遅かったら？　マーティン・ストリケンがナイフを抜いたときに、おれが凍りついてしまわなければ？　あのとき、彼に追いついていれば……くよくよ考えるのはやめようと、ラジオのスイッチを入れてダイアルをまわすうち、ノースサウンドのDJの甘美な声がスピーカーからとどろいた。世界が正常に動いていることの小さなしるしだ。

音楽に合わせて指でこつこつ音を立てるうち、肩の緊張がいくらかやわらいだ。結果的にあれでよかったのかもしれない。マーティンは死んだほうが幸せだったのかもしれない。おそらく、ピーターヘッド刑務所に送られるよりはましだろう。ピーターヘッドの服役囚の三人にひとりがジェラルド・クリーヴァーの同類なのだから。

それでも、悪夢にうなされることになるのはわかっている。

大通りからはずれて、街の北部を横断した。通りに見えるのは、ローガンの車と、雪と、街灯の電球だけだった。ラジオの音楽がしだいに小さくなり、静かになった。十秒ほどの沈黙のあと、くすくす笑いながら詫びて、ニュースが始まった。まだマーティン・ストリケンの人相風体を流し、市民に警戒を呼びかけている。本人はもう死んでしまったというのに。

警察本部に帰りついたときには、時計の針は嬉々として十時半に近づいていた。裏に車を乗り捨て、棒のような足を引きずって本部に入ったローガンは、みなはどこにいるのだろうかと考えた。建物全体が墓場のごとく静まり返っていた。いまの気分にふさわしかった。

三十分だけ待とう。そうしたら病院に電話をして、ワトスン婦警の容態を問いあわせる。その前にまず、コーヒーを飲もう。紅茶でもいい。温かければなんでもいい。一階の受付フロアを横切りかけたとき、大声で呼びかける者がいた。

「ラザロ！」

ビッグ・ゲイリーは、タノックスのキャラメル・ウエハースのかけらを受付デスクにまき散らしていた。横から見たハンガーのように大きな笑みを浮かべている。

彼のパートナーが電話を耳に押し当てたままさっと顔を上げた。エリックも笑顔を浮かべて、ガラスの奥から力強く親指を立ててみせた。ビッグ・ゲイリーが脇のドアから出てきて、ローガンを強く抱きしめた。「よくやった！」

少しばかり認めてもらうのはありがたいが、傷だらけの腹は悲鳴をあげた。「もういい、もう充分だよ」

ビッグ・ゲイリーはローガンを離して一歩下がり、息子を誇りに思っている父親のような笑みを浮かべた。ローガンが痛そうな顔をしているのを見て、笑みが消えた。「あ、悪い！　大丈夫か？」

　ローガンは大丈夫だと手を振り、歯を食いしばってゆっくりと呼吸をするように努めた。ペイン・クリニックで教えてもらった方法だ。吸って、吐いて、吸って、吐いて……

「あんたは本物のヒーローだよ、ラザロ」ゲイリーが言った。「そうだろ、エリック？」

　電話から解放された巡査部長は、そう、あんたは正真正銘のヒーローだ、と言った。

「みんなはどこにいるんだい？」ローガンは、さっさと話題を変えようと、たずねた。

「隣だよ」パブのことだ。「本部長のおごりだ。さっきからずっと、無線であんたをつかまえようとしてたんだぞ！」

「そうか……」あんなものは切っていたとは言わずに、ほほ笑んでおいた。

「さっさと行ったほうがいいぞ、ラザロ」ビッグ・ゲイリーは、もう一度、あばらを折り腹を裂くような抱擁をしそうに見えた。

　あとずさりながら、すぐに行くよ、とローガンは言った。

〈アーチボルド・シンプソンズ〉は、水曜日の夜にしてはにぎやかだった。どっちを向いても警察官だらけで、男女を問わず全員が自分の体重ほどもアルコールを飲んでいる。喧嘩をしている者こそいないまでも、大晦日さながらのお祭り気分が満ちていた。

　ひとりがローガンに気づいた瞬間、歓声がわき起こり、たちまち、サッカー・スタジアムで歌われる《フォー・ヒーズ・ア・ジョリー・グッド・フェロー》の合唱へと変わった。ローガンは次々と背中をたたかれ、飲み物を押しつけられ、相手の気分しだいで握手かキスを贈られた。

　ようやく人込みを抜けて、比較的静かな一画にたどり着いた。インスク警部の巨体を見つけ、空いている隣のスツールにどさりと腰を下ろした。顔を上げたインスクは満面に笑みをたたえて、大きな手でローガンの背中をたたいた。テーブルの向かいにエジンバラからの派遣隊が座っていた。

警部と二人の部長刑事は赤い顔をしてうれしそうで、おめでとうと声をかけてくれたが、例の臨床心理学者は、いま浮かべている笑みが永久的な損傷を引き起こしかねないとでも言いたそうに見えた。

「本部長が、今夜はおごると言ったんだ！」インスクがにこやかにほほ笑み、またローガンの背中をたたいた。「身分証を提示するだけでただで飲めるぞ！」椅子の背にもたれ、半パイントの黒ビールを一気に飲み干した。

　ローガンはここに集まっている人びとを見まわした。グランピアン警察本部の警察官たちだ。警察本部長は今夜、一財産使い果たすことになるだろう。

40

　木曜日の朝のグランピアン警察本部は厳粛な空気に包まれていた。理由は主として、スタッフの九十五パーセントがひどい二日酔いだったからだ。昨夜の大宴会の最終的な請求金額がいくらだったのかはだれも知らないが、高額だったにちがいない。ビールやラガー、ウォツカのレッドブル割りのあと、店にいた全員がテキーラを飲みはじめた。法的には、パーティ出席者の最後のひとりがふらつく足で雪のなかへと出ていったよりも三時間も前に、バーは閉めていなければならない。しかし、あの店を酒類販売違反で訴えようなどと考える者がいるはずがない。アバディーンの警察隊の四分の三がパーティに参加し、ライムと塩をもっとよこせ、とわめいていたのだから。

　ローガンは朝食代わりに鎮痛剤を炭酸清涼飲料水のアー

ン・ブルで流し込むと、頭痛に顔をしかめながら出勤した。固形物を口にできなかった。日付が変わると青空がのぞき、乾いた冷たい風が吹いたので、ゆうべ降り積もった雪の表面を霜が覆っていた。

九時半からの記者会見に出るのが、ローガンは気が進まなかった。だれかが頭のなかに入って、中身を耳から押し出そうとしている気がした。ふだんは知性をたたえたクリスタル・ブルーの目も、《ドラキュラの花嫁》の登場人物の目のようだ。

会議室に入ると、改めて控えめな拍手喝采で迎えられた。その音で、出席者の大半が顔をしかめた。ローガンは挨拶代わりに手を振り、いつもの席にどさりと腰を下ろした。

インスク警部が静粛を求め、会議を始めた。二日酔いであるにもかかわらず、警部は異常に生き生きしていた。今朝二時に火を吹きそうなほどきついリキュール、ドランビュイを注文した張本人だというのに。不公平だ。

インスクは昨夜のできごとをことこまかく話して聞かせ、ふさわしいタイミングで拍手を引き出した。そのあと、ふだんどおりに割り当てを行なった。捜索チーム、資料の分析、戸別聞き込み……

他の者が出ていったあと、ローガンはインスク警部と二人きりになった。

「さてと」太った警部はデスクに踏んぞりかえり、未開封のフルーツ・キャンディを取り出した。「気分はどうだ？」

「頭のなかでブラスバンドががなり立てていることは別としてですか？　まずまずです」

「それなら結構だ」インスクは話を中断し、フルーツ・キャンディの銀紙を剝いた。「潜水捜索隊が、今朝六時十五分にマーティン・ストリケンの死体を発見した。氷の下で、水草に絡まっていたそうだ」

ローガンは笑みを浮かべようともしなかった。「そうですか」

「ところで、昨夜の件できみは表彰されることになった」

ローガンは警部と目を合わせることができなかった。

「しかし、ストリケンは死んだんですよ」

インスクはため息を漏らした。「そう、彼は死んだ。彼の母親もな。しかしジェイミー・マクリースは死なずにすんだ。ワトスン婦警もだ。この先、他の子が殺されることもない」インスクは熊のような手をローガンの肩に置いた。「よくやった」

記者会見は牛の市《いち》のようだった。記者たちの大声、カメラのフラッシュ、テレビでおなじみの有識者たちの笑顔……ローガンは精一杯それらに耐えた。

会見が終わると、コリン・ミラーが落ち着かない様子で会見室の後部をうろうろしながら待っていた。彼は、あの子を見つけるなんてほんとうにでかした、みんながあんたを誇りに思ってるよ、と言った。そして、今朝の新聞をローガンに手渡した。見出しは〝ポリス・ヒーロー、幼児殺害犯の魔の手を阻止！　ジェイミー、無事に母親のもとへ！　三～六面に関連写真……〟ミラーは唇を噛み、深呼吸をしてから言った。「どうするつもりだ？」

事件のことを言っているのではないとわかった。同じ質問を、ローガン自身が、朝からずっと、みずからに投げかけている。歩いて警察本部に出勤し、その足でネイピアー警部をはじめとする倫理委員会のいけ好かない連中のところへ行かなかったそのときからずっと。おれがイソベルを売れば、彼女は破滅する。その反面、おれが口を閉ざしていれば、いつかまた同じことが起きるかもしれない。捜査を危うくし、次の殺人を犯す前に犯人を捕まえるチャンスが失われるという事態が、また起きるかもしれないのだ。

ローガンはため息を漏らした。おれにできることは、ほんとうにひとつしかない。「今後は、彼女から聞いた内容はすべて、私に通すこと。記事にする前にだ。断われば、私はこの足で地方検察官のところへ行く。そうなれば、彼女の名は地に墜ちる。刑事訴追され、刑期を務めることになる。すべて私を通したまえ。わかったね？」

ミラーは無表情な顔で、まっすぐローガンの目を見ていた。「わかった」ようやく言った。「わかった。そうするよ」彼は肩をすくめた。「彼女の話から、ぼくはてっきり、事実を知ればあんたが彼女を厳しく罰するものと思っていたんだ。わたしを追い払うチャンスに飛びつくはずよって、彼女が言ってたから」

　ローガンは、笑みも言葉も、無理にしぼり出した。「それは彼女の思いすごしだ。きみたち二人が幸せになるよう祈ってるよ」ミラーの目を見ることができなかった。

　記者が帰ると、ローガンはぶらぶらと受付フロアへ下り、静かに舞い落ちる雪を大きなガラスのドアから眺めた。ひとときの平安に感謝しつつ、座り心地の悪い紫色の椅子のひとつに体を沈め、頭をうしろにそらせてガラスに押し当てた。

　ジャッキーは回復に向かっている。昼から、山盛りのぶどうと箱入りチョコレートを持って見舞いに行こう。いつか夕食にでも、と誘うのだ。案外、これを機にいい関係へと発展するかもしれない。

　ローガンが笑みを浮かべ、幸せな気分で座ったまま伸びをし、あくびを漏らしたとき、がっしりした体格の男が正面ドアを押し開けて入ってきて、コートの雪を払った。五十代なかばで、きちんと刈り込んだ口ひげも、いまでは白いもののほうが多いくらいだ。男はすたすたと受付デスクへ歩いていった。「こんにちは」ノミでもいるのか、そわそわと体を動かしている。「聖書に出てくる名前の刑事に話したいことがあるんだが」

　受付の巡査部長がローガンを指さした。「聖書に出てくる名前のヒーローはあそこにいます」

　男は断固たる足取りで、リノリウムの床をローガンに向かって歩いてきた。ここへ来る勇気を得るためにウイスキーを何杯も飲まなければならなかったのだが、足の乱れはごくわずかだった。「あなたが、聖書に出てくる刑事かい？」甲高い声は、いくぶんろれつがあやしかった。

　心ならずも、ローガンはそうだと答えていた。

　男は背筋をぴんと伸ばし、胸を張り、顎を突き出した。「私が彼女を殺した」彼の言葉は、まるで機関銃から発射されたようだった。「彼女を殺した責任を取るため、ここへ来た……」

　ローガンは片手で額をなでた。いまは、新しい事件に頭を悩ませるなど、もっとも勘弁願いたいことだ。「彼女ってだれです？」苛立つ気持ちが声に出ないよう努めた。しかし、うまくいかなかった。

「あの少女だ。農舎で見つかった少女……」男の声が乱れたので、ローガンは初めて、男の目が赤く、頬と鼻もまっ赤なのは泣いていたせいだと気づいた。「私は酒を飲んでいた」男は過去に苛まれ、身震いした。「少女が見えなかったんだ……頭を離れなかった……ずっと……警察があの男を逮捕したとき、これで忘れることができると思った。しかし、あの男は殺された。そうだろう？　私のせいで、あの男は殺された……」両腕で目もとをぬぐい、そのまま泣き崩れた。

　つまり、この男がローナ・ヘンダースンを轢き殺した犯人なのだ。バーナード・ダンカン・フィリップスが命を奪われる原因となった男。ヘンダースン看護婦が殺人を犯す原因を作った男だ。

　ため息をついて、ローガンは椅子から立ち上がった。

もう一つ事件が解決した。また一つ、人生が台なしになったのだ。

訳者あとがき

北海に面した、スコットランド第三の都市アバディーン。北海油田の基地として知られるこの街は、花崗岩の産地でもある。建物のほとんどが花崗岩を使って建てられているため、街全体が灰色に見える。ところが、雨上がりには、濡れた花崗岩が太陽の光を受けて街全体が銀色に輝き、とても美しい光景が見られるのだという。その〝花崗岩の街〟アバディーンを舞台に描かれた本書は、著者スチュアート・マクブライドのデビュー作である。編集者に勧められて著したというこの一作で、マクブライドは早くも注目を集めている。

クリスマス・シーズンの街を震撼させる連続幼児殺害事件は、十一月下旬の雨の河畔で幕を開ける。三カ月前から行方不明となっていた男児の死体が発見されたのだ。その後、幼い男児のあいつぐ失踪、幼い女児の死体発見、ひざを切り落とされた男の死体が港で引き上げられるといった事件がたてつづけに起きるなか、捜査の情報がマスコミに漏れるという事態まで発生する。

つぎつぎに起きる事件の捜査に奔走する主人公はグランピアン警察本部の部長刑事ローガン・マクレイ。一年前、〝マストリック・モンスター〟と呼ばれた連続殺人鬼アンガス・ロバートスンに腹部をめった刺しにされて重傷を負い、長い休職期間を終えて復帰したばかりだ。初めは捜査の責任を負うことに不安を見せるローガンだが、やがて本来の考察力を発揮して謎を解き、事件を解決へと導いていく。

ローガンにヒントと情報を提供してくれるのが、わけあってエジンバラから流れてきた敏腕記者コリン・ミラー。自尊心の強い男だが、しだいにローガンとのあいだに友情に似た関係を育んでいく。そして、この事件を機にローガンが思いを寄せるようになる婦人警官ジャッキー・ワトスン。美脚の持ち主だが、〝玉《ボール》つぶし《ブレイカー》〟というあだ名をちょうだいする強者だ。他にも、愚か者を嫌うという、厳しいが、いつもキャンディ類を口にしているインスク警部。ローガンの別れた恋人で検死医のイソベル・マカリスター。一筋縄ではいかないくせ者の女性警部スティール。警察倫理委員会の警部で、なぜかローガンを嫌っているネイピアー。犯罪者の弁護をさせれば右に出る者はないといわれる弁護士サンディ・モア・ファカースン。市内の通りから動物の死骸を回収する仕事をしている〝ロードキル〟と呼ばれる男。幼児が犠牲になる陰惨な犯罪が続くなか、明るい場面を提供してくれるエリックとビッグ・ゲイリーの巡査部長コンビ。〝悪党〟のサイモン・レニー巡査と、〝泥酔ストリッパー〟スティーヴ・ジェイコブス巡査。そうした個性あふれる多彩な面々がそれぞれに存在感を発揮し、警察本部のにぎやかな日常が目に見えるように鮮やかに紡がれていく。

肝心の捜査でも、事件のひとつひとつがきちんと解決しているし、マスコミへのリーク犯の正体も明らかになっている。ルース・エンドの残らない結末は、お見事というほかない。

作者はすでに、ローガン・マクレイ部長刑事を主人公にした第二作 *Dying Light* を書き上げている。簡単にあらすじを紹介すると――

本書で描かれた連続幼児殺害事件の翌年の初秋。アバディーン市内の赤線地区で売春婦の全裸死体が発見される。ときを同じくして市内の別の場所で放火があり、男女六人が死亡する。その数日前、ローガンが警官隊を伴って手入れに向かった先で、巡査のひとりが銃撃を受け、重体に陥っていた。警察倫理委員会のネイピアー警部の手まわしにより、ローガンが署内の〝はきだめ〟に追いやられるところから、この *Dying Light* は始まる。

クリーヴァー裁判の失敗以来〝はきだめ〟課で辛酸をなめていたスティール警部は、警察官としてのローガンの能力を高く評価しており、彼とともに第一線への復帰を果たそうと、売春婦殺人事件の捜査に執念を燃やす。一方、インスク警部は放火殺人事件の捜査を担当していた。まもなく別の売春婦が死体で発見され、連続殺人事件の線が浮上。放火殺人もふたたび起きる。

そんななか、麻薬取り引き絡みの暴行事件が発生し、捜査線上にマルク・ザ・ナイフの手下二人が浮かび上がる。その一方は、数日前にパブでコリン・ミラーと会っていた男だった。ローガンはミラーに情報を求めるが、彼は口を濁して話そうとしなかった。

感情的で衝動的なスティール警部との行きちがい、〝はきだめ〟課からの脱出を果たしたいスティールが手柄をすべて自分のものにしてしまったと勘ちがいしたことから、ローガンとスティールの対立が決定的となってしまう。また、功を焦るスティールに禁じられるまま、インスク警部に重要な報告を怠ったことから、インスク警部とのあいだにも亀裂が生じることになる。

あくの強いスティール警部と組んだことで、第二作で描かれるローガンには少しばかり反骨的なところが見られ、彼の性格がより明確になったようだ。

作者スチュアート・マクブライドは本書『花崗岩の街』でデビューを果たし、このローガン・マクレイのシリーズは第三作までの出版契約を結んでいるという。現在は妻とスコットランドに暮らし、フルタイムで執筆をしているそうだ。作中のローガンの成長とともに、今後が楽しみな作家である。

二〇〇六年二月

HAYAKAWA POCKET MYSTERY BOOKS No. 1784

北野寿美枝《きたのすみえ》

神戸市外国語大学英米学科卒
英米文学翻訳家
訳書
『ボトムズ』ジョー・R・ランズデール
『カッティング・ルーム』ルイーズ・ウェルシュ
（以上早川書房刊）他多数

この本の型は，縦18.4センチ，横10.6センチのポケット・ブック判です．

検印
廃止

〔花崗岩《かこうがん》の街《まち》〕

2006年3月10日印刷　2006年3月15日発行

著　者　スチュアート・マクブライド
訳　者　北野　寿美枝
発行者　早川　浩
印刷所　星野精版印刷株式会社
表紙印刷　大平舎美術印刷
製本所　株式会社川島製本所

発行所　株式会社　**早川書房**
東京都千代田区神田多町2ノ2
電話　03-3252-3111（大代表）
振替　00160-3-47799
http://www.hayakawa-online.co.jp

〔乱丁・落丁本は小社制作部宛お送り下さい
送料小社負担にてお取りかえいたします〕

ISBN4-15-001784-0 C0297
Printed and bound in Japan

ハヤカワ・ミステリ〈話題作〉

1768 ベスト・アメリカン・ミステリ ハーレム・ノクターン

エルロイ&ペンズラー編 木村二郎・他訳

R・B・パーカーの表題作をはじめ、コナリー、ランズデール、T・H・クックらの傑作二十篇を収録した、ミステリの宝石箱誕生！

1769 ベスト・アメリカン・ミステリ ジュークボックス・キング

コナリー&ペンズラー編 古沢嘉通・他訳

砂塵の荒野、極寒の地、花の都、平凡な住宅地……人ある所必ず事件あり。クラムリー、レナードらの傑作を集めたミステリの宝石箱

1770 鬼警部アイアンサイド

ジム・トンプスン 尾之上浩司訳

〈ポケミス名画座〉下半身不随となりながらも犯罪と闘い続ける不屈の刑事。人気TVシリーズをノワールの巨匠トンプスンが小説化

1771 難　破　船

スティーヴンスン&オズボーン 駒月雅子訳

座礁した船に残されたのは、わずかなアヘンと数々の謎……漂流と掠奪の物語を描く、大人版『宝島』。文豪による幻の海洋冒険小説

1772 危険がいっぱい

ディ・キーン 松本依子訳

〈ポケミス名画座〉必死の逃亡者が出会ったのは、危険な香りの未亡人。アラン・ドロン主演映画化の、意表をつく展開のサスペンス

ハヤカワ・ミステリ〈話題作〉

1773 **カーテンの陰の死** ポール・アルテ 平岡敦訳

〈ツイスト博士シリーズ〉いわくありげな人物ばかりが住む下宿屋で、七十五年前の迷宮入り事件とそっくり同じ状況の密室殺人が！

1774 **柳園の壺** R・V・ヒューリック 和爾桃子訳

疫病の蔓延で死の街と化した都に、不気味な流行歌が流れ、その歌詞通りの殺人事件が起きる！ 都の留守を守るディー判事の名推理

1775 **フランス鍵の秘密** フランク・グルーバー 仁賀克雄訳

安ホテルの一室で貴重な金貨を握りしめた見知らぬ男が死んでいた。フレッチャーとクラッグの凸凹コンビが活躍するシリーズ第一作

1776 **耳を傾けよ！** エド・マクベイン 山本 博訳

〈87分署シリーズ〉ちくしょう、奴が戻ってきた……宿敵デフ・マンが来襲。暗号めいたメッセージが告げる、大胆不敵な犯行とは？

1777 **5枚のカード** レイ・ゴールデン 横山啓明訳

〈ポケミス名画座〉連続殺人に震える田舎町に賭博師が帰ってくる。姿なき殺人鬼との対決の行方は？ 本格サスペンス・ウェスタン